FISCHER

DANIEL SPECK

Jaffa Road

ROMAN

FISCHER

Aus Verantwortung für die Umwelt hat sich der S. Fischer Verlag zu einer nachhaltigen Buchproduktion verpflichtet. Der bewusste Umgang mit unseren Ressourcen, der Schutz unseres Klimas und der Natur gehören zu unseren obersten Unternehmenszielen.

Gemeinsam mit unseren Partnern und Lieferanten setzen wir uns für eine klimaneutrale Buchproduktion ein, die den Erwerb von Klimazertifikaten zur Kompensation des CO_2-Ausstoßes einschließt.

Weitere Informationen finden Sie unter: www.klimaneutralerverlag.de

FSC
www.fsc.org
MIX
Papier aus verantwortungsvollen Quellen
FSC® C083411

Originalausgabe
Erschienen bei FISCHER Taschenbuch
Frankfurt am Main, April 2021

Satz: Pinkuin Satz und Datentechnik, Berlin
Druck und Bindung: CPI books GmbH, Leck
Printed in Germany
ISBN 978-3-596-70384-5

»Man weiß selten, was Glück ist,
aber man weiß meistens, was Glück war.«

(Françoise Sagan)

Prolog

Später, in Momenten des Zweifels, würde Joëlle sich immer an diesen Morgen erinnern. Das endlose Meer ringsherum und die begrenzende Geborgenheit in seinen Armen. Reines, leuchtendes Glück. Immer wenn sie sich an Papà zu erinnern versuchte, würde sie ihn als diesen jungen Mann im frühen Licht sehen, der mit seiner kleinen Tochter auf dem Arm an der Reling stand. Wie er seinen braunen Filzhut tiefer zog, damit der Wind ihn nicht fortwehte, wie seine raue, unrasierte Wange sich an ihre schmiegte, wie er auf eine Wolke zeigte und ein springendes Pferd sah. Einen Walfisch. Einen Drachen. Sie liebte ihn, wie nur ein Kind lieben kann, grenzenlos. Zwischen ihnen war nichts Falsches, nichts als Liebe und Vertrauen. In Papàs Gegenwart vergaß sie die schwitzenden Körper unter Deck, deren Gestank und schreckliche Geräusche in der Nacht, all die unruhigen Träume, die sie übers Mittelmeer verfolgten, und das Grauen, das sie zu vergessen suchten. Papà sang ein Lied, ganz leise, damit niemand ihn hörte, denn er sang auf Deutsch. Joëlle erinnert sich noch genau an den Refrain, *Heimat, deine Sterne, sie strahlen mir auch an fernem Ort.* Sie liebte den Klang dieser Sprache, auch wenn sie kein Wort verstand. Und sie vermochte nicht zwischen dem Wiegen seiner Arme und dem Atem des Meeres unter dem Schiff zu unterscheiden. Aber sie weiß heute noch, wie all diese Geheimnisse, eingebettet in die riesigen Wolkentürme über dem Wasser, sie erregten und zugleich mit tiefer Ruhe erfüllten.

Wenn es ein Vermächtnis gab, das Papà ihr in diesen frühen Jahren geschenkt hatte, dann war es seine Zuversicht. Wenn sie bei ihm war, trug sie das Leben. Alles schien, mitten im Chaos, in eine unerklärliche, unerschütterliche Ordnung eingebunden. Heute, wo ihr diese Sicherheit abhandengekommen ist, fragt sie sich, ob Papà es im Innersten auch so empfunden hat oder nur für sein Kind stark sein musste, während er in Wahrheit genauso verloren war wie alle anderen Seelen auf diesem Schiff. Das Geheimnis des Glücks, hatte er einmal gesagt, ist Dankbarkeit. Es ist nicht wichtig, ob du viel oder wenig besitzt. Entscheidend ist nur, ob du für das, was du hast, dankbar bist. Das Leben ist ein Geschenk, Joëlle, eine Gnade. Es hängt an einem dünnen Faden. Denk nie, du hättest einen Anspruch darauf.

Tatsächlich war es nur Dankbarkeit, die den maroden Dampfer in ein Haus verwandelte, die enge Koje in ein Bett, und das Land, auf das sie Kurs hielten, in eine Heimat. Keine Ferne machte ihnen Angst; Hoffnung war alles, was sie besaßen. Jeder sang und träumte in seiner Sprache, und das Meer trug sie. Woher sie das Vertrauen nahmen? Keiner wusste es. Es war die grundlose Heiterkeit der Überlebenden. Jenes Land, das ihnen versprochen worden war, in den *Displaced Persons Camps* des zerstörten Europas, den illegalen Büros und dunklen Gassen, wo sie Geldscheine gegen Geflüster tauschten, hatte keiner von ihnen gesehen. Und dennoch erschien es ihnen nicht als Fremde, sondern als sicherer Hafen, der sie mit offenen Armen empfangen würde. Sie täuschten sich, wie alle, die von einem Ort zum anderen flohen, doch es war eine süße Täuschung.

»Wie weit fahren wir, Papà?«

»Immer der aufgehenden Sonne entgegen. Bis das Meer aufhört.«

So einfach war das. Wenn es in dieser Welt einen Menschen gab, auf den sie sich verlassen konnte, dann war es Papà. Er hatte ihr nicht nur die ersten Schritte und das Fahrradfahren beigebracht, sondern auch das freie Denken und den Mut zu einem Leben, das niemand bestimmte außer sie selbst. Papà war ein Mann, der nicht viel Worte machte, aber wusste, wohin er ging. Er besaß etwas, das vielen heute fehlt: Gewissen. Ein innerer moralischer Kompass. Wenn er sagte, dass etwas richtig war, war es richtig, und wenn er fand, dass etwas falsch war, war es falsch. Später, wenn Joëlle sich in der Welt verlief und nicht weiterwusste, wünschte sie sich, sie könnte ihn nach seinem Rat fragen. Und dennoch hat Papà sie bei der wichtigsten Frage im Leben belogen. Die Frage: Wer bin ich?

»Maurice!«, brüllte ein Matrose hinter ihnen. »Weg von der Reling! Alle Passagiere unter Deck!« Im selben Moment sahen sie die Rauchfahne des britischen Zerstörers. Von der Brücke warf der Kapitän, der keine Uniform trug, die Fischereikarten, das Logbuch und das Funkgerät über Bord. Sie hatten keine Waffen, aber sie würden die verhassten Briten mit einem Hagel von Konservenbüchsen begrüßen. Sie würden sich nicht zurückschicken lassen; alle Brücken hinter ihnen waren verbrannt. Nicht weit hinter dem Horizont lag ihr Gelobtes Land.

1

PALERMO

Das Mittelmeer spricht mit vielen Stimmen.

Fernand Braudel

Maurice hatte seinen Tisch für zwei gedeckt. Zwischen den leeren Tellern steht eine halbvolle Weinflasche; nur eines der beiden Gläser ist benutzt. Dazu eine unberührte Schale mit Oliven und ein Teller mit trockenen Baguettescheiben, über die jetzt Ameisen krabbeln. Der Schuss war draußen gefallen, in seiner Garage. Vorher hatte er noch die Fensterläden geschlossen. Als hätte er sich erschossen, weil er vergeblich auf einen Gast gewartet hatte. Die Einrichtung wirkt, als wäre die Zeit vor dreißig Jahren stehen geblieben: Ein altes Festnetztelefon, ein Plattenspieler, kein Computer. Seine Katze streicht mir unruhig um die Beine; niemand hatte sich um sie gekümmert. Das Erste, was ich tue, als ich im Haus meines Großvaters ankomme, ist, nach Katzenfutter zu suchen. Ich öffne ein Fenster; Sonnenlicht flutet ins Halbdunkel, Kinderstimmen, das Knattern von Motorrollern und das Rauschen der Palmblätter. Im Garten stehen Terracottatöpfe, eine verrostete Hollywoodschaukel und blühende Hecken zu den Nachbargrundstücken. Es hat etwas von einem Versteck, aber das Meer ist nah, und darüber liegt ein heiterer Himmel. Sein täglicher Ausblick. Ich frage mich, ob er Heimweh hatte. Was er all die Jahre in Palermo gemacht hat. Und wie viele Menschen man im Laufe eines Lebens lieben kann.

Hinter mir knarzt das alte Parkett. Joëlle geht verloren durch den Raum, und als sie den Kopf zu mir dreht, ist sie nicht mehr die elegante Dame, als die ich sie kennengelernt hatte. Sondern ein hilfloses, zitterndes Mädchen.

»Warum?«, fragen ihre Augen.

Gestern Morgen war die Welt noch in Ordnung gewesen. Eigentlich ist sie ja nie in Ordnung, andauernd zerbricht irgendwo irgendetwas, aber wer will das schon so genau wissen. Ich hatte die Scherben meiner geschiedenen Ehe aufgesammelt, geordnet und beschriftet. Noch passte nicht alles zusammen, aber ich hatte gelernt, mich im Unvollständigen einzurichten. Unter meinen Füßen trug der Boden, ich begann meine Flügel auszubreiten, und manchmal ertappte ich mich staunend dabei, dass ich schon seit Tagen nicht mehr an die Trennung gedacht hatte. Berlin wurde leicht und vergaß den Winter.

Ich weiß genau, wann mein Handy klingelte, um 9 Uhr 33, denn im selben Moment blieb die U-Bahn im Tunnel stehen, kurz vorm Bahnhof Friedrichstraße, und ich sah auf das Display. 0039, Italien. Der Anrufer stellte sich als Avvocato Catalano vor, aus Palermo. Er sei der Notar meines Großvaters, Moritz Reincke. Er fragte nach meinem Namen. Nina Zimmermann, ja, korrekt. Ob ich morgen nach Palermo kommen könnte. Unmöglich, sagte ich. Die U-Bahn fuhr ruckartig an, und ich stand auf, um auszusteigen. Ich wollte das Gespräch schon beenden, da erklärte er, es tue ihm leid, aber er habe mir eine traurige Mitteilung zu machen: Mein Großvater sei vorgestern verstorben. Der Strom der Aussteigenden spuckte mich auf dem Bahnsteig aus. Der Mann am Telefon blieb ruhig, nannte meine Adresse, mein Geburtsdatum und den Geburtsort. So stehe es im Testament, das ihm zur Verwahrung anvertraut wurde. Nach italienischem Recht müsse ich persönlich in Palermo erscheinen, um mein Erbe anzutreten. Ob ich vielleicht auch zur Beerdigung ... Die Menschen drängten sich an mir vorbei, rempelten mich von hinten an, und ich fühlte – nichts. Wie verabschiedet man sich von jemandem, der nie da war?

Oben auf der Straße schnappte ich nach Luft und rief meine Tante Joëlle in Paris an. An ihrer Stimme hörte ich sofort, dass sie es wusste. Derselbe Notar hatte sie auch angerufen. Und dann sagte sie etwas, das mir den Boden unter den Füßen wegzog.

»Er sagt, es war Selbstmord.«

Ihre Stimme klang gebrochen, untröstlich. Ich fühlte mich betäubt, verwirrt, aber vor allem: betrogen. Der Mann, den wir gemeinsam suchten, war gestorben, bevor wir ihn finden konnten. Mein Großvater, ihr Vater, der ewig Verschollene.

»Nina, ich kann das nicht glauben. Ich kenne ihn doch. Er könnte das nie tun.«

Fakten. In solchen Momenten muss man sich an Fakten festhalten.

»Wo soll das passiert sein?«

»In Palermo. Er hat dort ein Haus, sagt der Notar.«

»Wie hat er dich ausfindig gemacht, Joëlle?«

»In seinem Testament steht meine Adresse, meine Telefonnummer ... kannst du dir das vorstellen, all die Jahre wusste er, wo ich lebe, aber nie ...«

Mir wurde schwindlig.

»Kommst du, Nina? Bitte. Ich schaff das nicht alleine.«

Ich rief meinen Chef in der Antikensammlung an, packte meinen Koffer, und am nächsten Morgen nahm ich den ersten Flieger. Berlin-Rom-Palermo. *Das Erbe meines Großvaters antreten*: Was sollte das bedeuten? Bisher war alles, was er uns hinterlassen hatte, eine Leerstelle, die nichts als Legenden gebar. *Er kam nie aus dem Krieg zurück*, das war einer dieser knappen Sätze, die meine Großmutter über ihn sagte. Oder: *Er ist in der Wüste verschollen.* Die Abwesenden sind mächtiger als die Anwesenden; das hatte ich schon als Kind gelernt, denn unser ruheloser Geist toleriert keine Leere, muss sie mit Hörensagen ausfüllen, auch wenn es Lügen sind; alles ist erträglicher als das Nichts. Der Schatten seines Schweigens hatte meine Großmutter zu einer verbitterten Frau und meine Mutter zu einer Nomadin gemacht. Nichts war uns geblieben, nicht einmal eine Uniform oder ein Grab, an dem wir ihn besuchen konnten. Üblicherweise setzt der Tod einen Punkt hinter ein Leben, manchmal auch ein Ausrufezeichen, und wenn er zu früh kommt, ein Komma. Mein Großvater hinterließ ein Fragezeichen. Der Mann mit den zwei Namen. Moritz, Maurice. Das Chamäleon mit den drei Leben. Eines in meiner Familie. Eines in Joëlles Familie. Und ein drittes, von dem wir beide nichts wussten.

Erst seit letztem Herbst kennen wir uns, Joëlle und ich, aber es erscheint mir wie ein ganzes Leben. Man wird zweimal geboren, einmal ohne eigenes Zutun und ein zweites Mal aus sich selbst heraus, und Joëlle war, ohne dass wir es je so benannt hätten, meine zweite Mutter. Unsere langen Spaziergänge am Strand, unsere nächtlichen Gespräche waren wie eine Wiedergeburt nach meiner Ehekrise. Seitdem habe ich mein Leben auf den Kopf gestellt, und dass mich das nicht mit Angst, sondern mit Freude erfüllt, habe ich Joëlle zu verdanken. Was sie mir über meinen Großvater erzählte, hat mich aus meinem Selbstmitleid gerissen. Ich begriff, wie vermessen es gewesen war, zu glauben, mir sei etwas Außergewöhnliches passiert, während es in Wahrheit doch ganz gewöhnlich war: Eine geschiedene Frau mehr in Berlin, sonst nichts, anderswo sterben Menschen. Es gibt Geschichten, die das Leben verändern. Die einen, weil man sich selbst in ihnen wiederfindet, und die anderen, weil sie einem ermöglichen, die Welt aus den Augen der anderen zu sehen. Zu erfahren, dass mein Großvater Moritz, der im Afrikafeldzug Vermisste, nicht gefallen war, sondern fernab der Heimat eine zweite Familie gegründet hatte, ihn dafür nicht zu verdammen, sondern seine Beweggründe zu verstehen, änderte alles. Er hatte meine Großmutter im zerbombten Berlin nicht im Stich gelassen, weil er sie nicht liebte. Sondern weil das Leben ihm mitten im Krieg eine neue Liebe geschenkt hatte. Und eine Tochter namens Joëlle. Dass er in der Nacht vor der Abreise an die Front ein Kind gezeugt hatte, meine Mutter, wusste er nicht. So einfach war das, und oft sind es die einfachen Wahrheiten, die Wunden heilen. Der Groll meiner Großmutter, der unsere Familie in seinem Bann gehalten hatte – es war nicht mehr meiner. Ich wünschte, meine Mutter, die ihren Vater nie kennenlernen durfte, wäre heute noch am Leben, um Joëlle zu treffen – ihre unbekannte Halbschwester, die im selben Jahr wie sie geboren wurde: 1943. Die eine in Berlin, die andere in Tunis. Die Alliierten hatten das Deutsche Afrikakorps geschlagen, Hunderttausende Deutsche und Italiener gingen in Gefangenschaft, aber Moritz war in letzter Minute desertiert. Versteckt im Haus der Familie Sarfati. Italienische Juden, die ihn wie einen Sohn behandelten, weil sie den Menschen hinter der Uniform erkannten. Vom Fenster aus konnte er das Meer hören, das ihn von Europa trennte. Und im Zimmer nebenan schlief die junge Frau, die die Liebe seines Lebens werden sollte. Joëlles Mutter. Mit Moritz, dem sie den Namen Maurice gaben, erlebte Joëlle die glückliche Kindheit, die meiner Mutter verwehrt geblieben war. Und dann, als Joëlle erwachsen wurde, war Moritz aus ihrer Familie ebenso leise und unauffindbar verschwunden wie aus meiner. Sie hat die Hoffnung, ihn wiederzusehen, nie aufgegeben.

Ich gehe als Fremde durch sein Haus, die Katze maunzt, und ich finde das verdammte Futter nicht. Joëlle steht vor dem geschlossenen Klavier und liest das Notenblatt auf dem Ständer.

Sie fröstelt, wickelt den Schal um ihre Schultern, und als wüsste ich die Antwort auf ihre Frage, *Warum?*, umarmt sie mich und beginnt zu weinen. Ich halte sie und staune, wie leicht es mir fällt, Trost zu spenden, während ich doch selbst verloren bin. Vor dem Fenster, im Garten, steht ein Mann, der uns beobachtet.

»Ich traue ihm nicht«, flüstert Joëlle.

Catalano, der Notar, war am Flughafen von Palermo nicht erschienen, obwohl er versprochen hatte, uns abzuholen. Ich hatte nach ihm Ausschau gehalten, als ich in die Ankunftshalle kam – lauter Männer, die Namensschilder hielten, Mr. und Mrs. Soundso, aber nirgends stand mein Name. Ich fragte mich kurz, was ich hier überhaupt mache. Dann sah ich Joëlle. Sie wartete an der Bar. Neben ihr bohnerte ein Putzmann den Boden. Sie tat so, als würde der Lärm sie nicht stören. Ihr kleiner, resoluter Körper, ihre mondäne Erscheinung, ein bisschen zu jugendlich in ihrem Sommerkostüm mit Hut. Lippenstift und Schminke, tiefe Lachfalten und blitzende Augen, und nie ohne Schal, selbst jetzt nicht an einem warmen Apriltag. Sie ist über siebzig und lebendiger, als ich es je gewagt hatte zu sein. Als sie mich sah, lächelte sie, als wäre sie immer noch dieselbe, aber als ich näher kam, erkannte ich den Abgrund, der sich in ihr aufgetan hatte. Sie breitete ihre Arme aus und herzte mich. Worte waren unnötig. Es gibt Menschen, die kannst du nicht finden, sie finden dich. So jemand ist Joëlle. Seit sie mich gefunden hat, ist etwas in mir in eine heilsame Unordnung geraten.

Dann rief der Notar an. Es habe eine Verzögerung gegeben, sagte er, irgendwas mit Polizei und Spurensicherung, es tue ihm leid, er würde uns später im Hotel besuchen.

»Geben Sie mir die Adresse meines Vaters«, sagte Joëlle.

Catalano versuchte sie abzuwimmeln, man könne auch morgen noch das Haus besuchen, aber sie insistierte unerbittlich, bis er ihr die Adresse gab. Er würde dort auf uns warten.

Während der Fahrt mit dem Taxi schwiegen wir, irgendwann nahm Joëlle meine Hand und drückte sie. Auf der Landstraße am Meer entlang ließ sie das Fenster runter und zündete sich, ohne den Fahrer zu fragen, eine Zigarette an.

Wir fanden das Haus in Mondello. Der Villenvorort schmiegt sich an ein ehemaliges Fischerdorf, wo die Sommerfrischler aus Palermo mit ihren Badetaschen aus dem Bus steigen. Tatsächlich war ich schon einmal hier gewesen, auf meiner Hochzeitsreise. Die Vorstellung, dass mein Großvater nur ein paar Schritte von dem Strand entfernt wohnte, auf dem ich mit meinem Ex gelegen hatte, verstört mich. Moritz hätte an mir vorbeigehen können, und ich hätte ihn nicht erkannt; einer der Herrschaften mit Hut, die hier abseits vom Lärm der Stadt residieren. Hier gibt es schattige Alleen mit gepflegten Gärten und Jugendstilvillen. Alles scheint etwas aus der Zeit gefallen; der weiße Sandstrand, die Badeanstalt auf dem Pier mit ihrer Art-Deco-Fassade, ein aristokratisches Sommeridyll, heute banalisiert durch den Lärm der Bars und Restaurants am Lungomare, wo feiernde Palermitaner auf Rentnerinnen stoßen, die ihren Hund ausführen.

Im ersten Moment kam es mir abweisend vor, das Haus meines Großvaters. Aber das lag nur an dem Schweigen, das es umgab. Die Fensterläden waren verschlossen. Auf dem Gehweg lagen Laub und Blüten. Im Vorgarten ragte eine verwilderte Palme in die Höhe. Es befand sich in einer Seitenstraße unweit des Meeres. Eine weiße, schnörkellose Fassade, deren Putz abblätterte. Es war gepflegt, aber in die Jahre gekommen. Moritz muss wohlhabend gewesen sein, oder er hatte das Haus schon vor Jahrzehnten gekauft, als es noch bezahlbar war. Mein Leben lang hatte ich von einem Haus am Meer geträumt. Da lag es nun im sizilianischen Licht und wartete auf mich. Sofort verscheuchte ich den Gedanken wieder. Das Eisentor stand offen. Auf dem Kiesweg vor der Garage parkte ein schwarzer Mercedes, und daneben erkannte ich zwei Männer. Der ältere telefonierte am Handy. Ich erkannte die Stimme des Notars. Maßgeschneiderter Anzug über dem Wohlstandsbauch, Krawatte, gepflegter Haarkranz. Der jüngere stand daneben und rauchte. Ich schätzte ihn auf Mitte, Ende vierzig, vielleicht ein Sizilianer. Offenes Hemd und Jeans, schlank, gepflegter Fünftagebart, graue Strähnen im schwarzen Haar. Als er uns vor dem Tor stehen sah, beobachtete er uns einen Moment lang, ohne uns hereinzubitten. Erst als ich durchs Tor ging und Joëlle mir folgte, kam er uns ein paar Schritte entgegen. Auf den ersten Blick strahlte er die Lässigkeit eines Mannes aus, der schon Schlimmeres überstanden hatte. Kraftvoll, aber ruhig. Auf den zweiten Blick wirkte er genauso übernächtigt und durch den Wind wie wir. Er hatte sich nur besser unter Kontrolle.

»Buongiorno.«

Er gab uns die Hand, ohne seinen Namen zu nennen. Er schien auf uns gewartet zu haben, auch wenn er seine Skepsis nicht verbarg. Oder war es Schüchternheit? Sein Händedruck war gefühlvoll. Das Auffälligste waren seine tiefgrünen, intensiven Augen. Er hielt den Blick, als würde er sich wirklich dafür interessieren, wer ich bin. Seine Präsenz war auf verwirrende Art anziehend, denn trotz seiner Freundlichkeit umgab ihn etwas Unergründliches, das ihn vom Rest der Welt trennte, ohne dass ich es hätte benennen können. Es gibt Menschen, die ihre Verletzungen offen tragen. Solche wie ich, die sich nicht verstellen können. Die über alles nachdenken müssen. Und dann gibt es solche, deren Wunden so tief reichen, dass sie nur überleben können, wenn sie nichts mehr davon wissen wollen. So einer schien er zu sein. Der traurigste gutaussehende Mann, dem ich je begegnet war.

Der Notar beendete schnell sein Telefonat und schüttelte uns kräftig die Hand.

»Bruno Catalano. *Benvenuti a Palermo!*«

Dann stellte er uns vor.

»Signora Sarfati aus Paris. Signora Zimmermann aus Berlin. Das ist Dottor Bishara.«

Sein diskreter Blick schien den anderen zu fragen, ob er etwas erklären sollte. Ich bemerkte eine kurze Verunsicherung zwischen ihnen, die sie zu überspielen versuchten. Ohne es auszusprechen, fragte ich mich, ob der Dottore sein Arzt war. Ob mein Großvater krank war.

»Mein herzliches Beileid«, sagte Catalano.

»*Grazie*«, sagte Joëlle. »Dürfen wir rein?« Ohne die Antwort abzuwarten, ging sie zum Haus. Von Anfang an hielt sie Catalano auf Abstand, obwohl sie keinen Grund dazu hatte. Er war zuvorkommend und korrekt, aber nichtsdestotrotz der Überbringer einer Nachricht, die sie nicht hören wollte. Ihr Vater gehörte ihr, und jeder, der ihre Erinnerung störte und ihre Hoffnung, dass er doch noch lebte, war ein Eindringling in die Schatzkammer ihrer Seele. Den anderen Mann beachtete sie erst nicht groß. Aber ich spürte, dass *er* es war, nicht der Notar, der das Geheimnis meines Großvaters kannte. Catalano lief Joëlle nach und holte sie noch vor der Türe ein. Bishara und ich blieben stehen.

»Kommen Sie auch?«, fragte ich.

Als unsere Blicke sich trafen, hielt er seine dunkelgrünen Augen eine Sekunde länger als erwartet auf mich gerichtet. Dann schüttelte er den Kopf. Ich spürte einen instinktiven Widerwillen, wie der eines Tieres, das die Reviere der anderen meidet. Catalano rief mich zu sich, und ich ging zu ihm, während Bishara am Tor stehen blieb. Das war unsere erste Begegnung, drei Fremde vor der Haustür eines Verschwundenen, unter Palmen, an einem windigen Frühlingstag.

2

Seine Leiche haben sie schon abtransportiert. Wir stehen in der Kühle seines Wohnzimmers, wie bestellt und nicht abgeholt, atmen den Geruch seiner Ledersessel und Teppiche, blicken auf seine Fotos an den Wänden und seine Bücher in den Regalen. Er hat hier gelebt, ohne Zweifel, die Bilder bezeugen es, aber nur den sehr jungen Mann erkenne ich, den in Schwarz-Weiß, der auf einem Steg am Wannsee steht, mit nacktem Oberkörper und skeptischem Blick in die Kamera. Das muss meine Großmutter fotografiert haben; sie hat mir davon erzählt, wie sie ihm dort zum ersten Mal begegnet war; ein stiller Außenseiter, der immer seine Kamera in der Hand hatte und außergewöhnlich gute Porträts machte. Auf späteren Fotos erkenne ich ihn kaum wieder. Ein älterer Herr im Garten, der ein Rosenbeet jätet. Gebeugter Rücken, weißes Haar. Dann, zurück in der Zeit, als sein Haar noch dunkelbraun und voll war, ein gutaussehender Mann im Sommerhemd, die Ärmel hochgekrempelt, vor einem braunen Citroën, vielleicht in den späten Siebzigern. Sein Blick in die Kamera: skeptisch lächelnd, als würde er dem Fotografen nicht ganz vertrauen. Ich versuche zu erkennen, wo das Bild aufgenommen wurde; man sieht das Nummernschild nicht, nur die scharfen Schatten des Südens, und niemanden sonst, keine Frau, keine Kinder. Ich kann die Scherben nicht zusammenfügen.

»Wie haben Sie uns eigentlich gefunden?«, frage ich den Notar.

»Signor Reincke hat Ihre Adressen und Telefonnummern im Testament hinterlegt.«

»C'est impossible!«

Joëlle ist genauso fassungslos wie ich. Der Gedanke, dass er wusste, wo ich bin, aber sich nie gemeldet hatte, macht mich traurig. Und wütend.

»Hatten Sie denn gar keinen Kontakt?«, fragt Catalano.

»Nein!«, ruft Joëlle.

»Wie hat er das rausgefunden?«, will ich wissen.

»Ich weiß nicht«, sagt Catalano, »aber heutzutage ist es nicht allzu schwer, solche Nachforschungen zu betreiben.«

Joëlle stützt sich auf der Couch ab und muss sich setzen.

»Alles okay?«

»Verstehst du das, Nina?«

»Nein.«

»Ich bringe Sie ins Hotel«, sagt Catalano und geht voraus zur Tür. Die irritierende Selbstverständlichkeit, mit der er sich hier bewegt. Als wäre es *sein* Haus.

»Wir bleiben hier«, bestimmt Joëlle. Catalano sieht mich fragend an. Ich weiß nicht, ob ich hier übernachten möchte, im Haus eines Toten.

»Wo wollen Sie schlafen? Das Gästezimmer ist nicht vorbereitet.«

»Das lassen Sie mal unsere Sorge sein«, sagt sie.

»Sie möchten doch sicher etwas zu Abend essen?«

»Wir kochen uns was.«

»Signora, es tut mir leid. Sie können hier nicht bleiben«, insistiert er. »Es ist ein Tatort. Die Kriminalpolizei ...«

»Ich dachte, es wäre Selbstmord?«, unterbricht ihn Joëlle.

»Auch in diesen Fällen muss die Polizei ...«

»Ich will die Leiche sehen.«

»Natürlich, Signora, morgen können wir zur Gerichtsmedizin gehen. Trotzdem, hier im Haus ... Ich muss Sie wirklich bitten ...«

Sie steht energisch auf.

»Es ist das Haus meines Vaters. Natürlich schlafe ich hier.«

Sie wirft mir einen Blick zu, der mir klar macht, dass ich zu ihr gehöre, und geht an ihm vorbei zur Treppe nach oben. Catalano breitet ratlos schnaufend die Arme aus. Durchs Fenster sehe ich Dottor Bishara auf der Terrasse. Er gießt Pflanzen. Hat uns beobachtet. Catalano macht ihm ein Zeichen und geht zu ihm nach draußen. Ich höre nicht, was sie sagen, aber aus den Gesten kann ich lesen, dass Bishara abwiegelt. Als ich zu ihnen komme, sagt Bishara zu mir:

»Ist schon gut. Willkommen.«

»Sie sucht ihn schon sehr lange«, erkläre ich. »Sie hatte immer die Hoffnung, ihn lebend zu treffen.«

»Ich verstehe«, sagt Catalano. Ich höre ein unausgesprochenes »aber« mitschwingen.

»Hat er nichts von ihr erzählt?«, frage ich.

»Offenbar hatte der alte Mann ein paar Geheimnisse«, sagt Bishara ironisch, aber nicht überrascht.

»Sarfati ... ein jüdischer Name, nicht wahr?«, fragt Catalano.

»Ja.«

»Aber Moritz ...«

»Joëlles Mutter war Jüdin.«

Bishara hört uns verhalten, aber neugierig zu, und ich habe den Eindruck, dass Catalano die Frage für ihn gestellt hat.

»Wussten Sie«, frage ich, »dass mein Großvater als Soldat in Tunis war?«

»Ja.«

»Dort hat er Joëlles Mutter kennengelernt.«

»Ach. Wusstest du das?«, fragt Catalano Bishara.

Der schüttelt den Kopf.

»Ich auch nicht«, sage ich. »Er galt ja als verschollen. Und ich wusste nie, was er im Krieg gemacht hat. Ob er vielleicht ein Nazi war. Aber dann bin ich Joëlle begegnet. Und sie hat mir erzählt, was in Tunis passiert ist. Tatsächlich hat er einem italienischen Juden das Leben gerettet.«

»Davvero?«, fragt Catalano, als würde er Moritz das nicht zutrauen. *»Bella storia!«*

Ich sehe Bishara beim Denken zu.

»Dann musste er untertauchen«, ergänze ich. »Die Eltern des Mannes haben ihn in ihrem Haus versteckt. Und Moritz hat sich in deren Tochter verliebt. Joëlles Mutter.«

»Damals lebten dort viele Italiener«, sagt Catalano. »Juden, Katholiken, *tutti quanti.* Sie nannten es La Piccola Sicilia. Es liegt von hier aus näher als Rom. Das sagt alles über uns Sizilianer!«

Er lächelt geistreich, als hätte er mir gerade die Welt erklärt. Bishara mustert mich stumm. Nicht als ob er mir nicht glauben würde. Aber als wüsste er mehr als ich.

Aus dem ersten Stock hören wir ein dumpfes Poltern. Joëlle muss etwas umgeworfen haben. Catalano schnauft und geht nach drinnen. Er durchquert das Wohnzimmer, wo ich ihn nicht mehr sehe, aber ich höre, wie er die Schiebetür zum hinteren Bereich, in dem der Schreibtisch steht, schließt.

»Was hat er *Ihnen* denn erzählt?«, frage ich Bishara.

»Dass er nach dem Krieg zurückgegangen ist. Nach Berlin. Dass er dort eine Familie hatte.«

Ich bin fassungslos. Das ist die Version seines Lebens, die sich meine Mutter immer gewünscht hatte. Die nie stattgefunden hat.

»Nein, er kam nie zurück, weder tot noch lebendig.«

Ich frage mich, warum er Bishara belogen hat.

»Wie lange lebt er schon hier?«

»Lange. Dreißig Jahre ungefähr.«

»Und Sie sind ... sein Arzt?«

Bishara nickt, aber seine Gedanken sind woanders. Er scheint froh darüber zu sein, dass Catalano uns unterbricht. Ob ich das Hotel bevorzugen würde. Er habe zwei Zimmer gebucht. Ich antworte, dass ich Joëlle nicht allein lassen könne. Es ist mir genauso unangenehm wie ihm. Ich rufe nach ihr. Keine Antwort.

»*Andiamo*, Bruno«, sagt Bishara, »ich muss meine Kinder abholen.«

»Bitte fassen Sie nichts an«, sagt Catalano zu mir, und dann, nach einer Pause: »Die Testamentseröffnung ...«

Er beendet den Satz nicht, sucht nach den richtigen Worten.

»Haben Sie es schon gelesen?«, frage ich.

Sein Blick weicht aus. Er reicht mir seine Visitenkarte.

»Kommen Sie morgen um zehn in mein Büro. Da besprechen wir dann ... alles.«

»*Arrivederci*«, sagt Bishara, um das Gespräch schnell zu beenden. Catalano folgt ihm nur widerwillig durch den Garten, ums Haus herum. Im Gehen dreht er sich noch einmal um. Es gefällt ihm nicht, uns hier allein zu lassen. Wieder steigt dieses Gefühl aus meiner Kindheit in mir hoch: Moritz' Verschwinden hinterlässt eine Unbestimmtheit; ohne klare Regeln macht jeder seine eigenen, und ich fühle mich nicht sicher. Es bräuchte jemanden, der das Vakuum füllt, mit Ruhe und Verlässlichkeit, und ich befürchte, dass Joëlle, so gerne sie es tun würde, nicht mehr dazu imstande ist.

Sie kommt zu mir, als das Motorengeräusch sich entfernt. Sie ist müde. Etwas in ihr ist zerbrochen. Ein festes Fundament, auf dem ihre Sorglosigkeit geruht hatte. Ich schlage vor, etwas essen zu gehen, aber sie geht wie in Trance zur Garage und bleibt davor stehen. Das gelbe Absperrband der Polizei flattert im Wind. Ich trete an ihre Seite, und eine Zeitlang starren wir auf das weiße Garagentor. Ich bin froh, dass es verschlossen ist. Ich nehme Joëlle am Arm, und wir gehen zurück ins Haus.

Joëlle stößt alle Fenster auf, die hohen Flügel und Fensterläden. Abendlicht flutet den Raum, wir hören das Meer rauschen. Es ist, als wollte sie den Tod aus seinem verlassenen Haus vertreiben. Ich bin schon einen Schritt weiter, ich spüre, dass er nicht mehr lebt und dass es sinnlos ist, es zu verleugnen. Sie öffnet die Schiebetür und macht sich an seinem Schreibtisch zu schaffen. Es ist sinnlos, zu versuchen, sie zurückzuhalten. Sie stöbert und wühlt und weiß doch nicht, was sie sucht, weil das, was sie eigentlich finden will, nämlich er, greifbar nah, aber doch verschwunden ist. Mir ist nicht danach, in sein Reich einzudringen, solange er noch nicht einmal unter der Erde ist. Ich gehe in die Küche, um einen Kaffee zu machen. Die Katze maunzt. Am Ende gebe ich ihr die Mortadella, die ich im Kühlschrank finde. Dann sehe ich einen Einkaufszettel an der Wand, auf den Moritz mit Bleistift geschrieben hat: *Burro. Prezzemolo. Detersivo. Cibo per gatti.* Eine schwungvolle, altmodische Schrift, die klar und energisch wirkt. Ich suche nach einer weiblichen Spur in der Küche, aber finde nichts. Alles ist sauber und aufgeräumt, als hätte er keine Unordnung hinterlassen wollen. Ich muss den Notar fragen, ob es einen Abschiedsbrief gibt, schießt es mir durch den Kopf. Den Kaffee hat er sich mit einer alten, rußverkrusteten *caffetiera* gemacht. Im Sieb ist noch kalter Kaffeesatz. Sein letzter. Ich zögere, dann klopfe ich ihn aus und schalte den Gasherd an.

»Joëlle, hör auf«, sage ich und finde doch keine Worte, die sie trösten könnten. Ich stelle ihre Tasse auf den Schreibtisch, werfe einen Blick auf die verstreuten Papiere, wende mich ab, weil ich kein Recht habe, sie zu lesen. Und dann entdecke ich, hinter Joëlles Rücken, einen Safe in der Wand. Am Boden darunter steht ein abgenommenes Bild mit Fischerbooten, das den Safe wohl verdecken sollte. Die Tür steht halb offen; ich schaue hinein – der Safe ist leer.

»Schau mal!«, sage ich, aber sie reagiert nicht. Erst jetzt bemerke ich, dass sie weint und zittert, während sie sucht und sucht und doch nichts findet.

»Nichts. Absolut nichts.«

»Nichts was?«

»Kein einziges Foto von mir oder meiner Mutter. Nichts.«

Tatsächlich, so konservativ sein Altherren-Schreibtisch auch wirkt – etwas fehlt, das sonst immer vorhanden ist: die Familienfotos. Weder aus unserer noch aus Joëlles Familie.

»Er hat uns ausgelöscht. Findest du das nicht skandalös?«

Nein, das finde ich nicht. So habe ich ihn kennengelernt, den Mann, den ich nie kennenlernen durfte. Ich bin auf einmal wieder neun Jahre alt und sehe meiner Mutter zu, die in einem plötzlichen Anfall von Wut oder Sehnsucht Omas Fotoalben aus dem Schrank zerrt und durchwühlt und vom Tisch wirft und Oma für Dinge anklagt, die ich nicht begreife. Alles, was ich damals verstand, war, dass Oma sagte, er sei tot, sie solle endlich zur Vernunft kommen. Millionen verreckte Soldaten, so sei das eben gewesen im Krieg. Und dass Mama schrie, nein, das dürfe sie nicht sagen, es gäbe keinen Beweis! Was, wenn er tatsächlich noch lebte, irgendwo?

Und jetzt Joëlle, Jahrzehnte später, die gleiche Wut, die gleiche Wunde, das gleiche Aufbäumen gegen die Wirklichkeit. Obwohl sie ihn doch als Vater hatte. Ich habe von Männern gehört, die zwei parallele Familien hatten, ohne dass die Frauen voneinander wussten, und von Männern, die verschwinden, um woanders eine zweite Familie zu gründen. Aber ein Mann, der zweimal verschwindet, zwei Frauen und Töchter zurücklässt, um dann ein drittes Leben unter Palmen zu führen – wie erklärt man das außer durch eine pathologische Persönlichkeit?

»Joëlle, hör auf.«

»Reincke, Reincke, Reincke. Nirgends steht Sarfati!«

Sie zieht seine Briefe aus den Schubladen, Stromrechnungen und Handgeschriebenes, sie liest nur den Namen, immer nur diesen deutschen Namen: Moritz Reincke. Ich sehe hilflos zu, wie sie sich im Dunkeln verrennt. Was man bei sich selbst nicht bemerkt, wie man blind wird vor Liebe oder Hass, erkennt man nur bei anderen. Vielleicht habe ich diesen Mann gerade deshalb geliebt, weil er nie da war. Weil er sich entzog und verwandelte, sobald ein eindeutiges Bild von ihm erschien. Wenn er niemand war, konnte er alles sein. Er war die weiße Leinwand meiner Phantasie. Für Joëlle aber war er der Fixstern ihrer Kindheit. In ihrer Erinnerung war die Zeit stehen geblieben, sein Bild wie versteinert, als hätte er nie weitergelebt. Und jetzt fällt das alles auseinander. Zum ersten Mal bin ich einen Schritt weiter als sie. Jetzt liegt es an mir, ihr Halt zu geben.

»Joëlle, siehst du das?«

Spätes Licht scheint auf den Fenstersims, und in der leichten Staubschicht erkenne ich zwei rechteckige Leerstellen. Genau dort, wo der Blick hinfällt, wenn man am Schreibtisch sitzt.

»Hier standen Fotorahmen.«

Joëlle fährt mit dem Finger über den Staub.

»Das ist nicht lange her.«

Ich schaue zur Wand. Wenn man genau hinsieht, bemerkt man auch dort die etwas helleren Stellen, an denen einmal kleine Bilderrahmen hingen. Jemand muss sie entfernt haben. Vielleicht die Polizei, vielleicht Moritz, vielleicht jemand anderes. Wer war auf diesen Fotos?

»Er hat so viel fotografiert«, sagt Joëlle. »Er *muss* Fotos von mir gehabt haben. Hunderte.«

»Warum hat er deine Mutter verlassen?«

»Er hat sie nicht verlassen. Sie war die Liebe seines Lebens.«

Zum ersten Mal ertappe ich mich dabei, dass ich Joëlle nicht ganz glaube. Mich interessieren Geschichten des Scheiterns viel mehr als Geschichten mit Happy End. Das war schon immer so, auch vor meiner Scheidung. Filme oder Romane, in denen sich die Liebenden am Ende in den Armen liegen, sind mir suspekt. Als Teenager entwickelte ich einen schrägen Tick: In Buchläden lese ich nie die ersten Sätze, um zu entscheiden, ob ich ein Buch kaufe, sondern blättere bis zum Ende, lese die letzte Seite, und wenn es gut ausgeht, lege ich das Buch zurück. Ich kaufe keine Lügen. Glückliche Enden empfinde ich als Verrat an der Wirklichkeit. Dunkle Geheimnisse, tragische Trennungen, unmögliche Liebe - da bin ich zu Hause. Mein Ex - so wie ich ihn inzwischen nenne, nie mehr mit seinem Namen; auch das eine Art Auslöschung - hat sich oft lustig darüber gemacht. Denn tatsächlich zeigte unsere Ehe keine Spur von Tragik und Untergang. Sie war der einzige Ort auf der Welt, an dem ich kein Unglück vermutete, sie war meine Insel. Insgeheim war ich stolz darauf, dass ich mein Nest besser gemacht hatte als meine Mutter und meine Großmutter. Nie hätte ich gedacht, dass ausgerechnet dort die Bombe einschlagen würde. Und jetzt schockiert mich nichts mehr. Keine Liebe ist von Dauer. Nicht etwa, weil die Welt schlecht wäre, nein, die Welt ist voller Liebe, und genau das ist das Problem. Der größte Feind der Liebe ist nicht Hass, sondern eine andere, noch größere Liebe. Wer zu wenig davon bekommen hat, wird süchtig nach mehr, immer mehr.

»Joëlle, was ist passiert? Erzähl mir die Wahrheit. Auch wenn sie weh tut.«

Es dauert ein wenig, bis sie sich beruhigt und wir uns erschöpft ans Fenster setzen. Bis das Licht langsam schwächer wird und Schatten das Zimmer durchwandern. Bis das Schweigen sich ausbreiten darf und Joëlle die Erinnerung zulassen kann.

»Stell dir einen Mann vor«, sagt sie, »der sich entschieden hat. Für seine Familie. Gegen alles, was ihm vorher etwas bedeutet hat. Stell es dir einfach vor, auch wenn du nicht glaubst, dass Männer so lieben können. Damals gab es sie noch. Sie machten nicht viele Worte, sie zeigten ihre Liebe, indem sie nach dem Krieg die Ärmel hochkrempelten und ein Haus bauten, mit bloßen Händen. Vielleicht waren sie verschlossener als heute, vielleicht verstanden sie ihre Frauen nicht, vielleicht betrogen sie sie sogar. Aber glaub mir, sie hätten getötet, um ihre Familie zu beschützen.«

»Hat er wirklich jemanden getötet?«

»Nein. Vielleicht war das seine einzige Schwäche. Vielleicht war er zu gutmütig. Vielleicht wäre sonst nicht alles auseinander gegangen. Aber er hat etwas getan, das noch mehr Mut erforderte: Er hat sich selbst ausgelöscht. Aus Liebe zu meiner Mutter. Er änderte seinen Namen, nahm ihre Religion an und heiratete sie. Er stieg mit ihr auf ein illegales Auswandererschiff, kurz nach dem Krieg, und beschloss, nie mehr zurück zu kehren.«

3

CAMP 60

Alle große Literatur
ist eine von zwei Geschichten:
Ein Mensch geht auf eine Reise,
oder ein Fremder kommt in die Stadt.

Leo Tolstoi

»Mein Name ist Maurice Sarfati.«

»Ihr Pass ist eine Fälschung.«

»Mein Name ist Maurice Sarfati.«

Wenn er es oft genug wiederholte, würden sie es ihm glauben. Es war nicht einmal gelogen. Er sagte nicht: »Ich *bin* Maurice Sarfati.« Er trug seinen Namen wie ein neues Hemd, eine Krücke, einen Schlüssel.

Bis sie es glaubten. Bis er es selbst glaubte.

Joëlle stand neben ihm in der Menschenschlange auf dem staubigen Hafenpier, an der Hand ihrer Mutter. Das Gelobte Land stank nach Öl und Brackwasser. Es war heiß. Überall standen Koffer herum, Stacheldraht wucherte über Sandsäcken, hellhäutige Soldaten in kurzen Hosen und roten Mützen kontrollierten die Ausweise, stellten Fragen auf Englisch und notierten die Antworten in ihren Listen: Einschiffungshafen, Name des Schiffes, Wohnort, Familienstand. Man hörte Namen wie Łódź, Trieste, Bergen-Belsen, Dachau. Ein alter Mann zog den Ärmel seiner verfilzten Jacke hoch, um die eintätowierte Nummer auf dem Arm zu zeigen. Der Nächste drängte sich vor und schob ihn beiseite, eine Frau verlangte Milch für ihr Baby. Die Soldaten zogen einen jungen Mann heraus, um ihn abzuführen. Er war einer der Matrosen ihres gekaperten Schiffes, das der britische Zerstörer in den Hafen von Haifa geschleppt hatte.

Maurice reichte dem Engländer die Papiere. Joëlle hatte keine Angst an seiner Seite, auch wenn sie durstig war und in der Sonne schwitzte. Solange Mamma und Papà bei ihr waren, konnte niemand ihr etwas anhaben. Sie spürte, dass Papà dem jungen Soldaten überlegen war, obwohl dieser eine tadellose Uniform trug und Papà nur diesen zerschlissenen Anzug. Was in Maurice vor sich ging, wie sehr er Angst hatte, aufzufliegen, zurückgeschickt oder verhaftet zu werden, ahnte sie nicht.

»Mein Name ist Maurice Sarfati. Das ist meine Frau, Yasmina Sarfati. Und meine Tochter, Joëlle Sarfati.«

Im Italienischen, das er mit seiner Familie sprach, sagt man über seinen Beruf beispielsweise: *»Faccio il marinaio«*. Ich *mache* den Matrosen. Ich *bin* es nicht. Ich könnte es jederzeit auch wieder sein lassen. Doch für den eigenen Namen sagt man: *»Sono Maurice.«* »Ich *bin* Maurice«. Wie eigenartig, dass Menschen sich mit einem Namen identifizieren, den sie – im Gegensatz zum Beruf – nicht gewählt haben. Sie sind also eine Idee ihrer Eltern. Später heißt es: »Ich *bin* Vater«, oder: »Das *ist* mein Mann«. Aber wäre es nicht angemessener zu sagen: *»Faccio il papà«, »Faccio il marito«?* Ich gebe den Vater, den Ehemann, den Italiener. Ich *bin* es nicht, sondern *tue* es, als Schauspieler auf der Bühne des Lebens. Ich erfülle die Vorstellung davon, was es in den Augen der anderen bedeutet, dieser oder jener zu sein.

»Italiener?«

»Ja.«

»Jude?«

»Ja.«

»Sind Sie Mitglied einer jüdischen Untergrundorganisation?«

»Nein.«

Der Brite glaubte ihm nicht. Auch wenn das die bisher einzig wahre Antwort war. Der Ton des Soldaten war bemüht neutral, aber eigentlich feindselig. Die Einwanderer hatten sich mit allen Mitteln gewehrt. Als der Zerstörer längsseits ging, hatten ein paar Leute Konservendosen an Deck geschleppt, um sie wie verrückt auf die britischen Seeleute zu werfen. Es gab Verletzte.

»Ihnen ist bewusst, dass Sie versucht haben, illegal einzureisen?«

Das war der Punkt, an dem die Männer vom Mossad Alyah Bet in Italien ihnen eingeschärft hatten, zu lügen, sie seien auf einer Kreuzfahrt durchs Mittelmeer. Moritz entschied sich für die Wahrheit. Eine Lüge schmeckt besser, wenn sie mit wahren Details geschmückt ist.

»Ja, natürlich.«

Der spitze Mund des Engländers entspannte sich.

»Wer hat Ihre Überfahrt bezahlt?«

»Die Jewish Agency.«

Der Soldat notierte seine Aussage, aufreizend indifferent. Maurice versuchte, Ruhe zu bewahren. Er kannte diese jungen Männer in Tropenuniform, die in ein fremdes, staubiges Land geschickt worden waren, ohne zu wissen warum. Er war selbst einer von ihnen gewesen. Bevor er Maurice Sarfati wurde.

»Wo gibt es Trinkwasser für meine Frau und meine Tochter?«

Der Soldat schrieb weiter, ohne aufzusehen.

»Sie haben kein Recht, uns wie Kriminelle zu behandeln!«, fuhr es aus Maurice heraus, viel zu heftig. Im selben Moment bereute er es.

»Sie wurden bei der illegalen Einreise in britisches Hoheitsgebiet gefasst. Die illegale Organisation, der Sie behaupten, nicht anzugehören, unterwandert die britische Einwanderungsquote. Und wenn ich eine persönliche Bemerkung hinzufügen darf, Ihre Leute haben meinen besten Kameraden auf dem Gewissen. Vor fünf Tagen hat eine Bombe seinen Jeep zerfetzt.«

»Wen meinen Sie mit *Ihre Leute*?«

Hass macht blind, würde Maurice später einmal zu der erwachsenen Joëlle sagen und sie an ihre Ankunft in Haifa erinnern. Wie er insgeheim erleichtert war, dass der Brite ihn tatsächlich für einen Juden hielt. Feinde erscheinen alle gleich, nur bei den eigenen Leuten differenziert man. Und das Geheimnis der Lüge, das weiß jeder Propagandaprofi, ist Ablenkung.

»Keiner der Menschen auf diesem Schiff«, erklärte Maurice, »hat eine Bombe im Gepäck. Manche haben nur die Kleider, die sie am Leib tragen. Und eine Nummer auf dem Arm. Wissen Sie, was diese Menschen hinter sich haben?«

»Ihr seid alle unschuldig. Natürlich. Nehmen wir mal an, Sie sind tatsächlich kein Mitglied des Mossad oder Palyam. Nehmen wir an, ich schicke Sie also nicht zurück nach Europa, sondern ins Camp. Noch bevor Sie dort Ihren ersten Teller Suppe bekommen, wird ein freundlicher junger Mann Sie ansprechen. Sie und alle anderen jungen Männer. Er wird Ihnen versprechen, Sie rauszuschmuggeln. Es gibt Tunnels, bestechliche Wachen ... Und in ein paar Wochen werden einige von Ihnen – nicht alle, natürlich – einer Terrororganisation angehören und eine Bombe legen, die junge Briten tötet. Aber natürlich seid ihr alle unschuldige Flüchtlinge. Die Zeitungen lieben euch.«

»Hören Sie, wenn ich ein Matrose des Palyam wäre, hätte ich dann meine Frau und meine Tochter auf dieses Schiff mitgenommen? Sie ist vier Jahre alt.«

»Können Sie beweisen, dass diese Personen wirklich Ihre Angehörigen sind?«

»In meinem Koffer ist unsere Heiratsurkunde. Wenn Sie die ...«

»Wo und wann haben Sie geheiratet?«

»In Rom.«

»Wann?«

Maurice spürte, wie ihm der Schweiß den Nacken hinunterlief. Aber er blieb bewegungslos. Er musste die Wahrheit sagen. Sie hatten den Koffer.

»1945.«

»Und ihre Tochter ist schon vier Jahre alt?«

Der süffisante Ton war nicht zu überhören. Er hatte Maurice an seiner Achillesferse erwischt. Maurice beugte sich zu dem Offizier und sagte leise, damit Joëlle es nicht hörte.

»Ihr ... leiblicher Vater ist im Krieg gefallen.«

Maurices Hoffnung, das Mitgefühl des Engländers zu wecken, erfüllte sich nicht. Er blieb aufreizend unbeeindruckt.

»Wer ist in den Krieg gefallen?«, fragte Joëlle.

Maurice erschrak, beugte sich zu ihr hinunter und sagte: »Viele Menschen sind gestorben. Aber wir nicht, *siamo fortunati*, wie alle diese Leute hier; wir haben es geschafft.«

In Wahrheit hatten sie nicht viel geschafft, außer die Fahrt übers Mittelmeer zu überleben. Nur wenige der illegalen Schiffe schafften es noch bis zur Küste Palästinas, wo ihre Kapitäne sie auf Grund setzten und die Passagiere an Land schwammen. Inzwischen wurden die meisten dieser überladenen Seelenverkäufer von der britischen Küstenwache abgefangen und in den Hafen von Haifa geschleppt. Weil die Camps an der Küste längst überfüllt waren und die palästinensischen Araber gegen die jüdische Einwanderung protestierten, baute Großbritannien nun Lager auf Zypern, wo sie die Flüchtlinge hinbrachten, Zeltstädte im Niemandsland, umzäunt mit Stacheldraht, nicht mehr in Europa, aber noch nicht im Nahen Osten. Niemand wusste, wie lange sie dort ausharren mussten.

Einen halben Tag lang hatten sie die Bucht von Haifa sehen können, die sandsteinfarbenen Häuser am Hang, die roten Ziegeldächer und grünen Alleen. Eine Stadt wie ein Amphitheater, und der Hafen war die Bühne. Sie hatten die Radioübertragungen aus den offenen Fenstern gehört, hebräische und arabische Lieder, aber sie durften den Pier nicht verlassen. Am Abend führte man sie an Deck des britischen Zerstörers, wo es Suppe gab, Brot und eine Decke für die Nacht. Und in der Dunkelheit legte das Schiff wieder ab, mit Kurs auf Zypern.

Die Lichter von Eretz Israel verschwanden hinter dem Horizont. Einige standen an der Reling und weinten. Aber Moritz saß in seine Decke gehüllt auf dem Boden, hielt die schlafende Joëlle im Arm und war insgeheim glücklich. Der erste Schritt war gemacht. Sie hatten ihn offiziell registriert. In seiner Hand hielt er die weiße Karte, auf der in schwarzer Tinte geschrieben stand:

NATIONALITY: Italian.
RACE: Jewish.
NAME: Maurice Sarfati.

4

Das Camp hatte keine Geschichte. Es gab keine Stadt, die ihm ihren Namen hätte leihen können, keinen Berg und keinen See, nur eine gewundene Schotterstraße, die irgendwo auf einem weiten Feld endete, vor einem Tor aus Holzbalken und Stacheldraht. Ein langer Zaun, staubige Erde und nirgends ein Baum, der gegen die Sonne schützte. Nicht einmal ein Schild am Eingang. Der Grund, warum sie mir davon erzählt, sagt Joëlle, hat nichts mit dem Ort zu tun, denn Camp 60 auf Zypern war ein Nicht-Ort, den man am besten schnell wieder vergisst. Sondern mit dem, was dort zwischen Maurice und Yasmina geschah. Alles, was sich später in der Jaffa Road ereignen sollte, war bereits hier im Camp vorgezeichnet. Als liefen die Verzweigungen des Lebens auf unsichtbaren Schienen, die unweigerlich zu einer Bestimmung führen. Als trüge der Anfang jeder Liebe, die Erhöhung im Zauber, der Schicksalsglaube, bereits den Samen ihres Endes in sich, den Absturz ins Alltägliche, die Enttäuschung, den Verrat.

Joëlle war zu klein, um zu begreifen, was die Eltern von ihr abschirmten, und allein dafür schuldet sie ihnen Dank. Doch was die einen Schutz nennen, ist für die anderen eine Lüge. Erst als Maurice ihr später alles erzählte, erfuhr sie die Wahrheit. Sie verstand die Welt erst durch die Augen der anderen.

Und so ist alles, was nun folgt, die Erinnerung an eine Erinnerung. Nicht die Geschehnisse selbst, sondern ihre Wahrnehmung durch die Menschen, die sie durchlebt haben und durch ihre Kinder, denen davon erzählt wurde. Das Gedächtnis unserer Familien, fragmentiert von Wunden, Tabus und Loyalitäten. Die Rekonstruktion endet nie, denn anders als bei einer archäologischen Ausgrabung, wo man handfeste Scherben aus den Zeitschichten schürft, unterliegen die Verkrustungen der Gefühle einer ständigen Neuinterpretation. Und jeder erinnert sich auf seine Weise.

Ihre Handflächen waren verbrannt vom glühenden Blech, an dem sie sich festgekrallt hatten. Dann sprangen sie von den offenen Pritschen der Lastwagen hinunter in den Staub. Dutzende, Hunderte, reichten sich die Koffer und standen verloren in der Mittagshitze zwischen Zäunen, Gittern und Stacheldraht. Sie konnten nicht glauben, dass sie den Lagern entkommen waren, nur um wieder in einem Lager zu enden. Sie mussten sich ausziehen, bis auf die nackte Haut, und ihre Kleider auf große Haufen werfen. Dann kamen Soldaten, die Gasmasken trugen und Blechpumpen mit Entlausungsmittel, einem grauen Pulver, das die Haare verfilzte und im Rachen brannte. Es gab keine Duschen und kein fließendes Wasser, nur den täglichen Tanklastwagen, vor dem sie Schlange standen mit ihren Blechnäpfen. Es gab keine Häuser aus Stein, nur Wellblechbaracken, in denen Dutzende Familien schliefen, zusammen mit Alleinstehenden, zufällig zusammengewürfelt wie Stallhühner; sie sprachen nicht einmal dieselbe Sprache. Im Camp 60 hörte man Deutsch und Jiddisch, Italienisch, Polnisch, Tschechisch und Russisch; die wenigsten sprachen Englisch, und nur die Religiösen konnten Hebräisch. Man verständigte sich mit Händen und Füßen. Einige trugen altmodische Anzüge, andere kurze Khakihosen und Stiefel, auch die Frauen, und einige Männer liefen mit nacktem Oberkörper herum. Wer hier landete, hatte nur ein Ziel: möglichst schnell wieder wegzukommen. Die Briten hatten sie im Niemandsland abgeladen, weil keiner wusste, wohin man sie schicken sollte. Fünfzehntausend legale Einreisevisa verteilten sie pro Jahr, aber es kamen viel mehr Menschen übers Meer, und keiner wollte zurück nach Europa. Wie zum Trotz hissten sie zwischen den Baracken die weißblaue Flagge mit dem Davidstern. Als wären sie schon dort. Als gäbe es schon den Staat, den niemand außer ihnen »Eretz Israel« nannte. Auf allen Karten der Welt hieß das Land so, wie die Briten es nannten, Palästina. In ihren Köpfen aber war der Traum längst Wirklichkeit. Tatsächlich war dieses Camp im Nirgendwo kein Ort zum Leben, aber ein Ort, an dem die Menschen träumten, Tag und Nacht, unter der unbarmherzigen Sonne und dem Sternenhimmel. Sie träumten, um zu vergessen, wo sie waren, sie träumten, um zu vergessen, wo sie herkamen. Sie träumten von dem Land, in dem sie endlich sicher wären, dem Land ihrer Vorväter, das sie neu aufbauen würden, als Bauern, Soldaten und Lehrer. Und manchmal, wenn sie schliefen oder nachts zusammensaßen, kamen die Geister der Toten in ihre Zelte. Camp 60 war der Ort, an dem du einen Fremden nach seiner Familie fragtest und seine Antwort von deiner eigenen Familie erzählte. Ihre Liebsten waren tot. Sie waren allein. Sie wollten leben.

Niemand ahnte, wer Maurice einmal gewesen war. Keiner kannte seine Angst, dass die anderen es herausfanden. Maurice und Yasmina waren das schönste Paar des Lagers. Er aufrecht und hochgewachsen; sie mit ihren wilden Locken und dunklen Augen, ihrer undurchdringlichen Mischung aus Stolz, Zerbrechlichkeit und Mitgefühl für alle, die schwächer waren als sie, die elternlosen Kinder und gebrechlichen Alten. Wenn sie mit den Soldaten stritt, konnte sie energisch aufbrausen, aber wenn sie sich um jemanden kümmerte, umgab sie ein stilles Leuchten. Man wusste nie genau, wo Yasminas Körper endete; die Grenze zwischen ihr und den anderen war fließend. Manche Frauen im Lager waren eifersüchtig auf ihre dunkle Schönheit, und nicht wenige schwärmten von Maurice. Aber er hatte nur Augen für seine Frau. Er war auch bei den Männern beliebt, denn er half, wo er konnte, reparierte eine stehengebliebene Uhr oder ein kaputtes Dach; selbst die Soldaten baten ihn manchmal um Hilfe, als sie sein Talent für Feinmechanik erkannten. Joëlle durfte überallhin mit, und sie liebte es, seine geraden, schlanken Hände zu beobachten, wie sie ruhig und präzise ein Radio oder eine Armbanduhr zerlegten und wieder zusammensetzten. Wenn alle Teile verstreut auf dem Tuch lagen, das er am Boden ausgebreitet hatte, hatte er allein den Plan im Kopf, wie sie wieder zusammenzufügen waren, derselbe Prozess rückwärts. Und wenn die Leute ihm für seine Dienste ein Päckchen Zigaretten, Lebensmittelmarken oder einen Wintermantel anboten, lehnte er ab.

Joëlle erinnert sich an kein einziges Wort der Klage aus seinem Mund. Im Gegenteil, in dieser Zeit, an diesem Ort schien er zufriedener denn je. Er wusste nicht, wo er wohnen und wovon er leben sollte, aber er wusste, zu wem er gehörte. Er hatte eine Familie geschenkt bekommen. Unverdient, wie er fand, immer noch staunend, warum er den Platz eines anderen eingenommen hatte. Er war als Fremder in ihre Welt eingedrungen, und dennoch mochte er jetzt mit niemandem mehr tauschen.

Nachts, als der Lärm in den Baracken endlich verebbte, betrachtete er Yasmina, die mit Joëlle in ihrem Arm auf der Pritsche lag. Sie schlief, wie immer, leise aber unruhig. Wie um nicht aufzufallen, aber in Träumen gefangen. Unter den schwarzen Locken, die ihr übers Gesicht fielen, zuckten ihre Augenlider. Joëlle dagegen schlief entspannt, ausgebreitet trotz des wenigen Platzes, in der liebenden Umarmung ihrer Mutter. Maurice fragte sich, was Yasmina gerade sah. Sie war eine Frau, die auch mit offenen Augen träumte, sie schien selbst einem Traum entsprungen, einer schöneren, aber surrealen Welt, die Maurice bis heute nicht verstand.

Der Grund, warum er sich in sie verliebt hatte, war mehr als ihre rätselhafte Schönheit. Es war ihr wilder, zerbrechlicher Stolz und die Entschlossenheit, für ihr Kind zu kämpfen, gegen ihre Eltern, gegen die Nachbarn, gegen alles, was ihr einmal Schutz gegeben hatte. Um diesem kleinen Wesen, das nichts von dem Skandal wusste, in den es hinein geboren wurde, *ihren* Schutz zu geben. In kurzer Zeit war sie zur Frau geworden, hatte den Kopf aufrecht gehalten, als hinter ihrem Rücken alle über sie tuschelten, und unbeirrt einen Ring aus Liebe um ihr Kind gebaut. Das hatte Maurice so sehr berührt, dass er nichts anderes wollte, als für sie da zu sein.

Was ihm die Gewissheit gab, dass sein Platz an ihrer Seite war, war die Tatsache, dass nicht er, sondern das Schicksal diesen Ort für ihn gewählt hatte. Er hatte einfach nur den Widerstand aufgegeben und sich dem Strom des Lebens hingegeben, wodurch er zu einem anderen wurde. Was war sein Ich denn anderes gewesen als der Widerstand gegen die Umstände? Yasminas Familie in Tunis, die ihn vor den Alliierten versteckt hatte, ihre Hochzeit unter Fremden und die Fahrt übers Mittelmeer, all das hatte sein neues Ich geprägt. Ohne sie wäre er wahrscheinlich tot. Oder er wäre jetzt ein Deutscher namens Moritz Reincke, seit Entlassung aus der Wehrmacht wohnhaft in Berlin, verheiratet mit Fanny Reincke. Ein Haus, ein Garten, Kinder. All das, wovon er und seine Kameraden unter der fremden Sonne Nordafrikas geträumt hatten. Aber Maurice träumte nicht mehr. Er war hier, jetzt, und das war mehr, als er je zu träumen gewagt hatte. Die Zeit der Unsichtbarkeit war vorbei. Er stand im Licht. Alle Taubheit der Sinne war verschwunden. Er war da. Er wollte leben.

Was Maurice aber nicht wusste, während er seine Frau im Schlaf betrachtete, war, wen sie gleich nach der Ankunft in Camp 60 gesucht hatte. Heimlich, ohne ihm ein Wort zu sagen.

Während alle von der Zukunft träumten, konnte Yasmina ihre Vergangenheit nicht vergessen. Und obwohl sie alles mit Maurice teilte, den Hunger und das Brot, waren ihre Träume, die guten und die schlechten, ein Reich, zu dem er keinen Zugang besaß. Manchmal zuckte ihr Körper wild im Schlaf, so dass er Angst hatte, sie würde aus dem Feldbett fallen. Er musste sich neben sie legen und sie mit aller Kraft festhalten, bis die Wellen langsam verebbten.

»Ich hasse das Meer«, sagte sie einmal beim Aufwachen. »Gut, dass man es von hier nicht sehen kann.«

»Warum, Mamma?«, fragte Joëlle. »Ich liebe das Meer!«

Auf der Schiffsreise war Yasmina meist unter Deck geblieben. Sie, die am Strand von Piccola Sicilia aufgewachsen war und nichts lieber getan hatte, als barfuß über den heißen Sand zu laufen, zusammen mit ihrem Bruder. Maurice wusste, warum sie das Meer nicht ertrug, aber er schwieg, nahm Joëlle auf den Arm und ging mit ihr nach draußen, um sie abzulenken.

Genau wie der britische Soldat im Hafen von Haifa vorausgesagt hatte, kam tatsächlich bald ein Mann ins Camp, der Maurice, so wie alle jungen Männer, heimlich ansprach. Offiziell war er Hebräischlehrer. Er trug kurze Hosen und ein kurzes Hemd, war muskulös und braungebrannt. Er nahm Maurice beiseite, als er am Wassertanker anstand. Er könnte ihn herausschmuggeln, raunte der Mann, wenn er sich der Hagana anschloss, der zionistischen Untergrundarmee. Er solle sich keine Sorgen machen, man würde für alles sorgen, Unterkunft, Essen und sogar einen kleinen Sold. Männer wie dich brauchen wir, sagte er, junge, entschlossene Männer! Du siehst anders aus als diese verlumpten Gestalten mit gebeugtem Rücken; die tragen zu viel Diaspora in sich, aber du bist kein Schwächling, das sieht man dir an, du bist einer von uns. Wir werden nie wieder Opfer sein, wir wissen uns zu verteidigen, wir bestimmen unser Schicksal selbst! Wir sind die neuen Juden, stark und frei, wir bringen die Wüste zum Blühen!

Am Abend, als die Polen jiddische Lieder sangen und Joëlle mit den anderen Kindern tanzte, berichtete Maurice Yasmina leise von der Begegnung am Wassertanker.

»Niemals«, sagte sie.

»Aber er bringt uns hier raus. Nicht nur mich. Er hat uns eine Wohnung versprochen, für alle drei. In einem Kibbuz.«

»Hast du vergessen, was du dir geschworen hast? Nie wieder Krieg, hast du gesagt. Und jetzt willst du ein Gewehr in die Hand nehmen?«

Tatsächlich, der Gedanke, noch einmal in eine Armee einzutreten, widerstrebte ihm zutiefst. Sicher, er sah die Notwendigkeit, sich zu verteidigen. Aber er verabscheute den blinden Gehorsam, die abgetötete Empfindsamkeit, die Erosion der zivilen Moral. Und dennoch war er bereit, noch einmal über seinen Schatten zu springen. Nicht für sich, nicht für einen Führer, sondern für die beiden Menschen, die ihm anvertraut worden waren.

»Ich werde nicht zulassen«, sagte Yasmina leise, aber eindringlich, »dass Joëlle noch einmal ihren Vater verliert. Ich habe Lust, zu leben, Maurice! Ich will die Welt sehen, neue Kleider ausprobieren und neue Gesichter. Ich will nicht mehr brav sein müssen und keine traurige Witwe sein, ich will endlich frei sein! Mit dir!«

Maurice schwieg. Sie nahm seine Hand.

»Bist du nicht dankbar«, fragte sie, »noch am Leben zu sein?«

Tatsächlich empfand er jede Minute mit ihr als ein Geschenk. Dass er den Krieg überlebt hatte, war keinem Zufall zu verdanken, sondern einer Entscheidung. Hätten ihm die Sarfatis damals nicht ihre Tür geöffnet, ihm das rettende Seil zugeworfen, wäre er weiter im Strom des Krieges getrieben, bis der nächste Strudel ihn erfasst hätte. Yasminas Eltern hatte er alles zu verdanken; ohne sie gäbe es jetzt keine Sonne, weil er sie nicht sähe, und keinen Wind, weil er ihn nicht spürte. Die ganze kaputte Welt, ein unfassbares Glück.

»Aber dieses Land wird uns nicht geschenkt, Yasmina. Wir sind nicht willkommen in Palästina.«

»Ich glaube nicht, was die Leute sagen. Wir haben immer gut zusammengelebt, Juden und Araber. Wir sind Cousins. Es war *dein* Volk, das die Juden getötet hat.«

»Mein Volk ist jetzt deins«, erwiderte er.

»Wirklich? Man streift seine Haut nicht so leicht ab, Maurice, glaub mir. Du und ich, wir sind beide Adoptivkinder, jeder auf seine Weise. Wenn alles gut läuft, ist man einer von ihnen, aber wehe, wenn es schlecht läuft.«

Sie deutete auf den Akkordeonspieler und den Sänger mit dem schwarzen Hut.

»Das ist nicht mal *meine* Sprache und Musik. Wie soll es dann deine werden? Erinnerst du dich, als du mir Beethoven vorgespielt hast, im Haus meiner Eltern? Da hab ich zum ersten Mal gespürt, wer du wirklich bist. Nicht der Soldat, sondern der Mensch. Dein Gesicht war so seelenvoll. Du hattest Heimweh. Nach deinem Deutschland.«

Sie sagte es ganz leise, dieses Wort, damit niemand es hörte.

»Mein Deutschland gibt es nicht mehr. Und hat die Seele eine Nation? So seltsam das klingt, unter diesen Menschen hier fühle ich mich zu Hause. Und ich kann nicht nur an mein eigenes Wohl denken.«

»Dann denk an unser Kind.«

Joëlle kam mit nassgeschwitzten Haaren zu ihnen gelaufen und strahlte sie an.

»Los, tanzt mit!«

»Du hast recht«, sagte Maurice zu Yasmina.

Damit war es entschieden. Maurice nahm an den Übungen der Hagana teil, um nicht als Verweigerer aufzufallen, aber er ließ sich nicht anwerben. Gegenüber den Briten nannten sie die Übungen *»physical exercise classes«*, tatsächlich trainierten sie für den Kampf. Fünfzig Liegestützen unter der heißen Sonne, Klettern am Seil und Nahkampf. Wie man einen Angreifer mit bloßen Händen tötet. Manchmal schmuggelte die Hagana sogar Gewehre herein. Die Wachen drückten ein Auge zu, solange alles ruhig blieb. Sie spürten, dass die Zeit ihres Empires ablief. Im Grunde wollten alle nur nach Hause.

Manchmal verließ Yasmina das Lager. Maurice ließ sie gehen und machte sich keine Sorgen, weil sie mit anderen Frauen unterwegs war. Es waren amerikanische Freiwillige, die sich um die Flüchtlingskinder ohne Eltern kümmerten. Sie holten sie direkt an den Schiffen ab und brachten sie ins Camp, wo die Hilfsorganisation Hadassa ein kleines Feldkrankenhaus betrieb. Yasmina hatte keine medizinische Ausbildung, aber als Tochter eines Arztes hatte sie keine Berührungsängste mit Kranken; sie wusste, wie man Spritzen setzt und Verbände wechselt. Die Krankenschwestern der Hadassa waren dankbar für jede Hilfe, und Yasmina schloss die Kinder in ihr Herz, wie es nur jemand kann, der selbst einmal eines von ihnen gewesen war. Sie brachte jedes Kind am Tag der Ankunft zur Vermisstenstation, wo sie ihren Namen angaben, den Namen ihrer Eltern und den Ort, wo sie sie zum letzten Mal gesehen hatten. Milano, Mauthausen, Treblinka. Oder den Namen des Schiffes, das untergegangen war. Viele wussten es nicht mehr. Dann prüfte Yasmina die Liste der Erwachsenen aus den Einwandererlagern, die nach ihren Kindern suchten. Nur selten, aber doch manchmal fand sie Namen, die zusammenpassten. Abends erzählte sie Maurice von den Kindern. Sie erinnerte sich an jeden Namen, Rachel Gelblum, Lazzaro Ascoli, Yossi Rabinowitz. Was sie ihm aber nicht erzählte, war der Name, nach dem sie selbst suchte, auf allen Listen in allen Lagern auf dieser gottverdammten Insel: Victor Sarfati.

5

Es war reiner Zufall, dass Maurice davon erfuhr. Yasmina war gerade bei den Waisenkindern, sie hatte Joëlle dabei, und vor dem Kampftraining nahm Zeev Schomer, der Trainer von der Hagana, Maurice beiseite.

»Hör zu, du musst besser auf deine Frau aufpassen. Die macht alle verrückt. Geht mich ja nichts an, aber ...«

»Was meinst du ...?«

»Überall fragt sie nach diesem Mann.«

»Nach wem?«

»Victor oder so.«

Der Name versetzte Maurice einen Schlag in den Magen.

»Ich dachte, du bist mit ihr verheiratet?«, fragte Zeev.

»Victor ist ihr Bruder! Wenn du es genau wissen willst, nur ihr Adoptivbruder.«

»Ach so! Und ich dachte schon ... weil sie so heimlichgetan hat ... Na dann, nichts für ungut. Los, wärm deine Muskeln auf.«

»Warte. Was hat sie gesagt über Victor?«

»Sein Foto hat sie mir gezeigt. Hübscher Kerl. Sie glaubt, er ist beim Palyam, als Matrose. Kennst du ihn?«

Maurice nickte. Zeev senkte die Stimme.

»Ich sag dir, warum der Typ auf keiner Liste steht. Vielleicht hat er seinen Namen geändert. Weißt du, wie ich vorher hieß? Wladimir Schumann. Solltest du auch machen! Maurice ... Das klingt nach Diaspora. Weißt du, was sie sagen?«, lachte Zeev. »Wir können die Juden aus der Diaspora holen, aber nicht die Diaspora aus den Juden. Denk drüber nach!«

»Victor ist ertrunken.«

»Sicher?«

»Sicher.«

»Warum sucht sie dann nach ihm?«

Maurice schwieg.

»Weißt du«, sagte Zeev ernst, »manche sind verrückt geworden. Man muss die Leiche sehen, dann weiß man: Es ist wahr. Aber die Leute machen sich Hoffnungen. Ich hab welche getroffen, die haben ihre Eltern in Treblinka verloren. Und sie suchen immer noch alle Listen ab. Man müsste sie ohrfeigen und sagen: Wach auf!«

Er nahm Maurice am Arm, um zu den anderen zu gehen.

»Los, ihr Faulpelze!«

Maurice wurde schwindlig. Er schob vor, zu wenig getrunken zu haben, und ging zurück in die Baracke, um seine Gedanken zu ordnen. Es verletzte ihn, dass Yasmina es ihm verschwieg, aber er ahnte warum: Sie schämte sich. Sie hatte ihm ein Versprechen gegeben und wollte es halten, aber Victor hing an ihr wie ein Schatten, ein Kainsmal, ein Makel. Wir sind nicht allein, dachte Maurice. Jede Seele auf dem Schiff hat noch zwei, drei weitere Seelen mit sich herumgetragen, all die Toten, die niemand begraben konnte. Seid froh, hatten sie gesagt, dass ihr wenigstens ein Grab für euren Victor habt, *siete fortunati.*

Später kam Yasmina zurück, mit Joëlle an der Hand, die ihm fröhlich erzählte, welche Freundinnen sie heute gefunden hätte.

»Schön, mein Schatz.« Maurice wagte es nicht, Yasmina in die Augen zu sehen, damit sie seine Gedanken nicht erriet.

Doch er hielt es nicht aus, ein Geheimnis vor ihr zu haben. Nachts, als Joëlle schlief, nahm er Yasmina vor die Baracke und fragte geradeheraus:

»Hast du nach Victor gesucht?«

»Was denkst du jetzt schon wieder?«

»Lüg mich nicht an. Nie. Wir müssen zusammenhalten, Yasmina.«

Er nahm ihre Hand und hielt sie fest, nicht bedrohlich, sondern mit eindringlicher Zärtlichkeit. Sie konnte ihm nicht mehr ausweichen und gab es zu.

»Ich hab's versucht, Maurice, aber ich schaffe das nicht. Du sagst, ich soll ihn vergessen, aber ...«

»Du sollst ihn nicht vergessen, Yasmina. Aber er ist tot.«

»Er ist nicht tot.«

»Wir standen beide vor seinem Grabstein, in Neapel, erinnerst du dich nicht? Wir haben seinen Kameraden getroffen. Der hat uns erzählt, wie Victor ertrunken ist. Als er ein Kind auf eines der Schiffe trug. Es kann nicht sein, dass er lebt!«

»Aber ich sehe ihn, jede Nacht im Traum ...«

»Das ist nur ein Traum, Yasmina!«

»Nein! Ich träume von der Nacht, in der wir aufs Schiff gestiegen sind ... Du hast es doch auch gesehen, in dem anderen Boot, das war Victor! Und er trug eine Mütze des Palyam.«

»Nein, Yasmina. Es war dunkel. Es hat geregnet. Und das andere Boot war fünfzig Meter entfernt!«

»Glaubst du wirklich, ich erkenne meinen eigenen Bruder nicht? Er ist mir näher als jeder andere Mensch auf der Welt!«

Im selben Augenblick, als sie es aussprach, spürte sie, dass sie Maurice verletzt hatte. Es tat ihr leid. Aber es war die Wahrheit. Und Maurice wusste es.

Joëlle kam aus der Barackentür, rieb sich schlaftrunken die Augen und suchte ihre Eltern. Yasmina nahm sie schnell auf den Arm und brachte sie zurück nach drinnen. Maurice blieb draußen im Dunkeln und fühlte sich plötzlich allein, umzingelt vom Zirpen der Zikaden.

Nichts hatte seine Frau vom Weg abbringen können. Weder die Empörung ihrer Eltern über die skandalöse Schwangerschaft noch das Getuschel der Nachbarn. Weder der Schiffbruch noch das Warten in Athen aufs nächste Schiff. Das Einzige, was die Macht hatte, sie von ihm zu trennen, war dieses Gespenst in ihrem Kopf. Seit jener Nacht am Strand von Ostia, als sie glaubte, unter den Matrosen Victor zu erkennen, war ihr inneres Gleichgewicht, das sie nach seinem Tod mühsam wiedergefunden hatte, in Unruhe geraten. Wie konnte es sein, dass er gleichzeitig auf dem Friedhof lag und Juden auf die Auswandererschiffe brachte? Maurice und Yasmina hatten *einmal* gestritten auf der Reise, das einzige Mal überhaupt in ihrer Ehe, und seitdem hatte sie ihre Gedanken für sich behalten. Maurice hatte geglaubt, die Sache sei damit beendet gewesen, aber jetzt wurde ihm schlagartig bewusst, dass der Boden unter seinen Füßen nicht trug und nie tragen würde, solange es Victor gab. Ob real oder nur in ihrem Kopf, spielte das überhaupt eine Rolle?

»Liebst du ihn noch?«, fragte Maurice, als er zurück in die Baracke kam. Yasmina, die auf ihrem Feldbett saß, das Gesicht in den Händen, sah ihn lange an und sagte dann:

»Du hast mir gesagt, ich soll dich nicht anlügen. Ich liebe ihn, natürlich. Wie könnte ich meinen eigenen Bruder nicht lieben?«

Maurice setzte sich zu ihr und senkte seine Stimme.

»Warum hältst du an ihm fest? Er hat dir ein Kind gemacht und dich sitzen lassen.«

Er blickte zu Joëlle, die ruhig unter ihrer Armeedecke schlief.

»Er wollte Joëlle abtreiben lassen, ist dir das bewusst?«

»Aber ohne ihn«, sagte Yasmina, »wäre sie nie entstanden«,

Maurice sah sich unruhig in der Baracke um. Der Wind wehte Staub in den offenen Eingang. Yasmina schmiegte sich zärtlich an ihn.

»Ich hab Victor nicht verziehen, weißt du?«, sagte sie. »Ich bin so wütend auf ihn.«

Ihre Ehrlichkeit erstaunte ihn. Er sah, wie sie mit sich rang.

»Ich habe nie jemanden so sehr gehasst.«

Er nahm zärtlich ihre Hand.

»Er hatte seine Gründe. Ohne das, was meine Leute euch angetan haben, hätte er nie in den Widerstand gehen müssen. Er hat dich verlassen müssen, um sein Volk zu verteidigen.«

»Und wenn er nicht weggegangen wäre«, ergänzte Yasmina, »wärst du jetzt nicht bei mir. *Mektoub, es steht geschrieben.*«

»Wann kannst du ihm verzeihen?«

In ihren Augen, denselben, die so viel Liebe schenken konnten, riss ein Abgrund auf. Ein dunkles Glühen, dessen Ursprung er weder begreifen noch zähmen konnte. Sie wäre imstande zu töten, schoss es ihm durch den Kopf. Er war froh, dass dieses Gefühl einem anderen Mann galt, und gleichzeitig fühlte er sich ausgeschlossen. Das war eine Sache zwischen ihr und Victor; er war nur ein Statist in ihrem Stück.

Dass Yasmina Victors Namen fortan nicht mehr erwähnte, bedeutete nicht, dass sie ihn vergessen hatte. In jeder Ehe, selbst der besten, gibt es einen Konflikt, der sich nicht lösen, sondern nur aushalten lässt. Weil die Kräfte, die ihn nähren, sich dem bewussten Willen entziehen.

»Gib mir Zeit«, sagte sie. Und: *»Al cuore non si commanda«*, dem Herzen kannst du nicht befehlen. Wenn er sie bedrängte, das wusste er, würde sie sich verschließen. Also übte er sich in Geduld und gab sich auf eine Weise, wie nur Liebende und Narren es tun, der Hoffnung hin, dass die Zeit auf seiner Seite wäre.

Eines Abends – Joëlle erinnert sich noch genau, sie hatte gerade eine der letzten Bienen des Herbstes in einem Marmeladenglas gefangen – kam Maurice zu ihr und fragte sie, ob sie gerne noch ein Geschwisterchen hätte. Joëlle klatschte in die Hände und schrie »Ja!«, aber Yasmina, die ihnen zusah, freute sich nicht mit.

»Erst wenn wir eine Wohnung haben«, sagte sie. »Hier ist kein Ort, ein Kind zu bekommen.«

»Wie du willst«, sagte Maurice und verbarg seine Enttäuschung.

Anders als auf dem Schiff, wo die Träume den Hunger besiegt hatten, machte das Warten zwischen den Zäunen die Menschen mürbe. Manche verliebten sich, manche schlugen sich die Köpfe ein, manche verkauften ihre letzten Habseligkeiten für ein paar Flaschen Whisky. Es gab Heuschrecken und Stechmücken, Schnee und Hagel, Frösche und Krankheiten; alle Plagen Ägyptens suchten sie heim, doch der Auszug ins Land der Kanaaniter, wo Milch und Honig flossen, ließ auf sich warten. »Wir hätten besser zu Hause bleiben sollen«, sagten sie. »Ein Paradies haben sie uns versprochen. Scheißland. Scheißfraß. Scheißfliegen.«

Nicht alle kamen aus den Konzentrationslagern; viele hätten noch ein Leben gehabt, als Schuster im Thessaloniki, Zahnarzt in Leningrad oder Händler in Casablanca. Manche waren aus Überzeugung aufgebrochen, andere waren dem Strom gefolgt, aus Angst, allein zurückzubleiben. Doch kaum einer sah einen Weg zurück. Selbst wenn ihre Häuser noch standen, war das zerbrochen, was eine Heimat im Innersten zusammenhält: Vertrauen. Als die Mörder durch ihre Städte und Dörfer zogen, war jeder sich selbst der Nächste geworden; Verrat und Gleichgültigkeit hatten Nachbarschaften, Freundschaften und sogar Familien zerstört. Wer seinem Nächsten vertraute, konnte am nächsten Tag schon am Galgen hängen, und wer in dieser Gottlosigkeit auf Gott vertraute, war ein Narr. Jeder hatte gelernt, sein Leben, so billig es geworden war, mit Zähnen und Klauen zu verteidigen.

Am Pessachfest buken sie ungesäuertes Brot. Aber während die Alten aus der Haggada vorlasen, der Sage vom Auszug aus

Ägypten, um an den Bund mit Gott zu erinnern, hingen die Jungen am Radio, um Radio Eretz Israel zu hören. Es gibt keinen Gott, sagten sie, der das Meer teilt und seinem Volk den Weg durch die Wüste weist. Wir wurden allein gelassen, wir müssen unser Schicksal selbst erzwingen.

Eine einzige Radionachricht konnte die Stimmung im Lager kippen, von Lethargie zu Aufruhr, von Euphorie zu Niedergeschlagenheit. Als ein Bombenanschlag der Untergrundmiliz Irgun auf einen Jerusalemer Offiziersclub zwanzig Briten tötete, schlug die Gleichgültigkeit der Soldaten in Feindseligkeit um. Einige Juden packten ihre Koffer und gingen zurück nach Europa, manche hofften auf einen Dampfer nach Amerika, aber hatten kein Geld für ein Ticket. Sogar Zeev begann zu zweifeln, ob sein Traum jemals Wirklichkeit werden konnte; trotz Anwerbung kamen zu wenige Juden in diesen unsicheren Winkel der Welt, um die Mehrheit in Palästina zu stellen. Viele wollten lieber in den Westen, doch die Amerikaner stritten über Einwanderungsquoten. Und die britische Regierung, die den Juden vor dreißig Jahren eine Heimstätte in Palästina versprochen hatte, gab das unlösbare Problem erschöpft an die Vereinten Nationen ab. Die UN sollte eine Delegation nach Palästina schicken, um einen Plan zu erarbeiten. Die Arabische Hochkommission lehnte sie als ausländische Einflussnahme ab, womit die Mission von vornherein zum Scheitern verurteilt war. An die Flüchtlinge auf Zypern schien keiner mehr zu denken.

Und dann ereignete sich eine Geschichte, die das Blatt wendete. Nicht mit Waffen, sondern durch die Macht der Bilder. Es war ein ausrangierter Flussdampfer namens *President Warfield*, den die Hagana kaufte und in *Exodus* umbenannte. Eigentlich für fünfhundert Passagiere ausgelegt, nahm das Schiff in Frankreich viertausendfünfhundert jüdische Flüchtlinge an Bord, vor allem Überlebende der deutschen Konzentrationslager. Unter den Augen der Weltöffentlichkeit sollte es die britische Blockade brechen und in Palästina auf den Strand gesetzt werden. Im Camp 60 verfolgte man die Reise gebannt über die Radionachrichten. Die britische Marine rammte das Schiff in internationalen Gewässern. Die Auswanderer verteidigten sich mit Händen und Füßen, doch als die Briten das Feuer eröffneten und drei Menschen töteten, ergab sich der Kapitän. Die Briten schleppten das marode Schiff in den Hafen von Haifa. Beim Einlaufen sangen die Passagiere trotzig die haTikwa. Großbritannien wollte ein Exempel gegen die illegale Einwanderung statuieren. Statt die Juden nach Zypern zu verfrachten, schickten sie alle viertausendfünfhundert Menschen auf anderen Schiffen zurück nach Frankreich.

Doch dort weigerten sich die Flüchtlinge, von Bord zu gehen. Wochenlang harrten sie aus, ohne ausreichendes Essen, unter unerträglichen hygienischen Bedingungen, und im Camp 60 traten die Insassen aus Solidarität in den Hungerstreik. Die Zeitungen nannten die Schiffe ein »schwimmendes Auschwitz«, und der französische Präsident weigerte sich, die Flüchtlinge mit Gewalt an Land zu bringen. Daraufhin brachten die Briten die Passagiere dorthin, wo sie hergekommen waren: nach Deutschland. In Hamburg wurden sie von britischen Soldaten brutal von Bord getragen und in der britischen Besatzungszone interniert. Nach der Befreiung aus dem KZ wieder zurück in einem deutschen Lager – die Bilder gingen um die ganze Welt und schlugen Wellen der Empörung. Die britische Armee, die die Konzentrationslager befreit hatte, stand plötzlich als Verfolger der Verfolgten da. Und selbst in den Ländern, die den Zionismus bisher skeptisch beäugt hatten, schwang die Sympathie zugunsten der Juden um. Kurz darauf, im September 1947, schlug die UN-Kommission vor, Palästina aufzuteilen – in einen jüdischen und einen arabischen Staat. In

Camp 60 jubelten die Menschen. Ihr ferner Traum war in greifbare Nähe gerückt.

»Können wir nicht rüberschwimmen?«, fragte Joëlle, und Maurice lachte. Yasmina zog ihre Schuhe aus und lief barfuß über den Sand. Hohe Wolken standen über dem Meer.

»Willst du's versuchen?«, fragte Maurice.

»Ja!«

Sie zogen ihre Kleider bis auf die Unterwäsche aus und sprangen in die Brandung. Das Wasser war noch warm vom Sommer. Maurice hielt Joëlle auf dem Arm, und Yasmina schrie vor Freude. Maurice hatte diese Eigenschaft an ihr immer bewundert, aber nie verstanden: Wie sie innerhalb von Sekunden von bodenloser Traurigkeit zu überschießender Fröhlichkeit wechseln konnte ... und wieder zurück. Ein Teil von ihr war immer Kind geblieben. Ein Schauer kam übers Meer, warmer Regen auf ihrer Haut. Der schwere Himmel färbte das Wasser grau, während am Horizont schon wieder die Sonne durchbrach.

Später lagen sie zu dritt in einem verlassenen Fischerboot. Unter ihnen die zerbrochenen Planken, über ihnen der endlose Himmel. Maurice hatte seinen Arm unter Yasminas Kopf gelegt, und Joëlle turnte im Boot herum. Langsam trockneten die Salzränder auf der Haut. Maurice drehte sich zu Yasmina und blickte aus den Augenwinkeln zu Joëlle, die so tat, als würde sie woandershin schauen. Es war das erste Mal, dass sie sah, wie Maurice und Yasmina sich küssten, auf die Lippen, und sie weiß noch heute, wie schön sie diesen Moment empfand. Ihr Kuss hatte nichts Verschämtes, aber auch nichts Hastiges; er war ein Riss in der Zeit, durch den etwas Schönes durchschien, aus einer besseren Welt.

»Woran denkst du?«, flüsterte Maurice, wie oft, wenn Yasminas Augen gleichzeitig so nah und so entrückt schienen. Yasmina antwortete mit einem Lächeln und einem Kuss, dann blickte sie zu Joëlle. Sie stand auf und wischte ihr den getrockneten Sand von der Haut. Er fragte sich, ob sie an die Gewitternächte ihrer Kindheit dachte, die heimliche Umarmung in Victors Bett, die erste Erregung, die sie für immer geprägt hatte.

»Wir bekommen eine Wohnung«, sagte er und richtete sich auf. Yasmina wandte sich erstaunt um.

»Sie werden uns gefälschte Visa verschaffen. Bald sind wir in Haifa.«

»Wen meinst du mit *sie?*«

»Ich habe mit Zeev gesprochen. Die Hagana kümmert sich um alles.«

Yasmina erstarrte.

»Was hast du dafür getan? Bist du eingetreten?«

»Ja«, antwortete Maurice.

Dieses Mal protestierte Yasmina nicht. Sie dachte einen Moment lang nach, dann stieg sie ohne Hast aus dem Boot. Maurice lief ihr über den Strand nach.

»Yasmina! Wo willst du hin?«

Er hielt sie am Arm fest.

»Nach Hause«, sagte sie, auch wenn sie genauso wenig wie Maurice wusste, wo das sein sollte.

Später, als sie wieder im Camp waren, sah Maurice, wie Yasmina etwas aus ihrem Koffer nahm und aus dem Zelt ging. Er folgte ihr heimlich bis zum Zaun, wo sie sich ins Gras kniete. Kurz darauf sah er Rauch aufsteigen. Er fasste sich ein Herz und ging zu ihr. Sie hielt den Rest des Fotos in der Hand und sah ihn an, als hätte er sie bei etwas Verbotenem erwischt. Maurice begriff, dass es das Foto von Victor war, das sie aus Piccola Sicilia mitgenommen hatte. Yasmina schwieg, und eine Weile stand er einfach daneben, bis der Rest des Fotos zwischen ihren Fingern verglomm und sie es ins Gras fallen ließ. Er spürte keine Erleichterung bei ihr, sondern ein Gefühl der Schuld. Dafür, dass er sich bei der Hagana verpflichtet hatte. Sie musste all die Zeit mit sich gerungen haben, um schließlich eine Entscheidung zu fällen.

»Manchmal muss man dem Herzen doch befehlen«, sagte sie.

»Ich hab es für uns getan«, sagte er. »Damit wir endlich ein Zuhause haben.«

Yasmina stand auf und sah ihm fest in die Augen.

»Du bist mein Mann«, sagte sie. »Bring uns hier raus.«

6

An einem klaren, ungewöhnlich warmen Novembertag stiegen sie in Limassol auf die Fähre. Der Abschied von Camp 60 war schwerer gefallen als gedacht. Sie fühlten sich schuldig, den anderen gegenüber, die immer noch auf ihre Visa warteten. Eine nervöse Spannung hatte über den Zelten gelegen. Alle hatten sich um die wenigen Radios versammelt. Es war der Tag, an dem sich die Augen der Welt wieder auf ihr Schicksal richteten.

Maurice und Yasmina suchten sich einen Platz zwischen den Menschen auf Deck und hüllten sich in die Militärdecken, die verteilt wurden. Joëlle sah eine Russin im Kopftuch und eine andere im Pelzmantel, wie eine Prinzessin. Und einen Rabbi, der keinen Koffer, aber Schriftrollen trug, die er in ein Tuch eingewickelt hatte. Auf See verstummten die vielen Sprachen; eine nach der anderen wurde vom Rauschen der Wellen verschluckt wie farbige Fische von einem grauen Wal. Alles wurde groß hier draußen, der Himmel, die See und das Schweigen der Welt. Als im Westen die Sonne unterging, wanderten ihre Gedanken nach New York, wo in wenigen Stunden die UN-Generalversammlung zusammentreten würde, um über die Zukunft Palästinas zu entscheiden.

»Schlaf gut, mein Schatz«, sagte Maurice zu Joëlle, die sich an seinen Körper kuschelte. »Alles wird gut.«

Keiner der Matrosen konnte ihnen Auskunft geben, wie die Abstimmung ausgegangen war. Gerade jetzt, als die Welt über sie diskutierte, waren sie von der Welt abgeschnitten. Vielleicht *wollten* die Matrosen nichts sagen, vielleicht *durften* sie nichts sagen, obwohl die britischen Offiziere sicher einen Kurzwellenempfänger an Bord hatten.

Der Hafen von Haifa sah aus wie bei der ersten Ankunft, und doch wirkte alles anders. Eine gespenstische Stille lag über den Häusern. Wo sie damals noch Musik gehört hatten, den Lärm der Märkte und der Straßen, schien die Stadt jetzt den Atem anzuhalten. Die Fähre dümpelte schwankend vor dem Pier herum, weil keine Hafenarbeiter erschienen, um die Leinen festzumachen. Maurice bekam ein ungutes Gefühl im leeren Magen.

»Es ist schlecht ausgegangen«, murmelten die Menschen an der Reling. »Sonst würden die Leute feiern.«

Die gedrückte Stimmung erfasste alle Einwanderer an Bord, so dass auch Maurice und Yasmina glaubten, dass Palästina nicht geteilt würde, also kein jüdischer Staat entstehen sollte. All die Versprechen, die ihnen gemacht worden waren, all ihre Hoffnungen schienen von dieser bleiernen Stille verschluckt zu werden. Bis eine andere Frau auf dem Schiff, eine mit ihrem Mann reisende Araberin aus Haifa, deren Tochter sich unterwegs mit Joëlle angefreundet hatte, leise zu Yasmina sagte:

»Die Viertel um den Hafen sind arabisch. Die Juden wohnen oben auf dem Hang.«

Spätestens in diesem Moment begriff Yasmina, dass das Schweigen von Haifa das Schweigen der anderen war. Dass sie sich fortan zwischen ihren verschiedenen Identitäten, die in Piccola Sicilia noch in einem Körper existieren konnten, entscheiden musste: Wenn sie ihren Fuß auf dieses Land setzte, war sie entweder Araberin oder Jüdin.

Ihre Augen wanderten den Hügel hinauf, und auf halber Höhe konnte sie tatsächlich die erste zionistische Flagge erkennen: Der Davidstern auf weißem Grund zwischen zwei blauen Linien, wie auf einem Gebetsschal. Dann sah sie immer mehr Flaggen, die auf den Häusern gehisst waren und aus den Fenstern hingen, blauweiße Tupfer auf den sandfarbenen Fassaden. Dann sah sie die britischen Panzer auf den Straßen, und im gleichen Moment, als ihr bewusst wurde, was dort drüben tatsächlich geschehen war, erkannten es auch die anderen Passagiere. Immer mehr Hände zeigten hoch auf den Hügel. Eine Unruhe erfasste die Menge, alle drängten sich an die Reling, jemand rief eine Frage auf Jiddisch zum Pier hinüber, wo zwei Arbeiter erschienen, und die riefen auf Hebräisch zurück:

»Techije ha medina ha ivrith!« Lang lebe der jüdische Staat!

Die beiden winkten wie wild mit ihren Mützen, und mit einem Mal brach frenetischer Jubel auf dem Deck aus, ein Dutzend Sprachen und hunderte Körper, die zu einem einzigen Taumel wurden, aus ungläubiger, unbändiger Freude. *»Mazal tov!«* Die Matrosen warfen eine Leine an den Pier, die beiden Arbeiter vertäuten sie an den rostigen Pollern, und mit jedem Meter, den das Schiff sich an Land zog, schwoll der Gesang an, in den alle Sprachen nun mündeten, das hebräische Lied, das auch diejenigen auswendig kannten, die kein Hebräisch sprachen. Das Lied, das sie in den Lagern gesungen hatten, auf den Zügen und Schiffen, das Lied, das einmal die Hymne ihres Staates werden sollte, die haTikwa. Die jüdischen Passagiere fassten sich an den Händen und tanzten in einer Reihe übers Deck. Yasmina, Maurice und Joëlle ließen sich von der Menge mitreißen. Nur Joëlle sah, wie die arabische Frau aus Haifa ihre Tochter, die mit Joëlle tanzen wollte, schützend auf den Arm nahm und zu ihrem Mann trug. Ein Ruck ging durch den Rumpf, als er gegen die Pier donnerte. Die Tanzenden taumelten, dann drängten sie zur Gangway, wo Koffer und Kinder hinuntergereicht wurden. Britische Soldaten liefen herbei, um das Chaos zu ordnen.

Später standen sie in einer langen, von Soldaten bewachten Schlange im Treppenhaus des Einwanderungsbüros, einem unscheinbaren Gebäude zwischen Getreidesilos und Stacheldrahtverhau. Nichts funktionierte hier im Hafen, denn die arabischen Arbeiter und Angestellten waren aus Protest in den Streik getreten. Es war ein Vor- und Zurückdrängen, ein Schwellen und Weichen, ein Schieben und Pressen, ein Stoßen und Kontern mit Drohungen. Jeder wollte dem anderen zeigen, wer der Herr im Hause war. Aus Menschen wurde eine Masse, so unkontrollierbar, dass Maurice Yasmina an der Hand fasste, damit sie nicht verloren ging. Joëlle hielt er auf dem anderen Arm, fest an seine Brust gepresst. Die Briten sammelten die Pässe und Visa ein. Zwei Männer in langen schwarzen Mänteln stritten sich um eine Ausgabe der *»Palestine Post«*, die sie irgendwo gefunden hatten. Einer von ihnen zeigte die Landkarte des Teilungsplans herum wie eine Trophäe: Haifa sollte dem jüdischen Teil zugesprochen werden! Und wieder stimmten sie die haTikwa an. Die überforderten Briten verteilten die gestempelten Pässe, die ihnen aus den Händen gerissen wurden, und die Menschen, die in diesem Moment von illegalen Flüchtlingen zu legalen Einwanderern wurden, drängten weiter zu den Büros der jüdischen Organisationen, um nach Wohnungen, Arbeit und Geld zu fragen. Dann strömten sie aus dem Haus, zum Tor, in die Stadt.

Es wurde stiller auf dem Flur, bis nur noch eine Handvoll Menschen dort stand und auf die Rückgabe der Dokumente wartete. Maurice bekam Angst. Ein Soldat kam aus seinem Büro und verteilte die letzten Pässe ... an alle anderen.

»Was ist mit uns, Sir?«

»Warten Sie auf weitere Anweisungen.«

Aber es kamen keine.

»Alles wird gut«, sagte Maurice zu Joëlle, ohne dass er selbst daran glaubte. Es war zu offensichtlich. Sie mussten die Fälschung erkannt haben.

»Wenn sie mich zurückschicken«, flüsterte er, »müsst ihr beide einwandern.«

Yasmina schüttelte den Kopf. »Nicht ohne dich.«

»Mister Sarfati!« Ein hochgewachsener Offizier trat aus einer Tür. »Bitte kommen Sie mit mir.«

Maurice schärfte Yasmina mit einer letzten verstohlenen Geste ein, nicht auf ihn zu warten, dann folgte er dem Engländer.

»Irgendwas nicht in Ordnung, Sir?«

Der Engländer antwortete nicht und führte ihn in ein dunkles Zimmer auf der anderen Seite des Flurs, neben den Büros der Jewish Agency. Staubige Regale, aus denen Akten quollen, und ein kleines, blindes Fenster, mehr gab es dort nicht.

»Warten Sie bitte hier.«

Der Offizier verließ den Raum und schloss die Tür. Maurice hatte Angst. Er dachte an Joëlle. Er dachte an Yasmina. Er rechnete mit allem – außer dem, was dann geschah. Und selbst Stunden, Monate, Jahre später würde er noch nicht wissen, ob es das Beste oder das Schlimmste war, das ihm passieren konnte. Die Tür, die sich leise öffnete, war nicht die Tür, auf die er starrte, sondern eine zweite hinter seinem Rücken, zwischen den Regalen. Maurice fuhr herum. Die Silhouette eines Mannes schob sich zwischen ihn und das gelbliche Licht des Fensters. Kräftiger Körper, kurze Haare. Er trug ein Khakihemd, kurze Hosen und Stiefel. Kein Brite, schoss es Maurice durch den Kopf. Hagana oder Palmach. Für einen kurzen Moment schöpfte er die Hoffnung, dass es nur um seine Rekrutierung gehen würde, nicht um den gefälschten Pass.

»*Shalom*, Moritz.«

Er kannte die Stimme. Er konnte sie nicht zuordnen, aber sie traf ihn mitten ins Herz. Der Mann streckte ihm seine Hand entgegen. Maurice erstarrte. Dann trat er einen Schritt zurück, als würde er einen bösen Geist sehen. Das ist unmöglich, dachte er. Ich bilde es mir ein. Ich bin unterwegs verrückt geworden. Der Mann nahm einen Stuhl, drehte ihn mit der Lehne nach vorne und setzte sich, die Arme lässig aufgestützt. Er zeigte auf den anderen Stuhl.

»Setz dich«, sagte er auf Italienisch. »Wie geht's dir?«

Maurice fühlte, wie seine Beine zusammensackten. Er tastete nach einem Stuhl und setzte sich. Er rang nach Luft. Die Präsenz des anderen im Raum erschien ihm als existenzielle Bedrohung. Als dürfte nur einer von beiden leben. Jetzt, als er sah, wie das Licht von der Seite auf Victors Gesicht fiel, erkannte er ihn zweifellos. Er war immer gutaussehend gewesen, aber nie so muskulös. Er war gealtert, mehr als die vier Jahre seit ihrer letzten Begegnung. Ein verhärtetes Gesicht, dazu der kräftige Hals und die gespannten Muskeln. Wenig erinnerte an den unbeschwerten jungen Mann, der das Leben als ein Spiel gesehen hatte, das ihm immer ein gutes Blatt auf die Hand gegeben hatte. Erst auf den zweiten Blick sah Maurice die langen, feinen Finger, die ihm schon bei der ersten Begegnung aufgefallen waren, als Victor noch Pianist und er noch Deutscher gewesen war. Und dann, als Victor aufstand, um seinen Stuhl näher zu rücken, erkannte er die geschmeidigen Bewegungen seines Körpers und sah in seinen Augen den alten Charme aufblitzen.

»Willkommen in Eretz Israel, Moritz. Oder nein, *Maurice.*«

Er zog die letzte Silbe lang, es klang ironisch, fast aggressiv.

»Ich hab gehört, du hast Schwierigkeiten bei der Einreise. Kann ich helfen?«

Aus dem Schock, der Maurice die Sinne geraubt hatte, stieg ein Gefühl der Wut auf. Am liebsten wäre er auf Victor losgegangen, hätte ihn geohrfeigt, ihm ins Gesicht geschrien. Wie hatte er ihm das antun können, ihm und Yasmina und allen, deren Herz er gebrochen hatte. Allen, die um ihn getrauert hatten. Allen die versucht hatten, nicht wahnsinnig zu werden bei der Frage nach dem Sinn seines Todes. Aber Maurice starrte Victor unbeweglich an, und im Geiste erlebte er jeden Moment ihrer Freundschaft noch einmal: Die erste Begegnung im Hotel Majestic von Tunis, Victor am Klavier, der Pianist mit Rose im Revers, und Moritz an der Bar, in Wehrmachtsuniform. Dann die Nacht im Hotelkeller, als er Victor blutüberströmt auf dem Boden liegen sah und ihm zur Flucht verhalf. Und das Shabbatessen in seinem Elternhaus in Piccola Sicilia, Moritz in Victors Kleidern und Victor, der keine Chansons mehr singen, sondern gegen Hitler kämpfen wollte. Schließlich überwältigte ihn ein Gefühl, das es ihm unmöglich machte, Victor zu hassen. Er stand auf und umarmte ihn so fest er konnte.

»Du lebst!«

»Tut mir leid, Maurice.«

Maurice packte Victors Arme und Schultern, dann fuhr er mit den Händen über seine Wangen, um zu begreifen, dass es kein Traum war. Er hatte das Schicksal verflucht, nicht nur das von Victor, sondern auch sein eigenes, dafür dass er Victors Tod nicht verhindern hatte können. *Mektoub*, hatte Yasmina gesagt, es stand geschrieben, wer zu den Lebenden gehörte und wer zu den Toten. Aber tatsächlich stand nichts geschrieben, tatsächlich waren sie nur im Dunkeln getappt. Und Yasmina hatte in all den Nächten, in denen sie geträumt hatte, dass Victor noch unter ihnen war, recht gehabt. Er schämte sich dafür, ihr unrecht getan zu haben. Sein erster Gedanke war, zu ihr zu laufen, damit sie ihn mit eigenen Augen sehen und eigenen Händen spüren konnte – aber da hielt er inne, ließ von Victor ab und begriff den Abgrund, der sich unter ihm auftat. Victors Abwesenheit war die Grundlage seiner Existenz als Maurice. Victor musste seine Gedanken erraten haben, denn er sagte:

»Kein Wort zu Yasmina.«

»Was willst du?«

»Von dir? Nichts.«

»Warum hast du das getan?«

»Es hat nichts mit dir zu tun. Und am Ende nicht einmal mit Yasmina. Ich werde woanders gebraucht. So einfach ist das.«

»Wusstest du, dass wir im Lager sind?«

»Natürlich. Wir haben die Listen.«

»Wer ist wir?«

»Die Hagana.«

»Was machst du dort genau?«

»Das musst du nicht wissen.«

»Hast du den Briten gesagt, dass mein Pass gefälscht ist?«

»Das wussten sie selber.«

Maurice fühlte sich in der Falle. Hatte er Yasmina und Joëlle den ganzen Weg bis hierher gebracht, nur um sie Victor zu übergeben? Wie meisterlich er das eingefädelt hatte! Victor schien seine Gedanken zu erraten.

»Keine Angst, *mon ami.* Ich regle das mit den Tommies. Du wirst nicht auffliegen. Unter einer Bedingung.«

Moritz schüttelte entschlossen den Kopf.

»Ich liebe Yasmina. Wir haben geheiratet.«

»Ich weiß. Hör erst zu, was ich dir sage.«

Victor genoss die Pause, dann sagte er:

»Du ziehst deine Mitgliedschaft in der Hagana zurück.«

Maurice sah ihn irritiert an.

»Es wird Krieg geben, Maurice. Vielleicht überlebe ich, vielleicht nicht. Aber ich werde kämpfen. Und Yasmina braucht einen Mann.«

Maurice spürte den sarkastischen Ton unter dem letzten Satz.

»Dein Platz ist bei ihr. Und unser Gespräch hat nie stattgefunden. Ich bin tot. Verstehst du?«

»Und du ... aber ...«

»Ich möchte, dass meine Schwester glücklich ist.«

»Was verlangst du dafür?«

Victor lachte.

»Du hast mein Leben gerettet. Das vergesse ich nie, Maurice.«

Victor zog eine zerknitterte Schachtel Zigaretten aus der Hemdtasche und bot sie Maurice an. Sie lehnten sich an die Wand und rauchten.

»Was willst du an diesem Ort, Moritz? Warum gehst du nicht nach Hause?«

»Deutschland ist zerstört. Die Häuser, die Menschen. Hier ist noch alles intakt.«

Victor zog eine sarkastische Grimasse.

»Mach dir keine Illusionen. Das ist ein verdammtes Pulverfass. Und der Teilungsplan ist die Lunte.«

»Das Land zu teilen wäre fair«, sagte Maurice. »Ich hoffe, die Araber nehmen den Plan an.«

»Das ist das Einzige, wovor ich Angst habe.«

Maurice sah ihn verwundert an.

»Diese Karte ist bloß ein Stück Papier, auf das ein paar Sesselfurzer ihre Linien gekritzelt haben. Ein Flickenteppich, aber keine Grenzen, die wir verteidigen können. Zu viel Wüstenland. Außerdem, Jerusalem soll zur internationalen Zone werden, was soll das? Und im jüdischen Teil wohnen fast so viele Araber wie Juden. Aber die Araber bekommen mehr Kinder. Wie lang soll das gutgehen? Wir brauchen die Mehrheit!«

»Das heißt, es wandern zu wenige Juden ein.«

»Sechs Millionen zu wenig.«

Victor blies den Rauch seiner Zigarette aus. Maurice schwieg.

»Siehst du jetzt, warum es Krieg geben wird? Die Araber sind überall. Sie wollen uns zurück ins Meer werfen. Das kann nur mit Gewalt entschieden werden.«

»Aber willst du wirklich dein Leben aufs Spiel setzen? Du besitzt nur eins. Du hast gerade erst den Krieg überlebt.«

»Ich schon. Aber wie viele andere nicht!«

Victor drückte seine Zigarette aus und sah Maurice an. Seine übernächtigten Augen glühten fiebrig. Fast bekam Maurice Angst vor ihm.

»Das ist unsere Chance, Maurice, unsere *eine* historische Chance! Du hast gesehen, wohin die Diaspora uns geführt hat. In die Gaskammern!«

Maurice verstummte.

»Weißt du«, sagte Victor, »mein alter Vater hatte in vielem unrecht. Vor allem überschätzte er das Gute im Menschen. Aber in *einer* Sache hatte er recht. Ich hab meine Zeit verschwendet. Ich hatte meinen Spaß, ja, aber das Leben beginnt erst, wenn du es einer Sache widmest, die größer ist als du.«

Maurice verschwieg seine Gedanken. Einer Sache, nein, nie wieder. Anderen Menschen, ja.

»Diese Erkenntnis hab ich einem Deutschen zu verdanken«, sagte Victor und grinste ironisch.

»Hättest du mir in Tunis nicht geholfen, hätte ich jetzt 'n Loch im Kopf. Irgendwo verscharrt. Vergessen. Wenn du ein zweites Leben geschenkt bekommst – noch dazu ziemlich unverdient, würde ich meinen –, dann fragst du dich, wozu es gut ist.«

»Und was soll *ich* jetzt tun?«, fragte Maurice.

»Wir geben dir Arbeit, keine Sorge. Wir brauchen jede Hand. Aber nicht an der Front.«

Maurice dachte lange nach und studierte Victors Gesichtszüge im gelblichen Licht. Er hatte sich alles gut überlegt. Ein perfekter Plan. Maurice blieb nur die Rolle, die ihm zugewiesen wurde. Er hatte keine Wahl. Aber etwas störte ihn. Nicht das, was Victor sagte. Sondern das, worüber er kein einziges Wort verloren hatte.

»Willst du nicht wissen, wie es Joëlle geht?«

Victor wandte sich fahrig um, als risse ihn dieser Name aus einer anderen Wirklichkeit. Wie ein Fahnenflüchtiger, der erwischt wird. Er stand auf und sah auf Maurice hinunter.

»Wie geht's ihr?«

»Gut.«

Das war alles. Dann zog Victor einen Zettel aus der Tasche.

»Ich hab euch ein Zimmer besorgt. Provisorisch, in einem Kibbuz. Auf dem Land seid ihr erstmal sicher. Und später zieht ihr nach Haifa. Ich hab euch auf ne Warteliste gesetzt.«

»Und du? Wo wohnst du?«

»Nirgends.«

»Was ist passiert?«, fragte Yasmina besorgt, als Maurice zu ihr zurückkam.

»Nichts«, sagte Maurice. Dann reichte er ihr ihren Pass, nahm Joëlle auf den Arm und den Koffer in die andere Hand. Die Sonne stand schon tief, als sie durch ein Stacheldrahtspalier an den Soldaten vorbeigingen, in eine lauernde Stadt, die nicht auf sie gewartet hatte.

7

PALERMO

»Papà hat mir alles erst später erzählt«, sagt Joëlle. »Wer er wirklich war, das wusste nur meine Mutter. Die konnte ein Geheimnis bewahren. Und ich hatte keinen Schimmer, dass er nicht mein leiblicher Vater war.«

Ich sehe auf die Uhr. Halb drei. Ich könnte Joëlle noch bis morgen früh zuhören, aber sie ist erschöpft. Das Erzählen tut ihr gut, aber wühlt sie auf. Sie sucht fahrig nach Zigaretten, aber das Päckchen ist leer. Ihre Haut wirkt durchsichtig. Ich spüre, dass es besser ist, nicht weiter nachzufragen. Ich gehe durchs Haus und suche Decken. Weder Joëlle noch ich wagen es, in seinem Bett zu schlafen. Einen Spalt nur öffne ich die Tür des Schlafzimmers; es riecht nach ihm, als wäre er noch da. Eigenartig, sein Geruch, angenehm, aber nicht vertraut. In einem alten Schrank im Flur finde ich Wolldecken. Sie müffeln, aber tun ihren Zweck. Wir legen uns auf die Couch.

So still sein Haus am Tag gewesen war, erwacht es nachts zum Leben. Während die Straßengeräusche verstummen, hören wir überdeutlich die Zikaden vor den Fenstern, ein Knarzen im Gebälk und einen Fensterladen, der im oberen Geschoss auf- und zuschlägt. Dazu rauschen die Palmen im Garten. Es ist, als hätte mein Großvater sein Haus bei seinem Abschied nicht winterfest gemacht. Als hätte er vergessen, die Tür hinter sich abzusperren. Die Katze liegt mit weit offenen Augen auf dem Fensterbrett. Worauf achtet jemand, der Selbstmord begeht? Denkt er daran, seine Hinterlassenschaft in Ordnung zu bringen? Oder ist ihm alles egal, was danach passiert?

»Das sieht ihm ähnlich«, sagt Joëlle. »Er hat sich aus diesem Leben gestohlen, wie er sich aus seinen anderen zwei Leben gestohlen hat. Ohne Abschied zu nehmen.«

Ich kann nicht einschlafen, bin müde und hellwach zugleich, wie im Jetlag, in einer fremden Welt gelandet, ohne vorbereitet zu sein. Die Schutzschicht, die gewollte von ungewollten Gedanken trennt, ist durchlässig geworden. Wenn ich meine vertraute Welt verliere, werde ich wieder zum Kind. Auf einmal liegen alte Wunden offen.

Ich muss an meine Großmutter denken, die in ihrer kleinen, klammen Berliner Wohnung das Baby wickelte und auf seine Rückkehr wartete. Was hätte sie gefühlt, wenn sie ihren Moritz gesehen hätte, wie er mit seiner neuen Familie in Haifa vom Schiff stieg? Ihr Haus war ausgebombt, nur der Keller war noch intakt. Was aber nicht mehr intakt war, das war ihr inneres Haus. Die alte Ordnung von Vater, Mutter, Kind. Sie bekam nicht einmal eine Witwenrente, da sie mit meinem Großvater nur verlobt gewesen war. Alles, was ihr Leben bestimmt hatte, war in Moritz' letztem Heimaturlaub geschehen, im Herbst 1942: die Verlobung am Wannsee, sein Versprechen, den Krieg zu überleben, und die Nacht, in der meine Mutter gezeugt wurde. Den Rest ihres Lebens büßte sie dafür. Sie schuftete in der Heißmangel, um ihr Kind alleine durchzubringen, fuhr nicht in die Ferien, blieb gefangen in ihrer aus der Zeit gefallenen protestantischen Härte. Sie ergriff nie eine zweite Chance. Solange ich mich erinnern kann, war es in ihrer Wohnung immer ein paar Grad kühler als bei uns, und wenn meine Mutter sich beschwerte, hieß es, wir sollten froh sein, dass wir ein Dach über dem Kopf hatten.

Ich habe früh geheiratet, und bei mir zu Hause muss es immer warm sein. Sicher. Und schön. Ich bin eine Dekorfetischistin. Verbringe Stunden auf Flohmärkten und im Internet, um

Möbel zu kaufen. Jedes Bild, jede Vase, jede Lampe hat ihre Geschichte und ihren Platz. Aber ich gebe nie unnötig Geld aus. Habe eisern gespart, um mit meinem Ex die Wohnung zu kaufen. Die Angst davor, als Mieterin gekündigt zu werden. Nein, der Boden unter meinen Füßen muss mir gehören. Mein Ex tickte ähnlich, auch wenn er aus einer großbürgerlichen Familie kam. Nie mieten, nur kaufen. Also warfen wir unsere Neurosen und unser Geld zusammen und zogen in einen Charlottenburger Altbau. Niemand konnte uns dort rauswerfen. Außer wir selbst. Als unsere Ehe in die Luft flog, saß ich dann allein in den großen Zimmern, und es nützte nichts, dass die Wände zur Hälfte mir gehörten. Ich fühlte mich wieder schutzlos, ausgeliefert, ängstlich. Genau wie das kleine Mädchen damals, das wieder umziehen musste, weil Mama sich mal wieder von ihrem Freund getrennt hatte. Aber meine Mutter und die Männer, das ist eine andere, vielleicht sogar unterhaltsamere Geschichte.

Die Sonne geht auf, bevor ich eingeschlafen bin. Im Garten zwitschern aufgeregte Vögel. Dann, später im Bad, wieder das Gefühl, ein ungewollter Eindringling zu sein. Ich stehe nackt vor seinem Spiegel, der an den Rändern schon oxidiert ist, und suche nach Spuren von Moritz in meinem Gesicht. Meine Augen sind heller als seine, doch den Blick kenne ich von seinen Fotos. Präzise und etwas skeptisch, aber nicht teilnahmslos. Am liebsten würde ich mich unsichtbar machen, keine Spuren hinterlassen, aber dann ertappe ich mich doch dabei, dass ich an seinem Handtuch schnüffle, bevor ich mich abtrockne. Jetzt liegt mein Geruch über seinem, der bald ganz verschwunden sein wird. Eine innere Unruhe drängt mich zur Eile: Ich muss sein Bild in mir zusammensetzen, bevor die Zeit alle Spuren verwischt.

Palermo, Stadt der Kuppeln und der Palmen. Als wir im Centro aus dem Bus steigen, erkenne ich alles wieder, was ich an dieser Stadt geliebt habe. Schönheit im Überfluss, dem Verfall preisgegeben. Wenn New York die Stadt ist, die niemals schläft, ist Palermo die Stadt, die nie ganz aufwacht aus ihrem Traum. Weil sie weiß, dass sich eine andere Welt hinter der sichtbaren verbirgt. Eine ältere, noblere, vielleicht bessere. In Palermo gibt es kein Entweder-Oder, hier existiert alles zugleich, wie im Traum, und alles ist voller Zeichen. Hier gibt es keine Zufälle, nur Zusammenhänge. Du siehst die Gegenwart und Vergangenheit in einem einzigen Moment, aber nie die Zukunft. Palermo, Stadt der Phönizier, Römer, Araber und Normannen. Palermo, das nie ganz italienisch und immer sizilianisch ist, am Rand Europas, aber in der Mitte des Mittelmeers. Palermo, dessen Bürgermeister sagte: *In dieser Stadt gibt es keine Einwanderer. Wir sind alle Palermitaner.* Leere Taschen und offene Arme. Hier kam ich einmal an und wusste, dass ich Archäologin werden wollte. Diese Stadt rückt deine Perspektive zurecht; sie ist immer älter und wissender als ihre Bewohner. Ihr Herz ist großzügig, aber sie gibt ihre Geheimnisse nur demjenigen preis, der sich als würdig erweist.

»Ich will ehrlich zu Ihnen sein«, sagt Catalano. Wenn jemand ein Gespräch so beginnt, endet es meist schlecht. Oder er lügt. Joëlle und ich sitzen vor seinem Schreibtisch, der so alt und schwer ist wie der ganze Raum. Wenige Schritte von der lauten Via Roma mit ihren Schuhläden entfernt, sind wir in einer anderen Welt gelandet: ein Palazzo aus dem Ottocento mit hohen, freskenbemalten Decken, schweren Türen und rubinroten Wänden. Altes Geld. Kanzleien, Vermögensverwalter und das Notariat von Bruno Catalano. Er nimmt seiner Sekretärin das Tablett aus der Hand, lässt sie die Tür schließen und serviert den Kaffee selbst. Joëlle und ich überspielen unsere Spannung.

Eigenartig, denke ich, sie ist wie eine Schwester oder Mutter für mich, ich habe meine intimsten Gefühle mit ihr geteilt, doch in diesem Moment, wo ein Erbe zu verteilen ist, kommt keine von uns auf die Idee, der anderen zu sagen: Egal, was in diesem Testament steht, wir teilen es gerecht unter uns auf. Es gibt keine Gerechtigkeit in der Liebe, denn ja, genau darum geht es jetzt: Zu erfahren, wen er mehr geliebt hat. Das Materielle ist nur ein Ausdruck dafür, wer ihm in der Rückschau seines Lebens mehr bedeutet hat.

Catalano blickt nervös auf die Uhr. Es ist fünf nach zehn.

»Er wollte es Ihnen eigentlich selbst sagen ...«

»Wer?«

»Elias Bishara. Sie haben ihn ja kennengelernt.«

Catalano tippt etwas in sein Handy. Lederhülle mit Initialen.

»Gestern ist eine ... Komplikation aufgetreten.«

Catalano liest eine eintreffende Nachricht und reibt sich nervös das rasierte Kinn. Signor Bishara würde gleich kommen, fünf Minuten, ob wir den Kaffee mit Zucker wollen?

»Was für eine Komplikation?«

»Wir können ja schon mal die Formalitäten ... auch wenn das ...«

Er will Zeit gewinnen. Es geht ihm nicht darum, unsere Ausweise zu sehen, unsere Anwesenheit zu Protokoll zu geben, unsere Geburtsdaten abzugleichen. Es geht ihm darum, uns abzulenken. Joëlle spricht aus, was ich denke:

»Hat er seinem Arzt denn auch was vererbt?«

Catalano blättert in seinen Dokumenten, blickt dann auf und rückt seine rote Brille zurecht.

»Ja«, sagt er trocken, um dann schnell anzufügen. »Wenn ich das als Freund der Familie sagen darf: Elias ist mehr als nur ein Arzt. Er war immer für ihn da, Tag und Nacht.«

Etwas an der Art, wie er es sagt, gefällt mir nicht.

»Gut, kein Problem«, sagt Joëlle.

»Ich freue mich, dass Sie das so sehen. Ich bin rechtlich verpflichtet, Ihnen sein Testament vorzulesen. Ich bin aber auch verpflichtet, Ihnen mitzuteilen ...«

Er macht eine Pause, um die Reaktion in unseren Gesichtern abzulesen.

»Er hat mehr als *ein* Testament hinterlassen.«

»Wie bitte?«

»Signor Reincke hatte bei mir ein sogenanntes *testamento segreto* deponiert. Das bedeutet, der Inhalt war nur ihm bekannt. Am Tag nach seinem Tod habe ich ordnungsgemäß die Siegel gebrochen.« Er sieht mich an.

»Es beinhaltet einen ursprünglichen Text, in dem neben Signora Sarfati auch Ihre Mutter als Erbin steht. Frau Anita Zimmermann, korrekt?«

»Ja.«

»Und dann ... einen Zusatz, in dem verfügt wird, dass der Erbteil Ihrer Mutter im Falle ihres Ablebens an Sie fällt, seine Enkelin.«

Er erwartet, dass ich mich darüber freue. Aber ich spüre einen Stich im Herz. Zu spät, denke ich. Nichts hätte meine Mutter glücklicher gemacht als zu erfahren, dass er an sie gedacht hatte. Nicht wegen des Erbes. Sondern weil er sie damit als seine Tochter anerkannte. Auch wenn sie sich nie begegnet waren, verband sie eine Geschichte mit ihm. Zu wissen, dass auch ihn eine Geschichte mit ihr verband, hätte ihr den Frieden geschenkt, den sie nie gefunden hatte. Joëlle spürt mein Unwohlsein.

»Ich bin froh, dass er dich eingesetzt hat.«

Joëlles Worte beruhigen mich nicht; es geht mir nicht um mich, sondern darum, wie sehr meine Mutter ihren Vater vermisst hat. Wie sehr sie geglaubt hat, er sei noch am Leben, gegen alle Wahrscheinlichkeit, gegen das Schweigen ihrer eigenen Mutter, die ihn für tot erklärt hatte. Vielleicht hat sie ihr Leben lang nach ihm gesucht, in all den Männern, die kamen und gingen, aber das ist eine andere Geschichte.

»Nach dem Tod ihrer Mutter wäre Nina sowieso in der Erbfolge nachgerückt«, sagt Joëlle. »Das ist alles kein Problem.«

In diesem Moment geht die Tür auf, und Elias Bishara kommt herein. Leinensakko über dem ungebügelten Hemd. Der Kragen sitzt schief, als hätte er sich hastig angezogen. Er wirkt gehetzt, grüßt uns höflich, aber angespannt.

»Gut, dann schreiten wir mal zur Urteilsverkündung«, sagt Joëlle, um die Stimmung aufzulockern. Bishara setzt sich an den Rand, wie ein ungebetener Gast. Er hat eine seltsame Art, mich nicht anzusehen. Erst meidet er den Augenkontakt, und dann, für einen kurzen Moment trifft mich sein Blick unerwartet eindringlich. Ich stelle mir die ganze Zeit vor, wie er mit meinem Großvater spricht, seinen Puls fühlt, oder besser: ich versuche es mir vorzustellen, bekomme aber beide nicht auf ein Bild. Wenn er Moritz erwähnt, dann mit Respekt, fast Zärtlichkeit, doch zugleich liegt eine eigenartige Härte in seinem Tonfall, eine Ablehnung, die ich auf etwas zurückführe, was zwischen ihnen passiert ist. Eine Kränkung, wie sie nur unter Menschen geschieht, die eng verbunden sind. Catalano räuspert sich und schielt zu Bishara, der ihm fahrig zunickt.

»Gestern«, sagt Catalano, »ist *noch* ein Testament aufgetaucht.«

Ich stutze.

»Ein handschriftliches. Wir fanden es in seinem Schreibtisch.«

Ich kann spüren, wie unangenehm es ihm ist. Er zwingt sich, weiter zu sprechen.

»Das ursprüngliche Testament begünstigt Sie drei als gleichberechtigte Erben …«

Ich werde stutzig. *Drei? Gleichberechtigt?* Bishara scheint es bereits zu wissen.

»Doch in dem handschriftlichen Testament hat Signor Reincke nun verfügt, dass sein gesamtes Vermögen an eine einzige Person fällt.«

Er macht eine Kunstpause, wie ein Auktionator vor dem letzten Hammerschlag.

»Signor Elias Bishara.«

Mir bleibt der Atem weg. Bishara fährt sich mit der Hand übers Gesicht, alles andere als glücklich. Joëlle erringt als Erste wieder die Fassung.

»Wo ist das Dokument?«

Catalano händigt uns ein kleines gefaltetes Papier aus. Liniert, aus einem Heft gerissen, hastig mit blauer Tinte beschrieben. Joëlle überfliegt es:

»Mein letzter Wille: Mit diesem Testament widerrufe ich alle bisher hinterlegten Verfügungen. Ich, Moritz Reincke, setze als alleinigen Erben ein: Signor Elias Bishara.«

»Und welches Testament gilt nun?«

»Laut Gesetz immer das jüngste«, erklärt Catalano. »Sehen Sie das Datum? 17. April dieses Jahres. Das war der Tag vor seinem Tod, welcher vermutlich nach Mitternacht eingetreten ist.«

»Das ist nicht seine Handschrift«, erwidert Joëlle.

»Eine Handschrift, Signora, ändert sich im Laufe des Lebens. Wann haben Sie das letzte handschriftliche Dokument Ihres Vaters gesehen?«

»Hören Sie, Monsieur. Ich kenne meinen Vater! Er hätte sich nie erschossen! Und warum ändert er kurz vor seinem Tod sein Testament? Enterbt seine Töchter und überschreibt alles seinem Arzt? *C'est impossible!*«

»Als Notar habe ich nur die Verwahrungspflicht, aber keine Befugnis, über das Erbe zu entscheiden. Falls Sie es anfechten wollen, liegt das in der Zuständigkeit des Nachlassgerichts.«

»Und das erste Testament?«, frage ich.

»Sie können den Text gerne einsehen.«

Er reicht mir eine Dokumentenmappe. Bishara steht ruckartig auf.

»Ich weiß noch gar nicht, ob ich das Erbe annehmen will.«

Er verlässt den Raum, ohne sich zu verabschieden, wie ein Schatten. Niemand sagt ein Wort, niemand hält ihn auf.

Dann öffne ich die Mappe. Eine ähnliche Handschrift, wenngleich ruhiger und geordneter. Wieder beginnt es mit der Überschrift »Mein letzter Wille«, doch hier folgt eine präzise Auflistung seines Vermögens: Ein Aktiendepot, drei Konten beim Banco di Sicilia, eine Wohnung in Frankfurt, das Haus in Palermo, drei Autos und eine Katze namens Minouche.

»Lies vor«, sagt Joëlle.

»Als Erben setze ich zu gleichen Teilen ein: Meine Tochter Anita Zimmermann, meine Tochter Joëlle Sarfati und meinen Sohn Elias Bishara.«

Mir stockt der Atem. Ich reiche das Testament an Joëlle weiter. Sie liest den Text noch mal, das *eine* Wort, das alles erschüttert.

Er sieht ihm nicht ähnlich, denke ich. Er hat einen anderen Namen. Er hat uns nichts davon gesagt. Joëlle starrt mich entsetzt an. Catalano rutscht unruhig auf seinem Stuhl herum.

»Bishara?«, frage ich. »Ist das der Name seiner Mutter?«

»Das sollten sie besser Elias fragen.«

»Hat Moritz noch mal geheiratet?«, insistiert Joëlle. »Warum steht der Name seiner Mutter nicht im Testament? Lebt sie noch?«

»*Mi dispiace*, Signora, es liegt nicht in meiner Zuständigkeit, darüber Auskunft zu geben.«

Ich gebe ihm die Mappe zurück. Er wiegt sie nachdenklich in seiner Hand, als würde er den Wert des Erbes schätzen, und das seelische Gewicht, das auf ihm liegt.

»Das Eigenartige an diesem Dokument, wenn Sie mir die

Bemerkung erlauben, ist die fehlende Erklärung, wem welches Drittel zusteht. Nach italienischem Recht muss der Erblasser darlegen, welche Vermögenswerte an welchen Erben fallen. Um Streit zu vermeiden. Aber er hat das offen gelassen.«

Der alte Mann wollte, dass wir uns treffen, denke ich. Allerdings erst nach seinem Ableben. Wie klug. Und wie feige. Aber warum hat er seine Meinung dann geändert, kurz vor seinem Tod?

Wie betäubt treten wir auf die Straße. Das Sonnenlicht blendet. Joëlle steckt sich zitternd eine Zigarette an. Es ist, als hätten wir ihn ein weiteres Mal verloren; wir stehen da wie Waisenkinder, mit leeren Händen, ausgestoßen. Passanten, Motorroller, Autos rauschen vorbei – für alle läuft das Leben weiter, nur uns hat die Zeit vergessen.

»Nüchtern betrachtet haben wir nichts verloren, Joëlle. Wir haben es noch nie gehabt.«

»Glaubst du, ich geb so einfach auf? Das ist skandalös! Hast du gesehen, wie die beiden ... die stecken doch unter einer Decke! Wahrscheinlich gibt er dem Notar für seine Hilfe ein fettes Stück von der Torte. Sein Sohn? Pah, der sieht ihm doch kein bisschen ähnlich!«

»Denkst du, die Handschrift war gefälscht?«

»Sein ganzes Leben war eine Fälschung!«

In diesem Moment sehe ich Bishara. Er lehnt an der Ampel auf der anderen Seite der Kreuzung, er raucht, den Kopf gesenkt wie in Trauer oder wie ein lauerndes Tier, ich erkenne es nicht. Über ihm blinkt die Ampel gelb, sie ist kaputt, aber kein Polizist regelt den Verkehr. Er wartet auf uns, denke ich, und dann: er meidet uns. Ich mache Joëlle ein Zeichen, zu ihm zu gehen, aber sie dreht sich weg. Ich weiß nicht, warum, aber etwas in mir sagt mir, dass ich zu ihm gehen soll, und bevor ich darüber nachdenke, überquere ich die Straße. Er lässt mich kommen, weder flieht er, noch sieht er mir entgegen. Dann stehe ich vor ihm, wir schweigen mitten im Lärm und vermeiden es, uns anzublicken. Er bietet mir eine Zigarette an. Ich lehne ab.

»Deutschland, hm?«, sagt er. »Wo?«

»Berlin.«

Ich könnte zurückfragen, woher er kommt, aber mein Gefühl rät mir, mich zurückzuhalten. Er strahlt keine Feindseligkeit aus, sein Kampf findet im Inneren statt.

»Warum haben Sie nicht gesagt, dass Sie sein Sohn sind?«

»Sie haben nicht gefragt.«

»Warum haben Sie nicht denselben Namen?«

»Niemand kann sich seinen Namen aussuchen.«

Bishara, denke ich, das klingt nicht italienisch. Eher arabisch. Seine Gesichtszüge verraten nichts. Er könnte von irgendwo am Mittelmeer stammen.

»War Moritz mit Ihrer Mutter zusammen?«

Er nickt und blickt die Straße hinunter.

»Kommt sie aus Palermo?«

»Nein. Aus Jaffa.«

»Jaffa in Israel?«

Er zieht an seiner Zigarette und blickt zu Joëlle. Dann wirft er die Zigarette weg und sieht mich aus dem Augenwinkel an.

»Jaffa in Palästina.«

8

Ich will ihn nicht sehen. Ich will ihn in Erinnerung behalten, wie er auf den Fotos meiner Kindheit aussah: ein junger Mann, der hoffnungsvoll in die Ferne blickt. Bishara hebt das weiße Tuch, ich halte Abstand und versuche, aus seiner Mimik abzulesen, welche Gefühle er für Moritz hat. Im Neonlicht der Pathologie wirken seine Züge härter als sonst, noch undurchdringlicher. Er ist nicht schockiert, erkennbar abgebrüht wie die meisten Ärzte; es scheint fast, als wäre diese Leiche für ihn nur eine unter vielen. Joëlle schlägt ihre Hände vors Gesicht und stößt einen erstickten Schrei aus. Ihr Schock ist ein doppelter: den Vater tot zu sehen, und zugleich um Jahrzehnte gealtert. Sie kann die Augen nicht von seinem Antlitz abwenden, sie ballt die Hände zu Fäusten und bricht in Tränen aus. Bishara blickt betroffen zu Boden; es scheint ihn zu verstören, dass eine Fremde beim Anblick seines Vaters so starke Gefühle empfindet, stärkere als er selbst. Oder hat er sich nur besser unter Kontrolle? Er könnte Joëlle jetzt umarmen, tut es aber nicht. Ein Zeichen von fehlender Empathie oder von Respekt, ich weiß es nicht. Aber ich spüre, dass es besser ist, wenn ich Joëlle mit ihren Gefühlen allein lasse, denn ich kann nicht ermessen, wie tief sie gerade fällt. Wenn Geschwister sich beim Tod ihrer Eltern umarmen, sind das Menschen, die eine gemeinsame Geschichte verbindet, dasselbe Haus, derselbe Garten, die Wunden, die sie sich zugefügt haben, und die Liebe, die trotzdem alles zusammengehalten hat. Hier aber, im kalten Neonlicht, trauert jeder für sich allein. Erst mit diesem Gedanken wird mir bewusst, dass auch mir Tränen über die Wangen laufen, und dass ich tatsächlich nicht um ihn trauere, sondern um meine

Mutter. Ich hätte viel dafür gegeben, dass sie ihren Vater noch einmal hätte treffen können. Ihr Leben war ein Boot, das mit losgerissener Leine aufs offene Meer trieb, ohne je wieder ein Ufer erreicht zu haben.

»Wann können wir ihn bestatten?«, fragt Joëlle den Pathologen. Die ganze Zeit über hat sie es vermieden, Bishara anzusehen, und er hat kein Wort mit ihr gesprochen.

»Die Polizei hat den Leichnam noch nicht frei gegeben.«

»Wird er obduziert?«

»Nicht dass ich wüsste.«

»Warum nicht?«

»Die Todesursache ist zweifelsfrei der Schuss, Signora. Die Eintrittswunde ist in seinem Mund, die Austrittswunde dort am Hinterkopf.«

»Aber es könnte auch jemand anderer abgedrückt haben?«

»Das kann ich nicht beurteilen. Darüber müssen Sie mit den Ermittlern sprechen, Signora.«

»Geben Sie mir die Nummer der Kripo.«

Der Pathologe blickt hilfesuchend zu Bishara, der mit verschränkten Armen dabeisteht.

»Die werden sich sowieso bei Ihnen melden«, sagt Bishara, und fügt mit leisem Sarkasmus hinzu: »Wir sind alle Verdächtige.«

»Nina und ich haben kein Motiv, ihn zu töten«, entgegnet Joëlle. »Er hat das Testament nicht zu *unseren* Gunsten geändert.«

Der Ton ihrer Stimme ist eine bewusste Provokation. Bishara ist kurz davor, aus der Haut zu fahren, hält sich aber mit Mühe zurück.

»Sie sollten nach Hause fahren, Signora.«

»Ich gehe nirgendwohin.«

»Dann sollten Sie sich ein Hotel suchen.«

»Sie können mich nicht aus dem Haus meines Vaters werfen. Komm, Nina.«

Im Gehen wendet sie sich noch einmal um.

»Und übrigens: Ich will ein jüdisches Begräbnis.«

Bishara wirft ihr einen sarkastischen Blick zu.

»Was hat er denn verfügt?«, frage ich ihn.

»Nichts.«

Ein Krieg ist schneller erklärt als gewonnen. Der Tod macht gierig. Man will den Verstorbenen für sich haben, ihn nicht teilen; der eigene Schmerz ist so groß, dass man den Verlust der anderen nicht anerkennt. Mich macht die Trauer still, bei Joëlle entfacht sie eine ungeheure Wut. Auf Bishara, dem sie das Ungeheuerlichste zutraut, aber auch auf ihren Vater, seinen Verrat und sein Schweigen. *Er kann sich nicht umgebracht haben, ich kenn ihn doch!* Wie ein Mantra wiederholt sie es, immer inständiger, so dass es mir vorkommt, als meinte sie eigentlich: *Er kann doch nicht tot sein!*

Sie stößt das Gartentor der Villa auf und geht zur Garage. Dort hebt sie das gelbe Absperrband hoch und rüttelt am Tor. Hilf mir, ruft sie, heulen können wir später, wir müssen die Spuren finden, bevor jemand sie verwischt! Die werden damit nicht durchkommen! Wir schieben das alte Rolltor nach oben und starren ins Halbdunkel. Drei alte Citroëns stehen dort nebeneinander, ihr Lack ist verstaubt, und nur einer trägt ein Nummernschild. Sie scheinen zu schlafen und von anderen Zeiten zu träumen. Der älteste, ein Wrack in Spinnweben, mag den Zweiten Weltkrieg miterlebt haben. Der zweite, schwarz und von Rost angefressen, scheint mit seinem Haifischmaul aus einem Nouvelle-Vague-Film entsprungen zu sein, mit Jeanne Moreau, Jazz und zu vielen Zigaretten. Der dritte, braunmetallic und flach, sieht aus wie ein futuristischer Traum der siebziger Jahre. Keiner gibt sein Geheimnis preis. Ich wünschte, ich hätte eine Landkarte, auf der Maurices Reisen verzeichnet wären, könnte die Musik im Autoradio hören und die Gespräche mit seinen Frauen.

»Das ist unglaublich«, sagt Joëlle und geht zu dem mittleren Auto, dem mit dem Haifischmaul. Sie streicht mit dem Finger über das verwitterte Chrom über den erblindeten Fenstern und öffnet die hintere Tür.

»Da saß ich als Kind drin!«

»In genau diesem hier?«

»Das ist derselbe! Dieses blaue Velours! Es riecht wie damals!«

Sie schlüpft hinein. Ich öffne die Fahrertür. Dann sehe ich es. Das getrocknete Blut auf dem Fahrersitz. Joëlle beugt sich nach vorn und sieht es auch.

»Mon dieu!«

Ich trete einen Schritt zurück ... und erst dann bemerke ich das Loch im Dach. Meine Finger streichen über den scharfgezackten Blechwulst, den die Kugel aufgerissen hat, nachdem sie seinen Schädel durchschlagen hatte. Mir wird schwindlig. Ich habe das Gefühl zu ersticken, muss rausgehen und Luft schnappen. Dann stehe ich auf dem Kies vor der Garage und sehe Joëlle zu, die sich nicht lösen kann und sucht und wühlt, als hätte die Polizei nicht schon längst ihre Arbeit gemacht.

»Und?«, frage ich.

Sie antwortet nicht.

Der Schlüssel zum Geheimnis seines Todes, das wird mir in diesem Moment klar, liegt nicht dort, wo er gestorben ist. Sondern an den Orten, wo er gelebt hat. Und der Schlüssel zum Leben eines Mannes sind seine Frauen.

»Komm raus, Joëlle.«

Ein dumpfer Schlag dringt aus der Garage, dann ein Klirren, als fiele eine Kiste voller Werkzeug auf den Beton, dann ist es still. Ich laufe zu Joëlle, die neben dem Auto am Boden liegt und sich die Hand auf die Stirn hält. Blut läuft über ihr Gesicht. Als sie mich sieht, beginnt sie zu weinen und sich zu entschuldigen, als wäre es ein Fehler, Schwäche zu zeigen, wenn man tatsächlich hilflos ist. Ich bringe sie ins Haus, lege sie auf die Couch, suche Alkohol und reinige ihre Wunde. Es dauert eine Weile, dann wird ihr Atem ruhiger. Es tut mir gut, für sie da zu sein, etwas tun zu können. Es erinnert mich an die letzten Wochen mit meiner Mutter. Je mehr ihre Schutzmauern fielen und sie sich in ihrer Hilflosigkeit sehen lassen konnte, desto näher kamen wir uns, vielleicht näher als je zuvor. Sie wurde Kind, ich wurde Mutter, und so ist es jetzt wieder; ich halte Joëlles Hand und spüre ihre stille Dankbarkeit dafür.

»Aber hübsch ist er schon«, sagt sie plötzlich.

»Wer?«

»Sein Sohn.« Sie lächelt verschmitzt und ein wenig verloren.

»Ganz ehrlich, Joëlle, ich glaub nicht, dass er ihn umgebracht hat.«

»Glaub nicht alles, was du denkst, *chérie.*«

»Warum sollte er das tun? Wegen der Villa? So schätz ich ihn nicht ein.«

»Bei Männern hast du dich schon mal verschätzt, Schätzchen.«

»Du auch. Bei deinem eigenen Vater. Abu Elias.«

Sie grinst ironisch und greift nach ihrer Zigarettenschachtel. »Vielleicht hat er's nicht wegen der Villa getan. Aber irgendwas versteckt der.«

»Weißt du was von seiner Mutter? Gab es eine Frau Bishara in eurem Leben?«

»Nein.«

»Versuch dich zu erinnern.«

Joëlle schließt die Augen, und ich weiß nicht, ob sie es tut, um sich zu erinnern oder vor einer Erinnerung zu fliehen. Das Gedächtnis ist kein Archiv; es ist launisch, wählerisch und schwer zu fassen. Es verbindet uns nicht nur mit der Vergangenheit, sondern schützt uns auch davor. Wer die ganze Wahrheit wissen will, muss daher dem eigenen Gedächtnis misstrauen und sich selbst in der Erinnerung der anderen suchen.

9

HAIFA

Wir sehen die Dinge nicht, wie sie sind.
Wir sehen die Dinge, wie wir sind.

Anaïs Nin

Es gab keine Araber, sagt Joëlle. Jedenfalls haben wir keine gesehen. Wir verbrachten ein paar Nächte in einem Einwandererhospiz, dann hörten wir nachts Schüsse, dann kam ein Bus und brachte uns in einen Kibbuz. Dort wohnten wir über den Winter, und als wir nach Haifa zurückkehrten, waren die Araber weg.

Wohin, frage ich.

Es war Krieg, sagt sie.

Wo war Maurice in diesem Krieg?

An Yasminas Seite. Er hat sein Versprechen gehalten.

Und Victor?

In dem Moment, als Yasmina ihren Fuß auf das neue Land setzte, entschied sie, dass Victor gestorben war.

Joëlles Erinnerungen an den Kibbuz sind selbstvergessene Streifzüge durch die Felder, zwischen wilden Feigen und Kakteen. Die blau-weiße Fahne auf der Wiese und die haTikwa jeden Morgen. Das karge Klassenzimmer, die kurzen Haare der Hebräischlehrerin und der viele Regen. Draußen der Schlamm, drinnen die Pfützen und kaputte Gasöfen im Schlafsaal, nirgends hatte man trockene Füße. Die Streiche der Kinder, die schon hier geboren waren, und die Mutter, die ihr einschärfte: »Wir sind keine Araber, wir sind Italiener! Wenn jemand dich fragt, woher du kommst, sag nie Tunis. Sag, wir kommen aus Rom. Das ist nicht mal gelogen, denn dort waren wir im Camp und sind aufs Schiff gestiegen, erinnerst du dich?«

»Warum?«, fragte Joëlle.

»Alle mögen Italiener. Keiner mag Araber.«

Wie auf Zypern gab es auch hier eine Hackordnung. Die Sabras, also die in Eretz Israel geborenen Pioniere, standen über denen aus der Diaspora. Ein Sabra hatte mehr Muskeln und mehr Selbstbewusstsein. »Kommst du aus Überzeugung oder kommst du aus Deutschland?«, fragten sie. Und auch wenn Joëlle sagte, sie komme aus Italien, nannten die Kibbuzkinder sie einfach »Jecke«.

Sobald der erste Sonnenstrahl herauskam, liefen die Mädchen mit kurzen Ärmeln und die Jungs mit nacktem Oberkörper herum, wetteifernd, wer am schnellsten braun wurde, so wie die Pioniere auf den Plakaten, mit geschultertem Spaten, Arbeitermütze und kurzen weißen Hosen.

Yasmina fand Arbeit im Kindergarten und half auf den Feldern mit. Maurice, dessen Hände nicht fürs Grobe taugten, Pflug und Spaten, hatte anfangs Mühe. Was hast du gelernt, fragten sie. Ich kann fotografieren, sagte er. Aber niemand brauchte einen Fotografen. Fotos dienen dazu, die Erinnerung an früher zu bewahren. Hier hatte die Vergangenheit keinen Wert. Selbst die Gegenwart war nichts als eine Brücke in die Zukunft.

»Ich kann Dinge reparieren«, sagte er.

»Welche Dinge?«

»Uhren, Radios, Fotoapparate.«

»Kannst du auch einen Traktor reparieren?«

Wenn Maurice einen Dieselmotor zerlegte, polierte er einen Kolben mit der gleichen Präzision wie er das Zahnrad einer

Armbanduhr gereinigt hatte. Selbst wenn es nicht notwendig war, säuberte er jede noch so kleine Schraube, bevor er alles wieder zusammenfügte. Die Kibbuzniks drängten ihn zur Eile. Sie hatten keine Zeit zu verlieren. Sie waren zionistische Pioniere; Schnelligkeit ging vor Perfektion, alles war nur Mittel zum Zweck. Für Maurice jedoch schien das Reparieren einen Sinn in sich selbst zu haben. Seine Befriedigung lag darin, alte Dinge in ihren ursprünglichen Zustand zurück zu versetzen, wie zu einer Zeit, als die Welt noch nicht zerbrochen war. *Tikun olam* hatte Yasminas Vater das genannt, das Reparieren der Welt als tägliche Aufgabe.

»Du bist wie er«, sagte Yasmina. »Die gleiche Langsamkeit in den Händen, während eure Augen schnell sind.«

Yasminas Vater hatte damals eine Kugel aus Maurices Bein geholt, ohne Betäubung, weil kein Morphium im Haus war. »Ohne deinen Vater«, sagte Maurice zu Yasmina, »wäre ich nicht hier. Er hat nicht nur meinen Körper, sondern auch meine Seele zusammengeflickt.«

Manchmal fuhr Maurice mit einen Lastwagen nach Haifa und zurück; er brachte Kartoffeln, Milch und Eier zum Markt und kam mit schweren Holzkisten zurück, die er im Hafen aufgeladen hatte. Wenn Joëlle ihn fragte, was er mitgebracht hatte, sagte er: Motorenteile. Eines Nachts beobachtete Joëlle durchs Fenster, wie er und andere Männer die Fracht in das Klassenzimmer schleppten. Am nächsten Morgen waren die Kisten verschwunden, nur das Gerücht ging herum, dass irgendwo unter ihren Füßen ein geheimes Waffenversteck lag. Und als eines Morgens britische Soldaten mit ihren Jeeps und Lastwagen auf den Platz fuhren und alles durchsuchten, schärften die Eltern den Kindern ein, nichts zu verraten. Joëlle hielt ihr Wort, so wie alle anderen Kinder. Als die Soldaten abzogen, ohne etwas gefunden zu haben, waren alle sehr stolz auf sich, Sabras und Jeckes gleichermaßen.

Ob Maurice während seiner Fahrten nach Haifa heimlich Victor traf, weiß Joëlle nicht. Von allen Zeiten seines Lebens war der Unabhängigkeitskrieg die Zeit, von der er am wenigsten preisgab, selbst Jahrzehnte später. Joëlle ist sicher, dass er half, wo er konnte – jeder tat das –, aber nur die Rolle ausfüllte, die Victor ihm zuwies. Wahrscheinlich war er froh darüber, kein Gewehr zu tragen und jede Nacht mit seiner Familie verbringen zu können – er war nicht desertiert, nur um sich kurz darauf im nächsten Krieg wiederzufinden. Doch ob sie wollten oder nicht, waren die Einwanderer Teil dieses Krieges. Um zu bleiben, mussten sie kämpfen. Es war unmöglich, nicht Partei zu ergreifen; in dem Moment, als sie den ersten Fuß auf den Boden des Hafenkais setzten, waren sie Partei. Und keiner konnte entkommen, denn der Bürgerkrieg war überall. Noch herrschten die Briten, noch hatten die arabischen Staaten nicht angegriffen, aber nirgends war man sicher. Jeden Abend, wenn die Kibbuzniks im Speiseraum zusammensaßen, liefen die Radionachrichten der Hagana. Es wurde mucksmäuschenstill, wenn die typische Pfeifmelodie erklang. Dann berichtete der Sprecher von den Angriffen arabischer Kommandos auf jüdische Siedlungen und von den Siegen der jüdischen Untergrundarmee. So lernte Joëlle die Geographie ihrer neuen Heimat: durch die Namen bedrohter Orte. Yechiam, Tirat-Zvi, Magdiel. Die Wüste Negev, das fruchtbare Galiläa und das heilige Yerushalayim. *»Die Front ist das ganze Land«*, tönte es aus dem kleinen Radio. *»Jeder Mann ist ein Soldat! Keine Siedlung wird aufgegeben! Unsere geheime Waffe heißt: Keine andere Wahl!«* Warum hassen sie uns, fragte Joëlle. Weil wir Juden sind, sagten die Sabra-Kinder. Wir haben dieses Stück Land gekauft. Wir wollten in Frieden leben. Aber jetzt greifen sie uns an. Wir müssen uns verteidigen.

Einmal nahm Maurice Yasmina und Joëlle mit nach Haifa, um auf dem Markt einzukaufen. Sie polterten die Straße am

Mount Carmel entlang, als sie auf einmal in eine Straßensperre gerieten. Ein Bus war umgestürzt. Britische Soldaten rannten nervös herum. Als sie langsam an dem Wrack vorbeifuhren, sah Joëlle durch das schmutzige Seitenfenster den ersten Toten ihres Lebens. Ein Mann lag auf dem Asphalt, jemand hatte ein Tuch über sein Gesicht gebreitet, um seinen Kopf hatte sich eine Blutlache ausgebreitet. Joëlle erschrak darüber, wie viel es war, und wie dunkel, fast schwarz. Dann hielt Yasmina ihr die Augen zu, und sie hörte nur noch die Rufe der Männer auf der Straße. Bis heute weiß sie nicht, wer der Tote war; sie erinnert sich nur daran, dass Maurice Yasmina an diesem Tag verbot, einen Bus zu besteigen oder das arabische Nachbardorf zu betreten. Er nahm sie auch nie wieder mit nach Haifa. Es wird zu gefährlich, sagte er, die Stadt brennt.

Joëlles Welt schrumpfte auf einen wehrhaften Hügel zusammen, und was ihr an Erinnerung an den Kibbuz blieb, war eine Mischung widersprüchlicher Gefühle – die Angst vor einer unbestimmten, lauernden Bedrohung ringsherum und die schiere Freude, die sie empfand, wenn sie mit den Kindern zionistische Lieder sang, Hymnen auf das Land, die Vorväter, Jerusalem. Zwar verstand sie viele hebräische Worte noch nicht, aber sie liebte die Texte allein für ihren Klang. Manchmal, wenn sie nachts aufwachte und barfuß durch die Dunkelheit zum Plumpsklo schlich, sang sie leise, um die Angst zu vertreiben.

Dann streute der Frühling rote Anemonen über die Ebene, und Maurice sagte zu Joëlle: *Wir bekommen eine Wohnung. Nur für uns.* Sie packten ihre wenigen Kleider in die Koffer und nahmen den Bus nach Haifa. Auf den Feldern blühten die Mandelbäume. Als sie am Hafen ausstiegen, empfing sie ein beißender Geruch nach kaltem Rauch und verbranntem Benzin. Britische Jeeps und Schützenpanzer stauten sich vor den Toren. Auf der anderen Seite des Zauns standen Einwanderer in zerschlissenen

Kleidern Schlange. Verlorene Gesichter, hitzige Diskussionen auf Englisch und Hebräisch. Und überall waren die Kämpfer der Hagana.

Joëlle hatte keine Angst. Vielleicht weil sie nicht alles verstand, vielleicht auch, weil immer jemand da war, der sich kümmerte. Mitten in der zerfallenden Ordnung trat eine neue Ordnung zu Tage, bestens organisiert und vorbereitet. Hier gab es Frauen mit Namenslisten, dort Frauen, die Scheine verteilten, und schließlich Männer mit Sturmgewehren, die Joëlles kleine Familie begleiteten, durch die Stacheldrahtsperren in das Viertel über dem Hafen. Sie waren nicht allein, mit ihnen kamen noch ein paar andere, wer weiß woher, und wenn jemand Maurice fragte, wer ihm seinen Schein verschafft hatte, sagte er nur: »Ein Freund«. Das war auch das, was er zu Yasmina sagte, mehr nicht.

Sie gingen hangaufwärts, vorbei an zerbombten Häusern, verbrannten Bäumen und verkohlten Autowracks. Überall stank es nach Benzin und Rauch. Auf der Straße standen Barrikaden aus Sandsäcken und Möbeln, Bettgestellen und verbrannten Autoreifen. Ein Ladenschild mit arabischen Buchstaben lag auf dem Asphalt. Hunde irrten herum. Mitten auf dem Gehweg sah Joëlle eine hölzerne Standuhr mit einem stummen Messingpendel hinter zerbrochenem Glas. Was ihr aber am fremdesten vorkam, waren nicht die surrealen Gegenstände auf der Straße, sondern die Abwesenheit von Musik. Niemand sang, kein Radio spielte. Erst dann begriff Joëlle das Offensichtliche: Sie sah ein Friseurgeschäft, dessen Tür offen stand. Eine Bäckerei, aus der es nach Mehl roch. Einen Fußball vor einer rußgeschwärzten Hausmauer. Was fehlte, waren die Menschen.

»Das ist unser Haus«, sagte Maurice und blieb stehen.

Joëlle blickte an der Fassade hoch. Die Steine hatten die Farbe von Wüstensand. Vor den schmiedeeisernen Balkonen flatterte

Wäsche im Wind. Es war ein warmer Frühlingstag im Jahr 1948 in der Jaffa Road.

»Welche Wohnung ist unsere?«, fragte Yasmina.

»Sucht euch eine aus«, sagte der Mann mit dem Gewehr. »Aber macht schnell.«

Yasmina entschied sich für den zweiten Stock. Weiter unten wäre zu nah an der Straße, sagte sie, und oben wäre es zu weit, um die Einkäufe hochzutragen. Der Mann mit dem Gewehr brach die Tür auf, und sie gingen hinein.

»Gefällt sie dir?«, fragte Maurice.

»Ja«, sagte Yasmina.

»Was ist mit den Möbeln?«, fragte er den Mann mit dem Gewehr. Der zuckte mit den Schultern. Yasmina setzte sich vorsichtig auf das grüne Sofa und ließ den Blick im Raum umherschweifen. Es gab einen Esstisch mit vier Stühlen, eine Schrankwand aus dunklem Holz und ein Radio. An der Wand hing ein Bild mit Blumen.

»Und der Schlüssel?«, fragte Maurice.

»Baut ein neues Schloss ein. Geht zu Giuseppe in der Arlozorov Street. Der kommt auch aus Italien. Ihr seid doch Italiener, oder?«

»Ja.«

»Shalom. Mazal tov.«

Der Mann mit dem Gewehr verließ die Wohnung, und Maurice versuchte, die Tür zu schließen. Sie blieb halb offen. In diesem Moment fiel eine ungeheure Last von ihnen ab. Sie hatten es geschafft. Yasmina umarmte Maurice und brach unvermittelt in Tränen aus. Joëlle, die gerade durch die Wohnung lief, erschrak und blieb stehen. Yasminas ganzer Körper bebte, und ihre Finger gruben sich in seinen Rücken. Dann sank sie in die Knie, wie um zu spüren, dass der Boden sie noch trug. Maurice hielt sie fest, bis es ausgestanden war. Er sah die Furcht in Joëlles Augen. Er rief sie zu sich. Als sie seinen Arm um sich spürte, verschwand ihre Angst wieder.

Joëlle bekam ein eigenes Zimmer, zum ersten Mal in ihrem fünfjährigen Leben. Dort standen zwei Betten, ein Schrank und ein Schreibtisch. Darauf fand sie ein paar Stifte und zwei blaue Schulhefte. In dem einen standen Zahlen und Gleichungen, in dem anderen englische Vokabeln. Die Aufzeichnungen hörten in der Mitte des Heftes auf; das letzte Wort war *»pharmacist«*. Joëlle kletterte auf den Tisch und blickte durchs Fenster hinunter. Die Jaffa Road war weder zu eng noch zu breit, mit Gehwegen an jeder Seite und vierstöckigen Mehrfamilienhäusern aus sandfarbenem Stein mit schönen Bogenfenstern. Es gab kleine Läden, Restaurants und Werkstätten, ein Kino, eine Kirche und eine Feuerwache. Sie entsprang den Gassen der Altstadt und führte, parallel zum Hafen laufend, aus Haifa hinaus. Die einen Fenster blickten zum Hang hinauf, die anderen hinunter aufs Meer. Die Schilder vor den geschlossenen Geschäften waren arabisch, hebräisch, englisch, italienisch und griechisch. Die stillen Wohnhäuser wirkten wie eine Kulisse ohne Schauspieler.

In einem Fenster gegenüber bewegte sich der Schatten einer Frau. Sie zog den Vorhang zu. Joëlle erschrak.

»Es gibt noch Juden in der Straße«, sagte Yasmina.

»Wer hat in meinem Zimmer gewohnt?«, fragte Joëlle.

Yasmina zuckte mit den Schultern und sah sich unsicher um.

»Kommen sie zurück?«

»Wer weiß.«

Später, als sie hinuntergingen, um etwas zu essen zu finden, bat Joëlle ihren Vater, die Namen auf den Klingelschildern am Eingang vorzulesen, denn die Buchstaben waren teils arabisch, teils lateinisch, aber sie hatte nur Hebräisch lesen gelernt.

»Abu Nawas«, las Maurice. *»Tibi, Jodeh, Kanaan.«* Die anderen Schilder konnte er nicht entziffern.

»Wo sind sie jetzt?«, fragte Joëlle.

»Weggegangen«, sagte Maurice.

»Wohin?«

»Ich weiß nicht.«

»Warum sind sie weggegangen?«

»Wegen des Kriegs.«

»Ist der Krieg jetzt vorbei?«

»Nein.«

»Müssen wir auch wieder weggehen?«

Maurice beugte sich zu ihr hinunter, nahm ihre Hände und sah ihr fest in die Augen.

»Nein. Wir bleiben jetzt hier.«

Die erste Nacht war unheimlich. In Joëlles Zimmer war es so still, dass sie den eigenen Atem hörte. Ein eigenes Zimmer nur für dich, hatten die Eltern gesagt, ist das nicht schön – aber Joëlle konnte nicht einschlafen. Auf einmal fehlten die Geräusche der anderen Menschen im Schlafsaal, in der Baracke, im Schiffsbauch. Oft war sie aufgewacht, wenn jemand hustete, oft hatte sie sich die Ohren zugehalten, wenn jemand schnarchte. Aber jetzt machte es ihr Angst, allein im Dunkeln zu liegen. Sie stand auf und schaute aus dem Fenster. Die Jaffa Road lag gespenstisch still im Mondlicht. Kein Auto fuhr, keine Musik spielte, hinter den Fenstern war es dunkel. Nur Hunde bellten scharf aus der Ferne. Joëlle schlich auf den Flur. Aus dem Schlafzimmer der Eltern hörte sie eigenartige Geräusche. Sie drückte die Klinke herunter. Durch den Türspalt sah sie die nackten Körper ihrer Eltern, Silhouetten im Dunkel, ineinander verschlungen. Sie bewegten sich wie im Traum, wild und im Rhythmus einer geheimen Musik, und fuhren erschrocken hoch, als sie Joëlle bemerkten.

»Komm«, sagte Yasmina, und Joëlle ging vorsichtig zu ihrem Bett. Sie kletterte hinein und spürte die heiße Hand ihrer Mutter, die ihr über die Stirn fuhr. Ihr Körper war schweißnass und voller Leben. Erst jetzt konnte sie beruhigt einschlafen.

Am nächsten Morgen regte sich Leben auf der Straße. Joëlle stand auf dem Balkon und sah durch die Gitterstäbe, wie eine Gruppe neuer Einwanderer vom Hafen heraufkam, mit Koffern und geschnürten Paketen unterm Arm. Maurice erklärte Yasmina etwas über die Hagana, und auch wenn Joëlle nicht verstand, wovon er sprach, freute sie sich, denn sie sah Kinder unter den Menschen. Keine Bewaffneten begleiteten sie, nur ein heißer Wind, der den Staub unter ihren Füßen aufwirbelte. Sie gingen wahllos in die Häuser. Schritte hallten im Treppenhaus, dann hörte man Faustschläge gegen die Türen, auch ihre, und Maurice musste sich ihnen in den Weg stellen, damit sie nicht hereinkamen. *Izwiní*, sagte der Fremde entschuldigend, und als Maurice nicht verstand, *antschuldigt mir.* Dann deutete die Frau des Fremden, oder war es seine Mutter, auf die Wohnung gegenüber und fragte etwas auf Russisch, während der Mann die Tür aufstemmte. So lernten sie ihre Nachbarn kennen. Später half Maurice ihnen, Kisten aus der Wohnung zu tragen; wir können die Bücher eh nicht lesen, sagten sie, verstehen Sie Arabisch? Nein, antwortete Yasmina für ihn, wir werden sie vor die Tür legen, vielleicht kommt jemand vorbei, der die Sprache beherrscht. Und als Maurice sie später unter vier Augen fragte, warum sie gelogen hatte, denn sie spreche doch tunesisches Arabisch, antwortete sie nur: *Man weiß nie, was die Leute reden*, und er nickte und schwieg.

Am Abend brachten sie den Nachbarn einen Topf mit Brotsuppe, die Yasmina gekocht hatte. Die Nachbarn dankten ihnen, und gerade als sie wieder gehen wollten, sah Moritz das Klavier. Ein Bösendorfer aus schwarzem Holz, alt, aber sehr gepflegt. *»Labatje!«*, sagten die Russen, und er verstand sie, ohne ihre Sprache zu sprechen, aber lehnte ab, bis der Mann ihn am

Arm zum Klavier zog und den Deckel öffnete. *»Shpil!«*. Maurice entschuldigte sich, und sie verließen die Wohnung.

»Warum hast du nicht gespielt?«, fragte Yasmina ihn.

»Es ist nicht meins«, sagte er.

»Na und? Auf dem Klavier meiner Eltern hast du auch gespielt.«

»Ich kann nur deutsche Stücke«, sagte er leise, und Yasmina drehte sich schnell zu Joëlle, die zuhörte. Joëlle erinnert sich heute noch an ihren Gesichtsausdruck, der ihr das Gefühl gab, etwas Verbotenes belauscht zu haben. In den Augen ihrer Mutter lag eine wilde Furcht, deren Grund sie erst viel später verstehen würde. Dann griff sie nach Joëlles Hand, um sie ins Bett zu bringen.

In dieser Nacht fühlte Joëlle sich nicht mehr allein. Schritte von oben und Stimmen von der Straße füllten ihr Zimmer. Sie stellte sich aufgeregt aufs Bett, um aus dem Fenster zu sehen. Die Fenster gegenüber waren erleuchtet. Dahinter sah sie Frauen, die Betten bezogen, und Männer, die Möbel rückten, sie hörte Hammerschläge und ein Akkordeon, zu dem alte Männer in einer Sprache sangen, die sie aus Camp 60 kannte.

Zog nit keyn mol az du geyst dem letstn veg!

Am nächsten Tag schraubte Maurice das Schloss aus der Tür, und sie gingen zu Giuseppe, dem Schlosser, um einen Schlüssel machen zu lassen. Überall sah Joëlle Dinge, die sie nicht verstand und die ihre Eltern nicht erklären konnten. Sie sah Frauen, die sich um einen Kinderwagen voller Porzellan zankten. Sie sah ein eingeschlagenes Schaufenster und ein zerbeultes Auto, auf dessen Dach Männer einen Kühlschrank wuchteten. Sie sah jüdische Ladenbesitzer, die ihre Schaufenster mit Balken verrammelten. Sie sah ein Kind, das allein auf einer Kreuzung stand und nach seinen Eltern schrie. Und sie sah ein Pferd, das durch die Jaffa Road galoppierte, wiehernd wie verrückt, mit

Schaum vor dem Maul. Yasmina zerrte Joëlle in einen Hauseingang, als es vorbeipreschte. Dann hallte ein Schuss durch die Straße; das Pferd strauchelte und stürzte zu Boden. Joëlle sah noch, wie seine Beine zuckten und der Kopf sich mit aufgerissenen Augen gen Himmel reckte, bis er langsam zu Boden sank und sich nicht mehr rührte.

Als sie nach Hause kamen, stand ein großer Mann im Flur. Er hatte nur ein Bein und eine hölzerne Krücke. Als Yasmina laut schrie, kam ein zweiter Mann aus Joëlles Zimmer. Er trug ein Unterhemd und eine schwarze Klappe über einem Auge, und in der Hand hielt er ein Gewehr. Er blaffte etwas auf Hebräisch. Yasmina nahm Joëlle in ihren Arm. Maurice sagte den Männern, dass sie sofort die Wohnung verlassen sollten, aber die beiden störten sich nicht daran, sondern verkündeten, dass sie jetzt hier wohnten. Maurice zeigte ihnen wütend den Schein, der beweise, dass die Wohnung ihnen zugeteilt worden sei. Die Männer lachten nur. Dann setzte der Einbeinige sich auf Joëlles Bett und erklärte, ein Zimmer würde ihm genügen. Maurice schickte Yasmina und Joëlle aus der Wohnung, um einen Polizisten zu suchen. Sie irrten lange durchs Viertel, bis sie endlich einen fanden, denn die Polizei war in Auflösung begriffen, und die jüdischen Polizisten, die noch britische Uniform trugen, hatten alle Hände voll zu tun. Als sie dann mit dem Polizisten in der Wohnung standen, erklärte der Mann mit dem Gewehr, dass ein britischer Polizist ihm nichts zu sagen hatte, auch wenn er Jude sei. Maurice war außer sich und zeigte dem Polizisten den Schein von der Hagana, aber der Mann mit dem Gewehr sagte, mit dem Schein würde er sich den Arsch abwischen, denn er sei ein Kämpfer der Irgun. Was für ein Staat solle das werden, der die Männer, die für ihn kämpften, im Stich lasse? Der Polizist sah die eintätowierte Nummer auf dem Arm des Einbeinigen und sagte: Wie kann ein Jude das einem anderen Juden antun, nach allem, was uns angetan wurde? Auch er habe ein Lager überlebt. Der Mann erwiderte, wer in den Lagern nicht zuerst an sich gedacht habe, der sei verreckt. Der Einäugige richtete sein Gewehr auf den Polizisten und sagte, er solle verschwinden. Der Polizist entschuldigte sich bei Maurice, dass er nichts tun könne, das müssten die Hagana und die Irgun unter sich ausmachen. Denn so lautete das ungeschriebene Gesetz dieser gesetzlosen Tage: Wer eine Nacht in einem Zimmer verbrachte, dem gehörte es.

Joëlle hatte schreckliche Angst, als sie bei den russischen Nachbarn schliefen, auf dem Boden und in ihren Kleidern, während drüben die Männer in ihren Betten lagen. Ein Gefühl, das sie ihr Leben lang begleiten sollte: die Angst vor der eigenen Unbehaustheit.

Am nächsten Morgen ging Maurice zum Hafen, und ein paar Stunden später kam er in Begleitung von zwei Männern zurück. Kämpfer der Hagana mit Mützen und Sturmgewehren. Sie zerrten den Krüppel und den Einäugigen mit Gewalt aus der Wohnung und drohten, sie zu erschießen, wenn sie zurückkämen. Yasmina wollte sich bei den Männern der Hagana bedanken, indem sie sie zum Essen einlud, aber sie mussten weiter. Das waren Freunde eines Freundes, erklärte Maurice, und Yasmina umarmte ihn erleichtert. Dann schraubte Maurice das neue Schloss ein, Yasmina wusch das Bettzeug, und die nächste Nacht durfte Joëlle wieder in ihrem Zimmer verbringen. Als sie die Augen schloss, sah sie den Einbeinigen und den Halbblinden rastlos durch die Straßen irren.

10

In den kommenden Tagen ging Maurice zum Hafen hinunter, fragte nach Arbeit und kam mit nützlichen Dingen zurück: ein Laib Brot, frische Milch, Tomaten, ein Stück Seife und Informationen, wo man dies und das besorgen konnte. Die Nachbarn mochten ihn. Maurice, der Italiener. Als er den Russen das kaputte Radio reparierte, boten sie ihm zum Dank das Klavier an. Bei uns steht es nur im Weg, sagten sie, wir tanzen zur Radiomusik. Maurice lehnte ab. Aber am nächsten Abend, als er vom Hafen nach Hause kam, stand das Klavier im Wohnzimmer. Die Russen hatten es mit Yasminas Hilfe von einer Wohnung in die andere geschoben. Maurice blieb schweigend davor stehen.

»Freust du dich nicht?«, sagte Yasmina.

»Wir können das nicht annehmen«, sagte er.

»Aber die Nachbarn brauchen es nicht. Es hat ihnen doch auch nicht gehört.«

»Genau deshalb. Es ist unanständig.«

»Wem gehört es denn?«, fragte Joëlle. Als niemand ihr eine Antwort gab, fragte sie noch einmal nach:

»Den Arabern?«

Die Stille, die auf dieses Wort folgte, war eine beklommene Stille, so als hätte sie etwas ausgesprochen, das man nicht sagen durfte, ein Schimpfwort oder einen Fluch.

»Was kann *ich* dafür?«, sagte Yasmina. »Herr Levy, der Bürgermeister hat sie gebeten, zu bleiben. Hast du das gehört? Aber ihre Führer haben sich geweigert, zu kapitulieren. Lieber wollten sie ihre Leute evakuieren. Aber bitte, wenn du das Klavier nicht magst, verkaufen wir es eben.«

»Nein. Was ist, wenn der Besitzer zurückkommt?«

Yasmina wandte sich ab und ging in die Küche. Wie immer, wenn sich ein Problem nicht lösen ließ, entzog sie sich. Maurice war anders: Er suchte unermüdlich, fast stur nach der besten Lösung, möglichst für alle, selbst wenn es keine gab. Und so blieb das Klavier unberührt im Wohnzimmer stehen, ohne dass weiter darüber gesprochen wurde, wie ein Denkmal ohne Erinnerung, ein Fragezeichen ohne Satz davor. In der Nacht, als niemand sie beobachtete, schlich Joëlle aus ihrem Zimmer in das stille Wohnzimmer und hob vorsichtig den Klavierdeckel an. Ihre Finger berührten die Tasten, aber drückten sie nur ganz sacht, so dass kein Ton entstand. Dazu summte sie ganz leise ein Lied, das sie im Kibbuz gelernt hatte.

Yasmina mistete aus. Man konnte gut tauschen in diesen ersten Tagen; jeder fand etwas in seiner Wohnung, was er nicht gebrauchen konnte, und jeder fand etwas Nützliches bei den anderen. Die Jaffa Road glich einem wilden Straßenflohmarkt; die Leute schleppten Schränke aus den Häusern, räumten Werkzeuge und Maschinen aus den verlassenen Werkstätten, tauschten und verkauften sie untereinander. Einige jüdische Polizisten versuchten, die Plünderer aufzuhalten, aber kaum waren sie um die nächste Ecke, ging es wieder los. Manche waren Soldaten, manche waren Neuankömmlinge, viele waren normale Leute aus der Stadt, die aus den Häusern ihrer Nachbarn herausholten, was sie finden konnten. Sessel, Sofas, Tische, Teppiche, Waschbecken, Spiegel, Silberbesteck, Porzellan, Tischdecken, Weinflaschen, Kleider, Plüschtiere, Lampen, Uhren und Radios. Ein Mann zerrte einen Friseurstuhl über die Straße, Jugendliche schoben ein Auto aus einer Garage.

»Schämen sie sich denn nicht?«, sagte Yasmina und befahl Joëlle, in der Wohnung zu bleiben. Joëlle schaute dennoch vom Balkon auf das Spektakel hinunter. Andere Kinder machten mit. Auch die netten Nachbarn. Wenn die Sabras das tun, sagten die Neuankömmlinge, dann dürfen wir das auch. Im Versuch, Ordnung ins Chaos zu bringen, richtete die Jewish Agency ein Lager am Hafen ein, wo alle zurückgelassenen Gegenstände gesammelt werden sollten, um öffentlich versteigert zu werden. Freiwillige räumten die Wohnungen aus und transportierten ab, was noch nicht geplündert worden war: Doch noch bevor die Versteigerung organisiert wurde, wanderten die besten Stücke unter der Hand an Mitglieder der Milizen, Parteien und Gewerkschaften. Wer jemanden kannte, bat um einen kleinen Gefallen. Und wer helfen konnte, half. Die jüdischen Geschäftsleute kamen zurück, um ihre Läden und Büros wieder zu öffnen. Die anderen nicht. Einige Araber, so hörte man, versteckten sich.

Abends saß Maurice am Radioempfänger und wechselte zwischen dem hebräischen Radio Hagana und der englischen BBC. Er wollte wissen, was auf der Straße von Tel Aviv nach Jerusalem geschah, obwohl er selbst noch nie dort gewesen war. Immer diese Straße, sagte Yasmina, warum interessiert dich diese Straße? Weil sich dort unser Schicksal entscheidet, antwortete er. Arabische Kämpfer griffen dort immer wieder die jüdischen Konvois an; Lastwagen der Hagana, die Lebensmittel, Wasser, Medikamente und Waffen für die jüdischen Einwohner von Jerusalem transportierten. Ohne diese Lebensader, die sich von der Küste durch hügliges Terrain bergauf schlängelte, wären sechzigtausend Juden von der Versorgung abgeschnitten. Die meisten Juden wohnten an der Küste, und Jerusalem war von arabischen Dörfern umgeben, die dem arabischen Staat zugeschlagen werden sollten. Früher hatten die Bauern ihre Ernte an alle Einwohner Jerusalems verkauft, Christen, Juden und Muslime, aber jetzt wurden Nachbarn zu Feinden. Die Juden Jerusalems fanden sich unter Belagerung. Maurice versuchte

Joëlle vom Radio fern zu halten, aber wenn sie abends im Bett lag, schlich sie sich zur Tür, um durch den offenen Spalt die hebräischen Nachrichten mitzuverfolgen. Sie verstand nur die Hälfte, es klang aufregend, aber was ihr wirklich Sorgen machte, war das Gesicht ihres Vaters. Im Schein der Lampe wirkte es auf einmal viel älter. Und Papà war wie verwandelt. Unruhig, reizbar, abwesend. Als wäre ein Teil von ihm selbst auf dieser Straße. Tatsächlich fuhren einige seiner Freunde, die anderen Fahrer, in diesen Konvois. Joëlle musste an den toten Mann denken, den sie auf der Straße zwischen dem Kibbuz und Haifa hatte liegen sehen. Sie war dankbar dafür, dass ihr Vater nicht in einem dieser Lastwagen saß. Wenn sie davon berichteten, dass jemand beim Kampf um die Straße erschossen oder verletzt wurde, wollte Papà unbedingt seinen Namen wissen. Einmal ging er spät nachts, als die Laster zurückkamen, hinunter zum Hafen, um mit den Fahrern zu reden. Als er am Morgen zurückkam und Joëlle ihn fragte, was passiert war, sagte er nur auf Hebräisch: *Hakol beseder*, alles in Ordnung. Wenn er das sagte, glaubte sie es. Ihre Welt war in Ordnung, solange Papà dafür sorgte. Und er sorgte dafür.

Yasmina schien alles, was außerhalb der Jaffa Road geschah, nicht zu verunsichern. Im Gegenteil, je unsicherer es im Landesinneren war, desto sicherer fühlte sie sich hier am Meer, an *ihrem* Meer, mit dessen Farben sie aufgewachsen war. Und endlich war sie in dem eigenen Zuhause angekommen, von dem sie jahrelang geträumt hatte. Joëlle sah zum ersten Mal, wie ihre Eltern sich küssten, nicht nur als Papà nach Hause kam, sondern zwischendurch, einfach so in der Küche, und sie weiß heute noch, wie schön sie das fand. Als Maurice und Yasmina bemerkten, dass sie ihnen zusah, lachten sie und breiteten die Arme aus. Joëlle lief zu ihnen, sie beugten sich zu ihr hinunter und küssten sie, einer rechts und einer links, auf beide Wangen.

Dann kochte Yasmina überbackene Maccaroni, oder war es sogar ein Ossobuco, Joëlle hat es vergessen, aber sie erinnert sich noch genau, dass ihr Vater an diesem Shabbes nach dem Essen seinen Stuhl vor das Klavier stellte, den Deckel öffnete und, während Joëlle und Yasmina überrascht den Atem anhielten, ein Schubert-Lied spielte. Sie weiß noch, dass er sie auf seinen Schoß nahm und sie mit ihm summte, während sie seine Finger auf den Tasten verfolgte, und wie ihr in diesem Moment bewusst wurde, dass Musik einer Struktur gehorchte, die so klar und geordnet war wie die Tastatur vor ihren Augen. Was ganze und halbe Tonschritte bedeuteten, was eine Oktave war und welche Töne miteinander harmonierten, an diesem Abend begriff sie es für ihr ganzes Leben, als öffnete sich ein Vorhang zu einer Welt, die sie einlud, ein Teil von ihr zu sein. Wer weiß, ob sie später Sängerin geworden wäre, wenn Maurice das Klavier der Araber nie angerührt hätte. Das Fenster zur Jaffa Road war geöffnet, und von draußen mischten sich Stimmen in die Musik, fast schon vertraute Stimmen. Und dann war auf einmal Jubel zu hören. Maurice stand auf, ging zum Fenster und schaltete Radio Hagana ein. Wir haben Jaffa erobert, sagte er.

Am nächsten Tag holten die Briten auf allen Regierungsgebäuden ihre Flagge ein, und kurz bevor der Shabbat begann, erklärte David Ben Gurion in einem Museum am Rothschild Boulevard in Tel Aviv, dass heute, am fünften Tag des Monats Iyar, im Jahr 5708, der jüdische Staat gegründet werde, als Heimat für das in alle Welt verstreute jüdische Volk. Sein Name sei Israel. Joëlle erinnert sich noch heute an die gespannte Feierlichkeit seiner Stimme aus dem Radio ... und die völlige Stille auf der Jaffa Road. Es war, als hielte die ganze jüdische Gemeinschaft den Atem an. Nur Yasmina, die gerade das Abendessen vorbereitete, während Joëlle im Wohnzimmer saß, hörte es nicht, da sie ein italienisches Lied summte, wie so oft, wenn sie sich in einer Tätigkeit verlor. Joëlle kam zu ihr und sagte ihr, was sie gerade gehört hatte, freilich ohne ganz zu verstehen, was das alles bedeutete, aber so viel verstand sie: Dass sie jetzt ein eigenes Land hatten, in dem sie keine Minderheit mehr waren. Yasmina legte ihr Küchenmesser weg, wischte sich die Hände an der Schürze ab und ging ins Wohnzimmer. Dort stand sie eine Weile und zog Joëlle ganz nah an ihren Körper, bis die Rede zu Ende war. Es war nicht so wie heute, wenn Politiker sprechen und wir kaum noch hinhören oder uns abgebrüht abwenden; es war ein Moment echten Vertrauens. Nur Maurice fehlte; gerade in diesem entscheidenden Moment war er zum Markt gegangen, um vor dem Shabbat noch schnell ein Brot zu kaufen. Als Ben Gurion zu Ende gesprochen hatte, spielte das Radio die haTikwa. Und von draußen kamen die ersten Jubelschreie.

Niemand hatte dazu aufgerufen, niemand hatte einen Plan, aber wie selbstverständlich kamen die Menschen aus den Wohnungen. Niemand konnte jetzt für sich bleiben, alle wollten diesen Moment teilen. Im Treppenhaus trafen Yasmina und Joëlle die russischen Nachbarn, die sie überschwänglich umarmten und Dinge sagten, die sie nicht verstanden, dann liefen sie nach unten. Im tiefen Licht der untergehenden Sonne füllte sich die Jaffa Road mit Menschen, die überwältigt voreinander standen und sich wild gestikulierend in verschiedenen Sprachen bestätigten, was sie gerade gehört hatten. Fremde umarmten sich, Väter nahmen ihre Kinder auf die Schultern, und wie auf ein unsichtbares Zeichen liefen alle zur Carmel Avenue, die vom Park zum Hafen hinunterführte. Maurice kam ihnen entgegen, mit einem Laib Brot in der Hand; ein Verspäteter, ein Einzelner gegen den Strom der vielen. Yasmina winkte ihm zu, und sie fielen sich in die Arme, während die anderen Menschen an ihnen vorbeiliefen. Sie waren völlig überrascht, dass alles auf einmal so schnell ging, sie waren doch noch mitten im Bürgerkrieg, und was hieß das überhaupt, ein Staat? Aber all die Fragen, die ihnen im Kopf herumschwirrten, wurden weggewischt von der unbeschreiblichen Freude, die ringsherum ausbrach. Maurice nahm Yasmina an der Hand, und sie ließen sich mitreißen. Je weiter sie die Jaffa Road entlangliefen, desto mehr verwandelte sich ihre kleine Welt, die vor kurzem noch eine Geisterstraße gewesen war, in ein entfesseltes Fest des Lebens. Auf der Carmel Avenue vereinigte sich die Menschenmenge mit den Juden, die von den höheren Vierteln herunterströmten, aus Herzliya und Hadar Ha Carmel. Die Sprachen Europas erfüllten die Stadt – Jiddisch, Deutsch, Italienisch, Russisch, Polnisch –, aber als die Menschen anfingen zu singen, sangen sie auf Hebräisch, ihrer neuen, alten Sprache, und in diesem Moment wurden die in alle Welt verstreuten Juden tatsächlich ein Volk, überwältigt von der Erfüllung ihres Traums, Dutzende Ströme, die sich zu einem großen Strom vereinigten, und jeder wusste, wo er hingehörte: In die Mitte dieses Stroms, getragen von seinesgleichen.

Es ist bis heute unerklärlich, wie Yasmina ihn auf diese Entfernung entdecken konnte. Hundert Meter lagen zwischen ihnen, und ein Meer aus wogenden Köpfen. Vielleicht kam es daher, dass der Kreisverkehr, auf dem er stand, mit einer Maschinenpistole um die Schulter, von Straßenlaternen beleuchtet war. Vielleicht ist aber auch das menschliche Auge nicht einfach eine Kamera, sondern ein Fenster zur Seele: Es sieht, was es sehen muss, auch wenn es noch so klein erscheint, und blendet aus, was es nicht sehen will, auch wenn es unübersehbar ist. Tatsache ist, dass in dieser Nacht alle, auch Victor, ihre Vorsicht fallenließen, um hemmungslos zu feiern. Langsam, fast unmerklich löste Yasmina den festen Griff ihrer Hand. Auf einmal blieb Joëlle allein zurück zwischen den wild wogenden Menschenkörpern. Sie bekam Angst und blickte sich nach Papà um, der sofort ihre Hand ergriff. Auch er wunderte sich, wohin Yasmina sich entfernte und warum. Er versuchte sie zu erkennen, hin und her geworfen durch die brodelnde Menschenmenge, während sie wie in Trance auf den Kreisverkehr zuging, ihr zerbrechlicher Körper in der lauten, entfesselten Masse.

»Yasmina!«, rief er, aber sie hörte ihn nicht mehr. Ihre ganze Aufmerksamkeit verengte sich auf den einen Mann, dem sie immer näher kam, ohne dass er sie sah. Eine fremde Frau schenkte ihm einen Kuss und zog weiter, andere Männer klopften ihm bewundernd auf die Schulter: Victor neben seinen Kameraden in der lässigen Uniform der Hagana. Maurice lief Yasmina nach. Er verlor Joëlles Hand im Gedränge, kehrte sofort zurück, fand sie wieder und zog sie weiter. Ihr Schuhband hatte sich gelöst, sie drohte ihren Schuh zu verlieren, aber sie wagte nicht, es ihrem Vater zu sagen, um ihn nicht aufzuhalten im Lauf zu ihrer Mutter. Joëlle sah nichts als Beine und Hüften, tanzende Körper stießen gegen ihren Kopf; dort unten war das Fest etwas Bedrohliches, jeder Stoß konnte sie zu Boden reißen, und die entfesselte Menge würde über sie hinwegtrampeln. Papàs Hand war das Einzige, das ihr Halt gab. Plötzlich blieb er stehen. Sie spürte, wie sein Griff erst schwächer wurde, als ob er taumelte, und als die Menschen, die vor ihnen standen, weiterzogen, sah Joëlle ihre Mutter. Sie wollte zu ihr laufen, doch da drückte Papàs Hand zu, fester noch als vorher, und er zog sie eng an seinen Körper. Yasmina stand dem Mann in der Uniform gegenüber, dem Mann mit dem Gewehr um die Schulter, dem Mann mit den schwarzen Haaren und dem kräftigen Körper. Er sah so aus, als wäre er direkt einem der heroischen Plakate entsprungen, die an den Mauern hingen. Er sah Yasmina, die nur wenige Schritte vor ihm stand, schweigend an, nicht einmal überrascht, während sie im Schock erstarrte, als hätte sie einen bösen Geist erblickt. Joëlle blickte hinauf zu Papà und wünschte sich, er würde etwas tun, denn irgendetwas stimmte hier ganz und gar nicht; inmitten der feiernden Menschen tat sich auf einmal ein Abgrund auf, und jemand musste verhindern, dass sie hineinstürzten.

Yasmina stammelte etwas, dann begann sie zu schluchzen, ohne dass Joëlle erkennen konnte, ob aus Schmerz oder Freude. Der Mann ging auf sie zu und fasste sie vorsichtig am Arm. Sie zuckte zusammen, wich zurück, dann machte er noch einen Schritt, schob sein Gewehr beiseite und umarmte sie. Joëlle spürte durch Papàs Hand, wie sein Körper bebte, wie etwas in ihm zerbrach, und sie wollte schreien, um aufzuhalten, was dort geschah; ganz offenbar etwas, das niemals geschehen durfte. Yasminas Hände krallten sich in den Rücken des Mannes, dann schüttelte ein heftiger Weinkrampf ihren Körper, den er fest umarmt hielt, während seine Augen jetzt Maurice entdeckten. Plötzlich stieß Yasmina ihn wütend weg. Der Mann griff nach ihr, aber bevor er sie fassen konnte, schlug Yasmina in wilder Verzweiflung auf ihn ein. Joëlle bekam schreckliche Angst. Sie hatte ihre Mutter noch nie so außer sich erlebt – und Papà noch nie so hilflos. Es war kurz nach Sonnenuntergang, am Freitag, dem 14. Mai 1948.

11

PALERMO

»Haben sie dir gesagt, wer er ist?«, frage ich.

»Onkel Victor, sagten sie. Das war dein Onkel Victor.«

»Hast du dich nicht gewundert, woher er auf einmal auftauchte?«

»Nein«, sagt Joëlle. »Das war normal in dieser Zeit. Jeder suchte Angehörige; niemand wusste, ob sie noch lebten. Und in Israel fand man sich wieder. Wenn man Glück hatte.«

»Was ist dann passiert?«

»Ach, *chérie*, das ging alles so schnell. In derselben Nacht griffen die Araber an.«

Sie steht auf, noch schwach auf den Beinen, und geht unbeirrt in die Küche. Öffnet den Kühlschrank und die Schubladen, sucht etwas zu essen. Ich bin mir nicht sicher, ob sie wieder in der Gegenwart angekommen ist. Die Uhr zeigt nach Mitternacht.

»Ruh dich aus, Joëlle. Ich mach uns was zu essen.«

Erst jetzt sehe ich, dass sie Tränen in den Augen hat.

»Danke fürs Zuhören.«

Sie will allein zurück zur Couch gehen, aber dann ist sie doch froh, dass ich sie führe.

Im Küchenschrank finde ich Tütensuppen und ein paar Zwiebeln, die noch brauchbar sind. Er hat genügsam gelebt. Ich setze Wasser auf. Öffne einen Beutel mit Minestrone, rühre ihn ein. Es tut gut, mich auf eingespielte Handgriffe zu konzentrieren. Ich mag es, wenn alles seine Ordnung hat, seinen Takt, seine Reihenfolge. Vor allem dann, wenn ringsherum alles in Unordnung ist.

Als ich mit zwei Suppentellern zurück zu Joëlle komme, ist sie auf der Couch eingeschlafen. Ihre geschlossenen Augen im Schein der Lampe – endlich friedlich, endlich angekommen. Ich versuche mir das kleine Mädchen aus Haifa vorzustellen, das in der Menschenmenge nach der Hand des Vaters greift. Was ist von diesem Mädchen noch übrig? Es sind weniger die Falten, die ein Gesicht altern lassen, als der Verlust von Vertrauen.

Ich esse allein in der Küche. Blättere in einer Tageszeitung, die auf dem kleinen Tisch mit der Plastikdecke liegt; vielleicht die letzten Nachrichten aus dieser Welt, die Moritz gelesen hat. Ich frage mich, ob er die Stille genossen oder gefürchtet hat. Was es für ihn bedeutete, in einer Welt ohne Krieg zu leben. Ob er sich nach Gesellschaft sehnte. Ob dieses Haus seine Heimat war oder sein Exil. Zu allen Fragen kann ich mir eine Antwort vorstellen. Außer einer: Warum hat er seine Töchter nie mehr kontaktiert?

Jeder Mensch, und sei er noch so glücklich, trägt eine heimliche Wunde im Herzen. Für Joëlle ist es diese Frage. Wie bei meiner Mutter, aber noch schmerzvoller, denn im Gegensatz zu meiner Mutter ist sie mit dem Vater aufgewachsen, hat also jemanden verloren, dem sie ganz nahestand, während meine Mutter von einer unbestimmten Sehnsucht getrieben war. Dem Hunger nach einer unerfüllten Nähe, der sie immer in die Ferne zog. Was Joëlle aber mehr als alles verletzt, ist, dass es da noch eine andere Familie gab, dass er ihr seine Liebe entzogen und sie einem anderen Kind gegeben hat. Ich frage mich, welche Rolle es spielt, dass dieses Kind einem anderen Volk angehört – ausgerechnet jenem, das mit ihrem Volk so unglücklich verstrickt ist. Ob das der Grund ist, warum ihre Reaktion auf Elias derart heftig ausfiel. Und wie es dazu kommen konnte, dass ihr Vater ausgerechnet einen Feind zu ihrem Bruder machte. War es eine bewusste Entscheidung, war es purer Zufall oder das, was Joëlle – auf Arabisch! – *mektoub* nennt? Was geschrieben steht.

Die Treppe knarzt, als ich nach oben gehe, um Bettlaken zu suchen. Ins Schlafzimmer wage ich mich immer noch nicht, aber daneben finde ich ein unbenutzt riechendes Zimmer, das vermutlich für Gäste gedacht war. Ein Schrank, zwei Betten, eine Tür zum Balkon. Ich finde einen Stapel Bettlaken, sauber gefaltet, vermutlich von seiner Haushälterin, Kopfkissen und Bezüge. Ich möchte nicht alleine schlafen, also gehe ich hinunter, beziehe ein Sofa und decke die schlafende Joëlle zu. Ich bin alles andere als angekommen.

Irgendwann, es ist schon hell, wache ich von einer Melodie auf. Zuerst glaube ich, sie geträumt zu haben, aber als ich die Augen öffne und ins Tageslicht blinzle, sehe ich Joëlle, die am Esstisch sitzt und leise singt. Nicht für sich, nicht für mich, sondern für Moritz, dessen Foto als junger Mann sie vor sich gestellt hat, zusammen mit einer Kerze und frischen Blumen aus dem Garten. Ihre Stimme ist wunderschön und stärker als die Trauer, die in der Melodie liegt. Wie eine unzerstörbare Kraft, die über allem steht. Die hebräischen Worte klingen fremd in meinen Ohren, aber auch ohne sie zu verstehen, begreife ich ihren Sinn.

Sie winkt mich zu ihr.

Ich hülle mich in meine Decke und setze mich an den Tisch. Sie lächelt mich an, heute viel aufgeräumter als gestern.

»Ich wusste nicht, dass du religiös bist.«

»Oh, ich weiß nicht, ob ich an Gott glaube. Aber ich glaube an Rituale. Jeder macht das auf seine Weise. Sie sagen, es hilft der Seele, nach Hause zu finden. Ich weiß nicht, ob Papà mich jetzt hört. Aber es beruhigt mich ein wenig.«

Wir sitzen eine Weile zusammen, ich schließe die Augen und höre zu, aber es gelingt mir nicht, ihn zu spüren. Ich weiß nur, was ich spüren *sollte.* Als meine Mutter starb, hatte ich im Geist noch einmal alle Momente durchlebt, die uns verbanden, das Schöne vor allem, präsenter und leuchtender als je, wie ein Film, der vor meinem inneren Auge ablief und mein Herz mit Liebe flutete. Es hatte in den Tagen vor ihrem Tod begonnen und hörte auch Wochen und Monate danach nicht auf. Wir hatten zusammengehört, trotz allem, wir hatten das Leben geteilt, und jede Faser in mir sträubte sich gegen die Einsamkeit. Jetzt, mit Großvater ist es völlig anders: Mir fehlen die gemeinsamen Erinnerungen, die Rituale und Lieder der Kindheit. Er ist nicht in mir. Ich trauere nicht um ihn, sondern um die verlorene Zeit.

Es muss noch mehr Fotos geben. Ein Fotograf, der sein eigenes Leben nicht dokumentiert – undenkbar. Es muss möglich sein, ihn anhand von Bildern zu rekonstruieren. Fotos, die im Unterschied zu Erzählungen keine Details weglassen. Ich durchsuche die stillen Räume wie ein unruhiger Geist. Öffne die Tür seines Schlafzimmers und schlüpfe hinein. Die Fensterläden sind verschlossen. Schwer und sizilianisch, die Schubladen seiner Kommode aus dunklem, poliertem Holz. Vorsichtig ziehe ich sie auf. Taschentücher, Batterien, eine kaputte Uhr, und dann, endlich, das, was ich suchte. Was unten im Wohnzimmer fehlte: ein Familienfoto. Es sieht nach Urlaub aus. Das offene Seitenfenster eines schicken Coupés, dahinter Moritz am Steuer, Mitte fünfzig vielleicht, den Arm lässig auf die Tür gelehnt, er trägt einen Schnurrbart und Kotletten, ist braungebrannt und selbstbewusst. Neben ihm sitzt eine Frau in Jeans und Lederjacke, die in die Kamera lacht. Ich schalte das Licht an, um sie besser zu erkennen. Schulterlange schwarze Haare und eine Sonnenbrille, die ihr eine verwegene Aura verleiht. Ihre Gesichtszüge sind gerade, intelligent und entschlossen. Sie könnte Araberin sein. Auf der Rücksitzbank erkenne ich einen

Jungen mit schwarzen Haaren, vielleicht zwölf Jahre alt. Sein Blick in die Kamera ist zwiegespalten, so als wüsste er nicht, was er davon halten soll, in diesem Auto zu sitzen. Erst auf den zweiten Blick erkenne ich ihn an seinen Augen: Elias Bishara. Ohne die Verschlossenheit, die ihn heute umgibt. Mir wird schlagartig klar, dass dieser Junge der Schlüssel zum Geheimnis meines Großvaters ist.

Ich stehle das Foto. Schalte das Licht aus und gehe aus dem Haus, öffne die Garage und halte das Foto vor den braunen Citroën. Die Chromleisten, das Schiebedach, die Ledersitze im Corbusier-Stil; es ist dasselbe Auto. Ich öffne die Tür. Sie knarzt und geht schwer, vorsichtig setze ich mich hinters Steuer. Es riecht nach einer anderen, wilderen Zeit. Ich schließe die Augen, und auf einmal bin ich wieder ein Kind, auf der Rücksitzbank dieses Amischlittens, den mein Vater fuhr. Ich sehe die blonde Dauerwelle meiner Mutter im Fahrtwind, ihre große Sonnenbrille und die Zigarette zwischen ihren schmalen Fingern, die sie betont lässig, aber etwas nervös abascht. Sonnenlicht flimmert durchs offene Schiebedach, im Cassettenradio spielt *»Take The Long Way Home«*, und an der Art, wie meine Mutter ihn ansieht, spüre ich, es ist das letzte Mal, dass wir in seinem Auto fahren. Aber ich darf nicht zeigen, wie traurig mich das macht. Als ich die Augen wieder öffne, weiß ich: Wenn es jemanden gibt, der den Jungen auf dem Foto finden kann, dann ist es das Mädchen, das ich einmal war.

»Ich kann nicht mitkommen«, sagt Joëlle, als gäbe es ein Tabu. »Aber geh nur. Vielleicht findest du was raus.«

Ich versuche nicht, sie zu überreden, denn ich ahne, dass es anders nicht möglich ist. Zwischen mir und dem Jungen auf dem Foto, der jetzt ein Mann ist, steht nur das Unbekannte, aber keine Erbfeindschaft. Wenn ich mich nur nicht täusche. Ich bewege mich auf dünnem Eis, über unbekannter Tiefe. Bestünde jeder Mensch nur aus sich selbst, wäre es einfacher. Aber es sind nicht nur unsere Entscheidungen, sondern auch die Verstrickungen unserer Mütter und Väter, die uns bestimmen. Als hätten sie uns ein Bündel mitgegeben, in das sie alles gepackt haben, was sie selbst nicht tragen konnten, einen Rucksack voll verborgener Sünden, offener Wunden und unbeglichener Rechnungen. Und wir schultern ihn, klaglos, bedingungslos, wir flicken ihn, wenn er aufreißt, mit dem Zwirn unserer Dankbarkeit für das Leben, das sie uns geschenkt haben, wir tragen ihn, als wäre er unser eigener. Aus Loyalität zu den Verstorbenen, die noch schwerer zu lösen ist als Loyalität zu den Lebenden. Weil die Zeit abgelaufen ist, in der ein Gespräch möglich gewesen wäre, ein Dank, ein Verzeihen, letzte Worte der Liebe. Der Tod verschließt alles, und zurück bleibt unser Unvermögen zu sprechen. Bis einer den Mut hat, sein Gepäck zu öffnen.

Seine Adresse steht in der Kopie des Testaments. Die Fahrt mit dem Taxi dauert kaum eine Viertelstunde, aber die Welt, in der Elias lebt, könnte nicht weiter von Moritz' Welt entfernt sein. Kaputte Straßen, Kinder auf Fahrrädern und rauchende Teenager im Trainigsanzug. Graue Apartmentblöcke, hastig hochgezogen in den Siebzigern und seitdem kaum renoviert. Dahinter die Docks, Kräne und rostige Hallen. Die Sonne steht hoch, ein träger, zielloser Sonntag. Ich frage mich, ob es ein Fehler war, hierher zu kommen. Die Blicke der Jugendlichen verfolgen mich bis zum Hauseingang. Zwischen den kaputten Klingelschildern finde ich seinen Namen. Bishara. Mit der Hand geschrieben, wie die anderen Namen, von denen viele nicht italienisch sind. *Secondo piano.* Ich drücke die Tür auf, das Schloss fehlt, und nehme die Treppe nach oben. Lange Gänge, Türen, die einander zu sehr ähneln, man hört Kindergeschrei, Radiomusik, eine laute Männerstimme.

Ich klingle, und eine Frau öffnet die Tür. Ich bin nicht darauf vorbereitet, und sie noch weniger. Eine resolute, schöne Sizilianerin, klein, aber energisch. Sie hat volle Lippen und warme Augen, vielleicht in meinem Alter. Eine Frau, die du nicht zur Feindin haben willst.

»Ich bin die Enkelin von Moritz.«

Die Erwähnung seines Namens ruft keine Sympathie hervor, eher Unbehagen. Ein Junge kommt an die Tür und sieht mich neugierig an. Der Junge von dem Foto, schießt es mir durch den Kopf. Die beiden sehen sich frappierend ähnlich.

»Ist Elias da?«

Ich nenne ihn beim Vornamen, um Nähe herzustellen. Immerhin sind wir Verwandte.

»Nein, tut mir leid.«

Ich bin kurz davor, wieder zu gehen, da bittet sie mich hinein.

»Ich bin Nina.«

»Laura, *piacere. Benvenuta.*« Sie sagt es mit einer Portion Reserviertheit. Es ist das Zuhause der anderen. Ich bin die Fremde. Die Wohnung ist ordentlich und kultiviert. Der Fernseher läuft. Es riecht nach Tomaten, Knoblauch und gebratenem Fisch. Auf dem Tisch stehen schon die Teller fürs Essen.

»Sag *ciao* zu Nina!«

Der Junge und seine jüngere Schwester reichen mir höflich die Hand. Wissen sie, dass wir verwandt sind? Ich ertappe mich bei dem Gedanken, dass ich mir das immer gewünscht hatte. Nicht die Wohnung, nicht den tristen Blick aus dem Fenster. Aber die Familie. Es sind nicht Möbel, die ein Zuhause ausmachen, nicht Bücher an den Wänden, nicht einmal ein gedeckter Tisch. Sondern die Kinder. Die beiden strahlen etwas Intaktes aus; sie lieben ihre Mutter, vertrauen ihr.

Laura bietet mir etwas zu trinken an und geht in die Küche. Mein Blick fällt auf ein großes Bild an der Wand. Unverkennbar, das Panorama von Jerusalem: Die Altstadtmauern, die goldene Kuppel des Felsendoms. Dann sehe ich die Familienfotos auf dem Regal. Elias und Laura als Brautpaar. Elias und Laura mit den Kindern. Daneben steht ein Schwarzweißfoto, auf dem Moritz und die schöne Frau mit der Sonnenbrille zu sehen sind. Er ist schätzungsweise Mitte fünfzig, sie ist jünger, im Hintergrund das Meer.

»Ich rufe ihn gleich an.« Laura reicht mir ein Glas Wasser und greift zum Handy. Sie erreicht ihn und sagt ihm, dass ich hier bin. Nina. *La tedesca.* Dann legt sie auf.

»Er kommt gleich«, sagt sie. Es klingt, als sei er alarmiert. Was sie dabei denkt, lässt sie mich nicht spüren. Fast scheint sie ein wenig neugierig auf mich zu sein.

Ich zeige auf das Foto.

»Ist das seine Mutter?«

»Ja.«

»Wo wurde das aufgenommen?

»Ich weiß nicht.«

Sie trägt den Topf mit der Caponata auf den Tisch, als wäre das die Antwort auf meine Frage, und lädt mich ein, mit zu essen. Der Junge holt mir einen Teller aus der Küche. Ich versuche noch einmal, das Gespräch auf Elias' Mutter zu lenken, aber sie weicht aus. Als wäre sie ein Thema, das man vor den Kindern besser verschweigt. Wir reden eine Weile über Deutschland, warum ich Italienisch spreche und über meinen Ex-Mann, den ich auf einmal wieder »meinen Mann« nenne – warum kann ich nicht einfach zugeben, geschieden zu sein?

Irgendwann sagt Laura unvermittelt:

»Wissen Sie, Elias hat seinen Vater mal sehr geliebt. Er verdankt ihm viel. Und Moritz verdankt *ihm* viel.«

Ich frage mich, ob meine Wahrnehmung mich täuscht. Die Art, wie er den Leichnam angesehen hat. In seinen Augen lag keine Liebe. So sehen Männer einen toten Feind an.

»Ich hatte einen anderen Eindruck.«

»Sie wissen nicht alles über ihn. Vielleicht ist das besser so.«

Die Kinder fragen, wer darüber entscheidet, ob einer in den Himmel oder die Hölle kommt.

»Opa ist ganz bestimmt im Himmel«, sagt Laura.

Dann kommt Elias zur Tür herein. Er wirft mir einen kurzen Blick zu und begrüßt seine Kinder mit Kuss und Umarmung. Nicht seine Frau. Setzt sich an den Tisch, sein Sohn holt ihm einen Teller aus der Küche, und Laura will ihm ein Stück Fisch geben.

»Danke, ich hab schon gegessen«, sagt er. Irgendwas stimmt nicht, und ich fühle mich wie ein Eindringling.

»Ich dachte, es wäre besser, wenn wir mal miteinander reden«, sage ich. Er schenkt mir ein sarkastisches Lächeln.

»Nicht über das Testament. Über uns.«

»Und Madame ...?«

»Joëlle.«

»Weiß sie, dass Sie hier sind?«

»Nein.«

Will er meine Loyalität testen? Steht sie überhaupt zur Debatte? Ich muss wieder die Initiative gewinnen.

»Ich möchte das alles verstehen«, sage ich. »Offenbar hat Moritz sich gewünscht, dass wir uns treffen.«

Elias steht unvermittelt auf.

»Ich fahre Sie zurück.«

Er will mich nicht loswerden, sondern unter vier Augen sein. Ich begreife es erst, als wir in seinem Fiat durch die Vorstadt fahren. Die Art, wie er schweigend am Radio dreht, erinnert mich an alte Spionagefilme, in denen jemand die Finger an die Lippen legt, um anzudeuten, dass das Zimmer verwanzt ist, und dann Musik einschaltet. Nichts an ihm zeigt, dass er mir vertraut, aber dennoch wirkt er vertrauenswürdig. Wie jemand, der ein Geheimnis wahren kann.

»Zigarette?«

Er hält mir sein zerknittertes Päckchen MS hin.

»Danke, nein.«

»Stört es Sie?«

»Nein.«

Er lässt sein Fenster herunter. Der Geruch von gebratenem Fisch dringt herein, von Salzwasser und Algen. Das Spinnwebenlicht des Sonntagnachmittags.

»Und übrigens«, füge ich hinzu, »können wir uns gern duzen. Immerhin sind wir verwandt.«

Ich schenke ihm ein ironisches Lächeln. Er zündet sich die Zigarette an und reicht mir die Hand.

»Elias.«

Das war's. Normalerweise folgt diesem Ritual ein entspanntes Zusammenrücken, ein Witz oder ein Gespräch, mit dem man die unsichtbare Grenze einreißt, die vorher noch im Raum gestanden hatte, irgendeine halbherzige Selbstentblößung. Aber mit Elias - nichts. Und es genügt.

Es gibt wenige Menschen, mit denen ich Schweigen aushalten kann, ganz zu schweigen von Fremden. Und ein Fremder ist er, obwohl er technisch gesehen mein Cousin zweiten Grades ist, oder Großcousin, was auch immer. Es gibt ein stilles Einverständnis zwischen uns, trotz aller unausgesprochenen Worte. So wie ich mit Joëlle über die gleichen Dinge reden kann, schweige ich mit Elias über die gleichen Dinge. Solange ich Moritz nicht erwähne, verschließt er sich nicht. Übermütige Vespafahrer überholen; Elias fährt ruhig und langsam. Nicht weil er ein langsamer Mensch wäre, sondern aus Umsicht. Wie ein Überlebender. Vielleicht ist das seine einzige Gemeinsamkeit mit Joëlle. Nachdem wir eine Weile über seinen Vater geschwiegen haben, wechseln wir das Thema und schweigen über seine Familie. Ich sage ihm nichts von meiner Traurigkeit, die mich plötzlich überkam und die ich zu überspielen versuchte, als ich seine Kinder sah – etwas Intaktes, das mir verwehrt geblieben ist, nicht nur in meiner Kindheit, sondern auch in meiner Ehe. Mein Ex wollte keine Kinder, und jetzt ist es zu spät. Manches vermisst man erst dann, wenn es wirklich verloren ist. Ich spüre Elias' forschenden Blick auf mir und bin dankbar für sein Schweigen. Wenn ich jetzt Bilanz ziehen und uns vergleichen müsste, sein Leben gegen meins – so wie es »normale« Verwandte gerne tun, käme ich nicht gut weg. Was immer mit seinem verstorbenen Vater schiefgelaufen sein mag – er hat Kinder. Die Zukunft zählt. Sicher, ich will die Uhr nicht zurückdrehen, die meiste Zeit komme ich gut zurecht, es gibt auch Momente des Glücks. Der Schmerz ist nicht mehr chronisch; er kommt plötzlich und geht wieder. Ich bin nur aus allen Rastern gefallen, die meine bisherige Identität ausmachten. Vor kurzem musste ich für die Lohnabrechnung meinen Familienstand ändern, jetzt also nicht »verheiratet«, sondern »geschieden«. Man kann nicht einfach nur zwei Möglichkeiten ankreuzen: *Single* oder *In einer Beziehung.* Nein, sie unterscheiden drei Arten, Single zu sein: *ledig, geschieden, verwitwet.* Als wollten sie wissen, was schiefgelaufen ist. Nach der Ehe gibt es kein »Zurück auf Los«, wo du einfach wieder von null anfängst. Nein, zivilrechtlich gesehen gibt es ein Leben vor der Liebe, in der Liebe und nach der Liebe. Danach kannst du nie wieder mit demselben unschuldigen Vertrauen lieben – *to fall in love*, in Liebe fallen, um aufgefangen zu werden, das ist vorbei.

Moritz' Villa liegt still zwischen Palmen. Elias schaltet den Motor aus. Das Radio läuft weiter. Werbegequassel. Zu viele Stimmen im Auto.

»Du kannst gern noch mit reinkommen. Außer, deine Frau wartet …«

»Nein«, sagt er und bläst den Rauch aus dem Fenster. Aber er macht keine Anstalten, das Gespräch zu beenden.

»Nein, du kommst nicht mit, oder nein, sie wartet nicht?«

»Ich wohne nicht mehr bei ihr.«

Ich stutze.

»Wir sind geschieden. Aber ich besuche die Kinder.«

Ich brauche ein paar Sekunden, bis ich es begriffen habe.

»Seit wann?«

»Einige Zeit schon.«

Ich sehe, wie sich hinter einem der Fenster ein Vorhang öffnet und Joëlle nach draußen schaut.

»Wo wohnst du?«

»In meiner Praxis.«

»Wir müssen reden. Alle drei.«

»Was würde das ändern?«

»Uns.«

Er wirft die Zigarette aus dem Fenster und schaltet den Motor wieder an.

»Bist du nicht neugierig? Was sie von ihm weiß?«

»Ich hab keine Lust, über ihn zu reden. Er ist es nicht wert.«

»Dann reden wir über uns.«

Er sieht mich an und sagt: nichts.

»Wo bist du geboren? Wer ist deine Mutter?«

»Das ist eine andere Geschichte. *Buona notte*, Nina.«

»Wir gehen hier nicht weg«, sage ich, steige aus und werfe die Tür zu, fester als beabsichtigt. Ich gehe zum Tor. Höre, wie er hinter mir aussteigt.

»Nina!«

Ich drehe mich um. Er sieht mich herausfordernd an. Seine Bedrücktheit ist einem anderen Gefühl gewichen. Er hat Lust, den Kampf aufzunehmen. Ich bin erleichtert und gehe zu ihm. Nur wenn wir miteinander reden, kommen wir hier raus.

»Kommst du mit rein?«

»Sag ihr, sie soll aus dem Haus verschwinden.«

Seine Härte erschreckt mich.

»Sag's ihr doch selbst.«

»Nein. Sie hat mir einen Mord unterstellt.«

»Woher sollen wir die Wahrheit wissen, wenn du nichts verrätst?«

Er zündet sich eine Zigarette an. Ich interpretiere sein Schweigen als Eingeständnis, dass ich einen Punkt gemacht habe.

»Moritz hat sich die Kugel gegeben, die er verdient hat.«

»Was willst du damit sagen?«

»Über die Sünden der Toten soll man nicht sprechen. *Allah yirhamou.*«

Seine Stimme klingt sanft, aber sein Gesicht bleibt hart.

»Du bist in Deutschland geboren. Dein Glück. Du hast nichts damit zu tun.«

»Was soll das? Moritz ist kein ... im Gegenteil. Er hat im Krieg sein Leben riskiert, um einen anderen zu retten.«

»Woher willst du das wissen? Du bist ihm nie begegnet.«

»Joëlle hat mir von ihm erzählt.«

»Woher willst du wissen, ob das wahr ist?«

»Sie hat keinen Grund, mich anzulügen.«

»*Er* hat uns angelogen! Deine Mutter! Meine Mutter! Woher willst du wissen, dass er ihrer Mutter die Wahrheit gesagt hat?«

Er nimmt Joëlles Namen immer noch nicht in den Mund. Es ärgert mich. Aber er hat recht. Drei Leben, drei Frauen, drei Kinder. Wer ist dieser Mann wirklich? Ich hatte immer angenommen, dass er im Grunde immer dieselbe Person geblieben ist, als die er Deutschland verlassen hatte. Als es noch nicht notwendig war zu lügen. Aber das war naiv von mir. Wenn ich auf mein eigenes Leben zurückschaue – die Achtzehnjährige, die ich einmal war, bin ich nicht mehr. Selbst wenn ich in ihre Haut zurückkehren könnte, würde ich es nicht wollen. Ich möchte nicht einmal die sein, die ich vor einem Jahr war. Wenn man dieses Wachstum für sich selbst beansprucht, wie kann man von Anderen erwarten, dass sie immer bleiben, wer sie sind? Es ist der eigene, egoistische Anspruch an die Dauer von Beziehungen, aber es ist nicht Liebe. Nur Bequemlichkeit. Vielleicht schadet man dabei nicht nur dem anderen, den man in die eigene Vorstellung einsperrt, sondern auch sich selbst. Denn eine neue Liebe ist ja nicht nur das Abenteuer, einen anderen Menschen zu entdecken, sondern auch die Chance, sich selbst neu zu entdecken. Einen wartenden Teil der Seele, den nur dieser eine Mensch, der ihn erkennt, zum Leben erwecken kann. Von allen Möglichkeiten unserer selbst leben wir nur einen Bruchteil aus. Auf einmal beneide ich Moritz, nicht nur für die Länder und Kulturen, die er bereist hat, sondern für das volle Leben, das er hatte. Es umspannte die Ufer des Mittelmeers und die äußersten Grenzen seines Ichs.

Ich sehe Elias ratlos an, und zum ersten Mal habe ich den Eindruck, dass er ähnlich ratlos ist. Auch ihm fehlt ein Teil von Moritz.

»Gehen wir was trinken?«, fragt er, und seine Stimme klingt auf einmal viel zugänglicher.

»Im Haus?«

»Nein. Am Strand gibt's eine Bar.«

»Und Joëlle?«

Er antwortet nicht, nicht einmal mit einem Kopfschütteln. Ich blicke zum Haus, das unter den rauschenden Palmen schweigt. Joëlle ist nicht zu sehen. Wenn es ein Test von Elias wäre, würde ich darauf bestehen, zu dritt zu reden. Aber ich spüre, dass er nicht bereit wäre, sich vor ihr zu öffnen.

»Okay, ein Drink, dann gehe ich zu Joëlle.«

Bis zum Strand ist es nur ein kurzer Weg. Wenn Moritz einen Spaziergang am Meer gemacht hat, muss er dieselbe kleine Straße benutzt haben. Am Lungomare, wo der Asphalt aufhört und der Sand beginnt, steht ein kleines Strandlokal. Überdachte Terrasse mit Blick auf die Bucht, Plastikstühle, Bartresen.

Eine bunte Glühbirnengirlande tanzt im Wind, aus den Lautsprechern plätschert Elektro. Junge Leute sitzen beim Aperitif, keine Touristen, casual chic, verliebte Paare. Als der Kellner Elias sieht, begrüßt er ihn mit einer überraschend herzlichen Umarmung.

»Elias! Wie geht's dir? Mein herzliches Beileid.«

Ein zweiter Kellner kommt, um zu kondolieren. Sie müssen Moritz sehr gemocht haben. Ich stelle mir vor, wie Elias und sein Vater an einem dieser Tische saßen, im Hintergrund ihr Meer. Eine Person fehlt in diesem Bild: seine Mutter.

Er stellt mich seinem *amico*, dem Kellner, als *una amica* vor. Ohne Namen, ohne Gefühlsregung. Ich beschließe, es nicht persönlich zu nehmen; tatsächlich bin ich froh, von den Kellnern nicht als Verwandte erkannt zu werden. Ich müsste eine Geschichte erklären, die ich nicht erklären kann. Elias wählt einen Tisch am äußersten Rand, etwas windig, aber diskret. Ich bestelle einen Gin Tonic. Er trinkt Negroni und hält sich nicht mit Smalltalk auf.

»Was hat sie dir erzählt?«

»Warum nennst du deine Schwester nie beim Namen?«

Er schweigt. Und ich erzähle, so gut ich es wiedergeben kann, von dem Mann, der als Moritz in den Krieg zog und als Maurice wieder herauskam, nur um kurz darauf im nächsten Krieg zu landen. Ich erzähle von meiner Berliner Großmutter, die schwanger war, ohne dass er davon wusste, und ihn nie wieder sah. Ich erzähle von Joëlle im Camp 60 und der Jaffa Road. Als ich fertig bin, sieht Elias mich skeptisch an, als würde er fragen: Das ist alles?

»Was dann passierte, weiß ich nicht. Wir können sie fragen.«

»Schöne Geschichte«, sagt er trocken.

»Glaubst du sie nicht?«

»Glaubst *du* ihr?«

»Ja. Warum sollte sie lügen?«

»Moritz hat mal gesagt: Man muss nicht lügen, um die Wahrheit zu verdrehen. Es genügt, einen Teil wegzulassen. Hat er bei den Nazis gelernt.«

Er nennt ihn Moritz. Nicht Papa.

»Wo hat er deine Mutter kennengelernt?«, frage ich.

Er zündet sich eine Zigarette an.

»Erzähl mir lieber von *deiner* Mutter.«

Ich spüre einen Widerstand in mir, eine Schutzmauer aus Loyalität, die mir widersinnig erscheint – immerhin ist er ihr Halbbruder. Er hat ein Recht, etwas über sie zu erfahren. Und dann bemerke ich, dass mein Trotz eine Reaktion auf ihn ist. Er fragt mich aus, um abzulenken. Um nichts von sich preisgeben zu müssen.

»Du bist dran«, sage ich und staune über meine eigene Chuzpe. »Erzähl mir von deiner Mutter.«

Elias sieht mich an, als hätte ich von ihm verlangt, seine Hand auf den heißen Herd zu legen. Er schweigt, eisern und grüblerisch. Ich frage mich, ob seine Schutzmauer aus den gleichen Steinen wie meine gehauen ist. Loyalität. Familienehre. Und etwas, das geheim bleiben muss.

»Du hast gesagt, sie käme aus Jaffa.«

Er sagt weder ja noch nein. Sieht mich nur prüfend an. Als müsste ich mir sein Vertrauen erst verdienen.

»Wie heißt sie?«

»Amal.«

An der Art, wie er ihren Namen ausspricht, bitter und zärtlich, spüre ich, dass sie der Schlüssel sein muss. Für das, was zwischen ihm und Moritz zerbrochen ist.

»Erzähl mir von ihr. Bitte.«

12

JAFFA

*Es gibt keinen größeren Schmerz auf der Welt
als den Verlust der Heimat.*

Euripides

Amal war sechs Jahre alt, als sie ihre Heimatstadt zum letzten Mal sah. Es war eine klare Nacht im Mai 1948, ungefähr zur selben Zeit, als Maurice in die Jaffa Road einzog, nur hundert Kilometer entfernt. Von dem kleinen Boot aus, das den Hafen von Jaffa verließ, wirkten die Silhouetten der Kirchtürme und Minarette auf einmal klein und zerbrechlich. Kaum ein Fenster war noch erleuchtet, vereinzelte Feuer brannten in den Straßen, und eine Sternschnuppe ging über der sterbenden Stadt nieder. Amal erinnerte sich an den letzten Sommer, als sie mit Rifka, ihrer jüdischen Freundin und ihren Brüdern auf dem Hausdach geschlafen hatte. Wie der Sternenhimmel sich als schützende Kuppel über ihnen wölbte, und wie sie die Sternschnuppen zählten. Wünsch dir was, hatte Rifka gesagt, aber verrate es niemandem, sonst geht der Wunsch nicht in Erfüllung. Und Bashar, ihr älterer Bruder, hatte den Zauber gebrochen, indem er erklärte, dass die Sternschnuppen in Wahrheit Felsbrocken seien, die durchs All schossen und ein letztes Mal aufleuchteten, bevor sie verglühten. Jetzt sah Amal dieselben Sterne wie damals, aber der Boden unter ihren Füßen war kein fester mehr. Zwischen ihr und dem pechschwarzen Meer lagen nur die Holzplanken des Fischerboots. Viel zu viele Menschen kauerten darin, eng aneinandergepresst, und die Wellen schwappten gierig über die Bordwand. Amals Füße waren durchnässt, und sie zitterte vor Angst. Kräftige Männer brachen in Tränen aus und Frauen hatten nicht mehr die Kraft, ihre schreienden Babys zu beruhigen. Es war kühl hier draußen. Was machte Rifka gerade, fragte sie sich, schlief sie in ihrem Haus oder dachte sie an ihre arabische Freundin? Schlugen die Granaten aus Tel Aviv auch in Neve Zedek ein, dem jüdischen Viertel bei den Zitrushainen? Amals und Rifkas Väter, Georges Bishara und Avram Lellouche besaßen Land um Jaffa, wo die besten Orangen und Zitronen des Landes wuchsen. Zur Erntezeit waren sie auf die Felder gelaufen, wo sie die größten Orangen aus den Körben geholt hatten. Dann hatten sie auf der kühlen Erde gesessen, die Früchte ausgehöhlt und Löcher in die Schale geschnitzt, um Laternen daraus zu machen. Im letzten Sommer noch hatten sie zusammen auf einer Hochzeit getanzt, zu andalusischen Liedern, die ihre Väter mitsangen, ein bisschen falsch, aber leidenschaftlich. Amal erinnerte sich, dass ihr Vater denselben englischen Anzug mit Panamahut getragen hatte, den er auch jetzt im Boot trug, und ihre Mutter ein weißes Sommerkleid, in dem sie ausgesehen hatte wie ein Filmstar. Als sie heute Morgen hastig ihr Haus verlassen hatten, war es mit den anderen Kleidern im Schrank geblieben; nur zwei Koffer hatten sie mitgenommen. Und eine Tasche voller Orangen.

Amal hatte ein hübsches Gesicht mit klaren Zügen und wachen braunen Augen. Schon als Kind hatte sie etwas Erwachsenes in ihrer Ausstrahlung, eine ruhige Klugheit, die sich blitzschnell in Leidenschaft verwandelte, wenn sie Musik hörte. Mehr als alles auf der Welt liebte sie es, auf den endlosen Sommerhochzeiten zu tanzen. Ihre Eltern verboten es nicht; sie waren sogar stolz auf ihre Kleine, wenn sie sich zu Oum Kalthoums Liedern unter die erwachsenen Frauen reihte, die sie an die Hand nahmen und ihr lachend die Schritte zeigten, angefeuert von den Trommlern und dem begeisterten Klatschen der Gäste. Aber als sie mit kindlichem Ernst verkündete, dereinst als berühmte Ballerina ihre Eltern nach Paris einzuladen, erklärte Mariam, ihre Mutter, dass das kein Beruf für eine anständige Frau sei. »Aber Großmutter tanzt doch auch!«, entgegnete Amal. Tatsächlich war Georges' Mutter Hannah mit ihren siebzig Jahren eine der ausdauerndsten Tänzerinnen, besonders seit sie Witwe geworden war. Hannah, die ihre grauen Haare rot gefärbt hatte und Henna auf den Händen trug, war Amals heimliche Komplizin. Die Eltern schärften ihr ein, dass es Dinge gab, die im Haus erlaubt, aber außerhalb der Familie verboten waren. Doch bei der nächsten Hochzeit tanzte Amal wieder mit den Frauen. Georges, der seine Tochter verwöhnte – so sehr, dass ihre beiden Brüder, die er härter anfasste, eifersüchtig waren –, verstand sie vielleicht besser als ihre Mutter, da er selbst Musik liebte. Oft war das Haus von den Rhythmen des Ragtime erfüllt, die er auf seinem englischen Grammophon spielte. Und wenn er gut gelaunt war, tanzte er mit Amal dazu durch den Salon. Dann fiel auf einmal alle Last von ihm ab, und er wurde wieder zu dem jungen Studenten, der er in London gewesen war, vor dem Krieg. Selbstverständlich kam es für einen Gentleman nicht in Frage, dass seine Tochter einen unanständigen Beruf ergreifen würde, und so versuchte er, ihr musikalisches Talent in zivilisiertere Bahnen zu lenken, indem er ihr zu Weihnachten eine Blockflöte schenkte und eine Musiklehrerin ins Haus kommen ließ. Frau Buchbinder hieß sie, eine blonde, ernste Frau aus der deutschen Templerkolonie. Amal lernte schnell, aber das Stillstehen vor dem Notenständer langweilte sie, und nach einem halben Jahr lag die Flöte nur noch in der Ecke, während Amal mit ihrer Freundin Rifka auf den Sommerfesten tanzte.

Noch im Winter dieses Jahres, als in den Cafés die Bomben der Irgun explodierten und Tausende Araber aus Jaffa flohen, unterzeichneten die jüdischen und arabischen Plantagenbesitzer einen Nichtangriffspakt, um die Ernte nicht zu gefährden. Die politische Lage war angespannt, aber die Menschen lebten noch als Nachbarn. Im gemeinsamen Innenhof passten Mütter auf die Kinder der anderen auf und stritten sich über Alltägliches. Die Männer machten Geschäfte miteinander, am Shabbat besuchten Musliminnen ihre jüdischen Nachbarinnen, um den Herd anzuzünden, und Christen kamen auf den muslimischen Friedhof, um den Toten ihren Respekt zu erweisen. Jahrhunderte hatten diese Welt entstehen lassen. Nur wenige Jahre genügten, um sie zu zerstören.

Amals Vater Georges war ein energischer Unternehmer mit gutmütigen Gesichtszügen und feinen Manieren. Sein breiter Schnurrbart war stets gepflegt, seine Schuhe kamen aus England und seine Anzüge vom besten Schneider der Stadt. Er sprach Hocharabisch und ein gepflegtes Englisch, das er auf dem Terra Santa College gelernt hatte. Seit seinem Studium in den Dreißigerjahren hatte sich sein palästinensischer Akzent mit einer Londoner Färbung vermischt, und wer genau hinhörte, merkte, dass seitdem auch sein Arabisch anders klang als vorher. Jedes Kind in Jaffa kannte seinen grünen Willy's Jeep, der im Sommer voller Staub und im Winter schlammverkrustet war. Sein gutes Ansehen kam nicht allein durch den Grundbesitz der Bishara – je mehr Land eine Familie besaß, desto höher stand sie in der sozialen Hierarchie –, sondern daher, dass Georges viel für seine Stadt tat: Er spendete nicht nur sonntags im Gottesdienst, sondern war auch ein Freund des muslimischen Bürgermeisters, dem er öfters mit einer Spende aushalf, für die Asphaltierung der Straßen, die städtische Bibliothek und die Armenküche im Serail. Mariam, seine Frau, machte sich manchmal darüber lustig, dass seine Geschenke zu den Festen der Nachbarn – Truthähne, Wein, Olivenöl und ganze Schafe – üppiger waren als die Lebensmittel, die er für den eigenen Haushalt einkaufte. Seinen Kindern schärfte ein, dass der einzig wahre Besitz nicht Geld sei, sondern Land. Weil einem das niemand stehlen könne. Wann immer er eine gute Ernte einfuhr, legte er das Geld nicht auf die Bank, sondern kaufte ein Stück Land dazu, um neue Bäume zu pflanzen, für die nächste Generation, so wie es seine Vorväter getan hatten. Nicht im Traum hätte er gedacht, dass er all das über Nacht verlieren würde.

Arous al-falastin nannten sie ihre Stadt, die Braut Palästinas, und *Arous al-bahr*, die Braut des Meeres. Im Gegensatz zum religiösen und verregneten Jerusalem war Jaffa das kulturelle und wirtschaftliche Zentrum Palästinas, mit seinen Zeitungen, Bibliotheken, Kinos, Theatern und einer blühenden Wirtschaft. Seit die Dampfschiffe kamen, exportierten die Plantagenbesitzer ihre Zitrusfrüchte in alle Welt. Eineinhalb Millionen Kisten pro Jahr. Jedes Kind in Amerika kannte die Jaffa-Orange. Und jedes Kind in Jaffa lernte ihre Geschichte: Ursprünglich stammte die Frucht aus Indien, wo sie als bittere Medizin bekannt war und auf Sanskrit *nāranga* hieß. Arabische Händler brachten sie ans Mittelmeer und nannten sie *an-naranj*. Über Nordafrika fasste sie in Sizilien Fuß, wo die Einheimischen ihren Namen zu *un' arangia* assimilierten. Über den italienischen Stiefel wanderte sie nach Norden, und die Franzosen und Engländer, für die alles Runde eine Art Apfel war, bezeichneten sie als *pomme d'orenge*. Die exotische Frucht gelangte bis an die Atlantikküste, von wo sie – inzwischen zur Süßorange veredelt – ihren Weg zurück nach Palästina fand, weshalb sie im palästinensischen Dialekt *al-burtuqal* hieß, was schlicht »Portugal« bedeutete. Am Ende des 19. Jahrhunderts, als der Orangenanbau florierte und die wachsende jüdische Gemeinschaft begann, das biblische Hebräisch als Alltagssprache wiederzubeleben, suchte sie einen eigenen Namen für die Frucht. Man fand ihn im Buch der Sprichwörter. Dort heißt es: »*Wie goldene Äpfel auf silbernen Schalen ist ein Wort, gesprochen zur rechten Zeit.*« Das war zwar nur eine Metapher, aber sie war schön genug, um die Frucht *tapuach zahav* zu nennen: goldener Apfel. Und weil es leichter auszusprechen war, entstand daraus ein neues Wort: *tapuz*.

Die Farmer von Jaffa bauten auch die besten Melonen des Landes an, dazu Feigen, Birnen, Mandeln, Aprikosen, Trauben, Zuckerrohr und Tabak. Die Felder reichten bis in die Stadt hinein. Im Frühling duftete ganz Jaffa so intensiv nach Zitrusblüten, dass es manchem Besucher den Atem verschlug. Den neugeborenen Kindern rieben die Mütter gleich nach der Geburt eine Paste aus geriebenen Orangenblüten auf die Stirn, damit sie später nicht allergisch reagieren würden. Wenn Amal später an ihre Heimat zurückdachte, musste sie nur die Augen schließen, um diesen Duft ihrer Kindheit zu riechen, der sich in ihrer Erinnerung mit dem Weihrauch von St. Anthony und dem Kardamomkaffee in der Küche ihrer Großmutter vermischte. Das große Haus, in dem sie geboren und aufgewachsen war, lag im südlichen Viertel Ajami, abseits vom Lärm der Bazare und Cafés der Altstadt. Seine Mauern waren aus festem Sandstein, kühl im Sommer und warm im Winter. Hohe, blaue Bogenfenster im osmanischen Stil und ornamentgefliese Balkone. Von der einen Seite aus konnte man das Meer sehen, und auf der anderen Seite lag ein kleiner Garten, in dem Georges Rosen züchtete. Sein Vater hatte es gebaut. Jetzt füllte Mariam, Amals Mutter, es mit Leben; sie war eine der beliebtesten Gastgeberinnen der Stadt. Ihre Salons, auf denen Musiker und Dichter auftraten, waren zugleich kulturelle und soziale Ereignisse – hier wurden Ehen arrangiert, Streitigkeiten geschlichtet und Spenden gesammelt. Mariam war eine schöne und außergewöhnlich große Frau. Wie Georges kam sie aus einer christlichen Familie, aber im Gegensatz zu ihm, dem Kaufmannssohn, war sie bäuerlich aufgewachsen, was ihr eine bodenständige und zupackende Art in die Wiege gelegt hatte. Mariam war konzentrierter und nüchterner als Georges; während er seine sprühende Energie oft verausgabte, hatte sie unerschöpfliche Kraftreserven. Amal hat ihre Mutter nie untätig erlebt, und das Haus niemals leer. Das Brot buk jeden Morgen die Großmutter im Lehmofen, sie dominierte auch die Küche. Nur die Süßigkeiten, die zu den Salons gereicht wurden, buk Mariam selbst, vor allem Amals Lieblingsspeise: Ma'amoul, das runde Dattelgebäck mit Orangenschalen, Zimt und Kardamom.

Die Zitrushaine der Bishara lagen im Nordosten der Stadt, in Abu Kabir und Al Bassa, wo Jaffa dem jungen Tel Aviv begegnete. Erst vor wenigen Jahrzehnten hatte ein Kollektiv von sechsundsechzig jüdischen Familien die Sanddünen vor den Toren Jaffas gekauft, um darauf eine moderne Vorstadt zu errichten. Im April 1909 war in den Zeitungen ein bald berühmtes Foto erschienen: Es zeigte gut gekleidete Männer, die im Sand standen, um auf sechsundsechzig Muschelschalen die Parzellen der neuen Stadt auszulosen. Wie mitten in der Wüste. Ungefähr dort, wo heute der belebte Rothschild-Boulevard liegt. Hätte der Fotograf die Kamera nach rechts geschwenkt, hätte er den Bahnhof von Jaffa gesehen, und die roten Ziegeldächer von Neve Zedek. Hinter den Dünen lagen Weinplantagen und Zitrushaine und zur linken Hand das Dorf Sheikh Muwannis mit seinen Bananen- und Weizenfeldern, auf dessen Ruinen später die Universität errichtet wurde. Tel Aviv sollte die Antithese zum viertausend Jahre alten Jaffa werden, weiß und europäisch, mit geraden Alleen, Bauhaus-Architektur und pünktlichen Bussen. »Hügel des Frühlings« wurde sie genannt, obwohl sie doch völlig flach war. Während in Jaffa auch eine jüdische Minderheit lebte und Geschäfte betrieb, wohnte in Tel Aviv kein einziger Araber. Sie hielten Tel Aviv für eine sozialistische Kolonie, während die Tel Aviver das südliche Jaffa für schmutzig und gefährlich hielten. Was beide natürlich nicht davon abhielt, die Bordelle der jeweils anderen Seite zu besuchen. Mit dem Zustrom jüdischer Einwanderer wuchs der Vorort rasant, und bald emanzipierte er sich zur unabhängigen Stadt. Dort aßen sie Gefilte Fish, Cholent und Borschtsch, während Jaffa bei Hummus, Falafel und Baklawa blieb. Heute ist Jaffa - oder das, was von der Braut Palästinas übrig geblieben ist - ein Teil von Tel Aviv. Und kaum einer erinnert sich daran, dass der Staatsgründer Ben Gurion, geboren als David Grün in Plonsk, einst über den Hafen von Jaffa ins Land gekommen war, ein schmächtiger Zwanzigjähriger, der von den kräftigen Armen eines arabischen Hafenarbeiters empfangen wurde, als er von der Leiter an der Schiffswand in eines der Landungsboote stieg. So wie Tausende andere Juden, die glaubten, in ein leeres Wüstenland zu kommen, aber von dem Lärm, den Farben und Gerüchen einer orientalischen Stadt überwältigt wurden.

Rifkas Familie, die Lellouche, war im 19. Jahrhundert aus Nordafrika eingewandert und hatte Land neben den Zitrushainen der Bishara gekauft, die seit elf Generationen in Jaffa lebten. Im Haus der Lellouche sprach man Arabisch im Dialekt der algerischen Juden. Sie gingen mit den Muslimen und Christen in den Hammam, um dort bei einer Wasserpfeife über Geschäfte zu sprechen. Seit Amals Großvater Rifkas Großvater Geld geliehen hatte, damit er seine Söhne vom osmanischen Militärdienst freikaufen konnte, waren die Bishara und die Lellouche befreundet. Als die große Ägypterin Oum Kalthoum im Alhambra-Theater auftrat, sangen beide Familien im Publikum auf Arabisch mit. Avram Lellouche, Rifkas Vater, war ein eloquenter Mann, aber es gab zwei Worte, die er möglichst vermied: »*aravim*«, wenn er mit einem Juden sprach, und »*yahud*«, wenn er mit einem Araber sprach. Er misstraute ihrer Macht, Grenzen im Kopf zu ziehen. Der britische Zensus warf die religiösen Juden Jerusalems in einen Topf mit den sozialistischen Zionisten an der Küste, obwohl sie Welten trennten. Auf der anderen Seite wurden Nomaden zusammen mit Bauern und städtischen Notablen als *»Arabs«* registriert, während man zugleich vermerkte, dass nur die wenigsten Beduinen echte Araber seien, aber die Mehrheit der nichtjüdischen Bevölkerung *»of mixed race«* sei, wenngleich sie arabisch spreche und somit Araber genannt würde.

Für Lellouche und seinen Freund Georges waren sie alle *»al ahl al falastin«*, die Leute Palästinas. Ein levantinisches Mosaik mit verschiedenen Religionen und einer gemeinsamen Kultur, die in Jahrhunderten dachte, nicht in Jahrzehnten. Was sie seit jeher zusammenhielt, war das, was nun drohte, verloren zu gehen: der Respekt unter Nachbarn. Ihre nie unkomplizierte, aber selbstverständliche Kunst des Lebens und Lebenlassens war vielleicht die wichtigste Errungenschaft der Menschen im Heiligen Land, wo kleine Wunder zum Alltag gehörten, aber auch die Verrückten etwas verrückter waren als anderswo.

Wann waren aus Nachbarn Feinde geworden? Wer hatte den ersten Stein geworfen, wo hat alles begonnen? Bei Isaak und Ismael, bei Jesus oder Mohamed? Nein. Am Anfang, sagte Georges, standen Leute, die Geld mehr liebten als Land: Wohlhabende Muslime und Christen aus Jerusalem, Beirut und Istanbul. Georges Vater beschimpfte sie als Verräter. Weil sie ihr Land verkauften, ohne an die zu denken, die es bebauten: Die Pächter, die Fellahin. Er sagte immer: *Besitze nur so viel Land, wie deine Söhne bebauen können. Dann wirst du es nie verkaufen, denn du wirst jeden Baum lieben, als flösse dein Blut durch seine Äste.*

Jahrhundertelang war es üblich gewesen, dass die Pächter auch bei einem Besitzerwechsel auf ihren Feldern blieben. Ihr

Leben floss im Rhythmus der Jahreszeiten, ihre Enkel ernteten, was die Großväter gesät hatten. Alles änderte sich Ende des 19. Jahrhunderts, als die Zionisten begannen, Land zu kaufen und jüdische Siedlungen zu errichten. Die Ersten waren noch willkommen. Neben den kultivierten Ländereien gab es Brachland, Sümpfe und Steppen. Aber mit steigenden Bodenpreisen wurden bald auch die fruchtbaren Felder zu Geld gemacht. Manche nutzten Mittelsmänner, um kein Aufsehen zu erregen. Viele Einheimische begriffen zu spät, dass diese Einwanderer aus Europa und Russland nicht als Gäste ins Land kamen, sondern um ihren eigenen Staat zu gründen. Mit eigenen Parteien, Gewerkschaften und Unternehmen, mit einer eigenen Sprache. Die meist muslimischen Fellahin wurden anfangs noch gebraucht, aber bald durch jüdische Arbeiter ersetzt. Manche bekamen eine kleine Entschädigung, manche wurden mit Gewalt von ihren Feldern vertrieben. Bald tauchten sie auf den Straßen von Jaffa auf, als Tagelöhner, Bettler und Diebe. Das Land war ihre Mutter gewesen. Sie hatten ihre Würde verloren.

In den Cafés und den Zeitungen wurde der Ruf nach Widerstand lauter. Einige Männer griffen zur Gewalt. Jedes Opfer schürte neue Wut, und Gewalt wurde mit Gewalt gerächt. Sicher, die Mehrheit der Menschen blieb gemäßigt, aber Angst und Hass breiteten sich in den Herzen aus. Die eigene Gemeinschaft versprach Schutz. Zwei Nationalismen stießen aufeinander wie eine unaufhaltsame Kraft auf ein unbewegliches Objekt. Als die Nachbarn von Verrat sprachen, war Georges derjenige, der die Gemüter beruhigte. So gut er konnte, gab seine Familie den Entwurzelten Arbeit auf ihren Feldern. Als ein Mob wütender Bauern nach Hebron kam, um wahllos Juden zu töten, ging Georges zu den Lellouche, um ihnen sein Beileid auszusprechen. Einen Feldarbeiter, der mit erhobenem Finger verkündete, dass Juden nur die Sprache der Gewalt verstünden, stauchte er zusammen, er solle sich schämen, und erinnerte ihn an die Muslime von Hebron, die ihre jüdischen Nachbarn vor dem Bauernmob versteckt hatten.

»Du warst zu lang in London«, sagten die Leute zu Georges, »unsere Heimat geht vor die Hunde! Wenn wir nichts tun, werden wir zur Minderheit im eigenen Land! Die verdammten Engländer haben ihnen ein Stück Erde versprochen, das ihnen gar nicht gehört! Warum schenken sie ihnen nicht Schottland?« Als 1917 der britische Außenminister Lord Balfour der Zionistischen Weltorganisation eine jüdische Heimstätte in Palästina in Aussicht gestellt hatte, lebten ungefähr zehn Prozent Juden im Land; siebzigtausend Menschen. Dreißig Jahre später waren es schon sechshunderttausend. Doch die Araber bildeten immer noch die Mehrheit; zwei Drittel der Bevölkerung. Und die Juden besaßen erst sieben Prozent des Landes.

In den späten dreißiger Jahren hatte Georges' älterer Bruder den arabischen Aufstand unterstützt. Ammo Bashar, der Lieblingssohn des Vaters, hatte Streiks organisiert, im Haus Untergrundkämpfer versteckt und Waffen geschmuggelt. Bei einer Razzia im Hafen wurde er von einem britischen Soldaten erschossen. Die arabischen Nationalisten feierten ihn als Märtyrer. Die britische Armee kam mit Sprengmeistern zum Haus seiner Eltern, trieb die Familie heraus und jagte den vorderen Teil in die Luft, um allen eine Lektion zu erteilen. Aber Georges' Vater ließ sich nicht unterkriegen. Er baute sein Haus mit eigenen Händen und mit Hilfe der Nachbarn wieder auf. Im Winter darauf starb er an Tuberkulose – manche sagten, an einem gebrochenen Herzen. Als Georges an seinem Grab stand, spürte er eine ungeheure Last auf seinen Schultern. Er übernahm das Geschäft, heiratete, und im nächsten Jahr kam sein Erstgeborener auf die Welt. Sie nannten ihn nach seinem Bruder. Bashar. Von nun an wurde Georges nach palästinensischer Tradition Abu Bashar genannt, der Vater von Bashar.

Und jedes Mal, wenn ihn jemand beim Namen rief, musste er an seinen ermordeten Bruder denken. Er nahm sich vor, seine Zeit nicht an die verfluchte Politik zu verschwenden, sondern seiner Familie zu widmen. Er wollte leben. Und seinen Kindern einen besseren Weg für die Zukunft zeigen. Eines Tages würden die Briten müde werden und abziehen, und dann, dachte er, würde alles leichter werden im Land. »Wir sind Cousins, die Muslime, Christen und Juden«, sagte er seinen Kindern. *Das* sei der Geist des Heiligen Landes, und wer ein echter Patriot sei, der habe das von seinen Großeltern gelernt. »Lasst euch nicht aufhetzen. Liebt eure Nachbarn. Das steht in allen drei heiligen Schriften.«

Georges glaubte immer noch an ein demokratisches Palästina für alle. Avram Lellouche dagegen wurde, je mehr er vom Horror der Shoah erfuhr, zum überzeugten Zionisten. Das Land müsse seine Grenzen für alle Juden der Welt öffnen, sagte er, um sie vor Verfolgung zu schützen. Georges erwiderte, Palästina könne nicht alle verfolgten Juden der Welt aufnehmen. Die Einwanderung müsste endlich begrenzt werden, sonst gäbe es offenen Bürgerkrieg. Nicht London sollte die Quoten bestimmen, sondern die Einheimischen.

Georges war nicht naiv. Er wusste um die Verwundbarkeit seiner Gemeinschaft. Die Menschen auf den Dörfern hatten noch wenig Begriff von Nation und Grenzen. Ihre Loyalität galt zuerst der Familie oder dem Dorf. Die Oberschicht in den Städten sprach nicht mit einer Stimme; auch hier stand der Clan vor der Nation. Die Husseini, Nashashibi und Khalidi stritten sich um Macht und Posten. Während die zionistische Bewegung schlagkräftige nationale Milizen aufgebaut hatte, waren die Araber seit der Niederschlagung ihres Aufstands durch die Briten geschwächt und zersplittert. Viele Bauern, die keine Zeitung lasen, verschlossen die Augen vor der Katastrophe, die sich vor ihren Augen entfaltete: Jahrhundertelang hatten sie sich darin eingerichtet, unter Fremdherrschaft zu leben und doch ihre lokale Autonomie zu bewahren. Sie erkannten erst spät den entscheidenden Unterschied zu früher: Die Osmanen und Briten waren gekommen, um das Land zu verwalten und Steuern einzuziehen. Nicht um ihr Volk anzusiedeln.

Als Georges im November 1947 seine Zeitung aufschlug, war er entsetzt. In New York hatten die Vereinten Nationen über die Köpfe der Palästinenser hinweg einen Teilungsplan für Palästina entworfen. Die Grenzlinien auf der Karte hatten wenig mit der Wirklichkeit zu tun; sie verliefen quer durchs Land und trennten Orte, die traditionell zusammengehörten. 608 000 Juden sollten 56 % des Landes erhalten, aber 1,3 Millionen Araber nur 43 %. Jerusalem und Betlehem sollten von den Vereinten Nationen verwaltet werden. Der jüdische Teil wäre de facto ein binationaler Staat, in dem fast so viele Araber wie Juden leben würden. Das Absurdeste aber: Damit der jüdische Teil eine jüdische Mehrheit bekam, hatten die Kartographen Jaffa mit seinen fast hunderttausend Einwohnern einfach aus dem Umland herausgeschnitten – all den umliegenden Dörfern, mit denen es Handel trieb und wo viele Plantagen lagen; eine arabische Insel mitten im jüdischen Staat. Bisher konnte man mit dem Pferd zum Kamelmarkt in Gaza reiten, mit dem Bus zur Ostermesse in Jerusalem fahren und mit dem Taxi ins Theater nach Beirut – und nun sollten ethnische Grenzen das Land zerschneiden? Die Politiker sprachen von »Umsiedlung« und »Transfer«, als könne man Menschen verfrachten wie Waren. Erst vor wenigen Monaten, als die Briten Indien geteilt und sich selbst überlassen hatten, waren in dem gewaltsamen Chaos des Bevölkerungsaustausches zwischen Hindus und Muslimen Hunderttausende getötet worden.

Trotzdem tranken sie noch Tee miteinander, die arabischen und jüdischen Farmer von Jaffa. An Weihnachten 1947 kam die Familie Lellouche aus dem jüdischen Viertel Neve Zedek zu Besuch ins Haus der Bishara in Ajami. Ihre Tochter Rifka spielte mit Amal im Garten, während die Eltern sich bemühten, nicht über Politik, sondern über die Ernte zu sprechen. Dann gingen sie gemeinsam ins Apollo-Kino, um sich einen Film mit Mickey Mouse anzusehen.

Wenige Tage später, am 4. Januar 1948, fuhr ein mit Orangen beladener Lastwagen auf den Clock Tower Square im Zentrum der Stadt. Zwei als Araber verkleidete Juden parkten ihn neben dem Neuen Serail, dem früheren Sitz des osmanischen Gouverneurs. Sie stiegen aus, verschwanden in der Menschenmenge, und kurz darauf erschütterte eine ungeheure Explosion die Stadt. Die Mauern des Serails stürzten ein und begruben Dutzende Menschen unter sich. Georges war gerade mit Amal und Bashar im Souk, als die Erde bebte. Er befahl Bashar, seine Schwester in Sicherheit zu bringen, dann lief er los, um zu helfen.

Als Georges später nach Hause kam, mit staubweißem Haar und blutverschmiertem Hemd, erzählte er von den Leichen, die er zu den Krankenwagen getragen hatte, aber nichts davon, dass die Sanitäter sich geweigert hatten, sie mitzunehmen, da sie sich um die Verletzten kümmern mussten, die noch atmeten. Unter ihnen waren auch Kinder. Das Serail hatte die Armenküche für bedürftige Kinder beherbergt. Schließlich hatten sie die Leichen in privaten Autos zum Krankenhaus gebracht; dreimal war Georges hin und her gefahren, mit einem leblosen Kind in seinen Armen. »Gott sei Dank waren es nicht unsere«, sagte seine Frau. Er starrte sie an, mit Tränen in den Augen, und wusste nicht, was er antworten sollte.

Lellouche kondolierte den muslimischen und christlichen Notabeln. Er spendete Geld für die Opfer. »Begin ist ein Terrorist«, sagte er, »die Hagana würde so etwas nie tun.« Sie glaubten ihm nicht mehr. Vergossenes Blut zerstört Vertrauen. Und der Terror verfehlte seine Wirkung nicht. In den folgenden Wochen, als immer mehr Bomben in der Stadt explodierten, strömten Tausende Menschen mit gepackten Koffern zum Bahnhof und zum Hafen, aus Angst um ihre Familien. Niemand wollte für immer gehen; jeder dachte, zurückzukommen, wenn die Lage sich beruhigt hätte. Zuerst ging die Oberschicht, die Zweitwohnungen in Beirut oder Kairo hatte. Dann folgte die Mittelschicht, die eine Zeitlang bei Verwandten in Nablus oder Akko unterkommen konnte. Immer mehr Geschäfte schlossen, bis auch die Arbeiter und Angestellten keine Arbeit mehr hatten. Amal verlor eine Freundin nach der anderen.

Und dann geschah Deir Yassin. Bisher war das nur der Name eines friedlichen Dorfes bei Jerusalem. Seine Bewohner hatten einen Nichtangriffspakt mit ihrem jüdischen Nachbardorf Giv'at Shaul geschlossen. Am Morgen des 9. April 1948 griffen die Zionistenmilizen Irgun und Lechi die schlafenden Dorfbewohner an, warfen Handgranaten in die Häuser, töteten Männer, Frauen und Kinder, trieben die Überlebenden auf dem Dorfplatz zusammen, erschossen einige und luden den Rest auf Lastwagen. Nachdem sie Schmuck und Geld aus den Häusern geplündert hatten, stapelten sie die Leichen und verbrannten sie. Die Lastwagen brachten die Überlebenden nach Jerusalem und paradierten mit ihnen durch die Straßen. Die Gefangenen, noch unter Schock, wurden von jüdischen Passanten bespuckt und mit Steinen beworfen. Fünfundfünfzig Waisenkinder, deren Eltern ermordet worden waren, wurden vor dem Jaffa-Tor ausgesetzt.

Die Nachrichten sprachen von über zweihundert Toten. Später würde man sich über die genaue Zahl streiten. Beide Seiten hätten die Zahl der Toten übertrieben, für ihre Propagandazwecke. Nur hunderteins seien es gewesen. Oder hundertfünfundzwanzig. Aber welchen Unterschied macht es für die Toten und ihre Verwandten, die sie nicht einmal begraben konnten? In der New York Times verurteilten prominente Juden, darunter Albert Einstein und Hannah Arendt, die Milizen als Terroristen. Ihre Kommandeure, die als Mieczyslaw Biegun und Icchak Jaziernicki im russischen Kaiserreich auf die Welt gekommen waren, zeigten keinerlei Reue. Und keine Zeitung erzählte von den orthodoxen Juden des Nachbardorfs, die herbeigelaufen waren und den Kämpfern erschüttert zuriefen: »Diebe! Mörder! Sie waren friedlich! Wir hatten ein Abkommen! Was habt ihr getan?«

Deir Yassin wurde zum Fanal. Es verbreitete sich wie ein Lauffeuer im Land; die Angst war ansteckend wie ein Virus. Amal hörte, wie ein Auto mit Lautsprecher auf dem Dach durch die Hilweh-Straße fuhr. Eine blecherne Stimme mit ausländischem Akzent forderte die Araber auf, Frauen und Kinder in Sicherheit zu bringen, wenn sie nicht wollten, dass Unheil über sie kam. Amal erstarrte vor Schreck, bis Mariam sie in den Arm nahm.

»Hab keine Angst, *ya habibti*, hör nicht hin, uns passiert nichts.«

Doch mehr und mehr Araber packten ihre Koffer. Die Männer hatten Angst um die Ehre ihrer Frauen, die Mütter um das Leben ihrer Kinder. Auf den Straßen und Marktplätzen Palästinas sah man Familien, die Kinderwagen schoben, in denen sie Kisten und Schmuck geladen hatten. In Jaffa strömten immer mehr Menschen zum Hafen; nur die offene See war noch sicher. Junge Männer stapelten Sandsäcke in den Straßen. Grimmig entschlossene, aber schlecht ausgerüstete Kämpfer. Einige waren vor kurzem noch Bäcker, Busfahrer oder Orangenpflücker gewesen. Sie wurden unterstützt von Freiwilligen der »Arabischen Befreiungsarmee«. Ein kleiner Söldnerhaufen aus Irakern und Syrern, die in Jaffa einen schlechten Ruf hatten, weil sie plünderten und die Frauen belästigten. Jeder wusste, dass der palästinensische Widerstand überall im Land Verluste erlitt. In den Dörfern und Städten standen Freiwillige, die spontan und unkoordiniert agierten, während die zionistischen Milizen besser trainiert, organisiert und ausgerüstet waren. Radio Damaskus und Radio Cairo verkündeten mit großen Worten, die arabischen Armeen würden in Palästina einmarschieren, sobald die Briten abzögen. Aber hier in Jaffa war die Katastrophe längst im Gange.

Georges verrammelte die Fenster mit Holzbalken. Er fragte seine Frau, ob sie lieber gehen mochte. Mariam sagte: Wir bleiben. Das ist unsere Heimat. Nur Feiglinge fliehen. Amals älterer Bruder Bashar, noch keine zehn Jahre alt, wollte sich den Kämpfern anschließen. Georges befahl allen, im Haus zu bleiben.

Am 25. April 1948 begann der Angriff auf die sterbende Stadt. Von Tel Aviv aus beschoss die Irgun Jaffa mit Mörsern. Drei Tage und Nächte lang schlugen Granaten in die Häuser ein. Nirgends war es mehr sicher. Die Krankenhäuser kollabierten. Zehntausende Menschen, die trotzig ausgeharrt hatten, ergriffen jetzt die Flucht. In Manshiyeh, am nördlichen Stadtrand, hielten die Verteidiger grimmig ihre Stellungen. Den ersten Attacken hielten sie noch stand. Doch dann änderten die Zionisten ihre Taktik. Statt sich durch die Straßen vorzukämpfen, sprengten sie die Mauern der eng aneinander gebauten Häuser und arbeiteten sich von Zimmer zu Zimmer vor.

Gleichzeitig griff die Hagana die Dörfer rund um die Stadt an. Salama, Kafr Ana, Yazur. Die Miliz umstellte sie von drei Seiten und ließ eine Himmelsrichtung offen. Lautsprecherwagen forderten die Bewohner auf, ihre Häuser zu verlassen. Die Erwähnung von Deir Yassin genügte, um eine Massenpanik auszulösen. Tausende Flüchtlinge füllten die Straßen nach Osten. Als die Dörfer, die Jaffa mit Lebensmitteln versorgten, gefallen und entvölkert waren, plagte Hunger die belagerte Stadt. Lebensmittel wurden unbezahlbar. Züge und Busse fuhren nicht mehr. Kinder gingen nicht mehr in die Schule, gebärende Mütter nicht ins Krankenhaus. Es gab kaum noch Polizisten; Diebe und Plünderer profitierten vom Zusammenbruch der öffentlichen Ordnung.

Die verbliebenen arabischen Einwohner flohen ins Zentrum. Ihre letzte Hoffnung ruhte auf der britischen Armee, die Panzer auffuhr, um die Zionisten aufzuhalten. Doch die Zeit lief gegen die Araber. Am 15. Mai würde das britische Mandat enden. »Wollt ihr lebendig nach Hause fahren oder im Sarg?«, riefen die Kämpfer der Irgun den Briten per Megaphon zu. Sie sprengten Häuser, um Straßen zu blockieren, kletterten auf die Panzer und warfen Dynamitstangen hinein. Die Briten zogen sich zurück.

Was bewog Georges und seine Frau schließlich zur Flucht? Vielleicht war es das Gespräch mit seinem Freund Yousef Heikal, dem Bürgermeister, der seine eigene Familie auf ein Schiff brachte. Jaffa würde fallen, sagte er, die Briten gäben die Braut des Meeres den Zionisten preis. Aber wenn der Krieg vorbei sei, würden alle in ihre Häuser zurückkehren. Vielleicht war es auch, weil Georges nicht mit ansehen wollte, wie seine geliebte Stadt vor der feindlichen Übermacht kapitulierte. Am Ende aber war es die Sorge um seinen Ältesten.

Bashar war nachts aus dem Haus gerannt. Georges und Mariam suchten ihn überall, und schließlich fanden sie ihn an einer Straßensperre in Manshiyeh. Ein Pflücker von Georges, der jetzt ein Kämpfer war, hatte sie zu ihm geführt.

»Er ist zu jung, um zu töten, und viel zu jung, um zu sterben.« Sie hatten ihm einen Gürtel mit Handgranaten umgehängt, der absurd groß an seinem kleinen Körper schlackerte.

»Geh nach Hause«, sagten die Männer.

»Ich bin kein feiger Hund«, blaffte Bashar. »Wenn wir heute nicht kämpfen, haben wir morgen keine Heimat mehr.«

Mariam packte ihn am Kragen, zerrte ihn in den Jeep, und Georges fuhr zurück durch die zerbombten Geisterstraßen. Insgeheim war er stolz auf ihn. Aber in diesem Moment traf Georges seine Entscheidung. Wenn er selbst im Kampf für Jaffa fiele, würde es ihm nichts ausmachen, im Gegenteil, es würde ihn mit Stolz erfüllen. Aber seine Kinder nicht beschützt zu haben, das könnte er sich nie verzeihen.

Es war ein unwirklich stiller Morgen. Nur das klackende Geräusch des Schlosses war zu hören, als Amal mit ihren Brüdern aus dem Haus trat und Georges die Tür abschloss. Kein Pfeifen der Granaten, keine Erschütterungen, keine einstürzenden Steinmauern. Nur die Vögel zwitscherten im Garten. Georges gab Mariam den Schlüssel. Sie steckte ihn in ihr Kleid, er nahm die Koffer und die Tasche mit den Orangen. Der Taxifahrer, der sie immer nach Beirut und Jerusalem gebracht hatte, war längst geflohen. Den grünen Willy's Jeep ließen sie einfach stehen. Ein kleines Abenteuer sollte es werden, sagte Mariam, mit dem Schiff. Ein Besuch bei Tante May in Beirut.

»Wie lange gehen wir weg?«, fragte Amal.

»Wir kommen bald zurück«, sagte Großmutter. Amal, die noch nicht wusste, dass dieser Satz ihr ganzes Leben begleiten würde, sah, dass ihre Großmutter das Gesicht abwandte, um ihre Tränen nicht zu zeigen. Es waren keine Tränen der Trauer – die würde erst später kommen. Sondern Tränen der Scham.

Amal würde sich immer an den Weg zum Hafen erinnern, der an diesem Morgen länger als je schien. Auf den sonst so lebendigen Straßen des Ajami-Viertels streunten nur noch Hunde herum. Amal dachte an ihre beiden Katzen, die sie im Garten zurücklassen musste, weil der Vater ihr verboten hatte, sie aufs

Schiff mitzunehmen. Sie hielt ihren kleinen Bruder Jibril an der Hand, während Bashar mit grimmiger Miene einen Koffer auf der Schulter trug. Es roch nach Rauch und Müll; Feuerwehr und Müllabfuhr hatten den Dienst eingestellt. Sie gingen am verschlossenen Schaufenster der Al-Kamal-Apotheke vorbei, an den schweigenden Steinmauern und leeren Gärten. Der Hilweh Street waren die Worte ausgegangen. Wo sich früher zwischen den Läden und Cafés alle Sprachen der Stadt vermischt hatten – Arabisch, Englisch, Jiddisch, Hebräisch Französisch und Italienisch –, standen jetzt nur die Kämpfer mit ihren alten Gewehren. Die Rollläden der Abulafia-Bäckerei, die rund um die Uhr Brot verkauft hatte, waren geschlossen. Jedes Detail dieses Morgens prägte sich in Amals Gedächtnis ein, als wäre es ein Film oder ein Traum, in dem man kleine Dinge in Großaufnahme sehen kann, aber nichts an diesem Morgen schien ihr wirklich. Die Spatzen, die vor der Bäckerei Brotreste aufpickten. Die verschmutzte, im Rinnstein liegende Titelseite der *»Falastin«*, die der Vater morgens immer im Café gelesen hatte, und der Pulvergeruch, der vom Norden herüberwehte. Der Teddybär, der von einem vollbepackten Kinderwagen fiel, den ein Mann über eine leere Kreuzung schob. All die Menschen aus den nördlichen Vierteln, die ihnen entgegenliefen, und der gespenstische Ausdruck in ihren aufgerissenen Augen. Todesangst. Das war nicht mehr Amals Stadt, und tatsächlich war sie eine der letzten Menschen, die das alte Jaffa sahen: Schon bald würde das alte Straßenschild »Hilweh Street« – die obere Zeile englisch, die mittlere arabisch und die untere hebräisch – durch ein neues Schild ersetzt werden, auf dem »Yefet Street« stehen sollte – oben hebräisch, in der Mitte arabisch und darunter englisch. Das Alhambra-Theater mit seiner strahlendweißen Bauhaus-Fassade würde bald »Yafor Cinema« heißen. Und in die Häuser, deren Eigentümer glaubten, bald wiederzukehren, würden Einwanderer ziehen, die kein Wort Arabisch sprachen.

Amals Kinderschuhe rutschten auf dem glitschigen Pflaster aus. Ein widerlicher Gestank schlug ihnen entgegen. In den verwinkelten Altstadtgassen, die hinunter zum Hafen führten, türmte sich der Müll. Auf den Türschwellen saßen ausgebombte Mütter mit ihren Kindern im Arm und alte Männer, die nicht mehr wussten, wohin. Unten auf dem Hafenplatz drängten sich unzählige Menschen zwischen Häusern und Ufer. Amal versank in einem Meer von wogenden Körpern, sie bekam Angst und hielt sich an der Hand des Vaters fest, der sich seinen Weg durch die Menge bahnte. Eine grimmige, unwirkliche Stille lag über dem vollen Platz. Wo früher ein lebendiger Singsang die Luft erfüllt hatte – die Lieder der Matrosen auf den Tenderbooten, Fischer, die ihre Ware ausriefen und die vielen Sprachen der Reisenden –, waren jetzt nur verstörte Misstöne zu hören, heisere Stimmen von Menschen, die sich zu den Booten kämpften, ein Schieben und Rufen und Fluchen, das plötzlich aufbrauste und ebenso plötzlich wieder verstummte, nur um dann umso heftiger auszubrechen, wenn in der Altstadt eine Granate einschlug, die Frauen kreischten und die Menge zum Wasser drängte. Dort brüllten die Matrosen und reichten ihre Hände, um Männer, Frauen, Kinder und Alte auf die schwankenden Boote zu hieven. Georges schob sich durch, mit seiner Mutter an der Hand, während Mariam ihm folgte und die drei Kinder vor sich hertrieb. Er rief den Namen des Dampfers, der sie nach Beirut bringen sollte, »Maria Theresa!«, ein italienisches Schiff, und von irgendwoher brüllte jemand zurück: »Maria Theresa!« Als sie zum Quai kamen, stießen die Matrosen die Menschen zurück, die sich auf das schwankende Boot drängten. Georges wedelte mit seinen Tickets.

»Maria Theresa!«

Die Matrosen, gerade im Begriff abzulegen, griffen nach Amal, nach Jibril, nach den Koffern und der Großmutter, und auf einmal befanden sie sich auf dem viel zu kleinen Boot, eingezwängt zwischen viel zu vielen Menschen. Der Motor heulte auf. Sie kamen kaum zwanzig Meter weit, als eine Welle über die Bordwand schwappte und Panik die Insassen ergriff. Alle kletterten auf die andere Seite, das Boot kippte langsam und kenterte sekundenschnell. Plötzlich war der Boden unter ihren verschwunden. Sie trieben im Wasser. Die wenigsten konnten schwimmen. Wie es Georges und Mariam gelang, ihre Familie auf die Andromeda-Felsen zu retten, wussten sie nicht, aber irgendwie schafften sie es. Die Koffer waren mit dem Boot versunken, und eine Mutter schrie nach ihrer Tochter.

Später sahen sie, wie der italienische Dampfer den Anker lichtete und losfuhr. Sie verbrachten den Tag am Hafen zwischen all den anderen, während vom Norden, aus Manshiyeh, immer heftigerer Gefechtslärm zu hören war. Schüsse, Explosionen, einstürzende Mauern. Am Hafen breitete sich nackte Angst aus. Sie standen schutzlos unter freiem Himmel. Georges lief von einem Boot zum anderen, um eine neue Passage zu finden, aber er war nur einer unter vielen.

Aus Manshiyeh drängten immer mehr Menschen auf den Hafenplatz. Kein Zug fuhr mehr vom Bahnhof ab, nur der Zugang zum Meer blieb noch frei, so dass immer mehr Menschen ihre Häuser aufgaben, oder das, was von ihnen übrig geblieben war. *Al bahr, al bahr*, zum Meer! Nach Gaza, Beirut oder Akka; niemand wusste, wo es noch sicher war, aber alles schien sicherer als hier. Sie blickten auf die alten Mauern und konnten es nicht glauben. Ihre Stadt des Willkommens war zur Stadt des Abschieds geworden.

Die Sonne stand schon tief über dem Meer, als Georges endlich sechs Plätze für seine Familie fand, zu einem absurden Preis, den er bezahlte, ohne mit der Wimper zu zucken. Ein Fischerboot, das nach Norden fahren sollte, nach Akka und von dort nach Beirut, *inshallah*. Dunkelheit fiel über den Hafen, als sie ablegten. Von draußen auf dem Meer konnte man den

Feuerschein der brennenden Häuser von Manshiyeh sehen. Ansonsten brannte kaum noch ein Licht in Jaffa. Tel Aviv dagegen war hell erleuchtet. Der Himmel war groß und gleichgültig, und über dem Kirchturm von St. Peter sah Amal eine Sternschnuppe verglühen.

Der Fischer nahm Kurs aufs offene Meer und drehte dann nach Norden ab. Aus Tel Aviv kam eine Salve herüber, ein Abschiedsgruß, der im nachtschwarzen Meer versank. Sie schickten Flüche zurück und schalteten die Positionslichter aus. Großmutter flüsterte ein Vaterunser; die muslimischen Passagiere beteten die *Shahada.* Dann verschwand die Küste Palästinas im Dunkeln, und Amal fiel in einen erschöpften, traumlosen Schlaf. Kurz darauf schreckte sie hoch. Etwas fehlte, bemerkte sie, und: Warum hatte das starke Schaukeln aufgehört? Dann begriff sie: Der Motor war ausgefallen. Die aufbrausenden Männerstimmen, als sie versuchten, ihn zu reparieren, vergeblich, und dann, in der unheimlichen Stille ringsherum, die Schläge der Wellen an die Bordwand.

13

Niemand wusste, was sie hinter dem Strand erwartete. Es war noch dunkel, als die Männer das Boot an Land zogen und alle herauskletterten, durchgefroren, verstört, aber am Leben. Wo sind wir, fragte Amal ihren Vater, der es nicht wusste. Irgendwo zwischen Tel Aviv und Haifa, sagte der Fischer, vielleicht bei Tantura, bei Um Khalid oder Qisaria. Sie kletterten die Dünen hinauf und kämpften sich durchs Gestrüpp. Georges befahl seinen Kindern, nah zusammen zu bleiben. Amal hielt die Hand ihrer Großmutter. Sie fanden einen gewundenen Pfad, dem sie folgten, durch Disteln und Dornen, und schließlich, als der Morgen dämmerte, sahen sie die Silhouetten von Häusern. Selbst im Zwielicht konnten sie erkennen, dass es ein arabisches Dorf war. Die alten Steinmauern, die Kuppeldächer, das Minarett vor dem Morgenhimmel. Erleichtert hielten sie darauf zu. Sie hörten Stimmen und Motorengeräusche. Einer rief etwas herüber, doch Georges packte ihn am Arm.

»Sei still!«

Sie blieben stehen. Erst jetzt hörten sie, dass die Wortfetzen, die zu ihnen herüberdrangen, hebräisch waren. Kurze, militärische Befehle. Dann zerriss eine Explosion die Stille. Alle gingen in Deckung. Mariam warf sich auf Amal, um sie mit ihrem Körper zu schützen. Der Boden bebte. Eine zweite Explosion, dann eine dritte. Steine regneten auf die Erde. Sie sprengten die Häuser. Langsam robbte die Gruppe rückwärts, zurück durch die Dornen, durch den Staub, durch einen Olivenhain, verfolgt vom Donner der Explosionen. Wo waren die Menschen, fragten sie sich. Was hatten sie mit ihnen gemacht? Und was, wenn sie uns finden? Sie suchten Unterschlupf in einer Olivenpresse, dreißig Menschen auf dem nackten Boden, wo sie erschöpft einschliefen. Nur zwei Männer hielten Wache an den Fenstern, der Fischer und Georges, die brennenden Augen auf die Felder gerichtet. Amal und Jibril schmiegten sich an den warmen Körper der Mutter. Später ging Georges mit Bashar und den anderen Männern nach draußen, um etwas zu essen zu finden. Die Frauen wollten mitgehen, ein Streit entbrannte, und die Männer gingen alleine. Sie kamen mit unreifen Feigen zurück, mit Kräutern und Beeren in den Händen. Sie hatten keine Bewaffneten gesehen, aber auch keine Bauern, keine Frauen auf den Feldern. Nur die Zikaden zirpten. Ohrenbetäubende Stille.

Als es dunkel wurde, brachen sie auf, nach Osten, ohne genau zu wissen, wo sie waren. Weiter landeinwärts, in Richtung des Jordans, so viel wussten sie, sollte der arabische Staat entstehen. Dort, so hofften sie, würden sie sicher vor den jüdischen Milizen sein. Sie liefen über Feldwege und Äcker, dem aufgehenden Mond entgegen. Ihre Füße brannten. Irgendwo stießen sie auf eine Straße. Sie folgten ihr bis zu einer Kreuzung und fanden endlich Straßenschilder. Amal würde sich später oft fragen, was geschehen wäre, wenn sie dem Fischer und den anderen gefolgt wären, nach Osten, wenn Mariam sich nicht durchgesetzt hätte. Ihre Eltern wohnten in Lydda, südlich von hier, im Hinterland von Jaffa, und statt ins Unbekannte zu gehen, entschied sie, bei ihren Eltern Schutz zu suchen. Sie schlug es nicht vor, nein, sie beschloss es auf der Stelle und war durch nichts auf der Welt davon abzubringen. Sie nahm Amal und Jibril an beide Hände, befahl Bashar, ihr zu folgen, und ging los. Georges und seine Mutter gaben nach. Immerhin lag Lydda im Gebiet, das laut Teilungsplan zum arabischen Staat gehören sollte. Die arabischen Armeen würden hoffentlich die Stadt verteidigen – wenn sie nur endlich zur Hilfe kämen.

Anfangs sah es aus, als stünde ihr Vorhaben unter einem guten Stern. Ein Lastwagenfahrer nahm sie mit und brachte sie nach Ramleh, die Nachbarstadt. Von dort aus waren es nur noch wenige Kilometer zu Fuß. Aus der Ferne sah Lydda immer noch aus, wie Amal es von den Besuchen bei den Großeltern in Erinnerung hatte – als ländliches Pendant zum quirligen Jaffa mit seinen Cafés und Clubs. Lydda lag friedlich in der Ebene, umgeben von seinen Kornfeldern, Aprikosen- und Mandelbäumen. Breite Alleen mit Akazien und niedrige Häuser, auf deren Steinmauern wilde Bougainvillea wucherte. Ein alter Markt, wo die Bauern aus dem Umland Früchte, Gemüse und lebende Tiere anboten, Esel, Kamele und Hühner. Das Haus von Mariams Eltern war bescheidener als die Villa der Bishara; ein einstöckiger, quadratischer Bau aus hellen Steinen mit einer grünen Haustür. Über dem Türstock erkannte Amal die steinerne Skulptur wieder, die ihr schon immer imponiert hatte. Sankt Georg, der Drachentöter auf dem Pferd, Schutzpatron der palästinensischen Christen. Im Jahre 303 wurde er in Lydda, der Geburtsstadt seiner Mutter, von den Römern gefoltert und geköpft, weil er seinem Glauben nicht abschwören wollte. Angeblich imponierte sein Widerstand der Frau des Kaisers Diokletian so sehr, dass sie auf der Stelle zum Christentum übertrat. Als Mariam Georges kennenlernte, schien ihr sein Vorname wie ein gutes Omen. Das Haus ihrer Eltern lag gegenüber der St. Georgs-Kirche über dem Grab des Heiligen, Seite an Seite mit der Al-Khidr-Moschee. Reglose Palmen ragten über die Häuser, die Stadt lag in einer geduckten Spannung unter der Sonne, in Erwartung des Schlimmsten. Die Straße war überfüllt von Menschen. Alte und Kranke lagen auf Matratzen im Schatten, Frauen knieten vor einem Gaskocher, Kinder mit verfilzten Haaren rannten herum. Es waren die Geflüchteten aus den Dörfern um Jaffa. Salama, Jarisha, Kafr Ana.

Der Empfang war, anders als erwartet, zweischneidig. Mariams Schwester Mona dankte Gott, sie lebend zu sehen, und brachte sofort etwas zu essen. Sie setzten sich im Kreis um den niedrigen Tisch und verschlangen hungrig das Fladenbrot mit Hummus, Zaatar und Olivenöl. Unter der hohen Kuppeldecke war es angenehm kühl. Doch Ibrahim, Mariams Vater, schien sich nicht über ihre Ankunft zu freuen. Er war schon immer anders gewesen als George; der eine ein eloquenter Kaufmann im englischen Anzug, der andere ein stolzer Bauer im gestreiften Gewand mit Kafiya, verwurzelt auf seinen Feldern und in seinen Traditionen. Die Beziehung zwischen ihnen war nie einfach gewesen, geprägt vom Dünkel, den die städtische Klasse gegenüber den *fellahin* hegte. Ibrahim war inzwischen aber sein eigener Herr geworden; er hatte etwas Land gekauft, was reichte, um nicht mehr für andere Landbesitzer zu arbeiten. Als er abfällig über die Flüchtlinge aus den umliegenden Dörfern sprach, die Lydda bevölkerten, begriff Georges, was sein Schwiegervater ihm verübelte.

»Sie sind geflohen wie die Schafe.«

»Hast du nicht von Deir Yassin gehört? Von Ain Zeitun und Balad El-Sheikh?«

»Lieber sterbe ich auf meinem Land, als dass ich es den Feinden preisgebe.«

Georges sah den Vorwurf des Verrats in Ibrahims Augen. Es war der Vorwurf, den in diesen Tagen viele Bauern der städtischen Klasse machten: Dass sie ihren Wohlstand nutzten, um sich in Sicherheit zu bringen, und ihr Volk allein ließen.

»Hätte ich sie alleine aufs Meer schicken sollen? Deine Tochter, deine Enkelkinder?«

»Ich hab es dir von Anfang an gesagt. Erst kauften sie unser Saatgut, jetzt schießen sie auf uns. Du warst zu bequem, Abu Bashar. Hattest Angst, als Märtyrer zu enden wie dein Bruder.«

Niemand widersprach ihm. Eine schwere Stille senkte sich auf alle. Amal, die nicht wusste, was Deir Yassin bedeutete, spürte nur, dass sie hier nicht willkommen waren. Dann kamen ihre Cousins Amir und Habib, die fast schon Männer geworden waren. Als alle sich umarmten, ging Georges nachdenklich zum Radio und wechselte den Sender. Der Großvater hörte Radio Damaskus, wo rund um die Uhr patriotische Lieder liefen und ein Sprecher zum heroischen Widerstand gegen die Zionisten aufrief. Georges schaltete zu Voice Of Britain, das verlässlichere Informationen bot. Dann zum Arab Service der BBC, und schließlich, trotz Ibrahims Protest, zu Kol HaHagana, da er Hebräisch verstand. Amal lief zu dem Sofa, auf das er sich gesetzt hatte, schwang sich auf seinen Schoß und lauschte der fremden Sprache. Sie war die Erste, die es sah: sein unrasiertes Gesicht, nach vorne zum Radio gebeugt, die fiebrigen Augen und unruhigen Lippen, die jedes Wort mitzuflüstern schienen, bis alles Leben aus ihm wich. Ihr Vater erstarrte, wie eine Fotografie, die sich für immer in Amals Erinnerung einprägte: Ein Gesicht ohne Leben, im Schock gefroren, dann aus der Starre in ein Zittern übergehend, das sich vom Kiefer ausbreitete, über die Lippen und die Augen, bis der ganze Kopf bebte. Jetzt sahen es auch alle anderen im Raum.

»Was ist, Baba?«, fragte Bashar.

Georges wagte es nicht, seinen Kindern in die Augen zu sehen. Er verbarg sein Gesicht in den Händen und flüsterte:

»Warum, *ya allah*, warum hast du uns verlassen?«

Die Braut des Meeres war gefallen.

Alle verstummten. Kein Ruf der Klage, wie sonst, wenn etwas Schlimmes geschah. Völlige Stille im Raum, nur durchbrochen von den fremden Worten des Radiosprechers.

Bashar stand auf und schaltete das Radio aus. Jetzt hörte man die Kinder, die auf der Straße Fußball spielten. Der erste Satz, der das Schweigen durchbrach, kam von Mariam:

»Wir werden zurückkehren.«

Am nächsten Tag erklang auf Radio Palestine zum letzten Mal *»God save the king«*. Der Hochkommissar Sir Alan Cunningham hielt eine knappe Ansprache und ließ den Union Jack über dem Government House in Jerusalem einholen. Dann ging er an Bord des letzten Kreuzers in Haifa, der pünktlich und leise die Anker lichtete. Kein Araber und kein Jude kam, um ihn zu verabschieden. Es war Freitag, der 14. Mai 1948. Am Abend verkündete der Radiosprecher, dass auf den Straßen von Tel Aviv, Jerusalem und Haifa die Juden tanzten. Ben Gurion hatte ihren Staat ausgerufen. Amal wusch das Geschirr ab, half Jibril, die Zähne zu putzen, und legte sich erschöpft auf ihre Matratze. Durch die offene Tür sah sie Georges, der mit Ibrahim im Licht der Straßenlaterne vor dem Eingang stand und rauchte. Sie hörte ihren Großvater sagen:

»Alle haben hier ihre Flagge gehisst. Die Römer, die Perser, die Türken, die Engländer ... und am Ende sind sie alle wieder gegangen.«

Amal legte ihren Arm um den schlafenden Jibril, mit dem sie ihr Lager teilte. Alle schliefen in einem Raum; nachts wurden Matratzen, die tagsüber in einer Wandnische gestapelt waren, auf dem Boden ausgebreitet. Trotz der bleiernen Müdigkeit in ihren Beinen fand Amal keinen Schlaf. Die Zikaden zirpten wie verrückt. Eine trotzige und einsame Stille lag über den Häusern. Bashar ging nach draußen zu den Männern. Er forderte eine Zigarette. Georges schüttelte den Kopf. Du bist noch zu klein, sagte er. Bashar griff nach dem Päckchen in der Hand seines Großvaters, nahm sich eine Zigarette und zündete sie an. Georges wollte sie ihm aus der Hand schlagen, aber Bashar zog sie weg. Zum ersten Mal ließ Georges ihn gewähren. Vielleicht aus Erschöpfung, vielleicht auch, weil er wusste, er konnte die Zeit nicht aufhalten, und weil er insgeheim froh war, dass sein Sohn kein Kind mehr war. Sie würden jetzt jeden Mann brauchen.

Mitten in der Nacht schreckten Schüsse Amal aus dem Schlaf. Schnell legte sie ihren Arm um ihren kleinen Bruder. Neben ihr fuhr Mariam hoch. Dann hörte sie Jubelschreie durchs Fenster, und es dauerte ein wenig, bis sie begriff, dass es Freudenschüsse waren. Sie öffneten die Tür und sahen die jungen Kämpfer, die mit ihren Gewehren durch die Straßen liefen und riefen:

»Steht auf! Die Araber kommen!«

Georges schaltete das Radio ein. Amal verstand nicht alles, was die Erwachsenen sagten, aber sie begriff so viel: Sie waren nicht mehr allein. Ihre arabischen Brüder würden sie retten, und sie würden wieder nach Hause kommen. Eine Woge der Erleichterung, ja Euphorie ergriff die Menschen und riss die Stadt aus ihrer Lähmung. Die Männer rannten aus den Häusern, noch im Unterhemd, Fremde umarmten sich, und Frauen brachten den Kämpfern Süßigkeiten. Tatsächlich, am nächsten Morgen wusste jeder, dass es kein Gerücht war: Um Mitternacht hatten Damaskus, Kairo, Beirut, Amman und Bagdad dem jungen Israel den Krieg erklärt. Ihre Armeen überquerten den Jordan und die Golanhöhen und rückten in den Sinai ein. König Abdallah von Transjordanien erklärte feierlich im Radio, die Araber würden ihren palästinensischen Brüdern zur Hilfe eilen und das Heilige Land mit Gottes Hilfe vom Zionismus befreien. Radio Cairo und Radio Damaskus beschworen einen schnellen Sieg.

In den nächsten Tagen gingen die Menschen wieder mit erhobenem Haupt durch die Stadt. Die Cafés waren voll bis spät in die Nacht, die Radios spielten patriotische Lieder, und die Reden der arabischen Führer schallten durch die Straßen. Für einen kurzen Augenblick in der Zeit waren alle Araber, von Kairo bis Bagdad, ein einziger großer Körper, der sich aufbäumte, um seinen Stolz zu verteidigen. Die Streitigkeiten zwischen den Anführern verblassten vor dem Ziel, das gemeinsame Joch der Kolonialmächte ein für allemal abzuschütteln, und die Zionisten standen für sie in einer Reihe mit den Engländern und Franzosen. Sie sahen sie als Eindringlinge aus Europa, akzeptierten das Judentum als Religionsgemeinschaft, aber nicht als Nation. Die Grenzen, einst von Sykes und Picot durch den Sand gezogen, wurden von den arabischen Truppen überrannt. In wenigen Tagen, hieß es, sei der Spuk vorbei. Vor der Moschee und der Kirche tanzten die Leute einen Dabke, um sich Mut zu machen. Amal lief aus dem Haus zu ihnen, um sich einzureihen. Niemand hinderte sie, alles war erlaubt in diesen Tagen. Es war ein Tanz auf dem Vulkan. Das Land stand in Flammen, und dennoch dachten alle, das Unglück ginge an ihnen vorbei. Sie würden siegen, weil sie im Recht waren. Weil sie hier wohnten.

Dann, plötzlich und unvorbereitet, sah Amal ihren ersten Toten, mitten in der Stadt. Sein Arm hing grotesk aus dem Jeep heraus, der Kopf mit den blutverschmierten Haaren tanzte auf dem Blech, als die jungen Kämpfer mit ihrer Trophäe durch die Straße fuhren. Sie rauschten an Amal vorbei, die mit Mariam vom Markt kam. Jetzt konnte sie erkennen, dass auf dem Wagen noch eine tote Frau lag. Sie hatte kurze Haare, ihr geblümtes Sommerkleid war zerrissen. Mariam bekreuzigte sich und hielt Amal die Hand vor die Augen.

»Möge Allah sich ihrer Seelen erbarmen«, murmelte Mariam.

Die jungen Männer, die vor dem Café saßen und Backgammon spielten, sprangen auf. Sie reckten ihre Fäuste in die Luft und jubelten den Kämpfern zu, als wäre etwas Großartiges geschehen. Amal begriff es nicht, aber da niemand es in Frage stellte, schien es ohne Zweifel, dass der Tod dieser beiden Menschen eine Art Strafe war.

»Was haben sie Böses getan?«, fragte sie, aber Mariam antwortete nicht. Niemand antwortete auf Amals Frage, auch die anderen Menschen auf der Straße nicht, und niemand stellte überhaupt diese Frage. Das war das eigentlich Verstörende an dem Vorfall. Es hieß nur: »Das sind Juden«, und auf einmal genügte das als Erklärung. Es zählte nicht mehr, was einer tat, sondern nur noch, wer er war.

Dann sah Amal ihren Bruder Bashar mit seinen Cousins aus dem Café laufen. Die beiden trugen Gewehre. Bashar reckte seine Faust in die Luft, was für einen Zehnjährigen seltsam wirkte, aber vielleicht nur in Amals Augen, denn Amir und Habib nahmen die gleiche Pose ein, nur dass ihre Faust ein Gewehr hielt. Tatsächlich war es das, was Amal fremd vorkam: ihr Bruder in einer anderen Haut. Mariam rannte hin und packte Bashar am Arm.

»Was machst du hier? Komm sofort nach Hause!«

»Lass mich!«

Bashar sträubte sich, aber Mariam blieb unerbittlich. Sie zerrte ihn an seinem Hemd über die Straße. Bashar fluchte, derart gedemütigt vor seinen Cousins. Amal versuchte, beide zur Vernunft zu bringen, aber sie gerieten völlig außer Kontrolle.

»Wenn das dein Vater erfährt!«, schrie Mariam.

Bashar schlug seine Mutter so heftig, dass sie auf den Asphalt stürzte. Dann rannte er weg, mit seinen Cousins dem Jeep hinterher. Amal half ihrer Mutter hoch. Den Ausdruck der Scham und Schande auf ihrem Gesicht würde sie nie vergessen. Bashar kam erst spätnachts zurück nach Hause, und Mariam sprach kein Wort mit ihm. Georges sollte ihn zur Vernunft bringen, aber Georges war nicht da. Er hatte es niemandem außer ihr gesagt, um die Kinder nicht zu beunruhigen, und eigentlich hatte er versprochen, bis zum Abend wieder zurück zu sein. Aber er tauchte nicht auf. Und so erfuhr Amal, dass er nach Jaffa gegangen war, heimlich über die Felder, um nach seinen Plantagen zu sehen, den Maschinen und, vor allem, dem Haus. Er blieb die ganze Nacht verschwunden, und auch den ganzen nächsten

Tag. Mariam versuchte, zwei Männer zu überreden, nach ihm zu suchen, aber selbst den Bewaffneten war es zu gefährlich.

Als Georges im Morgengrauen des dritten Tages zur Tür hereinkam, erschrak Amal, denn sie dachte, einen Fremden zu sehen. Sein Anzug war zerrissen und verdreckt, über seine Stirn liefen Spuren von getrocknetem Blut, seine Augen waren fiebrig von der Schlaflosigkeit und dem, was er gesehen hatte.

»Jaffa ist ein Kadaver«, sagte er. »Auf der Butrus Street sind alle Läden aufgerissen, die Schaufenster eingeschlagen, die Waren geplündert. Die Seifenmanufaktur von Hanna Domiani, die Sakakini-Bibliothek, der St. Anthony's Club, wo wir Billard gespielt haben, alles ist ... wie ein Tier, dem sie die Eingeweide herausgerissen haben.«

Seine Stimme stockte.

»Setz dich«, sagte Mariam und zog ihm das Jackett aus, aber er ging unruhig im Zimmer hin und her. Bashar und Jibril kamen und umarmten ihn.

»Dann wollte ich zu unserem Haus. Aber sie haben einen Zaun gezogen, mitten durch die Stadt. Unser Ajami ist mit Stacheldraht abgetrennt, wie ein Käfig. Davor stehen Soldaten mit Maschinenpistolen und scharfen Hunden. Ich konnte nicht nah genug hin, aber hinter dem Zaun standen Hunderte, vielleicht Tausende, wie Tiere. Ich habe Oum Rashid erkannt, und Kamal Geday, unseren Apotheker. Sie haben alle Araber, die in den Häusern ausgeharrt hatten, nach Ajami getrieben. Ich konnte mich in einem zerstörten Haus verstecken, bis Einbruch der Dunkelheit, dann habe ich mich zum Zaun geschlichen. Als Kamal mich sah, immer noch ein aufrechter Mann in seinem verknitterten Anzug, aber ohne Hut, wich er meinem Blick aus, so sehr schämte er sich. Dabei war ich es, der sich schämte, sie allein gelassen zu haben. Lauf weg, sagte er, schnell!«

Über das, was dann passiert war, wollte Georges nicht sprechen. Nicht vor den Kindern. Nicht vor dem Schwiegervater.

Erst nachts, als er glaubte, mit Mariam allein zu sein, erzählte er ihr davon. Amal war leise aufgestanden und barfuß zu dem vergitterten Fenster geschlichen, das sich zum Innenhof öffnete, wo Georges und Mariam saßen. Amal lauschte.

Sie hatten ihn erwischt, eine Armeepatrouille, die nach Plünderern und Arabern suchte. Sie hatten ihn geschlagen, als er sich wehrte, ihn gefesselt und auf einen Jeep geladen, der nach Ajami fahren sollte. Sein Glück war, dass einer der Soldaten ihn erkannte. Es war Jacov, der Sohn von Avram Lellouche, keine zwanzig Jahre alt. Georges hatte die Familie zu seiner Geburt, Beschneidung und Bar Mitzwa besucht. Als Jacov den Freund seines Vaters wiedererkannte, erschrak er. Er sagte kein Wort, und auch Georges verstand, dass er nicht zu erkennen geben sollte, dass sie sich kannten. Jacov ging zu seinem Offizier, kam wieder und fuhr mit seinem Gefangenen in Richtung Ajami. Sie wechselten ein paar Worte. Wie es dem Vater gehe. Gut. Der Mutter. Gut. Über ihr Jaffa, das nicht mehr ihr Jaffa war, schwiegen sie, so wie man aus Anstand oder Aberglaube kein schlechtes Wort über einen Sterbenden spricht. An einer dunklen Ecke hielt Jacov an, band Georges los und ließ ihn laufen. *Mazal tov.* Nach Osten aus der Stadt, durch die Disteln auf den Feldern, durch die Nacht. Während Georges landeinwärts lief, rebellierte sein Herz. Es wollte zurück zum Meer, zurück in der Zeit, zurück zu allem, was ihn umgeben und ausgemacht hatte. Heimat ist eine Haut, und seine Haut brannte.

Es ist schwer zu ermessen, aus der Distanz des Erwachsenseins, was im Herz eines Kindes geschieht, wenn es etwas hört, das nicht für seine Ohren bestimmt ist. Es waren weniger die Bilder aus Jaffa, die Amal den Hals zuschnürten, sondern der Schmerz, ihren Vater so hilflos zu erleben. Er war immer stark gewesen, selbstbewusst im Streit und großzügig im Verzeihen. Ihr Vater, das war der Drachentöter auf dem Pferd gewesen. Jetzt saß er in dem kleinen Innenhof und weinte.

Und auch in seinem Herzen musste etwas zerbrochen sein – das Jaffa seiner Kindheit. Er begriff jetzt, dass sein Bild dieser Stadt als stolzes Mosaik der Menschen und Kulturen, das er an seine Kinder weitergeben wollte, für immer verloren war. Es würde keine Nachbarn mehr geben, sondern nur Sieger und Besiegte.

Während die arabische Propaganda einen schnellen Sieg prophezeite, genügte ein Gang durch die Straßen von Lydda, um die Wahrheit zu sehen. Georges hörte auf, am Radio zu hängen und verteilte mit anderen Freiwilligen Essen an die Flüchtlinge, die zu Zehntausenden die Stadt füllten. Sirin, Kafr Saba, Qasariya, Al-Samakiyya ... jedes Dorf, jede Familie, jeder Mensch brachte eine eigene Geschichte mit; einzelne Schicksale, die sich zur Erzählung eines ganzen Volkes verknüpften; Fragmente gewaltsamer Entwurzelung, aus der Mitte gerissene Lebensläufe, Scherben von verbrannter Erde, die zusammen ein anderes Bild ergaben als die offizielle Propaganda. Selten handelten die Geschichten von Heldentum, meistens von blanker Angst.

Bis zur Ausrufung des jüdischen Staates am 14. Mai 1948 hatten die zionistischen Milizen schon fast alle Städte erobert, darunter Safed, Tiberias, die arabischen und gemischten Viertel von Haifa, Westjerusalem ... und zuletzt Jaffa. Noch bevor die arabischen Staaten angriffen, waren über dreihunderttausend Menschen geflohen und vertrieben worden; ein Viertel der arabischen Bevölkerung Palästinas. Zweihundert Dörfer waren entvölkert. Viele, die sich auf den Feldern versteckt hatten oder in die Nachbardörfer geflüchtet waren, fanden, als sie zurückkamen, ihre Häuser nicht mehr. Die Milizen hatten sie gesprengt.

»Nur unsere Moschee haben sie verschont«, sagte eine alte Bäuerin aus Galiläa, die nichts hatte retten konnte als ihre nackte Haut.

Und das war erst der Anfang gewesen. Nur einen Tag nach Ben Gurions Rede in Tel Aviv, am Shabbat, dem 15. Mai, hatte die Irgun Ramleh angegriffen, die Nachbarstadt von Lydda. Am 16. Mai hatte die Hagana Akka gestürmt, die belagerte Küstenstadt im Norden. Hunger, Malaria und Mörserbeschuss hatten den Widerstand der Bewohner zermürbt; am 17. Mai war Akka gefallen. Zehntausende palästinensische Araber wurden auf Lastwagen über die Grenze zum Libanon deportiert oder flohen zu Fuß. Beide Städte lagen außerhalb des jüdischen Teils des UN-Plans. Dem Angriff auf Ramleh konnten die palästinensischen Kämpfer noch standhalten – aber Tag für Tag fielen weitere Dörfer. Es gab kein einziges Haus mehr in Lydda, das keine Flüchtlingsfamilie aufgenommen hatte. Verzweifelt telegraphierten sie an König Abdallah von Transjordanien, seine Armee zu Hilfe zu schicken.

Georges hatte keine Illusionen mehr. Lydda würde nicht verschont bleiben, auch wenn es auf der arabischen Seite lag. Der Plan war nichts mehr als ein Stück Papier. Die Araber hatten ihn abgelehnt, und Ben Gurion hatte den jüdischen Staat ausgerufen, ohne dessen Grenzen zu definieren. Im Tal von Lydda, nur zwanzig Kilometer von Tel Aviv entfernt, kreuzten sich die wichtigsten Straßen des Landes, hier lag der internationale Flughafen und die Quelle, die Jerusalem versorgte.

Lyddas ganze Hoffnung lag auf der Arabischen Legion Transjordaniens. Doch König Abdallah entschied sich für die Verteidigung Ostjerusalems mit den islamischen Heiligtümern. Seine Soldaten rückten in die Heilige Stadt ein, deren westliche Viertel schon gefallen waren. Lydda erhielt nur ein symbolisches Kontingent von 125 Männern. Dazu gesellte sich eine Reitertruppe von vierzig barfüßigen Beduinen, die mit stolz geschwellter Brust in die Stadt ritten, todesmutig und hoffnungslos unterlegen. Die Palästinenser fühlten sich von ihren arabischen Brüdern verraten. Auch der Nichtangriffspakt, den sie mit dem jüdischen Nachbardorf Ben Shemen geschlossen hatten, war nichts mehr wert: Gegen den Willen des Bürgermeisters Lehmann, eines Berliner Pädagogen, hatte die Hagana sein Jugenddorf besetzt und zur Festung ausgebaut. Die Kinder und Jugendlichen, die Lehmann einst dazu erzogen hatte, in guter Nachbarschaft mit den Arabern zu leben, darunter ein aus Polen eingewanderter Zionist namens Szymon Perski, trugen jetzt Uniform.

Die palästinensischen Kämpfer an den Straßensperren rund um Lydda ließen niemanden mehr heraus. Sie wussten, wenn die Frauen und Kinder in der Stadt blieben, würden ihre Männer alles geben, um sie zu verteidigen. Auf den Landstraßen hielten arabische Soldaten die Flüchtenden auf und schickten sie zurück. Doch der Appell kam zu spät. Und Mariam wäre auch ohne das Verbot nicht geflohen. Seit Georges ihr von Jaffa erzählt hatte, wusste sie, dass es längst um alles oder nichts ging. Sie würden nicht nur ihre Stadt verlieren, sondern ihr ganzes Land – außer sie kämpften. Niemand sollte ihnen vorwerfen können, ihre Heimat nicht verteidigt zu haben.

Mariam und ihre Schwester meldeten sich beim Erste-Hilfe-Komitee. Sie gingen von Familie zu Familie und sammelten Spenden für die improvisierte Klinik, die sie in einem gemieteten Haus einrichteten. Georges trat dem Komitee der Händler bei, die Lebensmittel lagerten: Aus Nablus, Jenin und Ramallah brachten sie Weizen, Öl und Zucker. Ibrahim patrouillierte mit dem Komitee gegen Diebe und Spione durch die Stadt. Und Bashar brannte darauf, dem bewaffneten Komitee beizutreten, das die jungen Männer an Gewehren und leichten Maschinengewehren trainierte. Georges erlaubte es nicht ausdrücklich, aber verbot es auch nicht. Er redete nur den Cousins ins Gewissen, Bashar keine Waffe zu geben, sondern zu den Helfern einzuteilen, die Gräben bauten und Sandsäcke aufschichteten.

Amal musste im Haus bleiben. Mit ihren sechs Jahren war sie groß genug, um alles zu sehen, aber zu jung, um es beeinflussen zu können. Sie saß im Schneidersitz auf dem Teppich, lehnte ihren Kopf an den warmen, vertrauten Körper der Großmutter und sah zu, wie ihre alten, ledrigen Finger die Nadel durch den roten Stoff führten. Sie bestickte einen *thob*, den langen Kaftan aus Leinen, den jede Palästinenserin für festliche Anlässe besaß, auch solche, die im Alltag Rock und Bluse trugen. Mit den Stickmustern erzählten sie die Geschichte ihrer Dörfer und Städte, die Fäden gefärbt mit der Haut von Granatäpfeln, zerriebenen Muscheln und Traubenblättern.

»Wer dich in diesem Kleid sieht«, sagte die Großmutter, »wird daraus deine Herkunft lesen: Die Orangenzweige auf dem Dekolleté stehen für die Felder deiner Familie. Die grünen Dreiecke verkörpern die Zypressen, welche die Orangenbäume vor dem Wind schützen, so wie das Kleid dich vor den harten Zeiten schützen soll. Und das indigoblaue Wellenmuster erzählt vom Mittelmeer, das tief in deine Seele eingewoben ist.«

In der letzten Nacht vor dem Angriff saßen sie alle zusammen auf dem Dach und tranken Tee, so wie sie es in den Sommernächten von Jaffa getan hatten – nur dass sie dieses Mal nicht die Fülle der Sterne sahen, sondern die unermessliche Dunkelheit zwischen ihnen. Georges verriet den Kindern nichts von seinen Gedanken. Es gab Dinge, die kein Kind wissen sollte. Und doch kam der Punkt, an dem die Liebe eines Vaters nicht mehr ausreichte, um es von der Grausamkeit der Welt fernzuhalten. Georges fragte sich, ob es ein Fehler war, in Lydda zu bleiben. Genauso wie er sich nach der Flucht aus Jaffa gefragt hatte, ob es ein Fehler gewesen war, zu fliehen. Was auch immer er tat, in Abwägung zwischen seiner Familie und seinem Land, in jedem Fall war ein Preis zu zahlen. Ein paar Wochen nur, sagte Georges zu Amal, dann wohnen wir wieder zu Hause.

Wir werden ein Eis essen auf der King George Avenue, alle zusammen. Und Amal widersprach ihm nicht. Die Schüsse in der Nacht kamen immer näher, aber sie wollte ihm zeigen, dass sie keine Angst hatte.

14

Der Angriff begann an einem heißen Sommertag, dem 10. Juli. Alle waren noch zusammen im Haus. Sogar Bashar war noch hier. Sie hatten ihn von der Front zurückgeschickt. Er tauge nichts, hatten sie gesagt, er sei noch kein Mann. Als Mariam zum Krankenhaus ging, versprach Bashar, das Haus nicht zu verlassen. Und er hielt sein Versprechen. Sogar als im Haus gegenüber eine Granate einschlug, die Mauer zusammenbrach und zwei Kinder unter sich begrub. Er blieb bei Amal, während Georges und Ibrahim hinausrannten und mit bloßen Händen den Schutt wegräumten, um die Kinder zu finden. Er blieb auch noch im Haus, als die Flugzeuge kamen und Bomben abwarfen. Amal, Bashar und Jibril saßen zusammen mit der Großmutter auf dem Teppich, drehten das Radio auf und sangen die patriotischen Lieder mit, um die Einschläge und das Heulen der Ambulanzen zu übertönen. Jeeps mit verletzten Männern rasten am Haus vorbei. Durch die offene Tür sahen sie, wie die Kämpfer die blutenden Körper ins Krankenhaus trugen. Eine nach der anderen kamen die schlechten Nachrichten: Der Flughafen war gefallen. Rantiya im Norden. Wilhemyia. Dumpf hallten die Schläge der Artillerie durch die Ebene, ringsherum stiegen Rauchwolken auf. Dann entbrannte ein lauter Streit vor dem Haus. Ein Mann war mit einem weißen Tuch, das er an einen Besen gebunden hatte, auf die Straße gerannt, und die anderen hielten ihn wütend zurück. Wir ergeben uns nicht, riefen sie und rissen ihm das Tuch aus den Händen. Am Abend kam Mariam zurück, erschöpft, aufgewühlt, und sie sagte kein Wort. Aß schnell etwas und ging dann wieder ins Krankenhaus. Die Straße vor dem Haus füllte sich mit Menschen, die aus den äußeren Vierteln geflohen waren. Sie schliefen unter offenem Himmel. Nachts hörte man nur die Grillen zirpen. Die Menschen schwiegen. Kaum ein Bewaffneter war zu sehen; sie verschanzten sich rings um die Stadt.

Am nächsten Morgen kamen die Flugzeuge wieder. Weiße Blätter regneten vom Himmel. Wer lesen konnte, hob eins auf, stieß einen Fluch aus und warf es wieder weg. Die anderen suchten einfach etwas zu essen. Gingen von Tür zu Tür und baten um ein Stück Brot. Bashar und Amal waren gerade auf der Straße, als sie die ersten Schüsse hörten. Sie befanden sich zwischen ihrem Haus und der Klinik, die nicht weit entfernt lag; die Tante hatte sie losgeschickt, um Mariam Essen zu bringen. Amal trug das Tablett mit dem Fladenbrot, den Oliven und dem Schafskäse auf dem Kopf, so wie es die erwachsenen Frauen taten; Bashar trug einen Kanister mit Wasser. Sie hatten kaum Zeit, sich umzudrehen, da raste ihnen schon die Kolonne entgegen. Die Männer auf den Jeeps und Panzerwagen trugen Kafiya, so dass man sie zuerst für Jordanier halten konnte. Aber die Menschen, die panisch davonrannten, schrien *»Yahud! Yahud!«* Die israelischen Soldaten feuerten mit Maschinenpistolen auf alles, was sich bewegte. Amal riss Bashar zu Boden. In der Mauer über ihnen schlug eine Salve ein; die Autos rasten mit irrer Geschwindigkeit an ihnen vorbei, ringsherum zersplitterten Fensterscheiben. Als der Staub sich legte, hörten sie das Husten der Überlebenden und das Wimmern der Verletzten. Georges rannte aus dem Haus zu ihnen und umarmte sie.

»Seid ihr verletzt?«

Amal wusste es nicht. Sie spürte nur Taubheit in den Gliedern und den Ohren.

»Schnell, ins Haus!«

Er zog sie hoch und lief mit ihnen über die Straße, als zwei der Jeeps auf dem Platz vor der Moschee wendeten und durch den aufwirbelnden Staub um sich schossen, während sie wie verrückt im Kreis fuhren. Georges riss die Kinder zu Boden und schützte sie mit seinem Körper. Aus der Polizeistation schossen die jordanischen Soldaten auf die Angreifer; die Israelis sprangen aus den Jeeps, verbarrikadierten sich dahinter und schossen zurück. Überall schlugen die Kugeln ein. Georges robbte mit den Kindern zurück, hinter eine kleine Mauer, wo die Soldaten sie nicht sehen konnten. Auf der Straße lagen Leichen. Ibrahims Haus gegenüber war unerreichbar. Sie konnten weder vor noch zurück. Aber sie konnten von hier aus das Krankenhaus sehen. Die Tür öffnete sich, und zwei Gestalten in Uniformen des Roten Kreuzes wagten sich heraus. Ein Mann in Hosen und eine Frau im Rock. Erst jetzt erkannte Amal, dass die hoch gewachsene Frau ihre Mutter war. Sie erschrak. Die Soldaten feuerten eine Salve über die Straße, und die Sanitäter rannten zurück ins Krankenhaus, schlossen aber die Türe nicht. Da sah Amal, dass vor dem Krankenhaus, vielleicht zehn, fünfzehn Meter entfernt, ein verletzter Mann lag. Eine Blutspur führte über die Straße; er hatte sich bis dorthin geschleppt, dann hatten ihn die Kräfte verlassen. Die Sanitäter riefen ihm etwas zu, aber er hob nur schwach die Hand. Ringsherum schlugen Kugeln ein. Aus ihrem Versteck heraus sah Amal, wie Mariam aus der offenen Tür heraus ein Seil auf die Straße warf, dem Mann entgegen. Er streckte den Arm aus und bekam das Seil zu fassen. Mariam zog daran, aber der Mann war schon zu schwach, um das Seil festzuhalten. Um seinen Körper breitete sich eine Blutlache aus. Dann rührte er sich nicht mehr.

Amals Körper zitterte. Sie verlor die Kontrolle über ihn, als gehörte er jemand anderem. Ihre Kehle war trocken, sie atmete Staub ein. Nur die atmenden Körper ihres Vaters und ihres Bruders gaben ihr das Gefühl, am Leben zu sein. Nach einer halben Stunde, die wie eine Ewigkeit schien, hörte Amal, wie die Maschinengewehrsalven sich immer weiter entfernten. Georges stand auf, nahm seine Kinder an den Händen und rannte mit ihnen zum Haus. Amal wusste nicht, wie sie es trotz ihrer zitternden Beine bis dahin schaffte. Als sie die Tür hinter sich zuwarfen, umarmten sie sich und konnten es kaum fassen, dass sie überlebt hatten.

Zweihundert Tote lagen in den Straßen. Georges und Bashar halfen den Sanitätern, die Verletzten auf Tragen zu hieven und zum Krankenhaus zu bringen. Die Straßen waren erfüllt vom Weinen verirrter Kinder und dem Schreien der Frauen, die nach ihren Kindern suchten. Männer irrten umher, breiteten ihre Arme zum Himmel aus und riefen Gott zu Hilfe.

Am späten Nachmittag standen israelische Panzerwagen im Zentrum. Lautsprecherbotschaften hallten durch die Stadt. Sie forderten alle Bewohner über fünfzehn Jahren auf, die Häuser zu verlassen und sich in der Großen Moschee zu melden. »Wer nach Einbruch der Dunkelheit noch auf der Straße angetroffen wird, wird erschossen!«

Die Soldaten brachen die Türen auf und stießen die Leute aus den Häusern. Lyddas Straßen füllten sich mit Hunderten von Menschen, alten und jungen, die mit gesenktem Kopf zur Moschee gingen, vorbei an den Leichen ihrer Nachbarn und Verwandten. Es war ein gespenstischer Anblick, und vor allem ein demütigender: Der Blitzangriff hatte die Moral der Menschen gebrochen.

»Fass mich nicht an!« Ibrahim stieß den Arm des Soldaten zurück, der mitten im Empfangszimmer stand und *»Barra, Barra!«* schrie. Raus! Der zweite Soldat, kaum zwanzig Jahre alt, rammte ihm seinen Gewehrkolben in die Seite. Ibrahim krümmte sich. Aber er ging nicht zu Boden. Bashar rannte zu seinem Großvater und schrie, sie sollten ihn loslassen. Einer der Soldaten packte Bashar und zerrte ihn zur Tür.

»Fass die Kinder nicht an!«, schrie Georges und ging dazwischen. Der Soldat versetzte ihm einen Schlag. Er taumelte und stürzte. Es war ein schrecklicher Anblick für Amal. Sie wollte ihm hochhelfen, aber er richtete sich selbst auf.

»Barra! Barra!«

Georges sah dem jungen Soldaten direkt in die Augen und sagte auf Hebräisch: »Ihr seid in unserem Haus. Benehmt euch.« Die Soldaten stutzten.

Georges nahm Bashar an der Hand. Mit einem kurzen Blick gab er Ibrahim zu verstehen, dass es klüger war, sich vor den Augen der Kinder nicht demütigen zu lassen. Und gerade weil sie jünger als fünfzehn waren, wollte er sie auf keinen Fall alleine lassen. Er befahl Amal und Jibril, mitzukommen und schob sie an den schweigenden Soldaten vorbei nach draußen. Die beiden fragten nicht nach dem Alter der Kinder; tatsächlich waren sie selbst noch halbe Kinder, trainiert für den Kampf im Feld und überfordert damit, in den Häusern von Zivilisten zu stehen.

Überall lagen Tote. Die Nachbarn. Die Frau, die am Morgen noch um Brot für ihre Kinder gebeten hatte. Hunde. Amal sah ein verstörtes Kind mit Locken voller Staub herumirren. Die Soldaten lehnten lässig an ihren Jeeps, die Gewehre gesenkt. Sie mussten nichts mehr beweisen.

»Haltet euren Kopf hoch!«, sagte Ibrahim. Mit gemessenem Schritt ging er auf die Soldaten zu. In diesem Moment verstand Amal etwas, das sie ihr Leben lang nie vergessen würde: Wenn du keine Wahl mehr hast, hast du immer noch die Wahl, deine Würde zu bewahren.

Einer der Soldaten blickte zu Amal, als sie an ihm vorbeiging. Ein junger blonder Mann, hübsch, freundlich sogar zu seinem Kameraden, dem er eine Zigarette anzündete. Warum hassen sie uns, fragte Amal sich, und dann spürte sie, dass es kein Hass war, den sie ihnen gegenüber empfanden. Es war eher Gleichgültigkeit, oder Verachtung, als sähen sie die Araber nicht als Menschen, nur als Masse.

Es waren Hunderte, bald Tausende, die in die Moschee gedrängt wurden. Amal hielt die Hand ihres Vaters fest umklammert, um ihn nicht zu verlieren. Der Innenhof und Gebetsraum füllte sich mit Männern, Frauen und Kindern. Draußen gab es keinen Schutz vor der Sonne. Drinnen war die Luft heiß und stickig. Körper an Körper gepresst standen sie dort; es wurde unmöglich, sich zu bewegen, geschweige denn zu setzen. Die Luft roch nach Angstschweiß und später nach Urin. Der Durst war unerträglich. Niemand gab ihnen zu trinken. Wenn jemand sich beklagte, feuerten die Soldaten eine Salve über die Köpfe. Es gab nur einen Brunnen im Hof, den für die rituellen Waschungen. Stumm reichten die Menschen das Wasser in ihren Händen weiter. Viele brachen ohnmächtig zusammen, aus Durst, Hitze und Angst. Bei Sonnenuntergang wurde die Lage so unerträglich, dass die Soldaten den Frauen und Kindern befahlen, nach Hause zu gehen.

»Geht ins Haus und verschließt die Tür«, sagte Georges und schärfte Bashar ein, dass er jetzt für seine Geschwister verantwortlich sei. »Bleibt stark und bleibt zusammen!« Bashar versprach ihm, Amal und Jibril zu beschützen. Dann kam ein Soldat und trennte sie. Amal drehte sich noch einmal zu ihrem Vater um, der allein in der Menschenmenge zurückblieb. Er schickte ihr einen Blick, der ihr Mut machen sollte. Tatsächlich, das erkannte Amal deutlich, hatte er Angst. Nicht um das eigene Schicksal, aber um seine Kinder. Und sie hatte Angst um ihn. Draußen hallten Schüsse und Explosionen durch die Dunkelheit. Die Polizeistation leistete noch Widerstand.

Sofort trieben sie weitere Männer in die Moschee. Um Mitternacht wurde es so eng, dass sie jetzt die Christen herausriefen. Ein Raunen ging durch die Menge. Die Muslime riefen sich zu: »Betet zu Gott, bevor ihr sterben müsst!« Ibrahim und ein paar andere Männer weigerten sich, die Muslime allein zu lassen. Doch die Soldaten feuerten eine Salve über ihre Köpfe. Die Kugeln schlugen in den Wänden ein. Alle duckten sich panisch. Die Soldaten drängten die Christen zum Ausgang. In der Dunkelheit trieben sie die Gruppe zur Kirche nebenan, während Hunderte Muslime mit erhobenen Händen vor der Moschee standen und hineingestoßen wurden.

Die Kirche füllte sich schnell. Die Soldaten drängten junge Männer herein. Kämpfer mit blutigen Hosen und Hemden, die sich ergeben hatten. Sie senkten den Kopf aus Scham vor den anderen, aber niemand äußerte ein Wort des Vorwurfs. Eine grimmige Stille füllte den Raum. Alles war ungewiss, und niemand wollte vor den anderen Schwäche zeigen. Wer sich noch aufrecht halten konnte, stützte andere, die in Ohnmacht fielen. Manche beteten leise. Von draußen hörten sie Schüsse. Hinter dem Altar hing stumm das Bild des Heiligen Georg, seine Lanze im Maul des Drachens. Irgendwie überstanden sie die Nacht.

Am nächsten Vormittag blickte Amal vorsichtig aus dem Fenster. Auf der Straße vor dem Haus lagen immer noch Leichen, um die sich niemand kümmerte. Die Schüsse und Explosionen waren verebbt, eine bleierne Hitze lag über der Stadt. Die Soldaten gingen von Haus zu Haus. Die Straßen füllten sich mit Frauen und Alten, die langsamen Schrittes stadtauswärts zogen, mit Bündeln auf dem Kopf und Kindern auf dem Arm. Amals Cousins und ihre Tante waren verschwunden. Georges hatte Bashar aufgetragen, auf seine kleine Schwester aufzupassen, doch in Wahrheit war es Amal, die auf beide Brüder aufpasste. Sie hatte die Türe zugesperrt und den Schlüssel unter dem Teppich versteckt, damit Bashar keine Dummheiten machte. Den kleinen Jibril hatte sie getröstet, als er im Schlaf nach den Eltern sehnte. Plötzlich zerrissen Schüsse die Stille. Amal sah durchs Fenster, wie die Soldaten zu ihren Jeeps rannten. Von irgendwoher rief jemand: »Die Arabische Legion! *Allahu akbar!*« Und dann brach die Hölle los.

Das war der Moment, in dem Amal ihren Bruder aus den Augen verlor. Als sie ihren Blick vom Fenster löste, sah sie nur noch die offene Eingangstür.

»Wo ist Bashar?«

»Er ist raus«, sagte Jibril. »Kämpft gegen die Juden.«

Amal wollte unter den Teppich schauen, um zu sehen, ob er den Schlüssel gefunden hatte. Aber im selben Moment schlugen Maschinengewehrkugeln in der Wand ein. Amal warf die offene Tür zu, rannte zu Jibril, der in der Ecke kauerte und hielt ihn fest, während die Schüsse und Explosionen nicht aufhörten. Es fühlte sich an wie eine Ewigkeit. Amal warf sich vor, dass sie Bashar nicht aufgehalten hatte. Und zugleich war sie stolz auf ihn. Jetzt würde *er* den Drachen töten.

Dann wurde es still, und irgendwann hörte sie Schreie, aber sie klangen anders als vorher. Es waren die Schreie von Frauen und Männern, die verrückt wurden.

»Die Moschee! Sie haben alle getötet! Gott beschütze uns!«

Amal schnürte es die Kehle zu. Sie öffnete die Tür und ging verstört nach draußen. Die Mittagssonne brannte herunter. Männer rannten mit Tragen zum Krankenhaus. Den Verletzten fehlten Arme oder Beine. Eine Frau lief über die Straße, raufte sich die Haare und kreischte:

»Wo sind die Araber? Wo ist Allah?«

Dann hörte Amal, was geschehen war. Zwei oder drei transjordanische Panzerwagen, die ihre verbliebenen Männer evakuieren sollten, hatten sich in die Stadt verirrt. Die Bewohner von Lydda glaubten, dass der rettende Gegenangriff kam. Die überlebenden Kämpfer waren aus ihren Verstecken gelaufen und hatten auf die Besatzer geschossen. Die Soldaten hatten mit heftigem Maschinengewehrfeuer geantwortet. Mittendrin die Flüchtlinge. Ein israelischer Soldat hatte aus nächster Nähe eine Panzerfaust durch ein Fenster geschossen. In eine Moschee voller Menschen. Amal wusste nicht, was das bedeutete. Sie hörte nur: Alle sind tot! Wie gelähmt stand sie vor der offenen Haustür. Es schien, als hätte die ganze Welt den Verstand verloren. Amal taumelte wie betäubt zurück ins Haus. Die Moschee, dort hatte sie ihren Vater und Großvater mit all den anderen Männern zurücklassen müssen. Jibril stand zitternd im Raum und wandte sich verschämt ab, als seine Schwester ihn sah. Er hatte sich in die Hose gemacht.

Erst, als Mariam aus dem Krankenhaus kam, völlig aufgewühlt und am Ende ihrer Kräfte, verstand Amal: Das Massaker war nicht in der Großen Moschee passiert. Sondern in einer kleineren, der Dahmash-Moschee. Viele Menschen hatten sich hineingeflüchtet, in der Hoffnung, die Soldaten würden das Gotteshaus verschonen. Einer, der nach dem fatalen Schuss hineinging, sah einen Raum, dessen Mitte leer war. Die zerfetzten Körper türmten sich an den Wänden.

Georges und Ibrahim waren noch am Leben. Sie verbrachten eine zweite Nacht in der St.-Georgs-Kirche. Währenddessen verhandelten die Notabeln der Stadt mit den Besatzern. Nach sechsunddreißig Stunden kam ein israelischer Offizier in die Kirche und rief auf Arabisch: »Raus! Alle raus!« Die Männer konnten es kaum glauben. Bis sie erfuhren, was die Bedingung für ihre Freilassung war.

Draußen bot sich Georges und Ibrahim ein gespenstisches Bild: Unzählige Männer stolperten langsam aus dem Tor der Großen Moschee. Mit gesenktem Kopf gingen sie die Straße entlang, stumm wie Schatten. Ihr Wille war gebrochen. Die Soldaten standen mit gesenkten Waffen daneben und schwiegen ebenfalls, als könnten sie nicht fassen, was hier geschah. Kein Windhauch rührte sich. Es war, als hätte es dem ganzen Land den Atem verschlagen. Vor der kleinen Moschee zogen Überlebende die Leichen aus der Tür. Getrocknetes Blut auf entstellten Gesichtern. Die Soldaten standen mit ihren Gewehren daneben und sahen zu, wie sie die Körper auf Eselskarren luden, um sie irgendwo zu verscharren.

Als sie zu Ibrahims Haus kamen, schnürte es Georges die Kehle zu. Was hatten sie mit den Frauen gemacht? Mit den Kindern? Die Tür war nur angelehnt. Er rief, aber niemand antwortete. Er ging durch die leeren Räume. Auf dem Tisch standen halbvolle Gläser. Der Tee war kalt. Die Männer schwiegen, gingen in die Küche und aßen hungrig das hart gewordene Brot.

Dann lief Georges hinüber ins Krankenhaus, um Mariam zu suchen. Unterwegs sah er Soldaten, die an die Haustüren hämmerten und eindrangen. In der Klinik lagen unzählige Verletzte, die sich nicht mehr helfen konnten, eng aneinander auf dem Boden. Den Toten hatten sie Tücher übers Gesicht gelegt. Zwei israelische Soldaten traten Georges entgegen. Oder waren es Offiziere? Sie trugen alle Khakihemden; Georges konnte keine Abzeichen erkennen. Er fragte nach Mariam. Die beiden fragten, was er hier zu suchen habe. Eine bleiche, übernächtigte Krankenschwester kam aus einem Zimmer und sagte leise:

»Sie haben sie weggeschickt. Mariam, Dr. Ismail, Dr. Habbash ... Nur noch zwei Ärzte sind da.«

»Wo ist sie hingegangen?«

Die Krankenschwester sah die Soldaten ängstlich an.

»Ich weiß nicht.«

Sie entschuldigte sich und verschwand.

Als Georges zurück in Ibrahims Haus kam, hörte er laute Stimmen. Sie kamen nicht aus dem Empfangszimmer, sondern dem Hof hinter dem Haus. Ibrahim hatte dort seine verschwitzten

Kleider ausgezogen und sich mit Wasser aus dem Brunnen gewaschen. Zwei bewaffnete Soldaten standen vor ihm. Er war völlig nackt.

»Raus! *Yalla!*«, schrie der eine und fuchtelte mit seiner Maschinenpistole herum. Der eine war kräftig und laut, der andere blass und schüchtern.

»Lasst den alten Mann in Frieden«, rief Georges auf Arabisch. Er hob Ibrahims Hose auf und reichte sie ihm, damit er sich bedecken konnte.

»Du auch. Raus!«, befahl der Soldat auf Hebräisch.

»Wohin raus?«, fragte Georges.

»Go to Ramallah! To Abdallah!«

Jetzt gab es keinen Zweifel mehr daran, was sie vorhatten. Alle mussten die Stadt verlassen. Das war die Bedingung für die Freilassung der Männer. Der Soldat richtete seine Maschinenpistole auf Georges und Ibrahim. Sie blieben unbeweglich stehen.

»Das ist mein Haus. Ich bleibe hier«, sagte Ibrahim.

»Five minutes!«, sagte der Soldat. *»You still here, we shoot you!«*

Georges signalisierte ihm, dass er verstanden hatte. Dann führte er die Soldaten aus dem Haus. Vor der Tür blieben die beiden stehen und redeten mit ihren Kameraden. Aus den Nachbarhäusern kamen Frauen heraus, mit Bündeln auf dem Kopf. Georges ging in die Küche. Wasser, davon würden sie am meisten brauchen. Ein paar Datteln, Schafskäse, was sie tragen konnten. Den Rest ließ er stehen. Er hatte ein Stadium der Erschöpfung und Demütigung erreicht, in dem er nicht mehr entscheiden, sondern nur noch funktionieren konnte. Georges suchte nach dem Geld, das er im Kleiderschrank versteckt hatte. Es war verschwunden. Auch Mariams Schmuck fehlte. Er ging in den Hof hinter dem Haus, wo Ibrahim stand. Er hatte seine Haare gekämmt, eine frische Hose, ein Hemd und sein altes Jackett angezogen.

»Wo sind deine Wertsachen?«, fragte Georges.

Ibrahim tat so, als hörte er ihn nicht.

»Hol sie«, sagte Georges.

»Nein.«

»Sei nicht dumm.«

»Ich bin in Lydda geboren. Ich habe dieses Haus mit meinen eigenen Händen gebaut. Meine Kinder sind hier geboren. Ich bleibe hier.«

»Sie werden dich erschießen!«

Georges nahm seinen Arm. Ibrahim schlug ihn unerwartet heftig weg. Er hatte noch Kraft, mehr als Georges sogar. Sie starrten sich an. Warteten stumm, wer als Erster nachgab.

»Der Schmuck von Malika ist in der Truhe«, sagte Ibrahim leise.

Georges ging ins Empfangszimmer. In einer der Wandnischen stand eine hölzerne Truhe. Darin fand er eine kleine abgewetzte Ledertasche. Sie war schwer. Er öffnete sie. Die alten goldenen Armreifen von Ibrahims verstorbener Frau, Ketten und Ohrringe. Ein Ehering.

Die Soldaten kamen zur Haustür herein.

»Yalla! Itla'!«, sagte der Kräftige, und der Schmächtige richtete seine Maschinenpistole auf Georges. Georges nickte und ging nach hinten, um Ibrahim zu holen. Noch bevor er zum Hof kam, hörte er einen Schuss. Georges riss die Tür auf. Als seine Augen sich an das gleißende Sonnenlicht gewöhnt hatten, sah er, wie der Revolver aus Ibrahims Hand auf den Boden fiel. Einen Moment lang hielt Ibrahim sich noch auf den Beinen, dann brach er zusammen. Georges beugte sich über ihn und presste die Hände gegen seine Schläfe, aber er konnte das Blut nicht aufhalten. Ibrahim atmete nicht mehr.

Die Uhr. Die Armreifen. Die Ohrringe. Und das Geld. Alles mussten sie ablegen.

»Schämt ihr euch nicht?«, fragte Mariam den Soldaten, der ihre Hände abtastete und einen Ring abzog. Er antwortete nicht. Entweder verstand er kein Arabisch, oder es war ihm egal. Amal, die stumm neben ihrer Mutter stand, starrte auf die zerschlissene Matratze am Straßenrand. Darauf lag ein Haufen aus Silber und Gold, Uhren und Juwelen.

»Yalla! Yalla!«

Der Soldat winkte sie durch die Straßensperre am Stadtrand. Amal hielt Jibril fest an der Hand. Dann kam Großmutter an die Reihe. Sie ertrug die Demütigung mit stoischer Miene. Die Männer senkten ihre Köpfe, um nicht zusehen zu müssen, wie ihre Frauen entehrt wurden. Auf den Dächern standen Soldaten und schauten hinunter. Amal blickte hoch. Silhouetten gegen die gleißende Sonne. Sie konnte ihre Gesichter nicht erkennen. Großmutter nahm ihre Hand, und sie reihten sich in die endlose Karawane ein. Die Frauen trugen Bündel aus Betttüchern auf den Köpfen, Nähmaschinen und schreiende Babys auf dem Arm. Die Männer trugen Koffer und Körbe, Säcke mit Reis und Mehl. Die Kinder trugen Blechdosen mit Zucker, Spielsachen und Schuhe. Manche schoben hastig beladene Eselskarren, viele gingen barfuß, manche in ihren traditionellen Gewändern, manche in ihrem besten Anzug. Amal hatte noch nie so viele Menschen gesehen. Es waren fünfzigtausend und mehr. Die Einwohner von Lydda, Ramleh und den Dörfern ringsherum. Ein Exodus von biblischem Ausmaß.

Bereits am Rande der Erschöpfung waren sie aufgebrochen, und bald waren die Wasserflaschen leer. Jibril weinte leise und fragte nach seinem Vater. Baba wird kommen, sagte Amal. Sei still, sei stark, lauf weiter. Unter der sengenden Mittagssonne durchquerten sie ihre trockenen Felder, vorbei an Kakteen und Mandelbäumen. Der betäubende Lärm der Zikaden, das Schreien der Babys und das Schweigen der Steine am Wegrand. Amal roch ihre Kindheitssommer bei den Großeltern, den Staub und die Süße der Feigenbäume. Sie passierten Ben Shemen, das jüdische Nachbardorf. Ein Jeep raste hupend an ihnen vorbei; die Soldaten feuerten über ihre Köpfe. Niemand duckte sich mehr, niemand schrie, sie trotteten einfach weiter. Amals Magen krampfte sich vor Hunger zusammen. Ihre Lippen rissen auf.

Erst lagen zurückgelassene Mehlsäcke am Straßenrand. Dann Kleider und Decken. Dann eine Frau, die unter einem Aprikosenbaum ihr Kind gebar. Auf einem Feld kniete ein Mann, der sein totes Kind mit trockener Erde bedeckte. Die Älteren wurden ohnmächtig und fielen zu Boden. Manche halfen ihnen auf, die anderen zogen vorbei und murmelten ein Gebet, möge Gott ihrer Seele gnädig sein. Welcher Gott, sagte einer. Er hat uns vergessen.

Irgendwann spürte Amal den Schmerz nicht mehr, dachte nur noch daran, nicht zu stolpern, war nur noch ein tauber, schrumpfender Körper, der einen Fuß vor den anderen setzte, sich auflöste und Teil dieses großen, endlosen Menschenkörpers wurde, der langsam weiterzog, ins Exil.

Als die Nacht einbrach, fielen sie völlig erschöpft auf die harte Erde. Sie schliefen auf freiem Feld. Bei Sonnenaufgang war die Großmutter zu schwach, um aufzustehen. Lasst mich, sagte sie leise, geht weiter. Mariam massierte ihre geschwollenen Füße und zwang sie, aufzustehen. Amal stützte sie, und sie marschierten weiter durch die Hitze, über steinige Feldwege und durch Dornengestrüpp, das die Haut aufriss. Sie fanden einen Brunnen, aber der Eimer fehlte, also ließen sie einen Jungen am Seil hinunter und zogen ihn hoch. Gierig saugten sie das Wasser aus seinen nassen Kleidern. Was auch immer sie unterwegs fanden, eine Melone im Feld oder Kakteenblätter, pressten sie mit den Händen aus, für etwas Wasser zum Überleben. Irgendwann, irgendwo versagten Amals Beine. Sie war am Ende ihrer Kräfte. Fiel hin und kam nicht mehr hoch. Die Welt verschwamm vor ihren Augen. Die Füße der Menschen, die achtlos an ihr vorbeitrotteten, ein Käfer auf den Steinen, dann die schützende Dunkelheit hinter ihren Lidern. Sie wollte lieber sterben als weiter gehen. Eine Ewigkeit später, vielleicht war es aber auch nur eine Minute, spürte sie etwas Feuchtes auf den Lippen. Bitter und süß zugleich. Zögernd saugte sie daran und öffnete ihre Augen. Eine Kaktusfrucht in der Hand ihrer Mutter. Ihr gütiges Lächeln. Es war das Paradies, nichts weniger. Gierig biss Amal von der Frucht ab, bis sie wieder denken konnte und innehielt, um ihrer Mutter, die sich zu ihr herunterbeugte, die andere Hälfte zu lassen. Mariam nickte ihr liebevoll zu.

»Iss, *ya habibti.*«

Amal aß alles. Mariam leckte den Rest des Fruchtfleisches von ihrer Hand. Sie schloss die Augen, als wäre es ein Festmahl, sie lächelte stumm und zitterte, als müsste sie gleich weinen, aber es liefen keine Tränen aus ihren Augen.

»Steh auf, Amal. Du darfst nie aufgeben.«

Amal stand auf.

»Geh zu Jibril.«

Mariam setzte sich auf die Erde.

»Ich muss mich nur ein bisschen ausruhen.«

Amal rief nach Jibril. Nach der Großmutter. Sie blickte sich um und sah sie nirgends, nur die unzähligen Menschen, die an ihr vorbeigingen, und die gleißende Sonne, die sie blendete.

Eine fremde Frau bedeckte Mariams Körper, der leblos am Wegrand lag, mit Maisblättern. Sie murmelte ein Totengebet, dann nahm sie Amal an die Hand, und sie gingen weiter. Irgendwo fanden sie Jibril und die Großmutter. Es muss in dem Dorf gewesen sein, wo es einen Brunnen gab, einen kühlen Wasserhahn mit fließendem Wasser. Amal trank wie verrückt, bis ihr das

Wasser aus der Nase lief und sie langsam aus ihrer Betäubung aufwachte. Die anderen Kinder drängten sie weg, und die Großmutter brachte Jibril zum Brunnen. Dann sahen sie Georges. Sein Anzug war zerrissen, sein Gesicht war mit Staub bedeckt, durch den Rinnsäle von Schweiß liefen. Er war vom Ende der Kolonne an den Zehntausenden vorbeigelaufen, um sie zu finden. Er taumelte, ging vor seinen Kindern in die Knie, umarmte sie und weinte vor Freude.

»Wo ist Bashar?«, fragte er.

»Ich weiß nicht«, sagte Amal.

Dann blickte Georges hoch zu seiner Mutter und fragte:

»Wo ist Mariam?«

15

PALERMO

Der Mond steht unwirklich friedvoll über dem Meer. Ein Kellner räumt unseren Tisch ab, das Paar am Nebentisch hält Händchen, Freunde umarmen sich zum Abschied. Ich bin doppelt verwirrt: Zurück in meiner Zeit. Aber nicht an meinem Ort. Auch hier bin ich fremd. Es dauert, bis ich meinen Körper wieder spüre, eine Verspannung im Nacken, meine Schenkel auf dem Plastikstuhl; ich fröstle und bewege meine Schultern. Elias zündet sich eine Zigarette an.

Jetzt kenne ich ihn.

Ohne dass er ein Wort über sich selbst verloren hat. Erzähl mir von deiner Mutter, und ich weiß, wer du bist. Er blickt auf das Feuerzeug in seiner Hand, und ich versuche, in seinem Gesicht die Züge der Frau aus dem Citroën zu erkennen. Diese ernste, entschlossene Aura. Ich frage mich, wie sie auf Moritz gewirkt hat. Ob er wusste, dass die schöne Frau, in die er sich verliebte, einen Koffer mit sich trug, einen unsichtbaren Koffer voller Orangen, Dornen und Steine, die einmal ein Haus waren. Unsere Verwandten umgeben und durchdringen uns. Die Guten und die Bösen, die Lebenden und die Toten. Wir spiegeln uns in ihren Geschichten. Manche öffnen ihren Koffer, manche lassen ihn ein Leben lang verschlossen, und manche tragen die Koffer derer, die sie lieben. Und in jedem Koffer ist etwas aufbewahrt, das einem anderen gehört.

»Wie haben deine Eltern sich getroffen?«, frage ich.

»Wusstest du von seiner anderen Familie?«, fragt er zurück.

»Ich wusste nichts über euch.«

»Ich meine die *andere.*«

»Joëlle hat's mir erzählt.«

»Meine Mutter wusste nichts davon.«

Seine Stimme klingt vorwurfsvoll. Ein betrogenes Kind im Körper eines erwachsenen Mannes.

»Seine ... Tochter ... was weiß sie über ihn?«

Er vermeidet es immer noch, Joëlle beim Namen zu nennen.

»Red mit ihr. Ihr seid Geschwister. Erzähl ihr von Amal.«

»Sie wird's nicht hören wollen.«

Um das Thema zu wechseln, zieht er ein gefaltetes Papier aus seinem Sakko. Er brauche noch eine Information für die Sterbeurkunde, sagt er trocken. Die Namen von Moritz' Eltern.

»Karl und Paula Reincke.«

Er trägt die Namen in das Formular ein.

»Wo sollen wir ihn bestatten?«, frage ich. »Hat er was verfügt?«

»Nein, nichts.«

Ich begreife ihn nicht. Seinen Nachlass hat er geregelt. Aber was mit seinem eigenen Körper geschehen soll, war ihm egal.

»Nehmt ihn mit, wenn ihr wollt«, sagt Elias.

Ich weiß nicht, was mich mehr irritiert – seine vorgetäuschte Gleichgültigkeit oder das »ihr«. Drei ist eine instabile Zahl. Es steht immer einer gegen zwei. Und ich frage mich, welche Rolle mir in diesem Spiel zugewiesen wird. Ich bin der Gesprächsfaden, der droht, abzureißen.

Vor dem Haus steigt Elias in sein Auto. Fast grußlos, als wäre er nie da gewesen. Eigenartig, sein kräftiger Körper und sein markantes Gesicht im Gegensatz zu seinem implodierenden Auftreten. Er füllt den Raum nicht mit seiner Präsenz, bewegt sich unauffällig wie ein Schatten. Er hat sein Licht nicht eingeschaltet, und darin, wenigstens darin, sind wir uns ähnlich.

Joëlle hat uns durchs Fenster beobachtet; ich sehe die Bewegung des Vorhangs. Aber als ich ins Haus komme, sitzt sie barfuß auf dem Sofa. Die Kerze auf dem Tisch brennt, und ich bemerke, dass sie den Wandspiegel mit einem Tuch verhüllt hat. Ich erzähle ihr von Elias und Amal, von Jaffa und Lydda. Von der verstörenden Unruhe, die seine Geschichte in mir ausgelöst hat. Und langsam, während ich Joëlle meine Gefühle gestehe, erkenne ich an ihrer Reaktion den tieferen Grund meiner Unsicherheit. Seine Geschichte ringt mit der anderen Geschichte in meinem Kopf. Zwei Akkorde, die jeder für sich stimmen, aber zusammen so unerträglich dissonant sind, dass man die Ohren verschließen möchte.

Im Flur meiner Wohnung hängt das schwarzweiße Porträt einer Frau. Sie hieß Edith Schulze, geborene Sommerfeld. Als wir in die Wohnung zogen, fand ich ihren Namen auf einem Stolperstein im Pflaster vor dem Haus. Einer von vielen. Geboren am 14.8.1908, deportiert am 16.7.1942, nach Łódź, ermordet am 12.8.1942. Ich kenne die Daten auswendig. Jahrelang war ich jeden Tag an diesem Stein vorbeigegangen, und irgendwann wollte ich wissen, wer diese Frau war. Die Grundschule im Kiez machte ein Klassenprojekt, und weil eine Freundin von mir dort unterrichtet, half ich mit. Wir durchforsteten Archive, suchten Verwandte und frühere Bewohner des Hauses. Wir fanden heraus, dass sie als Sekretärin an der Musikhochschule arbeitete und mit dem Buchhalter Paul Schulze verheiratet war. Die Nazis nannten das »Mischehe«. Sie hatten keine Kinder. Als Edith ihre Arbeit verlor, musste ihr Mann sich entscheiden, ob er sie verlässt oder ihr Schicksal teilt. Paul hielt zu ihr, ertrug die Schikanen im Büro, das gleich ums Eck lag, und ließ seine Frau nicht mehr aus den Augen. Er aß jeden Mittag zu Hause, und sie ging nur noch mit ihm aus dem Haus. Sie glaubten, sie würden es überstehen. Aber als er einmal auf Dienstreise geschickt wurde, morgens nach Stettin und abends zurück, verrieten Nachbarn seine Frau. Die SS brach in die Wohnung ein und nahm sie mit. Als Paul Schulze abends nach Hause kam, war seine Frau bereits in einem Zug nach Łódź. Von dort wurde sie nach Sobibor gebracht und ein paar Stunden nach ihrer Ankunft in die Gaskammer geschickt. Was ich nie herausgefunden habe, ist, in welcher Wohnung Edith und Paul gewohnt hatten. Angeblich im ersten Stock, aber dort gibt es zwei Wohnungen. In der einen wohne jetzt ich, in der anderen ein türkisches Pärchen mit Kind. Manchmal liege ich nachts im Bett und stelle mir vor, wie die Wohnung damals aussah. Dieselben Jugendstiltüren und Messingbeschläge, dasselbe Parkett, aber dunkle Tapeten und Teppiche. Und ich frage mich, in wessen Zimmer ich schlafe: Dem von Edith Schulze oder dem der Nachbarn, die sie verraten haben.

Das sind die Bilder in meinem Kopf. Als Joëlle mir erzählte, wie Yasmina in Tunis von der SS aus dem Haus getrieben wurde, ein Mädchen an der Hand ihrer Mutter, sah ich sie vor mir wie einen Film, den ich allzu gut kannte. Ich war nicht dabei, aber ich kann mich erinnern. Meine Scham, meine Wut, meine Trauer. Doch als Elias mir von der Flucht und Vertreibung seiner Mutter erzählte, hatte ich keinen Rahmen für seine Bilder parat. Sie hängen ungeordnet in meinem Kopf, suchen nach einem Platz und finden keinen.

Sicher, ich kenne die Nachrichtenbilder, auch wenn ich nie dort gewesen bin: Der Felsendom, die Klagemauer, der Phosphorhimmel über Gaza und die Kinder im Bunker. Niemanden lässt das Land kalt, das Joëlle Israel und Elias Palästina nennt. Vielleicht, weil die Bibel das meistverkaufte Buch der Welt ist. Vielleicht, weil das heilige, unheilige Land ein politisches Epizentrum ist. Wenn Jerusalem brennt, brennt auch Kreuzberg.

Was wusste ich über all das, bevor ich Elias und Joëlle begegnet bin? Wir sangen *Shalom Alechem* im Musikunterricht, aber es gab keine Juden in meiner Klasse. Es gab nur Denkmäler. Paul Celan und Anne Frank, die Gespräche schwer und staatstragend. Die einzigen Palästinenser, die mein Leben kreuzen, sind ein Falafelverkäufer am Kotti, dessen Namen ich nicht kenne, und ein Haufen Demonstranten, die durch den Kiez ziehen, wenn es wieder Zoff in Gaza gibt. Wut und Parolen, wir sitzen daneben und trinken Aperol Spritz. Dann hat auf einmal jeder eine Meinung dazu, auch wenn er keine Ahnung hat. Je weniger Ahnung, desto mehr Meinung. Meine war bis jetzt, dass ich mich am besten raushalte, wenn die dort unten sich die Köpfe einschlagen. Vor allem als Deutsche.

Aber Meinungen sind wie Mauern. Sie ordnen, schützen, versprechen eine sichere Burg in einer unübersichtlichen Welt. Wehe, wenn wir Türen öffnen. Es gibt einen Grund, warum wir es nicht länger als ein paar Sekunden aushalten, Blickkontakt zu halten. Zuhören, wirklich zuhören, gefährdet die eigene Meinung. Als Archäologin lernst du, vorgefassten Meinungen zu misstrauen, selbst den eigenen. Du willst erstmal in Ruhe ausgraben. Artefakte analysieren. Mit der Literatur vergleichen. Hypothesen gegeneinander abwägen. Die Geschichte finden, bevor du sie erzählst. Ideologen erzählen zuerst ihre Geschichte und suchen sich dann die passenden Fakten aus. Die anderen, unpassenden, ignorieren sie. Dabei ist das der beste Teil meiner Arbeit: Das *eine* Fundstück entdecken, das alle anderen in einem neuen Licht erscheinen lässt.

Wie lange habe ich Elias in die Augen gesehen? Die Dissonanz unserer Bilder war so unerträglich, dass ich am liebsten aufgestanden wäre. Stattdessen blieb ich sitzen und dachte über die Subjektivität mündlicher Überlieferungen nach. Kann Erinnerung je objektiv sein? Oder ist nicht jede Vergangenheit eine Konstruktion der Gegenwart? Meine Gedanken, ein Fluchtreflex. Aber dann, die Risse in der gläsernen Mauer zwischen mir und Elias. Brüche, die aus Empathie entstehen. Seine Welt, durch meine Augen gesehen. Am Ende sind wir, ob wir es wollen oder nicht, Verwandte.

»Ist es wahr, was er sagt?«, frage ich Joëlle.

»Du warst nie im Krieg, oder?«

»Nein.«

»Im Krieg gibt es keine Guten und Bösen mehr. Jeder folgt nur seinem Instinkt, zu überleben. Entweder du wirst getötet oder du tötest zuerst.«

Joëlle trinkt ihr Rotweinglas aus, schenkt nach, stößt mit mir an.

»Le chaim!«

Ihr Lächeln kann die Melancholie in ihren Augen nicht vertuschen. Mein Blick weicht dem ihren aus und bleibt auf ihren Händen ruhen. Feine, entschlossene Hände.

»Wie hast *du* diesen Krieg erlebt?«, frage ich sie.

»Der Krieg«, sagt Joëlle, »war ein Mann, der in unserer Küche saß. Er trug kurze Khakihosen, Stiefel und braune Strümpfe. Sein Gewehr lag auf dem Tisch. Er war schön.«

16

HAIFA

Nur derjenige, der von uns gegangen ist,
ist derjenige, der zu uns gehört.

Jorge Luis Borges

Dass ein Soldat so verwundbar sein kann. Joëlle sah staunend zu, wie ihre Mutter im Schein der Küchenlampe den Mann verarztete, den sie gerade auf der Straße geschlagen hatte wie eine Verrückte, bevor Papà sie weggerissen hatte. Von der Jaffa Road drang immer noch Musik herauf. Yasmina tupfte seine blutige Augenbraue mit Alkohol ab, der Soldat hielt still. Joëlle stand in der Tür. In ihrem Rücken spürte sie Papàs Beine, was ihr Sicherheit gab.

»Das ist Onkel Victor«, sagte Yasmina, als Joëlle fragte, warum sie den Mann geschlagen hatte. Als wäre das eine Erklärung. Der scharfe, verletzte Tonfall ließ sie spüren, dass sie nicht weiter fragen durfte. Joëlle hatte ihre Mutter noch nie so aufgewühlt erlebt. Wie ohne Haut. Und sie verstand nicht, warum der Soldat sie so anstarrte, während Yasmina das Blut aus seinem Gesicht wischte.

»Du gehörst schon längst ins Bett«, sagte Yasmina, und Maurice führte Joëlle zu ihrem Zimmer. Niemand sagte ihr, dass sie dem Onkel Gute Nacht sagen sollte, und auch der Onkel sagte nicht Gute Nacht. Er starrte nur.

Maurice sang ein Schlaflied. *Dormi bambina mia.* Als er aufstand, aus dem Zimmer ging und die Tür schloss, öffnete Joëlle die Augen. Sie schob die Decke weg und stand leise auf. Sie legte ihr Ohr an die Tür, aber konnte nicht hören, was die Erwachsenen sagten, weil sie das Radio aufdrehten.

In der Küche schwiegen sie. Was auch immer zwischen ihnen stand, konnte nicht schwerer wiegen als das, was Radio Kol Jisrael verkündete: *Die Araber greifen unseren jungen Staat an. Alle jüdischen Männer im wehrfähigen Alter sind verpflichtet, sich im lokalen Büro der Hagana zu melden. Dies ist unsere Schicksalsstunde.* Es war der frühe Morgen des 15. Mai 1948.

»Jetzt weißt du, warum ich verschwinden musste«, sagte Victor zu Yasmina. »Das hier ist wichtiger als wir beide.«

Er ging zum Fenster und blickte nach draußen. Auf der Jaffa Road verstummte die Musik. Victor wandte sich schnell um, seine Muskeln angespannt wie ein Tier vor dem Sprung.

»Es ist die größte Geschichte seit der Bibel. Um unser Volk zu retten, haben wir es übers Meer gebracht. Und jetzt, nur drei Jahre nach der Shoah, steht das alles auf dem Spiel. Heute tanzen die Menschen. Aber morgen bricht die Hölle los. Die Araber haben mehr Soldaten. Und britische Waffen. Wenn sie uns besiegen, löst sich unser Traum im Meer der Geschichte auf. Es wird keine jüdische Nation geben. Willst du das?«

Yasmina blieb unbeeindruckt. »Ich bin ein Teil davon, spar dir das Pathos. Ich weiß, wer du wirklich bist, *Avigdor*. Du hast dich immer mehr für die Frauen interessiert als für dein Volk.«

»Die Nazis hätten mich fast ermordet!«

»Seit du verschwunden bist, habe ich alles gesehen, Victor. Die Überlebenden in den Camps, auf den Schiffen. Es gab echte Helden, und solche, die ihre Liebsten im Stich gelassen haben, nur um die eigene Haut zu retten.«

»Denkst du wirklich, ich hätte nur an mich gedacht? Glaubst du, die Welt dreht sich nur um dich? Weißt du, wie viele ich rüber geschmuggelt habe? Männer, Frauen, Kinder?«

»Und dein eigenes Kind? Kennst du überhaupt ihren Namen?«

Maurice spürte, dass die beiden kurz davor waren, sich an die Gurgel zu gehen. Er bedeutete Yasmina, sich zu beruhigen.

»Das wenigste«, sagte er zu Victor, »was du deiner Familie geschuldet hättest, wäre die Wahrheit gewesen. Yasmina hat sich fast umgebracht, als sie gehört hat, du wärst ertrunken.«

Victor schwieg. Vielleicht, dachte Maurice, bereute er es heute. Vielleicht konnte er sie um Verzeihung bitten. Wenigstens dafür. Aber Victor schwieg. Und Yasmina, die nicht damit rechnete, dass er sich entschuldigen würde, verschränkte die Arme vor der Brust. Der Radiosprecher nannte die Anzahl der ägyptischen Truppen und Panzer, die im Süden die Grenze überschritten hatten. Victor ging auf Yasmina zu. Er blieb vor ihr stehen, ganz nah, fast berührte er sie, dann lief er unruhig im Raum umher wie ein Tiger im Käfig.

»Ich hab dir die Chance gegeben, mich zu vergessen. Die Schande abzustreifen. Neu anzufangen.«

»Victor, du verstehst nicht. Ich bitte dich nicht, zurückzukommen. Ich brauche dich nicht. Unser Kind braucht dich nicht.«

Ihre Schläge hatte er erwartet, aber nicht ihre Kälte.

»Was willst du?«

»Ich will dich nie wiedersehen.«

Sie hob das Gewehr vom Tisch auf und drückte es ihm gegen die Brust. Er nahm es, warf einen Blick zu Maurice, nickte und ging aus der Küche. Das Radio spielte die haTikwa. Einmal noch drehte er sich um.

»Passt auf euch auf.«

Yasmina wartete ungerührt, bis er leise die Wohnungstür hinter sich zuzog. Maurice sah sie stumm an.

»Ich hoffe, er stirbt«, sagte sie und ging zur Spüle, um die Teller abzuwaschen.

Unten am Hafen luden sie Lastwagen und Munitionskisten aus den Schiffen. Hunderte Soldaten packten ihre Rucksäcke und stiegen auf die Ladeflächen. Alles geschah eilig und improvisiert, aber in einer ungewöhnlich ruhigen, fast feierlichen Entschlossenheit. Jeder wusste, dass es jetzt ums Ganze ging, und jeder war bereit, alles dafür zu geben. Über dem Mount Carmel ging die Sonne auf. Maurice lief über den Quai und fand Victor am Rande des Geschehens; ein Mann, der einen letzten Moment lang allein sein wollte. Er war überrascht, Maurice zu sehen. Er musste getrunken haben; seine Augen waren rot und geschwollen. Ihn so verletzt zu sehen, gab Maurice einen Stich ins Herz.

»Das war kein anständiger Abschied gestern«, sagte Maurice atemlos.

Victor warf seine Zigarette weg und schulterte seinen Rucksack. Maurice fasste ihn am Arm.

»Warte.«

»Was willst du?«

»Wer außer dir weiß, wer ich bin?«

Victor lächelte ihn sarkastisch an, als könnte er Gedanken lesen.

»Du willst wissen, was sie mit dir machen, falls ich nicht zurück komme?«

»Ich muss wissen, ob ich hier eine Zukunft habe. Ob das auch mein Land ist.«

»Du hast eine Frau, ein Kind, eine Wohnung. Was willst du mehr?«

»Avi!« Der Kommandant rief nach ihm. Victor winkte ihm zu und zog ein paar zerknitterte Geldscheine aus der Hosentasche.

»Braucht die Kleine irgendwas? Kleider, Spielsachen, Schulhefte?«

Maurice gab ihm mit einem Blick zu verstehen, dass die Geste ihn beleidigte. Victor verstand und steckte das Geld wieder ein.

»Spricht sie Hebräisch?«

»Sie lernt schnell.«

»Ihr solltet sie Yael nennen.«

Sie schwiegen sich an.

»Adieu, Maurice.«

»Victor. Wer weiß noch von mir?«

»Hör zu, *mon ami.* Ob ich zurückkomme oder nicht – sag der Kleinen nicht, wer ich bin, ja? Wenn sie es erfährt und Fragen stellt, würde Yasmina dafür sorgen, dass sie mich hasst. Verstanden?«

Maurice nickte.

»Versprochen.«

Victor umarmte ihn. Bevor er ihn losließ, sagte er ihm leise in sein Ohr:

»Und wenn du meinem Kind ein Haar krümmst, töte ich dich.«

Maurice zuckte zusammen. Victor grinste und klopfte ihm auf den Rücken.

»Die Deutschen. Haben keinen Humor, was?«

Dann ging er zu seiner Einheit und sprang auf den anfahrenden Lastwagen. Er drehte sich nicht um, und Maurice blieb allein im Qualm der Dieselmotoren zurück.

»Signor Sarfati?«

Eine Stimme hinter seinem Rücken riss Maurice aus seinen Gedanken. Er wandte sich um und sah einen kleinen, aber stämmigen Mann. Er hatte weiße Haare, dunkle Augen und einen griechischen Akzent.

»Shalom. Jacky.«

Er reichte Maurice seine kräftige Hand, als würde er ihn schon lange kennen.

»Avi sagte, du arbeitest jetzt für uns.«

Am Abend des ersten Kriegstags, als der Shabbat zu Ende ging, brachte Maurice ein großes Paket mit nach Hause und sagte: »Ich habe Arbeit.« Eine richtige, mit Vertrag und monatlichem Lohn. Dann packte er das Paket aus und stellte Dosen mit Corned Beef, Schokolade und Zwieback auf den Tisch. »Schönen Gruß von King George.«

Joëlle dachte erst, er meinte den Soldaten von letzter Nacht. »Nein«, sagte Maurice und erklärte ihr, dass King George der König von England war. Seine Soldaten hätten ein paar Sachen vergessen, im Hafen, wo er jetzt arbeite.

Sie hätte gern gewusst, ob Onkel Victor auch ein Soldat von King George war, aber über den, das begriff sie schnell, durfte man nicht mehr reden, weil Yasmina das nicht mochte.

»Onkel Victor kämpft für uns«, war alles, was sie ihr sagten. Die Antwort verwirrte sie, denn wenn er einer von uns war, warum behandelten sie ihn dann, als gehörte er nicht zu uns?

»Musst du auch kämpfen, Papà?«

»Nein«, sagte Maurice.

Eine Frage, die sie später, als Erwachsene, von vielen Kindern hören würde, stellte sie nicht: *warum* ihre Leute Krieg führten. Für Joëlle, die im Krieg geboren war und inmitten von Kriegsgeschichten aufwuchs, war es einfach der Zustand der Welt. Die Deutschen, die Araber und King George, alle hatten sich gegen die Juden verschworen. Krieg führen hieß leben. Wer nicht kämpfte, würde sterben. Die Jaffa Road erschien Joëlle wie das Schiff, in dem sie gekommen waren: eine kleine Insel in einem unheimlichen Meer. Zerbrechlich und wunderbar.

Dieser Krieg, das waren die Namen von Orten, die sie nicht kannte, aber über die alle sprachen. Bab El Wad. Latrun. Und immer wieder: Yerushalayim. Namen, die zu Legenden wurden. Was von ihnen in Joëlles Gedächtnis haften blieb, waren Bilder, die sie bis in ihre Träume verfolgten. Wenn sie im Bett lag, vermischten sich die Nachrichten vom Krieg – immer lief das

Radio zum Abendessen – mit dem Bild von Onkel Victor. Er verteidigte einen Kibbuz gegen die Araber. Er saß mit seinem Gewehr in einem Lastwagen, der Medikamente ins belagerte Jerusalem brachte und unterwegs von Arabern angegriffen wurde. Sie sah, wie er auf einen Araber feuerte, der im Lauf zusammenbrach. Dann sah sie ihn auf der alten Mauer von Jerusalem stehen, um das jüdische Viertel zu beschützen. Doch die Araber gewannen, und die Juden mussten mit Tränen in den Augen die Altstadt verlassen. Die Araber zerstörten ihre Häuser und Synagogen. Wo war Victor, warum hatte er es nicht verhindert? Das war der Moment, als Joëlle schweißgebadet aufwachte und in den Sekunden zwischen Traum und Wirklichkeit fürchtete, die Araber kämen auch nach Haifa, in die Jaffa Road, in ihr Zimmer.

Sie sahen immer gleich aus, in ihren Träumen, die *aravim.* Sie trugen eine schwarzweiße Kafiya und ein Gewehr und sie töteten Juden. Joëlle kannte keinen Unterschied zwischen den Palästinensern, Syrern oder Ägyptern, zwischen Zivilisten und Soldaten, sie hießen alle gleich, *aravim*, und allein das Wort jagte ihr einen Schauer über den Rücken. Gesehen hatte sie noch keinen von ihnen, und sie erinnerte sich nicht mehr an die ersten zwei Jahre ihres Lebens, als sie in Piccola Sicilia noch mit arabischen Kindern auf der Straße gespielt hatte. Am Ufer desselben Meeres, in einer anderen Welt. Es war, als hätte die Reise sie von den Wurzeln abgeschnitten, die ihre Mutter hinter sich lassen wollte.

Man sagt, der Krieg brächte das Schlechteste im Menschen hervor. In der Jaffa Road war es anders. Er brachte die Menschen zusammen. Jeden Tag kamen mehr Einwanderer vom Hafen herauf, jetzt, da der junge Staat seine Tore für die Juden aus aller Welt weit öffnete. Die Einwandererschiffe waren nun nicht mehr illegal. Und in den Straßen liefen jetzt Beamte mit Listen herum, die jede verlassene Wohnung inspizierten und mit dem Zollstock vermaßen. Haus für Haus füllte sich die Jaffa Road mit Leben, einem fast normalen. Abel Maksudov war der Bäcker. Ein stämmiger Bär mit grauen Rückenhaaren, die aus seinem Unterhemd herauswucherten. Er trug nie ein Hemd, weder auf der Straße noch in seinem Laden, er mochte die Kinder, und er buk Sesamkringel und Zimtschnecken nach einem Rezept aus Taschkent. Am Tag seiner Ankunft – er kam allein und sagte nie, wo seine Frau und Kinder waren – war er in die leere Bäckerei gegangen, deren Tür offenstand, und hatte aufgeräumt. Im Lager fand er Mehl und Zucker. Auf dem Markt in HaCarmel kaufte er Eier und Gewürze, dann setzte er einen Teig an, heizte den Ofen, und am nächsten Morgen erfüllte der Duft von Sesamkringeln die Jaffa Road. Abel Maksudov blieb dort, für den Rest seines Lebens.

Der Friseur, das war eine andere Geschichte. Er hatte Schafe geschoren, in Weißrussland, als Schäfer. Er kam mit nur einem Paar Schuhe an, und die waren zerschlissen von der langen Reise. So lernte er Jaschek, den Schuster aus Breslau kennen, und weil Jaschek immer klamm war, ließ er sich von Leonid, dem Schäfer, die Haare schneiden. Leonid, der sich inzwischen Leon nannte, verlangte kein Geld dafür, und zum Dank erzählte Jaschek überall herum, wie klug dieser Leon Haare schneiden konnte – er benutzte tatsächlich das Wort »klug«, als sei Haareschneiden eine philosophische Disziplin. Bald schauten andere Nachbarn in Leons kleiner Wohnung vorbei, und alle kamen zufrieden wieder heraus. »Ein feijner Mensch«, sagten sie, und tatsächlich schätzten sie ihn, weil Leon bei der Arbeit zu schweigen wusste. Die einen freuten sich, dass endlich mal einer zuhörte, ohne zu widersprechen. Die anderen genossen es, in seiner Gegenwart endlich schweigen zu können, gemeinsam, nur begleitet von dem Schnippen seiner Schere. Irgendwo fand Leon ein paar Friseurstühle – es muss bei der Versteigerung am

Hafen gewesen sein –, und bald zog er in einen winzigen Laden am Eck, der mal eine Schneiderei gewesen war. Er stellte die Stühle hinein, hängte einen Spiegel an die Wand und war von nun an Leon, der Frisirer.

In der Jaffa Road waren Berufe nicht etwas, worauf man sich vorbereitete, sondern etwas, das man zufällig fand, wie eine Münze auf dem Pflaster oder ein gebrauchtes Kleid auf dem Flohmarkt. Man probierte es an, und wenn es nur zur Hälfte passte, schnitt man es sich zurecht. Alle lebten in gebrauchten Kleidern, die ganze Straße war ein gebrauchtes Kleid, und nur manchmal dachten ihre neuen Bewohner daran, wem es früher gehört hatte. Meistens aber fehlte die Zeit für solche Gedanken, denn die Zeit des Krieges war eine Zeit der Tat. Joëlle spielte mit den anderen Kindern in den leeren Häusern. Manchmal fanden sie ein altes Gewehr oder eine Handgranate, die nicht explodiert war, und spielten damit Krieg. Juden gegen Araber. Weil sie dunkler war als die anderen, musste sie immer Araber spielen. Jeden Tag erweiterten sie ihr Revier, entdeckten die Kapelle, vor der Sperrmüll gestapelt wurde, aus dem sie nutzlose Dinge klauten, gingen ins Kino, in dem Disneyfilme liefen und brachen in das deutsche Pilgerhospiz ein, dessen Tür und Fensterläden verschlossen waren, weil man die Deutschen weggeschickt hatte. Hinter dem Busbahnhof gab es einen Friedhof mit deutschen Namen, die komisch klangen. Rüdiger, Heinz, Adolf. Und dahinter endete die Stadt. Wer ein schnelles Auto hatte, sagte jemand, käme in einer Stunde zu einem Ort namens Jaffa. Wo die Orangen herkamen.

Maurice war froh, endlich eine feste Arbeit zu haben. Jacky, der Grieche, führte ihn zur Lagerhalle am Pier und stellte ihn seinen Kumpels vor. Die Hafenarbeiter waren kräftige Kerle, die untereinander eine Mischung aus Ladino und Griechisch sprachen, während sie sich mit Maurice in einem gebrochenen Hebräisch unterhielten. Warum die Hagana ihnen einen schlanken, zurückhaltenden Mann mit den Händen eines Feinmechanikers zugeteilt hatte, verstanden sie nicht. Einer schnauzte ihn erstmal an. Maul halten, blaffte Jacky. Das sei ein Freund von Avi. Dann war Ruhe. Avi war ein Held. Sie machten sich an die Arbeit. Die Kräne hoben die Kisten aus den Schiffen, und die Hafenarbeiter trugen sie auf ihren breiten Schultern in die Lagerhalle. Sie sangen bei der Arbeit, im Rhythmus ihrer Körper, die zu einem gemeinsamen Körper wurden, wenn die Kisten von einem zum anderen wanderten. Maurice fühlte sich wie ein unvorbereitet eingewechselter Fußballspieler – in einem Handballturnier.

»Geh rüber in die Halle, wir kommen schon klar«, sagten sie, oder: »Hilf den Jungs am Schiff, hier stehst du nur im Weg!«

In den Pausen teilten sie ihr Essen mit ihm und fragten ihn nach seiner Herkunft.

»Italia, aha. Von wo?«

»Das ist eine lange Geschichte. Wir waren im *Displaced Persons Camp* von Rom.«

Niemand wollte lange Geschichten hören. Lieber stellten sie kurze Fragen.

»Wie heißt deine Familie?«

»Sarfati.«

»Wie die Geliebte von Mussolini?«

»Die hieß Sarfati?«

»Die war Jüdin. Wusstest du das nicht?«

»Nein.«

»Was hast du gemacht in Italien? Geschlafen?«

»Ich ... bin Fotograf.«

»Ah.«

Damit hörten die Fragen auf. Woher einer kam und was er konnte – mehr zählte nicht im Hafen. Hauptsache, er hatte Muskeln. Und damit sie nicht weiter bohrten, fragte Maurice zurück: Woher sie kamen. Aus Saloniki, sagten sie. Jacky, der eigentlich Iakovos Kazansky hieß, sprach gut Italienisch, denn seine Familie war von Griechenland nach Italien geflohen. Bevor die SS fünfzigtausend Juden aus Saloniki deportierte, nach Auschwitz und Bergen-Belsen. Sie hatten Unterschlupf in einem Hotel am Lago Maggiore gefunden, das einem türkischen Juden gehörte. Bis die SS sie entdeckte. Jacky hatte Glück, an dem Tag mit einem Freund beim Fischen gewesen zu sein. Als er zurückkam, hatte die SS das Hotel umstellt. Seine Frau war drin. Seine beiden Kinder. Der italienische Freund, mit dem er fischen war, konnte ihn mit Mühe davon abhalten, ins Hotel zu laufen. Er versteckte ihn in seinem Haus. Jacky konnte einen Brief ins Hotel schmuggeln. *Keine Angst, wir holen euch raus.* Er bekam einen heimlichen Brief von seiner Frau zurück. *Mach dir keine Sorgen. Komm nicht her. Es geht uns gut.* Ein paar Tage später sah er Leichen auf dem See treiben. Sie hatten alle jüdischen Hotelgäste erschossen.

»An die Arbeit, Jungs, was sitzt ihr hier so faul rum!«

Jacky stand auf. Die Männer gingen hinaus in die Mittagshitze, zum Schiff. Maurice räumte den Tisch ab und spülte das Geschirr. Er fragte sich, was Victor im Sinn gehabt hatte, als er ihn Jacky und seinen Männern überantwortete. War es nur, weil er wollte, dass Yasmina und Joëlle versorgt waren, oder war es, damit er diese Geschichten hörte. Um daran erinnert zu werden, wer er einmal war. Ein Deutscher in Uniform. Ein Goy. Diesen Makel würde er nie loswerden, egal, wie viel Gutes er tat. Wenn sie rausfänden, wer er war, würden sie ihn umbringen, dachte er. Und niemand würde es ihnen verübeln. Kürzlich hatte er in der Zeitung gelesen, dass irgendein Verrückter vorhatte, sechs Millionen Deutsche zu töten. Der Gerechtigkeit wegen. Wollte Victor ihm auf subtile Art mitteilen, dass er sein Leben in der Hand hielt? Nachts holten ihn die Bilder ein, die er nach Kriegsende im Kino gesehen hatte. Die Berge von Schuhen, von Brillen und von menschlichem Haar. Die Schande, die Scham, die unverzeihliche Schuld. In Kriegszeiten teilten die Menschen die Welt in zwei Lager auf: Freunde und Feinde. Jemand wie er war nicht vorgesehen. Und obwohl er doch nichts anderes wollte als alle, eine Heimat für sich und seine Liebsten, fühlte er sich wie ein Scharlatan. Er hatte niemanden getötet. Aber er hatte auch niemanden in der Shoah verloren. Niemanden, außer seinem alten Ich.

Also machte er sich nützlich. Er reihte sich ein. Er packte zu. Sein Rücken schmerzte, seine Muskeln brannten, mittags wurde er fast ohnmächtig unter der Sonne. Langsam begriff er die Gesetze des Hafens. Jackys Männer standen zwar auf der Gehaltsliste des Hafenmeisters, waren aber Mitglieder der Hagana und der regulären Armee, die aus ihr hervorging. Die Schiffe, die sie entluden, lagen gegenüber vom Pier, wo die Passagierschiffe anlegten. Dort die Menschen, hier die Waffen. Die Menschen kamen mit einem Namen, den sie bei der Einreise änderten – Fritz wurde zu Efraim, Anna wurde zu Anat –, und auf den Waffenkisten stand *»Fresh Fruit«* oder *»Agricultural Factory«*. Tatsächlich waren es Munition, Gewehre und Panzer. Ganze Flugzeuge, in Teile zerlegt. Die Emissäre der Jewish Agency durchkämmten Europas und Amerikas Schrottplätze, Lager und Fabriken nach den Überresten des Weltkriegs. Das Material war billig; viel Angebot, wenig Nachfrage. Ein Sherman-Panzer wurde für 8000 Dollar verscherbelt; 15 000 kostete ein viermotoriger B-17-Bomber. Für 125 000 gab es einen ganzen Flugzeugträger. Von Bratislava bis Panama wurden Scheinfirmen angelegt, die das Kriegsgerät übers Mittelmeer schmuggelten. Das Einwanderungsnetzwerk, das Victor und seine Freunde mit aufgebaut hatten, war von großem Nutzen. Die Spendenbereitschaft war überwältigend, unter Juden und Christen, die entsetzt waren von den Bildern des Holocaust.

Jacky hatte immer zwei Listen in den Hosentaschen. Links die

Frachtpapiere vom Schiff, rechts die eigene Materialliste. Auf der einen Liste stand so etwas wie: 2 Tonnen Dosentomaten, 30 Pflugscharen oder 5 Traktoren. Auf der anderen: 2 Millionen Patronen 7,92 mm, 500 Gewehre Mauser P-18, 200 leichte Maschinengewehre ZB-34. Zerlegt, gebraucht oder Restware. Zum Teil ursprünglich für die deutsche Wehrmacht produziert. Tag und Nacht luden Jackys Männer die Kisten auf Militärlastwagen. In der ehemals britischen Kaserne wurden sie zusammengesetzt und verteilt. Am meisten verblüffte es Maurice, als er die Silhouette einer Messerschmitt über dem Hafen kreisen sah. Mit Davidstern unter den Flügeln. Was die Rote Armee an Rümpfen und Tragflächen nicht aus den tschechoslowakischen Fabriken abtransportiert hatte, schraubten sie in Prag neu zusammen und schickten es unter neuem Namen nach Israel. Stückpreis 80000 Dollar. Bald schoss ein israelischer Pilot die erste ägyptische Spitfire ab – über dem Strand von Tel Aviv. Wenn Maurice den Lastwagen nachschaute, die mit den Kisten aus dem Hafen rollten, musste er an Victor denken. Ob eine dieser Patronen dort draußen sein Leben retten würde.

Wenn Joëlle fragte, was Papà am Hafen machte, erklärte er ihr, dass ein Krieg aus vielen Teilen bestand, so wie die Radios, die er zerlegte. Es gäbe die sichtbaren und die unsichtbaren Teile. Die sichtbaren würden ohne die unsichtbaren nicht funktionieren. Wenn nur ein kleines Schräubchen fehle, käme keine Musik aus dem Lautsprecher. Seine Arbeit im Hafen sei eine unsichtbare, eine kleine, aber notwendige. Er würde dafür sorgen, dass die Soldaten an der Front alles bekamen, was sie brauchten. Alles, was die Schiffe übers Meer brachten.

Eines Abends, als sie am Küchentisch Makkaroni mit Corned Beef aßen, fragte Maurice Joëlle wie aus heiterem Himmel, ob sie gern ein Geschwisterchen hätte. Jetzt, wo sie eine Wohnung hatten.

»Ja!«, rief Joëlle, aber dann sah sie den scharfen Blick, den Yasmina Maurice zuwarf.

»Jetzt ist das zu gefährlich. Iss deinen Teller leer, es ist spät!«

Als Joëlle im Bett lag, hörte sie ihre Eltern streiten. Yasmina war wütend darüber, dass Maurice vor Joëlle davon gesprochen hatte. Jetzt sei der falsche Zeitpunkt für ein Kind. Sie wüssten nicht einmal, ob sie den Krieg überleben würden. Ob er denn wolle, dass ihr Kind als Waise aufwächst? Maurice erwiderte, sie solle keine Angst haben. Gerade jetzt sei der richtige Zeitpunkt. Er erinnerte sie daran, was sie gesagt habe, als sie mit Joëlle schwanger war: Das Kind sei ihre Antwort auf Hitler.

»Später«, sagte Yasmina. »Wenn der Krieg vorbei ist.«

Der Waffenstillstand im Juni verschaffte allen eine Atempause. Allen, außer den Männern am Hafen. Hier und nirgends anders würde sich dieser Krieg entscheiden. Beide Seiten brachen das Waffenembargo, aber die Israelis brachen es besser. Während die arabischen Staaten meist britische Waffen verwendeten und Großbritannien das Embargo stützte, nutzte Israel seine Verbindungen nach Moskau und Osteuropa. Die klamme Tschechoslowakei verkaufte heimlich Waffen an die zionistische Bewegung – schon vor dem Embargo, und nun ging es mit Hochdruck weiter. Aus Fabriken vor Bratislava wanderten die Kisten über die Donau ins jugoslawische Vukovar, von wo sie via Šibenik nach Haifa verschifft wurden. In den Tagen des Waffenstillstands sah kaum ein Kind aus der Jaffa Road seinen Vater. Alle, die Muskeln hatten, kamen zum Hafen, um Tag und Nacht beim Ausladen zu helfen. Die Stimmung war von einer glühenden Euphorie getragen, die jeden ansteckte und allen das Gefühl gab, ein Gleicher unter Gleichen zu sein. Zusammen waren sie stark, egal, woher sie kamen. Zusammen würden sie siegen.

Die UN schickte Beobachter nach Haifa, Tel Aviv und den Flughafen von Lydda, um das Embargo zu überprüfen. Im Chaos an den Piers und Lagerhäusern schlug die Stunde von Jackys Männern. Maurice war nicht auf die Rolle vorbereitet, die ihm zufiel, und die anderen hätten es ihm nicht zugetraut; aber er hatte ein glückliches Händchen dabei, die Beobachter zu täuschen. Während die UN-Emissäre in Anzug und Krawatte den rauen Kerls aus Saloniki misstrauten, schien es irgendetwas an Maurices ruhiger, seriöser Art zu geben, das ihnen Vertrauen einflößte. Manche Menschen wirkten einfach ehrlich, selbst wenn sie es nicht waren. Und Maurice beherrschte die Kunst, seine Aussagen so zu formulieren, dass er tatsächlich nichts Unwahres sagen musste, indem er sich einfach auf den kleinen, aber wahren Bruchteil des Ganzen konzentrierte. Er hielt die Inspektoren mit Gesprächen über bürokratische Probleme auf, fand auf den Ladepapieren Fehler im Detail, redete so lang über die Liste selbst, bis niemand es mehr für möglich hielt, dass die Tomaten, Pflugscharen und Traktoren nur auf dem Papier existierten. Das Bild überlagerte die Wirklichkeit. Während sie über Additions- und Übersetzungsfehler diskutierten, rollten hinter dem Rücken der Inspektoren die Lastwagen voller Waffen aus dem Hafen. Das war alles, was zählte. Wer weiß, vielleicht *wollten* die Inspektoren auch ein Auge zudrücken, aus Sympathie oder Bestechlichkeit, niemand würde es je erfahren. Am Ende des Krieges würden die Listen des in der Tschechoslowakei gekauften Materirals 24 500 Mauser-Gewehre aufzählen, 10 000 Bajonette, 57 Millionen 7,92 mm-Patronen, 5895 Maschinengewehre, 250 9 mm Zbrojovka-Pistolen, 22 Panzer, 1 Million Antitankgeschosse, 25 Avia-Messerschmitts, 59 Spitfires sowie 4184 Bomben à 2 kg, 2988 Bomben à 10 kg, 146 Bomben à 20 kg und 2614 Bomben à 70 kg. Ohne diese Waffen hätte das junge Israel den Krieg nicht überstanden.

Aber es gab noch etwas Entscheidenderes als die illegale Fracht: Junge Einwanderer, die am Pier gegenüber von den Schiffen stiegen. Viele gingen direkt in ein Trainingslager, und nach ein paar Wochen zogen sie an die Front. Wir sind nicht gekommen, um uns abschlachten zu lassen, sagten sie. Dieses Mal sind wir stärker. Innerhalb kurzer Zeit standen mehr israelische als arabische Soldaten im Feld. Nach zwei Monaten waren es schon doppelt so viele Soldaten wie zu Beginn des Krieges, und ihre Zahl wuchs ständig weiter.

Auch Yasmina wollte ihren Beitrag leisten, so wie jeder in der Jaffa Road. Joëlle erinnert sich noch heute an den Frühlingstag, als ihre Mutter eine Bundfaltenhose, flache Sandalen und eine enge Bluse anzog, sie entschlossen an die Hand nahm und mit ihr zum Rekrutierungsbüro der Armee ging. Es war ein kleiner, verrauchter Raum im Erdgeschoss eines weißen Gebäudes, in dem sich die Menschen drängten. An den Wänden hingen Plakate von Frauen, die so aussahen, wie Yasmina gerne sein wollte: Kurze beige Hosen, Khakiblusen, rotes Kopftuch. Sie ärgerte sich, dass Victor nur ihrem Mann eine Arbeit bei der Armee verschafft hatte. Sie wollte in dieser Schicksalsstunde nicht am Rande stehen. Mit Joëlle an der Hand reihte sie sich in die Schlange der Männer und Frauen ein, die rauchten und die Ägypter verfluchten, die Tel Aviv bombardierten. Ausgerechnet die Erben des Pharaos.

»Geboren?«, fragte die Soldatin hinter dem Pult. Sie sah aus wie die Frauen auf den Plakaten, nur älter. Eine echte Sabra, dachte Joëlle und beneidete sie um ihre Uniform.

»1923.«

Die Soldatin füllte das Formular aus, ohne aufzublicken.

»Wo?«

»Tunis.«

Jetzt sah die Soldatin hoch. Musterte Yasmina von oben bis unten.

»Eine Schwarze«, murmelte einer hinter ihr in der Schlange.

»Ich bin Italienerin.«

»Siehst nicht so aus.«

»Hier ist mein Einwandererausweis. Und mein Pass. Da. Siehst du. *Repubblica d'Italia.*«

Die Soldatin durchblätterte die Dokumente.

»Wir kamen gerade erst an, mein Mann und ich.«

Die Soldatin verscheuchte gelangweilt eine Fliege. Und dann hörte Joëlle ein Wort, das einer der Wartenden in der Schlange hinter ihnen murmelte. Das schlimmste Wort, das man in diesen Tagen benutzen konnte: *Aravit?* Ist sie Araberin?

Joëlle verstand nicht, wer zuerst zu streiten begonnen hatte, die Soldatin, Mamma oder der Mann, und vor allem: Warum? Auf einmal brüllten sie sich Worte an den Kopf, die Joëlle noch nie gehört hatte. Yasmina packte Joëlles Hand und zog sie nach draußen. Sie bebte vor Wut, stolperte und keifte eine Passantin an, die zufällig im Weg stand. Als sie außer Sichtweite waren, setzte Yasmina sich auf einen Randstein, verbarg das Gesicht in den Händen und weinte.

»Was hast du, Mamma?«

Joëlle war verstört. Ihre Mutter war immer stark gewesen auf dem Schiff, in den Camps ... – und jetzt genügte ein Wort, um sie aus der Fassung zu bringen? Noch dazu eines, das nicht stimmte?

»Aber wir sind doch keine *aravim*, oder?«

»Natürlich nicht!«

Yasmina umarmte Joëlle, aber die Tränen hörten nicht auf, ihr übers Gesicht zu laufen. Sie schämte sich, auf offener Straße zu weinen, aber was immer da aus ihrem Inneren herausbrach, war mächtiger als sie.

»Wir sind alle *yehudim*, hörst du? In unserem Staat sind wir alle gleich. Egal, woher wir kommen. Ben Gurion hat das gesagt!«

»Ja, Mamma. Hör auf zu weinen.«

»Mein Schatz. Ich muss dir was erzählen.«

Ihre Stimme wurde fester, was Joëlle beruhigte und zugleich verängstigte. Sie spürte, dass jetzt etwas Ernstes kam.

»Was?«

»Eigentlich wollte ich warten, bis du älter bist. Aber du bist schon groß und tapfer. Als deine Mamma klein war, viel kleiner als du, da hatten ihre Eltern kein Geld mehr. Und damit es ihrer Tochter einmal besser geht, brachten sie sie in ein Waisenhaus. Da ging's ihr gut. Sie hatte immer zu essen. Ein Dach über dem Kopf. Freundinnen. Und eines Tages kam eine Familie ins Waisenhaus. Deine Großeltern. Und Onkel Victor, als er noch klein war. Er wollte eigentlich einen Bruder, zum Fußballspielen, weißt du, aber deine Großeltern suchten mich aus. Weißt du, warum? Weil ich Jüdin bin. Weil sie auch Juden sind. Und seitdem ...«

Ein Schütteln ging durch ihren Körper. Joëlle hielt ihre Hand fest. Sie hatte Angst um ihre Mutter.

»Wir sind eine Familie, verstehst du? Man kann auch eine Familie sein, wenn man nicht blutsverwandt ist, verstehst du? Hauptsache, man hat sich lieb.«

Joëlle verstand das nur zur Hälfte. Sicher, sie wären eine Familie. Aber was bedeutete »blutsverwandt«? Und was hatte das mit dem Streit von vorhin zu tun?

»Opa und Oma, die kamen aus Europa nach Tunis. Überall siedelten Europäer. In Algier, in Tripolis, in Tunis, alle kamen übers Meer, mit den Schiffen. Aber ich ... Siehst du meine dunklen Locken? Siehst du, wie schwarz sie sind? Schwarz wie Pech? Deine Mamma hat kein weißes Blut.«

Joëlle liebte ihren Großvater. Seine zärtliche Art, sie auf den Arm zu nehmen. Sie hatte geweint wie ein Schlosshund, als sie ihn in Rom zurückließen, um auf das Schiff zu steigen. Sie sah ihn immer noch vor sich, wie er ihnen nachwinkte, mit seinen traurigen Augen und weißen Haaren. Und jetzt sollte das nicht mehr ihr Großvater sein?

»Aber Opa und Oma sind Juden?«

»Ja. Dort gab es europäische Juden und tunesische Juden. Die eingeborenen lebten schon seit zweitausend Jahren in Tunesien, verstehst du? Das waren meine leiblichen Eltern. Sie sind keine Araber, aber sie sehen so aus.«

Joëlle war verwirrt.

»Man nennt sie jetzt *Mizrachim.* Die aus dem Osten.«

»Aber Tunesien liegt im Westen!«

»Der Orient ist überall da, wo Araber sind. Weißt du noch, in Piccola Sicilia, der Milchmann, der jeden Morgen die Flasche vors Haus gestellt hat?«

Joëlle erinnerte sich nicht mehr.

»Und Yehuva, im Camp, mit der du gern gespielt hast, weißt du noch?«

Joëlle nickte.

»Ihre Familie ist marokkanisch.«

Joëlle wurde schwindlig. Wie konnte man gleichzeitig Jude und Araber sein?

»Dann bin ich auch ... *aravit*?«, fragte Joëlle.

»Nein. Du bist Jüdin!«, rief Joëlle so laut, dass die Passanten herschauten. Sie senkte ihre Stimme. »In Eretz Israel sind wir alle gleich, verstehst du? Du bist genauso gut wie alle anderen. Denn lang bevor es orientalische und europäische Juden gab, vor vielen, vielen Jahren, haben alle Juden hier gelebt.«

»Hatten die dunkle oder helle Haut?«

»Dunkle. So wie ich.«

»Aber warum waren dann die anderen so gemein zu dir?«

»Weil ... weil ... Mein Gott, das ist doch jetzt egal! Hauptsache, wir kommen zurück. Wir werden wieder eins!«

Joëlle hatte ihre Mutter noch nie so verletzlich und leidenschaftlich zugleich erlebt. Wenn sie über ihr Volk sprach, das

Exil und das Einswerden, meinte sie in Wahrheit sich selbst. Joëlle hielt Yasminas Hand und versuchte, die durcheinander gewirbelte Ordnung in ihrem Inneren wieder zusammenzufügen.

»Aber dann ... ist Onkel Victor gar nicht dein Bruder?«

Auf einmal erstarrte Yasminas Körper. Sie wischte sich die Tränen aus dem Gesicht, klopfte den Staub von ihren Beinen und stand auf.

»Komm, wir gehen. Los, worauf wartest du? Und kein Wort zu Papà, verstehst du?«

Sie redeten nie mehr über das, was Mamma erzählt hatte, und Joëlle wusste nicht, ob Papà davon erfahren hatte. Er sprach es nie an. Einmal, als sie Yasminas Eltern einen Brief nach Tunis schrieben, bemerkte Joëlle nicht die leiseste Andeutung, dass sie nicht ihre leiblichen Großeltern waren. Aber Joëlle begann, ihre Mutter mit anderen Augen wahrzunehmen. Es gibt einen Moment im Leben, wenn man die eigenen Eltern nicht nur als Vater oder Mutter sieht, sondern als die Menschen, die sie sind, und als die Kinder, die sie einmal waren. Meist kommt dieser Moment erst später, wenn man erwachsen wird. Die Eltern verlieren ihren unfehlbaren Glanz, wie Götter, die vom Himmel auf die Erde fallen, und wir erschrecken darüber, wie sehr sie uns gleichen in ihrer Verletzbarkeit. Es ist der Moment einer großen Enttäuschung, die uns erlaubt, neben statt unter ihnen erwachsen zu werden. Wie nie zuvor empfand Joëlle ein starkes Mitgefühl mit ihrer Mutter. Es musste schrecklich sein, von den eigenen Eltern verstoßen zu werden. Wenig war sicher in diesen Tagen, alles änderte sich so schnell; aber für Joëlle blieb die Liebe ihrer Eltern das feste Fundament, das ihr immer Vertrauen ins Leben gab, selbst dann, wenn sie das Vertrauen in die Welt verlor. Sie war das Kind, das von einem hohen Felsen ins Meer sprang, mit einem Stock eine Schlange fing und sich stundenlang auf der Jaffa Road herumtrieb. Sie saß beim Friseur auf dem Wartestuhl und schaute zu, wie die Haare zu Boden fielen, bekam beim Bäcker einen süßen Bagel geschenkt und aß bei den Russen Kreplach und Borschtsch. Alle waren ihre Familie. Alle, bis auf die *aravim*.

Seit dem Tag, als ihre Mutter auf der Straße geweint hatte, übte das Wort *aravim* eine verstörende Faszination auf sie aus. Tatsächlich waren nicht alle Araber fortgegangen. Einige waren noch da. Man redete nicht über sie, und wenn, dann nur hinter vorgehaltener Hand. Einmal, als der Bäcker Joëlle zum Markt schickte, um Zucker zu kaufen, verlief sie sich. In der Allenby Street, hinter den Ruinen, in denen die Kinder Verstecken spielten, sah Joëlle einen Drahtzaun. Er versperrte den Eingang zu einer Seitenstraße. Davor fuhren Autos vorbei, in denen weiße Juden saßen, und dahinter stand eine Frau mit einem Kind an der Hand, die beide dunkle Haut und schwarze Haare hatten. Das Mädchen sah Joëlle direkt ins Gesicht, mit einem Blick, der sie so sehr verwirrte, dass sie schnell weglief. Zwei Straßen weiter fand sie die Jaffa Road wieder.

»Wer ist das?«, fragte sie den Bäcker.

»Aravim.«

Joëlle wagte nicht zu fragen, warum sie eingesperrt waren. Sie dachte nur, dass sie gefährlich sein mussten. Sonst hätte man sie ja nicht eingesperrt. Tatsächlich lag das »Ghetto«, wie die osteuropäischen Einwanderer es nannten, nur zwei Minuten zu Fuß entfernt. Die Juden aus der Jaffa Road gingen dort vorbei, aber niemand überquerte die Straßensperren, die das Viertel, in das alle verbliebenen Araber gebracht wurden, vom Rest der Stadt trennten. Es hieß Wadi Nisnas und ist bis heute einer der wenigen Orte, die ihre arabischen Straßennamen behalten haben. Al-Farabi Street. Hadad Street. Wadi Street. Joëlle erzählte ihren Eltern nichts davon. Sie hätten ihr nur verboten, dorthin zu gehen, und genau das tat sie am nächsten Tag.

Diesmal blieb sie länger stehen, auf dem Gehweg gegenüber. Sie sah Menschen in den Häusern und auf der Straße, die hinter dem Zaun in das Viertel hineinführte. Sie hörte eine Frau weinen und sah Kinder Fußball spielen. Sie ging die Allenby Street entlang und sah, dass die Eingänge zu den Seitenstraßen von Soldaten bewacht wurden. Dahinter mussten Hunderte *aravim* leben, nein, Tausende. Vor den Geschäften erkannte sie kaum ein hebräisches Ladenschild. Sie sah Männer in geflickten Anzügen und Frauen, die ängstlich zu ihr herüberblickten. Wovor fürchteten sie sich? Auf einmal hörte sie die Stimme eines Jungen, der zu ihr herüberrief.

»Shalom!«

Erst jetzt sah sie ihn. Er stand am Zaun des Checkpoints und sah zu ihr hinüber. Offenbar suchte er etwas, das auf die andere Seite gefallen war. Er war etwas älter als sie, hatte schwarze Haare und trug keine Schuhe. Joëlle erstarrte vor Schreck.

»Arabi inti?«

Sie verstand nicht, was er sagte. Vielleicht hielt er sie für eine Araberin.

»Ta'ali«, sagte er, und machte ihr ein Zeichen, über die Straße zu kommen. Er deutete auf einen roten Ball, der auf ihrer Seite des Zauns lag.

»'Attini al kurra!«

Joëlle blieb wie angewurzelt stehen. Dann erschrak sie, weil sie hinter ihrem Rücken eine Stimme hörte. Ein Soldat stand an der Kreuzung und rief ihr auf Hebräisch zu, woher sie komme.

»Aus der Jaffa Road.«

Er kam auf sie zu. Über seiner Schulter hing lässig eine Maschinenpistole. Als der Junge ihn sah, lief er weg.

»Ich bring dich hin, Mädchen«, sagte der Soldat.

Sie schüttelte den Kopf und rannte allein zurück nach Hause.

Nachts, als sie nicht einschlafen konnte, kam ihr eine erschreckende Erkenntnis. Der Junge hatte sie auf Arabisch angesprochen, weil er dachte, sie sei eine von ihnen. Und war es nicht so, dass ihre Mutter ihnen so ähnlich sah, dass man sie in anderen Kleidern für eine Araberin halten könnte? Joëlle stand auf und schlich aus ihrem Zimmer ins Bad. Sie zog den Stuhl, der dort stand, um die Kleider auf ihm abzulegen, vors Waschbecken, stieg darauf und sah in den Spiegel. Hielt ein Auge mit der Hand zu. Dann das andere Auge. Sie zog ihre dunklen Locken gerade und versuchte sich vorzustellen, wie sie mit glatten Haaren aussehen würde. Blond gefärbt, vielleicht. Oder braun, wie Papà. Dann kletterte sie vom Stuhl, schob ihn zurück und schlich wieder ins Bett.

Später, als sie schon eingeschlafen war, wachte sie plötzlich auf, als ein Schuss durch die Jaffa Road hallte. Sie hörte, wie Papà aufstand, ins Wohnzimmer ging und die Balkontür öffnete. Joëlle schlüpfte aus dem Bett und kletterte auf den Schreibtisch, um aus dem Fenster zu schauen. Unten vor dem Bäckerladen sah sie zwei Polizisten und ein Auto, in das sie einen Mann hievten. Er war tot. Dann kam Mamma in ihr Zimmer, erschrak und zog sie schnell vom Fenster weg. Am nächsten Tag ging das Gerücht durch die Straße, dass ein *aravi* eingedrungen sei. Zum Glück sei nichts passiert.

Mamma fand Arbeit im Krankenhaus. Sie brauchen mich, sagte sie zu Papà, und wir brauchen das Geld. Er war einverstanden. Abends erzählte Papà von den Menschen, die von den Schiffen stiegen, und Mamma erzählte von den Verletzten, die von der Front zurückkamen. Die Leerstelle zwischen den unversehrten und den versehrten Körpern, das waren die *aravim.* Nachts träumte Joëlle, dass sie über ihren Stacheldrahtzaun kletterten und an der Wohnungstür klingelten. *Nicht aufmachen*, rief Mamma im Traum, *mach bloß die Tür nicht auf!*

Und dann war der Krieg auf einmal zu Ende. Es war Winter, im Wohnzimmer stand ein Gasofen, und der Radiosprecher erklärte, dass wir gesiegt hatten. In der Jaffa Road gab es Menschen, die vor Freude tanzten, und es gab Menschen, die wussten, dass der Krieg in Wahrheit noch lange nicht vorbei war. Frieden ist mehr als schweigende Waffen.

17

PALERMO

Draußen ist es unheimlich still. Wenn eine Geschichte um vier Uhr nachts abreißt, hinterlässt sie dich schutzlos. Du findest nicht in die Gegenwart zurück, weil die ganze Welt in Dunkelheit versunken ist. Nicht einmal das Meer ist zu hören. Nur ein Hund bellt irgendwo. Mich fröstelt. Joëlle zündet sich die letzte Zigarette aus ihrem Päckchen an. Zwischen ihrer und seiner Geschichte liegt ein Abgrund aus Schweigen. Ich kann mir nicht vorstellen, wie Maurice von der einen auf die andere Seite gelangt ist. Seine beiden Frauen haben dieselbe Zeit durchlebt, nicht weit voneinander entfernt, aber in zwei verschiedenen Wirklichkeiten. Wenn es mir schon schwerfällt, sie in meinem Kopf zur Überschneidung zu bringen, wie konnte Maurice sie in seinem Leben zusammenbringen?

»Was war mit Victor?«, frage ich Joëlle. »Hat er überlebt?«

»Ja.«

»War er in Jaffa? Oder in Lydda?«

»Warum willst du das wissen?«

»Vielleicht sind sie sich begegnet.«

Sie zuckt mit den Schultern und schweigt.

»Die Familie, die vorher in eurer Wohnung gelebt hat ... weißt du ihren Namen?«

»Nein.«

»Kamen sie irgendwann zurück?«

»Ach, *chérie.* Was vorbei ist, ist vorbei.«

Sie steht auf, um sich einen Kaffee zu machen.

Ich spüre ein Unwohlsein im Bauch, wie auf einem schwankenden Schiff. Ich gehe in den Garten, um Luft zu schnappen. Erst langsam wird mir der Grund meiner Übelkeit bewusst. Es ist etwas, das ich von früher kenne. Aus meiner Familie. Wenn meine Großmutter den Fragen nach meinem Großvater ausgewichen ist. Die Abwesenden haben oft mehr Macht als die Anwesenden, denn das Verschwiegene ist oft mächtiger als das Ausgesprochene. Weil man ihm nichts entgegnen kann. Man stochert im Nebel. Sätze wie »Lass doch die alten Geschichten«. Dahinter liegt etwas Dunkles, ungreifbar und unheimlich. Halbwahrheiten, die schlimmer sind als Lügen. Als Kind hat mich dieser Nebel in Taubheit gehüllt. Irgendwann habe ich aufgehört zu fragen. Mich begnügt mit Ungefährem. *Dein Großvater war im Krieg. Nein, er war nicht wirklich ein Nazi. Doch, er war dabei, alle waren irgendwie Nazis.* Später wurde ich selbst wie die Erwachsenen. Richtete mich in bequemen Halbwahrheiten ein. Sah die Welt, wie sie sein sollte, nicht wie sie wirklich war. Verschloss die Augen vor der anderen, dunkleren Seite, bis sie zu verschwinden schien. Ihre Existenz hätte bedeutet, die eigene Geschichte umschreiben zu müssen, und wer will das schon? Nur: Dinge verschwinden nicht, weil niemand sie sehen will. Im Gegenteil, sie mutieren und folgen uns wie ein Schatten. Irgendwann, nachdem meine Großmutter gestorben war, lichtete sich der Nebel in mir, und ich fand die Neugier wieder, die ich als Kind einmal hatte. Ich reiste nach Sizilien und entdeckte die Archäologie. Jeder hat seine Sucht, das ist meine. Es ist keine, an der man selbst verbrennt, sondern eine, die Geduld und Beharrlichkeit erfordert. Schicht um Schicht in der Zeit zurückgehen. Tausende Scherben sortieren. So lange über einem Rätsel sitzen, bis die Toten zu flüstern beginnen.

Über mir rauschen die Palmen, das Mondlicht wirft ihre tanzenden Schatten aufs Gras. Ich ahne, dass die Wahrheit über meinen Großvater weder in Joëlles noch in Elias' Geschichte liegt. Sondern im unerzählten Raum zwischen ihnen. Ich muss das Schweigen zum Sprechen bringen.

Joëlle kommt in den Garten und reicht mir einen Espresso .

»Sprich mit Elias«, sage ich.

»Ach, *chérie.*«

»Soweit ich mich erinnere, gehören Hebräisch und Arabisch zur semitischen Sprachfamilie. Ihr seid Verwandte!«

»Deshalb gehen wir uns ja ständig auf den Senkel.«

»Was hast du zu verlieren?«

Sie antwortet nicht. Schaut auf das Haus. Die geschlossenen Läden im ersten Stock.

»Hübsches Häuschen, nicht wahr?«

»Willst du wirklich darum kämpfen?«

»Ach, mir geht's nicht um die Kohle«, sagt sie. »Ich will mich in Würde von meinem Vater verabschieden. Lass mich von denen doch nicht rumschubsen.«

Sie trinkt ihren Espresso in einem Schluck.

»Hattest du mal ein Haus?«, fragt sie, und fährt fort, ohne meine Antwort abzuwarten. »Ich bin von einer Wohnung zur anderen gezogen, immer zur Miete. Oder Untermiete. Und immer war irgendwas. Abriss, Eigenbedarf, Trennung ... Mieses Wohnungskarma. Die einzige Wohnung, aus der mich keiner rausgeworfen hat, war die meiner Eltern. In der Jaffa Road.«

»Warum lebst du nicht mehr in Haifa?«

»Es stresst. Aber Paris nervt mich auch. Eine Wahrsagerin hat's meiner Mutter prophezeit: *Sie ist ein Glückskind. Aber sie wird kein Haus haben.* Die alte Signora Cucinotta, in Piccola Sicilia. Das war ein guter Ort. Die Leute waren arm, aber sie haben zusammen gefeiert, statt sich die Köpfe einzuschlagen. Wir waren Nachbarn. Freunde. Cousins.«

»Bist du mal wieder hingefahren?«

»*Non, c'est fini.* Kaputt.«

Als ich aufwache, scheint draußen helles Licht. Im ersten Moment weiß ich nicht, wo ich bin. Palermo, Haifa und Jaffa verschmelzen in mir. Im Haus ist es still. Ich rufe nach Joëlle. Nur die Katze antwortet. Ich gebe ihr den letzten Rest aus der Dose und will gerade duschen, als es klingelt. Ich ziehe mir einen Pulli über und gehe zur Tür. Es ist Catalano. Er entschuldigt sich für die Störung und stapft dann ins Wohnzimmer, als wäre er hier zu Hause. Er fragt nach Joëlle und überreicht mir eine Karte.

»Ich habe mir erlaubt, Ihre beiden Namen unter die Angehörigen zu setzen.«

Ich stutze. Es sind Einladungen zur Trauerfeier. In vier Tagen.

»Rechtlich gesehen gehört es nicht zu meinen Aufgaben, aber als Freund der Familie ...«

Ich lese: *Chiesa Santa Maria delle Grazie, Mondello.*

»Aber Joëlle wollte ein jüdisches Begräbnis.«

Catalano sieht mich an, als hätte ich die Madonna beleidigt.

»Er ist Christ!«

»Wussten Sie nicht, dass er zum Judentum konvertiert hat?«

Catalano stutzt.

»Aber ... laut seinen Meldeunterlagen ...«

»Ist Ihnen inzwischen bewusst, dass wir es mit einem Mann zu tun haben, der drei Leben hatte?«

Catalano scheint es immer noch nicht zu begreifen. Weil er es nicht begreifen *will.* Die Welt wäre so einfach, wenn jeder Mensch nur *eine* Identität hätte.

Dann sehe ich auf der Einladung das Wort *cremazione.*

»Wie können Sie eigenmächtig über die Einäscherung entscheiden? Im jüdischen Glauben muss der Leichnam beerdigt werden. Und mein Großvater hat nichts darüber verfügt!«

»Signor Bishara hat das entschieden.«

Eine verzweifelte Wut überkommt mich. Wie konnte Elias uns dabei übergehen?

»Hat die Polizei den Leichnam überhaupt schon freigegeben?«

»*Certo*, Signora.«

Ich muss Joëlle benachrichtigen. Ich bitte Catalano, mich allein zu lassen, und bringe ihn zur Tür. Bevor er geht, bleibt er noch einmal stehen.

»Signora, ich besorge Ihnen gerne ein Hotel. In Ihrem eigenen Interesse ... Laut Gesetz benötigen Sie die Erlaubnis des Eigentümers, hier zu wohnen ...«

»Ich rede mit ihm. Keine Sorge. *Arrivederci.*«

Kaum ist Catalano aus der Türe, rufe ich Joëlle an. Noch bevor ich ihr sagen kann, was passiert ist, fällt sie mir ins Wort.

»*Chérie*, kannst du kommen? Das sind so unverschämte Idioten hier, die behandeln mich wie eine ...«

»Wo bist du?«

»Bei der Polizei.«

Das *Commissariato di Mondello* liegt direkt am Lungomare. Eine braune Liberty-Villa mit grünen Fensterläden, fast ein bisschen putzig; es sieht nach Taschendiebstahl und Einbruch im Ferienhaus aus, nicht nach Mord. Joëlle steht allein im Flur und regt sich auf, dass niemand mehr mit ihr sprechen will. Ganz offensichtlich hat sie sich schon unbeliebt gemacht. Eine nette, aber genervte Assistentin sagt mir, dass ich der Signora aus Paris erklären soll, dass der ermittelnde Commissario beim Mittagessen sei, außerdem habe man der Signora den Sachverhalt ausführlich erläutert.

»Was?«, frage ich.

»Hören Sie, es tut mir leid, ich kannte den Signor Reincke persönlich. Er war ein sehr netter Mann, und niemand hier weiß, warum er es getan hat. Aber so ist das Leben. Wir haben den Tatort genau untersucht; die Indizienlage ist eindeutig. Auf den Fotos ... ich habe sie der Signora gezeigt ... sehen Sie die Waffe rechts neben ihm, den Schusskanal ... der Gerichtsmediziner hat bestätigt, dass die Waffe nah aufgesetzt war. Und an seiner rechten Hand haben wir Schmauchspuren gefunden. Keine Kampfspuren, keine Einbruchspuren. Ein Suizid wie aus dem Bilderbuch. Der Commissario hat gesagt, wir können einen Mord ausschließen.«

Sie wirft Joëlle einen entnervten Blick zu. Joëlle steht verloren im Gang, überzeugt, im Recht zu sein, und sieht mich hilflos an.

»Wann kommt der Commissario zurück?«, frage ich.

»Ich werde ihn bitten, Sie zu kontaktieren.«

»Wir warten hier.«

»Sie stören den Publikumsverkehr, Signora. Ich muss jetzt zurück an die Arbeit.«

»Ach, Sie *arbeiten* hier auch?«

Bevor die Sache eskaliert, nehme ich Joëlle an der Hand und führe sie nach draußen. Joëlle zündet sich im Gehen eine Zigarette an und hört nicht auf, sich zu echauffieren.

»Ich hab nach Tatortfotos gefragt. Nach Fingerabdrücken. Keine Antwort. Die haben weder Zeugen gesucht, noch haben sie gewusst, dass Elias Alleinerbe ist! Wir sind denen nur lästig!«

Sie läuft über die Straße, ohne auf den Verkehr zu achten. Die Menschen auf dem Lungomare drehen sich nach uns um. Es ist mir unangenehm.

»Joëlle, ich hab dich gebeten, mit ihm zu reden. Und du gehst zur Polizei? Er ist immer noch dein Bruder!«

»*Mon dieu, les allemands!* Erst macht ihr die halbe Welt kaputt, dann wollt ihr, dass alle sich liebhaben!«

Ich spüre Wut in mir hochsteigen. Wut und Müdigkeit.

»Hast du das nicht gemerkt, Nina?«, sagt sie. »Die ermitteln nicht. Die haben Papà längst abgehakt!«

»Er ist tot, Joëlle! Akzeptier das!«

Meine laute Stimme erschreckt mich. Joëlle bleibt stehen.

»Ich bin nicht dumm, *chérie.* Aber es gibt Tote und Tote. Das hier war kein friedliches Ende. Und ich bin nicht ruhig, solange seine Seele keine Ruhe findet! *Capisci?*«

»Ja. Sorry.«

Wir atmen durch und nehmen uns in den Arm. Es tut gut.

»A propos …«

Ich zeige ihr die Einladung zum Begräbnis und erwarte, dass sie ausflippt. Aber sie holt nur tief Luft und sagt:

»*Cremazione.*«

»Catalano sagte, auf dem jüdischen Friedhof würden sie ihn nicht akzeptieren.«

»Ob da ein Rebbe steht oder ein Priester, ist mir egal. Aber warum hat er es so eilig mit der Einäscherung? Dann sind alle Spuren beseitigt.«

»Wir können versuchen, das aufzuhalten. Unsere Einwilligung verweigern.«

»Ruf ihn an.«

Ich wähle Elias' Nummer. Zu meiner Überraschung geht er gleich ran. Ich wäre gern höflicher gewesen, aber lasse meine Anspannung an ihm aus. »Warum hast du uns nicht gefragt?«

Er schweigt.

»Wusstest du nicht, dass dein Vater Jude war?«

»Er ging sonntags in die Messe, wie alle hier.«

»Er hat konvertiert.«

Wieder habe ich das Gefühl, wir sprächen von zwei verschiedenen Menschen. Oder drei. Joëlle wirft mir einen fragenden Blick zu.

»Ist der Leichnam schon eingeäschert?«, frage ich.

»Was weiß ich. Macht mit ihm, was ihr wollt.«

Ich bin perplex. Er gibt mir die Adresse des Bestatters, und damit liegt die Sache in meiner Hand.

»Wir bekommen die Leiche, und er die Villa«, sagt Joëlle.

Ich begleite sie zurück ins Haus, damit sie sich ausruhen kann. Dann rufe ich ein Taxi und fahre sofort zu dem Bestattungsinstitut. Ein unscheinbares Büro im Hafenviertel zwischen einem *alimentari* und einem Handyladen. Wir haben Glück. Die Einäscherung ist bestellt, aber noch nicht durchgeführt. Ein technisches Problem. Der Bestatter besteht jedoch auf den Formalitäten; nur Elias als Auftraggeber könne das noch ändern. Ich rufe ihn an, und er verspricht zu kommen. Ich warte. Rufe Joëlle an. Habe Hunger. Nicht einmal meinen Kaffee hatte ich bisher. Elias sieht müde aus, als er hereinkommt, aber er ist höflich, ruhig und unterschreibt alle Formulare, die der Bestatter ihm vorlegt. Ein paar Unterschriften später bin ich viereinhalbtausend Euro leichter und bestelle eine Erdbestattung. Elias macht keinerlei Anstalten, es zu verhindern. Im Gegenteil, er scheint froh darüber, die Sache los zu sein. Nicht wegen des Geldes; er bietet mir sogar an, die Kosten zu übernehmen, was ich ablehne. Er macht nicht den Eindruck, etwas vertuschen zu wollen. Aber er weiß, dass wir ihn verdächtigen. Ich schäme mich für meine Gedanken. Nicht weil ich ihm keinen Mord zutrauen würde. Sondern weil ich mich unerklärlicherweise in seiner Gegenwart entspanne. Er kommt mir verstörend vertraut vor.

»Gehen wir einen Kaffee trinken?«, fragt er, und wir gehen zur nächsten Bar. Setzen uns nach draußen. Die Sonne dringt nicht durch die Straßenschluchten der Mietshäuser. Eine Zeitlang sehen wir den Passanten zu. Es ist Samstag, die Leute tragen Plastiktüten vom Markt, die Werftkräne am Ende der Straße stehen still. Auf einmal sagt er ganz beiläufig:

»Da saß er oft.«

»Wer?«

Er deutet auf meinen Platz. »Dein Großvater. Manchmal kam er rüber, zu Besuch, in meiner Mittagspause. Wir aßen ein *panino*, dann fuhr er wieder zurück.«

Ich stelle mir vor, die Welt mit seinen Augen zu sehen. Diese

Straße, die Sizilianer, sein Sohn. Und ich frage mich, wie Palermo *ihn* gesehen hat.

»Haben die Leute hier nie danach gefragt, was er früher gemacht hat? Ein Deutscher in seinem Alter ... Ob er Nazi war?«

»Das interessiert hier keinen. Er war *il tedesco*, das genügte. Palermo ist großzügig. Und vergesslich.«

»Hat er hier irgendwo gearbeitet?«

»Nein, er war Rentner. Schraubte an seinem Oldtimer rum. Fuhr von Mondello ins Centro, besorgte ein Ersatzteil, trank einen Kaffee, brachte was für die Kinder mit.«

»Das Foto von euch – ist es dasselbe Auto, das in der Garage steht?«

»Ja. Der Citroën SM, das war meine Jugend. Darin hat er mir das Fahren beigebracht.«

Sein Blick schweift in die Ferne, dann sagt er:

»Du kannst ihn haben, wenn du willst.«

»Elias, ich verstehe dich nicht. Du tust so, als wäre dir alles egal. Aber warum hängst du dann an seinem Haus?«

»Wer sagt, dass ich das tue?«

»Wenn es dir nicht wichtig ist, überschreib es an Joëlle, und wir brauchen uns nicht zu streiten. Es bedeutet ihr viel, weißt du?«

»Wo war sie denn, als er hier gelebt hat? Ich hab einen Teil meines Lebens in diesem Haus verbracht. Ich hab mit ihm das Dach repariert und den Rasen gemäht. Ich hab ihn dort gepflegt, als er krank war. Wer ist sie, dass sie aus dem Nichts auftaucht und seine Sachen haben will?«

»Ich tauch ja auch aus dem Nichts auf und will seine Sachen haben.«

Ich grinse ihn an. Er mag meine Frechheit. Grinst zurück.

»Wenn du ihm mal so nah warst, was ist dann passiert zwischen euch?«, frage ich und bereue es im gleichen Moment, weil sein Lächeln verschwindet. Aber dann bohre ich weiter.

»Warum hat er dir nie gesagt, dass er in Israel gelebt hat?«

Mit diesem Wort reißt der Gesprächsfaden ab. Ich suche nach einer Brücke. Ich erzähle ihm, was Joëlle mir erzählt hat. Von Yasmina, Victor und den *aravim.* Anfangs sperrt er sich, doch dann hört er immer neugieriger zu. Will jedes Detail wissen. Was er im Krieg gemacht hat, aber auch, welche Farbe ihr Haus in der Jaffa Road hatte und wie die Hafenarbeiter hießen. Als wäre es nicht die Geschichte seiner Feinde, sondern eine aus der Heimat. Etwas Vertrautes, Intimes.

»Wie lange warst du nicht mehr dort?«, will ich wissen.

»Zu lange. Aber ich chatte oft mit den Verwandten. Weißt du, als ich klein war, hat Moritz mir mal ein Wort beigebracht. Er sagte, es sei ein sehr deutsches Wort, weil man im Deutschen aus zwei Substantiven ein neues machen kann. Aber tatsächlich ist es ein sehr palästinensisches Wort. *Heimweh.*«

Die Art, wie er es ausspricht, mit weichem arabischen Akzent, klingt wie der Name eines fremden Ortes.

»Wo bist du aufgewachsen?«

»Nicht *in* Jaffa, aber *mit* Jaffa. Meine Mutter hat nichts vergessen. Ich kenne alle Geschichten. Welche Nachbarn sich gezankt haben, wer das beste Falafel machte, wie die Straßen hießen. Aber die alten Namen, nicht die von heute.«

»Würdest du lieber in Jaffa leben?«

Er lacht sarkastisch, steht auf und geht nach drinnen, um zu zahlen. Ich bleibe sitzen, und mich fröstelt. Er kommt zurück, und wir sehen uns einen Moment lang an, unschlüssig, beide.

»Ich fahr jetzt nicht nach Hause«, sage ich. »Ich mag keine unfertigen Geschichten.«

»Ich bin müde, Nina. Palästina ist meine *femme fatale*; ich versuche schon ein Leben lang, davon wegzukommen. Und jetzt taucht *ihr* auf.«

Er sieht mich an, wie mich lange kein Mann angesehen hat. Durchdringend und überraschend warm. Dann sagt er:

»Moritz hat dir gefehlt, oder?«

»Ja ... komisch, was? Eigentlich kann man nur etwas vermissen, das man einmal hatte, oder?«

Elias antwortet nicht, aber ich ahne, dass er mich besser versteht, als es scheint. Besser, als jemand mit einer normalen Familie mich verstehen kann. Es ist nicht die Hautfarbe, die Menschen verbindet. Es ist das, was man nicht sieht. Das Tabu, mit dem man aufgewachsen ist. Der Riss in der Familie. Das, was fehlt. Das Foto aus dem Citroën schießt mir durch den Kopf. Die Art, wie seine Mutter aus dem Fenster schaut, weit weg, als hätten sich ihre Gedanken in einer anderen Zeit verloren und würden nicht mehr zurückfinden. Auf dieselbe Art, mit der Elias jetzt mich ansieht. Ich habe auch nur lose Enden in mir, möchte ich ihm antworten, ich bin eine einzige unfertige Geschichte, so wie du. Es braucht seine Hand auf meinem Arm und sein Lächeln, um mich aus meiner Gedankenstarre herauszureißen, und seine Frage, ob ich den Ort sehen möchte, an dem Moritz ihm erzählt hat, ein einziges Mal und dann nie wieder, dass er noch ein anderes Kind hat. Ich sage ja, und erst dann begreife ich, dass er nicht Joëlle meint, sondern meine Mutter.

Lo Spasimo war sein Lieblingsort, sagt Elias. Hier kam er her, um Trost zu finden, an den Tagen, wenn die Erinnerung ihn einholte. Als wir aus dem Auto steigen, sehe ich zuerst nichts als eine alte Steinmauer, eine staubige Straße voller Graffiti und fußballspielende Kinder aller Hautfarben. Schwer, sich vorzustellen, was Moritz hier zu suchen hatte, ein deutscher Rentner zwischen afrikanischen Augen, die ihn anstarren. Ich bin Moritz, einen Moment lang, als Elias mich sanft am Arm nimmt, um mich durch das Portal in der Steinmauer zu führen, in einen verträumten Innenhof, dessen Kühle uns empfängt, als hätte sie auf uns gewartet. Niemand sonst ist hier, nur ein Wächter, der in einem Stuhl vor sich hinzudösen scheint, obwohl seine Blicke uns folgen. Und dann, am anderen Ende des Hofes, der Eingang zur Kirche, oder der schattigen Weite, die einmal eine Kirche war. Meine Augen wandern über die gotischen Bögen nach oben, und da ist nichts als Himmel, eingerahmt von sandfarbenen Mauern, zwischen denen Schwalben fliegen. Ein Baum wächst in die Höhe, ein einsamer Baum, der erst dort beginnt, Blätter zu tragen, wo er die Mauern überragt und seine Äste ins Nichts hinaufstreckt.

Das bin ich, denke ich. Zum ersten Mal auf dieser Reise gibt es keinen Bruch mehr zwischen meiner Innen- und Außenwelt; ich fühle mich gesehen in dem, was ich sehe: Die Wände stehen noch, aber das Dach ist weggebrochen. Der Wind weht durch den Raum; jeder kann durch die offenen Türen hereinspazieren. Und wieder raus.

»Ich war sechzehn oder so, als er mich das erste Mal hierher gebracht hat. Es regnete, und er spannte den Schirm auf. Ich fand es unheimlich. Wie gefällt es dir?«

Ich bin sprachlos. Ich kenne keinen Ort, an dem man sich zugleich so geborgen und schutzlos fühlt. Wir durchqueren das Kirchenschiff, hier und da gehen Touristen, flüsternd, als wäre der Bau noch nicht entweiht. Das erste Foto von uns beiden als Beifang auf ihren Smartphones: Ein Paar, das im Weg steht.

»Und hier hat er dir von uns erzählt?«

»Erst vor ein paar Jahren. Wir kamen wieder hierher, und alles war anders. Als ich jung war, konntest du die Altstadt nicht betreten, ohne ausgeraubt zu werden. Hier drinnen hausten Hunde. Aber jetzt machen sie Konzerte, im Sommer, die ganze Nacht lang. Ein Typ spielte Bach, nur ein Klavier, sonst nichts. Auf einmal fing Maurice an zu weinen. *Was ist*, frag ich ihn, und er sagt: *Nichts*. Und dann steht er auf, mitten im Stück. Verschwindet durch den Hintereingang. Ich folge ihm in den Garten, *was ist los*, und er sagt: *Nichts, verdammt!* Und dann auf einmal, dass er nach Deutschland fahren will, und ich frag ihn warum, und er sagt, dass er alles falsch gemacht hat. Und dann fragt er mich, ob ich mal meine deutsche Schwester kennenlernen will.«

»Wusstest du nicht, dass er noch Familie hat in Deutschland?«

»Doch. Aber er sagte immer: Was vorbei ist, ist vorbei. Wenn ich nachgefragt hab, ging sofort die Tür zu.«

»Und von mir wusste er nichts?«, frage ich.

»Ob du existierst?«

»Ja.«

»Dich hat er nie erwähnt. Seine Tochter, das war alles.«

Das passt, denke ich. Manchmal frage ich mich selbst, wann ich wirklich gelebt habe. Oder nur ein Teil vom Leben der anderen war.

»Ich hab ihn gefragt, ob er Fotos hat. Von meiner deutschen Schwester. Er sagte nein. Stell dir vor, ein Fotograf, der seine eigene Tochter nicht fotografiert hat.«

Was würde meine Mutter jetzt fühlen, wenn sie hier wäre? Kurz bevor sie starb, sagte sie zu mir: *Ich hab die ganze Welt gesehen, aber mein größter Wunsch ist unerfüllt geblieben.*

»Hast du ein Foto von ihr dabei?«, fragt Elias.

»Nein.«

Das ist gelogen. Auf dem Handy habe ich Fotos. Aus dem Krankenhaus. Aber so möchte ich sie ihm nicht zeigen. Sie hätte es nicht gewollt. In ihrer Wohnung hingen immer Fotos von ihr als junge Frau. In Uniform. An den verrücktesten Orten der Welt. So wollte sie in Erinnerung bleiben.

»Ich hab Moritz gelöchert: Wie sie aussieht, was sie beruflich macht ... Er sagte, sie war Stewardess. Stimmt das?«

»Ja.«

»Flog sie auch nach Palermo?«

»Na klar.«

»Als Schüler hab ich mal als Nachtportier in einem Hotel gearbeitet, in den Sommerferien. Da kamen immer die Stewardessen und Piloten vom Flughafen.«

»Auch aus Frankfurt?«

»Von überallher. Als Moritz mir das erzählt hat, viel später, hab ich versucht, mich zu erinnern. Wie sie aussahen, die Deutschen. Ob sie dabei gewesen war.«

Ich stelle mir vor: Meine Mutter in ihrer blauen Uniform, spätnachts in Palermo, überdreht und müde, füllt den Meldeschein aus und wirft einen kurzen Blick auf den Nachtportier, hübscher Araber, leider zu jung, gibt ihm den Pass und geht in die Bar, mit den Mädels, der Käpt'n gibt einen aus, und nebenan sitzt ihr Halbbruder.

»Hast du mit den Crews geredet?«

Er schüttelt den Kopf.

»Und, wie hast du sie dir vorgestellt?«

»So wie dich.«

Er lächelt mich ironisch an. Es macht mich verlegen.

»Sie ist ein ganz anderer Typ«, sage ich und gehe ein paar Schritte, um von mir abzulenken, weil ich ungern im Mittelpunkt stehe. Doch in diesem aufgerissenen Raum kann man sich nirgends verstecken.

»Wusste deine Mutter«, fragt Elias, »dass ihr Vater in Palermo lebt?«

»Wir wussten nicht mal, dass er überhaupt lebt.«

»Aber ...«

»*Er ist verschollen. In der Wüste.* Das war der Satz, der jede Diskussion beendete. Meine Großmutter hat ihm nie verziehen, dass er nicht zurückkam. Für sie war das ein Verrat.«

»Hat deine Mutter nie nach ihm gesucht?«

»Sie hatte diese heimliche Obsession. Dass er noch lebt, irgendwo. Nach außen tat sie immer, als wär ihr das egal. Wozu braucht man einen Vater. Aber das stimmte natürlich nicht.«

Elias schweigt. Es ist kein gleichgültiges, sondern ein mitfühlendes Schweigen.

»Ich hätte sie gerne kennengelernt«, sagt er. »Wann ist sie gestorben?«

»Nicht lange her.«

»Hast du Geschwister?«

»Nein.«

»Kinder?«

»Nein.«

Er staunt. Ich grinse ironisch und setze noch einen drauf: »Und frisch geschieden.«

»Beneidenswert«, sagt er und lächelt mich ironisch an.

»Was hat er noch über uns gesagt?«, frage ich.

»Dass ihr nichts mehr mit ihm zu tun haben wollt.«

»Aber das ist gelogen!«

»Was war *nicht* gelogen?«, fragt er, ohne eine Antwort zu erwarten. Ich muss mich irgendwo festhalten.

»Wo war das? Euer Gespräch?«

Steine, umgeworfene Säulen, überwucherte Kapitelle, achtlos auf der Wiese verstreut. Der Klostergarten hinter der Kirche ist wie die ganze Stadt, ein Geheimnis hinter einem Geheimnis, und darüber spielen Kinder.

»Hier saßen wir.«

Er zeigt auf einen Mauerrest. Wir setzen uns auf dieselben Steine. Mein Blick schweift in den Himmel. Alles ist friedlich.

»Hast du ein Foto von *deiner* Mutter?«, frage ich.

»Ja, aber nicht hier.«

Er beschützt sie, denke ich, eifersüchtig, so wie ich. Jeder hat Fotos auf dem Handy.

»Im Haus hängt kein einziges Bild von ihr. Auch nicht von dir. Seltsam, oder?«

Elias schweigt.

»Aber jemand muss ein paar Bilder mitgenommen haben.«

»Wirklich?«

Die Ironie in seiner Stimme öffnet eine Tür. Damit sie offen bleibt, verkneife ich mir die Frage, warum er das getan hat.

»Eins hab ich noch gefunden. Du bist mit drauf.«

Ich ziehe das Foto, das ich aus dem Schlafzimmer gestohlen habe, aus der Handtasche. Moritz und Amal in dem braunen Citroën, und der zwölfjährige Elias auf der Rücksitzbank. Er nimmt es mir aus der Hand. Für einen winzigen Moment, bevor sein Gesicht sich wieder verhärtet, sehe ich den Jungen in ihm.

»Sie lebt nicht mehr, oder?«

Er steckt das Foto weg und schweigt.

»Erzähl mir von ihr. Wo ist sie aufgewachsen, nach ihrer Flucht?«

Elias sieht den Kindern nach, die über die Ruinen laufen.

Dann fragt er mich, ob ich schon mal in Betlehem war.

18

BETLEHEM

Die wir lieben
Und die wir verloren haben
Sind nicht mehr, wo sie waren
Aber überall, wo wir sind.

Augustinus

Stell dir vor, ein Feld aus Steinen und roter Erde. Karge Hügel ringsherum, und die Welt hat dich vergessen. Stell dir vor, Hunderte von Zelten, soweit das Auge reicht, hastig aufgebaut, und nachts, wenn du aufwachst, weil der Sturm an eurem Zelt rüttelt, siehst du die flatternde Plane und deinen Vater, der Steine durch die Nacht trägt und dir zuruft, halt die Stange fest, und du greifst die Zeltstange, stemmst dich mit deinem kleinen Körper gegen den Wind, und der Regen fliegt herein. Am Morgen ist alles voller Schlamm, zuerst draußen und bald auch drinnen, weil niemand mehr die Schuhe auszieht. Die Finger sind zu klamm, es ist Winter, und dein Vater, der in England studiert hat, sagt dir, dass es hier, in den Hügeln um Jerusalem so viel Niederschlag gibt wie in London. Du stellst dir vor, wie sie in schönen Häusern wohnen, die Menschen in London, mit einem Kamin und einem Dach über dem Kopf, und dir wird langsam bewusst, dass dir die guten Orte dieser Welt für immer verschlossen bleiben werden. Dir, die du mit einem offenen Horizont aufgewachsen bist, in einem der schönsten Häuser von Jaffa, mit Fenstern zum Meer, nach Westen. Dir, der alles offenstand, die auf's Collège des Frères gehen durfte und sich als Tänzerin in den Theatern von London und Paris gesehen hat. Dir, deren Pass jetzt nichts mehr wert ist, weil das »Palestine«, das die Briten in goldenen Lettern darauf gedruckt haben, nicht mehr existiert. Du hältst ihn noch in der Hand, deinen Pass, so wie dein Vater noch den Pass deiner Mutter aufbewahrt, die ihr irgendwo am Wegrand begraben habt, unter Staub und Steinen. Der Gedanke kriecht in deinen Kopf wie die Kälte unter deine nassen Kleider, und in der nächsten Nacht verwandelt sich der Regen in eine Sintflut. Das ist das Feld, auf dem die Schäfer wachten, sagt dein Vater, als ihnen der Stern erschien, der Stern von Betlehem, von hier gingen sie los, um das Kind zu suchen. Und als sie ihn fanden, den Sohn Gottes, war er nichts als ein nacktes Bündel im Stroh. Dein Vater weiß jede Situation, und sei sie noch so aussichtslos, umzudeuten zu etwas Größerem, und er sagt dir: Wenn selbst Jesus hier nichts hatte als einen Stall unter dem Himmel, dann wird Gott auch uns beschützen. Du glaubst es, weil du deinem Vater alles glaubst, aber du zitterst in deinem geflickten Sommerkleid, und der versprochene Reis kommt nicht im Lager an, so dass es wieder nichts zu essen gibt als heißes Wasser mit ein bisschen Salz. Du hast nicht einmal mehr eine Adresse, weil es keine Straßen gibt; die Zelte tragen die Namen von Familien und den Dörfern, aus denen sie stammen. Und das Feld, auf das es euch verschlagen hat, trägt einfach nur den Namen seines Besitzers, Aida. Der Wind trägt das Glockenläuten und den Ruf des Muezzin aus Betlehem herüber. Dort, gleich nebenan, leben die Menschen noch in ihren Häusern. Sie hatten Glück. Der Krieg hatte ein paar Kilometer entfernt Halt gemacht. Mitten in Jerusalem.

Ausgerechnet an Weihnachten waren sie hier angekommen, was für eine Ironie. Nur mit ihren Sommerkleidern am Leib waren sie vor der Stadt vom Lastwagen geklettert, nach einer

Odyssee durch Dörfer, Felder und überfüllte Lager. Sie hatten unter Bäumen geschlafen, Gras gegessen und leere Zuckersäcke zusammengenäht, um ein Zelt daraus zu machen. Sie hatten in den Menschentrauben vor den Lastwagen um ein bisschen Brot gekämpft. Sie waren zu Fuß von Ramallah nach Jerusalem gegangen, wo Georges seine Freunde suchte, aber nicht mehr fand. Ihre Häuser standen in Qatamon und Mamilla, den wohlhabenden Westvierteln, und sie waren geflohen, Gott weiß wohin. Also waren sie weiter gezogen, von einem Lager zum anderen, wo Georges sich in die trostlosen Schlangen vor den Büros der Vereinten Nationen einreihte, um Bashars Pass vorzuzeigen und den Namen seines Sohnes auf Formulare zu schreiben, die niemand lesen würde: *Bashar Bishara, born in Jaffa, Palestine, August 12, 1939.* »Bashar ist nicht tot«, sagte Georges zu Amal, *»inshallah.«*

Zum ersten Mal in Amals Leben gab es an Weihnachten keine frisch geernteten Orangen. Stattdessen gab es Wind und Regenschauer. Alle Glocken der Stadt läuteten, als die Menschen von überall her durch die Nacht nach Betlehem strömten, Christen und Muslime, Alte und Kinder. Manche liefen immer noch barfuß. Vor der Kirche verteilten Nonnen Kleider an die Flüchtlinge. Obwohl Amal in der Kälte zitterte, ging sie nicht zur Kleiderausgabe, denn Georges hatte ihnen verboten, Almosen anzunehmen. »Wir sind keine Flüchtlinge«, sagte er. »Wir verlassen unsere Heimat nicht. Das hier ist immer noch Palästina, auch wenn sie es von der Landkarte radieren wollen, Ben Gurion und König Abdallah. *Sie* sind die Fremden, nicht wir!« Er trug immer noch den grauen Sommeranzug, mit dem er Lydda verlassen hatte; inzwischen verschlissen und zusammengeflickt. In Ramallah hatte er zufällig einen Freund getroffen, der aus Haifa kam, wo die Milizen den Flüchtlingen nicht ihre Wertsachen abgenommen hatten. Der Freund hatte gerade den

Schmuck seiner Frau verkauft, und von dem, was sie ihm dafür gezahlt hatten, lieh er Georges etwas Geld, so dass Georges ein Paar Schuhe, eine Hose und einen Pullover für die Kinder kaufen konnte.

Um Mitternacht schien ganz Palästina auf dem Krippenplatz zusammengekommen zu sein, wo Lautsprecher den Gottesdienst aus der überfüllten Kirche nach draußen übertrugen. Unter offenem Himmel standen eng aneinandergepresst Menschen aus Betlehem in ihren besten Kostümen, Anzügen und Mänteln neben Flüchtlingen in zerrissenen oder geliehenen Kleidern, aus Jaffa, Haifa, Jerusalem und unzähligen Dörfern, deren Namen Amal noch nie gehört hatte. Es waren vor allem Christen, aber auch Muslime, und alle sangen das traditionelle Weihnachtslied *Laylat al Milad.* Die Nacht der Geburt. Georges konnte auf einmal nicht mehr an sich halten, und Amal sah, wie Tränen auf seinen Wangen herabliefen, während er sang, so laut er konnte, seine Hände fest um die Hände seiner Kinder gefasst. Seit Mariams Tod hatte er nicht mehr geweint. Die Großmutter blickte zu ihm hinüber, aber sie tröstete ihn nicht, denn wie würde das aussehen, ein weinender Mann in den Armen seiner alten Mutter. Sie blickte auf Amal hinunter, und Amal wusste, sie musste sich jetzt zusammenreißen, während ringsherum die Menschen in Tränen ausbrachen, aber aufrecht stehen blieben, ihr Gesicht nicht mit den Händen verhüllten und weiter sangen. Ein heftiger Windstoß fegte über den Kirchplatz, und Amal sah, wie die vielen Körper sich wie Bäume in einer einzigen Bewegung bogen, entwurzelte Bäume, die dennoch nicht fielen.

»Heute schaut die Welt auf Betlehem«, rief der Priester aus dem scheppernden Lautsprecher. Aber wo war die Welt? Die Vereinten Nationen, sagte er, hatten in der Resolution 194 erklärt, dass alle Flüchtlinge das Recht besäßen, nach dem Krieg in ihre Heimat zurückzukehren. Aber hatten die Zionisten nicht gerade erst den UN-Vermittler Bernadotte erschossen? Die Geburt Christi in der Höhle von Betlehem, sagte der Priester, sei Gottes Zeichen, dass seine Liebe die dunkelste Nacht erhellt. Aber wie kannst du deine Feinde lieben, wenn sie dich aus deiner Heimat vertreiben? Amals Gedanken wanderten weit weg, über die alten Mauern und den Glockenturm, bis hinauf zu den Sternen, die vereinzelt hinter den vorüberziehenden Wolken zum Vorschein kamen. Auf einmal fühlte sie sich, mitten unter all den Menschen, furchtbar allein. Kein Weihnachten hatte sie ohne ihre Mutter gefeiert. Jetzt fehlte sie so sehr, dass der Schmerz jede Faser ihres Körpers durchdrang. Ihre Beinmuskeln brannten, sie konnte nicht mehr stehen. Aber sie durfte es dem Vater nicht sagen, sie musste stark sein, für Jibril, für die Großmutter, für alle anderen. Doch wo sollte sie die Stärke hernehmen? Sie brauchte all ihre verbliebene Kraft, um zusammenzuhalten, was in ihr auseinanderzubrechen drohte. Ein Kind wurde geboren, um die Welt zu erlösen, rief der Pfarrer. Aber das war vor tausendneunhundertachtundvierzig Jahren, und alles Gute in der Welt war verloren.

Als sie zurück aufs Feld gingen, kilometerweit durch die Nacht, erzählte die Großmutter Geschichten von Mariam. Die guten, die lustigen, vom Strand, den Sommerhochzeiten und den Katzen im Garten, denen sie jeden Morgen ein Schälchen frische Ziegenmilch unter den Baum gestellt hatte. Für einen kleinen Moment war es, als würde Mariam an ihrer Seite gehen, als wäre sie einfach wieder da, so wie immer. Als sie auf dem Feld ankamen und ihr Zelt fanden, deckte die Großmutter die beiden Kinder zu und küsste sie auf die Stirn. Der Wind rüttelte an den Zeltplanen. Er kam von Westen, vom Meer.

Jeden Tag kamen neue Lastwagen, mit Säcken voll Mehl und Reis, mit entwurzelten Menschen. Immer mehr Zelte füllten das Feld, wie weiße Scherben des Kriegs. Er hörte nicht auf, er verebbte nur. Irgendwann hörte man aus dem Radio, dass verhandelt wurde. Es gab keinen Frieden, nur Waffenstillstände. Die Helfer der Vereinten Nationen gingen von Familie zu Familie, um die Flüchtlinge zu registrieren: Wie einer hieß, welche Religion er hatte, wo er herkam. Die Menschen wollten ihnen erzählen, wie es passiert war, aber niemand hatte Zeit für Geschichten. Zahlen waren alles, was die Listen fassen konnten. Elf Städte und über vierhundert Dörfer wurden als »verlassen« registriert, viele davon als »zerstört«. Über siebenhunderttausend Palästinenser waren zu Flüchtlingen geworden, fast die Hälfte der arabischen Bevölkerung Palästinas. Zehntausende Tote und Verwundete waren noch ungezählt. Die jüdische Bevölkerung war auf eine Dreiviertelmillion angewachsen, neben hundertsechzigtausend im israelischen Gebiet verbliebenen Arabern, also Muslimen, Christen und Drusen. Waffenstillstandslinien markierten die fragile Grenze. Israel hatte 78 % von Palästina erobert, während Transjordanien das Westjordanland und Ägypten den Küstenstreifen um Gaza besetzt hielten – die restlichen 22 % eines Landes, dessen Namen die Kartographen in aller Welt von den Landkarten löschten.

Die einzige arabische Stadt, deren Einwohner bleiben konnten, war Nazareth. Als die Siebte Brigade mit ihren Panzern in die Stadt einrollte, die überfüllt war von Flüchtlingen der umliegenden Dörfer, vertrieb sie keinen einzigen Menschen. Einige sagten, die Juden hätten die Reaktion der christlichen Länder gefürchtet. Manche erzählten, der Kommandeur, ein kanadischer Jude namens Ben Dunkelmann, habe sich aus Gewissensgründen dem Evakuierungsbefehl widersetzt. Andere glaubten, die Heilige Mariam habe ihre Geburtsstadt beschützt.

Was blieb, war die Frage: Warum? Die Menschen in den Lagern sahen keinen Sinn, nur Gründe. Die arabischen Führer hatten ihr Versprechen, die palästinensischen Brüder zu beschützen, nicht eingelöst. Ihre Armeen waren schlecht koordiniert, und weit weniger als die großspurig angekündigten Soldatenscharen hatten Palästina erreicht. Ihre Versorgungswege waren lang, Tausend Kilometer bis Bagdad, dazwischen Wüste. Die israelische Armee war effizienter organisiert, viele Offiziere hatten ihr Handwerk bei den Alliierten gelernt. Durch die schnelle Rekrutierung und unbegrenzte Einwanderung war sie bald auch zahlenmäßig überlegen. Und mit Unterstützung aus der Diaspora hatte sie die Waffenstillstände klüger genutzt, um das Embargo zu unterlaufen. Sie war weit stärker, als die arabische Propaganda behauptete. Das war die größte Schwäche der Araber: Sie glaubten schönen Worten mehr als der Wirklichkeit.

König Abdallah, dessen Porträt die Betlehemer jetzt in ihren Büros und Friseursalons aufhängen mussten, hatte ein Geheimabkommen mit Ben Gurion geschlossen: Die Arabische Legion würde das jüdische Gebiet nicht angreifen, wenn Abdallah das Westjordanland bekäme. Deshalb hatten sich die Kämpfe auf die Heilige Stadt konzentriert. Die Araber waren aus Westjerusalem geflohen, aus den Villenvierteln Qatamon, Mamilla, Talbiyeh und Romema; die Juden waren aus der Altstadt im Osten geflohen. In die arabischen Häuser zogen Juden, und die transjordanische Armee zerstörte das jüdische Altstadtviertel. Aus Rache, sagten sie, für die zerstörten palästinensischen Dörfer. Was am schwersten wog, war die Verwüstung in den Herzen. Vom Geist, der die drei Religionen verbunden hatte – dem Gebot, deinen Nachbarn zu lieben –, war nichts mehr übrig.

Die Scheinwerfer der Welt, die sich im Krieg auf das Land gerichtet hatten, schienen auf einmal ausgeschaltet. Niemand interessierte sich mehr für die Flüchtlinge. Weil niemand wusste, was man mit ihnen anfangen sollte. Menschen ohne Land, auf Feldern verstreut. Jeder Tag war ein Kampf gegen den Hunger, gegen die Kälte, vor allem aber gegen die Verzweiflung. *Jihad nifs* nannten sie es, den Kampf gegen sich selbst.

Es gab Schichten von Gefühlen, die übereinander lagen, so wie es Schichten von feuchten Decken gegen die Winterkälte gab. Ganz oben lag die Wut, gegen die Zionisten, gegen die Araber, gegen die Welt, die sie allein gelassen hatte. Darunter kam die Verzweiflung, die sie nachts überwältigte, wenn der Wind an den Zelten zerrte. Und unter der Verzweiflung lag das stärkste aller Gefühle, das niemand zugeben mochte: die Scham. Vor ihren Kindern, vor ihren Frauen, vor den Älteren, die sie nicht hatten beschützen können. Die Scham legte sich wie Tau auf die Zelte, und ihr Schweigen breitete sich aus wie eine ansteckende Krankheit, von einer Familie zur anderen. *Ihr dürft nicht aufgeben*, schärfte Georges seinen Kindern ein, *ihr müsst jetzt stark sein*. Er achtete darauf, dass ihre Kleider sauber blieben, dass sie gut gekämmt waren und sich nicht gehen ließen. Amal sah, dass er sein Bestes gab, um Mariam zu ersetzen. Aber sie fehlte. Ihre Lieder, ihr Essen, ihre großzügigen Empfänge. Ihr Trost und ihre Zuversicht.

Amal erinnerte sich an Weihnachten in Jaffa – wie die Eltern ihr und Bashar frisches Gebäck gegeben hatten, das sie den Bettlern auf dem Clock Tower Square bringen sollten. Damit sie nicht vergaßen, wie schnell alles Glück vergehen kann. Es war die Zerstörung ihres Hauses durch die britische Armee, die Georges diese Lektion hatte lernen lassen. Und so stur wie sein Vater es damals wiederaufgebaut hatte, so entschlossen war er jetzt, in sein Haus zurückzukehren. Er tat einfach so, als wären sie gar nicht hier. Seine Gedanken lebten in Jaffa, wo jetzt Erntezeit war. Die Orangen mussten jetzt schon überreif von den Bäumen gefallen sein, sie waren sicher verloren. Aber die Zitronen würde man noch retten können; die Zitronen waren alles, wovon er sprach, Tag und Nacht. Und wenn Jibril weinte, sagte Georges: »Hör auf zu weinen! Es geht uns gut. Schau dich um, vielen geht es noch schlechter.« Und wenn Jibril ihm nicht glauben wollte, sagte er: »Wir haben immer noch unsere Bäume.« Er zeigte ihm den Schlüssel ihres Hauses und die Besitzurkunden seiner Grundstücke, die er unbeschadet mit sich getragen hatte. »Sollen sie unser Land doch nennen, wie sie wollen«, sagte er, »aber auch sie müssen das Völkerrecht respektieren. Sie sind ein Kind der Vereinten Nationen; nach dem Krieg werden sie auf ihre Eltern hören müssen!«

In Beirut lebte Tante May, aber der Libanon war keine Option mehr für Georges. Dort wurden die Flüchtlinge als Staatenlose behandelt, schlimmer als hier, wo sie wenigstens den jordanischen Pass bekamen und arbeiten durften. Anfangs waren die Palästinenser gastfreundlich aufgenommen worden, aber jetzt waren es überall zu viele geworden, und niemand wusste, wann sie wieder heimkehren konnten. Georges telegrafierte Tante May und bat sie, was ihm schwerfiel, um ein wenig Geld. Dann bat er Großmutter, seinen Anzug zu flicken, und eines Nachts sagte er ohne Vorankündigung zu Amal, dass sie auf ihren kleinen Bruder aufpassen musste, während er fort war. *Macht mir keine Schande*, sagte Georges. *Hört ihr? Helft den anderen. Seid ein Vorbild.* Er küsste die Stirn seiner Kinder und die Hand seiner Mutter. Grüß mir unsere Orangen, sagte sie, Allah sei mit dir. Dann ging er los.

19

Jeder Mensch hat einen Ort, der ihn wie eine zweite Haut umgibt, schützend und atmend, wo er wie nirgends sonst eins mit der Welt sein kann. Georges' Schuhe sanken in die feuchte Erde, und er sah sich um. Alles lag da wie immer. Die Zitronen hingen schwer an den Ästen, in der warmen Februarluft lag das Aroma der Erntezeit – die regendurchtränkte Erde und der Duft der reifen Früchte. Georges griff nach einem Zitronenblatt, zerrieb es zwischen seinen Fingern und hielt es an seine Nase. Mit einem Mal wurde die Welt leicht. Tief in seinem Körper entspannte sich jeder Muskel. Es fühlte sich an wie ein Traum, so irreal und intensiv. Georges schloss seine Augen, bis er begriff, dass es kein Traum war, sondern, im Gegenteil, das Aufwachen aus einem Albtraum.

Er öffnete die Augen, ging durch die lange Reihe der Bäume und atmete mit jeder Pore ihren Duft, wie berauscht und dabei so ruhig wie lange nicht mehr. Heimat ist dort, wo man nicht mehr kämpfen muss.

Dann sah er die Orangen. Ein fauliger Geruch stand zwischen den Bäumen, die Früchte lagen verdorben zwischen dem Laub auf der Erde. Georges hob eine Orange auf, die noch unversehrt aussah. Auf der Unterseite war sie schwarz und von Würmern zerfressen.

»Abu Bashar!« Eine bekannte Stimme riss ihn herum. Es war Avram Lellouche, der mit schlammverschmutzten Stiefeln durch die Bäume kam. Er hatte sich nicht verändert; dieselbe aristokratische Stirn, der weiße Bart und die wachen Augen.

»Was machst du hier?«

»Ahlan wa sahlan«, begrüßte Georges seinen alten Freund, von

dem er nicht wusste, ob er noch sein Freund war. Sie umarmten sich wie früher, und doch war alles anders.

»Bist du verrückt?«, flüsterte Avram. »Hier bist du in Lebensgefahr!«

Das Haus der Lellouche war unverändert. Die moderne Architektur und die alte Kunst an den Wänden. Die roten Kelims und die goldene Menora auf der Kommode. Die Männer zogen ihre lehmverkrusteten Schuhe aus, und Avram bat Georges, sich auf die Couch zu setzen. Auf dem Tisch lagen Ausgaben der Haaretz, der Palestine Post und der Le Monde. Avram zeigte keine Geste der Überlegenheit, die seinen Gast spüren lassen könnte, wer zu den Siegern und wer zu den Besiegten gehörte.

Achtzig Kilometer waren es von Betlehem nach Jaffa, mehr nicht, und doch hatte Georges sein Leben riskiert, um hierher zu kommen. Kein Zaun und keine Mauer durchtrennten das Land, aber Tausende Bauern, die wie Georges ihre Felder bewirten oder Geld aus ihren Häusern holen wollten, waren erschossen worden. Die Kibbuzim und Moschavs hatten Wachen in die Felder geschickt, um die *mistanenim* abzuwehren. So nannten sie ihn jetzt, in seiner eigenen Heimat: einen »illegalen Eindringling«. Gestern, auf der anderen Seite der Waffenstillstandslinie, die Grundstücke und Dörfer durchschnitt, war er noch ein *refugee* gewesen – immerhin jemand, der noch ein Recht auf Rückkehr hatte. Aber keines dieser Worte beschrieb, wer er wirklich war.

Georges erzählte seinem Freund Avram – das waren sie doch, Freunde, oder? –, von Jerusalem, das aussah wie ein Kriegsfilm, den man mittendrin angehalten hatte: Auf der Altstadtmauer stand die Arabische Legion, und gegenüber auf dem Notre-Dame-Pilgerhaus standen die israelischen Soldaten. Der sonst so lebendige Markt am Jaffa Gate war ein gespenstisches Niemandsland. Georges achtete darauf, wie Avram reagierte, aber er konnte keine Regung von Scham oder Triumph in seiner Miene erkennen. Dann erzählte er, wie er in der Altstadt einen ehemaligen Lehrer getroffen hatte, Padre Ignazio. Vor Jahrzehnten hatte er in der Terra Santa School von Jaffa Religion unterrichtet. Georges und seine Schulfreunde hatten sich immer über seine kaputten Sandalen lustig gemacht. Sie sahen aus, als hätte schon Jesus sie getragen, während Georges immer blitzblanke englische Derbys trug. Jetzt stand Georges in zerschundenen Schuhen mit offenen Sohlen vor Pater Ignazio. Er schien immer noch dieselben Sandalen zu tragen, umarmte seinen Alumnus freundlich und lud ihn zum Kaffee ein. Er war vor Jahren nach Jerusalem umgezogen, wohnte in der Altstadt und unterrichtete im Jerusalemer Terra Santa College. Die Schule lag an der King George Avenue im Westen, wo die israelischen Soldaten standen. Als Italiener besaß Padre Ignazio eine Genehmigung, mit Stempel des Vatikans, die Waffenstillstandslinie zu überqueren. Und so kam es, dass Georges im Kofferraum seines klapprigen Autos lag, als Pater Ignazio von der Sultan Suleiman Street in die Jaffa Road einbog und die Soldaten ihn durchwinkten. Als sie die Stadt verlassen hatten, stieg Georges vorne ein, in der braunen Soutane eines Franziskanermönchs. Am Rande der Landstraße nach Jaffa sah er die Skelette der ausgebrannten Panzer, und dahinter die leeren Dörfer.

All das erzählte Georges seinem Freund Avram, von dem er nicht wusste, ob er noch sein Freund war. Wovon er aber nicht erzählte, war sein Schock, als er von Osten nach Jaffa hineinfuhr. Es waren nicht nur die vielen zerstörten Häuser. Es war noch etwas anderes, Unheimlicheres. Jede Stadt hat ihren eigenen Geruch, an dem man sie auch nach Jahren wiedererkennt. Um das Meer zu riechen, sein Meer, kurbelte Georges das Beifahrerfenster herunter. Doch die Luft roch fremd. Er konnte nicht sagen, was es war, aber als er die Straßenrestaurants sah, die wieder geöffnet waren, und die Fremden, die auf den Stühlen saßen, begriff er, dass eine Stadt nach dem Essen roch, das ihre Menschen kochten. Und diese Menschen waren Fremde, so als wäre die Stadt voller Besucher wie im Sommer; aber diese Besucher hatten die Geschäfte und Lokale übernommen, die Werkstätten und die Häuser. An der Ecke, wo Abu Shukris Café gewesen war, in dem Georges seine tägliche Zeitung gelesen hatte, stand ein Bulldozer und riss die alten Mauern ein. Das Auto bog in die Madaris-Straße ein, wo er Bashar jeden Morgen zur Schule gebracht hatte. Dort hörte er Sprachen, die er nicht kannte und sah Gesichter, die er nicht lesen konnte. Als er vor der Terra Santa High School aus dem Auto stieg, drängte ihn Padre Ignazio, schnell hineinzukommen, bevor jemand ihn sah. Aber Georges stand einfach nur auf der Straße wie jemand, der die Orientierung verloren hatte.

Die langen Gänge waren verlassen. Müll und zerschlissene Matratzen lagen herum, irgendwer hatte die Schule als vorübergehendes Quartier benutzt. Georges zog seinen geflickten Anzug an, und Padre Ignazio ging los, um Essen zu kaufen. Georges starrte aus dem Fenster, um die vorbeigehenden Menschen zu erkennen. Dann hielt er es nicht mehr aus und ging nach draußen. Es war gefährlich, sicher, er durfte in keine Polizeikontrolle geraten. Aber der Drang, seine Stadt zu sehen und seine Felder, war stärker. Vielleicht war es auch ein Akt von trotzigem Stolz, ein Aufbegehren gegen die Demütigung, sich in seiner eigenen Heimatstadt verstecken zu müssen. Es war nicht schwer, durch das Tor nach draußen zu schlüpfen, sich zu lösen wie ein Boot vom sicheren Steg und sich die Straße entlang treiben zu lassen. Die Februarsonne brach durch die Wolken; er liebte diese Tage, wenn die Winterstürme nachließen und die Luft milder wurde.

Zuerst wollte er nur kurz zur St.-Antonius-Kirche nebenan gehen. Aber dann fiel er zu seiner eigenen Überraschung niemandem auf; die Menschen gingen einfach an ihm vorbei. Und erst dann begriff er, warum: Jeder hier war ein Einwanderer von irgendwo her, aus Kiew oder Casablanca, jeder war auf seiner eigenen Reise. Was fehlte, war das alltägliche Grüßen von Menschen, die sich seit Jahren und Jahrzehnten kannten, dieses Netz aus gemeinsamen Geschichten, das eine Stadt im Innersten zusammenhält. Auf dem Minarett der Mahmoudiya-Moschee wehte eine blauweiße Flagge mit dem Davidstern. Und dann sah er einen Mann auf einer Leiter, der die handbemalten Kacheln aus der Mauer schlug, auf denen der Name der Salahi Street gestanden hatte, auf Arabisch, Englisch und Hebräisch. Bevor Georges den neuen Namen der Straße erkennen konnte, ging er schnell weiter, um nicht aufzufallen und angesprochen zu werden. Er ging über den Clock Tower Square nach Norden, vorbei an Geschäften, die geöffnet waren, als wären sie nie geschlossen gewesen. Überall klafften Lücken der Zerstörung, die Mauern waren von Einschusslöchern verwundet, und dort, wo arabische Schilder über den Läden gehangen hatten, standen jetzt jüdische Namen, in hebräischen, lateinischen und kyrillischen Lettern. Georges war ein Fremder im eigenen Land.

Avrams Frau brachte Tee ins Empfangszimmer, begrüßte Georges überrascht und freundlich, dann ließ sie die Männer wieder allein. Noch immer konnte Georges nicht ganz ausmachen, ob die Gastfreundschaft der Lellouches nur eine höfliche Formalität war oder ob er sich auf das, was früher der gemeinsame Boden unter ihren Füßen gewesen war, verlassen konnte. Das Gespräch war ein Tanz auf dünnem Eis. Beide ließen aus, was den anderen beschämen konnte – die Niederlage, die Schuld, das Morden und die Rache. Am Ende waren sie froh, sich lebend wiederzusehen.

»Gott möge ihrer Seele gnädig sein«, murmelte Avram, als

Georges auf die Frage, wie es Mariam ging, nur geantwortet hatte: »Sie ist tot.« Avram fragte nicht nach, wie es passiert war.

»Wie geht es meinem Haus?«, fragte Georges.

»Geh nicht hin, Abu Bashar.«

»Warum?«

Lellouches Blick wich aus. Es war das gleiche Wegschauen, mit dem auch Padre Ignazio seiner Frage ausgewichen war und darauf bestanden hatte, ihn erst zur Schule zu fahren.

»Es ist zu gefährlich für dich.«

»Ist es beschädigt?«

Avram schwieg.

»Wir haben es schon einmal aufgebaut, und ich werde es wieder aufbauen.«

»Inshallah.«

»Avram. Sei ehrlich zu mir. Es ist kein Geheimnis, was ihr mit unseren Häusern macht. Wer wohnt in meinem Haus?«

»Ich weiß es nicht. Ich war nicht dort.«

Sagte er die Wahrheit oder log er? Und wenn er log, tat er es aus Verrat oder um seinen Freund zu schonen? Bevor Georges etwas erwidern konnte, betrat Avrams siebenjährige Tochter Rifka das Empfangszimmer. Sie lief freudestrahlend auf Georges zu. Ihre Unschuld rührte ihn zu Tränen, als sie ihn auf die Wange küsste und »Ammo Georges« nannte, Onkel Georges auf Arabisch. Sie fragte nach Amal, und Georges log, dass es ihr gutginge.

»Warum ist sie nicht mitgekommen?«

»Sie kommt bald. Wie geht es dir, Rifka?«

»Gut.«

Was weiß sie, fragte Georges Avram mit einem stummen Blick über Rifka hinweg. Avram befahl Rifka, zu ihrer Mutter zu gehen. Sie ging leise aus dem Zimmer, und die Männer waren wieder allein. Georges wartete darauf, dass Avram etwas sagte. Aber er schwieg und dachte nach.

»Es ist eine Schande«, sagte Avram schließlich, »das ist unseres Volkes nicht würdig. Wir haben versucht, es zu verhindern, aber am Ende ... Sie haben Soldaten aufgestellt, jüdische Soldaten, um Juden daran zu hindern, die arabischen Viertel zu plündern. Aber soll ein Jude auf einen Juden schießen? Am Ende haben auch Soldaten mitgemacht. Sie haben alles aus den Häusern geholt, Geschirr, Schmuck, Bargeld, Nähmaschinen, selbst die Waschbecken. Die Kibbuzniks haben Wasserpumpen auf den Feldern abmontiert, Lastwagen geklaut und ganze Schafherden in die Kibbuzim gebracht.«

Avram sah seinen Gast durchdringend an, um die Wirkung seiner Worte zu prüfen.

»Allein aus Lydda hat die Armee tausendachthundert Lastwagenladungen abtransportiert.«

»Wer hat dir das erzählt?«

»Jacov.«

»Dein Sohn war in Lydda?«

»Ja.«

»Also weißt du, was sie dort getan haben?«

»Ja.«

Das änderte alles. Georges konnte keine Minute länger in diesem Haus verbringen. Er stand auf.

»Wo willst du hin?«

»Nach Hause. Und wer auch immer sich dort eingenistet hat, den Hundesohn werde ich rauswerfen.«

»Abu Bashar. Bleib sitzen. Hör mir zu. Es ist kompliziert.«

Sein Ton war nicht befehlend, sondern bittend, deshalb blieb Georges stehen, und Avram erklärte ihm Dinge, die er nicht verstand. Nicht weil sie kompliziert waren, sondern weil sie ihm absurd erschienen. Die neue Regierung war dabei, sogenannten »verlassenen Besitz« von »Abwesenden« zu registrieren und einer dem Finanzministerium unterstellten Behörde zu übertragen – dem sogenannten »Treuhänder des Besitzes von Abwesenden« – welche die Grundstücke, Immobilien und Gegenstände wiederum an jüdische Privatleute und Institutionen verkaufte oder verpachtete. Bis die endgültigen Verhältnisse in einem Friedensabkommen geregelt würden.

Georges war erst sprachlos, dann musste er lachen.

»Verlassener Besitz?« Das klang, als wäre er mit den Kindern in den Urlaub gefahren und hätte vergessen, zurückzukommen.

»Und was heißt *abwesend*?«

»Nicht hier.«

»Aber ich *bin* hier!«

»Wer nach dem 29. November 1947 seinen Wohnort verlassen hat, gilt als Abwesender.«

»Wir mussten verdammt nochmal unser Leben retten!«

»Nicht alle sind geflohen, Abu Bashar. Einige sind noch hier.«

»Wir sind *alle* noch hier, Avram! Nicht einmal hundert Kilometer entfernt! In Zelten, auf Wiesen! Wer gibt einem Fremden, der gerade erst vom Schiff gestiegen ist, das Recht, in meinem Haus zu wohnen?«

»Es gibt Gerechtigkeit, Abu Bashar. Und es gibt Gesetze.«

»Wer zum Teufel ist dieser Treuhänder? Kennst du ihn?«

»Dov Shafrir. Gewissenhafter Mann. Aus der Ukraine. Er ging mit seinen Leuten von Stadt zu Stadt, von Dorf zu Dorf, von Haus zu Haus, um zurückgelassenen Besitz zu registrieren und zu schätzen. Jedes Auto, jedes Schaf, jeden Teppich. Die Schreinerei von Abu Jaber auf der Butrus Street. Die Knopffabrik von Haj Sabri. Alle Felder. Manche sprechen von zwei Millionen Dunam privatem Grund. Manche von viereinhalb. Herr Shafrir soll es auf Punkt und Komma berechnen. Es ist weit mehr Land, als vor dem Krieg in jüdischem Besitz war. Und weißt du, wie viel Geld allein in Jaffa auf den Konten der Abwesenden lag? 1 500 000 Palästinensische Pfund.«

»Wo wohnt dieser Kerl? Ich werd ihm einen Besuch abstatten!«

»Georges, sei vernünftig. Die verhaften dich sofort!«

Georges sprang auf. Er wollte sofort nach Tel Aviv gehen, um Herrn Shafrir aus der Ukraine klarzumachen, wie lange die Bishara, an denen sich schon die Türken und Briten ihre Zähne ausgebissen hatten, in diesem Land *anwesend* waren. Avram konnte ihn nur mit äußerster Mühe zurückhalten. Er versuchte ihm zu erklären, dass die Bishara nur eine Fußnote in dem riesigen Inventar waren, das der Treuhänder verwaltete, und dass selbst dieser nur Regeln befolgte. Es gab genaue Vorgaben für die Verteilung des »verlassenen Besitzes«: Erst durfte sich die Armee aussuchen, was sie brauchte – Metallwerkstätten, Lagerhäuser, Autos – dann kamen die Regierungsbüros zum Zug, dann die Jewish Agency und Parteimitglieder. Alles, was sich auf Lastwagen transportieren ließ, wurde in die Lagerhäuser des Treuhänders gebracht. Dort wurde der Rest öffentlich verkauft: Erst an die Familien der Kriegsversehrten, dann an Beamte, dann an verletzte Zivilisten und ganz am Ende an normale Zivilisten. Tatsächlich aber blieb für Letztere fast nichts mehr übrig – wenn es nicht schon längst geplündert oder zerstört worden war.

Georges ballte die Fäuste vor Wut. Er musste seine ganze Kraft aufbieten, um seinen Gastgeber nicht zu beleidigen.

»Ist es das, was eure Religion euch lehrt? Eure Nachbarn zu bestehlen?«

»Ich erzähle dir eine Geschichte von zwei Juden«, sagte Avram. »Vor kurzem kam ein junges Paar aus Polen zu mir. Sie waren gerade erst in Haifa vom Schiff gestiegen, sie sprachen Jiddisch, Henryk und Genya Kowalsky heißen sie. Die Einwanderungsbehörde gab ihnen den Schlüssel für ein Haus hier in der Altstadt. Als sie das Tor öffneten, sahen sie den Tisch im Garten, der noch gedeckt war. Die Teller, das getrocknete Brot, die Ameisen darauf. Sie gingen wieder und gaben den Schlüssel zurück. Die Leute von der Behörde dachten, sie wären meschugge. Und schickten sie zu mir. Ob ich ihnen eine Wohnung vermiete. Ich hab ihnen einen Raum in einem Orangenlager gegeben, in Nachlat. *Reicht euch das*, hab ich sie gefragt, und sie sagten: *Ja ja. Warum habt ihr den Schlüssel zurückgegeben*, hab ich sie gefragt. Und die Frau sagte, der gedeckte Tisch hätte sie an ihr eigenes Haus erinnert. In Polen. Wie die Deutschen gekommen waren und sie ins Ghetto geworfen hatten. Wie konnte sie jetzt in das Haus einer anderen Familie einziehen?«

Avram hielt einen Moment inne, dann fügte er hinzu:

»Siehst du, Georges, das ist das Problem: Viele haben drüben alles verloren; und hier nehmen sie alles, was sie bekommen.«

Georges empfand eine betäubende Mischung aus Abscheu, Zorn und Verzweiflung.

»Und die Orangenhaine?«, fragte er. An den Bäumen hielt er sich fest. In ihnen floss das Blut seiner Familie.

»Wenn ein Feld nicht bearbeitet wird, darf das Landwirtschaftsministerium es beschlagnahmen.«

»Wie zum Teufel sollen wir unsere Felder bearbeiten, wenn ihr uns verbietet, zurückzukommen?«

»Sicher, wenn es ein Friedensabkommen gibt, muss die Regierung die Eigentümer entschäd...-«

»Unsere Früchte verrotten, Avram! Und die Bauern sterben ohne ihr Land!«

»Ich weiß. Die Felder von Haj Abu Laban haben schon jüdische Farmer abgeerntet. »

»Ihr verkauft unsere Orangen?«

»Ich schwöre bei Gott, ich habe deine Bäume nicht angefasst. Selbst meine Ernte war schlecht. Es gibt zu wenig Pflücker. Wenn die arabischen Arbeiter noch da wären ... Die neuen Einwanderer taugen nichts auf dem Feld. Die Armee bringt ihnen das Schießen bei, aber wenn sie so schießen wie sie ernten, ist es ein Wunder, dass wir den Krieg gewonnen haben!«

»Avram. Ich muss meine Früchte verkaufen!«

»Unmöglich. In den Feldern stehen Wachen. Sie haben schon viele erschossen, die zurückkamen. Sie sind nicht zimperlich. Du musst hier verschwinden. Das sage ich dir als Freund.«

Georges fragte sich, ohne es auszusprechen, welchen Wert eine Freundschaft hatte, wenn sie sich nicht in Taten ausdrückte. Und wer er für seinen alten Freund, der wie immer sein Haus bewohnte und seine Felder bestellte, überhaupt noch war. Ein Flüchtling? Ein Eindringling? Oder einfach nur ein Abwesender.

»Du kannst vor Gericht gehen«, sagte Avram. »Israel ist eine Demokratie. Krieg ist Krieg, aber wenn die Wunden einmal heilen ... Ich werde dir helfen.«

Georges antwortete nicht. Er wollte sich nicht helfen lassen, nicht von Lellouche. Er wollte niemandem von der anderen Seite einen Gefallen schuldig bleiben. Das war die Freiheit, die ihm blieb.

»Unrecht bleibt Unrecht«, sagte er. »Die ganze Welt schaut auf euch!«

Avrams Frau kam ins Zimmer, mit einem Tablett voller Teller. Sie musste die lauten Stimmen der Männer gehört haben, denn sie wirkte besorgt und lud Georges sehr freundlich zum Essen ein. Rifka folgte ihr, mit einem frischen Fladenbrot in der Hand. Draußen war die Sonne untergegangen, ohne dass sie es bemerkt hatten. Die Straßenlaterne schien hell durchs Fenster. Es kam Georges irreal vor. Das elektrische Licht erinnerte ihn daran, wo er inzwischen wohnte, in der Dunkelheit unter den Sternen.

»Danke, ich bin nicht hungrig«, sagte Georges.

Tatsächlich hatte er seit dem Morgen nichts gegessen, aber sein Magen rebellierte. Wie konnte er in diesem Haus das Brot teilen?

»Danke für den Kaffee.«

»Abu Bashar, du kannst hier schlafen.«

Georges ging zur Tür und zog seine Schuhe an. Avram folgte ihm.

»Wohin willst du denn gehen?«, fragte Avrams Frau.

»Nach Hause.«

Avram fasste ihn am Arm.

»Sei nicht unvernünftig! Wenn die Polizei dich entdeckt ...«

Georges löste sich aus Avrams Griff.

»Ich kenne den Weg.«

Er konnte hier unmöglich als Gast bleiben. Nicht in seiner eigenen Stadt. Nicht im Haus eines Juden. Nicht, nachdem er wusste, dass Lellouches Sohn in Lydda gewesen war. Er hatte die Türklinke schon in der Hand, da sagte Avrams Frau:

»Abu Bashar. Geh nicht. Dein Haus liegt im Ghetto!«

Georges drehte sich verwundert um. Erst dann verstand sie, dass er noch nichts vom Ghetto wusste. Avram erklärte es ihm:

»Das Militär hat einen Zaun um dein Viertel gezogen. Die übrig gebliebenen Araber ... sie wussten nicht, was sie mit ihnen machen sollten. Also haben sie alle nach Ajami gebracht. In die verlassenen Häuser.«

»Und ihre eigenen Häuser, in den anderen Vierteln?«

Avram sah Georges nur schweigend an.

»Aber ... diese Menschen waren nicht *abwesend!*«

»Man nennt sie *Anwesende Abwesende.*«

Georges verschlug es die Sprache.

»Wer nennt sie so?«

»Die Politiker.«

»Heißt das, in meinem Haus wohnen Araber? Kenne ich sie?«

»Sie bringen auch Juden ins Ghetto. Es kommen so viele Einwanderer ... Manche teilen sich Bad und Küche, in einem Zimmer wohnt eine jüdische Familie, im anderen eine arabische.«

»Wer wohnt in meinem Haus, Avram? Sag mir die Wahrheit.«

»Ich habe gehört, ein Offizier der Armee.«

»Dein Sohn vielleicht?«

Georges konnte sich die spitze Bemerkung nicht verkneifen. Avram sah ihn lange und traurig an.

»Jacov ist gefallen, Abu Bashar.«

Georges hielt den Atem an. Erst jetzt wurde ihm bewusst, dass Avrams Frau ein schwarzes Kleid trug. In Avrams Augen sah er einen Schmerz, den er allzu gut kannte. Und die Frage, ob sie, wenn sie schon nicht Freunde blieben, vielleicht gemeinsam trauern könnten.

»Möge Gott seiner Seele gnädig sein«, sagte Georges. Dann fügte er hinzu: »Verflucht seien eure Anführer. Und verflucht seien unsere Anführer.«

Avram begleitete Georges vor die Tür und sah sich um. Die Straße war leer. Kühle, feuchte Luft zog vom Meer hinauf.

»Ammo Georges!«

Rifka kam aus dem Haus gelaufen. Sie hielt eine Schallplatte in den Händen. Vorsichtig reichte sie sie Georges.

»Für Amal.«

Das eingerissene Cover zeigte das Porträt von Oum Kalthoum, der großen ägyptischen Sängerin. Als sie in Jaffa aufgetreten war, hatten sie gemeinsam ihr Konzert besucht.

»Wo hast du die gefunden?«

»Auf dem Flohmarkt.«

Georges zögerte, sie zu nehmen.

»Amal liebt doch Oum Kalthoum!«

»Ja.«

Avram bat Georges mit einem Blick, das Geschenk anzunehmen. Georges konnte es nicht ablehnen.

»Wirst du sie ihr vorspielen?«, fragte Rifka.

»Natürlich.«

»Wird sie zurückkommen?«

»Natürlich.«

»Geh ins Haus«, sagte Avram. »Es ist kalt.«

Die Umarmung der Männer war kurz, wie ein Brief, der mittendrin einfach aufhört.

»Gott sei mit dir«, sagte Avram, und Georges verschwand in der Nacht.

Georges ging am alten Bahnhof entlang, der fast unversehrt geblieben war, und an der Hassan Bek Moschee vorbei, deren Türen und Fenster herausgerissen waren. Dann schlich er durch die Straßen von Manshiyeh, das eine einzige Ruinenlandschaft war. Viele Häuser standen noch leer, andere waren bereits besetzt worden. Durch die Fenster sah er jüdische Familien beim Abendessen. Wie ein Schatten schlich er durch die Altstadtgassen und vermied den Hafen, wo Soldaten standen. Dann sah er den Stacheldrahtzaun, meterhoch, mitten durch eine Straße, und in der Dunkelheit einen Wachturm mit einem Scheinwerfer. Georges hielt sich fern und bog nach Westen ab, hinunter zum Meer. Wie wollen sie das Meer absperren, dachte er, niemand kann das Meer absperren. Der Zaun lief über den Strand und endete in Drahtgewirr, dort wo die Brandung heranrollte. Kein Schweinwerfer erhellte den Strand, nur ein Hund bellte. Auf der anderen Seite.

Georges verbarg sich hinter einem kaputten Boot, bis seine Augen sich an die Dunkelheit gewöhnt hatten. Der Mond lag hinter Wolken, die vom Meer heraufzogen. Sein Gefühl befahl ihm, abzuwarten und zu sehen, ob der Zaun bewacht war. Er erkannte einen Jeep, der am Zaun entlangfuhr, auf dem Strand wendete und zurück in die Stadt fuhr. Als Georges den Motor nicht mehr hörte, lief er hinunter zum Ende des Zauns und watete ins Meer. Es war Ebbe, das Wasser umspülte ihn nur bis zur Hüfte. Seine Füße sanken in den weichen Sand, die Schallplatte hielt er auf Brusthöhe. Mühelos gelangte er auf die andere Seite. Das Meer machte ihm keine Angst, im Gegenteil, die Kälte erfüllte ihn mit einer rauschhaften Lebendigkeit. Er brauchte niemandes Hilfe, sagte er sich, um nach Hause zu kommen. Leise schlich er hinauf zu den ersten Häusern, geduckt wie ein Tier, und schlüpfte in eine unbeleuchtete Gasse hinein. Er hielt kurz inne, presste das Wasser aus seinen Schuhen und ging die Treppe hinauf zur Ajami Street. Hier roch Jaffa noch wie früher, aber seine Klänge fehlten. Auf den leeren Straßen lag Angst; keine Musik spielte, und aus den Häusern drangen nur leise Wortfetzen. Auf Arabisch. Als ihm zwei Männer entgegenkamen, versteckte er sich hinter einem kaputten Auto. Sie sprachen eine Sprache, die Georges nicht verstand, und als sie an ihm vorbeigegangen waren, erkannte er, dass einer von ihnen ein Gewehr um die Schulter trug. Die Araber hatten sich in die Häuser verkrochen.

Sein Haus sah aus wie immer. Nur die Rosen im Vorgarten waren verblüht. Die blauen Fensterläden standen offen, aber in den Zimmern brannte kein Licht. Ein kühler Wind blies durch die Straße, und Georges musste an die Bettler denken, die früher hierhergekommen waren, weil sie wussten, dass sie von Mariam immer ein Stück Brot, Käse und Orangen bekamen. Genau so musste *er* jetzt aussehen, wenn ihn jemand durchs Fenster beobachtete. Er öffnete das Tor, ging leise durch den Vorgarten und spähte durch die Fenster. Alles war still. Die Haustür war verschlossen. Georges zog den Schlüssel, den er mitgebracht hatte, aus seiner Hosentasche und steckte ihn ins Schloss. Sein Herz schlug bis zum Hals. Er rüttelte am Knauf, aber der Schlüssel ließ sich nicht drehen. Jetzt erkannte er die Einbruchspuren am Türstock. Offenbar hatte jemand versucht, die Tür mit Gewalt aufzustemmen. Das Schloss hing schief in seiner Verankerung. Es genügte, sich mit der Schulter gegen die Tür zu lehnen, um sie aufzudrücken. Georges glitt hinein und schloss die Tür leise hinter sich. Er schaltete kein Licht an. Ein eigenartiger Geruch hing im Raum. Der vertraute, unverwechselbare Geruch seines Zuhauses, aber dann Zigarettenrauch – Georges rauchte nicht – und dann etwas Stechendes, vielleicht Kohlsuppe. Die Sofas standen da wie immer, auch der Teppich lag an seinem Platz. Hier war offenbar nicht geplündert geworden. Georges ging weiter nach drinnen und bemerkte, dass seine Hände zitterten, worüber er sich ärgerte – wie konnte er Angst haben, in seinen eigenen vier Wänden? Er hörte seinen Herzschlag in den Ohren und öffnete die Tür zur Küche. Dort kam der strenge Geruch her. Essen, das hier noch nie gekocht worden war. Benutzte Teller standen in der Spüle, ein fremder Pullover und eine hebräische Zeitung lagen herum. Georges ging ins Wohnzimmer, dessen Fenster zum Meer hinausblickten. Seine Hände glitten über den englischen Bücherschrank, den er selbst hereingetragen hatte. Eine Menora aus Messing stand darin. All seine Bücher fehlten. Sein Blick folgte dem schwachen Licht von draußen, das auf eine leere Wand fiel. Dort, wo zwischen bemalten Wandtellern die Fotos seiner Eltern, seiner Kinder und Großeltern gehangen hatten, war jetzt – nichts. Er fuhr vorsichtig mit der Hand über die Wand ... und spürte die Nägel, die noch dort steckten, wo er sie einst hineingeschlagen hatte. *Abwesende*, schoss es ihm durch den Kopf, und etwas in ihm bäumte sich auf. Ich bin anwesend, wollte er rufen, seht ihr, ein Einbrecher in meinem eigenen Haus! Auf dem Couchtisch stand ein Aschenbecher voller Zigaretten. Georges ging zum Sofa, auf dem er ein Buch liegen sah, und hob es auf. Es war ein Kinderbuch. Ein Schneemann mit roter Mütze und Karottennase, darüber kyrillische Buchstaben, die er nicht entziffern konnte. Georges spürte einen Kloß im Hals. Er legte das Buch zurück an seinen Platz, genau so, wie es dort gelegen hatte. Dann drehte er sich um, blickte in das dunkle Zimmer und fröstelte. Wenn sie Kinder hatten, würden sie bald zurückkommen, dachte er. Wenn es ein Offizier war, würde er eine Waffe tragen. Georges musste eine Entscheidung treffen – seine ungebetenen Gäste erwarten oder wie ein Dieb in die Nacht verschwinden. Er blickte zu der leeren Wand. Was hätte sein Vater von ihm erwartet? Was hätte Mariam getan?

Georges ging zum Fenster, neben dem sein Ohrensessel gestanden hatte, der jetzt fehlte, und wandte sich zu dem kleinen Tisch aus Damaskus, der noch immer an seinem Platz stand, bis sich die Umrisse seines englischen Grammophons aus der Dunkelheit herausschälten. Er berührte den Schalltrichter, die Kurbel, den Tonarm ... alles war noch da. Vielleicht hörten diese Leute Musik. Ihre Musik. Er zog die Platte von Oum Kalthoum aus ihrer Hülle. Ein kleiner Gruß an die Familie, dachte er. Er würde die Platte auflegen, die Lautstärke aufdrehen und in den Garten verschwinden. Dann würde er von draußen zusehen, wie Oum Kalthoum den Leuten aus dem Land der Schneemänner von dem Land erzählte, in das sie sich verirrt hatten, und von den Menschen, in deren Betten sie schliefen. Bis in die Träume hinein sollte ihre Stimme sie verfolgen. Aber dann entschied er sich anders. Er steckte die Platte zurück in ihre Hülle und packte sein Grammophon mit beiden Händen. Oum Kalthoum presste er zwischen seine Brust und das unförmige Gerät, das er zum Ausgang trug. Amal sollte ihr Geschenk bekommen.

Georges durchquerte gerade das Empfangszimmer, als er Stimmen hörte, die sich von draußen der Tür näherten. Ein Mann und eine Frau. Er erstarrte, blieb stehen und lauschte. Sie sprachen in einer fremden Sprache miteinander, vielleicht Russisch oder Bulgarisch. Es wäre noch Zeit gewesen, zurückzulaufen und aus dem Fenster zu fliehen. Aber etwas in ihm bäumte sich dagegen auf. Er war nicht mehr derselbe, der vor neun Monaten geflohen war, um das Leben seiner Liebsten zu schützen. Dort draußen hatte der Tod sie eingeholt, während ihr Haus immer noch stand. Das Haus, das er mit seinem Vater wiederaufgebaut hatte, nachdem die Briten es zerstört hatten. Es war nicht Georges, der sich entschied, stehen zu bleiben, während er sah, wie die Tür sich öffnete. Es war die Stimme seines Vaters in ihm. Eine Frau betrat den Raum. Auf ihrer Schulter lag ein schlafendes Kind. Hinter ihr kam ein Mann herein, dessen Hand zum Lichtschalter griff. Die Frau stieß einen Schrei aus, als sie den Fremden sah, der dort stand, mitten im Zimmer, mit dem Grammophon in den Händen. Ihr Mann zog eine Pistole aus seinem Mantel. Er hatte ein breites Gesicht und einen bulligen Körper. Er zeigte keine Angst, und auch Georges war zu seinem eigenen Erstaunen völlig ruhig.

»*Ahlan wa sahlan*«, sagte Georges. Willkommen.

Die Waffe, die der Fremde auf ihn richtete, war nicht die erste im Haus der Bishara. Georges' Vater hatte eine besessen, bis die Briten sie konfiszierten. Damit hätte er sich jetzt verteidigen können. Aber auch so hätte er keine Chance gehabt. Der Revolver seines Vaters war alt und rostig, während der israelische Offizier eine moderne Zbrojovka in der Hand hielt. Und keiner seiner Nachbarn, dachte Georges, bevor die Kugel das Grammophon durchschlug, war noch hier, um den Schuss zu hören.

20

PALERMO

»Wo bist du?«

Einen Moment lang weiß ich keine Antwort. Wo ich bin, steht Georges mit seinem Grammophon. Wo ich bin, liegen antike Säulen vor einer Kirche, die keine Kirche mehr ist. Wo ich bin, sitzt Elias auf einem Mauerrest, ganz nah neben mir.

Joëlles Stimme am Handy klingt aufgeregt.

»Komm sofort nach Hause«, sagt sie.

Nach Hause. Als wäre es *mein* Haus.

»Was ist passiert?«

»Kann er dich hören?«

»Nein«, sage ich, stehe auf und gehe ein paar Schritte. Elias wendet diskret die Augen ab. Wie er dort in der Nachmittagssonne sitzt, wirkt er fast wie ein Tourist. Wenn ich nicht wüsste, welches Gepäck er mit sich trägt. Seine Geschichte wühlt mich auf. Sie stellt mich in Frage. Ich halte mich für keinen politischen Menschen, aber doch für informiert. Warum wusste ich kaum etwas davon? Wie konnte ich, gerade als Archäologin, das Naheliegende übersehen, nämlich dass Geschichte von den Siegern geschrieben wird? Sicher, die andere Seite war in meinem Bewusstsein. Aber sie besaß keine Namen, keine Gesichter, und wenn, dann schrien zornige Männer in die Kamera und verbrannten Reifen. Was mir näher ging, waren Filme wie »Shoah«. Mein Entsetzen, die Frage nach der Verstrickung meines Großvaters – und der Lichtblick am Ende der dunklen Geschichte: Von Auschwitz nach Jerusalem. David gegen Goliath. Ein Land ohne Volk für ein Volk ohne Land.

Ich behaupte von mir, immer die Wahrheit wissen zu wollen. Aber tatsächlich ist die Wahrheit meist widersprüchlich, verstörend, schmerzhaft. Wenn wir ehrlich sind, sehnen wir uns nicht nach wahren Geschichten, sondern solchen, die uns bestätigen.

»Er hat gelogen«, sagt Joëlle.

»Was meinst du?«

»Erzähl ich dir, wenn du hier bist. Sag ihm bitte nichts, hörst du? Tu so, als wäre alles in Ordnung.«

Sie legt auf, und ich gehe zurück zu Elias. Ich will ihm nichts vormachen. Es gibt eine Unschuld am Beginn jeder Begegnung, und ich will ihr Ende so lang wie möglich hinauszögern.

»Joëlle will mich sehen.«

Das ist keine Lüge. Nur die halbe Wahrheit. Er wartet, dass ich ihm den Grund sage, und als er registriert, dass nichts mehr kommt, steht er auf.

»Gut.«

Etwas in ihm macht zu. Etwas, das er mir gerade erst geöffnet hatte. Er spürt die fehlende Hälfte meines Satzes.

»Warte. Elias!«

Aber da ist er schon gegangen.

Ich laufe ihm nach und fasse ihn am Arm.

»Wenn ihr nicht miteinander redet, geht das nicht gut aus.«

»Wenn wir reden, geht's auch nicht gut aus.«

»Warum hasst du deinen Vater?«

»Weil ich ihn zu sehr geliebt habe!«

Er reißt sich los.

»Was ist denn passiert zwischen euch?«

»Du musst los. Joëlle wartet auf dich.«

Zum ersten Mal nennt er ihren Namen. Er zieht sein Handy aus der Tasche, um mir ein Taxi zu bestellen.

»Wie wär's, wenn du uns in dein Haus einlädst?«, frage ich und werfe ihm ein Lächeln zu. »Wir kochen was Schönes, und du könntest die Geschichte weitererzählen.«

Er lächelt aus den Augenwinkeln zurück. Tippt auf seinem Smartphone herum.

»Wann?«, frage ich.

»Morgen Abend«, sagt er.

Ich reiche ihm die Hand. Er nimmt sie. Ich bin erleichtert und glaube zu spüren, dass er es auch ist.

Über dem Meer ziehen dunkle Wolken auf. Das magentafarbene Abendrot taucht Moritz' Villa in ein unwirkliches Licht. Nach Hause, hat Joëlle gesagt. Ich wüsste keinen Ort, an dem ich mich fremder fühlen würde. Weil ich dort, mehr als je zuvor, spüre, dass ich im Leben meines Großvaters keinen Platz hatte. Für ihn existierte ich nicht. Ich war *eine Abwesende.*

Niemand öffnet auf mein Klingeln. Ich klopfe an die Tür.

»Joëlle?«

Sie hat den einzigen Schlüssel. Ich gehe ums Haus und sehe, dass die Terrassentür offen steht. Ich schlüpfe hinein und rufe nach ihr. Ein Mantel aus Schweigen liegt auf den Umrissen der Möbel, die aus dem Halbdunkel heraustreten, als meine Augen sich daran gewöhnen. Kein Geräusch ist zu hören, nur das Rauschen der Palmen im Garten. Es kommt mir so vor, als warteten überall unsichtbare Augen auf mich. Ich kann nicht sagen, wem sie gehören, aber ich bin nicht allein. Es gibt leere Häuser, die in Frieden schweigen; sie haben ihren Dienst getan. Dieses Haus aber ist noch nicht fertig mit seinen Bewohnern. Es spricht Sprachen, die ich nicht verstehe. Es ruft mich, will mir erzählen, was seine Mauern gehört haben. Mein Blick fällt auf die Wand gegenüber der Fensterfront, die Lücken zwischen den gerahmten Fotos. Ich fahre mit der Hand über die Nägel, die noch herausstehen, und in diesem Moment stehe ich nicht mehr in Palermo, sondern in Jaffa. Dieses Haus steht nicht allein, schießt es mir durch den Kopf, es gehört mit dem anderen Haus zusammen wie zwei Schwestern, durchs Meer getrennt, durchs Meer verbunden. Die Stimmen, die mich rufen, kommen wie Wellen, mit dem Nachtwind, vom anderen Ufer.

Komm nach Hause, hat Joëlle gesagt.

Aber niemand ist da.

Auf einmal streicht etwas Warmes an meinem Bein entlang. Ich schrecke aus meinen Gedanken auf, aber es ist nur die Katze. Dann sehe ich, durchs Fenster, Joëlle vor dem Tor stehen. Sie ist nicht allein.

»Nina, komm her, ich muss dir jemanden vorstellen!«

Joëlle hat den Nachmittag in einer anderen Zeit verbracht. Einer schnelleren. Während meiner Abwesenheit ist sie von Haus zu Haus gegangen, um die Nachbarn zu befragen. Hat die Arbeit gemacht, die eigentlich Aufgabe der Polizei gewesen wäre. Und hat eine Zeugin gefunden, die alle überrascht. Es ist die kleine Frau, die neben ihr steht, mit einem Pudel an der Leine. Signora di Mauro trägt eine große, modische Brille, Hut und ein cremefarbenes Kostüm. Sie kommen gerade vom Kommissariat und sind empört.

»Was ist passiert?«

Joëlle erzählt, dass Signora di Mauro gerade eine Aussage gemacht habe. Doch statt zur Tat zu schreiten, habe die Assistentin des Commissario nichts Besseres zu tun gewusst, als Notizen zu machen und die beiden zu vertrösten. Der Commissario selbst sei natürlich wieder beschäftigt gewesen.

»Was für eine Aussage?«

Signora di Mauro erklärt mir, was geschehen ist. An dem Abend, als Moritz starb, hatte sie, die zwei Straßen weiter wohnt und täglich ihren Pudel ausführt, gesehen, dass er nicht allein war. Vor der Villa stand der Fiat von Elias, den sie kannte, denn er war oft zu Besuch bei Moritz. Also dachte sie sich nichts weiter, aber als sie nachts im Bett lag, hörte sie einen Knall in der Nachbarschaft. Sie konnte nicht mit Gewissheit sagen, was dort geknallt hatte, vielleicht auch eine Tür oder ein Fenster, aber das Geräusch sei eindeutig von Moritz' Grundstück gekommen. Im ersten Moment bin ich skeptisch. Und ich ärgere mich über Joëlles Alleingang. Aber dann fügt sie hinzu, dass Elias bei seiner Befragung durch die Polizei ausgesagt hatte, dass er an dem Abend bei seiner Frau gewesen sei. Das habe die Assistentin des Commissario selbst bestätigt.

»Warum hat er gelogen?«, fragt Signora di Mauro.

Ich will nicht glauben, dass Elias seinen Vater getötet hat. Doch es gibt nichts, was ich mehr hasse als angelogen zu werden. Von jemandem, dem ich vertraue.

»Was macht die Polizei jetzt?«

»Ja, warum gehen die nicht los und verhören ihn?«, fragt Joëlle. »Warum ermitteln die so schlampig?«

»Eine Zeugenaussage ist kein Beweis. Da steht Aussage gegen Aussage.«

»Nina, ich will wissen, warum mein Vater sterben musste! Kannst du das nicht verstehen?«

Doch, Joëlle, doch, will ich sagen. Aber ich erreiche sie nicht mehr. Sie ist erschöpft und aufgewühlt.

»Ich kenne ihn gut, den jungen Mann«, raunt Signora di Mauro. »Er ist nett. Und unauffällig. Aber es sind immer die Netten und Unauffälligen. Er ist *musulmano!*«

Dann lädt sie uns freundlich zum Abendessen ein. Sie lebe allein, aber freue sich über Besuch. Ich bin dazu nicht mehr in der Lage. Inzwischen ist es völlig dunkel, und meine Gedanken suchen nach etwas, woran sie sich festhalten können.

»Ist sie glaubwürdig?«, frage ich, während die Signora mit ihrem Pudel die schwach beleuchtete Straße hinab spaziert.

»Sie hat keinen Grund zu lügen.«

Joëlle errät meine Gedanken, als ich auf mein Handy schaue, um zu sehen, ob Elias eine Nachricht geschrieben hat.

»Ruf ihn nicht an.«

»Wenn wir ihn einfach fragen, ob er an dem Abend hier war? Und was passiert ist?«

»Dann ahnt er, dass wir mit der Polizei geredet haben. Und taucht unter, bevor sie ihn holen.«

»Wenn du ihm jetzt die Kripo auf den Hals schickst, verhärtet das nur die Fronten.«

»Versprich mir, dass du ihn nicht anrufst!«

»Eigentlich hat er uns für morgen Abend eingeladen.«

»Was? Wohin?«

»In sein Haus.«

Ich setze Wasser auf. Aus dem oberen Stockwerk poltert es. Als würde Joëlle alle Schränke ausräumen. Ich gehe in die Vorratskammer. Moritz war ein vernünftiger Einkäufer. Keine frischen Tomaten im Kühlschrank, aber Dutzende Gläser mit fertigem Sugo in den Regalen. Eier, Oliven im Glas, Reis, Spaghetti und etliche Dosen Thunfisch, säuberlich aufgereiht. Orangensaft, Wasserkisten. Einer, der sich umbringen will, legt keinen Vorrat an. Ich schneide die letzte Zwiebel.

Dann höre ich Schritte auf den Treppenstufen. Joëlle stößt die Küchentür auf und wuchtet einen alten Koffer auf den Tisch. Braunes, abgewetztes Leder. Er sieht aus, als wäre er um die halbe Welt gereist.

»Was ist das?«

Erst dann sehe ich, dass sie weint. Aber es sind keine Tränen der Trauer, sondern des Glücks.

»Schau!

Sie öffnet den Koffer. Er ist gefüllt mit Fotos. Braunstichiges Schwarzweiß und die Farben der fünfziger Jahre. Es sind Familienfotos. Im Licht von Haifa. Alles, was Joëlle mir erzählt hat, liegt ausgebreitet vor mir. Da ist der Balkon über der Jaffa Road und Yasmina, die Wäsche aufhängt. Da sind die Kräne und die

Schiffe. Da ist ein Mädchen mit schwarzen Locken, das in die Kamera strahlt.

»Er hat mich *doch* nicht vergessen.«

Joëlles Hand zittert, als sie die Fotos herausnimmt. Die Altersflecken auf ihrer Haut und die Unvergänglichkeit der Kindheit.

»Schau, wie schön sie war, meine Mamme.«

»Und das ist Victor?«

Ich erkenne ihn sofort. Die leuchtenden Augen, der fein geschnittene Mund, die angeborene Überlegenheit in seiner Ausstrahlung. So sitzt er auf einem Jeep, lässig, aber konzentriert, in Khakihemd und kurzen Hosen. An seinem Blick in die Kamera glaube ich sein Verhältnis zum Fotografen zu erkennen: So wie jemand einen besten Freund ansieht, von dem er sich nicht in die Karten schauen lässt.

Dann finde ich Porträts aus einem Fotostudio. Gesichter, in denen sich unvorstellbare Dinge eingebrannt haben. Die Müdigkeit der Reisenden und ihr Staunen über die Ankunft.

»Wo war der Koffer?«

»Ganz hinten in einem Schrank in der Gerümpelkammer. Das Schloss hab ich aufgebrochen.«

Warum hat er das versteckt? Wie kann jemand seine Familie in einen Koffer packen, in eine Kammer schieben und vergessen?

Es müssen Hunderte Fotos sein. Und auf keinem einzigen ist Maurice abgebildet. Nur auf der Rückseite erkennt man seine Schrift. »Haifa 1956« steht dort, »Haifa 1952«, dazu der Stempel eines Ateliers.

Maurice Sarfati, Jaffa Road.

Er sieht alles, aber bleibt unsichtbar.

Sein Leben in Bildern, ausgebreitet auf dem Esstisch, dazwischen zwei Teller Pasta. Ich öffne den Wein. Joëlle sortiert die

Fotos. Nicht chronologisch, sondern nach Personen. Sie schiebt mir ein schwarzweißes Klassenfoto zu. Mädchen und Jungs gemischt, alle sitzen in ihren Bänken und halten ein dünnes Matzenbrot in der Hand. Ich hätte sie erkannt, auch wenn sie nicht darauf gezeigt hätte: Das Mädchen mit den dunklen Locken, das heller strahlt als die anderen. Auch wenn sie am Rand sitzt.

»An Pessach sangen wir alle zusammen. Vom Auszug aus Ägypten. *Wir sind Sklaven* ... Dabei mussten wir alle den Kopf nach unten beugen, und dann rissen wir die Arme in die Höhe und sangen so laut wir konnten: *Jetzt sind wir freie Menschen!* Diese Schulklasse kam aus den verschiedensten Ecken der Welt, aber der alte Mythos schweißte uns zusammen.«

Tatsächlich, die Kinder sehen so verschieden aus. An der Wand hinter ihnen die Flagge eines Landes, das jünger ist als sie.

»Du glaubst gar nicht, wie stolz wir kleinen Knöpfe waren. Meine Mutter sagte damals: Seit es Israel gibt, gehen wir mit erhobenem Haupt durch die Welt. Früher hatten wir niemanden, der uns beschützt. Jetzt sind wir unsere eigenen Herren. Und wenn sie uns wieder angreifen ... werden wir uns verteidigen.«

Ich drehe die Fotos um. Immer steht dort »Haifa«. Als hätte Maurice seine kleine Welt nie verlassen.

»War er mal in Jaffa, im Krieg?«

»Ich weiß nicht. Ich hab nicht gefragt. Er hat nichts erzählt.«

»Was wusstet ihr über die Menschen, die dort gewohnt haben?«

»Die Araber?«

»Ja.«

»Sie sind weggegangen.«

»Warum kamen sie nicht zurück?«

»So war das eben.«

Elias spricht stundenlang darüber, ihr genügen zwei Sätze. Es erinnert mich an die Art meiner Großmutter, wenn ich nach

Moritz fragte. *Er ist verschollen, in der Wüste. Iss deinen Kuchen auf.* Wenn Erinnerung eine Konstruktion der Gegenwart ist, dann fällt es leichter, mit einer Leerstelle weiterzuleben als mit dem Gewicht allzu vielen Wissens. Meine Großmutter war Meisterin in der Kunst der gefühlten Wahrheit. Aber während man die Toten vielleicht verdrängen kann, sind die Lebenden noch da. Irgendwann, wenn niemand mehr sie erwartet, klopfen sie an die Tür.

»Hast du in der Schule arabische Kinder getroffen?«

»Nein, die Schulen sind getrennt. Warum willst du das wissen? Das ist alles lang vorbei.«

»Weil es für Elias nicht vorbei ist.«

»Hör zu, Papà war der gutmütigste Mensch, den ich kenne. Er hasste Krieg. Er war mit allen gut Freund. Es gab natürlich ...«

»Was?«

»Es gab Victor.«

Sie sagt es auf eine Weise, wie man von denjenigen spricht, über die man eigentlich nicht sprechen darf. Sein Name berührt eine Wunde, die nie geheilt ist. Es sind die Abwesenden, denke ich im Stillen, die den Schlüssel zu allen Rätseln in der Hand halten. Joëlle durchkämmt fahrig die Fotos, ohne zu finden, was sie sucht.

»Die beiden gehörten zusammen«, sagt sie. »Es gab keinen Victor ohne Maurice, und es gab keinen Maurice ohne Victor. Verstehst du?«

Ich verstehe nicht, was sie meint. Noch nicht. Aber dann erzählt sie eine Geschichte, die so auch in meiner Familie hätte geschehen können, ja hätte geschehen *sollen*, aber nie geschehen ist. Die, von der meine Mutter immer geträumt hatte: Die Geschichte eines Abwesenden, der zurückkehrt.

21

HAIFA

Die Ausbildung von Identität erfordert stets
ein entgegengesetztes »Anderes«,
dessen Konturen davon abhängen,
wie wir seine Differenz zu »uns«
deuten und umdeuten.

Edward Said

Auf Radio Kol Jisrael lief eine Sendung, die Yasmina liebte. Sie hieß *»Wer kennt sie?«*, und wenn man mittags das Fenster öffnete, hörte man sie aus fast allen Wohnungen der Jaffa Road. Sie war so etwas wie das Lagerfeuer, an dem sich eine Gemeinschaft bildete, die noch keine war. Dabei stellte die Sendung mehr Fragen als sie Antworten gab:

»Rina Birman aus Lublin, jetzt im Kibbuz Hazorea, sucht ihre Schwester Tuvia Himmelfarb, geborene Birman. Moshe Granot, geborener Granovsky, ursprünglich aus Kattowitz, jetzt im Einwandererhaus von Ra'anana, sucht seine Frau Alisa Granovsky, geborene Dobkin aus Charkow.«

Manchmal gab die Sendung auch Antworten, und das waren die Geschichten, die Yasminas Herz höherschlagen ließen. Solche wie die von Rifka Waxmann, die im Januar 1949 in Haifa angekommen war, als sie beim Einkaufen auf der Herzl-Straße einen Soldaten aus einem Jeep steigen sah, in dem sie ihren eigenen Sohn wiedererkannte, Chaim Waxmann. Vor acht Jahren hatte der Krieg sie getrennt, als er erst vierzehn Jahre alt gewesen war. Bis zu diesem Tag hatte sie geglaubt, dass die Nazis ihn getötet hatten.

Am nächsten Tag erzählte man sich in der ganzen Jaffa Road davon, in der Bäckerei, beim Metzger und vor den Häusern, wo Männer und Frauen stundenlang auf alten Stühlen saßen und über die Bühne philosophierten, die sich vor ihren Augen darbot, wissend, dass sie längst selbst zum Teil der Bühne geworden waren. Rifka und Chaim Waxmann erschienen wie enge Verwandte, manchmal auch wie Filmstars, deren private Geheimnisse man mit großer Anteilnahme ausbreitete, auch wenn niemand sie persönlich kannte. In ihrem Wiedersehen lag die Erfüllung einer Sehnsucht, die viele mitgebracht hatten – auch wenn sie nur den wenigsten vergönnt blieb. Der Trost war das Wiedersehen der anderen.

Yasmina hatte keinen Verwandten in der Shoah verloren, und trotzdem erlebte sie diese Geschichten mit, als handelten sie von ihrer eigenen Familie. Wenn sie beim Abendessen davon erzählte, hörte Maurice ihr aufmerksam zu, aber sagte nichts. Er war vielleicht der einzige Mensch in der Jaffa Road, der sich zwar über das Glück der anderen freute, aber darin keinerlei Hoffnung für sich selbst schöpfte. Er hatte einen Zufluchtsort gewählt, an den ihm die, die er zurückgelassen hatte, nie folgen konnten. Und er schaute nicht mehr zurück. In seinem neuen Reisedokument stand: *»Gültig für alle Länder außer Deutschland«*. Natürlich fragte Yasmina ihn nie nach den Seinen, wenn Joëlle zuhörte, und auf der Straße nahm Maurice so regen Anteil an den Schicksalen der Nachbarn, dass niemand auf die Idee kam, nach seiner Familie zu fragen. In einer Welt, wo alle durcheinanderredeten, gab es einen, der zuhörte. Maurice existierte für die anderen; er hatte die Kunst, sich unsichtbar zu machen, so weit perfektioniert, dass er sogar in seinen Träumen nicht mehr Deutsch sprach. Heute sagt man gerne: *»Sei du selbst!«*, aber Maurice überlebte damals, weil er alles andere war als er selbst. So sehr, dass er die Person, die er einmal gewesen war, nicht mehr vermisste. Er verlor sogar die Angst, aufzufliegen, so innig verschmolz er mit seinem neuen Ich. Seine einzige Sorge war, dass die Frau, der er sein Schicksal anvertraut hatte, jenen Mann vermissen würde, den er, egal was er tat, nie ersetzen konnte.

Während des ganzen Krieges hatten sie ihn nicht gesehen. Wenn in Yasminas Krankenhaus die verletzten Soldaten von der Front ankamen, fürchtete und hoffte sie zugleich, dass Victor unter ihnen war. Aber es waren nur Fremde. Sie hätte nach ihm fragen können. Aber sie verbot es sich. Sie hatte eine Tür in ihrem Herzen geschlossen, die sie nie mehr öffnen wollte. Um nicht überflutet zu werden von dem, was dahinter lag. Sie verstand ihre paradoxen Gefühle selbst nicht; als er für tot erklärt worden war, hatte sie daran festgehalten, dass er lebte, aber jetzt, da er lebte, hielt sie sich daran fest, dass er für sie gestorben war. Natürlich war das kein Zustand, den sie lange aufrechterhalten konnte. Einmal ertappte sie sich dabei, dass sie heimlich die Listen der Verletzten las, die auf den anderen Stationen eingeliefert wurden. Sein Name war nicht darunter.

Maurice fragte sich, ob Yasmina ihn vermisste, doch er sprach sie nie darauf an. Sie hatten genug damit zu tun, den Alltag zu bewältigen. Für eine Flasche Milch stand man stundenlang Schlange, auf ein Huhn wartete man tagelang vergeblich. Im Dilemma, entweder die Masseneinwanderung zu begrenzen oder die Lebensmittel zu rationieren, hatte die Regierung entschieden, Lebensmittelcoupons einzuführen: 200 Gramm Karotten für 85 Mils am Montag, gedörrte Eier am Mittwoch, gefrorener Kabeljau am Donnerstag und mit etwas Glück eine Banane für 120 Mils am Sonntag. Beim Bäcker gab es nur noch ein Standardbrot, schwarz und rund, das nach Pappe schmeckte. Die Nachbarn hielten ein Huhn auf dem Balkon, um die Eier gegen Kleider- und Schuhcoupons einzutauschen. Yasmina verlor ihre Arbeit im Krankenhaus. Kein Krieg, keine verletzten Soldaten. Auf der Straße lungerten Arbeitslose herum. Die leeren Wohnungen waren inzwischen besetzt, und die anfängliche Solidarität mit den jüdischen Einwanderern schlug in Abschätzigkeit um. Zu viele Nordafrikaner, zu viele Iraker, zu viele Kriminelle. Auf dem Flughafen von Lod landeten täglich drei Maschinen, aus denen jemenitische Familien stiegen, mit schreienden Kindern und verstörten, dunklen Gesichtern, fremd im Gelobten Land. Menschen, die so anders aussahen, anders rochen und anders beteten, dass mancher Ashkenase meinte, sie seien gar keine richtigen Juden. Giora Yoseftal, der Integrationsbeauftragte der Jewish Agency konstatierte: »Israel will Einwanderung, aber die Israelis wollen keine Einwanderer.«

Eines Tages tauchte Victor plötzlich im Hafen auf. Schlenderte lässig über den Kai, als Maurice gerade aus der Lagerhalle von der Mittagspause kam, als hätte er darauf gewartet, ihn alleine abzupassen.

»Hakol beseder?«

Als wäre er nie weggewesen. Er trug Zivil, war schlanker geworden, die Züge um seinen Mund härter, aber seine Augen blitzten schelmisch wie immer.

»Victor …«

»Avi, alle nennen mich Avi. Ist jetzt offiziell. Gut siehst du aus. Wie läuft's zu Hause?«

»Gut.«

Maurice versuchte ein Lächeln. Vor allem aber versuchte er herauszufinden, was Victor wollte.

»Habt ihr eure Namen schon geändert?«

»Nein.«

»Sie sollte Yael heißen.«

Er meinte Joëlle.

»Sie soll das selbst entscheiden, wenn sie groß ist.«

Victor steckte sich eine Zigarette an.

»Willst du uns mal besuchen kommen?«, fragte Maurice.

»Nein.«

Victor sah sich um. Drüben entluden Jacky und die Männer ein Schiff aus Odessa.

»Magst du deine Arbeit?«, fragte er.

»Wenn du eine ehrliche Antwort willst, nein«, sagte Maurice.

Victor nickte. Hatte er längst gewusst.

»Ich schau, was ich tun kann.«

Das war's. Sie tauschten noch ein paar Floskeln aus, dann schlenderte Victor hinüber zu Jacky, der ihn umarmte wie einen alten Freund. Keine Frage nach Yasmina. Auf einmal tat es Maurice leid, dass er ihn nicht gefragt hatte, wo er im Krieg gewesen war, was er erlebt hatte und wo er jetzt wohnte. Aber vielleicht *wollte* er das auch gar nicht wissen. Je weniger er wusste, desto weniger müsste er Yasmina vorenthalten, denn er hatte nicht vor, ihr von dieser Begegnung zu erzählen. Das war keine Lüge, sagte er sich, es würde sie nur unnötig aufwühlen.

Eine Woche später tauchte Victor wieder auf, ebenso unangemeldet wie beim ersten Mal. Diesmal kam er mit einem Militärjeep auf den Hafenkai gebraust. Er trug Uniform und Sonnenbrille. Er bremste scharf und rief Maurice fröhlich zu:

»Komm mit!«

»Wohin?«

»Steig ein!«

Für einen Moment war es wieder da, als sie stadtauswärts rasten, dieses untrügliche Gefühl der Freundschaft. Ein tieferes Band als die Kameradschaften, die sie im Krieg erfahren hatten. Als wären sie füreinander der Bruder, den sie nie hatten. Mit

Victor wurde alles leicht; er war der Frühling in Person. Sein Optimismus war immer schon ansteckend gewesen, aber jetzt strahlte er auch das Selbstbewusstsein eines Siegers aus. Er hatte alle, die ihn für einen Träumer gehalten hatten, eines Besseren belehrt.

»Ich hab gute Arbeit für dich!«, rief Victor gegen den Fahrtwind. »Wo du keine Kisten mehr schleppen musst!«

Der Jeep fuhr quer über die Carmel Avenue, immer durch die Jaffa Road, am englischen Kriegsfriedhof vorbei aus der Stadt und kilometerweit an der Küste entlang. Mitten in der Wildnis bog Victor auf einen staubigen Weg ab und bremste. Vor ihnen lag ein von Polizisten bewachtes Tor, ein endloser Stacheldrahtzaun und dahinter baufällige Baracken, soweit das Auge reichte. Was früher einmal die britische St. Luke's Kaserne war, hatte der Staat zu einem Lager umgebaut, weil die Einwandererbehörde am Hafen aus allen Nähten platzte. Jetzt, da sechsmal so viele Juden ins Land gebracht wurden wie unter dem britischen Mandat. Das Gelände war riesig und bereits überfüllt. Es hieß *Sha'ar Ha'aliya*, »Tor der Einwanderung«.

»Unser Ellis Island. Hier gehst du als Diasporajude rein und kommst als Israeli raus. Hübsch, was?«, sagte Victor ironisch und sprang aus dem Jeep. »Komm, ich stell dich meinem Freund Dan vor.«

Als Maurice die unzähligen Menschen hinter dem Zaun sah, überfiel ihn eine Mischung aus Widerwillen und Mitgefühl. Er kannte es allzu gut, die Warteschlangen vor den Baracken, wo sie Filzdecken verteilten, Männer, die auf Koffern saßen, das Schreien der Kinder und die apathischen Wiegebewegungen der Mütter. Der Geruch von Schweiß, Krankheit und Entlausungsmittel. Die Angst in den Gesichtern, die Entwurzelung und das Aufbegehren. Menschen, denen unterwegs alles Schöne abhandengekommen war.

»Warte«, sagte Maurice. »Was ist das für eine Arbeit?«

»Die sind überfordert. Brauchen mehr Personal. Registrierung fürs Militär, Papiere, der ganze Behördenkram. Was stehst du da?«

Maurice blieb neben dem Jeep stehen.

»Du bist perfekt für den Job. Du sprichst Deutsch, Italienisch, Englisch, komm!«

»Deine Freunde ... wissen sie, wer ich bin?«

»Sie wissen, dass du mein Freund bist.«

Maurice spürte, wie sein sich Magen zusammenzog.

»Hast du Angst, dich anzustecken? Keine Sorge, die bekommen als Begrüßung 'ne Dusche mit DDT!«

Victor grinste. Nein, dachte Maurice. Was er scheute, war etwas anderes: Die Leute, mit denen er hier arbeiten sollte, waren dafür zuständig, die Einwanderer aus aller Welt zu überprüfen. Nicht nur nach ansteckenden Krankheiten, sondern auch nach falschen Identitäten. Es gab arabische Eindringlinge, Spione aus aller Welt und Trittbrettfahrer, die sich als Juden ausgaben, um ihrer Armut zu entfliehen. In diesem Lager wären seine Arbeitgeber dieselben Leute, die ihm jederzeit seine Existenz wegnehmen konnten. Sobald sie erfuhren, wer er wirklich war, würden sie ihn aufs nächste Schiff setzen - oder ins Gefängnis stecken. Victor erriet seine Gedanken.

»Denk dir nichts, die haben andere Probleme - hast du die Massen gesehen? Außerdem, du bist weiß. Du gehörst dazu!«

Maurices Blick fiel auf eine Schlange mit marokkanischen Familien vor einer Baracke. Sie trugen lange Gewänder, Sandalen und sprachen kein Wort Hebräisch. Zwei aschkenasische Krankenschwestern riefen ihnen in rauem Ton Befehle zu, die sie ignorierten.

»Sieht aus wie in Tunis, was?«, witzelte Victor. »Erst wollten wir weg aus Nordafrika, jetzt holen wir Nordafrika zu uns.«

»Du sagst *wir*. Für wen arbeitest du jetzt?«

»Für wen ich arbeite, ist nicht dein Problem. Erstmal müssen wir *dir* eine gute Arbeit besorgen. Hier ist der sicherste Ort für dich! Erinnerst du dich, im Hotel Majestic? Du und deine Kameraden, alle um mein Klavier herum, alle grölten *Lili Marleen* ... und ich war euer kleiner süßer Italiener. Einfach nur weil keiner sich vorstellen konnte, dass mitten unter euch ein Jude sitzt. Das beste Versteck ist dort, wo keiner sucht. Mittendrin!«

Maurice hasste es, dass Victor ihn an ein Leben erinnerte, das er fast schon vergessen hatte.

»Hör zu, Maurice. Solange ich lebe, geschieht dir nichts. Ich hab *protektzia*, verstehst du? Von weit oben.«

Genau das macht mir Angst, wollte Maurice antworten. Stattdessen sagte er:

»Danke, Victor. Ich weiß das sehr zu schätzen. Aber ich bin nicht für die Bürokratie geschaffen.«

»Willst du lieber wieder Kisten schleppen?«

»Ich will in meinem Beruf arbeiten. Es ist das Einzige, was ich aus meinem alten Leben vermisse, weißt du?«

Victor kratzte sich nachdenklich am Kopf.

»Bist du sicher?«

Auf dem Rückweg zweifelte Maurice, ob seine Entscheidung richtig gewesen war. Aber er schwieg. Victor brachte ihn bis fast vor die Haustür. Maurice bot ihm an, mit nach oben zu kommen, aber Victor gab vor, eine Verabredung zu haben. Als Maurice die Treppen hochstieg, beschloss er, auch dieses Mal kein Wort über Victor zu sagen. Doch als Yasmina ihn fragte, wo er gewesen war, erzählte er ihr von Sha'ar Ha'aliyah. Er sei aus Neugier hingefahren, sagte er. Und dann erzählte er, was nicht gelogen war, wie sehr es ihn an Camp 60 erinnerte und wie verstört er darüber war, Jahre nach der Shoah wieder Juden hinter Stacheldraht zu sehen. Nur dass jetzt auch die Bewacher Juden waren. Yasmina hatte im Krankenhaus davon gehört, denn alle verfügbaren Impfstoffe wurden nun bevorzugt dorthin geleitet, so dass sie im Krankenhaus fehlten.

»Sie suchen Krankenschwestern«, sagte Yasmina.

Maurice erschrak. Er war instinktiv dagegen.

»Es ist schrecklich schmutzig«, sagte er. »Die Leute schleppen alle möglichen Krankheiten ins Land. Deshalb der Stacheldraht und die Quarantäne.«

»Wir könnten das Geld gebrauchen.«

»Du musst nicht mehr arbeiten. Bald verdiene ich genug für beide.« Maurice nahm ihre Hand. »Und dann können wir ein zweites Kind haben.« Er sagte »zweites«, nicht »ein eigenes«, aus Rücksicht auf Joëlle. Aber an der Dringlichkeit und Unsicherheit in seiner Stimme konnte Yasmina spüren, wie viel ein eigenes Kind für ihn bedeuten würde. Sie antwortete ausweichend, denn tatsächlich hatte sie zu diesem Zeitpunkt noch keinen Entschluss über ihre Zukunft gefasst. Sie hatte gerade erst begriffen, dass der Boden unter ihren Füßen trug.

In dieser Nacht schliefen sie miteinander. Maurice flüsterte ihr ins Ohr, wie sehr er sie liebte, und Yasmina erwiderte den Satz, auch wenn oder gerade weil sie eine stille Verzweiflung in seiner Seele spürte. Während sie ihn mit ihrem ganzen Körper umarmte und empfing, fühlte sie, dass er sich an ihr festhielt wie ein Ertrinkender an einem Boot. Und etwas daran missfiel ihr, ohne dass sie sagen konnte, warum.

Wenige Tage später stand Victor vor dem Hafentor, gerade als Maurice nach Hause gehen wollte.

»Komm, ich zeig dir was.«

»Ich muss ...«

»Ich begleite dich. Ist nur ein kleiner Umweg.«

Er nahm Maurice fröhlich unterm Arm, begeistert wie ein kleiner Junge, der eine Überraschung für seinen Freund vorbereitet hatte. Sie gingen am Hafen entlang und bogen in die

Carmel Avenue ein, wo die Häuser rote Ziegeldächer trugen. Die German Colony war einst von schwäbischen Templern gegründet worden, die hier gut mit allen auskamen. Bis einige von ihnen mit der Hakenkreuzfahne durch die Straßen liefen. Die Briten deportierten sie auf Schiffen nach Australien, wo sie in Lagern interniert wurden. Ihre Häuser aber standen noch. Solide gebaut, hübsch und mit deutschen Inschriften über den Türen. Die Jaffa Road führte mitten hindurch.

»Ihr *germanim.* Seid wirklich überall, was?«, sagte Victor grinsend. Maurice drehte sich instinktiv um, aus Angst, dass jemand zuhörte. Er ärgerte sich über Victor. Er wusste doch, dass er sich entschieden hatte, kein Deutscher mehr zu sein. Was er dafür geopfert und zurückgelassen hatte. Seinetwegen. Ein bisschen Respekt, dachte er, schuldete er ihm dafür, wenigstens das. Und das Recht, zu tun, was alle taten, die hier vom Schiff stiegen: in ein neues Leben zu schlüpfen wie in einen neuen Mantel. So wie Victor sich entschieden hatte, nicht mehr Victor, sondern Avi zu sein. Vielleicht aber war das auch ein Missverständnis, ein fundamentales, zwischen ihm und Victor, dessen Volk fast vernichtet worden wäre und nie vergessen könnte, was geschehen war. Sie würden nie gleich sein, egal, was er auch tat. Nicht in diesem Land. Hier war nicht Amerika.

»Willkommen im Reich des guten Herrn Bernstein«, sagte Victor und zeigte auf ein zerbrochenes Schaufenster. Dahinter lag eine dunkle Höhle, verlassen und leergeplündert.

Victor drückte die verbogene Tür mit dem Fuß auf und ging hinein. Maurice zögerte, dann folgte er ihm. Steine lagen auf den kalten Fliesen. Die Mauern waren schwarz. Es musste gebrannt haben. Doch man roch keinen Ruß mehr, nur Schimmel und Mäusekot.

»Wie gefällt es dir?«

Maurice wusste nicht, worauf er hinauswollte. Victor kickte ein paar Flaschen weg, die jemand hier hatte liegen lassen.

»Das war mal eine schöne Druckerei. Bernstein hatte schon eine in Berlin. 1938 haben deine Kameraden sie kaputt gemacht. Er konnte gerade noch rechtzeitig fliehen, mit seiner Frau. Sie mussten von null anfangen. Offenbar gefiel ihnen das Viertel. Man sprach Deutsch, es war sauber ... und ein Templer hat ihm den Laden vermietet.«

»Das waren doch Nazis?«

»Nicht alle Deutschen waren Nazis«, antwortete Victor und warf Maurice einen ironischen Blick zu, den Maurice ignorierte. Er fragte sich, was das alles mit ihm zu tun hatte.

»Du wolltest doch in deinem alten Beruf arbeiten. Voilà!«

Maurice stutzte.

»Meine Freunde hätten gern neues Leben hier drin. Stell dir vor, Hochzeitsfotos, Passbilder, was die Leute so brauchen ... Ist doch genug Platz, oder, wie viel Platz brauchst du?«

»Wem gehört der Laden?«

»Uns.«

»Wie?«

»Die Häuser gehören jetzt dem Staat, und der Staat sind wir alle.«

»Aber ...«

»Ich kenn die Jungs, die das verwalten.«

»... ist das rechtens?«

Victor lachte.

»Natürlich.«

Maurice ging vorsichtig über die Scherben am Boden in den hinteren Teil der Druckerei. Dort, wo einmal die Maschinen gestanden haben mussten, war alles verwüstet. Löcher in den Mauern. Bretter davor.

»Was ist hier passiert?«

»Er hat deutsche Schriftsteller gedruckt, der Herr Bernstein. Kennst du Arnold Zweig?«

»Nein ...«

»Ich auch nicht. Jedenfalls, deutscher Jude, kam aus Schlesien, lebte oben auf dem Carmel und schrieb auf Deutsch. Hier haben sie eine Zeitschrift gedruckt, mit seinen Artikeln, *Orient* hieß die. Ein paar Leuten gefiel das nicht. Auf Deutsch, weißt du. Die sollten lieber hebräisch schreiben. Also haben sie den Laden gesprengt.«

»Welche Leute?«

»Braucht dich nicht zu kümmern. Willst du den Laden?«

»Wo ist Bernstein jetzt?«

»Herzinfarkt.«

»Und seine Frau?«

Victor zuckte mit den Schultern.

»Entweder du nimmst den Laden, oder ein anderer greift zu.«

Maurice spürte, wie sein Herz pochte. Hinten wäre Platz genug für die Dunkelkammer. Und vorne könnte er ein Studio einrichten.

»Ich weiß nicht, was ich sagen soll, Victor.«

»Sag einfach ja.«

»Ich kann mir keine Ausrüstung leisten.«

»Wir besorgen das.«

»Woher?«

»Lass das mal meine Sorge sein.«

Maurice war überwältigt. Er konnte alles schon sehen: Wo er die Lampen setzen musste, wo das Stativ stehen konnte, welche Hintergrundtapete er wählen würde. Es war perfekt. Klein, aber eigenständig. Auf einmal spürte er eine tiefe Erschöpfung im Körper. Das Bedürfnis, sich zu setzen. Lange genug hatte er alles getan, um sich selbst zu entkommen. Er war geflohen und wieder geflohen, hatte eine Haut nach der anderen abgelegt, nur um alles auszulöschen, was er einmal gewesen war. Bis zur Unkenntlichkeit. Hier könnte er wieder an sein ursprüngliches Ich anknüpfen – das echte, unverstellte. Er würde jeden Morgen seinen eigenen Laden aufsperren, mit seinem Namen auf der

Tür, mit Kunden, die ihn kannten und grüßten, mit seinem Stempel auf der Rückseite der Abzüge.

Foto: Maurice Sarfati, Jaffa Road, Haifa, Israel.

»Und was schulde ich dir dafür?«

»Nichts.«

»Das kann ich nicht annehmen.«

»Es ist das mindeste, Maurice. Ich will, dass es euch gutgeht.«

Maurice suchte in Victors Gesicht nach einem Zucken, einem Ausweichen der Augen, irgendetwas, das seine Angst bestätigen würde, dass er schwindelte. Aber Victor lächelte nur, unwiderstehlich zuversichtlich, so dass Maurice nichts anderes übrigblieb, als die Hand einzuschlagen, die Victor ihm reichte. Er wünschte, sie könnten einander wieder blind vertrauen.

Jetzt konnte er nicht mehr anders, als Yasmina davon zu erzählen. Er tat es noch am selben Abend, leise in der Küche, nachdem er Joëlle ins Bett gebracht hatte. Nur Victors erste beide Besuche ließ er aus, damit sie nicht fragen konnte, warum er es nicht gleich erwähnt hatte. Er sagte sich, es wäre besser, wenn sie wusste, dass er lebte. Wenn sie nicht wusste, ob er tot oder lebendig war, würde er sie dauernd beschäftigen, wie ein unruhiger Geist.

»Es geht ihm gut«, sagte Maurice. »Er lässt dich grüßen.« Das war gelogen, denn Victor hatte sie mit keinem Wort erwähnt. Yasmina machte ihren Abwasch weiter.

»Der Abfluss ist schon wieder verstopft«, sagte sie, und Maurice holte eine Zange, um das Rohr zu öffnen. Das war's. Keine Frage danach, wann er am Hafen kündigen würde, wann er das Studio eröffnen könnte oder ob er glücklich darüber war. Sie musste es ihm ansehen, dass er seine Freude gern mit ihr geteilt hätte. Aber diesen Gefallen tat sie ihm nicht.

Während Maurice sich gleich am nächsten Tag bei der Wohnungsgesellschaft vorstellte, fand Yasmina alle möglichen Ausflüchte, um den Laden in der German Colony, der nur wenige Minuten entfernt lag, nicht in ihre Welt zu integrieren. Ihre Logik war bestechend einfach: Wenn Victor für sie nicht existierte, konnte auch der Laden nicht existieren. Als Maurice ihr erzählte, dass er in Victors Beisein den Mietvertrag unterschrieben hatte, hörte sie zu und nickte, aber blieb unbeteiligt. Als Maurice seine Feierabende und Wochenenden damit verbrachte, die Räume zu renovieren, kam sie kein einziges Mal auf die Baustelle. Wenn er ihr davon berichtete, dass Victor ihm half, verließ sie das Zimmer, um die Wäsche zu machen. Maurice wünschte, er hätte nie die Wahrheit gesagt. Der wahre Grund ihres Rückzugs – das wusste er, auch wenn er es nie sagte – war nicht Groll gegen Victor, sondern Eifersucht auf seine Freundschaft mit Maurice. Was auch immer die beiden Männer verband, Victor gehörte ihr.

Maurice glaubte, alles würde sich schon zum Guten fügen. Beseelt von der Idee, eine kleine Insel im Meer der Unwägbarkeiten sein Eigen zu nennen, räumte er den Müll aus den Räumen, ersetzte die zerbrochenen Scheiben, mauerte, verputzte, strich, flieste den Boden, suchte Möbel auf der Versteigerung und kam erst spätnachts nach Hause, mit Staub im Gesicht und aufgerissenen Händen. Die russischen Nachbarn, Abel der Bäcker, und Jacky vom Hafen packten mit an. Maurice wurde sich der Ironie bewusst, dass er die größte Solidarität immer von Juden erfahren hatte: Yasminas Eltern, die ihn in Piccola Sicilia vor den Alliierten versteckt hatten. Die Nachbarn aus der Jaffa Road, die selbst nicht viel besaßen, aber alles vorbeibrachten, was sie irgendwo beschaffen konnten. Und natürlich Victor, der bei den Behörden seine schützende Hand über ihn hielt. Maurice griff nicht nach den Sternen. Alles, was er wollte, war ein Stück Normalität. Wieder dort anknüpfen, wo ihm sein Leben aus der Hand gerissen worden war – als sie ihn in eine Uniform gesteckt und in ein fremdes Land geflogen hatten. Mit dem Studio in der German Colony konnte er sich sein Leben zurückholen. Wenn er wieder sein eigener Herr war, dachte er, würde er auch für seine Familie sorgen können.

22

Das Gegenteil dessen, was Maurice sich erhofft hatte, geschah. Zu wissen, dass Victor lebte, beruhigte Yasmina nicht. Im Gegenteil. Die Tatsache, dass er in Haifa war und Maurice traf, warf sie aus dem Gleichgewicht. Wenn sie vom Markt nach Hause kam, hatte sie Angst davor, Victor würde in der Küche sitzen, weil Maurice nicht hatte nein sagen können. Der Gedanke, dass ausgerechnet Maurice ihn wieder in ihr Leben gelassen hatte, machte sie wütend. Aber sie ließ es sich nicht anmerken. Stattdessen verlor sie sich in endlosen Spaziergängen durch die Stadt, nur um nicht nach Hause zu kommen.

Einmal, auf ihren Irrwegen, streunte Yasmina am Hafen entlang und sah einem einlaufenden Schiff zu. Es war weiß und anders als die anderen Schiffe, denn die Menschen, die an Deck standen und auf die Stadt schauten, ragten kaum über die Reling hinaus. Sie waren Kinder. Während die Leinen an Land flogen und das Schiff langsam näher glitt, fiel Yasmina ein Mädchen mit schwarzen Haaren auf, das nicht winkte, sondern einfach nur staunte, als hätte sie noch nicht begriffen, wo sie war. Als Yasmina sich vorstellte, woher dieses Mädchen wohl kommen mochte, sah sie auf einmal sich selbst wieder, in der frühesten Erinnerung, die sie besaß – mehr ein Gefühl als eine Erinnerung, aber eindringlich wie im Traum: Der lange, kalte Gang des Waisenhauses von Carthago, die anderen Kinder neben ihr, und die Familie, die zur Tür hereinkam, Vater Mutter Sohn. Sie wusste instinktiv: *Das ist eine Familie*, auch wenn sie selbst nie eine gehabt hatte. Der Vater mit seinem Wintermantel überm Arm, der mit dem Mönch sprach, die Mutter im Pelz und der Sohn, kaum sieben Jahre alt, mit seiner Schiebermütze, den braunen Stiefeln und einem Blick, in dem seine ganze Überlegenheit lag; er war der Älteste, und er hatte Eltern. Gute Eltern. Er durfte sich ein Geschwisterchen aussuchen, so schien es, denn er zeigte auf den Jungen, der neben Yasmina stand, aber sein Vater wies ihn zurecht und deutete auf sie, Yasmina, und sagte ein Wort zu ihm, das alles veränderte und seinen Widerstand brach: *Ebrea*, sagte er. *Sie ist Jüdin, so wie wir.* Ein einziges Wort, das sie von allen anderen Kindern unterschied. Ein Zauberwort, wie es ihr damals erschien, welches die Macht hatte, ihr ein neues Leben zu schenken. In diesem Moment wurde sie geboren, keine Stunde früher, und trotz allem, was danach geschehen war, würde sie immer dankbar dafür sein, dass unter all den Kindern *sie* ausgewählt wurde, von dem Mann mit dem Mantel überm Arm, seiner Frau im Pelz und dem Jungen mit dem überlegenen Blick, Victor.

Yasmina lief am Zaun entlang, um zu beobachten, wie die Kinder über die Gangway von Bord stiegen. Frauen begleiteten sie, und auf dem Kai standen Krankenschwestern, die sie in Empfang nahmen. Sie führten die Kinder zu einem alten Bus, der zum Tor fuhr, von den Wachen durchgewinkt wurde und dann auf die Straße nach Norden einbog. Als er an Yasmina vorbeifuhr, versuchte sie das schwarz gelockte Mädchen unter den Kindern an den Fenstern zu erkennen.

»Wo fahren die Kinder hin?«, fragte sie die Wachen am Tor.

»Nach Sha'ar Ha'aliyah.«

Yasmin lief zu Fuß an der Straße entlang. Es war das erste Mal seit ihrer Ankunft, dass sie die Stadt verließ. Und als sie zurückkam, wusste sie, wozu das Schicksal sie nach Haifa gebracht hatte.

Es war schon dunkel, als Maurice sie wiedersah. Die Luft war schwül und feucht, so dass viele Menschen noch auf den Stühlen vor den Haustüren saßen. Joëlle hatte mit anderen Kindern gespielt, und Maurice, der von seiner Baustelle kam, hatte sie verwundert gefragt, wo Mamma war. Er hatte die Nachbarn gefragt und in der Wohnung nach ihr gesucht. Dann hatte er ein paar Eier und Tomaten in die Pfanne geschlagen, den Tisch für drei gedeckt und versucht, sich seine Unruhe nicht anmerken zu lassen. Endlich kam Yasmina zur Tür herein.

»Wo warst du?«, fragte er, aber sie begrüßte ihn nur kurz und wusch sich die Hände. Erst, als sie zu dritt am Tisch saßen und aßen, erklärte sie:

»Ich hab eine neue Arbeit.«

»Wo?«

»In Sha'ar Ha'aliyah.«

Maurice blieb der Bissen im Hals stecken.

»Aber ...«

»Morgen fange ich an.«

»Was ist das?«, fragte Joëlle.

»Das ist kein guter Ort für dich«, sagte Maurice.

»So, wer sagt das?«

»Jemand, der sich auskennt.«

»Aha.«

»Yasmina, sie holen Leute aus Ländern ohne moderne Hygienestandards. Die bringen alle möglichen Krankheiten mit.«

»Darum brauchen sie mehr Krankenschwestern.«

Yasmina füllte Joëlles Wasserglas nach, ohne ihn anzusehen.

»Haben wir das nicht gerade hinter uns gelassen? Die Lager, der Stacheldraht ... uns geht's doch endlich gut.«

»Es ist nicht vorbei, Maurice.«

Sie sah ihn offen an, und als sie seinen fragenden Blick bemerkte, fügte sie hinzu:

»Es geht nicht um mich. Es geht um meine Leute.«

Sie sagte *meine*, nicht *unsere*. Maurice blickte zu Joëlle. Der schneidende Ton zwischen ihren Eltern machte ihr Angst.

»Es *ist* vorbei, Yasmina. Wir haben zwei Kriege überstanden. Jetzt haben wir das Recht auf ein normales Leben.«

»Was ist ein normales Leben?«

Ihr Ton war provokant, aber die Frage war ernst gemeint. Sie hatte das Gefühl dafür verloren, was normal war.

»Wir hatten in zweitausend Jahren keine Normalität. Du wirst nie verstehen, was es bedeutet, als Jude geboren zu sein.«

»Mamma, warum versteht Papà das nicht?«

»Sei still. Geh die Zähne putzen. Es ist spät.«

Yasminas Bemerkung verletzte Maurice. Und vielleicht wollte sie genau das erreichen. Joëlle blieb sitzen.

»Was bedeutet es denn?«, fragte sie.

»Es bedeutet, nie wieder zuzulassen, dass andere über uns bestimmen.«

Das war an Maurice adressiert. Dann nahm sie Joëlles Teller und trug ihn zur Spüle.

»Und jetzt ab ins Bad!«

»Ich lass auch nicht über mich bestimmen!«

Maurice musste schmunzeln. Joëlle bemerkte es und nahm es als Erlaubnis, sitzen zu bleiben.

»Dann gehst du eben ohne geputzte Zähne ins Bett. Los!«

Joëlle blickte zu ihrem Vater, und Maurice reichte ihr die Hand.

»Komm, wir gehen Zähne putzen.«

Sie gehorchte und folgte ihm ins Bad. Aus der Küche hörten sie das laute Klappern der Teller, die Yasmina abwusch.

»Wir bleiben doch hier wohnen, oder, Papà?«, fragte Joëlle.

»Ja, mein Schatz. Wir gehen nie wieder zurück. Versprochen!«

Am nächsten Morgen um 6 Uhr 30 nahm Yasmina den Bus, der auf der Jaffa Road aus der Stadt hinausfuhr, bis er in einem Niemandsland hielt, wo sie zusammen mit den Verwaltungsbeamten, Ärzten und Krankenschwestern ausstieg, die zur

Frühschicht kamen. Ein leerer Lastwagen kam aus dem Tor, und vor den Baracken lagen Einwanderer, die nachts angekommen waren, auf ihren Koffern. Das Lager arbeitete rund um die Uhr. Yasmina zeigte ihren Ausweis vor, ging zur Klinikbaracke, und eine halbe Stunde später trug sie ihre neue Uniform: Kurzärmlige Khakibluse, Halstuch und knielanger Rock. »Härte«, sagte Dr. Meir, der sie in die Abläufe einwies, »ist die einzige Sprache, die sie verstehen. Zeigen Sie kein Mitgefühl, sonst werden Sie ausgenutzt. Jeder will hier seine Extrawurst. Die müssen gleich zu Anfang begreifen, dass hier alle gleich sind!« Tatsächlich waren die Menschen, die in den Schlangen vor den Baracken standen, alles andere als gleich. Die einen trugen Anzug und Kostüm, die anderen einen Kaftan und Fez, die nächsten nur eine dreckige Hose und Unterhemd. Sie wurden auch nicht gleich behandelt. Und Yasmina erkannte schnell, dass die ungeschriebenen Hierarchien der Herkunft auch für sie gelten würden, wenn sie zugäbe, dass sie keine gebürtige Italienerin war, sondern *eine von denen*. Dr. Meir hatte sie ausgesucht, weil sie Arabisch sprach, und er wusste, dass sie in Tunis gelebt hatte. Aber als Europäerin, nicht als Eingeborene – und das machte den ganzen Unterschied. Zwischen den Kultivierten und den Unzivilisierten. Zwischen denen, für die dieser Staat errichtet worden war, und den anderen, an die man sich erst erinnert hatte, als nicht genügend Juden aus Europa kamen.

Yasmina erklärte, dass sie nur den tunesischen Dialekt gelernt habe, während ihre Muttersprache Italienisch sei. Dr. Meir waren diese Feinheiten egal; ihn interessierte nicht, dass die Iraker, deren Dialekt dem palästinensischen ähnelte, Yasmina kaum verstanden. Dr. Meir teilte die Einwanderer in Krankheiten auf: Syphilis, Marokko. Dermatophytosis, Jemen. Conjunktivitis, alle. Die Gesunden sollten so schnell wie möglich in ihr neues Leben entlassen werden; die Kranken sollten so kurz wie möglich in Quarantäne bleiben, um Platz für die Nächsten zu machen. Die Invaliden und Idioten hätten sie besser gar nicht erst reinlassen sollen, schimpfte er, Israel könne nicht jeden verrückten Diasporajuden zum Israeli machen.

Jeder Neuankömmling musste bei der Registrierstelle seinen blauen Einwanderungsausweis von der Jewish Agency abgeben. Seine Daten wurden auf eine weiße Karte übertragen, die ihm zusammen mit drei Essenscoupons ausgehändigt wurden. Dann wurde er zum Magazin weitergeschickt, wo seine weiße Karte eingezogen wurde und er zwei schmutzige Decken ausgehändigt bekam, ein Bettlaken und ein stinkendes Stück Seife. Währenddessen kontrollierten Zollbeamte das Gepäck. In der Klinikbaracke musste jeder sich ausziehen und wurde mit DDT-Puder entlaust. Dann untersuchten Ärzte die Körper: Sichttest auf Augen-, Haut und innere Krankheiten, Blutest auf Geschlechtskrankheiten und Röntgen auf Lungenkrankheiten. Tausend Körper pro Tag. Wer Pech hatte, lag monatelang in den Quarantänebaracken. Wer Glück hatte, kam nach drei Tagen raus und suchte sich eine Bleibe. Die meisten Ashkenasim gingen in die Städte, während viele Mizrachim in den verlassenen arabischen Dörfern angesiedelt wurden.

Anders als Maurice meinte, war Yasmina nicht hier, um in eine Welt zurückzugehen, die sie hinter sich gelassen hatten. Im Gegenteil. Yasmina wusste, sie durfte nicht zurückschauen. Etwas in ihr hatte begriffen, dass »Ankommen« kein Zustand war, sondern eine Utopie, die Generationen umspannte. Dass »Heimat« nicht bedeutete, sich in einem gemachten Nest niederzulassen, sondern vielmehr, aktiver Teil eines Kollektivs zu sein, das sein Zuhause gerade erst erschuf. Stillhalten bedeutete Nachdenken. Grübeln. Zweifeln. Wenn sie die Abzweigungen ihres Lebens zurückverfolgte, kam sie immer an dem *einen* Punkt an, der *alles* verändert hatte. Die Nacht mit Victor in dem Stall des Bauern, der sie vor den Nazis versteckt hatte. Das Gewitter und ihre Körper, die sich aneinander wärmten. Victors Maske, die fiel, und seine plötzliche Unsicherheit. Ihr Wunsch, ihn zu beschützen, und ihr Wunsch, ihn zu besitzen. Diese Nacht zu bereuen würde bedeuten, Joëlle in Frage zu stellen, und das war unmöglich. Darum gab es für Yasmina nur eine Richtung, nach vorne, und diese Unruhe verband sie mit ihrem Land. Solange sie ein Teil der kollektiven Emanzipation war, hatte sie ihren Platz im Leben. *Tikun olam*, das Heilen der Welt – hier war der Ort, das Ideal in die Tat umzusetzen. Hier kam die Welt zu ihr, mit ihrem Schweißgestank, ihrer Pilzflechte und den entzündeten Augen eines Kindes, dessen Eltern kein Wort Hebräisch sprachen.

Es gibt vier Arten von Menschen. Die einen begreifen die Welt durch Zahlen, die anderen durch Worte, die nächsten durch Bilder, so wie Moritz, und die letzten durch Empfindungen. So jemand war Yasmina. Was sie in den Augen der Menschen fand, die nach Sha'ar Ha'aliyah kamen, waren vertraute Gefühle. Hier spürte sie, dass sie mit der Verlorenheit ihrer Seele, die sie niemandem zeigen durfte, nicht allein war. Auf eine eigenartige Weise nahm es ihr die Scham darüber. Jetzt stand sie sicher auf der anderen Seite, eine Staatsbürgerin in Uniform, die keine Almosen empfing, sondern etwas zurückgab und dabei spürte, wie viel Kraft in ihr steckte. Nach kurzer Zeit trat sie in die MAPAI ein, die Arbeiterpartei von Ben Gurion, die überall im Lager ihre Plakate aufhängte und ein Rekrutierungsbüro betrieb. Zur Partei gehören hieß dazuzugehören.

Maurice nahm ihre Veränderung wahr, ohne darüber ein Wort zu verlieren. Allenfalls sprach er öfter als früher von ansteckenden Krankheiten. Je mehr Yasmina sich über ihr Kollektiv definierte, desto stärker wurde seine heimliche Furcht, ausgeschlossen zu sein. Während sie am nationalen Aufbruch teilnahm, sehnte er sich nach Stabilität; er hatte sich bereits gehäutet, und jetzt wollte er nicht mehr, als den Rest seines Lebens in seiner neuen Haut zu verbringen. Das meinte er, wenn er davon sprach, lieber »kleine Brötchen zu backen«. Am liebsten trug er einen grauen, einfachen Anzug mit Hut, begegnete allen Menschen mit höflicher Freundlichkeit, half, wo er konnte, beteiligte sich an keinen Gerüchten und mischte sich in keinen politischen Streit ein. In den neuen Einwanderern sah er weder Verwandte noch Fremde, sondern einfach Reisende auf ihrem Weg, die zufällig seinen Weg kreuzten.

Joëlle nahm von dem beredten Schweigen, das sich zwischen ihren Eltern ausbreitete, nichts wahr. Sie verbrachte den Sommer im Licht der Jaffa Road, schloss feierliche und heimliche Freundschaften, spielte mit dem Kaninchen, das die Nachbarn im Innenhof hielten, bis es eines Tages verschwunden war, so wie das Huhn auf dem Balkon der Russen. Im Herbst, kurz vor ihrem sechsten Geburtstag, sagte Mamma zu ihr, dass die Partei beschlossen hatte, jedes Kind ab fünf müsse, nein dürfe in die Schule gehen. Und Papà flickte den Schulranzen aus braunem Leder, der die ganze Zeit im Schrank gestanden hatte, als hätte er nur darauf gewartet, dass Joëlle alt genug wurde, ihn zu tragen. Er war ihr zu groß, aber Papà kürzte die Riemen, schnallte ihr den Ranzen auf den Rücken und hob ihn hoch, bis sie lachend in der Luft baumelte und er sie durch die ganze Wohnung trug. Sie breitete ihre Arme aus und lachte auf die Welt herunter, wie die Großen.

Am Freitagnachmittag vor Joëlles erstem Schultag zog der Duft von Tomaten, Fisch und Brot durch die Jaffa Road. Die Leute machten ihre letzten Einkäufe, und Joëlle spielte mit ihren Freundinnen vor dem Friseurladen, als auf einmal ein Militärjeep heranraste. Erst sah Joëlle nicht, wer der Mann war, der vor ihrem Haus bremste und aus dem Jeep sprang. Aber als er die Kinder angrinste und zum Spaß salutierte, erkannte sie ihren Onkel Victor.

»Shalom Yael! Unglaublich, wie groß du geworden bist!«

Der große Soldat beugte sich zu ihr herunter und küsste sie auf die Wange. Die anderen Kinder staunten und verstummten. Eine Traube von Kindern bildete sich um die beiden, und einer der Jungs fragte, ob er mal in den Jeep steigen durfte.

»Wie heißt du?«, fragte Victor.

»Dov!«

»Ich bin Avi. Komm her!«

Sekunden später kletterten alle Kinder auf den Jeep, salutierten und schossen mit ihren Fingern imaginäre Araber tot. Joëlle, die auf Victors Schoß sitzen durfte, errötete vor Stolz. Selbst die großen Jungs, die sie geärgert hatten, würden ab jetzt Respekt vor ihr haben. Sie hatte *protektzia.*

»Joëlle!«

Eine schrille Stimme schallte vom Balkon herunter.

»Komm rauf! Sofort!«

Joëlle schaute hoch. Yasminas dunkle Locken vor dem leuchtenden Abendhimmel. Victor winkte ihr lässig zu.

»Joëlle!!!«

Victor hob Joëlle hoch und setze sie neben dem Jeep ab. Es war ein Moment der Enttäuschung, aber sie musste ihrer Mutter gehorchen.

»Kommst du mit, Onkel Victor?«

Als Maurice kurz nach Sonnenuntergang nach Hause kam, saßen drei Menschen an seinem Küchentisch: Yasmina, Joëlle und Victor. Die Shabbatkerzen brannten. Yasmina hatte *bishilimouni* zubereitet, ihr Lieblingsrezept aus Piccola Sicilia. Fisch mit Zitrone. Maurice hatte ein paar Minuten länger auf der Baustelle gebraucht, und Victor war schon dabei, den Kiddusch über

Brot und Wein zu sprechen. Yasmina sah Maurice mit hochrotem Kopf stumm an. Joëlle warf ihm ein freudiges Lächeln zu, das er nicht imstande war zu erwidern. Bisher hatte Maurice am Shabbat immer das Brot gebrochen und in Salz gestippt, aber ohne den Segen zu sprechen. Es wäre ihm unangemessen vorgekommen. Dass gerade Victor, der noch weniger religiös war als er, die heiligen Worte sprach, machte ihn fassungslos. Maurice ließ sich nichts anmerken, wusch seine Hände und setzte sich auf seinen Platz.

»*Shabbat Shalom*, Victor.«

Dann sah Maurice den blauen Schulranzen.

»Schau mal, was der Onkel mir mitgebracht hat!«, rief Joëlle.

Er war neu und schön und hatte genau die richtige Größe.

»Danke, Victor. Aber sie hat schon einen.«

»Jetzt kannst du dir einen aussuchen«, sagte Victor zu Joëlle. Sie blickte zu Maurice, um herauszufinden, ob er es guthieß, dass ihr der neue Ranzen besser gefiel.

»Gefällt dir deiner nicht?«, fragte Maurice mit festem Tonfall.

»Doch, schon, aber ...«

»Es gibt genug Kinder, die einen brauchen«, unterbrach Yasmina sie. »Morgen nehm ich ihn mit ins Lager. Wer mehr hat, muss mit denen teilen, die weniger haben.«

Victor zuckte mit den Schultern und zwinkerte Joëlle entschuldigend zu: Tja, da kann man nichts machen! Joëlle spürte, dass sie besser schwieg. Eine unbestimmbare Aura der Gefahr umgab diesen Mann, und sie verstand nicht warum. Er war voller Leben, er nahm der Welt ihr Gewicht, und dennoch wurde ihre Mutter in seiner Gegenwart schwer. Und Papà konnte nichts dagegen tun. Joëlle mochte Victor. Aber sie durfte es nicht zeigen.

23

Jemanden zu lieben bedeutet nicht, ihn auch zu verstehen. Mit jemandem verheiratet zu sein bedeutet nicht, ihn zu kennen. Maurice glaubte, Liebe – oder das, was er dafür hielt, nämlich Fürsorge – könnte alle Wunden heilen, dabei konnte er nicht einmal ansatzweise Yasminas inneren Schmerz ermessen, und den Kampf, den sie mit sich selbst führte. Die meisten Menschen fühlen sich in der Mitte zwischen den Extremen am sichersten. Weder zu heiß noch zu kalt, weder zu klein noch zu groß, weder zu nah noch zu fern. So hatte Maurice gelernt, zu überleben. Nur nicht auffallen. Er glaubte, Victor mit unverbindlicher Freundlichkeit fernhalten zu können. Dabei verstand er nicht, dass Yasmina diesen Mann nur hassen oder eins mit ihm sein konnte. Dazwischen gab es nichts. Er sah nicht, wie verzweifelt sie darum kämpfte, nicht rückfällig zu werden. Denn sie hatte Maurice ihre Liebe – oder das, was sie dafür hielt, nämlich Verschmelzung – nie auf die gleiche Weise gezeigt wie Victor.

Das Shabbatessen mit Victor war der Moment, an dem etwas in Yasminas Innerem nachgab, lautlos wie ein Riss im Gewebe, der sich mit jeder weiteren Erschütterung unaufhaltsam ausbreitete. Die Banalität des geteilten Alltags – Onkel Victor, der am Küchentisch saß und über das Wetter sprach, während er Joëlles Fisch zerlegte – war das, womit Yasmina am wenigsten umgehen konnte. In der Liebe war sie aufgeblüht, im Hass war sie unabhängig geworden. Es war die Grauzone dazwischen, die sie ins Straucheln brachte.

Nachts lag sie still, aber mit offenen Augen neben Maurice. Sie hatte Angst davor, einzuschlafen. Angst, in einen Traum zu fallen, in dem sie Victor begegnete. Sie hasste sich dafür, dass er es geschafft hatte, sie in ihr Schlafzimmer zu verfolgen, bis in die Dunkelheit hinter ihren Augenlidern. Als Maurice endlich eingeschlafen war, stand Yasmina auf und ging in die Küche. Sie machte sich einen Kaffee und riss das Fenster auf. Dann zog sie ihre Schuhe an und schlüpfte leise aus der Wohnungstür.

Die Jaffa Road ohne Musik. Bis um Mitternacht lief immer irgendein Radio, aber jetzt war es so still, dass die Häuser wieder unbewohnt wirkten. Als wären all die Menschen im Traum dorthin zurückgereist, woher sie gekommen waren. Aus einem Fenster war leises Schnarchen zu hören, irgendjemand hustete. Yasmina ging nicht weit, nur bis zur Bäckerei. Ein schwaches, warmes Licht schimmerte durchs Schaufenster. Die Geräusche aus der Backstube gaben ihr das beruhigende Gefühl, nicht allein zu sein. Zugleich hoffte sie, niemand würde sie sehen. Eine Zeitlang stand sie unschlüssig dort, bis sie auf einmal eine männliche Silhouette bemerkte, die langsam die Straße entlangschlich. Sie erschrak, denn sie glaubte, ihren Vater zu sehen. Es war der gleiche langsame, leicht gebeugte Gang, die gleichen schlanken Arme und Beine, der gleiche altmodische Anzug. Ein Mensch aus einer anderen, bedächtigeren Zeit, der sich in die Gegenwart verirrt hatte. Erst als er näher kam, erkannte sie den Unterschied: Der Mann war Europäer, aber älter, sechzig oder siebzig Jahre vielleicht, und er trug einen weißen Kinnbart. Seine kleinen Augen blitzten wach aus einem müden Gesicht.

»*Gut margn*«, sagte er auf Jiddisch.

»*Shalom*«, antwortete sie und trat höflich von der Tür zurück, weil sie dachte, er wollte in die Bäckerei gehen. Doch er blieb stehen und musterte sie. Es lag kein Urteil in seinem Blick, kein Misstrauen, nur Neugierde. Yasmina sah, dass er unter seinem

Anzug kein Hemd trug, sondern einen altmodischen Pyjama. Er wirkte zerstreut, als hätte er etwas verloren. Seine Geldbörse. Oder den Weg nach Hause.

»Kann ich Ihnen helfen?«, sagte Yasmina auf Hebräisch, um das unangenehme Schweigen zu durchbrechen.

»Nein, nein, *adank*. Aber wenn ich fragen darf ... Was macht eine junge Dame wie Sie nachts auf der Straße?«

Seine Stimme klang melodisch und warmherzig. Der starke Akzent deutete darauf hin, dass er noch nicht lange hier lebte.

»Ich ... warte auf den ersten Bus«, log Yasmina. »Und Sie?«

»Ich kann auch nicht schlafen«, sagte er. »Ich bin aus einem Traum aufgewacht, in den ich nicht zurück möchte.«

Wie seltsam, dachte Yasmina. Ein Fremder, der genauso verrückt ist wie ich. Und auch noch darüber spricht.

»Ich träume nie«, log sie.

»Jeder träumt«, murmelte der Mann. »Allerdings erinnern sich die meisten nicht daran.«

»Was haben Sie denn geträumt?«, fragte Yasmina etwas unbeholfen, und im selben Moment dachte sie: *Ich bin verrückt, einen Fremden auf der Straße nach seinen Träumen zu fragen.* Doch ihm schien die Frage nicht ungewöhnlich vorzukommen. Er dachte nach, nahm seine Brille ab und putzte sie mit einem Taschentuch, das er aus seinem Jackett zog. Dann sage er:

»Ich wäre Ihnen dankbar, wenn Sie nicht danach fragten.«

»Verzeihen Sie, ich wollte nicht unhöflich sein.«

»Nein, nein, das war nicht unhöflich.«

»Warum schlafen wir überhaupt?«, sagte sie, um das Thema zu wechseln. »Mir wäre es lieber, ich könnte vierundzwanzig Stunden wach sein. Es gibt so viel zu tun.«

»Der menschliche Körper braucht gar nicht so viel Schlaf«, sagte er. »Aber die Seele. Manche sagen, diese Welt sei nur ein Traum, eine Erscheinung, eine Illusion. Und das wirkliche Leben fände im Traum statt.«

Yasmina sah ihn verwundert an.

»Ich habe beruflich mit Träumen zu tun«, erklärte er. »Eine nutzlose Tätigkeit, werden Sie wohl denken, in diesen Zeiten.«

»Nein, ganz und gar nicht. Sind Sie Psychiater?«

»Nicht mehr. Ich habe meine Patienten nach Hause geschickt.«

Als hätte er ihre Gedanken erraten, sagte er:

»Oh. Verzeihen Sie, dass ich mich nicht vorgestellt habe. Rosenstiel mein Name, Franz Rosenstiel.«

»Sarfati, Yasmina«, sagte sie.

»Sarfati ... wo kommen Sie her?«

»Ich bin Italienerin.«

»Sind Sie verheiratet?«, fragte er.

»Ja.«

»Das ist gut.«

Er dachte kurz nach, dann kramte er in seinem Jackett herum. Er zog eine kleine Taschenuhr heraus, klappte sie auf und zeigte Yasmina das Foto in der Innenseite des Deckels.

»Meine Frau. Gretchen. Ich weiß nicht, ob sie noch lebt oder ermordet wurde. Aber im Traum kommt sie mich besuchen. Heute hat sie mir zugewinkt, wie zum Abschied. Ich bin erschrocken und aufgewacht ... Ich wollte das nicht sehen ... verzeihen Sie bitte.«

Er wandte sein Gesicht ab.

»Es wird leichter«, sagte sie, »wenn Sie sich verabschieden können.«

Er nickte, dankbar für ihr Mitgefühl und atmete tief durch, bis er sich wieder fing.

»Sehen Sie, das ist damit gemeint, wenn es heißt, das wirkliche Leben fände im Traum statt. Wir sind stark, gewinnen Kriege, bauen Häuser ... Wir laufen den ganzen Tag lang vor der Nacht weg. Aber sie holt uns immer wieder ein.«

Yasmina fröstelte. Sie konnte jedes Wort nachvollziehen. Sie wünschte, sie müsste nie mehr nach Hause, in ihr Bett, wo die Träume lauerten. *Niemand muss allein bleiben*, wollte sie ihm am liebsten sagen. *Wer weiß, wen das Leben noch für Sie bereithält. Wir fangen hier alle neu an.* Aber sie traute sich nicht, es auszusprechen. Nicht, solange er die Taschenuhr mit dem Foto in der Hand hielt. Als hätte er ihre Gedanken erraten, sagte er:

»Sollte sich mein Traum bewahrheiten ... dann bleib ich lieber allein. Gretchen ist mein beschert.«

»Was ist das?«

»Sie sprechen kein Jiddisch, nicht wahr?«

»Nein.«

»Das bedeutet ›von Gott bestimmt‹. Manche sagen, es kommt vom deutschen Wort ›Bescherung‹. Ein Geschenk des Himmels. Darin steckt auch das jiddische Wort *›Scher‹*. Man sagt, dass es zwei Menschen gibt, die füreinander zugeschnitten sind. Als hätte der Herrgott die Seele vor ihrer Geburt in eine männliche und eine weibliche Hälfte getrennt. Wenn sie sich dann im Leben wiederfinden, ist das ein Gefühl, das nur einmal existiert. Als kehrten sie zu ihrem Ursprung zurück.«

»Ich hab auch von jemandem geträumt«, brach es aus ihr heraus.

»Von wem?«

»Von einem Mann.«

»Lieben Sie ihn?«

»Ich hasse ihn.«

»Oh, das ist oft ein und dasselbe«, sagte Rosenstiel und schmunzelte.

»Der Traum macht mir keine Angst«, sagte Yasmina. »Aber ich habe Angst, dass ich im Schlaf spreche. Dass mein Mann meine Gedanken hört.«

»Oh. Ich verstehe.«

Yasmina fühlte sich plötzlich nackt. Instinktiv zog sie ihre Arme vor die Brust. Mehr durfte sie nicht sagen.

»Wenn Sie vor ihm weglaufen«, sagte Rosenstiel ruhig, »wird er wiederkommen. Vielleicht will er Ihnen im Traum etwas sagen, das er sonst nicht sagen konnte.«

»Sie haben gut reden. Sie laufen doch auch weg von zu Hause.«

»Darum habe ich aufgehört zu arbeiten. Wie soll ich meinen Patienten helfen, wenn ich mir selbst nicht helfen kann?« Rosenstiel lächelte sie an. Sie schwiegen eine Weile, dankbar für die unverhoffte Gesellschaft.

»Ich werde niemandem erzählen, was Sie nachts auf der Straße treiben.«

»Das beruht auf Gegenseitigkeit«, sagte er und zwinkerte ihr zu. Sie verabschiedeten sich mit dem Gefühl, einen mondsüchtigen Komplizen gefunden zu haben. Als wäre ihre Flucht vor dem Schlaf eine Krankheit, mit der sie die normalen Menschen nicht anstecken durften. Die anderen, dachte Yasmina, als sie leise ihre Haustür öffnete, sind *fortunati*, schlafen zu können.

So ging das wochenlang weiter. Wenn Maurice eingeschlafen war, streunte Yasmina im Mondlicht über die Jaffa Road. Manchmal kam Rosenstiel, manchmal wartete sie vergeblich auf ihn. Aber nie war sie allein. Der Lichtschein aus der Bäckerei zog die schlaflosen Nachtschwärmer des Viertels an wie die Motten. Sie standen dort im Niemandsland zwischen Traum und Wirklichkeit und hielten sich gegenseitig wach, mit Witzen und Anekdoten, aber nie mit den Albträumen, vor denen sie wegliefen. Wenn Rosenstiel auftauchte, setzte Yasmina sich mit ihm auf eine Bank und hörte seinen Geschichten über Greta zu. Manchmal erzählte sie ihm von Piccola Sicilia, den Nachmittagen mit Victor am Strand und der Güte ihres Vaters, den sie vermisste. Manchmal fragte er sie etwas, worauf sie keine Antwort fand, und manchmal gab er ihr einen Rat, den sie nicht befolgte, wie zum Beispiel, dass sie doch wieder mit ihren

Eltern sprechen sollte. Spätestens wenn der Ruf des Muezzin aus Wadi Nisnas herüberwehte, um das erste Licht der Morgendämmerung zu verkünden, verstreuten sich die Schlaflosen in alle Richtungen, als hätten sie Angst davor, bei Tageslicht als Fremde voreinander zu stehen.

Bevor die Sonne aufging, schlüpfte Yasmina unter ihre Decke neben Maurice, zurück in den Schein der Normalität. Ob er ihre nächtlichen Ausflüge bemerkte, wusste sie nicht. Wenn sie dann tagsüber die Jaffa Road entlangging, vorbei am Bäcker und der leeren Bank, auf der sie nachts mit Doktor Rosenstiel gesessen hatte, erfasste sie eine wilde Lust, zu schreien. Um die Menschen aufzuwecken, die nicht wussten, dass sie mit offenen Augen schliefen. Nur nachts, wusste Yasmina, sieht man die Welt, wie sie wirklich ist. Aber sie durfte es niemandem verraten, sonst würden die Menschen verrückt.

Onkel Victor kam bald wieder. Man wusste nie, wann er auftauchte und wie lange er blieb. Er verschwand ebenso schnell, wie er gekommen war, und wenn er weg war, sprach niemand von ihm. Aber er nahm einen unsichtbaren Raum in der Mitte der Familie ein, und etwas, das keiner vorhergesehen hatte, geschah. Joëlle wusste nicht, wann genau es begonnen hatte. Ob Victor es auslöste oder ob es einfach in der Natur von Familien lag, dass sie sich ausdehnten wie ein Universum: All ihre Teile strebten unaufhaltsam auseinander und wurden zu eigenen kleinen Universen, die um sich selbst kreisten und sich immer weiter von den anderen, mit denen sie einmal eins gewesen waren, entfernten. Vater, Mutter, Kind – im selben Moment, in dem drei Menschen eine Einheit bildeten, begann bereits der Prozess ihrer Auflösung. Es genügte das Blättern durch ein Fotoalbum, um dabei wie im Zeitraffer zuzusehen: Die Umarmung auf dem Hochzeitsfoto, die Augen des Neugeborenen, das zum Kind wurde und zum Jugendlichen, immer ernster, während die Eltern wie im Flug ergrauten. Was klein gewesen war, wuchs; was groß gewesen war, verblasste. Und dann auf einmal: die Leerstellen, wo vorher Großeltern oder Geschwister gewesen waren, Väter oder Mütter. Je weiter man zum Ende blätterte, desto schmerzvoller und zugleich selbstverständlich erschien ihr Fehlen. Aber die Liebe nahm nicht ab, andere Menschen kamen dazu, und es gab kein Ende, nur neue Universen, die geboren und der Vergänglichkeit preisgegeben wurden.

Später, nach der Katastrophe, würde Joëlle sich fragen, ob es daran gelegen hatte, dass ihre Familie keine normale gewesen war, aber dann würde sie auch denken: Keine Familie war normal, jede hatte ihre eigenen Bruchstellen und Minenfelder. Vielleicht gab es keine Erklärung, sicher hatte es keine Absicht gegeben, wahrscheinlich war ihre Familie einfach von einem Naturgesetz eingeholt worden: die Zentrifugalkraft der Persönlichkeiten, die sich mit der Zeit aus dem Kokon, der sie genährt, bestimmt und begrenzt hatte, herausschälten und Kontur gewannen, ihren eigenen Bestimmungen folgend. In diesem Herbst fanden Joëlle, Yasmina und Maurice jeweils eine neue, eigene Welt: Joëlles neue Schulfreundinnen. Maurices Fotostudio. Yasminas Einwandererlager. Die Leere, die im Zentrum der Familie entstand, füllte sich mit dem Schweigen über Victor. Jedes Mal, wenn er aufgetaucht und wieder verschwunden war, sprachen die Eltern nicht über ihn, sondern darüber, ein zweites Kind zu bekommen.

Wünschst du dir auch ein Geschwisterchen, Joëlle?

David ist ein schöner Name. Oder Miriam. Meinst du nicht?

Als wollten sie der Fliehkraft etwas entgegensetzen. Je mehr sie auseinanderstrebten, desto stärker bemühten sie sich, alles zusammenzuhalten. Es hätte gutgehen können. Manchen Familien gelang das über Generationen. Persönliche Opfer, die das gemeinsame Gebäude aufrechterhalten. Stille Akte der Liebe und des Verzichts. Aber vielleicht waren sie eben doch nicht normal genug. Vielleicht war ihr Schweigen zu laut.

An Joëlle lag es nicht. Sie tat alles, um ihre Eltern zu beschützen. Sie füllte die Stille mit ihrem Gesang und ihrem Lachen. Sie tat, was Yasmina ihr sagte und erzählte in der Schule, dass sie aus Italien kam. Sie ließ sogar zu, dass Yasmina ihre schwarzen Locken mit einem glühenden Stab glättete, den sie auf dem Flohmarkt gekauft hatte.

So bist du viel schöner.

Aber du hast doch auch Locken, Mamma. Ich mag deine Locken.

Finger weg! Halt still, sonst verbrennst du dich!

Dass die hellhäutigen Klassenkameraden ihr trotzdem einen Namen gaben, für den sie sich schämte, behielt sie ihn für sich, um ihrer Mutter keinen Kummer zu machen.

Ja, ich mag die Schule. Ich hab schon viele Freunde.

Meistens aber ging es ihr gut. Meistens mochte sie die Schule. Sie war gut in Hebräisch. Sie hatte die lauteste Stimme, wenn sie die haTikwa sangen. Und irgendwann fand sie Freundinnen, deren Haar so schwarz war wie ihres.

24

Auch Maurice tat, was er konnte. Er wollte Wurzeln schlagen, die fest genug für alle waren. Jeden Morgen brachte er Joëlle zur Grundschule in der HaParsim-Straße. Dann ging er die Carmel Avenue hinunter, bog links in die Jaffa Road ein und schloss seinen Laden auf. Er legte seinen Hut auf den kleinen Tisch, zog die Agfa Karat, die er stets bei sich trug, aus seiner Jackentasche und montierte sie auf das Stativ. Er mochte die Stille, bevor der erste Kunde auftauchte. Alles war an seinem Platz: die beiden Scheinwerfer, die weiße Leinwand und der Stuhl, auf den er sich nie setzte; er war den Menschen vorbehalten, die er fotografierte. Anfangs waren es ein, zwei Kunden am Tag gewesen, und jeder hatte um den Preis gefeilscht. Als seine gute Arbeit sich herumsprach – darunter verstanden die wenigsten die künstlerische Qualität seiner Fotos, sondern vor allem seine fairen Preise und die korrekte Abrechnung –, kamen immer mehr Kunden. Hochzeitspaare, Kinder, Familien ... und die Einwanderer, die Yasmina zu ihm schickte, wenn sie das Lager verlassen durften, um beim Einwohnermeldeamt einen Ausweis für ihr neues Ich zu beantragen.

Nur von Maurice gab es kein einziges Foto aus dieser Zeit, und das war ihm nur recht. Hinter der Kamera fühlte er sich sicher, denn kaum einer, der sich fotografieren ließ, interessierte sich dabei für den Dienstleister, so sehr waren die Leute mit dem Bild beschäftigt, das sie von sich abgaben. Wer ein Foto von sich machen ließ, versuchte meist auszusehen wie jemand, der er nicht war. Das war anstrengend. Wer kam dabei schon auf die Idee, der Fotograf könnte ein anderer sein, als er schien? Maurice blieb stets freundlich und ruhig. Seine

Zurückhaltung schenkte den anderen die Bühne und ihm die Unsichtbarkeit.

Und dennoch stieg sein Puls, wenn ein Kunde einmal fragte, wo er herkam. Seine Hände wurden schweißnass, und auch wenn er äußerlich gefasst blieb, fürchtete er, seine Mimik könnte ihn verraten. Am Hafen hatte Victor seine schützende Hand über ihn gehalten. Hier, mitten in der Stadt, war er auf sich allein gestellt und exponiert. Jeder konnte zur Tür hereinkommen, jeder konnte vom Geheimdienst sein. In seinem Kopf begannen Selbstgespräche, unkontrollierbare Wortfetzen auf Italienisch, Hebräisch und Deutsch. Er fürchtete, sein Gegenüber könnte seine Gedanken hören. Er schämte sich für seine Angst und verstand nicht, warum sie ihn gerade jetzt einholte.

Ich bin in Sicherheit.

Für alle ist gesorgt.

Niemand kann mir das wegnehmen.

Außer Victor.

Aber er würde mich nie verraten.

Du kennst ihn nicht. Wer im Krieg war, ist zu allem fähig.

Eines Abends tauchte Victor unangemeldet im Laden auf. Als er Maurice umarmte, bemerkte er dessen Steifheit.

»Was ist los mit dir?«

»Nichts, warum?«

»Hast du Geldprobleme?«

»Nein. Das Geschäft geht gut.«

»Wie geht's Yael? Ist sie gut in der Schule?«

»Ja.«

Victor setzte sich auf den Stuhl vor der Fototapete und sah Maurice in die Augen, als würde er in seinen Gedanken lesen.

»Warum vertraust du mir nicht?«

»Ich vertraue dir.«

Victor lächelte. Als wüsste er, dass Maurice log.

»Du bist mein einziger Freund aus der alten Zeit«, sagte Victor, lehnte seine muskulösen Unterarme auf die Schenkel und beugte sich nach vorne. »Vielleicht bist du mein einziger wirklicher Freund.«

Der Satz traf Maurice mit einer Wucht, auf die er nicht gefasst war. Er rührte, verunsicherte und entwaffnete ihn. Victor hielt ihm das Zigarettenpäckchen hin. Maurice nahm eine.

»Wenn irgendwer rausfindet, wer du wirklich bist, werde ich ihnen sagen, dass du kein Nazi warst.«

»Danke, Victor«, stammelte Maurice. Victor zündete ihm die Zigarette an.

»Was hast du auf dem Herzen? Ist es wegen Yasmina?«

Maurice zögerte erst, dann nickte er.

»Sie verändert sich, und ich weiß nicht warum.«

»Warum, was ist passiert?«

»Sie ist launisch. Mal ist sie wütend, mal grundlos traurig …«

»So ist sie eben. Kennst sie doch.«

»Je länger ich mit ihr zusammen bin, desto weniger glaube ich sie zu kennen. Ich habe Angst, sie zu verlieren.«

Victor dachte nach.

»Hat sie einen Liebhaber?«

»Sie trifft einen Psychoanalytiker. Ein alter Mann.«

Victor lachte.

»Besser sie liegt auf seiner Couch als im Bett eines anderen. *Mon cher ami*, ich kenne keine Frau, die treuer ist als Yasmina.«

»Kein Wunder, bei den Frauen, die du kennst.«

Sie schmunzelten.

»Versuch sie nicht zu verstehen«, sagte Victor. »Ein Teil von ihr lebt immer in einer Traumwelt. Deine Aufgabe ist es, sie in der Realität festzuhalten, damit sie sich nicht darin verliert.«

»Danke, Victor.«

Victor stand auf und umarmte ihn. Dann verschwand er wieder. Maurice stand im Laden und sah durchs Schaufenster zu, wie Victor auf seinen Jeep kletterte, winkte und wegbrauste. Immer in Eile. Immer irgendeine Mission. Immer geheim.

»Wenn du was brauchst, sag Bescheid«, hatte er zum Abschied gesagt. Aber keine Adresse hinterlassen, keine Telefonnummer, nichts. Alles, was Maurice wusste, war, dass Victor irgendwo in Tel Aviv eine Wohnung gefunden hatte. Dass er keine Frau hatte. Oder viele. Und keine Kinder.

Es geht mir besser als ihm, dachte Maurice. *Ich habe, was er nicht hat.* Eine Familie. Das wünschte er ihm auch, aus Freundschaft, aber wenn er ehrlich war, aus eigenem Interesse. Er würde ruhiger schlafen, wenn Victor verheiratet war.

An diesem Abend schloss Maurice seinen Laden früher als sonst. Auf dem Heimweg ging er an den Sherutfahrern vorbei, die rauchend an ihren staubigen Sammeltaxis lehnten.

»Guten Abend, Herr Sarfati!«

»*Shalom*, Maurice!«

»Los, mach ein Foto von mir!«

Victor hatte recht. Niemand verdächtigte ihn, und er hatte keinen Grund, Angst zu haben. Er musste niemanden mehr um etwas bitten; die Leute kamen zu ihm. Er war, ganz selbstverständlich, Maurice Sarfati, der Fotograf. Als wäre er schon immer hier gewesen. Und wenn jemand fragte, woher er käme, sagte er einfach:

Aus der Jaffa Road.

Maurice betrat *sein* Haus, grüßte *seine* Nachbarn und sperrte *seine* Wohnungstür auf. Joëlle lief ihm entgegen; er hob sie hoch, und sie umklammerte ihn lachend mit Armen und Beinen. Er spürte den Boden unter seinen Füßen. Die Welt trug ihn.

Bis er in die Küche ging, um Yasmina zu begrüßen. Auf dem Herd köchelte eine Pfanne mit Shakshuka. Der Duft von Tomaten, Kreuzkümmel und Knoblauch lag in der Luft. Yasmina hatte sogar Eier, Schafskäse und frische Petersilie gekauft. Durch ihre Parteikontakte bekam sie immer ein paar Lebensmittelmarken mehr als die Nachbarn. Sie drehte sich nicht zu Maurice um. Als er sie berührte, zuckte sie zusammen. Dann sah er, dass sie geweint hatte.

»Was hast du?«

»Nichts, nur die Zwiebeln …«

»Was ist passiert?«

»Schneidest du das Brot, Maurice?«

Joëlle kam in die Küche und spürte, dass etwas nicht in Ordnung war. In ihren Augen stand die Frage, ob sie bleiben durfte. Yasmina schickte sie meist weg, wenn die Erwachsenen etwas unter sich zu besprechen hatten.

»Setz dich, mein Schatz«, sagte Yasmina.

Joëlle setzte sich und sah ihrem Vater zu, der das Brot schnitt. Sie spürte seine Unsicherheit und half ihm, indem sie von den Straßenkatzen erzählte, um ihn aufzuheitern. Yasmina stellte die zischende Pfanne auf den Tisch.

»Buon appetito«, sagte sie. Was Tisch und Herd anging, sprach Yasmina immer noch Italienisch. Die Kochrezepte ihrer Mutter waren unlösbar mit ihrer Kindheit verbunden. *Prezzemolo* konnte nie zu *petrosilia* werden, und *pomodoro* würde nie wie *agvaniot* schmecken. Sie tauchten ihr Brot in die Pfanne und aßen die Shakshuka ohne Besteck, so wie es in Piccola Sicilia Tradition gewesen war. Joëlle kniete sich auf ihren Stuhl, und Maurice schob die Pfanne zu ihr, damit ihre kurzen Arme den heißen Rand nicht berührten. Er beobachtete Yasmina aus den Augenwinkeln. Es war ihm immer leichtgefallen, die Traurigkeit hinter Yasminas Lächeln und die Liebe hinter ihrer Wut zu sehen, aber was er nie verstand, war der Grund ihres Schweigens. Meist schwieg sie laut, indem sie über alles andere redete als das Eigentliche. Heute aber schwieg sie stumm. Als die Pfanne leer war, brachte Maurice Joëlle ins Bett. Dann ging er zu Yasmina

und fragte, was passiert war. Er bemerkte nicht, dass Joëlle ihre Zimmertür leise geöffnet hatte, um mitzuhören.

»Es hat nichts mit Victor zu tun«, sagte Yasmina gereizt. »Vergiss ihn!«

Etwas war bei ihrer Arbeit passiert. Etwas, das Joëlle nur zum Teil verstand. Aber das Gefühl, das aus ihrer Mutter herausbrach, war ihr vertraut. Die Verwirrung, die Wut, die Ohnmacht. Und die Scham darüber. Wenn Yasmina bisher von ihrer Arbeit erzählt hatte, dann war sie immer stolz auf das gewesen, was sie dort gemeinsam aufbauten. Mehr als eine Quarantänestation, eher eine identitätsstiftende Schleuse in die israelische Gesellschaft, wo alle die gleichen Rechte und Pflichten haben sollten, vor allem aber: die gleiche Würde, nicht mehr als Minderheitsmensch durch die Welt zu gehen, sondern als selbstbestimmter Jude unter Juden.

Doch die Wirklichkeit, von der Yasmina jetzt erzählte, war eine andere. In der Nacht war ein Schiff angekommen, und sie hatte das Begrüßungsritual durchzuführen: Die Neuankömmlinge mussten sich nach Geschlecht getrennt ausziehen, dann wurden ihre Haut, Haare, Kleider und Koffer mit DDT eingesprüht. Warum hatte Yasmina gerade heute die Nerven verloren? Das Schiff war aus Algier gekommen, mit Passagieren aus Marokko, Algerien und Tunesien. Es gab das übliche Gedränge, den üblichen Streit … bis eine Frau sich auf einmal weigerte, sich auszuziehen. Es war nicht das DDT, vor dem sie Angst hatte, sondern die Blicke der Männer. Sie hielt ihre Arme vor die Brust und verlangte auf Arabisch von Yasmina, sie mitsamt Kleid und Kopftuch einzusprühen. Yasmina erkannte ihren südtunesischen Dialekt. Etwas an dieser Frau – sie war um die fünfzig und hatte ein eingefallenes, vor der Zeit gealtertes Gesicht – missfiel Yasmina, und statt ihr geduldig zu erklären, dass keine Männer durch die Fenster und Türen der Baracke schauen würden, blaffte sie zurück, dass hier niemand eine Sonderbehandlung bekäme. Yasmina hatte sich angewöhnt, Autorität auszustrahlen, aber sie hätte nicht gedacht, dass sie so weit gehen würde, eine Frau anzuschreien, die doppelt so alt war wie sie. Sie vergaß sich. Als Dr. Meir den Streit hörte und herbeigelaufen kam, hatte sie der Frau schon das Kopftuch heruntergerissen, um ihre Haare einzusprühen. Die Frau spuckte ihr ins Gesicht. Der Arzt hielt die Frau fest, und Yasmina nebelte sie mit der DDT-Spritze ein. Ihr Mann stürzte herein und ging wütend auf Dr. Meir los. In dem Handgemenge bemerkte niemand, dass die Frau einen Erstickungsanfall bekam. Erst als sie auf dem Boden lag und nach Luft rang, begriff Yasmina den Ernst der Lage. Es war nur der Geistesgegenwart von Dr. Meir zu verdanken, dass die Frau überlebte. Er rettete sie mit einem Luftröhrenschnitt, während ihr Mann Yasmina verfluchte.

Yasmina schämte sich, als sie das nun Maurice erzählte. Er war schockiert, aber aus Sorge um Yasminas Unversehrtheit.

»Ich weiß nicht, was in mich gefahren ist«, sagte sie.

»Sie hätte tun müssen, was du ihr gesagt hast. Wir haben das alle ertragen, und es war zu unserem Besten.«

»Sie hat mich nicht verstanden.«

»Welche Sprache hast du benutzt?«

»Hebräisch.«

»Warum nicht Arabisch?«

Yasmina schwieg, verwirrt und aufgewühlt. Sie verstand sich selbst nicht mehr. Sie holte ein Glas aus dem Schrank, hielt es unter den Wasserhahn und trank es hastig aus.

»Dann hat mein Chef mich ins Büro zitiert«, sagte sie.

»Hat er dir Konsequenzen angedroht?«

»Er sagte: *Sie hatten recht. Das ist menschlicher Staub.*«

»Wer?«

»Die Nordafrikaner. Bettelarm, heißblütig, unorganisiert. *Wir können nicht alle Altenheime der Sahara aufnehmen!*«

Maurice schwieg. Solche Sätze hörte er täglich beim Bäcker, beim Friseur, in seinem Laden. Alle diskutierten über das Thema. Unsere Arme sind weit offen, sagten die einen. Israel sollte nur verfolgte Juden aufnehmen, sagten die anderen, aber keine mehr anwerben! Wir brauchen nur die Jungen und Kräftigen, fanden die nächsten, aber keine Kranken und Schmarotzer! Am Ende aber kamen alle, und in Maurices Fotostudio tauchten sie dann auf, manche verschüchtert, andere mit der Anspruchshaltung, ihre Ausweisfotos auf Staatskosten zu bekommen. Maurice achtete darauf, in den Diskussionen niemanden vor den Kopf zu stoßen; er verstand die Sorgen seiner Nachbarn und war hilfsbereit gegenüber den Neulingen. Aber es war nicht *sein* Problem, und er hatte nicht geahnt, wie persönlich es Yasmina nahm.

»Hör auf, dort zu arbeiten. Ich kann uns ernähren.«

»Es geht nicht ums Geld. Du wirst das nie verstehen. Du hättest überall hingehen können. Amerika. Argentinien. Australien. Aber für mich ist Israel nicht einfach ein Land. Sondern ein Versprechen.«

Es kränkte ihn, dass sie einen Unterschied zwischen ihr und ihm machte. Aber er schwieg, weil er spürte, wie ernst es ihr war.

»Hier werden wir sicher sein, haben sie uns erzählt. Hier werden wir alle vereint sein. Warum fühle ich mich dann nicht sicher? Warum fühle ich mich einsam? Warum vermisse ich mein Piccola Sicilia?«

»Ich habe manchmal auch Heimweh. Aber Heimat ist kein Ort. Heimat ist die Kindheit. Es gibt keinen Weg zurück.«

»Maurice, du verstehst nicht. Ich habe das Gefühl, als würde jeden Moment alles explodieren.«

Maurice umarmte sie.

»Lass mich. Bitte.«

Sie wandte ihr Gesicht ab, starrte ins Leere und sagte dann:

»Diese Frau, die ich fast umgebracht hätte ... das könnte meine Mutter sein.«

Erst als Yasmina sich an der Wand abstützen musste, weil sie am ganzen Körper zu zittern begann, begriff Maurice, wen sie wirklich meinte. Nicht ihre italienische Adoptivmutter. Sondern die unbekannte tunesische Jüdin, die sie eines Nachts vor der Tür des Waisenhauses von Carthago abgelegt hatte, mit einer Kette und einem Davidstern um den Hals.

Als sie ein Kind war, hatte ihr niemand von den Unterschieden erzählt, die es zwischen Juden und Juden gab. Jetzt aber konnte Yasmina nicht weiter verleugnen, dass ihr Ich nur geliehen war. So wie alles, was ihre Adoptiveltern ihr gegeben hatten, nur geliehen gewesen war.

Maurice hielt sie fest. Ihr Körper fühlte sich an, als wäre er aus Papier. Irgendwo draußen lachte jemand wie verrückt. Im Radio erzählten sie, dass in Tel Aviv der millionste Israeli gefeiert wurde. Mit einer Parade. Nur eine Handvoll Zuschauer waren gekommen.

»Du musst keine Angst haben. Niemand außer mir und Victor weiß, woher du kommst. Und selbst wenn sie es erfahren sollten, werden sie dir nichts tun. Sie brauchen dich.«

»Du verstehst das nicht. Ich hab keine Angst vor denen.«

»Wovor dann?«

»Vor mir selbst. Woher kommt dieser Zorn? Ich werde zu jemandem, der ich nie sein wollte.«

Hunde bellten auf der Straße, und der Wind rüttelte an den Fenstern. Yasmina löste sich aus der Umarmung und öffnete das Fenster. Ein feuchtwarmer Luftstoß wehte durchs Zimmer. Sie starrte hinaus auf die dunkle Jaffa Road.

»Ich hasse mich«, sagte sie.

»Komm, wir schlafen«, sagte er.

Sie wandte den Kopf ab. Es lag keine Absicht in ihrer Geste. Sie schien zu fallen, während sie dort stand, und er verlor sie an die Nacht. Plötzlich hörte er ein leises Geräusch aus Joëlles Zimmer. Er löste sich von Yasmina, ging in den Flur und hörte den Lauf nackter Kinderfüße auf dem Boden. Er drückte die halb geschlossene Tür auf und sah Joëlle mit geschlossenen Augen im Bett liegen. Er setzte sich zu ihr, strich ihr über die Stirn und wachte an ihrer Seite, bis ihr Atem ruhiger wurde. Maurice hörte, wie Yasmina im Bad den Wasserhahn aufdrehte. Seine Yasmina, die ihm entglitt. Die sich selbst nicht mehr fassen konnte. Der einzige Schutz in dieser Welt, dachte er, war der Schutz, den er Joëlle geben konnte.

25

»Sie haben gesagt, vor der Geburt ist die Seele eins, und Gott teilt sie in zwei Hälften, einen Mann und eine Frau.«

»Ja.«

Rosenstiel bemerkte, dass Yasmina, die neben ihm auf der Bank saß, noch unruhiger war als sonst. Der Bäcker reichte den Nachtschwärmern das erste Brot heraus.

»Und ohne die andere Hälfte kommt man nie in Ordnung, oder?«

»Man kann sein Leben leben, aber man weiß nicht, was Glück ist. Man hat eine Idee vom Glück; vielleicht *denkt* man sogar, dass man glücklich ist. Doch man ist es nicht.«

»Aber was, wenn man nicht *einen*, sondern *zwei* Seelenpartner hat? So wie manche ein zweites Gesicht haben?«

Rosenstiel verstand nicht, was sie meinte.

»Ich werde nie eine andere Frau als Greta lieben.«

»Sie sind aber auch in Ordnung. Sie haben kein zweites Gesicht. Ich vertraue Ihnen. Aber wenn ich Sie wäre, würde ich mir nicht vertrauen. Ich bin mal so und mal so.«

»Was meinen Sie damit?«

»Ich bin anders. Einfach anders. War ich immer schon. Ich dachte, das wäre etwas Jüdisches. Und wenn wir erst hier zusammen in unserem Land wären, würden wir alle gleich sein. Niemand müsste mehr ausgeschlossen sein. Aber das ist nicht wahr.«

»Was empfinden Sie denn als *anders* an Ihnen?«

Yasmina suchte nach Worten. Es war nicht leicht, etwas auszudrücken, das sie selbst noch nicht verstand. Alles, was sie hatte, war ein Gefühl. Und darunter, das Fehlen von einem Gefühl dafür, wer sie war. Solange sie denken konnte, hatte sie sich immer durch die Augen der anderen definiert. Durch ihre Eltern: dass sie eine brave Tochter wurde. Dann durch Victor: dass sie eine schöne Frau wurde. Dann durch Joëlle: dass sie eine gute Mutter wurde. Und schließlich durch Maurices Augen: dass sie eine treue Ehefrau wurde. Aber wer war sie wirklich? Nachts, auf der Straße, fühlte sie sich frei. Und sie schämte sich dafür. War sie eine schlechte Mutter, eine schlechte Ehefrau?

»Kennen Sie die Babushkas?«, fragte sie. »Diese russischen Puppen? Wo eine in der anderen steckt? So eine bin ich. Oder wie eine Zwiebel, verstehen Sie? Ich bin viele. Nur eine davon spricht gerade mit Ihnen. Und nicht einmal ich weiß, welche.«

Rosenstiel dachte darüber nach.

»Sie finden mich sicher verrückt«, sagte sie.

»Oh nein«, sagte Rosenstiel. »Das ist ganz normal. Sie sind nicht anders als andere.«

Yasmina stutzte.

»Das kann ich Ihnen versichern, denn in meiner Praxis habe ich nichts anderes getan als Zwiebeln zu schälen.«

»Aber ... wann sind Sie damit fertig? Wann weiß jemand, wer er wirklich ist?«

Rosenstiel seufzte.

»Ich verrate Ihnen ein Geheimnis. Es hört nicht auf. Ich schäle eine Schicht nach der anderen, aber komme nie zum Kern. Es geht immer weiter.«

»Macht Sie das nicht verrückt?«

»Oh ja, sehr sogar.«

»Aber irgendwo muss doch der Anfang sein. Vielleicht haben wir's nur vergessen. Als Sie mir Ihre Geschichte erzählt haben, mit der Zwillingsseele, die vor der Geburt noch eins ist ...«

»Das ist nur ein Mythos«, unterbrach Rosenstiel. »Wie ein Traum, verstehen Sie? Oder eine Geschichte in der Tora. Wie Moses, der das Meer teilt. Man darf das nicht wörtlich nehmen.«

Yasmina sah ihn enttäuscht an.

»Aber ...«

»Die Menschen brauchen Mythen. Solche Geschichten helfen uns, die Wirklichkeit zu interpretieren. Denn was tatsächlich passiert, ist meist sinnlos.«

Yasmina mochte nicht, dass ihr Herr Rosenstiel, mit dem sie ihre Traumwelt teilte, dem sie alles glauben wollte, etwas so Ernüchterndes sagte.

»Warum sind so viele von uns ermordet worden?«, fragte er. »Warum ist der eine gestorben und der andere hat überlebt? Es gibt keinen Sinn in diesem Horror. Haben Sie Camus gelesen?«

»Nein, aber ... Wenn ich die Juden sehe, die jeden Tag hier ankommen, aus allen Ecken der Welt ... das ist nicht sinnlos. Das ist wie eine alte Geschichte. Haben Sie diese jemenitischen Frauen gesehen? Wie sie gehen? Als würden sie durch die Wüste wandern, aus Ägypten ins Gelobte Land. Es ist wie ein Traum, der in Erfüllung geht.«

»Sehen Sie? Wir träumen uns. Es geht am Ende nicht darum, ob die Mythen wahr sind. Sie helfen uns, unsere Nacktheit besser zu ertragen. Wie ein Kleid für die Seele.«

Yasmina fröstelte. Die Vorstellung machte ihr Angst. Dass im Innersten der Welt nichts war als ein Abgrund ohne Trost. Dass vor allem, was getrennt und zerbrochen war, nie eine Einheit existiert hatte.

»Warum haben Sie Ihre Heimat verlassen?«, fragte Rosenstiel. »Mussten Sie fliehen?«

»Nein. Die Nazis haben Tunis sechs Monate lang besetzt, dann wurden wir befreit, im Mai 1943. Sie kamen wie die Heuschrecken und flohen wie die Karnickel. Unser Haus war zerbombt, aber wir bauten es wieder auf.«

»Also wurden Sie angeworben?«

»Nein. Mein Vater war kein Zionist. Er wollte, dass wir alle in Tunis bleiben.«

»Warum dann? Gab es Probleme mit den Arabern?

»Ich bin weder vor den Nazis noch vor den Arabern geflohen. Sondern vor meiner Mutter.«

Rosenstiel sah sie interessiert an. Sie staunte darüber, wie wenig sie sich schämte, es auszusprechen. Ein Verrat, sicher, aber einer, zu dem sie stand. Sie würde ihrer Mutter nie verzeihen.

»Versprechen Sie, dass Sie es nie weitersagen?«

»Ich verspreche es Ihnen.«

»Schwören Sie es.«

»Wenn Sie das wünschen.«

Yasmina stand auf, dann setzte sie sich wieder, diesmal näher an seine Seite, so dass sie ganz leise reden konnte. Und dann erzählte sie ihm von der Nacht, als sie sich vor den Nazis versteckt hatten, Victor und Yasmina. Die sich Bruder und Schwester nannten, obwohl sie es nur auf dem Papier waren. Auf der Farm, in der Scheune, auf dem winterfeuchten Stroh. Die Nacht, in der Maurice, der damals noch Moritz hieß und die graue Uniform der Wehrmacht trug, die beiden zufällig durchs Fenster gesehen hatte. Ihr Schreck, sein Schweigen und das stumme Einverständnis. Sie hatte sich weiterbewegt, damit Victor nichts bemerkte und keine tödliche Dummheit beging. Ihr Körper verschmolz mit Victor zu einer einzigen Welle, aber ihre Augen waren still, wachsam und dankbar auf den Zeugen gerichtet, von dem sie wusste, dass er sie nicht verraten würde. Und das Eigenartigste an dieser Begegnung war, dass sie sich selbst durch seine Augen sehen konnte, als träumten sie denselben Traum. Ihre Arme im Mondlicht, die Victors Rücken umschlangen, sein dünner Körper, der sich auf ihr bewegte wie ein keuchendes Tier. Und das Weiße in Yasminas Augen, das plötzlich aus der Dunkelheit aufleuchtete, als ihr Blick auf den Blick des Fremden traf. Es war das einzige Mal, dass sie mit Victor geschlafen hatte.

»Seit dieser Nacht hat Joëlle zwei Väter«, sagte sie.

Rosenstiel schwieg.

»Und durch mein Herz geht ein Riss. Mein Mann will diesen Riss reparieren. Wie ein kaputtes Radio. Damit es nicht auseinanderfällt. Aber er versteht nicht, dass ich das gar nicht will.«

»Was wollen Sie denn?«

»Nicht mehr falsch sein.«

»Wer sagt Ihnen denn, dass Sie falsch sind? Ihre Mutter?«

»Als sie rausfand, von wem ich schwanger war, hat sie mich gehasst. Victor war doch ihr einziger Sohn. Und ich? War auf einmal nicht mehr die brave Tochter. Sondern die Hexe, die ihren Sohn verführt hat. Als wäre Victor unschuldig gewesen. Als hätte *er* mich nicht begehrt!«

»Was haben sie dann gemacht?«, fragte Rosenstiel.

Ich musste ganz brav sein, damit sie mich nicht aus dem Haus wirft. Ich hab das Kind auf die Welt gebracht. Ich hab es beschützt vor den Gerüchten der Nachbarn. Und der Einzige, der es wirklich geliebt hat, war Maurice. Also bin ich mit ihm weggegangen.«

»Ihr Maurice ist ein echter *mentsch.*«

»Ja, aber verstehen Sie denn nicht? Er will, dass ich in Ordnung bin. Den Riss in mir, den liebt er nicht. Der macht ihm Angst. Und ich weiß nicht mehr, wer die richtige und die falsche Yasmina ist. Ich tu alles, damit ich funktioniere. Ich schaffe das. Ich arbeite von morgens bis abends. Aber dann, nachts ... Im Traum sehe ich Dinge, nein eher spüre ich sie ... Davon kann ich ihm nicht erzählen. Das sind böse Gestalten, die aus den Häusern kommen und durch die Straße schleichen, nicht wirklich Menschen, eher wie Wölfe, die den Mond anheulen. Sie tun Dinge, für die sie sich schämen müssten. Und soll ich Ihnen was sagen? Ich habe keine Angst vor ihnen. Sie machen mir eine wilde Lust, es ihnen gleichzutun! Aber das ist gefährlich.«

»Warum?«

»Weil sie alles zerreißen. Ich muss mein Kind beschützen.«

»Wovor?«

Hinter den schlafenden Häusern, wo das Ghetto lag, begann der Muezzin zu rufen.

»Vor dem Tageslicht«, sagte Yasmina.

Auf einmal stand Maurice vor ihr. Yasmina hatte ihn nicht kommen sehen. Rosenstiel stand auf, um ihn zu begrüßen. Er tat so, als würde er ihn nicht bemerken.

»Komm nach Hause«, sagte er.

26

PALERMO

Joëlles Hand auf dem Tisch, auf den Fotos. Die Altersflecken auf ihrer Haut, die Ringe und darunter das Mädchen auf der Jaffa Road, das frech in die Sonne blinzelt. Sie trägt einen Schulranzen. Auf dem Schwarzweißfoto kann ich nicht erkennen, ob er blau oder braun ist. Joëlle steht auf, gibt mir einen zärtlichen Kuss auf die Wange und sagt *»Laila tov.«* Ihre Stimme bricht. Die alte Joëlle geht schlafen und lässt mich mit der jungen zurück. Das Echo ihrer Geschichte hängt zwischen den Wänden. Windstöße irren ums Haus. Joëlles Erzählung ist wie eine Straße, die in die Nacht hineinführt, wo sie plötzlich Kurven und Abzweigungen macht, bis man die Orientierung verliert. Es gelingt mir nicht, sie mit den Spuren aus Elias' Erzählung zu verknüpfen. Ihre Familienfährten finden nicht zusammen. Obwohl sie sich überschneiden. Obwohl sie verwandt sind. Es gibt Blutsverwandte, die sich fremd sind. Und es gibt Fremde, die ein launisches Schicksal aneinander fesselt wie ein Fluch, wie eine Fügung.

Eine dringende Unruhe erfasst mich. Ich schaue auf mein Handy. Elias hat sich nicht gemeldet. Ich rufe ihn an. Er ist noch wach.

»Elias?«

»Nina.«

Seine Stimme klingt vertraut. Und zugänglicher.

»Ich kann nicht schlafen.«

»Ich auch nicht. Was macht ihr?«

Ich bringe es nicht fertig, Joëlle zu hintergehen. Kein Wort davon, dass sie bei der Polizei war.

»Wir haben Fotos gefunden. Aus Haifa.«

Sein Schweigen klingt genau wie das von Joëlle: Ein Wort genügt – Haifa, Betlehem, Jaffa – und unsichtbare Mauern schnellen hoch. Ich will sie durchbrechen, die beiden schütteln, zwingen, sich dem anderen auszusetzen. Wenn ich mir aber vorstelle, wie die beiden morgen an diesem Tisch sitzen sollen, dem Tisch, auf dem die vielen Fotos liegen, wird mir angst und bange. Nicht nur wir drei werden anwesend sein, sondern auch alle, die auf diesen Bildern verewigt sind – den Fotos, die Moritz im Koffer versteckt hatte, und den Fotos, die Elias gestohlen hat.

»Ich komm zu dir«, sage ich.

»Wann?«

»Jetzt.«

Palermo ohne Menschen. Als wären sie alle fort. Sogar der Taxifahrer schweigt. Gelbe Lichter ziehen vorbei, zwischen den Häusern blitzt das Meer auf. Die Plätze sind leer, die Nacht ist voller Zeichen. Ich sehe Yasmina auf einer Bank sitzen, neben dem alten Doktor Rosenstiel. Ich sehe ein verfallenes Haus, das von den Kindern träumt, die es verlassen haben. Meine Hand tastet nach den Fotos in meiner Jacke. Moritz ist nie gestorben; er lebt in Elias, in mir, er wandert schlaflos durch seine Stadt. Solange wir von ihm erzählen, bleibt er bei uns. Wir dürfen nicht einschlafen. Ich will noch ein paar Stunden bei dir sein, Elias. Bevor sie dich fragen, ob du ein Mörder bist. Bis dahin will ich dir deinen Vater zeigen, bevor er dein Vater wurde. Von deiner Mutter hören, bevor sie deine Mutter wurde. Wissen, wer du bist, und warum. Bleib wach, und frag nicht, warum ich bei dir sein muss.

Dott. Elias Bishara, Pediatra, steht auf einem schwarzen Schild neben der Eingangstür. Die Fassade ist eingerüstet, eine Plastikplane flattert im Wind. Mich fröstelt, als ich aussteige und bemerke, dass ich zu leicht angezogen bin. Ich klingle und stehe eine Weile auf der leeren Straße, wie bestellt und nicht abgeholt. Dann höre ich Schritte, die Tür öffnet sich, und Elias kommt heraus. Er sieht aus, als käme er gerade aus dem Bett.

»Komm, wir gehen spazieren«, sagt er und geht an mir vorbei. Dann, als hätte er bemerkt, dass er etwas vergessen hat, dreht er sich um und sieht mir in die Augen, entwaffnend warmherzig.

»In der Praxis gibt's nichts zu trinken. Nur eine Matratze am Boden. Vielleicht hat noch eine Bar offen.«

»Du hast dein Hemd falsch zugeknöpft«, sage ich. Er wirft mir ein entschuldigendes Lächeln zu, knöpft sein Hemd im Gehen auf und wieder zu. Er erwähnt die Fotos nicht. Ich erwähne die Nachbarin nicht. Ein böiger Wind fegt durch die ausgestorbene Straße. Die Bar am Eck schließt gerade; der Barista lässt den Rolladen herunter, Elias wechselt ein paar Worte mit ihm. *Wo noch was offen ist? Nirgends. Tutto chiuso.*

Wir streunen weiter. Mir wird warm beim Gehen. Manchmal berühren sich unsere Arme unbeabsichtigt, und ich spüre, dass er das ebenso mag wie ich. Zwischen der letzten Bar, die schließt, und der ersten, die öffnet, das berauschende Gefühl, unbehelligt zu sein. Nichts ist geplant, alles möglich. Ich bin vorsichtig mit Fremden, ich weiß noch zu wenig über ihn, und wenn Joëlle recht hat, hat er seinen Vater auf dem Gewissen. Aber solange wir nicht reden, verstehen wir uns blind. Als wären wir uns schon vor Jahren begegnet, ohne einander zu erkennen. Als wäre das alles vorbestimmt gewesen. Ein Geheimnis trägt uns. Etwas in unseren Körpern, das so alt ist wie diese Stadt, in der die Zeiten an einer Ecke verschwinden und an einer anderen wieder auftauchen. So alt wie diese Insel, in die sich die Kulturen eingeschrieben haben wie in ein Buch mit vielen Autoren, die sich nie kennengelernt, aber doch aufeinander bezogen haben; der eine am Faden des anderen anknüpfend, bis ein atemberaubendes Geflecht der Zeiten entstand, das niemand mehr zu entwirren vermag. Es fühlt sich dunkel und schön an, und selbst während die Menschen schlafen, hört es nicht auf, zu wachsen. Ein afrikanischer Händler zieht einen mit Tüchern beladenen Einkaufswagen über die leere Straße. Am Hafen klirren die Masten der Segelboote. Wellenbrecher wie riesige Würfel am Ufer der Nacht.

»Seit wann lebst du allein?«, frage ich.

»Seit einem Jahr.«

»Warum habt ihr euch getrennt?«

»Ich hab Mist gebaut.«

»Hattest du eine andere?«

»Sie hatte einen anderen. Und ich bin verrückt geworden.«

Mehr braucht er mir nicht zu sagen. Ich verstehe es allzu gut. Verrückt zu werden, weil du den Partner verlierst, obwohl er neben dir im Bett liegt. Wegzustoßen, wen du liebst. Und dich später zu fragen, warum du diesen Fremden einmal so sehr festhalten wolltest, als hinge dein Leben davon ab.

Es fällt mir leicht, Elias von meiner Scheidung zu erzählen. Er hat eine Art, zuzuhören, die mich zugleich beruhigt und verunsichert. Mitfühlend, als sei ihm kein Abgrund fremd. Aber es fehlen die üblichen Floskeln, mit denen ein Zuhörer Verständnis oder Mitgefühl signalisiert, ein Nicken, ein kurzes *»eh sì«* oder *»davvero?«*, nichts davon. Stattdessen: seine Augen, die mich nie loslassen.

»Verzeih ihm«, sagt er irgendwann. »Du hast nur ein Leben.«

»Kannst du das, deiner Ex verzeihen?«

»Wir sind Freunde. Sie ist eine gute Mutter.«

»Ich hab meinen Ex nie wiedergesehen.«

Kein Bedauern, kein Urteil, keine Ratschläge. Es gibt nicht viele Menschen, denen man vom Scheitern eines Traumes ohne Scham erzählen kann, und Elias ist so einer; vielleicht weil er weiß, dass Scheitern die Regel und alles andere die Ausnahme ist.

Am Hafen, wo die großen Fähren anlegen, finden wir eine Kaffeebar, die schon offen hat. Die Hafenarbeiter der Frühschicht drängen sich am Tresen. Weißes Neonlicht und das Zischen der Espressomaschine. Elias bestellt zwei Kaffee, und wir stellen uns ans Fenster. Man kann die hell erleuchteten Schiffe sehen. Die Lastwagenschlangen, die sie verschlucken wie gierige Giganten. Und die blauen Schilder. *Napoli. Cagliari. Tunisi.* Als führten Straßen übers Meer.

Unsere Hände berühren sich, als ich ihm das Foto zeige, das ich mitgebracht habe. Yasmina mit der kleinen Joëlle an der Hand. Ihr Schulranzen. Im Hintergrund die Jaffa Road. Ich betrachte seine Hände und versuche in seinem Gesicht zu lesen, was das Bild mit ihm macht.

»Sie ist hübsch«, sagt er. »Waren noch mehr Fotos in dem Koffer?«

»Viele. Aber keins von dir ... oder deiner Mutter.«

Elias denkt nach. Vielleicht sind es dieselben Gedanken, die mir durch den Kopf gehen. Welche Frau hat Moritz mehr geliebt? Ich muss an Rosenstiels Geschichte von der Zwillingsseele denken. Die Idee, dass wir nur eine große Liebe haben. Moritz hatte drei.

Elias nimmt mich sanft zur Seite, als Leute hereinkommen. Sie reden Arabisch, tragen Koffer, Rucksäcke, schlafende Kinder auf dem Arm. Passagiere von der Fähre aus Tunis. Er hilft einer Mutter, die einen Kinderbuggy schiebt. Ich mag seine herzliche Art. Ich stelle mir vor, wie er als Vater zu seinen Kindern ist. Wie er als Mann zu seiner Frau war. Er mag verschwiegen wirken, aber er ist immer präsent. Seine Körperlichkeit ist das, was mir bei meinem Ex immer gefehlt hat. Gefühlvoll, aber entschlossen. In seiner Gegenwart fühlt mein Körper sich geborgen. Nur meine Gedanken werden unruhig. Wie kann ich ihn fragen, warum er die Polizei belogen hat, ohne Joëlle bloßzustellen? Und ohne ihn zu brüskieren? Ein falsches Wort würde die Nähe zerstören, die uns so gut tut. Er lächelt mich an. So warmherzig, dass ich erröte. Technisch gesehen bin ich seine Nichte. Großnichte. Großcousine. Was weiß ich. Wir *dürfen* uns nicht anziehend finden. Und ich spüre, es geht ihm wie mir.

»Noch einen Kaffee?«, fragt er.

Ich bestelle zwei Espressi und zwei Brioches, Pistazie und Schokolade. Kaufe uns ein bisschen Zeit. Draußen wird der Himmel hell. Die Schiffe, die Schwalben, ich wünschte, ich könnte den Tag aufhalten. Das warme Gebäck in meiner Hand. Sein Finger, der Pistaziencreme aus meinem Mundwinkel streicht. Die Stimmen der Arbeiter und der Duft des gemahlenen Kaffees umfangen uns wie eine zweite Haut.

»Du wolltest ein Bild von ihr sehen?«

Er zieht sein Portemonnaie heraus. Braunes, abgewetztes Leder. Und ein altes Foto, das er herausnimmt.

Er faltet es auf und reicht es mir. Er muss es schon lange mit sich herumtragen, denn das Papier ist dünn und rissig. Es ist schwarzweiß und zeigt ein Mädchen mit dunklen, glatten Haaren. Auf den ersten Blick ähnelt sie Joëlle. Zu erwachsen für ihr Alter. Stark. Und optimistisch. Es ist auch das gleiche scharfe Licht wie auf dem Foto von Joëlle mit dem Schulranzen. Nur dass hier keine Häuser zu sehen sind. Sondern ein verdorrter Baum und unscharfe Zelte im Hintergrund. Zwischen ihren Händen hält sie den Kopf eines schlafenden Mannes. Sein Gesicht ist zerfurcht und schmerzverzerrt. Er scheint zu träumen. Sie hält ihn wie eine Mutter, die ihr Kind beschützt. Als würde sie ihm sagen: Ich bin da. Halte durch. Du bist nicht allein.

»Wann war das?«

»Lang vor meiner Geburt. Aber so habe ich meine Mutter in Erinnerung. Das Bild drückt aus, wer sie war.«

»Und der Mann ist ihr Vater?«

»Ja.«

27

BETLEHEM

Es gibt kein Schicksal,
das nicht durch Verachtung
überwunden werden kann.

Albert Camus

Sie warfen ihn aus dem Jeep wie einen Hund. Georges lag auf einem steinigen Feld, das zufällig zur Grenze geworden war. Es gab keinen Zaun und keine Grenzposten. Nur Feigenbäume, die den betäubenden Duft ihrer Früchte verströmten und Zikaden, die laut aus den Gräsern zirpten. Er wusste nicht, wo er war. Er schleppte sich nach Osten, bis er, fast verblutet, in Ohnmacht fiel. Ein Bauer fand ihn und brachte ihn auf dem Rücken seines Esels nach Bethanien bei Jerusalem, in eine Klinik des Roten Kreuzes. Dort flickten sie ihn wieder zusammen. Er hatte unfassbares Glück gehabt. Das Grammophon hatte die Wucht des Geschosses gebremst. Es war in Georges' Bauch eingedrungen und stecken geblieben, kurz bevor es die Wirbelsäule durchschlagen hätte. Der Arzt konnte es in einer Notoperation herausholen. Doch die Wunde war bereits entzündet, und niemand hatte sie behandelt. Georges hatte eine schwere Blutvergiftung. Sein Fieber stieg auf vierzig Grad. Er verlor die Kontrolle über seine Finger, über seine Beine, und dann verlor er das Bewusstsein.

Zwei Wochen lang schwebte er zwischen Leben und Tod. Zwei Wochen dauerte es, bis seine Mutter, Amal und Jibril ihn fanden. Es brach Amal das Herz, ihren Vater so hilflos zu sehen. Der Arzt war ein Schwede. *Die Krankenhäuser in Jaffa hätten Penicillin gehabt*, sagte er. Amal verstand das Fremdwort nicht. Sie verstand nur, dass sie die Hand ihres Vaters nicht loslassen durfte, weil er sonst sterben musste. Sie wachte über seinen Puls und hörte die Gebete ihrer Großmutter. Wenn Jesus an diesem Ort Lazarus von den Toten erweckt hatte, sagte sie, konnte er auch Georges wieder zurückholen. Irgendwann öffnete er die Augen.

»Baba!«, flüsterte Amal.

Georges lächelte. Die Großmutter fiel auf die Knie und dankte dem Herrn.

Als sie Georges zurück ins Camp Aida brachten, musste Amal ihn stützen. Seine Beine gaben nach. Der Arzt sprach von einer partiellen Lähmung. Von Nervenenden, von Muskelschwund. Niemand wusste, ob seine Beine ihn wieder tragen würden. Erschöpft setzte er sich auf einen Stapel Reissäcke. Er legte seinen Kopf in Amals Schoß, schloss die Augen, und sie hielt ihn zärtlich zwischen ihren Händen. Das war der Moment, in dem der schwedische Arzt das Foto machte. Es ist das einzige Foto von den beiden.

Sonst gibt es keines?

Nein. Die Kameras der Welt richteten sich auf die Sieger. David bezwingt Goliath, das war die Geschichte, die im Westen alle liebten. Drei Jahre nach dem Holocaust. Die Welt hatte genug *displaced persons* gesehen. Sie schickte Säcke mit Mehl und schöne Worte, zu viel zum Sterben und zu wenig zum Leben. Die Menschen in den Zelten verlangten nicht viel. Sie wollten nur nach Hause. Und weil das Unglück, das über sie gekommen war, so ungerecht war, weigerten sie sich, diese Geschichte als *ihre* Geschichte anzunehmen. Der Zionismus war ein Kind Europas. Palästina blieb Palästina. Es gab kein Israel.

Wann könnt ihr endlich Frieden schließen?

Frieden? Du warst wohl eine von denen, die mit Gitarre am Lagerfeuer gesessen und »*Imagine*« gesungen haben, was?

Nein, ich hab auf Depeche Mode abgefeiert. Ich war eher auf der düsteren Seite.

Stell dir mal was vor. Nur für einen Moment. Dann darfst du wieder zurück auf deine düstere Seite. Sieh dir dieses Mädchen an, mit ihrem Vater im Arm. Stell dir vor, keine Mauer trennt dich vom Regen im Winter und von der Hitze im Sommer, nur eine dünne Zeltplane. Und selbst deine Haut wird dünner, und auch die der Menschen um dich herum. Viel zu viele, viel zu nah. Du willst weg, aber darfst es niemandem sagen, denn hier sind die Menschen, die du trösten musst und die dich trösten, wenn du brichst. Aber sie widern dich an, deine eigenen Leute, alle klagen über dasselbe, und du willst dir am liebsten die Ohren zuhalten, obwohl doch Mitgefühl der einzige Trost ist, den ihr besitzt. *Es gibt immer jemanden, dem es schlechter geht als uns*, sagt dein Vater, und du kannst das nicht mehr hören. Aber er hat recht. Erst wenn du das begreifst, statt am Selbstmitleid zu verzweifeln, dann wächst du über die Situation hinaus. Du bist da, weil du für jemand anderen da bist, und das allein zählt.

Und währenddessen lebt ein Fremder dein Leben weiter, bewohnt dein Haus und erntet die Früchte deiner Bäume. Alles nur, weil du Amal aus Jaffa bist und nicht Aaron aus Minsk. Gott hat ihnen das Land versprochen, sagen sie. Aber was für ein Gott ist das, der seine Kinder trennt und den einen gibt, was er den anderen nimmt?

Das kannst du dir nicht vorstellen? Hast du nie erlebt? *Sei fortunata*, du Glückskind. Aber denk nicht, es könnte dir nie passieren. Die Welt ist nicht gerecht, und alles, was dir heute gehört, kann dir morgen genommen werden.

Ja, es ist ungerecht. Aber es ist Vergangenheit. Irgendwann muss man eine neue Seite aufschlagen.

Es ist unsere Gegenwart. Es hat nie aufgehört. Geh mal nach Betlehem. Das Camp existiert heute noch. Überall sind Kinder, es platzt aus allen Nähten. Auf den Mauern stehen die Namen unserer Dörfer: Tantura. Lifta. Safsaf. Jede Familie hütet ihren Hausschlüssel wie einen Schatz. Und ringsherum konfiszieren sie immer mehr Land. Zerstören Häuser. Für ihre Siedler. Ihre Mauern. Ihre Checkpoints. Weißt du, was es heißt, unter Militärbesatzung zu leben? Stell dir vor, du bist in einem Albtraum gefangen. Unter Glas. In einer vernetzten Welt. Jeder kann die Unterdrückung sehen. Aber die Welt schaut weg.

Was also meinst du mit Frieden? Unterwerfung? Wir wollen, was für dich selbstverständlich ist: Gleiche Rechte für alle.

Oder sind wir in deinen Augen weniger wert?

Georges kämpfte Tag um Tag darum, die Kontrolle über seinen Körper wieder zu erlangen. Jibril und Amal stützten ihn, wenn er bis zur Erschöpfung durch das Lager hinkte. Am Ende konnte er kurze Strecken an Krücken gehen, aber meistens brauchte er einen Rollstuhl. Sie bekamen einen von den Vereinten Nationen geschenkt. Die Räder versanken im Schlamm.

»Die Bastarde können mir meine Beine nehmen«, sagte Georges. »Aber sie werden uns nicht die Bäume nehmen. Das verspreche ich euch. Es sind eure Bäume!«

Avram Lellouche hielt sein Versprechen, ihm zu helfen, auf legalem Weg zurückzukehren oder wenigstens die Grundstücke und das Vermögen wieder zu bekommen. Aber er verlor in allen Instanzen. Die Knesset beschloss eine Reihe von Gesetzen – das »Law Of Return«, das »Absentee Property Law« und das »Nationality Law«. Juden aus aller Welt erhielten das Recht, nach Israel »zurückzukehren« und Staatsbürger zu werden, auch wenn sie noch nie dort gelebt hatten. Allen Nichtjuden, die im Land geboren waren, aber im Krieg ihren Wohnort verlassen hatten, wurde die Heimkehr verweigert; ihr Besitz wurde von einer Treuhandgesellschaft konfisziert. Auf internationalen Druck hin wurde einigen Tausend Arabern eine Familienzusammenführung zugestanden, aber das waren Ausnahmen von der Regel. Nur die wenigen Araber, die in ihren Häusern ausgeharrt hatten, bekamen die israelische Staatsbürgerschaft – während sie unter strenges Militärrecht gestellt wurden. Nicht einmal Avram Lellouches gute Beziehungen halfen. Alles war verloren.

Großmutter half Amal, nicht zu vergessen. Sie erinnerte an die Namen der Nachbarn. Die Namen der Straßen. Das Donnern des Meeres im Winter und der heiße Atem des Khamsin, der im April die Blätter gelb färbte. Alle Vorstellung richtete sich in die Vergangenheit, um das Verlorene festzuhalten. Und draußen in der Welt flog die Zukunft vorbei. Der Kalte Krieg, Hoola Hoop und die Wasserstoffbombe. Petticoats und Stalintorte. Coco Chanel und Fidel Castro. Jailhouse Rock und Mao Zedong. Mohamed Mossadegh und Cadillac Eldorado. Silberpfeile, Düsenflugzeuge und Marilyn Monroe. Nur über den Zelten von Aida blieb die Zeit einfach stehen.

Während der Name Palästina aus den Atlanten verschwand, hofften Israel und Jordanien, dass auch die palästinensische Identität verschwinden würde. Doch das Gegenteil geschah: Das geteilte Schicksal schweißte die Flüchtlinge zusammen. Arme und Reiche, Bauern und Städter, Muslime und Christen, Männer und Frauen – alle hatten ihren Besitz verloren, alle hatten das gleiche Ziel. Von ihnen lernte Amal, was es bedeutete, Palästinenserin zu sein: Ein Baum ohne Erde, der Wasser fand, wo keines floss. Eine Mutter, die ihre Kinder vom Regen ernährte, wo es kein Dach gab. Ein offenes Feuer, um darauf Brot zu backen, Kaffee zu kochen und mit Fremden zu teilen. Und aus den Steinen, die sie uns in den Weg legen, sagten sie, bauen wir ein Haus.

Schlammpfade wurden zu Straßen, Zeltplanen zu Dächern. Die Schule bekam endlich Strom. Amal half mit, einen Fußballplatz zu bauen. Sie lernte, aus schlechtem Stoff ein gutes Kleid zu nähen und Gemüse auf dem Dach zu pflanzen. Und sooft sie konnte, begleitete sie Georges nach Betlehem. Es tat seiner Seele gut, die Händler in der Altstadt zu treffen. Statt Waren tauschten sie Geschichten aus. Georges akzeptierte ein Glas Tee und ein bisschen Gebäck, aber nie nahm er Almosen an. *Die Bishara geben, aber nehmen nicht*, sagte er zu Amal. Sie zeigte nie, dass sie hungrig war.

Am liebsten saß Georges bei Aziz, der in der Altstadt ein kleines Café betrieb. Amal nannte ihn Ammo, Onkel. Ammo Aziz hatte schalkhafte Augen, war dünn wie eine Bohnenstange, aber trug einen riesigen schwarzen Schnurrbart. Er liebte Musik und besaß einen modernen Plattenspieler, den man wie einen Koffer aufklappen konnte. Er hatte in Kairo studiert und Unmengen von Schallplatten mitgebracht. Georges verbrachte viele Stunden mit ihm. Sie wurden Freunde, fast Brüder. Aziz half ihm, sich wieder wie ein normaler Mann zu fühlen. Sie hörten die alten Lieder von Oum Kalthoum, aber auch neue Platten, die Aziz sich aus Kairo schicken ließ. Nachts, wenn die Gäste gegangen waren, legten sie Musik auf, die nur sie beide verstanden, den Jazz aus dem unerreichbaren, leuchtenden New York. Sie lasen laut Gedichte aus den Büchern, die in den schiefen Regalen standen, und manchmal holte Aziz auch Bücher hinter der Theke hervor, von denen niemand erfahren durfte, weil der König sie verboten hatte. Da ging es um Widerstand, Revolution und Menschenrechte. Amal schlief, wenn sie müde wurde, einfach auf einer Bank im Café ein. Sie blieb bei Georges, auch wenn sie zurück ins Zelt wollte, weil sie es liebte, ihren Vater aufatmen zu sehen. So erlebte sie ihn nur hier, und nur wenn er diese Musik hörte, als bekäme er Briefe von Freunden aus einer besseren Welt. Thelonious Monk. Charlie Parker. Dizzy Gillespie. Miles Davis. Georges liebte den Klang der Welt, die sich weiterdrehte. Manchmal, wenn sie durch die spärlich erleuchteten Straßen zurück ins Lager gingen, dachte Amal, dass die Nacht ein Segen war. So mussten sie nicht die Misere, den Schmutz und die Würdelosigkeit ringsherum sehen.

Georges legte seine ganze Hoffnung in die Ausbildung seiner Kinder. Er war über die Maßen streng, wenn Jibril schlechte Noten nach Hause brachte, und über die Maßen stolz, als Amal die Grundschule als Klassenbeste abschloss.

»Nimm dir ein Beispiel an deiner Schwester«, sagte er zu Jibril. »Du bist der Sohn, du sollst einmal die Familie versorgen! Was ist nur los mit dir?«

Jibril schämte sich, seinen Erwartungen nicht zu genügen. Er hatte Schwierigkeiten, sich zu konzentrieren. Als er einmal in der Schule seinen Bleistift verlor, brach Amal ihren Stift in zwei Hälften und gab ihm eine davon, bevor es jemand mitbekam. Und wenn er ins Bett machte, half sie ihm, morgens sein Betttuch zu waschen, bevor der Vater es sah.

In diesem Sommer nahm Georges Amal mit nach Beit Jala, einen Vorort von Betlehem. Dort traf sie die ersten Deutschen ihres Lebens. Sie trugen Kopftuch und eine Kette mit Kreuz um den Hals. Sie hießen Hildegard, Franziska und Käthe. Sie hatten strenge Lippen und gütige Augen. Mit der Fürsprache seines alten Lehrers vom Terra Santa College gelang es Georges, Amal auf der evangelischen Mädchenschule unterzubringen, die vom deutschen Jerusalemsverein gegründet worden war. Eigentlich waren die Klassen schon voll, aber die Schulleiterin hatte Mitleid mit den Flüchtlingen. Georges hatte die Schule ausgesucht, weil Amal dort sicherer war als in der überfüllten Lagerschule, aber auch aus Familientradition. In seiner Schicht gehörte es zum guten Ton, die Kinder auf eine europäische Schule zu schicken.

»Auch wenn sie uns Flüchtlinge nennen«, sagte Georges, »vergiss nie, wer wir wirklich sind!«

Als das letzte Geld aufgebraucht war, nahm Georges widerwillig die Unterstützung von Tante May in Beirut an. Er versprach, es auf Heller und Pfennig zurückzuzahlen. Er sollte eine kleine Wohnung in Betlehem mieten, sagte Tante May. Sie machte sich Sorgen um die Kinder. Doch Georges war immer noch Geschäftsmann genug, um das Geld nicht für die Wohnungsmiete auszugeben, sondern in die Zukunft zu investieren. Er mietete einen kleinen Laden im Souk, dessen Pächter verstorben war. Er war nicht größer als eine Höhle, es gab eine Theke und ein paar Stehtische. Als Unternehmer besann Georges sich auf das, was er selbst am meisten vermisste: Das Gebäck seiner Frau. Gemeinsam mit der Großmutter erweckte er in der kleinen Küche Mariams Rezepte wieder zum Leben. Ma'amoul, Baklawa, Qatayef, Knafeh ... so wie auf den Hochzeiten von Jaffa. Es brachte Mariam nicht zurück. Aber die Erinnerung an ihren feinen Geschmack und ihre Großzügigkeit. Georges verpackte die Süßigkeiten, reichte sie den Kunden und tat so, als würde ihn die Behinderung nicht beeinträchtigen. Die Kunden taten ihm den Gefallen, so zu tun, als gäbe es den Rollstuhl nicht. Georges blühte auf; er war wieder ein nützliches Glied der Gesellschaft. Sobald Amal und Jibril aus der Schule kamen, halfen sie mit. In der Küche, beim Verkauf und beim Putzen. Und wie damals brachten sie zu allen Festen Körbe voller Süßigkeiten zu denen, die sich keine leisten konnten, nach Aida. Nur jüdische Feste gab es hier nicht mehr. Die jüdischen Nachbarn lebten in Jerusalem, nur wenige Kilometer entfernt, in einer anderen Welt.

Nach sieben Jahren im Lager konnte Georges endlich eine kleine Wohnung mieten. Es gab keine Betten, sondern Matratzen, die sie tagsüber an der Wand stapelten. Es gab auch keinen Tisch. Sie aßen im Schneidersitz am Boden, im Kreis um eine Zeitung, auf der Großmutter das Essen ausbreitete. Gebratenes Huhn auf Fladenbrot, mit Pinienkernen gefüllte Zucchini, Linsen mit gerösteten Zwiebeln. Immerhin gab es ein Bad mit fließendem Wasser. Für Amal war es ein kleines Paradies. Ihre Welt hielt wieder zusammen, vorerst jedenfalls, wie ein hundertmal geflickter und verschnürter alter Koffer.

Jeder erinnert sich an den Moment, an dem er seinen Vater zum ersten Mal auf Augenhöhe sah. Als Mensch wie du und ich. Nicht weil er geschrumpft war, sondern weil man selbst gewachsen war. Das ist der Tag, an dem die Kindheit endet. Für Amal, deren Kindheit schon lange geendet hatte, war es der Tag, an dem sie erkannte, wo ihr Platz in dieser kaputten Welt war. Dass ihr Leben, das seit der Flucht aus Jaffa nicht mehr ihr gehörte, einen Sinn hatte.

Sie war siebzehn Jahre alt. Eigentlich war es ein Abend wie jeder andere. Amal räumte die Theke auf, Großmutter putzte die Küche, und Georges verabschiedete die letzten Kunden, die ein Stück warme Knafeh für den Nachtspaziergang gekauft hatten. Jibril war nach der Schule nicht aufgetaucht. Das war nicht ungewöhnlich; seit er in die Pubertät gekommen war, trieb er sich mehr mit seinen Freunden herum, als der Familie zu helfen. Amal stand nach der Schule im Laden; Jibril entzog sich, war schweigsam und brachte schlechte Noten nach Hause. Der Druck, den ältesten Sohn zu ersetzen, lastete auf ihm, und zugleich konnte er Bashars Platz nie wirklich einnehmen, solange dessen Schicksal ungeklärt blieb. Jeder wusste, dass sie die Toten von Lydda namenlos verscharrt hatten. Aber solange niemand Bashars Tod mit eigenen Augen bezeugen konnte, war es immer noch möglich, dass die Zionisten ihn gefangen genommen hatten. Auszusprechen, dass Bashar nie wiederkehren würde, war tabu. Georges hasste es, nicht zu wissen, wo Jibril sich aufhielt. Was für andere Jungs selbstverständlich war – bis spät in die Nacht auf den Straßen spielen, stundenlang über die Felder laufen und in den Häusern der Freunde schlafen –, war für Jibril ein dauernder Kampf mit seinem Vater.

»Komm, wir suchen Jibril«, sagte Georges zu Amal. Der Muezzin rief zum Nachtgebet, als sie losgingen. Eine halbe Stunde später kamen sie im Camp Aida an, fragten nach Jibril und fanden ihn. Er saß auf einer Mauer mit einer Gruppe älterer Jugendlicher. Wie eine verschworene Gemeinschaft. Sie rauchten. Als Jibril Georges sah, warf er schnell seine Zigarette weg.

»Hast du geraucht?«, fragte Georges.

»Nein.«

Georges schob seinen Rollstuhl an Jibril heran.

»Komm her.«

Jibril stieg vorsichtig von der Mauer. Georges roch an seinem Gesicht.

»Lügst du mich an?«

»Nein.«

Die Ohrfeige kam schnell und saß.

»Ab nach Hause.«

Georges rollte los. Jibril gehorchte und trottete widerwillig mit. Amal spürte die verächtlichen Blicke seiner Freunde im Rücken.

»Hast du deine Hausaufgaben gemacht? Du musst der Beste deiner Klasse sein, hörst du? Mach mir keine Schande!«

Amal wusste, dass es in Wahrheit um mehr ging als die Schule. Es ging um die Freunde. Sie waren bekannt in Aida. Sie hatten Waffen. Sie waren wütend. Auf die Schule, die sie auf eine Welt vorbereitete, in der sie keinen Platz hatten. Auf ihre Väter, die große Worte machten, aber sie nicht aus der Misere führten. Sie stellten das unantastbare Gesetz in Frage, nach dem der Vater immer recht hatte. Was waren das für Vorbilder, die arbeitslos im Café saßen, Fliegen töteten und auf bessere Zeiten hofften? Die Zeiten würden nicht besser werden. Außer sie nähmen es selbst in die Hand.

»Ich geh nicht mehr in die Schule«, sagte Jibril.

»Und wenn ich dich jeden Tag an den Ohren dort hinschleife! Du lernst nicht nur für dich. Du tust es für dein Volk. Wir brauchen Ärzte, Lehrer, Ingenieure!«

»Was hast *du* denn für unser Volk getan? Ihr seid geflohen wie die Ratten!«

»Wie kannst du es wagen, so mit deinem Vater zu sprechen!«

»Ihr hättet kämpfen müssen. Wie Bashar! Er ist ein Märtyrer. Du bist nur ein Feigling!«

Georges schnitt ihm mit dem Rollstuhl den Weg ab, holte aus und schlug ins Leere. Jibril war geschickt ausgewichen. Dann aber kam er zurück und sagte Georges ins Gesicht:

»Schlag mich doch. Los! Schlag mich!«

Georges schlug zu und traf. Jibril, der schmächtiger war, taumelte und fiel zu Boden. Doch dann richtete er sich auf und rannte wie ein wütender Stier auf Georges zu. Er warf ihn mitsamt seinem Rollstuhl um. Georges packte ihn und brüllte.

»Hört auf!«, schrie Amal. Sie fiel ihrem Vater in den Arm. Aber sie konnte nichts gegen die entfesselte Kraft der beiden Männer ausrichten. Jibril drosch auf seinen Vater ein.

»Bist du verrückt geworden?«, schrie Amal.

Man schlug seinen Vater nicht. Noch dazu einen Behinderten. Aber genau darum ging es Jibril. Zu zeigen, dass er die Regeln der Alten verachtete. Sie mochten damals gegolten haben, als die Welt noch heil war, aber jetzt und hier, im Mülleimer der Geschichte, waren sie zu nichts mehr nutze. Georges stöhnte. Amal half ihm hoch.

»Schäm dich!«, sagte sie zu Jibril. Ihr Bruder stand mit zitternden Fäusten vor ihnen, fast noch ein Kind und völlig verloren. Dann rannte er weg, in die Dunkelheit, wie jemand, der einen bösen Jinn gesehen hat. Georges zog seinen Rollstuhl zu sich und stützte sich auf.

»Warte, Baba!« Amal hob ihn zurück in den Rollstuhl. Sie merkte, dass er Schmerzen hatte.

»Bist du verletzt?«, fragte Amal.

»Nichts passiert! Geh!«

Der Weg war dunkel. Hunde kläfften. Amal schob ihn über den steinigen Weg, bis sie eine beleuchtete Straße erreichten.

Aziz stellte gerade die letzten Stühle auf die Tische, als sie an seinem Café vorbeikamen.

»Abu Bashar! Was ist passiert?«

»Salam, ya Aziz. Alles in Ordnung, *alhamdulillah.*«

Aziz sah das Blut auf seinem Hemd. Er warf Amal einen schnellen Blick zu und führte ihn sofort nach drinnen. Georges war zu schwach, um Widerstand zu leisten. Aziz räumte einen Tisch frei, und Georges setzte sich dankbar.

»Waren das die Soldaten?«

»Nein. Mein Sohn.«

»Bist du verletzt?«

»Nein, nur etwas müde.«

»Soll ich Doktor Hashem rufen?«

»Nein! Bring mir ein Glas Wasser!«, sagte er zu Amal. Sie ging in die Küche, während Aziz mit einer Serviette das Blut aus Georges' Gesicht wischte. Amal gab ihrem Vater zu trinken. Langsam wurde sein Atem ruhiger.

»Wenn du nach Hause kommst«, sagte Aziz, »wird er sich entschuldigen. In seinem Alter waren wir alle Hitzköpfe.«

Aziz ging zum Tresen und holte eine Flasche Anisschnaps aus dem Regal. Georges stützte seinen Kopf in die Hände und sagte leise zu Amal:

»Was hätte ich denn machen sollen? Ich musste euch in Sicherheit bringen.«

Er fasste Amals Hand. Sie spürte, dass er zitterte. Sie hatte ihren Vater noch nie so verunsichert erlebt. Nicht einmal 1948, diesem verfluchten Jahr, dem er nie entkam. 1948 war der Sprung in seiner Schallplatte.

»Du musst auf Jibril aufpassen«, sagte er. »Ich kann ihn nicht mehr …«

Er biss die Zähne zusammen, um nicht zu weinen. Nicht vor seiner Tochter. »Was soll ich tun, ya Amal?«

Amal wusste nicht, was sie antworten sollte. So eine Frage hatte er noch nie gestellt. Väter fragten so etwas nicht. Väter waren allwissend. Aziz stellte zwei Arakgläser auf den Tisch und stieß mit Georges an.

»*Sahha!* Hör zu, Georges, du wirst Jibril nicht aufhalten können. Wer soll Palästina befreien, wenn nicht die Jungen?«

»Ich hab schon einen Sohn verloren.«

Es war das erste Mal, dass er es offen aussprach. Dass Bashar nie zurückkommen würde.

»Allah möge seiner Seele gnädig sein«, murmelte Aziz. Allah, an den er nicht mehr glaubte. Denn Aziz glaubte an einen Juden namens Marx und einen Atheisten, der verbotene Dinge in einer Zeitschrift schrieb, die Aziz unter seinem Tresen versteckte: Dr. Georges Habbash, ein Kinderarzt aus einer christlichen Familie. Er war in Lydda geboren worden und in Jaffa aufs Gymnasium gegangen. Alle redeten voller Bewunderung von ihm. Amal hatte ihn selbst gesehen, nur einmal, ganz kurz, im Juli '48 in Lydda. Auf dem Marsch der Zehntausenden hatte er die Verletzten versorgt und die Toten am Wegrand beerdigt. Später leitete er eine Volksklinik in Amman, impfte die Flüchtlingskinder gegen Tuberkulose und begeisterte die Jugendlichen mit seinen politischen Ideen. Er gründete die Arabische Nationalbewegung, deren Ziel es war, die arabischen Diktatoren zu stürzen und alle Araber zu vereinen. Keine Grenzen, keine Religionen, keine Clans. Eine sakuläre Nation, die stark genug sein würde, um Palästina zu befreien. Die jordanischen Soldaten durchkämmten die Flüchtlingslager nach ihm und seinen Anhängern. Das waren die Jugendlichen, mit denen Jibril auf der Mauer saß und rauchte. Die Leute, von denen Georges seinen Sohn fernhalten wollte. Denn noch ein Verlust würde seine Seele brechen.

Was also sollte Amal ihrem Vater antworten? Wenn er Jibril verbot, zu den Fedajin zu gehen, wie könnte er ihm dann beibringen, Verantwortung für die Sache seines Volkes zu übernehmen? Wenn er ihn aber gewähren ließ, würde er seinen Tod in Kauf nehmen. In beiden Fällen hätte er als Vater versagt.

»Ich rede mit ihm, Baba. Auf mich hört er. Ich werde jeden Tag mit ihm Hausaufgaben machen und ihn nicht mehr aus den Augen lassen. Mach dir keine Sorgen.«

Georges versuchte sich nicht anmerken zu lassen, wie gerührt er war. Er blickte verschämt weg. Und legte dankbar seine Hand auf ihre.

»Schenk ihr auch ein Glas ein, ya Aziz. Sie ist kein Kind mehr.«

Amal schüttelte unmerklich den Kopf, und Aziz verstand. Er schenkte ihr ein Glas Wasser ein. Dann stand er auf und ging zur Theke.

»Schluss mit der Politik, Abu Bashar. Ich hab was für dich, das dich auf bessere Gedanken bringen wird.«

Er holte eine Schallplatte aus seinem Regal, zog sie aus dem Cover und blies vorsichtig den Staub weg. Dann legte er sie auf den Plattenspieler und setzte die Nadel auf.

»Das wird dir gefallen.«

»Was ist das?«

»Kam heute mit der Post. Hör zu!«

Aziz blieb neben dem Plattenspieler stehen und verschränkte genüsslich die Hände hinter dem Rücken, als würde er den Künstler, seinen Freund, auf der Bühne präsentieren. Langsam schälte sich eine Melodie aus dem Knistern der Platte. Dann setzte eine Trompete ein, die von fern zu kommen schien, aber von einer Klarheit war, die den müden, verrauchten Raum schlagartig erhellte. Konzentriert, traurig und von unbegreiflicher Schönheit. Eine Art von Musik, die Amal noch nie gehört hatte – dennoch klang sie wie eine Erinnerung. Als käme sie gleichzeitig aus der Zukunft und aus der Vergangenheit. Georges richtete sich auf und lauschte. Amal konnte körperlich spüren, wie seine Sinne wiedererwachten.

»Was ist das?«, fragte sie.

Aziz zündete sich eine Zigarette an und lächelte verschmitzt. »Miles Davis. Er spielt das Concierto de Aranjuez.«

»Wer ist Miles Davis?«

»Shhh«, flüsterte Georges.

Er drückte ihre Hand. Sie hatte nie verstanden, warum Georges den Jazz so sehr liebte. Musik war für sie etwas, das in den Körper fuhr, damit man darauf tanzte. Jazz war zu kühl, um darauf zu tanzen. Jazz war Musik für den Kopf. Aber diese Melodie war anders. Sie traf ins Herz. Georges griff Amals Hand fester, und sie sah, dass er endlich weinte. Vor Glück oder aus Trauer – Amal wusste, warum. Im Geiste wanderte er durch die Orangenhaine. Aranjuez war sein Jaffa. Die erhabene Weite des Landes, seine Verletzlichkeit und seine unbeirrbare Würde. Die Welt, bevor sie zerbrochen war.

Aziz hob die Nadel hoch und setzte den Tonarm zurück. Die Stille war befremdlich, als hätte jemand zu früh einen Vorhang vor die Bühne gezogen. Amal blickte zu ihrem Vater, der erschöpft eingeschlafen war, den Kopf an die Wand gelehnt. Vorsichtig, um ihn nicht zu wecken, zog sie ihre Hand unter seiner Hand heraus. Sie stand auf und ging durch das leere Café, in dem die Stühle kopfüber auf den Tischen standen wie ein Publikum, das nicht applaudierte. Aziz schob die Platte zurück in ihre Hülle. Amal betrachtete das Cover. Miles Davis sah anders aus, als sie ihn sich vorgestellt hatte. Weniger wehmütig als seine Musik. Stolz. Und schwarz. Alle Gesichter auf den Platten, die dort standen, waren schwarz.

»Sie sind wie wir«, sagte Aziz.

»Wir sind nicht schwarz.«

»Aber wir sind auch nicht weiß.«

Amal verstand nicht, was er meinte. Als Aziz es ihr erklärte, in einer Sprache, die klang, als würde er täglich mit Chruschtschow und Eisenhower telefonieren, öffneten sich Türen, von deren Existenz sie nichts geahnt hatte. Zum ersten Mal wurde Amal bewusst, dass ihr Volk nicht allein stand. 1948, erklärte Aziz, sei nicht nur das Jahr der Nakba, ihrer Katastrophe gewesen. Sondern auch das Geburtsjahr einer mächtigen Idee, die sich in der Universellen Erklärung der Menschenrechte ausdrückte: *Alle Menschen sind frei und gleich an Würde und Rechten geboren. Die Freiheit des einen kann nicht zu Lasten der Freiheit anderer gehen.* Niemand, sagte Aziz, stehe über dem Gesetz, und über jedem Gesetz stünden die Menschenrechte. Ihr Befreiungskampf sei Teil einer weltweiten Bewegung. Es sei immer das gleiche Stück mit unterschiedlicher Besetzung: Malcolm X, Martin Luther King und Patrice Lumumba. Die FLN, die Viet Minh und der erwachende schwarze Kontinent. Die Hautfarbe der Revolutionäre sei schwarz, braun oder gelb, aber die Unterdrücker, Siedler und Kolonialisten seien immer Weiße. So sei es auch in Palästina gewesen, als Saladin die Kreuzritter geschlagen hatte. Und sogar noch früher, als die Juden gegen die Römer rebelliert hatten. Amals Volk müsse nicht bei null anfangen; der Weg sei bekannt, andere seien vorausgegangen. Wenn Gandhi die unbesiegbaren Briten besiegt und Ho Chi Minh die mächtigen Franzosen verjagt hatte, dann würde es auch ihnen gelingen, Palästina von den Zionisten zu befreien. Aber vorher, sagte Aziz, müssten wir erst unsere Köpfe befreien und die Frage *Wer sind wir?* selbst beantworten, statt uns durch den kolonialen Blick der anderen definieren zu lassen. Sind wir Untertanen? Heimatlose, die um Brot betteln? Oder Herren unseres Schicksals?

Als Amal mit Georges an der Geburtskirche vorbei nach Hause ging, glaubte sie, das Echo der Schritte von Saladin zwischen den alten Mauern zu hören. Tatsächlich kreuzte nur ein verirrtes Huhn ihren Weg. Der Morgen dämmerte, als sie vor ihrer Haustür ankamen. Im Fenster brannte Licht. Unvermittelt wandte Georges sich ab und sagte:

»Ich gehe ins Geschäft.«

»Baba, du musst dich ausruhen.«

»Ich muss eine neue Gasflasche kaufen.«

»Brauchst du Hilfe?«

»Geh schlafen, mein Schatz.«

»Jibril wartet sicher auf dich. Er wird dir die Hand küssen.«

»Ich will ihn nicht sehen.«

Es brach Amal das Herz, ihn langsam die Straße hinabrollen zu sehen. Nicht ins Haus zu gehen bedeutete, dass der Schwächere dem Stärkeren das Territorium überließ. Und vielleicht das stille Eingeständnis an Jibril, dass die Sache ihres Volkes größer war als die verlorenen Träume seines Vaters.

Jibril war noch wach, als Amal zur Tür hereinkam. Er saß mit Großmutter am leeren Esstisch. Er sah schrecklich aus.

»Wo ist Baba?«

Amal sah in seinen Augen, dass er befürchtete, er könnte ihn umgebracht haben.

»Im Geschäft. Geh hin und entschuldige dich.«

Jibril stand auf und ging an Amal vorbei ins Schlafzimmer. Sie packte ihn und stieß ihn wütend zur Tür.

»Hast du nicht gehört? Geh!«

Jibril wehrte sich, aber Amal war zu allem entschlossen. Sie zerrte ihn hinaus auf die Straße und trieb ihn barfuß vor sich her.

»Du gehst jetzt zu ihm und küsst seine Hand!«

»Lass mich!«

»Du willst die Zionisten besiegen, aber hast Angst vor Baba?«

»Angst? Vor ihm? Schau doch, was aus ihm geworden ist!«

Amal wollte ihm am liebsten eine Ohrfeige geben. Aber nicht hier, nicht auf der Straße.

»Schäm dich!«, zischte sie.

»Hör auf, mir zu sagen, was ich tun soll! Ich bin kein Kind mehr! Such dir einen Mann und mach eigene Kinder!«

Amal zog ihn weiter. Er riss sich los. Er war mehr als wütend, er war verzweifelt.

»Wie kann er denn dagegen sein, dass ich für unser Land kämpfe? Andere Väter wären stolz!«

Amal wusste nicht, was sie antworten sollte. Weil sie ihn ebenso gut verstand wie Georges. Aber sie durfte es nicht zeigen.

»Egal, was ich tue«, sagte Jibril, »es wird ihm nie genug sein. Bashar ist ihm mehr wert als wir beide zusammen!«

»Hör auf, so was zu sagen!«

»Es stimmt doch! Ich bin nicht so stark wie Bashar.«

»Er liebt dich, Jibril. Glaub mir. Er will, dass du eine Zukunft hast.«

»Welche Zukunft? Die verdammte Welt hat uns vergessen. Wir sollen die Hoffnung nicht aufgeben, sagen sie. Die Vereinten Nationen. Die Menschenrechte. Scheißdreck! Entweder wir nehmen ein Gewehr in die Hand, oder wir kommen nie nach Hause.«

Amal staunte, ihren sonst so stillen Bruder so reden zu hören. Jibril, der Bettnässer. Jibril mit den Segelohren. Jibril, der sich nachts an seinen Vater kuschelte.

»Wer sagt so was?«, fragte sie.

»Alle. Die Jungs. Wir haben unsere Schulbücher verbrannt.«

»Was? Bist du verrückt? Wir brauchen auch Ärzte und Anwälte und Ingenieure. Mach die Schule fertig! Ich geb dir *meine* Bücher!«

»Behalt sie. Die Schule ist für Leute wie dich. Ich tauge nicht zum Lernen. Die Fedajin fragen nicht nach Zeugnissen!«

Amal hasste es, ihren Bruder so reden zu hören. Nicht weil sein Plan mehr Mut erforderte als ihrer. Sondern weil er eine Hoffnungslosigkeit offenbarte, die sie nicht zulassen wollte. Weil sie ihrer Mutter versprochen hatte, nie aufzugeben. Sie zog ihn weiter durch den dunklen Souk, bis sie vor Georges' Laden standen. Drinnen brannte Licht.

»Jetzt küss ihm die Hand und tu, was er sagt!«, flüsterte sie.

Jibril packte Amal am Arm.

»Willst du wirklich, dass Bashar für nichts gestorben ist? Baba will es nicht sehen, aber er ist tot! Hörst du, tot!«

»Ich weiß«, sagte sie leise. »Er weiß es auch.«

Jibril ließ sie los. Er sah sie verloren an.

»Dieses Leben ist würdelos. Ich häng nicht dran.«

»Hör zu, Jibril. Du tust jetzt, was ich sage. Du gehst da jetzt rein. Du entschuldigst dich. Und dann bleibst du an Babas Seite. Jeden Tag, jede Nacht, bis wir nach Jaffa zurückkehren. Du musst Bashars Platz einnehmen.«

»Und wer befreit unsere Heimat?«

»Traust du mir nichts zu?«, sagte Amal und lachte spöttisch.

»Du? Du bist ein Mädchen!«

»Na und? Ich bin stärker als du.«

Die Tür öffnete sich. Georges kam nach draußen.

»Wer ist da?«

Amal und Jibril hielten den Atem an. Amal schob ihn zu seinem Vater. Jibril ging ein paar zögerliche Schritte, nahm Georges' Hand und küsste sie. Georges zog Jibril an seine Brust.

Jibril umarmte ihn so fest wie er ihn vorher geschlagen hatte. Im fahlen Licht der Straßenlaterne konnte Amal erkennen, dass Georges seinen Kopf zu ihr drehte. Als würde er danke sagen.

28

PALERMO

Ich sehne mich nach dem Brot meiner Mutter
Nach dem Kaffee meiner Mutter
Nach der Berührung meiner Mutter
Tag für Tag schwindet in mir die Kindheit
Ich liebe mein Leben
Denn wenn ich stürbe
Würde ich mich schämen
Ob der Tränen meiner Mutter.

Nimm mich, falls ich einst zu deiner Liebe wiederkehre
Als Tuch für deine Augenlider
Bedecke mit Gras meine Knochen
Getauft von der Reinheit deiner Schritte
Wie auf Heiligem Land.
Schnüre meinen Gürtel mit einer Locke aus deinem Haar
Mit einem Faden aus deinem Kleid
Ich könnte zum Gott werden
Wenn ich das Innerste deines Herzens berührte.
Nimm mich, falls ich einst wiederkehre
als Holzscheit für deine Feuerstelle
Als Wäscheleine in deiner Hand auf dem Dach deines Hauses
Ohne dein Gebet
Fehlt mir die Kraft zu stehen.

Alt geworden bin ich
Gebt mir die Sterne meiner Kindheit zurück
Damit ich den Heimweg finde
Mit den Zugvögeln
In dein wartendes Nest.

Mahmoud Darwish

Wir stehen vor dem Café und sehen den Schiffen zu. Der Himmel ist hellgrau, blankgefegt. Als hätte eine unsichtbare Hand die schützende Decke der Nacht weggezogen. Der Tag kann uns sehen. Überall Augen. Auf der anderen Seite des Meeres läuft ein Mädchen mit schwarzen Haaren über ein Feld. Sie trägt eine Schultasche ohne Bücher. Und ich kann ihre Gedanken lesen.

Sein Handy klingelt, aber Elias geht nicht ran.

Das Morgenlicht auf seinem Gesicht. Sein zerbrechliches, warmes Lächeln. Ich will nicht, dass er aufhört zu erzählen. Ich mag es, wie die Geschichte ihn verändert. Wenn er seine Mutter beschreibt, tut er es ohne Verklärung, ohne Groll, aber mit einer unendlich geduldigen Zärtlichkeit. Als würde er jedes Wort von ihr zwischen den Seiten eines Albums aufbewahren, wie ein Foto, von dem es nur noch einen Abzug gibt. Er prüft dich, ob du sein Vertrauen wert bist, und wenn er dich für würdig befunden hat, öffnet er dir sein Haus, mit einer Großzügigkeit, die du nicht erwartet hast. Und während er sie beschreibt, rinnt sie ihm durch die Finger. Amal, die ihren Vater im Arm hält. Amal, die einen Sohn bekommt. Amal, die nicht mehr da ist.

»Als ich klein war«, sagt Elias, »habe ich meine Mutter gefragt: Warum Politik? Warum machst du nichts Normales wie andere Mütter? Als Antwort las sie mir aus einem Buch vor.«

»Was für eins?«

»Ein Gedichtband. Aziz hatte ihn ihr geschenkt. Sie hatte ihn nach Hause mitgenommen und irgendwo liegen lassen. Eines Nachts dann hörte sie Jibril weinen. Als sie zu ihm kam, um ihn zu trösten, versteckte er das Buch unter seiner Decke und tat so, als hätte er nicht geweint. Später fand sie das Buch unter seiner Matratze. Eines der Gedichte hatte er mit einem Eselsohr markiert. Als sie es las, verstand sie ihn. Mahmoud Darwish hat es im Gefängnis geschrieben, als Brief an seine Mutter. *Ummi.*«

Elias kann es auswendig. Er verändert sich, wenn er Arabisch spricht. Als wäre er ein freierer Mensch. Seine Stimme verliert alles Verschattete, weitet sich und öffnet einen fremden Raum voller Schönheit.

»Was sie mir damit sagen wollte: Dass Politik für sie nichts Abstraktes war. Sondern das, was wir täglich erlebten. Der Kaffee und das Brot und das Haus der Mutter; Politik bedeutete, das Zerstörte wieder aufzubauen.«

Wieder klingelt sein Handy. Ich beginne mir Sorgen zu machen.

»Ich muss was wissen, Elias. Bitte sag mir die Wahrheit. In der Nacht, als Moritz gestorben ist …«

Er spürt mein Misstrauen. Setzt ein Gesicht aus Milchglas auf.

»Warst du bei ihm?«

»Ja.«

Das Handy hört auf zu klingeln. Ich fixiere seine Augen.

»Joëlle denkt, dass du …«

»Ich weiß, was sie denkt. Ich hab ihn nicht getötet.«

Er hält meinem Blick stand. Und macht mir damit klar, dass es meine Entscheidung ist, ob ich ihm vertraue. Das ist der Moment, in dem mein Zweifel verschwindet. Ich glaube ihm.

»Habt ihr gestritten?«

»Ja.«

»Aus welchem Grund?«

Er denkt kurz nach, dann zieht er ein Foto aus der Tasche.

»Was weißt du darüber?«, fragt er.

Das Bild zeigt Joëlle als Jugendliche, Yasmina und Maurice. Sie stehen vor dem dunklen Citroën DS – demselben, in dem seine Leiche gefunden wurde. Im Hintergrund eine alte Stadt am Meer. Alte Mauern im Licht. Ein Kirchturm. Ein Minarett.

»Das ist Jaffa«, sagt er. »Nicht weit von hier stand das Haus meiner Mutter.«

Ich drehe das Foto um. Der Stempel des Ateliers, und seine altmodische Schrift: »Jaffa, 1956«.

»Ich hab das noch nie gesehen. Joëlle hat nichts davon erzählt.«

Er sieht mich prüfend an, und jetzt bin ich es, die seinem Blick standhält.

»Hab ich in seinem Haus gefunden«, sagt er. »Hatte er versteckt.

»Wann hast du es gefunden? Nach seinem Tod oder vorher?«

»Vorher.«

»Und so hast du erfahren, dass er eine Familie in Israel hatte?«

Er weicht meinem Blick aus. Fährt sich unruhig übers Kinn.

»Ich glaube, Joëlle weiß mehr, als sie sagt.«

»Frag sie selbst. Kommst du heute Abend?«

Er nickt.

»Bis dann. Ich muss arbeiten.«

Er gibt mir einen Kuss auf die Wange, der zärtlicher gewesen wäre, wenn er wüsste, dass er mir vertrauen kann. Er geht, und es dauert einige Sekunden, bis ich mich aus meiner Starre löse.

»Elias! Warte!«

Ich laufe ihm nach. An der Ecke fange ich ihn ab.

»Eine Nachbarin hat dich gesehen. Bei Moritz. In der Nacht, als er gestorben ist. Sie hat den Schuss gehört. Gestern hat sie bei der Polizei eine Zeugenaussage gemacht.«

Elias begreift sofort den Ernst der Lage. Er zieht sein Handy aus der Tasche und ruft seine Frau an. Sie spricht so laut und aufgeregt, dass ich ihre Stimme hören kann. *Wo bist du? Ich hab dich angerufen!* Commissario Greco war gerade bei ihr, zusammen mit zwei Polizisten. Sie wollten Elias verhaften. Vor den Augen seiner Kinder. Ich blicke die Straße hinauf. Vor der Haustür seiner Praxis steht ein Mann im Mantel. Und ein Polizeiauto. Elias macht auf dem Absatz kehrt.

Ich folge ihm. Er ist schneller.

»Warte! Wenn du jetzt abhaust, machst du dich verdächtig!«

Dann geht alles ganz schnell. Die Realität zerspringt, und

vor meinen Augen bricht ein Film aus, wie ein böser Traum im Zeitraffer. Ich spüre einen Schlag im Rücken. Meine Hände schlagen hart aufs Pflaster. Ich höre Laufschritte, Rufe der Polizisten, Reifenquietschen, und ich sehe Elias, der über umstürzende Cafćstühle springt. Ich sehe das Auto, das er nicht sieht, das bremst und schleudert. Der dumpfe Aufprall seines Körpers gegen das Blech. Warum schreie ich nicht? Ich bin wie gelähmt, alles geht viel zu schnell, jetzt knien die Polizisten auf ihm, bevor ich überhaupt begriffen habe, was hier geschieht. Erst als ich seinen Aufschrei höre, trifft mich die Wirklichkeit. Ich renne los, protestiere, halte ihn fest, als sie ihn in Handschellen abführen wie einen Verbrecher, den Kopf nach unten gepresst, dann reißen sie mich fort und stoßen mich weg. Sein letzter Blick, als sie ihn in das Polizeiauto schieben und er mich allein auf der Straße stehen sieht. Der Vertrauensbruch.

Du hast es gewusst. Du hättest es verhindern können.

Elias wendet sich ab, das Auto rast mit Blaulicht davon.

Der Barista räumt die umgestürzten Stühle auf und starrt mich an. Ich stehe verloren auf der Straße. Dann sehe ich das Foto am Boden liegen. Jaffa, 1956. Ich hebe es schnell auf und suche das Weite. Verschwinde im Verkehr, mache mich unsichtbar. Mein Knie schmerzt, die Hose ist zerrissen. Ich kann mich selbst nicht ausstehen. Vertrauen braucht lange, um zu wachsen, und ist schnell verspielt.

Signor Catalano hasst mich. Wenn es nach ihm ginge, wäre ich gar nicht mehr hier. Tut mir leid, Herr Notar, ich *bin* hier. Sie müssen uns jetzt helfen. Nein, nicht uns. Ihrem Freund. Elias. Wenn er im Gefängnis sitzt, nützt ihm die ganze hübsche Villa nichts. Also holen Sie ihn raus. Und wenn es sein muss, warte ich den ganzen Tag und die ganze Nacht auf diesem beschissenen Kommissariat. Er ist doch unschuldig, nicht wahr, Signor Catalano? Ich glaube ihm. Glauben Sie, er wäre fähig, seinen

Vater zu töten? Was ist denn passiert zwischen den beiden? *Scusi*, Signor Catalano, das geht mich durchaus was an. Es ist *meine* Familie.

Catalano ruft den Staatsanwalt an. *È un amico*, sagt er. Dann verschwindet er in einer Tür. Ich bleibe im Gang stehen wie eine Paketbombe, ein sperriges Ärgernis aus Deutschland.

»*Mi dispiace, Signora*, Commissario Greco ist nicht zu sprechen, er ist in einer Vernehmung.«

Mehrmals ruft Joëlle mich an, aber ich habe keine Lust, ranzugehen. Ich will sie jetzt nicht sehen. Ich würde ihr nur Dinge an den Kopf werfen, die ich später bereue. Dann kommt Catalano mit hochrotem Kopf aus dem Büro des Kommissars. Er geht an mir vorbei, ohne ein Wort zu verlieren.

»*Avvocato!*«

Er wimmelt mich ab wie eine lästige Bettlerin und verlässt das Gebäude. Ich verlange den Kommissar zu sprechen.

»*Per cortesia*, verlassen Sie das Kommissariat!«

»Sagen Sie, existiert dieser Commissario Greco eigentlich?«

Sie lassen mich einfach stehen und hoffen, dass ich mich in Luft auflöse. Dann öffnet sich eine Tür, und ein Mann kommt heraus. Sein Händedruck ist kurz und fest. Ein beleibter Sizilianer um die sechzig, der sich nicht in die Karten schauen lässt. Diskreter Blick, vertrauliche Lautstärke, behördlich kühl.

»Greco, *piacere*.«

Er macht es kurz und schmerzlos:

»Signor Bishara verweigert die Aussage. Bei der Befragung vor einigen Tagen hat er zu Protokoll gegeben, dass er nicht am Tatort war. Aber die Nachbarin, Signora di Mauro ...«

»Die kann sich doch getäuscht haben. Es war dunkel.«

»Wir haben die Überwachungskamera eines Nachbarhauses ausgewertet. Sein Auto. Sein Kennzeichen. Er am Steuer.«

»Am selben Abend?«

Greco nickt.

»Und ich habe die Tatwaffe jetzt im Labor untersuchen lassen. Wir haben die Fingerabdrücke verglichen. Sie stammen eindeutig von Signor Bishara.«

Die plötzliche Stille im Gang, die herabfällt wie ein Urteil. Er tut mir den Gefallen, seinen Triumph nicht auszukosten. Ich will es nicht glauben. Elias hat mir in die Augen gesehen, als er gesagt hat, er sei unschuldig. Kann jemand so kaltblütig lügen?

»Kann ich ihn sprechen?«, frage ich.

»*No, mi dispiace.* Er geht in Untersuchungshaft.«

Es bleibt dabei: Das Letzte, was ich von ihm gesehen habe, ist ein Mann, der verhaftet wird. Das Letzte, was er von mir gesehen hat, ist eine Frau, die es nicht verhindert hat.

»Bevor Sie nach Hause fliegen«, sagt Greco, »halten Sie sich morgen bitte für eine Vernehmung bereit. In welchem Hotel wohnen Sie?«

»Wir schlafen im Haus meines Großvaters.«

»Ich empfehle Ihnen dringend, in ein Hotel umzuziehen.«

Grecos Handy klingelt. Er blickt zu einem Uniformierten, macht ihm ein Zeichen und geht ran. Der Polizist nimmt mich unsanft am Arm, um mich rauszuwerfen.

»*Buona serata*, Signora.«

Draußen, die Flaniermeile, der Strandnachmittag. Musik aus den offenen Autofenstern. Ich fühle mich wie betäubt. Betrogen.

Elias, wer bist du?

Die beschauliche Welt des Signor Moritz Reincke steht kopf. Überall Autos, Absperrbänder, Männer in weißer Schutzkleidung. Die Spurensicherung ist eingefallen wie eine Besatzungsarmee. Dieses Mal machen sie's gründlich. Lassen keinen Stein auf dem anderen. Erlauben sich keinen Fehler mehr. Vor dem Tor versperrt ein Polizist mir den Weg. Die Nachbarn stehen herum und fotografieren mit ihren Smartphones. Joëlle ist nirgends zu sehen. Ich frage den Polizisten nach ihr, und er fragt mich, ob ich *residente* sei.

»Ich bin Gast.«

Ob ich ihm behilflich sein könne. Signora Sarfati behaupte nämlich, *residente* zu sein.

Joëlle sitzt auf dem Sofa und raucht. Daneben steht ihr Rollkoffer.

»Nina! Wo warst du?«

Ihre Stimme klingt vorwurfsvoll. Dabei bin ich es, die wütend auf sie ist. Wütend und ratlos, weil ich nicht mehr weiß, wer recht hat und wer nicht.

»Warst du bei ihm?«, fragt sie.

»Ja.«

Ein Hochziehen der Augenbrauen, mehr zeigt sie nicht.

»Mi dispiace«, sagt der Polizist, »wir müssen jetzt wirklich unsere Arbeit tun.«

»Tun Sie das.«

»Auch hier, Signora.«

»Ich mach mich schlank. Meine Fingerabdrücke sind eh schon überall.«

»Komm, Joëlle. Wir gehen auf die Terrasse.«

Ich nehme ihren Koffer. Sie steht auf und nimmt ihren Aschenbecher mit. Der Polizist nimmt ihn ihr aus der Hand.

»*Grazie*, Signora.«

Dann stehen wir draußen und sehen den weißen Gestalten bei der Arbeit zu. Sie durchsuchen den Schreibtisch, schießen Fotos, sprühen den Boden ein. Die Katze kauert verschreckt unter dem Terrassentisch.

»Haben sie die Fotos gefunden?«, frage ich leise.

Joëlle grinst verschmitzt und zeigt auf ihren Rollkoffer neben dem Tisch.

»Sie haben gesagt, ich soll raufgehen und meine Sachen packen. Hab ich gemacht.«

Sie öffnet den Reißverschluss des Koffers, so dass ich hineinsehen kann: Er ist vollgestopft mit den alten Fotos.

»Wenn sie seinen gammligen Koffer durchsuchen, finden sie meine Unterwäsche.«

»Warum hast du das ...?«

»Weil die mir gehören.«

Sie schließt den Koffer und fragt mich, was Elias erzählt hat.

»Willst du's wirklich wissen?«

»Natürlich.«

»Er hat von seiner Mutter erzählt.«

»Was denn?«

»Red selber mit ihm. Ich bin's leid, Stille Post zu spielen.«

Ich gehe Pizza holen. Stehe in einer Bar und frage mich, was Elias Joëlle erzählen würde. Was mich irritiert, ist nicht, dass sie unterschiedliche Meinungen zu einer Geschichte haben. Sondern dass sie zwei unterschiedliche Geschichten beanspruchen, die jeweils dort eine Leerstelle aufweisen, wo die Geschichte des anderen beginnt. Wenn nicht einmal zwei Geschwister im Exil einander zuhören wollen, wie können ihre Völker, die dasselbe Stückchen Erde Heimat nennen, ihre Erfahrungen zu einer gemeinsamen Geschichte zusammenfügen? Jedes Narrativ trifft irgendwann auf die komplexe Wirklichkeit, die immer auch die Narrative der anderen beinhaltet. Der Moment des Zusammenpralls beider Geschichten muss der Moment gewesen sein, als Joëlles Vater auf Elias' Mutter getroffen ist. Was auch immer dabei geschehen ist, hat die Verstrickung erzeugt, in der wir jetzt stecken. Wir können hier nicht weg, ohne den Knoten gelöst zu haben. Und ich habe meine Rolle gefunden, oder besser: Sie hat mich gefunden. In jeder Familie gibt es ein Tabu und jemanden, der den Finger in die Wunde legt.

»Hör zu, Joëlle. Elias hat mir ein Foto gezeigt.«

Ich räume die Pizzakartons vom Terrassentisch und ziehe das Foto aus meiner Handtasche. Das *eine* Foto, auf dem Maurice selbst zu sehen ist. Das aus Jaffa.

»Mon dieu«, ruft Joëlle. »*C'est moi!* Und Papà! So hab ich ihn in Erinnerung.«

Ihr faltiges Gesicht wird um Jahre jünger, als sie das Foto in den Händen hält. Da ist kein Groll in ihren Augen, nur Liebe.

»Wo hat er das gefunden?«

»Er sagte, Moritz hat's versteckt.«

Joëlle erschrickt. Sie hat den gleichen Gedanken wie ich.

»Stell dir vor«, sagt sie, »deine Mutter ist Palästinenserin. Und dein Vater hat dir verschwiegen, dass er eine israelische Familie hat. Dann entdeckst du sein Geheimnis. Und rastest aus.«

Es ist möglich, ja. Aber dass er ihn deshalb erschießt? Und warum hat Moritz sein Testament geändert?

»Um jemanden so zu hassen, dass man ihn tötet, muss mehr vorgefallen sein.«

»Hast du in den letzten siebzig Jahren mal die Zeitung aufgeschlagen?«

Ich starre auf das Foto. Joëlle greift danach und steht auf.

»Wir zeigen das dem Commissario.«

»Nein! Das klären wir jetzt unter uns!«

Offenbar ist mein Ton so bestimmt, dass sie sich wieder an den Tisch setzt. Vielleicht sieht sie ein, dass es eine Angelegenheit ist, die auch ihr Vater nicht an die große Glocke hängen wollte.

»Wie in den besten Familien, was?«, frotzelt sie.

»Versprochen?«

»Ja, Chef.«

»Also. Was habt ihr damals in Jaffa gemacht?«

»Einen kleinen Ausflug, nichts Besonderes ...«

»Hat Moritz was von einem Haus in Jaffa erzählt? Oder habt ihr jemanden aus Elias' Familie getroffen?«

»Ach was.«

»Versuch dich zu erinnern!«

»*Écoute, ma chérie*, egal, was Elias dir erzählt hat, er hat nicht in Israel gelebt. Ich schon. Es herrscht nicht dauernd Krieg. Wir sind laut, wir sind hitzig, aber wir kaufen Gemüse bei Arabern, sie bauen unsere Häuser, und wenn du ins Krankenhaus kommst, kannst du sicher sein, arabische Schwestern und Ärzte zu treffen. Die Hälfte der Apotheker sind Araber. Alle sprechen Hebräisch. Wir lieben uns nicht, manchmal hassen wir uns, aber wir haben gelernt, nebeneinanderher zu leben. Weißt du, was in Israel der häufigste Babyname für Jungen ist?«

»David? Abraham?«

»Mohamed!«

Sie lacht.

»Wenn das alles so nett ist, warum könnt ihr dann nicht mal hier, auf neutralem Boden, normal miteinander reden?«

Auf einmal wird sie ärgerlich.

»Normal sein ist ein Luxus, den ich mir nicht leisten kann. Du hast das Privileg, dich nicht mit deiner Identität beschäftigen zu müssen. Du wirst nicht jeden Tag darauf gestoßen, dass du anders bist. Ich wohne in Belleville. Mein Fleisch kauf ich bei einem algerischen Metzger. Ich hab arabische Schülerinnen. Und meistens kommen wir gut miteinander aus – solange wir nicht über Politik reden. Aber seit ein paar Jahren geht alles den Bach runter. Die Terroranschläge, der Hass auf Juden ... es wird unerträglich. Nicht nur in den Vorstädten. Mitten in Paris. Arabische Jugendliche greifen uns auf offener Straße an. Schamlos. Viele meiner jüdischen Freunde wandern nach Israel aus. Als ich jung war, war ich furchtlos, aber jetzt ... ganz ehrlich, hab ich Angst.«

Sie zündet sich eine Zigarette an.

»Und trotzdem: Ich hasse die Araber nicht. Weißt du warum?«

»Weil deine Mutter eine tunesische Jüdin ist?«

»Weil ich selbst definieren will, wer ich bin.«

»Wie meinst du das?«

»Weißt du, damals in der Grundschule, zeigten sie uns die Fotos aus den KZs, aus den Ghettos. Jedes Jahr am Yom Ha-Shoah. Schrecklich. Am Anfang war ich schockiert, aber dann wollte ich die Horrorgeschichten nicht mehr hören. Das jüdische Blut, das Schlachthaus Europa, all die grausamen Details. Weißt du, welche Bilder mich stattdessen angezogen haben? Die Widerstandskämpfer aus dem Ghetto. Auch wenn sie keine Chance hatten, ich wollte lieber ein Nachfahre von Rebellen sein als von Opfern. Als Kind willst du stolz auf deine Eltern sein. Aber unsere Lehrer definierten uns durch das, was andere uns angetan haben! Erst waren wir die Sklaven der Ägypter. Dann die Opfer der Nazis. Und jetzt wollten die Araber uns ins Meer werfen ... Ist das wirklich *meine* Geschichte? Will ich meine Identität durch Feinde bestimmen lassen?«

Joëlle beugt sich zu mir, als würde sie mir ein Geheimnis verraten wollen.

»Ich komme nicht aus der Sklaverei. Ich bin frei geboren! Als ich auf die Welt kam, spielten sie Swing im Radio, und in den Cafés von Piccola Sicilia saßen die GIs. Unsere Freunde waren Muslime und Christen. Wir feierten zusammen und sangen die gleichen Lieder. Auf Arabisch! Natürlich haben wir auch gestritten, aber als Nachbarn, nicht als Feinde. Ich war noch klein, aber ich hab die Geschichten im Blut. Meine Mutter wollte diese alte Welt hinter sich lassen, aber je älter sie wurde, desto mehr sehnte sie sich zurück. Die Menschen hatten wenig zu essen, aber was sie hatten, teilten sie. Am Shabbat kam die muslimische Nachbarin, um unseren Ofen anzuzünden. Und im Ramadan kamen ihre Kinder heimlich zu uns, um zu essen. *Ça, c'est moi.* Da komm ich her.«

Joëlle spricht mit Zärtlichkeit und Bitterkeit in der Stimme, wie von einer untergegangenen Zivilisation. Dabei ist es noch nicht lange her, und nur einen Katzensprung von hier entfernt.

»Weißt du, am Yom HaShoah heulen in Israel die Sirenen. Das ganze Land hält den Atem an und hört diesen *einen* Ton, der allen durch Mark und Bein geht. Wir Kinder auf dem Schulhof: Stillgestanden, jeder für sich, Augen zu. Alle erinnern sich an die sechs Millionen. Stell dir das vor. Wir denken nicht an die Zahl. Wir denken an unsere Eltern und Großeltern. Und dann schleicht sich ein Gedanke in deinen kleinen Kopf, den du niemandem verraten darfst: *Deine* Eltern leben noch. Und du schämst dich dafür. Du hast dieses Opfer nicht gebracht. Du gehörst *doch* nicht ganz dazu.«

Ich starre auf das Mädchen auf dem Foto. Wie viel von ihm steckt heute noch in Joëlle? Und wie viel Joëlle steckte damals schon in ihm?

C'est moi.

29

HAIFA

Geschichte ist nicht die Vergangenheit. Sie ist die Gegenwart.
Wir tragen unsere Geschichte mit uns.
Wir sind unsere Geschichte.

James Baldwin

Im Frühling 1956, genauer gesagt an Shawuot, als die Fenster mit bunten Bändern und Fahnen geschmückt waren und die Mädchen in weißen Kleidern durch die Jaffa Road liefen, mit Kränzen im Haar und Zweigen in den Händen, endete Joëlles Kindheit. Wäre Maurice nicht mit seiner Kamera am Straßenrand gestanden, als Joëlle – inzwischen zwölf Jahre alt – vorbeikam, hätte sie nicht ihre Arme ausgestreckt und sich vor Freude im Kreis gedreht, bis sie das Gleichgewicht verlor und aufs Pflaster fiel. Das Kleid, das sie zur Bat Mitzwa geschenkt bekommen hatte, wäre nicht schmutzig geworden, und Maurice hätte sie nicht in die Wohnung hinaufgeschickt, um den Fleck herauszuwaschen. Im Treppenhaus hätte sie nicht Frank Sinatra singen gehört, und als sie die Wohnung betrat, hätte sie nicht ihre Mutter gesehen, durch die halb offene Küchentür, Yasmina auf dem gelbgeblümten Plastiktischtuch, mit hochgeschobenem Rock, die Beine um die Hüften eines Mannes geschlungen, der seine Hände in ihr Haar vergrub.

Doch sie *hatte* es gesehen. Und seitdem war nichts wie vorher.

Aber eins nach dem anderen.

Sieben Wochen vorher, genauer gesagt am 23. März 1956, kurz vor Pessach, war auf dem Flughafen Lod eine Super Constellation der Air France gelandet. An Bord waren zwei französische Staatsbürger aus Tunis, die in Paris umgestiegen waren, da es keinen Direktflug zwischen den verfeindeten Staaten gab. Die Namen auf ihren Tickets ließen darauf schließen, dass sie Juden waren: Albert und Miriam Sarfati. Drei Tage vorher hatte Tunesien seine Unabhängigkeit von Frankreich erklärt. Unter den europäischen Einwohnern herrschte Unsicherheit: Sollten sie bleiben oder auswandern?

Maurice, Yasmina und Joëlle holten sie vom Flughafen ab. Es war das erste Mal, dass Joëlle echte Menschen aus diesem mythischen Ort namens »Piccola Sicilia« wiedersah, an den sie sich kaum erinnern konnte und wo – je nach Stimmung ihrer Mutter – alles viel besser oder viel schlechter gewesen war. Ihre Großeltern sahen aus wie ein echter Monsieur und eine echte Signora. Sie hatten Stil, Manieren und eine rührende Freundlichkeit. Als Joëlle die beiden auf hebräisch begrüßte, diese aber auf italienisch antworteten, wurde ihr bewusst, dass die beiden nicht nur aus einem anderen Land kamen, sondern auch aus einer anderen Zeit. Ihren Großvater Albert erkannte sie instinktiv wieder, auch wenn er hagerer geworden war. Sein langsamer, schlaksiger Gang und seine schnellen, intelligenten Augen. Die leichte Asymmetrie seiner Bewegungen, die von einem Schlaganfall herrührte. Der altmodische Anzug, der Hut und die abgenutzten Schuhe, die erzählten, dass ihr Träger nichts davon hielt, mit der neuesten Mode zu gehen, sondern die guten alten Dinge solange pflegte, bis sie sich in ihre Bestandteile auflösten. Und sein gutmütiges Lächeln, als er ihr bei der Begrüßung in die Augen sah, voller Zuneigung und Neugier. *Wer bist du geworden*, schienen sie zu fragen, und *Was wird einmal aus dir?* Mimi, die Großmutter erschien ihr dagegen wie eine Unbekannte, freundlich, aber reserviert. Sie konnte ihre Körpersprache nicht wirklich lesen, spürte nur die Spannung zwischen Yasmina und Mimi, die sich anlächelten, aber kaum umarmten. Etwas stimmte nicht, und es würde Jahre dauern, bis Joëlle erfahren würde, dass sie es nur dem trotzigen Stolz ihrer Mutter zu verdanken hatte, überhaupt das Licht der Welt erblickt zu haben. Für Mimi war und blieb Joëlle die Manifestation des Skandals, der ihre Familie zerstört hatte.

Sie nahmen den Egged-Bus nach Haifa. Albert schwieg, während Mimi vom Coq au Vin schwärmte, den man ihnen serviert hatte, siebentausend Meter über dem Meer. Dann fragte sie zum ersten Mal nach Victor, und Albert schien in diesem Moment besonders interessiert aus dem Fenster zu schauen.

Joëlle wusste zu diesem Zeitpunkt viel über ihre Eltern, oder glaubte es jedenfalls zu wissen, da sie zu Hause viel erzählten und Joëlle in alles mit einbezogen. Schon vor ihrer Bat Mitzwa sprachen sie auf Augenhöhe mit ihr, trauten ihr zu Recht viel zu und verstellten ihr nicht den Blick auf die Welt. Doch jetzt, als die Großeltern zu Besuch kamen, schien es, als spielten Maurice und Yasmina ihnen ein Theaterstück vor – ein bisschen wie in der Schule, hölzern und unbeholfen, mit Sätzen, die formelhaft klangen, vor einem Publikum, das befangen zusah. Und dann schien es, als würden auch die Großeltern ein Theater aufführen, in Komplizenschaft mit den Eltern, die wie schlechte Schauspieler dauernd zum Publikum schielten, also zu Joëlle, um zu sehen, wie es wirkte. Ehrlich gesagt, es wirkte amateurhaft. Mimi und Yasmina konnten nicht verbergen, wie sehr sie einander misstrauten.

Die Großeltern waren gekommen, um herauszufinden, ob sie hier ihren Lebensabend verbringen könnten. Und sie wollten Victor sehen. Über Israel sprachen sie viel, über Victor vermieden sie zu sprechen, jedenfalls in Joëlles Gegenwart. Aber es war deutlich zu spüren, wie sehr vor allem Mimi sich für ihren Sohn interessierte. Yasmina wich jedes Mal aus, wenn sie nach ihm fragte, und Maurice übernahm das Erzählen. Er sagte, dass Victor in Tel Aviv lebte, immer noch nicht geheiratet hatte und ein Telefon besaß. Aber niemand wagte es, einfach bei ihm anzurufen. Stattdessen zeigten sie Albert und Mimi das Land. Um Israel zu verstehen, mussten sie gar nicht weit fahren; es genügte, Maurice zuzuhören, der die Porträts an den Wänden seines Fotostudios erklärte. Jedes Gesicht eine Geschichte, das Bild des Staates in einem einzigen Raum.

Yasmina zeigte ihrem Vater das Krankenhaus, in dem sie jetzt als Kinderschwester arbeitete. Sie erzählte auch, dass sie hofften, noch ein Kind zu bekommen. *Nein, Mama, es ist kein Fluch, und beten hilft nicht! Ja, Papà, wir sind bei einem guten Arzt in Behandlung.* Sie erzählten von Joëlles Erfolgen in der Schule, von ihrer Klavierlehrerin und der guten israelischen Küche. Sie erzählten sogar von Yasminas Scham, keine echte Aschkenasin zu sein. Nur von dem Schweigen erzählten sie nicht; diesem zähen Schweigen, das sich in der Mitte der Familie ausbreitete wie eine Pfütze unter einem undichten Dach. Und sie erzählten nichts davon, dass Yasmina einen Mann gefunden hatte, mit dem sie über all das redete, worüber sie zu Hause schwieg. Nein, nicht Victor. Herr Rosenstiel. Unter Yasminas Bett lag ein Heft, in dem sie ihre Träume aufschrieb. Zweimal die Woche lag sie auf Rosenstiels Couch und las ihm daraus vor. Wehe, jemand fasste das Heft an.

Eines Abends griff Maurice zum Telefon, um Victor anzurufen.

Shalom Victor. Deine Eltern sind da.

Ja. Aus Tunis. Mit dem Flugzeug.

Willst du sie sprechen?

Warum nicht?

Am Tag darauf schrieb Albert ihm einen Brief.

Victor antwortete nicht.

Dann beschlossen sie, ihn zu besuchen. An einem launischen Apriltag fuhren sie mit dem Sherut-Taxi nach Ramat Aviv, wo er wohnte, in einem hellgrauen Apartmentblock. Alles war neu dort, die Straßen, die Bäume und die Strommasten. Mimi und Yasmina klingelten, die Tür öffnete sich, und sie verschwanden im Haus. Maurice und Albert blieben mit Joëlle draußen.

»Victor hat mit Opa gestritten.« Das war die Erklärung.

»Warum?«

»Das ist lang her.«

»Wie lang?«

»Da warst du noch nicht auf der Welt.«

Sie gingen zum Meer, wo sie ein Eis kauften, dann schlenderten sie am Ufer entlang. Endlich spielte keiner mehr Theater. Maurice und Albert sprachen miteinander wie alte Freunde, die eine tiefe Zuneigung verband. Auf dem Sandstrand spielten die Leute in kurzen Hosen Matkot. Seemöwen standen im Wind. Alles leuchtete sommerlich und unbeschwert.

»Sollen wir hierher ziehen?«, fragte Albert.

»Das wäre schön. Was meinst du, Joëlle?«

»Ja. Kommt zu uns!«

»Erinnerst du dich an Piccola Sicilia?«, fragte Albert.

Joëlle wusste nicht, ob sie sich erinnerte. Es gab Erzählungen, an die sie sich erinnerte. Es gab Bilder in ihrem Kopf.

»Warum kommst du uns nicht mal besuchen?«

»Wie ist es dort?«

»Besser als hier. Auch wenn wir nicht wissen, ob das so bleibt.«

Albert war der erste Antizionist, dem Joëlle begegnete. Sie hatte nicht gewusst, dass man als Jude kein Zionist sein musste. Alle, die sie kannte, waren beides zugleich. Aliyah zu machen, also in den jüdischen Staat einzuwandern, war für Albert gleichbedeutend damit, ein *savoir-vivre* aufzugeben, das in seiner laizistischen Überzeugung und seiner mediterranen Welt verwurzelt war. Albert hatte nicht vergessen, dass es eine muslimische Familie war, die seiner Familie Schutz vor den Nazis geboten hatte. Sie hatten gute und schlechte Zeiten erlebt, Juden waren von Muslimen diskriminiert worden und Muslime von Europäern, aber in Piccola Sicilia hatten die Menschen immer ihr Brot geteilt, egal, woher sie kamen und wie sie beteten. Doch die Zukunft war unsicher geworden. Albert erzählte von den Unruhen, die das Land erschüttert hatten, dem Kampf der Partisanen gegen die französische Armee, den Streiks, Morden und Ausgangssperren. Mit dem Rückzug der Franzosen fühlten sich viele Juden – im Gegenteil zu den Muslimen – nicht befreit, sondern wie verlassene Waisenkinder. Die aus Europa eingewanderte jüdische Bourgeoisie fand sich auf einmal auf der falschen Seite der Geschichte. Die siegreichen arabischen Nationalisten erklärten Tunesien zwar zu einer laizistischen Republik und schafften die Sharia ab, aber Arabisch war die Nationalsprache, und der Islam die Religion. Juden und Christen erhielten die gleichen Rechte, doch die Juden erinnerten sich noch an ihren früheren Status als *Dhimmis* unter Muslimen – geduldet und beschützt, aber Bürger zweiter Klasse –, den der Bey erst im 19. Jahrhundert abgeschafft hatte. Im Souk und in den Cafés hörte man hinter vorgehaltener Hand schwelende Ressentiments aufbrechen.

»Was macht ihr mit den Arabern in Palästina? Schämt euch!«

»Was heißt »ihr«? Wir sind Juden, aber keine Zionisten! Sonst wären wir nicht mehr hier, sondern dort.«

»Aber ihr unterstützt sie doch mit eurem Geld!«

»Nein! Wir zahlen unsere Steuern hier!«

»Habt ihr nicht gehört? Die Alliance Israélite zahlt für jeden Juden, der nach Palästina geht! Und Bourguiba wird euch alle verkaufen, für einen Sack Reis pro Kopf, du wirst sehen!«

Der Davidstern, der alte Haustüren und die Wände der Großen Moschee von Tunis schmückte, war vom religiösen Symbol zum Zeichen eines Staates geworden, dessen Namen niemand aussprechen mochte. Bisher waren eher die Ärmeren, meist autochthonen Juden nach Israel ausgewandert, aus zionistischer Überzeugung oder Hoffnung auf einen sozialen Aufstieg. Die jüdische und muslimische Bourgeoisie hielt noch zusammen. Wenn überhaupt, hatten Albert und seine Freunde überlegt, nach Frankreich zu ziehen, ihrer Kulturnation, deren Pass sie besaßen, deren Sprache sie liebten, wo Freunde und Verwandte wohnten. Auf den muslimischen Empfängen wurden mehr jüdische Gäste als früher eingeladen, und andersherum, so als wollte man sich gegenseitig versichern, dass alles beim Alten blieb. Doch die Juden, die Radio Kol Jisrael hörten, blickten mit Sorge nach Kairo, Tripolis und Bagdad, wo es gewaltsame judenfeindliche Ausschreitungen gab. Selbst in Bagdad, dessen Einwohner einmal zu einem Drittel jüdisch gewesen waren! Seit dem israelisch-arabischen Krieg wurden jüdische Institutionen verdächtigt, feindliche Agenten zu sein. Zionistische Organisationen unterstützten Juden bei der Auswanderung nach Israel. Von Casablanca bis Teheran verließen Hunderttausende Juden ihre Häuser, oft ohne ihren Besitz mitnehmen zu dürfen. Angst und Misstrauen hatten die Köpfe erobert und die Herzen verengt.

Der Nationalismus, sagte Albert, sei die Wurzel allen Übels. Er öffne die Tür zur Barbarei. Und deshalb wollte er erst recht in Tunis bleiben. Die Auswanderung in den jüdischen Staat wäre sein Eingeständnis, dass die Kultur der Koexistenz, die sie jahrhundertelang aufgebaut hatten, gescheitert war. Er glaubte nicht an Gott und nicht an überlegene Rassen. Er glaubte an Gerechtigkeit. Was das Judentum der Menschheit gebracht habe, sei die Stärke des Rechts vor dem Recht des Stärkeren. Und wenn es irgendeinen Ort auf der Welt gab, der all das verkörperte, war es sein kleines, buntes Hafenviertel am Golf von Tunis, wo er immer noch seine Praxis betrieb. Wo Mimi immer noch den Kopf darüber schüttelte, dass er den Patienten nur so viel in Rechnung stellte, wie sie gerade hatten – und das war nicht viel, oft nichts, oder ein Korb voll Orangen.

»Erinnerst du dich an den jüdischen Friedhof an der Avenue de Londres, hinterm Grand Hotel Majestic?«, fragte er Maurice.

»Natürlich. Wie könnte ich das vergessen? Dort habe ich Yasmina zum ersten Mal ges...«

»Was, du hast Mamma auf einem Friedhof kennengelernt?«, rief Joëlle.

»Sie hat im Hotel Majestic gearbeitet«, sagte Maurice. »Wenn Bombenalarm war, rannten alle nach draußen. Auf dem Friedhof hatten sie Gräben ausgehoben, darin suchten die Menschen Schutz.«

»Hast du auch im Hotel gearbeitet?«

»Nein.«

»Warum hast du dort gewohnt? Warst du reich?«

Maurice wechselte schnell das Thema.

»Albert, was wolltest du über den Friedhof sagen?«

»Ach so, ja ... Die Regierung hat vor, die sechzigtausend Skelette ins »Heilige Land« zu bringen. Und aus dem Friedhof wollen sie einen Park machen. Kannst du das glauben?«

»Kommt nach Israel, Albert. Wir suchen euch eine Wohnung.«

»Ich fühle es nicht, Maurice. Wovon alle sprechen. *Der Ruf der Väter.* Dieses Land hier ... ist für mich einfach ein anderes Land. Mein Vater ist in Italien geboren. Mein Großvater war Franzose. Unser Familienname kommt aus Andalusien. Mein Judentum ist eine Kultur, die ich in ein Buch und einen Koffer packen kann.«

»Aber Heimat ist dort, wo die Familie ist, nicht wahr?«

»Vielleicht bin ich zu alt, Maurice.«

»Wer soll im Alter für euch sorgen in Tunis?«
»Unsere Freunde.«
»Und wenn sie weggehen? Hier habt ihr uns.«
»Vielleicht hast du recht, Maurice. Was meinst du, Joëlle?«
»Hab keine Angst, *nonno*. Es ist doch dasselbe Meer.«

Als sie zum Busbahnhof gingen, um Mimi und Yasmina zu treffen, fragte Albert schon nach den Wohnungspreisen. Die einzige Sorge, die blieb, war Victor. Mimi und Yasmina standen vor einem Kiosk und tranken *Limonana*. Mimi winkte aufgekratzt herüber, wie erlöst von einem jahrelangen Fluch. Sie hatte ihren Sohn wieder.

»Und, will er mit mir reden?«, fragte Albert.

Mimi suchte nach Worten.

»Ich habe ihn angefleht«, sagte Yasmina. »Aber ... Es tut mir leid, Papà.«

Auf dem Weg nach Hause starrte Albert stumm vor sich hin. Mimi erzählte, dass Victor ein hohes Tier bei der Armee geworden sei. Und sie überlegte laut, welches jüdische Mädchen aus Piccola Sicilia noch eine gute Partie suchte. Die Einreise wäre ja kein Problem. Joëlle spürte Alberts Traurigkeit und legte ihm die Hand auf die Schulter. Er neigte zärtlich den Kopf, so dass sie sein Ohr auf ihrem Handrücken spürte.

Die Großeltern blieben noch ein paar Tage. Irgendwann rief überraschend Victor an. Er gab Yasmina eine Adresse in Yafo. Dort sei ein schönes Haus frei. Man könnte es günstig mieten. Yasmina redete mit ihren Eltern darüber. Mimi wollte es sofort anschauen. Doch Albert hatte seinen Entschluss gefasst. Er würde in Piccola Sicilia bleiben. Yasmina versuchte ihn umzustimmen, aber er blieb bei seiner Entscheidung.

»Ich kann ihn doch nicht allein lassen«, sagte Mimi untröstlich.

Kurz darauf verabschiedeten sie die Großeltern am Flughafen Lod. Sie hatten Victor die Uhrzeit genannt, aber er ließ ihnen per Telegramm ausrichten, dass er leider unabkömmlich sei. Eine wichtige Mission. *Bon voyage.*

»Komm uns besuchen«, sagte Albert liebevoll zu Joëlle. »Wir gehen an den Strand und essen *cannoli al pistacchio.* Deine Mamma hat sie geliebt, als sie klein war. Versprochen?«

»Versprochen.«

30

Und dann, plötzlich, war er da. Parkte mitten auf der Jaffa Road. Stieg aus einem Auto, das aussah, als käme es aus der Zukunft. Es war majestätisch, phallisch und atemberaubend schön. Statt eines hohen Kühlers hatte es ein schlankes Fischmaul, das in glatte, endlose Flanken überging und in einem sehr französischen, vom Wind geformten Heck endete. Es schien einen kokett anzusehen und aus dem Stand losspringen zu wollen, aber nichts an ihm war aggressiv oder vulgär. Es war kein Auto, sondern eine kühne Vision, eine schwerelose Skulptur, ein fliegender Teppich. Victor nahm die Sonnenbrille ab, griff durchs offene Fenster, hupte und richtete den Blick nach oben. Kinder umringten ihn, Männer und Frauen.

Das war Victor: Wenn er verschwand, verschwand er ganz. Und wenn er auftauchte, war es immer ein großer Auftritt. *Big time.*

»Mamma! Onkel Victor ist da!«

Yasmina lief auf den Balkon und blickte übers Geländer. Sie drehte sich um und rief in die Wohnung hinein.

»Joëlle!«

Sie war schon nach unten gelaufen. In irrwitzigem Tempo durch das dunkle Treppenhaus nach draußen ins Licht. Das Einzige, was noch heller strahlte als die Frühlingssonne, waren Victors Augen. Er hob Joëlle nicht mehr hoch wie früher, denn sie reichte ihm jetzt schon bis zur Brust. Es gefiel ihr, dass er sie wie eine Große begrüßte. Fast schon wie eine Frau. Er duftete nach Eau de Cologne und Tabak. Joëlle ließ ihre Hand über das heiße Blech gleiten, das schwarz in der Sonne glänzte.

»Gehört das dir?«

»*Eh oui!* Kam gerade mit dem Schiff. Aus Marseille. Wo ist deine Mamma?«

»Oben. Darf ich mich reinsetzen?«

»Aber ja! Riechst du das? *C'est le parfum de la France!*«

Tatsächlich roch das Auto anders als alle anderen Autos, die immer nach Staub, Schweiß und Öl stanken. Dieses Auto war eine Madame aus Paris. Es roch so pariserisch, dass die anderen Kinder sich nicht trauten, hineinzuklettern. Joëlle thronte auf dem himmelblauen Sitz und tat so, als würde sie die anderen nicht sehen. Madame Joëlle.

»Sie heißt DS. *La déesse!* Hast du Französisch in der Schule? Das heißt ›Göttin‹! Vom Himmel gefallen, boum!«

Dann kam Yasmina aus dem Haus. Sie trug noch ihre Schürze voller Tomatenflecken, als wollte sie Victor zeigen, dass er ungelegen kam. Aber ihre Neugier konnte sie nicht verbergen.

»Was kostet so was?«, fragte sie trocken.

»Eine Million Francs.«

»Mon dieu!«

Victor genoss den Moment und grinste lässig.

»Und was machst du jetzt damit?«

»Wir machen einen Ausflug! *Allez-hopp!* Wo ist Maurice?«

Victor bremste scharf vor dem Fotogeschäft und hupte. Die Göttin schaukelte wie ein betrunkenes Schiff.

Maurice kam aus der Tür und kniff die Augen zusammen, bis sie sich ans Sonnenlicht gewöhnt hatten.

»Was ist, *mon ami?*«, rief Victor. »Hast du noch nie die Zukunft gesehen? Steig ein!«

»Ich arbeite gerade in der Dunkelkammer.«

»Papà!«, rief Joëlle. »Wir fahren nach Tel Aviv! Ins Kino!«

Yasmina stieg aus, um Maurice den Beifahrersitz zu überlassen und setze sich nach hinten zu Joëlle. Maurice stieg ein. Victor umarmte ihn und fuhr los. Erklärte das Auto, als hätte er es selbst erfunden. Maurices Blick schweifte über die Armaturen, still und beeindruckt vom Spiel der geschwungenen Formen.

»Was kostet das?«

»Eine Million Francs!«, rief Joëlle von hinten.

Victor gab Gas und überholte ein Sherut-Taxi.

Maurice warf einen Blick zu Yasmina. *Hast du das geplant?*

Sie zuckte entschuldigend mit den Schultern.

»Zigarette?« Victor reichte Maurice sein Päckchen. Maurice nahm eine heraus. Victor zückte sein Sturmfeuerzeug

»Spürst du das?«

»Was?«

»Na, dass du nichts spürst! Die Göttin *fährt* nicht über die Straße, sie *schwebt!* Man kann sogar mit drei Rädern fahren. Wusstest du, dass André Citroën Jude ist?«

»Wozu soll man mit drei Rädern fahren?«

»Wenn ein Reifen zerschossen wird!«

»Wer schießt denn in einen Reifen?«

»Die *aravim!*«

Victor lachte wie ein junger Gott. Als meinte er es ernst und nicht ernst zugleich. Man wusste das nie bei ihm, es gehörte immer zusammen. Würden die *aravim* jetzt alle vier Reifen zerschießen, er würde unbesiegbar weiter schweben. Weil er die Gefahr einfach weglächelte. Und weil er, wenn er wollte, jederzeit zuschlagen konnte. Mit Victor legtest du dich einfach besser nicht an. Er wusste immer mehr als du. Er beherrschte die Kunst, es zu verbergen, aber dich dann, im richtigen Moment, mit einem Satz zu treffen, der schneller war als eine Kugel. Mitten ins Auge.

Im Fußraum vor den Sitzen stand ein eigenartiger Apparat, mit Knöpfen und Skalen, aus dem Kabel heraushingen. Victor griff hinüber, zog eines der Kabel heraus und gab es Maurice.

»Halt das mal aus dem Fenster!«

»Was ist das?«

»Die Antenne. Das ist ein Kurzwellenempfänger. Mit ein bisschen Glück kriegen wir Kairo rein! Wie wär's mit ein bisschen Oum Kalthoum?«

Er lachte, beugte sich hinunter und drehte an den Knöpfen herum.

»El wardi gamil …«

»Pass auf!«, rief Yasmina.

Maurice griff ins Lenkrad. Die Hupe des Lasters, den Victor fast gerammt hätte, heulte vorbei. Dann suchte er weiter nach seinem Sender und summte sein arabisches Lied. Yasmina krallte sich in ihr Sitzpolster.

»Fahr langsamer, Victor!«

Aus dem Lautsprecher knackste und rauschte es, unterbrochen von arabischen Wortfetzen. Victor schlug auf den Empfänger.

»Verfluchter Schrott!«

Kairo verstummte.

»Scheiß drauf! Wir machen unser Radio selber! Yael, kennst du Edith Piaf?

»Nein.«

»Aber deine Mamma kennt sie! *Dam da-dam da, dam-da dam-da … Non, rien de rien, non, je ne regrette rien …«*

Er legte sofort los und drehte sich zu Yasmina um. Sie schwieg. Joëlle verstand nicht, warum. Es war ein fröhliches Lied.

»Ni le bien, qu'on m'a fait,
ni le mal, tout ça m'est bien égal!«

Dann summte Yasmina leise mit. Im Gegensatz zu Victor war Yasmina keine große Sängerin – Joëlle hatte das Talent nicht von ihr geerbt –, aber etwas in ihr wachte auf.

»C'est payé, balayé, oublié,
je me fous du passé!«

Joëlle verstand kein Wort. Ihr schien, als habe das, was in diesem Moment geschah, mit der fremden Sprache zu tun, die Yasmina mit Onkel Victor verband, aber Papà ausschloss. Er starrte schweigend auf die Straße. Yasminas Stimme änderte ihre Farbe ins Dunkle. Auf Französisch schien sie eine andere Person zu sein. Jetzt folgte sie Victor nicht mehr, sondern trieb ihn an, immer lauter.

»Balayer les amours, avec leurs trémolos,
balayer pour toujours, je repars à zéro!«

Yasmina sang, als wollte sie etwas kaputt machen. War Joëlle die Einzige, die bemerkte, dass Papàs Hand sich am Haltegriff festkrallte, als erwartete er jeden Moment einen Unfall?

»Schieß ein Foto von uns, Maurice!«

Victor stellte seinen Fuß auf die Stoßstange der Göttin und zog Joëlle in die Mitte zwischen sich und Yasmina. Neben der Hafenpromenade schlugen die Wellen gegen die Felsen. Im Hintergrund ragte ein Kirchturm aus den alten Häusern.

Maurice zögerte.

»Nein, ich fotografiere euch drei!«, sagte Yasmina.

Sie nahm die Kamera und schob Maurice zum Auto. Joëlle zwischen ihrem Onkel und ihrem Vater. Dann wollte Joëlle ihre Mutter auf dem Bild haben. Maurice machte ein Foto von ihr mit Yasmina und Victor. Schließlich gab er Victor die Kamera, damit er die anderen drei fotografierte. Jedes Mal fehlte einer im Bild, nur Joëlle war immer dabei. Es heißt, drei sei die instabilste aller Zahlen. Weil immer einer ausgeschlossen würde. Aber mit einem Kind in der Mitte existiert eine vierte Kraft, die alles zusammenhält. Dann schloss Victor den Citroën ab – vor Einbruch der Nacht, sagte er, wäre es nicht gefährlich in dieser Gegend, aber später schon –, und sie gingen zu dem Kino, das er ihnen versprochen hatte.

»Wo sind wir?«, fragte Joëlle.

»Im Süden, in Yafo.«

Riesig und weiß ragte es am Boulevard empor, das Yafor Cinema. Victor erklärte, dies sei die berühmte Bauhausarchitektur. Oder Art Déco. Oder beides, irgendwie. Jedenfalls sei dort früher mal Oum Kalthoum aus Kairo aufgetreten, als es noch ein Theater war und Alhambra hieß. Er kaufte Karten und Popcorn, ohne zu fragen, was die anderen sehen wollten. Zwei Filme waren plakatiert; auf dem einen sah man James Dean mit Zigarette im Mundwinkel, fast so lässig wie Victor. Auf dem anderen, der aus Frankreich kam, sah man ein Bild, das Joëlle an die Fotos aus der Schule erinnerte. Stacheldraht. Auschwitz. Obwohl oder gerade weil man nicht viel erkannte, jagte es Joëlle einen Schauer über den Rücken. Victor reichte Yasmina die Karten und Joëlle das Popcorn. Dann erklärte er, dass er mit Maurice kurz »was erledigen« müsse. Nach dem Film würden sie sich vor dem Kino treffen.

»Was denn?«

»Staatsgeheimnis«, flüsterte Victor und zwinkerte. Dann zog er Maurice, der nicht weniger verunsichert war, beiseite und raunte ihm etwas ins Ohr. Auch *das* war Victor: Einfach nur Spaß haben reichte nicht. Er war immer auch auf einer Mission. Und schon waren die Männer weg. Yasmina und Joëlle blieben mit ihrem Popcorn in der Hand stehen. Zum Glück waren die Karten für den Film mit James Dean.

Nach dem Film, die Sonne war schon fast untergegangen, waren Victor und Maurice nicht da. Yasmina ärgerte sich. Victor, mal wieder.

»Komm, wir gehen zum Auto.«

»Aber wenn sie dann zum Kino kommen?«

»Fahren wir mit dem Bus nach Hause.«

Sie gingen zu dem Platz, wo der Citroën stand, durch alte Treppengassen, vorbei an sandfarbenen Steinhäusern mit Bogenfenstern. Alles ein bisschen verfallen und voller Geheimnisse. Dann sah Joëlle Maurice und Victor plötzlich an einer Ecke stehen. Sie stritten sich.

»Papà!«

Es waren nur wenige Sekunden, bevor die beiden Männer wieder ihre Ausflugsgesichter aufsetzten. Aber in diesem Zeitfenster erblickte Joëlle etwas Unbekanntes in Papàs Augen. Etwas extrem Ernstes. Als hätte er einen Geist gesehen. Er hatte Angst.

»Bonsoir les filles!«, rief Victor. »Wie war James Dean?«

Auf der Rückfahrt herrschte eine eigenartige Stimmung. Die Männer rauchten. Der kühle Nachtwind blies durch die offenen Fenster. Die Küstenstraße lag in völliger Dunkelheit, von Zeit zu Zeit rannte ein Vogel durch den Scheinwerferkegel. Manchmal konnte Joëlle nicht erkennen, ob er es auf die andere Seite geschafft hatte oder unter die Räder gekommen war. Sie saßen im selben Auto und vier verschiedenen Welten.

»Was habt ihr gemacht?«, fragte Yasmina in die Stille herein.

»Hab ich doch gesagt. Geheim.«

»Komm, sag schon«, forderte Joëlle. »Wir erzählen's auch nicht weiter.«

Victor schnippte die Zigarette aus dem Fenster und seufzte.

»Dein Papa hat geholfen, jemanden zu identifizieren.«

»Was heißt *identifizieren?*«

»Manchmal triffst du jemanden, der so tut, als wäre er jemand anderes. Aber du musst wissen, wer er wirklich ist. Weil er dich sonst betrügt.«

»Wer macht denn so was?«

»Mehr Leute als du denkst. Das ist wie an Purim. Alle haben gern eine Maske auf. Aber manche ... nehmen sie nie ab!«

»Und wen habt ihr ...«

»Geheim.«

»Komm, sag schon.«

»Ein Deutscher.«

»Ein Nazi? Hier?«

»Sei still!«, fuhr Maurice sie an.

Joëlle hatte noch nie so einen scharfen Ton von ihrem Vater gehört. Als wäre er ein Fremder. Victor griff zu dem seltsamen Radioempfänger, schaltete ihn an und drehte an den Knöpfen. Erst rauschte es, dann hörten sie Geigen. Trommeln. Und den klagenden Gesang von Oum Kalthoum. Es war unheimlich, die Stimme aus Kairo, hier draußen, mitten in der Nacht.

Die Jaffa Road schlief, als sie ausstiegen. Der Abschied war mit einer seltsamen Spannung aufgeladen. Alle hatten irgendwie irgendwas falsch gemacht, und niemand entschuldigte sich. *Laila tov.* Victor verschwand mit seiner Göttin in der Nacht. Und Joëlle sah ihn erst am Tag ihrer Bat Mitzwa wieder, in der Küche, als er vor Yasmina stand, die auf dem gelbgeblümten Plastiktischtuch saß und ihre Beine um ihn schlang, Onkel Victor mit heruntergelassener Hose.

31

Nein. Sie musste sich getäuscht haben. Was sie gesehen hatte, war so unfassbar, dass es unmöglich wahr sein konnte. Das war die einzige Erklärung. Joëlle drehte auf dem Absatz um, verließ die Wohnung und rannte die Treppe hinunter. Niemand hatte sie bemerkt, auch die Nachbarn nicht, also könnte sie einfach so tun, als wäre sie nie dort gewesen. Nur Maurice wusste es. Und fragte nach, als sie aus dem Haus kam. Und wunderte sich, dass sie weiterlief, ohne sich zu erklären. Aber fragte nicht weiter nach. Er hatte zu tun.

Sie blieb bis zum Abend weg, schwamm im Strom der anderen Kinder mit, half, die Festtische auf der Straße zu decken, ging ihren Eltern aus dem Weg, als sie sich zum Essen gesellten, ging Onkel Victor aus dem Weg, der mit ihnen anstieß, und als es dunkel wurde, hatte sie sich selbst davon überzeugt, dass in Wahrheit nichts geschehen war. Sie sei jetzt erwachsen, sagten die Erwachsenen, sie habe ihre Pflichten für die Gemeinschaft, gehöre dazu. *Das* war geschehen. Nichts anderes.

Erwachsen sein bedeutete, etwas zu wissen und nicht darüber zu reden. Zu lächeln, wenn dir nicht danach zumute war. Nicht zu weinen, wenn dir zum Weinen zumute war. Am Tisch mit der gelbgeblümten Tischdecke zu sitzen und das Gegenteil von dem zu sagen, was du fühlst. Den einen zu verraten, um den anderen zu schützen. Die Lüge lieben zu lernen. Und nachts, statt zu schlafen, mit deinen Gedanken Schach zu spielen. Drei Züge vorausplanen und die Züge der anderen erraten.

Und dann, wenn du das nicht länger aushältst, wieder Kind

zu werden. Die eigene Mutter anzufauchen wie eine Straßenkatze. Wegen einer Kleinigkeit vom Tisch aufzuspringen. Nicht nach Hause zu kommen, sondern mit verrückten Gedanken durch die Stadt zu laufen. Zu wissen, dass du dich entscheiden musst, aber die Entscheidung immer wieder aufzuschieben, weil du entweder den Vater oder die Mutter verraten würdest. Wegzulaufen, wegzulaufen, wegzulaufen, und schließlich, in einem schwachen Moment zu Papà zu gehen, vor ihm zu stehen, zu zittern und kein Wort über die Lippen zu bringen, bis er es liebevoll aus dir herausfragt. Alles zu erzählen und sich furchtbar dafür zu schämen. Weil du die Mutter verrätst. Weil du dem Vater ein Messer ins Herz rammst.

»Bist du dir sicher, Joëlle?«

»Ja.«

Papà stand eine Weile da wie eine Statue, die gleich umzufallen drohte. Dann ging er zur Ladentür und sperrte ab. Damit kein Kunde hereinkam. Aber Joëlle beschlich das eigenartige Gefühl, er wollte verhindern, dass sie wegging. Dabei hatte sie das gar nicht vor. Sie bemerkte, dass sein Gang unsicher wurde und wollte ihn stützen. Aber er wehrte ihre Hand ab, setzte sich langsam auf den Stuhl hinter dem Tresen, wobei er sich mit der Hand abstützte wie ein alter Mann. Dann wanderte sein Blick herum, als hätte er etwas verloren, und seine Hand griff nach der Kamera, die auf dem Tresen lag. Er drehte sie hin und her, zog einen Schraubenzieher aus der Schublade und schraubte sie auf.

»Was machst du da, Papà?«

»Der Transportmechanismus funktioniert nicht. Schau, hier ist der Hebel, der den Film weiterzieht, nach jeder Aufnahme. Das Rad klemmt.«

Joëlle stand unsicher vor ihm und empfand ein schreckliches Mitleid. Aber das durfte sie nicht zeigen, weil er keines wollte.

»Hast du es Mamma gesagt?«

»Nein.«

»Sag ihr nichts. Versprichst du mir das?«

»Ja.«

»Und auch nicht Onkel Victor. Verstanden?«

»Ja, Papà.«

»Musst du nicht zum Klavierunterricht?«

»Die Tür ist zu, Papà.«

»Ach so. Ja.«

Er griff nach dem Schlüssel in seiner Hosentasche und stand auf.

»Hast du schon gegessen?«

»Ich hab keinen Hunger.«

Er kramte ein paar Münzen aus seinem Portemonnaie.

»Kauf dir ein paar *Borekas.* Mit vollem Magen übt man besser.«

»Geht's dir wirklich gut?«

»Ja. Jetzt geh, sonst kommst du zu spät.«

Sie spürte, dass sie ihn besser allein lassen sollte. Weil er es nicht mehr aushielt, ihr etwas vorzuspielen.

32

Zu ahnen, dass deine Frau dich betrügt, bedeutet, rückwärts in der Zeit zu gehen. Sich an unwichtige Dinge zu erinnern, die im Nachhinein wichtig werden. Ein Wort, ein Blick, eine flüchtige Berührung. Das Detail zu suchen, das du übersehen hast. Den Moment, an dem es begonnen hat. Auf einmal ist alles mit Bedeutung aufgeladen. Und je mehr du darüber nachdenkst, desto deutlicher fügt sich alles zu einem Bild zusammen. Dann fügst du weitere Details dazu, die vielleicht so geschehen sind, vielleicht aber auch nicht.

Und immer noch weißt du nicht, ob es wahr ist.

Du redest mit niemandem darüber, vor allem nicht mit deiner Frau. Aber deine Gedanken verfolgen dich Tag und Nacht. Dann suchst du nach deiner eigenen Schuld, nach einem falschen Wort, einer verpassten Gelegenheit, dem Moment, an dem euch die Liebe, ohne dass ihr es bemerkt habt, aus der Hand geglitten ist.

Aber immer noch weißt du nicht, ob es wahr ist.

Du wirst abwechselnd wütend und traurig. Stehst wie ein Idiot hinter einem Baum und starrst in ein Fenster, hinter dem deine Frau auf der Couch von Dr. Rosenstiel liegt. Du brennst darauf, zu wissen, was sie ihm gerade erzählt. Und wenn sie sein Haus verlässt, verfolgst du sie wie ein liebeskranker Narr, während sie auf dem Markt Gemüse fürs Abendessen kauft und die kaputten Schuhe deiner Tochter zum Schuster bringt. Du suchst heimlich die Hefte, in die sie ihre Träume schreibt, aber findest sie nicht. Wenn ihr dann abends zu Tisch sitzt und alles wie früher ist, fragst du dich, ob du nicht Gespenster siehst. Ein falscher Verdacht, der die Macht hat, alles zu zerstören, aber dich in Wahrheit nur lächerlich macht. Nachts liegst du neben ihr, wirst verrückt vor Verlangen, schläfst mit ihr, die dich zärtlich empfängt wie immer, liebst sie dafür und weißt immer noch nicht, ob es wahr ist.

Und dann beginnst *du*, sie anzulügen.

»Maurice? Was verschafft mir die Ehre?«

Victor trat von seiner Wohnungstür zurück und ließ Maurice herein.

»Wo sind die Mädels?«, fragte er.

»Zu Hause.«

Er wohnte schlicht, mit wenigen zusammengewürfelten Möbeln, als hielte er sich hier nur provisorisch auf. Eine Schlafstätte, mehr war es nicht. Maurice stand im Wohnzimmer und vermied es, Victor in die Augen zu sehen. Ein paar Fotos standen herum. Victor in der Uniform des Palyam. Victor in der Uniform der Armee. Und das Foto aus Yafo, das Maurice geschossen hatte. Die drei vor der Göttin.

»Hör zu, Victor. Die Sache ist mir unangenehm, aber ... Jemand hat dich gesehen. Mit Yasmina.«

Es war erniedrigend, ihn fragen zu müssen.

»Als wir in Yafo waren?«

»Du weißt, was ich meine.«

»Was meinst du? Magst du ein Glas Wasser?«

»Nein.«

Victor ging trotzdem zum Kühlschrank und holte eine Wasserflasche. Schenkte zwei Gläser ein. Maurice beobachtete ihn. Die Tatsache, dass er nicht weiterredete, sprach dafür, dass es in seinem Kopf arbeitete. Victor lächelte und gab ihm ein Glas.

»Weißt du noch, als ich hier ankam«, sagte Maurice. »Ich hab mich zu Tode erschrocken, dich zu sehen. Aber ... ich hab mich gefreut. Dass du lebst. Du kannst dir nicht vorstellen, wie sehr ich mich gefreut habe.«

»*Le chaim!* Auf die Freundschaft.«

»Und dann ... hast du mir versprochen, dass du sie in Ruhe lässt.«

»Wovon redest du?«

Victors Stimme wurde gereizt. Maurice kämpfte mit sich, um ruhig bleiben. Er wollte sich Victor nicht zum Feind machen.

»Lass deine Hände von meiner Frau.«

Es war, als hätte eine Bombe eingeschlagen und die Ohren betäubt. Maurice spürte der Stille im Raum nach. Bereute er, es ausgesprochen zu haben? Nein, er war tatsächlich erleichtert, dass er es geschafft hatte.

»Wer sagt so was?«

»Jemand.«

»Gib mir seinen Namen. Ich rede mit ihm. Ich will ihm ins Gesicht sehen. Ich lasse nicht zu, dass jemand einen Keil zwischen uns treibt.

Maurice schwieg. Victor fasste ihn am Arm.

»Maurice! Ich will sie nicht! Das bringt nur *sfortuna!* Schau dich um, wie ich lebe. Ich bin mit meinem Land verheiratet. Wenn mein Land nach rechts geht, gehe ich nach rechts. Wenn mein Land nach links geht, gehe ich nach links. Du kannst nicht zwei Göttern zugleich dienen!«

Maurice sah ihn einfach nur an. Seine Stille schien Victor Angst zu machen. Fast flehte er.

»Du siehst Gespenster, Maurice! Ich bin froh, dass sie dich hat. Du bist der Mann, den sie braucht!«

Maurice glaubte ihm – und konnte sich dafür nicht ausstehen. Etwas in ihm *wollte* Victor glauben. Weil sonst alles, was zwischen ihnen geschehen war, keinen Sinn ergab. Er trank das

Glas aus und spürte, wie das kalte Wasser durch seinen Körper lief.

»Wir sind doch Freunde, Maurice. Mehr als Freunde. Du bist mein Bruder!«

Victor umarmte ihn. Es war eine warme, ehrliche Umarmung.

»Ich muss los, Victor.«

Maurice ging zur Tür. Beim Abschied fragte er noch, ob es Krieg geben würde, unten am Suezkanal. Victor sagte, er solle sich keine Sorgen machen.

Maurice war auf eigenartige Weise froh darüber, dass Victor es abgestritten hatte. So konnten sie Freunde bleiben. Aber mit Yasmina war es anders. Er konnte nicht länger im selben Bett mit ihr liegen und in Gedanken verrückt werden.

Eines Nachts fragte er sie. Kurz vor dem Einschlafen, als sie nebeneinander lagen. Er blieb erstaunlich ruhig. Yasmina sprang im Bett hoch und stritt es ab. Stand auf und ging ins Bad. Sie kam lange nicht zurück, und da wusste er es. Er stand auf, ging ins Wohnzimmer und schaltete das Radio ein. Er öffnete das Fenster und schaute hinaus auf die Jaffa Road. Bald würde es Krieg geben, sagte der Radiosprecher, mit den Ägyptern. Sie würden die Reservisten einziehen. Maurice rauchte eine Zigarette. Als Yasmina ins Zimmer kam, sah er, dass sie geweint hatte. Sie wagte es nicht, ihm in die Augen zu sehen. Er schloss das Fenster, und sie fragte:

»Wer hat's dir gesagt?«

Maurice schwieg.

»Verstoß mich nicht«, sagte sie.

»Hast du mit ihm …?«

»Es war stärker als ich.«

In Maurices Innerstem zerbrach etwas. Ohne Lärm, lautlos. Aber für immer.

»Warum …«

»Es ist nie geschehen«, sagte Yasmina und sah ihm fest in die Augen. Es war keine Entschuldigung, sondern eine Entscheidung.

»Und es wird nie wieder geschehen. Das verspreche ich dir.«

Sie nahm seine Hand und schmiegte sich an ihn. Sein Körper erstarrte. Er konnte ihr nicht mehr glauben. Er löste sich aus ihrer Umarmung und zog ein Hemd an.

»Wohin gehst du?«

»Ich bekomme keine Luft hier drinnen.«

»Geh nicht fort.«

In der Bäckerei brannte noch kein Licht. Der Mond war von Wolken verdeckt. Maurice wanderte ziellos durch die leere Jaffa Road. Zu wissen, dass deine Frau dich betrügt, bedeutete, noch weiter rückwärts in der Zeit zu gehen. Nein, zu fallen. Eine Schutzschicht nach der anderen zu verlieren, die du dir in all den Jahren zugelegt hast. Dich schrecklich wund zu fühlen und Angst zu haben, gesehen zu werden. Dich an das Versprechen erinnern, das sie dir einmal gegeben hat, als du ihren Schleier heben und sie küssen durftest, unter dem Baldachin, während die Welt euch trug. Dann weiter zurückzufallen, von einem Versprechen zum nächsten. Und jedes einzelne voller Bitterkeit aus deinem Gedächtnis zu löschen, da sie alle ungültig geworden sind. Bis du dich an das erste Versprechen erinnerst. Als du durchs Fenster ihre Augen sahst, weit geöffnet und fest auf dich gerichtet, im Dunkeln des Stalls, während Victor sich in ihr bewegte. »Verrate mich nicht«, baten ihre Augen. Dafür ließ sie dich zusehen. Euer stilles Einverständnis. Ihre dunkle Haut im Mondlicht. Das Vertrauen zwischen Fremden. Und jetzt ist sie dir fremder denn je.

Er war immer da.

Er war vor dir da.

Du kannst ihn nie ersetzen.

Die Kindheit in Piccola Sicilia. Yasmina, die unter die Bettdecke ihres Bruders schlüpfte. Sein schützender Arm und die erste, verbotene Lust. Ihr Versprechen, aufeinander aufzupassen, für immer. Wir gegen die Deutschen.

Du hattest nie eine Chance.

Oder: Du hattest deine Chance und hast sie verspielt.

Sie gehörte dir eine Zeitlang. Solange er sie dir ließ. Dein Glück war nur geliehen.

Oder: Sie hat dir nie gehört. Und er hat das immer gewusst.

Am Ende der Nacht reißt du dich zusammen, rasierst dich und gehst zur Arbeit. Du hast Rechnungen zu bezahlen und Essen auf den Tisch zu stellen. Du musst lernen, mit dem Schmerz zu leben. Die Wunde heilt nicht, aber das Leben geht weiter. Du kannst ihr nicht verzeihen, aber vielleicht kannst du lernen, Bett und Tisch mit ihr zu teilen. Du tust es für den Traum, der euch einst verbunden hat. Für euer Kind.

Es ist doch euer Kind, trotz allem, oder nicht?

Als Joëlle ihren Vater sah, der vor der Schule auf sie wartete, begrüßte sie ihn knapp, dann gingen sie zusammen nach Hause. Es war ein heißer Tag, Staub und Sommerferien lagen in der Luft. Joëlle trug ihre neuen Tennisschuhe, Maurice trug Anzug und Hut, wie immer.

»Es gibt Dinge«, sagte er, »die sollten nicht geschehen. Aber manchmal geschehen sie. Und dann muss man sich fragen, was man eigentlich will.«

»Willst du Mamma verlassen?«

»Was ist dein Ziel im Leben, Joëlle?«

»Ich weiß nicht«, antwortete sie verunsichert.

»Ich hatte nie einen Plan. Die meisten Dinge sind einfach geschehen. Eigentlich hat mein Leben erst begonnen, als ich ein Ziel hatte. Ein einziges. Und alles, was wir uns aufgebaut haben ... das wirft man nicht einfach weg.«

»Warum bist du nicht total wütend auf sie?«

»Weißt du, manchmal muss man seine Gefühle hintenanstellen. Für ein höheres Gut.«

»Du kannst doch nicht einfach zulassen, dass sie dich betrügt!«

»Hör zu, mein Schatz. Ich habe Mamma nicht gesagt, dass du sie gesehen hast. Und du wirst ihr auch nichts sagen. Nicht ihr, und nicht Onkel Victor. Das bleibt unser Geheimnis.«

Joëlle blieb stehen und schüttelte den Kopf. Es war nicht in Ordnung. Es verstieß gegen alles, was Papà immer verkörpert hatte. Nicht nur gesagt, sondern vorgelebt.

»Du hast immer gesagt, man soll nicht lügen!«

»Es ist keine Lüge. Sie weiß, dass ich es weiß.«

»Und Onkel Victor?«

»Der sagt dasselbe. Es ist nie geschehen.«

Joëlle verstummte. Als wäre sie gegen eine Wand gelaufen. Sie wollte ihren Vater nicht in Bedrängnis bringen. Aber in ihr brodelte es vor Zorn und Enttäuschung. Es war das erste Mal, dass Papàs Vorbild Risse bekam. Er war nicht besser als Mamma, wenn er ihren Verrat deckte. Und auch wenn sie sich bemühte, seinem Wunsch zu entsprechen – Joëlle war anders als er. Hitzköpfiger. Idealistischer. Unbeugsamer. Wie konnte man Gefühle hintenanstellen, wenn man die Welt doch durch Gefühle erlebte? Joëlle ertrug es nicht, wie Papà vor ihren Augen schrumpfte. Kurz darauf sagte sie beim Abendessen völlig unvermittelt zu Yasmina:

»Du hast Papà nicht verdient.«

Yasmina erschrak. Maurice warf Joëlle einen drohenden Blick zu. Aber sie ließ sich nicht mehr aufhalten.

»Ich weiß, was du getan hast. Du Schlampe!«

Yasmina wartete einen winzigen Augenblick, ob Maurice einschritt. Dann schlug sie Joëlle so fest auf die Wange, dass sie fast vom Stuhl fiel.

»Undankbare Göre! Wir haben das alles nur für dich getan!«

Maurice starrte Yasmina an, als hätte sie *ihm* die Ohrfeige gegeben. Joëlle sprang auf und rannte aus der Wohnung.

Maurice erfuhr nie, ob Yasmina mit Victor darüber sprach. Ob sie sich heimlich trafen. Victor tauchte einfach nicht mehr auf. Monatelang. Die Atmosphäre in der Wohnung kühlte ab wie die Herbstluft auf der Jaffa Road, und der Alltag war verstörend banal. Wie ein vom Blitz getroffener Baum, der äußerlich noch unversehrt dastand, obwohl er innen längst hohl war. Beim nächsten Sturm würde er brechen. Aber der Sturm kam nicht. Nur ein Krieg, unten am Suezkanal. Und der war, auf gewisse Weise, ein Glücksfall. Victor verschwand an die Front. Alle redeten nur noch über Gamal Abdel Nasser. Das Fernsehen zeigte Massen von jubelnden Ägyptern. England und Frankreich schickten Kriegsschiffe, Israel machte mobil.

Auch Maurice musste sich zur Armee melden. Als er seinen Reservistenpass und die Uniform aus dem Schrank holte, fragte er sich, ob Victor noch seine schützende Hand über ihn hielt – oder dafür sorgen würde, dass er an die Front kam, ganz nach vorne.

Und dann geschah etwas Merkwürdiges.

Maurice wollte gerade sein Studio für die Mittagspause schließen. Viele Nachbarn aus der Jaffa Road waren bereits in die Kasernen eingerückt, nur er nicht. Da trat dieser Mann durch die Tür. Obwohl er ihn nie gesehen hatte, kam er ihm auf unheimliche Weise bekannt vor. Er trug ein kurzes Hemd, das über seinem kräftigen, behaarten Oberkörper spannte. Obwohl er nicht sehr alt war, hatte er Warzen am Hals, die bis zum Unterkiefer hochwuchsen. Wie Krokodilhaut.

»*Yom tov*, Herr Sarfati!«

»Yom tov.«

»Sie haben doch noch offen, oder?«

Ohne eine Antwort abzuwarten, ließ er seinen Blick über die Porträts an den Wänden schweifen.

»Beeindruckend. Man könnte meinen, halb Haifa hat vor Ihrer Kamera gestanden.«

Maurice spürte ein instinktives Misstrauen. Diese scheinbar interesselose, aber gekonnte Art, das Gespräch zu führen. Die freundliche Stimme, hinter der sich eine heimliche Verachtung verbarg. Die falsche Kumpelhaftigkeit.

»Was kann ich für Sie tun?«

»Ich brauch ein Passfoto.«

»Gerne. Wenn Sie sich bitte dort auf den Stuhl setzen ...«

Manche Kunden fühlten sich auf dem Stuhl vor der Kamera unwohl. Dieser Mann nahm den Platz mit seinem Köper ein, als gehörte er ihm. Maurice schaltete die Scheinwerfer an.

»Jemand hat meinen Pass geklaut. Gibt so viele Betrüger heutzutage. Stehlen Pässe und machen neue daraus. Das sind echte Künstler. Und geschäftstüchtig! Verkaufen sie teuer an Personen, die unseren Staat infiltrieren.«

»Araber?«, fragte Maurice betont beiläufig.

»Spione. Feindliche Agenten. Die ganze Welt schickt ihre Lauscher. Die Ägypter. Die Syrer. Die Amerikaner. Man sagt, hier laufen sogar deutsche Gojim herum.«

»Bitte halten Sie den Kopf gerade.«

Maurice stellte die Schärfe ein. Die Routine half ihm, ruhig zu bleiben.

»Wo kommen *Sie* eigentlich her?«, fragte der Mann. Als säße Maurice auf dem Stuhl, und nicht er.

»Italien.«

»Ich dachte Tunis.«

Geheimdienst, dachte Maurice. *Das ist ein Verhör.*

»Meine Familie ist vor Mussolini geflohen. Tunis war relativ sicher. Nach dem Krieg haben wir dann Aliya gemacht. So, jetzt bitte nicht bewegen.«

»War nicht auch Rommel in Tunis?«

Er weiß es, dachte Maurice. *Er will mich nicht verhören. Er will mir sagen, dass er schon alles weiß. Aber warum?*

Maurice drückte mehrmals auf den Auslöser. Durch den Sucher konnte er erkennen, dass der Mann mit der Krokodilhaut nicht das geringste Interesse an einem Porträt hatte.

»Das wär's. Sie können Ihre Fotos in drei Tagen abholen.«

Der Mann blieb sitzen. Maurice ließ sich nichts anmerken, nahm in aller Ruhe den Film aus der Kamera. Ein Katz-und-Maus-Spiel. Wer zuerst etwas sagte, würde verlieren. Der Mann stand auf und warf einen Blick auf das gerahmte Foto auf dem Tisch.

»Ihre Familie?«

»Ja.«

»Hübsches Kind.«

»Sie brauchen erst bei Abholung zu bezahlen.«

»Hören Sie«, sagte der Mann ruhig, aber eisig. »Wenn Sie einen Deutschen sehen, der in ihren Laden kommt ... und vielleicht ein Passfoto braucht ... sagen Sie ihm, dass er jederzeit ausgewiesen werden kann. Wenn ich will, sitzt er heute Abend im Flugzeug. Oder im Gefängnis. Dokumentenfälschung, illegale Einreise. Und wenn er dann noch bei der Wehrmacht war ...«

Maurice stockte das Blut in den Adern.

»Außer ... er versteht, dass er dem Staat, der ihn so großzügig aufgenommen hat, etwas zurückgeben muss.«

»Ich weiß nicht, was Sie meinen«, presste Maurice heraus.

»Die Ägypter heuern gerade deutsche Ingenieure an. Alte Nazis, Raketenbauer, Sie wissen schon. Den Wernher von Braun haben sich die Amerikaner geschnappt; die Ägypter nehmen, was noch übrig ist.«

»Ich habe nichts damit zu tun.«

»Natürlich. Aber wissen Sie, Israel braucht Augen und Ohren in Kairo. Einen Deutschen. Einen *echten* Deutschen. Jemand, der uns auf dem Laufenden hält. Und Sand ins Getriebe streut.«

Daher wehte der Wind. Wenn Victor das eingefädelt hatte, dann war das sein Plan, um ihn elegant außer Landes zu schaffen.

»Ich hoffe, Sie finden jemanden, der sich auf das Abenteuer einlässt. Ein junger Mann vielleicht, ohne Familie. Ein Idealist. Bitte entschuldigen Sie mich, ich hab noch zu tun.«

»Wir sehen uns am Freitag. *Auf Wiedersehen.*«

Er sagte es auf Deutsch. Akzentfrei. Als er aus der Tür gegangen war, gaben Maurices Beine nach. Er setzte sich und starrte auf seine Hände, die nicht aufhören wollten zu zittern. Er hob den Kopf und sah sich im Raum um. Es war, als würden all die Menschen, die er porträtiert hatte, ihn anstarren. Hunderte von Zeugen. Lachende Gesichter, traurige Gesichter, ehrliche Gesichter. Sie hatten sich ihm geöffnet. Sie hatten ihm vertraut. Er schämte sich, sie belogen zu haben.

Victor war unauffindbar. Maurice setzte Himmel und Hölle in Bewegung, um ihn zu treffen. Sein Haus stand in Flammen, und Victor war der Einzige, der es löschen konnte. Er suchte in den Kasernen, hinterließ Nachrichten, fuhr nach Tel Aviv und weiter bis nach Beer Sheva, wo sich die Truppen sammelten. Bis der Freund eines Freundes ihm eine Nummer gab. Dann stand er schwitzend in der Telefonzelle eines Postamts im Süden und hörte Victors Stimme, fern und verrauscht, als wäre er am anderen Ende der Welt.

»Hast du es jemandem erzählt?«, fragte er erst leise, mit dem Rücken zur Glastür, und dann, als Victor ihn nicht verstand, immer lauter, bis er die Fassung verlor und so laut brüllte, dass die Menschen vor den Telefonzellen sich umdrehten. Er schrie wie ein Tier in der Falle, schrie gegen eine Armee von Schatten an, die ihn auslachten. Was er wirklich sagen wollte, war: *Hilf mir da raus, wenn du mein Freund bist!*

»Beruhig dich«, sagte Victor. »Ich regle das.«

Wenn es um *die Sache* ging, statt um Gefühle, verströmte Victor die Autorität eines Offiziers, der seine Männer im Griff hatte. Selbst am Telefon, wo auch immer er gerade war. Dann fragte er, ob Yasmina noch die guten *cannoli* machte, die sie neulich zum Kaffee serviert hatte. Ob er ihm ein paar schicken könne. Das Essen hier sei beschissen.

»Wohin soll ich sie schicken?«

»Ach, vergiss es. Ich muss los.«

Dann war die Leitung tot.

Die Jaffa Road verwandelte sich von einer Heimat zu einem Tal der Angst. Wenn Maurice von der Arbeit nach Hause ging und die Nachbarn grüßte, sah er nur noch Augen, die ihm folgten. Hörte Flüstern. Machte sich eine Liste im Kopf, wem er noch trauen konnte. Einen Namen nach dem anderen strich er durch. Er gehörte nicht mehr sich selbst, sondern der Furcht, alles zu verlieren. Doch der Mann mit der Krokodilhaut tauchte nicht mehr auf. Seine Passfotos lagen unberührt in Maurices Schublade. Victor hatte Wort gehalten. Die Paranoia jedoch verschwand nicht.

Vielleicht lag es auch am Krieg und der Angst, die er in die Herzen säte. Maurice ertappte sich bei dem Gefühl, dass es ihm egal war, wer den verdammten Kanal durch die Wüste kontrollierte. Seine Welt war geschrumpft auf die Jaffa Road, sein Zuhause, seine Familie, sein kleines Boot voller Risse, aus dem er stetig Wasser schöpfte. Angst macht das Herz eng.

Als im März die Nachbarn auf der Straße tanzten, um den Sieg zu feiern, stand Maurice allein am Rand und konnte sich nicht mitfreuen. Victor tauchte unangemeldet auf, mit einer Narbe am Kinn und einem Orden an der Uniform. Er umarmte Maurice wie einen Bruder und Yasmina wie eine Schwester. Als wäre nichts geschehen. Joëlle konnte ihre Abscheu kaum verbergen, aber Victor überspielte es mit seiner Jovialität. Und nachdem er wieder in seinen Citroën gestiegen war, versuchte Maurice zu erraten, was sein Kommen und Gehen mit Yasmina gemacht hatte. Aber ihre Gefühle entzogen sich ihm, so wie ein Fisch unter Wasser sich der Hand entzieht, die nach ihm greift, ein schillerndes Wesen aus einem anderen, dunkleren Element.

Du bist doch meine Frau, wollte er rufen, *warum kenne ich dich nicht?* Er wollte sie schütteln, ohrfeigen, anschreien: *Wer bist du?* Nicht deine Person. Sondern das, was sich dahinter verbirgt, deine Seele, der Grund deiner Geheimnisse. Das Unberührte, Unbewegte, das manchmal durchscheint, wenn du unachtsam bist. Wenn ich dich liebe für das, was ich dort ahne, oder wenn ich Angst davor bekomme. *Ich kenne dich nicht!*

Das Einzige, was Maurice nicht tat, war: sie zu verlassen. Die Familie war sein Schutzkörper, zusammengehalten durch eine Legende, an der er eisern festhielt: *Es ist nie geschehen.* Obwohl er insgeheim längst wusste, dass es wieder geschehen war. Und weiter geschah.

Am Ende war es eine unerwartete Kleinigkeit, die alles zum Einsturz brachte. Beim Frühstück erzählte Joëlle, dass sie auf dem Schulweg von einem Mann angesprochen worden war. Er hatte sie gefragt, ob sie die Tochter von Victor Sarfati sei. Er kenne ihn aus der Armee. Nein, hatte Joëlle gesagt, das sei ihr Onkel. Und der Mann hatte geantwortet, dass sie ihm erstaunlich ähnlich sähe. Sie solle mal zu Hause von ihm grüßen.

»Hat er seinen Namen gesagt?«, fragte Maurice alarmiert.

»Hab ich vergessen. Ich war einfach froh, dass er mir nicht in die Schule gefolgt ist.«

»Aber er hat gesehen, wo deine Schule ist?«

»Ja.«

»Wie sah er aus?«

»Ich weiß nicht, normal.«

»Europäisch, orientalisch? Hatte er Warzen am Hals?«

»Ich hab nicht genau hingeschaut. Das ging alles ganz schnell.«

Joëlle wurde das Gespräch unangenehm. Sie stand auf und schulterte ihre Schultasche.

»Lass sie«, sagte Yasmina. Aber Maurice war schon aufgesprungen.

»Bleib hier!

»Ich muss zur Schule.«

»Du bleibst zu Hause!«

»Papà, ich bin kein Kind mehr! Ich kann mich schon selber verteidigen.«

»Du weißt gar nicht, was da draußen los ist!«

»Lass sie!«, rief Yasmina.

»Ciao!«, sagte Joëlle und öffnete die Tür. Maurice folgte ihr ins Treppenhaus und hielt sie fest.

»Du tust, was ich sage!«

»Au! Lass mich los!«

»Komm rein! Sofort!«

»Du kannst mir gar nichts verbieten!«

»Ich bin dein Vater!«

Es war wie in einem Fiebertraum. Maurice hatte sich nicht mehr unter Kontrolle. Joëlle stieß ihn wütend weg.

»Du kannst nicht mal verhindern, dass Mamma dich betrügt!«

»Joëlle!«

Sie rannte die Treppe hinunter. Maurice rannte ihr nach,

außer sich. Bekam sie zu fassen und riss sie herum. Ihre Augen waren voller Tränen. Sie schrie ihn an:

»Du hast nicht mal die Eier, Onkel Victor rauszuwerfen, wenn er sich hier auf dem Sofa breitmacht! Und hinter deinem Rücken treibt er es mit Mamma. Du Schwächling!«

Maurice versetzte ihr eine schallende Ohrfeige.

»Ich hasse euch!«, schrie Joëlle und rannte nach unten.

Maurice blieb wie versteinert stehen, schockiert über das, was mit ihm geschehen war. Oben auf dem Treppenabsatz stand Yasmina und verbarg ihr Gesicht in den Händen. Die Nachbarin kam aus ihrer Wohnung. Unten fiel die Haustür ins Schloss.

Als Maurice zurück in die Wohnung ging, verlor er kein Wort über Victor, sondern berichtete Yasmina von dem Mann mit der Krokodilhaut.

»Du siehst Gespenster«, sagte sie.

»Victor will mich loswerden«, sagte er.

»Aber ... wenn sie dich ausweisen wollten, hätten sie's doch längst getan. Und vielleicht ist Joëlle nur von einem Typen verfolgt worden, der es auf Mädchen abgesehen hat?«

»Nein, der wollte mir eine Botschaft schicken: *Wir haben dich in der Hand. Wenn du nicht tust, was wir wollen, sagen wir deiner Tochter, was wir über sie wissen.*«

Yasmina ging auf ihn zu und umarmte ihn vorsichtig.

»Maurice, ich hab Angst.«

Er legte seine Arme um sie und spürte, dass sie leise weinte. In diesem Moment beschloss er, Joëlle die Wahrheit zu sagen, bevor es jemand anderer tat.

Joëlle sah Maurice vor ihrer Schule warten. Sie machte einen Bogen, um ihm auszuweichen, aber er kam ihr entgegen und erreichte sie.

»Joëlle! Bitte hör mir zu. Es ist wichtig.«

Es war das erste Mal, dass er sie um etwas bat. Obwohl sie sich vorgenommen hatte, nicht mehr mit ihm zu sprechen, lag etwas Verletzliches in seiner Stimme, das ihr Mitleid erregte. Zugleich sträubte sie sich dagegen. Sie wollte keinen Vater, mit dem sie Mitleid haben musste. Sie wollte einen, zu dem sie aufschauen konnte. Wie früher.

Sie kauften ein Falafel bei einem libanesischen Juden und gingen zum Hafen. Auf der Mole standen Fischer, die ihre Angeln ins Meer hielten. Pfadfinder ruderten hinaus.

»Was ich dir jetzt erzähle«, sagte Maurice und suchte nach Worten, »hat nichts mit dir zu tun. Es war vor deiner Geburt. Alles, was passiert ist, obwohl es nicht hätte passieren dürfen, war vor deiner Geburt.«

Joëlle kniff skeptisch die Augen zusammen und legte die Hand über die Stirn, weil die Sonne sie blendete. Sie erinnert sich bis heute, wie er dort stand, die Sonne und das Meer im Rücken, und ihr erzählte, dass er einmal Soldat gewesen war. In der Uniform eines anderen Landes.

Germania.

Zuerst verspürte sie eine Taubheit, die daher rührte, dass sie ihm nicht glauben konnte. Was er erzählte, stellte die Welt auf den Kopf. Aber weil er so ernst war wie nie zuvor, begriff sie, dass er nicht verrückt geworden war. Sondern einfach nur mehr wusste als sie. Als zöge er einen Vorhang weg, den sie vorher gar nicht bemerkt hatte. Und dahinter lag die Wahrheit.

Die Geschichte hatte sich am anderen Ufer dieses Meeres abgespielt. Sie begann mit einem jungen deutschen Soldaten, der in einer windigen Februarnacht durch ein Scheunenfenster schaute. Er hieß Moritz Reincke, Kameramann der Propagandakompanie des Deutschen Afrikakorps. Er war mit seinem Trupp auf einer Farm westlich von Tunis gelandet, um Lebensmittel zu besorgen. Ohne zu wissen, dass der Bauer in seiner Scheune zwei Juden versteckte. Einen Mann und eine Frau. Sie hieß Yasmina. Und er hieß Victor.

Sie lagen nackt im Stroh und liebten sich, als Moritz sie zufällig sah. Er schämte sich. Aber er konnte seine Augen nicht von ihr lösen, da sie ihn direkt anschaute. Als würde sie ihn bitten: *Verrate mich nicht.* Und er hielt still. Er hätte einfach weggehen sollen, aber er war wie gefesselt – bis ein SS-Offizier ihn sah. Da war es schon zu spät. Der Offizier blickte durchs Fenster, entdeckte die beiden und schlug Alarm. Victor und Yasmina rannten aus der Scheune. Der Offizier verfolgte sie und warf den Mann zu Boden. Die Frau konnte durch den Olivenhain fliehen.

Sie brachten Victor nach Tunis, in den Keller des Hotel Majestic, das als Hauptquartier der Wehrmacht diente. Der Offizier verhörte und folterte ihn, aber bekam nichts aus ihm heraus. Moritz, der als einziger Italienisch sprach, musste übersetzen. Ihm wurde schlecht, als er den blutüberströmten Körper des Gefangenen sah. Am nächsten Morgen, sagte der SS-Offizier, würde der Mann erschossen werden. Dann ging er zu Bett. Moritz, der sich bisher nie in das Kriegsgeschehen, das er filmen sollte, eingemischt hatte, ging ebenfalls auf sein Zimmer. Aber er konnte nicht einschlafen. Er kannte den Gefangenen. Vor kurzem noch hatte er als Pianist in der Hotelbar gespielt. Die deutschen Soldaten hatten um ihn gestanden und Lili Marleen gesungen, ohne zu wissen, dass er Jude war.

Moritz traf eine einsame Entscheidung. Er ging in den Keller, sperrte die Zellentür auf und half Victor, zu fliehen. Der konnte es anfangs kaum glauben. Ein Deutscher! Zum Abschied gab Victor ihm einen Zettel, auf den er die Adresse seiner Eltern schrieb. Er bat Moritz, ihnen mitzuteilen, dass er lebte. Dann verschwand er in die Nacht. Es gelang ihm, die Front zu erreichen und sich den Alliierten anzuschließen.

Moritz erzählte niemandem davon. Obwohl am nächsten

Tag eine Untersuchung anberaumt wurde, hatte er Glück: Niemand erfuhr, wie der Gefangene hatte fliehen können. Moritz fühlte sich weder als Held noch schuldig, seine Pflicht verletzt zu haben. Er hatte einfach Mitgefühl mit einem Menschen gehabt, der nichts verbrochen hatte. Er ging nicht wie versprochen zu Victors Eltern, weil er Angst hatte, entdeckt zu werden. Kurz darauf eroberten die Alliierten die Stadt. Die Deutschen und ihre italienischen Verbündeten flohen, um mit den letzten Schiffen und Flugzeugen nach Sizilien zu entkommen. Hunderttausende Soldaten saßen fest. Unter ihnen Moritz. Da erinnerte er sich an den Zettel in seiner Tasche. Im Schutze der Nacht schlich er sich zu der Adresse und klopfte an die Tür. Als Victors Vater ihn dort stehen sah, bekam er Angst. Ein Deutscher in Wehrmachtsuniform! Moritz erzählte, was passiert war. Victors Mutter fasste sich ein Herz und bat den ungebetenen Gast herein. Sie gaben ihm etwas zu essen und ein Bett für die Nacht. Und dann versteckten sie ihn vor den Alliierten. Bis zum Ende des Krieges.

»Das waren Oma und Opa?«

»Ja.«

»Und wo war Mamma?«

Yasmina war unverletzt zu ihren Eltern zurückgekehrt. Moritz dachte erst, sie sei Victors Frau oder Geliebte. Erst dann erfuhr er, dass sie Adoptivgeschwister waren. Sie bat ihn, den Eltern nicht zu erzählen, was er gesehen hatte. Es sei nur eine einzige Nacht gewesen. Moritz hielt sein Versprechen. Und langsam entstand Vertrauen zwischen den beiden. Yasmina erzählte ihm, wie sehr sie Victor liebte. Wie sie als Kind heimlich in sein Bett geklettert war, aus Furcht vor der Dunkelheit. Wie die Angst in seiner Umarmung verschwunden war. Sie hatte sich geborgen gefühlt, mehr noch: ganz. Als wäre er ihre fehlende Hälfte. Für Victor jedoch war sie nur die kleine Schwester, auf die er aufpassen musste. Er lebte in einer anderen, glamouröseren Welt. Wenn er im Hotel Majestic am Piano saß, flogen ihm die Herzen der reichen Frauen zu. Er war charmant, weltgewandt, geistreich ... und er ließ nichts anbrennen. Yasmina, die als Zimmermädchen arbeitete, beobachtete ihn heimlich durchs Schlüsselloch, wenn er mit seinen Geliebten aufs Zimmer ging. Den Schlüssel bekam er von ihr zugesteckt.

Als die Wehrmacht Tunis besetzte, beschlagnahmte sie das Majestic und machte es zum Hauptquartier. Junge jüdische Männer mussten sich zur Zwangsarbeit melden. Victor ging in den Untergrund. Ein Bauer versteckte ihn und Yasmina auf seiner Farm. Und dort geschah es, eines Nachts.

Neun Monate später wurdest du geboren, Joëlle.

In der Nacht deiner Geburt kamen Sturzbäche von Regen übers Meer. Victor war fort. Er kämpfte mit den Alliierten in Italien. Aber es war nicht nur der Krieg, der ihn von Yasmina trennte. Albert hatte herausgefunden, wer der Vater war. Außer sich vor Wut hatte er Victor verstoßen. Mimi nahm es ihm übel. Für sie war alles Alberts Schuld: *Er* hatte das Mädchen aus dem Waisenhaus geholt.

Und die Leute redeten. Yasmina fieberte nach jeder Nachricht aus Italien. Sie wurde fast verrückt vor Hoffnung. Auch wenn Victor das Kind nicht wollte. Auch wenn Joëlle immer ein Kind der Schande bleiben würde. Als der Krieg beendet und die Nazis besiegt waren, kehrte Victor nicht zurück. Albert, Yasmina und Moritz setzten nach Sizilien über, um nach ihm zu suchen. Joëlle nahmen sie mit. Dort erfuhren sie, dass er sich der zionistischen Bewegung angeschlossen hatte. Dass er jüdischen Flüchtlingen half, auf illegalen Schiffen nach Palästina auszuwandern. Und dass er bei einem Unfall am Strand ertrunken war. Angeblich, um ein Kind zu retten.

Tatsächlich hatte er seinen Tod nur vorgetäuscht, um sich aus dem Staub zu machen.

Als Yasmina seinen Namen auf einem Grabstein las, brach sie zusammen. In derselben Nacht ging sie ins Meer, um sich umzubringen. Moritz fand sie. Fischte sie heraus. Und fragte sie, ob sie ihn heiraten wolle. Ob sie mit ihm und Joëlle weit weg gehen wolle. Wo niemand sie kannte. Wo sie eine neue Geschichte anfangen konnten.

All das hatte niemand geplant. Es war eine Kette von Ereignissen, die nicht hätten geschehen dürfen.

Und dennoch waren sie geschehen.

Mektoub, hatte Yasmina gesagt. Es stand geschrieben.

Vielleicht.

»Ich wollte es dir eigentlich erst sagen, wenn du erwachsen bist. Aber wenn ich ehrlich bin, habe ich gehofft, es dir nie sagen zu müssen.«

Joëlle starrte in das brackige Hafenwasser. Es roch nach Öl und Algen. Die Welt stand noch. Aber nichts würde jemals wieder so sein wie vorher. Sie wollte schreien.

Das eine war, dass ihr Vater eigentlich ein Deutscher war.

Ausgerechnet ein Deutscher.

Der größte Verrat aber bestand darin, dass ihr Vater nicht ihr Vater war. Sondern Victor.

Ausgerechnet Victor.

»Ich hasse ihn trotzdem«, sagte sie. Wie konnte sie das Wort *Vater* mit ihm verbinden? Die Geborgenheit in Papàs Armen, seine Verlässlichkeit, seine Ruhe, die sich auf sie übertrug, wenn sie bei ihm war – *das* machte einen Vater aus. Victor war das Gegenteil von alledem. Victor mit seiner Göttin, seinem Orden und seiner heruntergelassenen Hose. Sie könnte nie seine Tochter werden.

»Er ist nicht deinetwegen weggegangen. Sondern um für sein Volk zu kämpfen.«

»Wie kannst du ihn jetzt auch noch verteidigen!«, schrie Joëlle.

»Ich weiß nicht, ob er Mamma noch trifft …–«

»Natürlich weißt du das! Du lügst dich selber an!«

Er schwieg. Sie hatte recht.

»Ich weiß nicht mehr, was ich tun soll, Joëlle.«

»Du hättest es mir nie sagen dürfen!«

Sie wandte sich ab und ging. Er wollte ihr folgen, aber seine Beine gehorchten ihm nicht mehr. Unfähig, sich zu bewegen stand er da und starrte ihr nach. Joëlle hielt ihre Hände vors Gesicht und weinte. Maurice fühlte sich wie ausgelöscht. Er hatte sie nicht vor der Wirklichkeit beschützen können.

33

Wir erzählen Geschichten, um zu definieren, wer wir sind. Jede Person, jede Beziehung, jede Gesellschaft hat ihre Erzählung. *Wo kommen wir her, wo gehen wir hin.* Das Auffliegen einer Lüge ist immer ein Verlust an Schönheit. Denn im Gegensatz zur Wahrheit besteht Schönheit nie aus dem Ganzen, sondern aus dem kunstvollen Arrangieren von Fragmenten. Die Wahrheit muss immer auch eine Beziehung mit dem Hässlichen eingehen.

Wenn deine Familie zerbricht, ist es nicht so, dass ihre Geschichte irgendwo in der Mitte aufhört und du nahtlos die nächste anfügen kannst. Nein, du musst die ganze Geschichte umschreiben. Noch einmal zum Anfang gehen und noch weiter zurück. Alles neu sortieren, bewerten und in einen anderen Zusammenhang stellen. Damit du aus den Scherben der gemeinsamen Geschichte die eigene Geschichte herauslesen kannst.

Du kannst aber unmöglich deine Geschichte erzählen, wenn du nicht weißt, worum es in deinem Leben eigentlich geht. Ohne ein Thema fügen sich die Fragmente nie zu einem sinnvollen Ganzen zusammen. Das ist die Schwierigkeit mit Trennungen: Das Thema ändert sich. Du dachtest, es ginge um Ankommen, stattdessen geht es um Abschied. Du dachtest, es ginge um Vertrauen, stattdessen geht es um Betrug. Du dachtest, es ginge um Schicksal, stattdessen geht es um Dummheit. Du dachtest, es ginge um Verschmelzung, stattdessen geht es um Abhängigkeit. Du dachtest, es ginge um Liebe, stattdessen geht es um Macht.

Und so entdeckst du im Rückblick, dass die wahre Geschichte nicht aus den Momenten besteht, die in den Fotoalben zu finden sind, den Hochzeiten, Geburten und Sommerferien. Sondern aus übersehenen Details im Schatten. Warnsignalen. Ersten Zeichen. Worten, die herausgerutscht waren und heruntergespielt wurden. Verletzungen, die nie geheilt sind. Täuschungen und Selbsttäuschungen. Jetzt verknüpftst du diese entgangenen Fragmente zu einer kausalen Kette, und dieselbe Beziehung wandelt sich von einem Erfolgsmärchen in den Bericht eines angekündigten Scheiterns.

Du glaubst es nicht? Nimm ein Papier, reiß es in Stücke und schreib darauf die wichtigsten Momente deines Lebens. Dann teile sie auf in zwei Geschichten. Eine handelt vom Glück und eine vom Unglück. Arrangiere die Zettel in einer sinnvollen Reihenfolge. Mische unglückliche Momente in die Glücksgeschichte und Glücksmomente in die Unglücksgeschichte. Nur das Ende entscheidet. Dann schau dir beide Geschichten an. Sie handeln von zwei verschiedenen Menschen. Beide bist du.

Es kommt darauf an, was du weglässt.

Yasmina war außer sich vor Wut, als sie erfuhr, dass Maurice Joëlle die Wahrheit gesagt hatte. Die Lüge war ihre gemeinsame Erzählung gewesen, ein geheimer Pakt, den sie nur einvernehmlich hätten auflösen dürfen.

»Du hast mich verraten«, sagte sie.

Das war nun Maurice in Yasminas Geschichte: Er hatte seine Tochter um ihre Kindheit betrogen und seine Frau verraten.

In diesem verfluchten Sommer 1957, als die Familie Sarfati in Stücke ging, war jeder nur damit beschäftigt, aus den Scherben der gemeinsamen Geschichte die Stücke zu retten, die er noch brauchen konnte. Und das war nicht viel.

Auf einmal richteten sich alle Augen auf Yasmina. Sie hasste es, im Fokus zu stehen. Und doch hing jetzt alles von ihr ab:

Für wen entschied sie sich? Dabei war eine Entscheidung das Letzte, was sie wollte. Anders als Maurice annahm, waren ihre Gefühle für Victor zwar extrem, aber auch extrem ambivalent. Sie konnte Victor nur hassen oder mit ihm verschmelzen. Dazwischen gab es nichts, denn ihr Hass war nicht das Gegenteil von Liebe gewesen. Es war der einzige Schutz, den sie besaß. Sonst wäre sie wieder zu der jungen Frau geworden, die so besessen von Victor gewesen war, als hätte sie keine Haut, die sie von ihm trennte. Fast hätte sie es geschafft. Victors Tod war ihre Chance gewesen. Sie hatte sie genutzt, so gut sie konnte. Hatte Maurices Hand ergriffen und war losgesegelt. An seiner Seite war sie stark geworden. Und hatte sich sicher gefühlt. Nicht weil er - wie er glaubte - ihr Beschützer war. Sondern weil er ihr nicht zu nah kam. Aber als Victor zurückkehrte, war all das wieder bedroht.

Während Maurice zusah, zog sie vor dem Spiegel einen schwarzen Kajalstrich um ihre Augen, drehte sich um und sagte:

»Ich fahre zu Victor. Ich beende das.«

Dann küsste sie Maurice flüchtig auf die Wange und nahm den Bus nach Tel Aviv.

Dort sagte sie Victor, was sie ihm sagen wollte. Er fasste mit der Hand um ihren Hals, fuhr durch ihr Haar und fing ihre Verzweiflung mit einem Lachen auf.

Alles wird gut.

Er hatte niemals Angst vor ihren Widersprüchen, nichts an ihr war ihm fremd. Sie brauchte ihm nichts vorzuspielen. Es genügte, den vertrauten Duft seiner Haut einzuatmen und die Augen zu schließen, um alles Schwere zu vergessen und sich unter seine Flügel zu schmiegen. Ganz wie beim ersten Mal, damals in Piccola Sicilia, als sie aus Angst vor der Gewitternacht barfuß durch den dunklen Gang gelaufen war, nur mit einem Nachthemd bekleidet, in sein Kinderzimmer geschlichen und in sein Bett gekrochen war, ohne ein Wort zu sagen, und er hatte einfach seinen Arm um sie gelegt.

In Victors Gegenwart lösten sich all die Sätze, die sie auf der Busfahrt im Herzen hin und her bewegt hatte, in einem sanften Rausch auf. Während ihr Körper sich aufbäumte und Victors Hitze empfing, flohen ihre Gedanken zu Maurice. Sie schämte sich. Sie war so weit gekommen, und am Ende doch nur das, was ihr die Mönche im Waisenhaus gesagt hatten:

Du bist ein böses Mädchen.

Maurice war ein Guter. Sie schuldete ihm, auch gut zu sein. Wegen allem, was er für sie geopfert hatte. Sie war schrecklich undankbar, wenn sie ihn betrog. Und dennoch konnte sie nicht anders. Was Maurice ihr gegeben hatte, würde sie nie zurückgeben können. Es war zu einer Last geworden.

Gut, dann bin ich also das böse Mädchen.

Nicht mehr dagegen ankämpfen zu müssen erfüllte sie mit einem unerhörten Gefühl von Freiheit.

Joëlle verweigerte das Gespräch, kam nach der Schule nicht nach Hause, schlief bei Freundinnen. Wenn ihre Eltern es ihr verbieten wollten, drohte sie, allen Nachbarn die Wahrheit zu erzählen.

Eines Morgens, beim Bäcker, begegnete Maurice Herrn Rosenstiel. Zwischen einem Bagel und einer Milchflasche sagte Rosenstiel im Vertrauen:

»*Sie* müssen die Entscheidung treffen. Ihre Frau wird das nicht schaffen.«

Dann wünschte er einen schönen Tag und ging von dannen.

Manche Ehen enden mit einem großen Krach. Zwischen Maurice und Yasmina starb die Liebe leise, wie eine Pflanze, die in der Ecke vertrocknet, weil sich niemand darum kümmerte, sie zu gießen. Keiner sprach es aus, denn keiner wollte derjenige sein, der den anderen im Stich ließ. Tatsächlich aber hatten beide die Hoffnung aufgegeben. Als Yasmina eines Abends zu Maurice sagte: »Du hast ein besseres Leben verdient«, nahm er es als Aufforderung.

»Willst du dich trennen?«, fragte er.

Sie sagte nicht nein. Als ihr Tränen über die Wangen liefen, wusste er, dass die Stunde gekommen war.

»Es tut mir so leid«, sagte sie.

In derselben Nacht packte er den alten Koffer, mit dem er vor zehn Jahren in Haifa angekommen war und verließ, ohne sich zu verabschieden, das Haus. Er ging die leere Jaffa Road entlang bis zur German Colony, schloss die Tür seines Fotostudios auf, stellte den Koffer in den stummen Raum. Dann breitete er eine Decke auf dem Boden aus und legte sich schlafen.

Hätte er durchhalten sollen? Sein Territorium verteidigen, statt es dem anderen zu überlassen? Maurice war mit sich im Reinen. Er ging nicht wegen Victor, sondern aus Selbstachtung. Er wollte keine halbe Liebe.

Victor war schockiert, als er von Maurices Auszug erfuhr. Er fuhr sofort zu Yasmina und sagte ihr, sie solle auf Maurice zugehen, um die Ehe zu retten. Er könne es nicht ertragen, Maurice leiden zu sehen. Und er könne ihn niemals ersetzen. Yasmina war irritiert, dass er für Maurice Partei ergriff.

»Was willst du?«, fragte sie.

Tatsächlich begriff Victor erst jetzt, dass alles Konsequenzen hatte. Und dass er sie zu tragen hatte. Nun war Victor aber keiner, der gern mit schwerem Gepäck durchs Leben ging.

Victor kam ins Fotostudio. Maurice stand gerade in der Dunkelkammer. Victor klopfte an die Tür.

»Nicht öffnen!«, rief Maurice.

»Maurice, ich bin's. Mach auf.«

»Ich entwickle gerade.«

»Hör zu, Maurice, ich weiß, du bist wütend. Zu Recht. Ich hab das so nicht gewollt. Bitte mach auf.«

Maurice schwenkte ein Fotopapier im Entwicklerbad. Im Rotlicht entstanden die Konturen eines bärtigen Mannes mit furchiger Haut, vielleicht der älteste Einwanderer, der ihm je begegnet war.

»Maurice. Bitte.«

Er schwieg.

»Versuch es noch mal mit Yasmina.«

Maurice antwortete nicht. Victor hielt es nicht länger aus und riss die Tür auf.

»Verdammt nochmal«, rief Maurice, ohne ihn anzusehen. »Kannst du nicht warten? Jetzt ist das Bild ruiniert!«

Victor suchte nach Worten. Maurice deckte das Entwicklerbad mit einem Karton ab.

»Es tut mir leid, Maurice.«

Maurice drehte sich zu ihm.

»Seit wann entschuldigst du dich für etwas?«

Er sagte es ohne Spott, fast verwundert und letztlich gleichgültig.

»Ich beende die Affäre«, sagte Victor.

»Das war es also für dich? Eine Affäre?«

»Ich hab's dir gesagt, Maurice. Ich tauge nicht als Ehemann.«

»Wie kannst du nur so naiv sein?«

»Ich bin nicht naiv. Aber ich kenne Yasmina. Sie wird nie mit mir glücklich werden.«

»Das konnte sie mit mir auch nicht.«

Maurice zog das Foto heraus und legte es ins Wasserbad. Es war völlig überbelichtet.

»Und Joëlle?«, fragte Victor. »Was hast du mit ihr vor? Sie hasst mich.«

»Das hättest du dir früher überlegen müssen, Victor.«
»Können wir Freunde bleiben, Maurice?«
»Geh jetzt bitte. Ich muss arbeiten.«

34

Maurice kam nie mehr zurück in die Wohnung. Victor nahm den Raum ein, den Maurice frei gemacht hatte. Es geschah langsam, zwei Schritte vor, ein Schritt zurück ... Fast ein Jahr dauerte es, bis jemand – es war beinah schon gleichgültig, wer – von »klaren Verhältnissen« sprach. Als Yasmina und Maurice endlich vor dem Rabbi saßen, um zu erklären, warum sie sich scheiden lassen wollten, erzählten sie fast die gleiche Geschichte. Sie war gelogen. Immerhin darauf konnten sie sich einigen.

Joëlle jedoch hielt es zu Hause nicht mehr aus. Setzte sich mit einer Freundin in den Bus und fuhr ohne Erlaubnis bis nach Eilat ans Rote Meer. Schwänzte die Schule, fing an zu rauchen, trank heimlich Alkohol. Besuchte mit den Pfadfindern einen Kibbuz am See Genezareth, half dort bei der Ernte mit und entschied sich spontan, zu bleiben. Yasmina und Maurice holten sie zweimal zurück nach Haifa. Beim dritten Mal gaben sie auf. Sie mussten akzeptieren, dass Joëlle die Schule wechselte und in den Kibbuz zog. Immerhin war sie dort sicher. Joëlle lernte Traktorfahren, Wettschwimmen und eine ganz andere Art, Gemeinschaft zu leben. Ein bisschen verrückt, ein bisschen ideologisch und ein bisschen romantisch. Ein dritter Weg, bei dem sie sich nicht zwischen dem einen und dem anderen Vater entscheiden musste, sondern eine neue Familie fand. Eine, die sich nicht durch Verwandtschaft definierte, sondern durch eine gemeinsame Idee. Joëlle entdeckte den Sozialismus, in Wahrheit aber die erste Liebe. Sie war eine Außenseiterin wie sie, nur blond. Jungs würden erst später folgen. Sie gab ihr das Gefühl, dass sie selbst über ihr Leben bestimmen konnte.

Irgendwann besuchte Maurice Joëlle am See Genezareth. Er fand sie auf einem Feld, wo die Kibbuzniks ein Bewässerungssystem für Orangenbäume bauten. Sie hatte Staub auf den kurzen Haaren, sie trug Ledersandalen, Shorts und eine blaue Arbeiterbluse. Sie hatte wenig Zeit.

»Brauchst du was?«, fragte er.

»Komm schon zurecht«, sagte sie, und nach einer unangenehmen Pause:

»Hast du gehört? Sie wollen heiraten.«

Maurice sagte, das sei das Beste für alle. Und dass er Joëlle immer lieben würde. Er meinte das auch so. Auch wenn er, was er nicht sagte, Angst hatte, sie zu verlieren. Sie waren sich fremd geworden. Es lag nicht daran, dass sie jetzt fast so groß war wie er. Es lag an dem, was verloren gegangen war: das Kind auf den Fotos, die er nachts anschaute, wenn er nicht schlafen konnte. Joëlles grenzenloses Vertrauen.

»Warum hasst du sie nicht?«

»Ich hab's versucht. Es gelingt mir nicht.«

»Liebst du sie noch?«

Maurice reichte ihr seine Hand und zog sie zu sich. Er merkte, wie Joëlle zögerte und sich versicherte, dass die anderen sie nicht sahen. Dann legte sie ihren Kopf auf seine Schulter. Es tat ihm gut. Es war das erste Mal seit sehr langer Zeit.

Yasmina und Victor suchten einen Rabbi, der bereit war, sie zu trauen. Zwei lehnten ab, einer erklärte sich einverstanden. Da es in Israel keine Zivilehe gab, galt das religiöse Recht, vor dem Victor und Yasmina Kinder verschiedener Eltern waren. Ein Eheverbot gab es nur für Blutsverwandte, und die Adoption war nach zivilem Recht vollzogen worden. Dennoch hatte die Sache einen gewissen Beigeschmack. Die Leute tuschelten.

Anfangs planten sie deshalb eine Trauung ohne Gäste, in Tel Aviv. Nur Joëlle und Maurice sollten dabei sein. Doch dann dachten sie, dass es kein gutes Omen wäre. Am Tag danach würden sie ihren Nachbarn und Freunden wieder ins Gesicht sehen müssen. Also luden sie *alle* ein.

Die Einladungen, die Yasmina persönlich verteilte, spalteten die Jaffa Road. Niemand wollte Yasmina brüskieren, indem er absagte. Und niemand wollte Maurice unrecht tun. Er war beliebt. Er hatte gern geholfen. Victor kam zu Maurice und bat ihn inständig, zu kommen.

»In Wahrheit sind wir doch *eine* Familie«, sagte Victor.

Erst als Maurice offiziell zusagte, trudelten auch die Zusagen der Freunde und Nachbarn ein.

»Es ist in Ordnung«, antwortete er, wenn jemand auf der Straße ihn darauf ansprach, meist mit einem Bedauern in der Stimme, das ihn anwiderte. Er wollte kein Mitleid. Seine Zusage zur Hochzeit sollte ausdrücken, dass er einverstanden war.

»Es lag kein Segen über eurer Ehe«, schrieb Albert in einem Brief an Maurice, worin er ihm mitteilte, dass er und Mimi nicht zur Hochzeit anreisen würden. Für sie blieben Yasmina und Victor immer Geschwister.

Maurice überbrachte Yasmina die Botschaft der Eltern.

»Mektoub«, sagte sie. »Es steht geschrieben.«

»Das hast du auch bei unserer Hochzeit gesagt.«

»Ich würde es wieder tun. Du nicht?«

Er schwieg.

»Bitte sprich mit Joëlle. Sie antwortet mir nicht. Wenn sie nicht kommt, bringt das Unglück. Auf dich hört sie.«

Maurice fuhr in den Kibbuz. Er brachte *cannoli* mit, die Yasmina gebacken hatte. Joëlle warf sie in den Mülleimer.

»Wie kannst du nur auf ihrer Seite stehen?«, rief sie.

»Sie ist immer noch deine Mutter.«

»Bin ich denn die Einzige, die sieht, wie ungerecht das alles ist?«

»Was soll ich tun, Joëlle? Es ist entschieden.«

»Du könntest wenigstens deinen Stolz wahren und dieses verlogene Fest boykottieren!«

»Das Einzige, worauf ich stolz sein kann, bist du.«

Joëlle kämpfte mit den Tränen. Aber sie ließ sich nicht umstimmen. Ihre Unversöhnlichkeit verletzte Yasmina mehr als alles andere, und genau das war es, was Joëlle damit bezweckte. Wenn sie den Lauf der Dinge schon nicht aufhalten konnte, dann sollte ihre Mutter wenigstens genauso leiden wie sie.

Am Tag der Hochzeit zog Maurice seinen einzigen Anzug an und sah im Spiegel einen Fremden. Der Anzug hatte noch nie wirklich gepasst. Bei seiner eigenen Hochzeit hatte er ihn von einem Flüchtling bekommen, der ihn nicht mehr brauchte. Es war ein eigenartiger Herbsttag, an dem die Wolken tief standen und immer wieder die Sonne durchbrach. Regen lag in der Luft, kam aber nicht. Victor hatte einen Saal mit offener Terrasse gemietet, im Herzliya-Viertel. Maurice dachte daran, welche Nachbarn er jetzt sehen würde und welche nicht, und während er darüber nachdachte, spürte er einen Widerwillen, sich den unvermeidlichen Blicken und Gesprächen auszusetzen, die dort auf ihn warteten. Er machte einen Umweg und suchte ein Postamt, von dem aus er Joëlle in ihrem Kibbuz anrufen könnte. Tatsächlich interessierte ihn an diesem Tag am meisten, wie es Joëlle ging. Und er wollte sie wissen lassen, dass sie nicht allein war. Vielleicht aber war es in Wahrheit *er*, der ihren Beistand suchte. Er fand eine Post und rief den Kibbuz an, aber Joëlle war draußen auf dem Feld. Er verließ das Postamt unbefriedigt. Schaute unschlüssig auf die Uhr. Erinnerte sich daran, dass er noch Blumen kaufen wollte, sich hier aber nicht auskannte. Und dass er längst zu spät dran war. Vielleicht war es ja besser, dachte er, wenn er sich unter die Gäste mischte, wenn alle schon tanzten. Vielleicht bräuchte er auch keine Blumen zu schenken. Der Gedanke überraschte ihn. Es war das erste Mal seit Jahren, dass er sich nicht von seinem Pflichtbewusstsein lenken ließ. Und dann begriff er, dass er längst frei war, zu tun, was er wollte. Er war kein Ehemann mehr. Sich um niemanden kümmern zu müssen, war verstörend ungewohnt.

Sie hatten die Zäune und Checkpoints abgebaut. Man konnte jetzt direkt durch Wadi Nisnas laufen, den Stadtteil oberhalb der Jaffa Road, gleich neben dem Herzliya-Viertel. Maurice überquerte die Straße. Was ihn anzog, war, dass dort niemand lebte, den er kannte. Die heimliche Lust, sich allem zu entziehen, was auf ihn wartete. Hier war Haifa eine andere Stadt, dichter, gedrängter, und die Kinder auf den Straßen sprachen Arabisch. So musste auch die Jaffa Road geklungen haben, dachte Moritz, bevor wir angekommen waren. Doch als er den Menschen in die Augen sah, begriff er, dass alles anders war als vorher – ihr Misstrauen, ihre Niederlage und ihre Unbeugsamkeit. Er, der Sieger, im Viertel der Besiegten. Ich bin nicht Maurice Sarfati, wollte er ihnen zuflüstern. Das ist nur meine Hülle. So wie dieser schwarze Anzug. Und doch wichen ihm die Blicke der Araber aus, als könnte er jederzeit eine Waffe ziehen. Es erfüllte ihn mit Scham. Er fühlte sich zurückversetzt nach Tunis – die Blicke der Einheimischen auf den deutschen Soldaten. Auch dort war er nicht der gewesen, den sie in ihm sahen; er hatte sich nicht überlegen gefühlt, nur fremd. Die Uniform hatte ihm eine Rolle verliehen, die er nie spielen wollte, aber doch nicht ungern spielte, weil sie ihm das Privileg der Macht verlieh. Auch wenn in Wahrheit *er* der Fremde in ihrer Heimat war, hatte er *sie* zu Fremden gemacht.

An einer Straßenecke standen Holzstühle vor einem kleinen Café. Er setzte sich an einen der Tische. Die anderen Gäste schienen sich kaum für ihn zu interessieren, auch wenn sie ihn im Auge behielten. Sie spielten weiter Backgammon, rauchten und redeten, als wollten sie einander versichern, dass sie sich von dem Juden nicht stören ließen. Maurice war dankbar, ignoriert zu werden. Er bestellte einen Kaffee – auf Englisch, um Raum für die Mutmaßungen nach seiner Herkunft zu lassen. Der Kellner nickte wortlos und kam bald mit dem Kaffee zurück. Schwarz, mit Kardamom. Maurice nahm einen Schluck. Die Hitze auf der Zunge breitete sich wohltuend in seinem Körper aus. Über den Häusern brach der Wolkenhimmel auf, und die Abendsonne flutete die Straße mit einem unwirklich goldenen Licht. Schwalben jagten vorbei. Alles schien auf einmal friedlich, als wäre alles, was seit seiner Ankunft in Haifa geschehen war, nur ein Wintersturm gewesen, der mit der ersten Frühlingsmilde vergessen war. Zu seiner Überraschung überkam ihn ein vergessenes Gefühl von grundlosem Glück.

Erst jetzt spürte er die Anspannung, die sein Körper mit sich herumgetragen hatte, wie einen viel zu schweren Koffer. Es war schrecklich anstrengend, jemand zu sein. Wie einfach es jetzt war, niemand mehr sein zu müssen. Endlich wieder unsichtbar. Nichts tun, nur Zeuge sein, unbehelligt, unbeteiligt. *Das bin ich.* Bevor ich anfing, eine Rolle zu spielen.

Ich bin nicht Maurice Sarfati.
Ich bin nicht verheiratet, ich bin nicht geschieden.
Ich bin.
Nicht mehr und nicht weniger.
Es gibt nichts mehr zu verlieren.

Was, wenn er einfach wieder verschwände? Er müsste jetzt nur aufstehen, zum Hafen hinuntergehen und auf ein Schiff zu steigen. Es brauchte nicht viel, um ein Leben zurückzulassen, geräuschlos wie eine Schlange, die versteckt unter einem Stein aus ihrer Haut schlüpft und ins Gras gleitet.

»Woher kommst du?«, fragte ihn der Kellner auf Englisch.

Aus Deutschland, wollte er sagen. Es einzugestehen, wäre wie eine Beichte – anonym und befreiend. Stattdessen fragte er zurück:

»Ist das wichtig?«

Der Araber sah ihn stumm an. Aus irgendeinem Grund schien er die Antwort zu schätzen.

»*Welcome*«, sagte er.

Dann kam plötzlich, während über dem Meer noch die Sonne durch die Wolken leuchtete, ein Regenschauer herunter. Die Menschen liefen in ihre Läden und Häuser, standen von ihren Tischen auf, trugen die Spielbretter und Tassen nach drinnen. Maurice blieb unter der löchrigen Markise sitzen. Er sah die Tropfen auf seinem Tisch tanzen, in seiner leeren Tasse und auf dem Asphalt, wo sie den gelben Staub wegwuschen. Nasse Menschen eilten vorbei.

Ein paar Straßen weiter unten würden Victor und Yasmina jetzt mit ihren Gästen nach drinnen laufen. Yasmina würde lachen und ihm mit der Hand durch die feuchten Haare fahren. Dann würden sie tanzen und irgendwann vergessen, dass ein Gast fehlte. Maurice empfand weder Groll noch Freude, weder Hass noch Liebe. Und kein Bedürfnis, sich einzumischen. Er war eine Kamera ohne Film. Nahm alles wahr, ohne etwas festhalten zu wollen. Die Dinge tauchten auf und verschwanden. Maurice ließ es geschehen, absichtslos glücklich, umgeben vom Prasseln und Rauschen und den Rufen der Mütter nach ihren Kindern. In ihm wurde alles still, und inmitten dieser Stille tanzte das Leben.

Später stand er auf und ging langsam nach Hause, während Sturzbäche durch die Rinnsteine gurgelten und der Regen langsam nachließ. Die Straßen waren ohne Stimmen, als wäre er der einzige Mensch in der Stadt.

Bis auf die Schritte hinter ihm.

»Herr Sarfati?«

Erst fühlte er sich nicht angesprochen, so fern klang der Name.

»Herr Sarfati!«

Erst als der Mann zu ihm aufschloss und neben ihm ging, bemerkte Maurice, dass *er* gemeint war. Es war der Mann mit der Krokodilhaut. Er hielt seinen Schirm über Maurice.

»Wie geht es Ihnen?«

Er begleitete Maurice eine Weile, redete über das Wetter, die Araber und die Frauen. Als sie sich der Jaffa Road näherten, wechselte er scheinbar mühelos das Thema. Dieses Mal redete er nicht um den heißen Brei herum. Er machte ihm ein Angebot.

»Wir besorgen Ihnen eine schöne Wohnung in Kairo«, sagte der Mann. »Sie bräuchten sich keine finanziellen Sorgen mehr zu machen.«

Das war Maurice egal. Aber dann sagte der Mann etwas, das ihn elektrisierte.

»Sie bekämen einen neuen Pass. Einen neuen Namen.«

»Und wenn ich nein sage?«

»Dann sollten sie sich selbst einen neuen Pass besorgen. Ihrer läuft bald ab, habe ich gehört.«

In dieser Nacht tat Maurice kein Auge zu. Irgendwann hörte er ein Geräusch vor seinem Laden und ein Klopfen an der Tür. Aber er stand nicht auf, um nachzusehen, ob es Yasmina war, Victor oder einfach nur irgendwelche Jugendlichen aus dem Viertel. Als die Sonne über dem Mount Carmel aufging, hatte er seine Entscheidung getroffen. Er schrieb einen Brief an Joëlle, in dem er ihr versicherte, dass er sie liebte und sicher wiedersehen würde. Nur dem Mann mit der Krokodilhaut wollte er nie mehr begegnen. Er wollte dorthin gehen, wo er niemand sein musste, der er nicht war. Wo niemand ihn kannte. Nach Hause.

Alles, woran er hing, passte in einen Koffer. Es war derselbe braune Koffer, mit dem er in Haifa angekommen war. Ein paar Kleider, keine Bücher, vor allem Fotos. Seine Fotos. Seine Familie. Er beschloss, nicht Adieu zu sagen.

Ein Mann mit braunem Koffer, der am Hafen von Haifa stand. Einer unter vielen Passagieren. Das weiße Schiff, die rostigen Kräne, die Hafenarbeiter. Er zeigte dem Grenzbeamten seinen israelischen Pass, sein Visum für Italien, und ging auf die Gangway zu. Dort sah er einen jungen Mann vom Schiff steigen, der seine kleine Tochter auf dem Arm hielt. Neben ihm ging seine Frau. Sie war schön und hatte schwarze Locken. Der Mann trug einen geliehenen Anzug, einen geliehenen Koffer und einen geliehenen Namen, Maurice Sarfati.

35

PALERMO

»Später gab es zwei Geschichten über das Ende ihrer Ehe«, sagt Joëlle. »Die eine war, dass Victor sich zwischen sie gedrängt hatte. Die andere war, dass sie sich längst verloren hatten und Victor nur die überreife Frucht aufzufangen brauchte, die vom Baum fiel. Je nachdem, auf welcher Seite du stehst, kannst du eine davon glauben.«

So ist das mit der Vergangenheit, denke ich: Viele Faktoren beeinflussen den Lauf der Dinge. Und im Nachhinein arrangieren wir das Chaos zu einer Geschichte. Meine Ehe lässt sich in einem Satz erzählen: Ich war treu, und er hat mich betrogen. Aber mein Ex erzählt das vermutlich anders. Wenn ich ehrlich bin, war ich nicht ganz unbeteiligt. Es ist genau das eingetreten, was ich versuchte zu vermeiden. Indem ich uns eine Festung gebaut habe. Mit dicken Mauern. Was mir Sicherheit versprach, hat ihm die Luft zum Atmen geraubt.

»Hatte Maurice nie eine Affäre?«

»Ach was. Er war der treueste Mann, den es je gab.«

»Und denkst du, Victor hat den Geheimdienst auf Maurice angesetzt?«

»Ich glaube, das Gegenteil war der Fall. Er hat versucht, seinen Freund so lang wie möglich zu beschützen. Aber er hatte weniger Macht, als Maurice dachte.«

Das war die dritte Version seiner Geschichte: Maurice wusste, dass er aufgeflogen war. Er musste das Land verlassen. So oder so. Am Ende kam wahrscheinlich alles zusammen.

»Bist du sicher, dass er den Auftrag in Kairo nicht angenommen hat?«

»Ja. Er ging nach Deutschland, um sich der Sache zu entziehen.«

»Aber wo hat er dann Elias' Mutter kennengelernt?«

Joëlle sieht mich ratlos an.

»Ich hab dir alles erzählt, was ich weiß, *chérie.* Ehrenwort.«

Also hat Elias den einzigen Schlüssel. Ich muss ihn sprechen. Alleine. Wenn er mich noch sehen will.

Es ist Abend geworden, und die Männer in den weißen Kitteln packen ihre Sachen ein. Der Polizist versucht es noch einmal mit Höflichkeit, aber wir lassen uns nicht beeindrucken.

Siamo residenti.

Er telefoniert mit dem Commissario, dann gesteht er, dass ihm rechtlich die Hände gebunden seien. Nur die Garage dürften wir nicht betreten. Und er habe erfahren, dass die Signora eine berühmte Opernsängerin sei, *complimenti.* Dann geht er heim zum Abendessen, und wir spazieren zurück ins Haus.

»Wie berühmt bist du eigentlich?«, frage ich Joëlle. Sie lacht.

»Bei meinem Vermieter bin ich berühmt dafür, die Stromrechnung nicht zahlen zu können.«

Später schlüpfen wir in unsere Betten im Gästezimmer. Joëlle hat die alten Fotos auf ihrer Decke ausgebreitet, eine brüchige Schutzschicht aus Papier und Erinnerungen. Ich frage mich, wie es Elias jetzt geht, in seiner Zelle.

»Ich komm mit«, sagt Joëlle in die Stille hinein.

»Wohin?«

»Na, zu ihm.«

Il carcere, das Gefängnis von Palermo, liegt nur ein paar Schritte von den berühmten Touristenattraktionen entfernt. Palmen vor den Mauern. Das Schöne und das Hässliche sind sizilianische Zwillinge.

Ich habe Angst, Elias wiederzusehen. Ich fühle mich schuldig. Und ich bin wütend auf ihn.

Wir zwängen uns durch die Sicherheitsschleusen. Werden durchsucht wie zwei Mafiabräute. Stehen Schlange mit Frauen in Trainingshosen und Plastiksandalen. Es ist heiß, es stinkt nach Schweiß und Urin. Aggression liegt in der Luft. Ein dicker Polizist führt uns zu einem Besucherraum abseits der anderen Gefangenen. Ich erkenne Elias' Frau, die uns entgegenkommt, mit ihren Kindern an der Hand. Die beiden wirken verstört, und ihre Mutter redet aufgebracht auf sie ein. Als sie uns sieht, zischt sie im Vorbeigehen:

»Schämt euch!«

Als würde sie auf den Boden spucken. Dann lässt sie uns stehen.

Elias sitzt an einem schäbigen Tisch. Als wir den kleinen Raum betreten, steht er auf. Im Neonlicht sehe ich, dass seine Augenbraue aufgeplatzt ist. Seine Fingerknöchel sind aufgeschürft. Aber er wirkt erstaunlich gefasst. Ich weiche seinem Blick aus. Der dicke Polizist, der uns herumgeführt hat, schließt die Tür und setzt sich auf einen Stuhl an der Wand. Zum ersten Mal auf dieser Reise will ich weg von hier. Ich wünschte, das alles wäre nie geschehen. Aber ich hänge mit drin. Wir stehen schweigend voreinander, Gefangene der Vergangenheit.

»Wie geht's dir?«, frage ich vorsichtig. Wie hohl das klingt.

»Prächtig, besten Dank.«

»Sie haben deine Fingerabdrücke auf der Pistole gefunden. Warum ...«

»Signori«, sagt der Polizist in monotonem Tonfall, »ich weise Sie darauf hin, dass Sie nichts Ermittlungsrelevantes besprechen dürfen!«

Elias sieht mich spöttisch an und setzt sich an den Tisch.

»Seid ihr die Hilfspolizei? Ich hatte nämlich schon das Vergnügen, verhört zu werden.«

Ihr und *ich.* Entweder du bist mein Freund oder mein Feind, so weit sind wir jetzt gekommen. Ich setze mich zu ihm.

»Warum hast du gelogen?«, flüstere ich.

»Sie hätten mich doch gleich verdächtigt.«

Joëlle setzt sich und holt ihre Zigaretten raus. Sie bietet ihm eine an. Er lehnt ab, was sie nicht überrascht.

»Wir sind nicht gekommen«, sagt sie ruhig, aber entschlossen, »weil wir Ihnen etwas Böses wollen. Wir wollen nur Gerechtigkeit. Für meinen Vater.«

Joëlles Wir schließt mich mit ein. Bei dreien ist einer immer allein.

»Gerechtigkeit?«, erwidert Elias. »Und wer gibt euch das Recht, euch in meinem Haus breitzumachen und mich einsperren zu lassen?«

»*Wir* haben Sie nicht eingesperrt. Es sind auch nicht *unsere* Fingerabdrücke auf der Waffe.«

»Aber Sie stecken doch dahinter!«

»Ja, und wenn die Milch sauer ist, sind die Juden schuld. Hören Sie, Herr Bishara.« Jetzt wird auch Joëlles Stimme schneidend. »Was Sie meinem Vater angetan haben, haben Sie *mir* angetan.«

»Ich hab ihm nichts angetan! Und Ihnen auch nicht!«

Elias springt auf und verliert die Fassung.

»Die Welt dreht sich nicht um Sie! Nicht mal um ihn! Es ist mir scheißegal, ob er Jude war oder Christ oder an den grünen Kaktus geglaubt hat! Es geht um die, die er auf dem Gewissen hat. *Ihnen* ist das scheißegal, aber es ist *meine* Familie! Wissen Sie wirklich nichts davon, oder tun Sie nur so naiv?«

»*Signore! Si calmi!*«, ruft der Polizist und steht auf.

»Sie irren sich gewaltig«, sagt Joëlle mit fester Stimme. »Ich kenne meinen Vater. Er war ein guter Mensch.«

»Meiner nicht«, sagt Elias und setzt sich.

»Was soll er denn getan haben?«, frage ich hilflos.

Elias wischt sich fahrig mit der Hand übers Gesicht, blickt zu dem Polizisten und verschränkt die Arme vor der Brust.

»Was ich sage, wird doch nur gegen mich verwendet. Und ihr würdet mir eh nicht glauben.«

Totenstille. Nur das Neonlicht surrt. Er schweigt entschlossen. Joëlle steht energisch auf und geht zur Tür.

»Komm, wir gehen wieder.«

»Darauf warten wir seit 1948«, sagt er.

»Jetzt reißt euch mal zusammen, verdammt!« Mir platzt der Kragen. »Ihr seid beide älter als ich!«

Joëlle bleibt stehen. Ich beuge mich zu Elias.

»Was zum Teufel meinst du? Was ist passiert zwischen ihm und deiner Mutter? Wie haben sie sich überhaupt kennengelernt?«

Er mauert. Behütet seinen Schatz. Ich wende mich an Joëlle.

»Dann erzähl du ihm von Haifa!«

Und an Elias gerichtet, füge ich hinzu:

»Moritz hat wirklich nichts Böses getan. Er war integer.«

Elias wirft mir einen zynischen Blick zu, so dass ich mich über mich selbst ärgere. Ich verteidige jemanden, den ich nicht kenne. Nur weil er mit mir verwandt ist. Ich hoffe, dass Joëlle auf meine Idee anspringt, aber sie schüttelt resolut den Kopf. Elias lehnt sich in seinem kaputten Stuhl zurück.

»Nina«, sagt er aufreizend ruhig, »warum sagst du nicht einfach, was *du* weißt?«

»Ich?«

»Ich hab dir von meiner Familie erzählt. Aber du fast nichts von *deiner* Familie. Was wussten *die* über Moritz?«

Ich blicke verblüfft zu Joëlle. Und ärgere mich, dass sie mir nicht zur Hilfe kommt.

»Das ist keine gute Idee«, sage ich. »Wir kannten ihn ja kaum.«

»Wirklich? Nie begegnet? War er nie mehr in Deutschland?«, fragt er süffisant. Als wüsste er mehr als ich.

»Na ja, also ... nicht direkt, nur ...«

Joëlle sieht mich neugierig an.

»Hat er deine Familie besucht?«

Bitte nicht, denke ich. Nicht hier. Meine Mutter hätte es keine fünf Minuten in diesem Gefängnis ausgehalten. Joëlle setzt sich wieder, legt ihr Zigarettenpäckchen auf den Tisch und wartet auf meine Antwort.

»Es gab keine Familie«, sage ich.

Joëlle schiebt die Zigaretten in die Mitte und wirft Elias einen kurzen Blick zu. Diesmal nimmt er eine.

»Dann erzähl uns von deiner Mutter«, sagt er.

Uns, hat er gesagt. Zwei gegen einen. Aber wenn ich jetzt kneife, werden die beiden ihr Visier nie herunterlassen. Die Karten sind verteilt. Ich bin am Zug.

36

BERLIN

Let's all get up and dance to a song
That was a hit before your mother was born
Though she was born a long long time ago
Your mother should know.
Your mother should know.

Lennon / McCartney

Die frühen sechziger Jahre sehe ich immer schwarzweiß. Die Beatles in Hamburg. Der Mauerbau. Für meine Mutter waren es die ersten Jahre in Farbe. Als sie aus der grauen Witwenwelt meiner Großmutter ausbrach. Wenn sie davon erzählte, schien es, als hätte ihr Leben eigentlich erst begonnen, als sie achtzehn war. Im Sommer 1961, am S-Bahnhof Treptower Park: Sie steigt ein, die Tür schließt sich, sie winkt durch die Scheibe. Fanny, ihre Mutter, steht verloren auf dem Bahnsteig und sieht ihr mit versteinerter Miene nach. Ein Bild in Grau, das Fannys ganzes Leben zusammenfasst: Eine Frau, die zurückbleibt.

So musste auch Moritz sie zum letzten Mal gesehen haben. Als er in den Krieg fuhr und nie zurückkam. Im Herbst 1942, am Anhalter Bahnhof: Ein Soldat steigt mit seinen Kameraden in den Zug. Seine Verlobte trägt einen Ring am Finger. Am Vortag haben sie sich ein hastiges, heiliges Versprechen gegeben. Und beide wissen noch nicht, dass neun Monate später ihr Kind auf die Welt kommen wird. Meine Mutter Anita.

Anitas Welt wird bunt, als sie mit der S-Bahn in den Westen fährt. Ich sehe ihre blauen Augen, die wach aus dem Fenster schauen, ihre kurzen blonden Haare. Ihr Sommerkleid sehe ich noch in schwarzweiß. Zu bieder, von der Mutter ausgesucht. Aber bald wird sie ein gelbes Etuikleid tragen, dann Blue Jeans und große Sonnenbrillen. Blumenprints in Papageienfarben, die ihre Mutter sich nicht einmal vorstellen kann. Anita hat Tränen in den Augen, aber als sie sich umdreht und der Zug Fahrt aufnimmt, trifft die Sonne ihr Gesicht. Sie schwört sich, nie mehr zurückzukehren. Jetzt muss sie nur noch über die Sektorengrenze gelangen, ohne kontrolliert zu werden.

Anitas Leben war von zwei Präsenzen geprägt, von denen die eine – ihre Mutter – zu viel und die andere – ihr Vater – zu wenig war. Während die Mutter ihn für tot erklärt hatte, war Anita von der verrückten Idee besessen, dass er irgendwo noch leben könnte. Die Ferne übte eine unwiderstehliche Anziehung auf sie aus. Und wenn man heute ihre Kindheitsfotos sieht, versteht man sie. Der Tapetenmuff in der Treptower Butze. Die vorwurfsvolle Schwere ihrer Mutter, die man sogar auf den Bildern spürt. Sich vorzustellen, wie die Stimme von Freddy Quinn aus dem Radio triefte, während Elvis *unanständig* war – eine enge, stickige Welt, die nur darauf wartete, dass jemand die Fenster aufriss.

Die Wohnung lag direkt an der Sektorengrenze. Aus ihrem Fenster konnte Anita das Schild sehen, das davor warnte, die russische Zone zu verlassen. Und genau das reizte sie. Drüben waren die Neonlichter heller, die Schaufenster voller, das Leben freier. Man konnte noch einfach so rübergehen. Nylonstrümpfe kaufen. Für 25 Pfennige ins Kino gehen. Im Sportpalast Louis Armstrong hören.

Als Anita sich zum ersten Mal verliebte, machte Fanny ihr das Leben zur Hölle. Nicht, weil der Junge aus Westberlin kam.

Sondern weil auf Männer kein Verlass war. Mehr noch: Man konnte nicht einmal den eigenen Gefühle trauen. *Na, biste wohl verknallt, dummes Ei?* Solche Sprüche. Ihre Mutter hatte mit der Männerwelt abgeschlossen.

Umso mehr staunte Anita, als eines Tages dieser fremde Mann vor der Tür stand. Es war kurz vor ihrem achtzehnten Geburtstag. Sie hatte es nicht klingeln gehört, weil sie mit ihren Freundinnen im Zimmer saß. Sie tranken Fanta Klar (West) mit Eierlikör (Ost). Der Plattenspieler spielte, aber niemand tanzte. Erst als sie die aufgebrachte Stimme ihrer Mutter hörte, stand Anita auf, um zu sehen, was da los war. Ihre Mutter stand an der Wohnungstür, und im Treppenhaus stand ein Mann. Er war ungefähr so alt wie ihre Mutter und schien sich verlaufen zu haben. Auf den ersten Blick war er unscheinbar, fast gesichtslos. Grauer Hut, grauer Anzug; das einzig Bunte waren die Nelken in seiner Hand. Fanny befahl Anita, zurück in ihr Zimmer zu gehen. Ihre Stimme war ungewohnt schrill. Überfordert. Dann spürte Anita den Blick des Mannes auf sich. Er erschrak, als er sie sah. Ihre Mutter versperrte ihm die Sicht.

»Guten Tag«, sagte er.

»Guten Tag«, sagte Anita.

»Du musst jetzt gehen«, sagte Fanny zu ihm.

»Warte ... bitte ...!«

Sie schloss die Tür und trieb Anita zurück in ihr Zimmer. Sie war bleich, als hätte sie ein Gespenst gesehen. Anita spürte, dass hier etwas nicht in Ordnung war. Aber die Freundinnen riefen nach ihr, also ging sie zu ihnen und vergaß den Vorfall.

Erst in den nächsten Tagen bemerkte Anita, dass ihre Mutter sich seltsam benahm. Sie zog tagsüber die Vorhänge vors Fenster. Überwachte ihre Tochter auf Schritt und Tritt. *Ist dir wer von der Schule gefolgt? Steig bloß nicht bei fremden Männern ins Auto!* Und sie öffnete heimlich Anitas Post. Deshalb kam der Brief, auf den Anita sehnsüchtig wartete, scheinbar nie an. Erst als sie aus einer Telefonzelle bei der Ost-Lufthansa anrief und nachfragte, ob ihre Bewerbung erfolgreich war, fand Anita es heraus. Ihre Mutter hatte den Antwortbrief gelesen ... und weggeworfen. Es gab einen Riesenkrach. Denn Anita hatte sich in aller Heimlichkeit beworben, zusammen mit ihrer besten Freundin, wohl wissend, dass ihre Mutter niemals zustimmen würde. Stewardess, das war so unanständig wie Mannequin oder Schauspielerin. Dauernd auf Reisen. Nie zu Hause. Überall Männer. Und genau das war es, was Anita faszinierte. Sie hasste ihre Mutter dafür, dass sie ihr diesen Traum zerstören wollte. Sie hasste ihre Berufsausbildung. Sie wollte keine Kindergärtnerin werden. Und tatsächlich hatte die Lufthansa sie zum Vorstellungsgespräch eingeladen. Aber der Termin war inzwischen verstrichen.

Also fasste Anita einen neuen Plan. Sie hatte nicht viel Zeit. Kurz nach ihrem 18. Geburtstag beendete sie ihre Ausbildung, damit niemand Verdacht schöpfte. Es war im August 1961, als die Gerüchte brodelten, dass die Grenze geschlossen würde. Anita packte keinen Koffer, damit sie nicht aufgehalten würde. Um fünf Uhr früh stand sie auf, um sich heimlich aus der Wohnung zu schleichen. Aber Fanny hatte Lunte gerochen. Sie saß in der Küche wie eine Spinne, die auf ihre Beute wartete. Doch dann geschah etwas, womit Anita nicht gerechnet hatte. Fanny schob hundert Ostmark über den Tisch und sagte:

»Aber mach mir keene Jeschichten.«

Fanny hatte schreckliche Angst davor, allein zu bleiben. Doch sie hatte begriffen, dass sie Anita nicht aufhalten konnte. Und wenn sie ihre Tochter schon verlieren musste, dann wenigstens nicht im Streit. Sie umarmten sich unbeholfen, dann begleitete Fanny sie zum S-Bahnhof. Eine unheilvolle Stimmung lag über Berlin.

Anita hatte Glück. Die Grenzpolizisten in der S-Bahn kontrollierten einen Mann neben ihr und ließen sie aussteigen. Der Mann hatte einen Koffer dabei. Anita sah aus, als würde sie nur mal kurz zum Einkaufen rüberfahren. Sie schlüpfte durch die Tür und war im Westen. Das würde ihr Motto werden: Mit leichtem Gepäck durchs Leben reisen. Drei Tage später zogen Soldaten der Nationalen Volksarmee Stacheldraht durch die Straßen. Hinter Anita schloss sich der Eiserne Vorhang.

Im Notaufnahmelager Marienfelde bekam sie einen Laufzettel, auf dem sie Stempel sammeln musste: ärztliche Untersuchung, geheimdienstliche Befragung von Amerikanern, Engländern und Franzosen, Überprüfung der deutschen Staatsangehörigkeit, Verpflegungsgutscheine, polizeiliche Anmeldung und die Befragung vor dem Aufnahmeausschuss. Sie parierte alle Fragen mit unbeschwertem Charme und schwindelte an den richtigen Stellen. Sie war unaufhaltsam.

Als amtlich anerkannter DDR-Flüchtling ging Anita zuerst in einen Friseursalon am Ku'damm und dann ins Lufthansa-Büro nebenan. Die West-Uniformen waren schicker, die Frisuren frecher, und die Flugzeuge amerikanischer. Was Anita aber wirklich faszinierte, waren die Poster von Rio, New York und Paris. Sie stellte sich am Schalter an und fragte, wo sie sich als Flugbegleiterin bewerben könnte. Ob die junge Dame überhaupt schon volljährig sei, schnauzte die Frau sie an, und Bewerbungen nur uff postalischem Weje, der Nächste bitte. Anita ging einfach zum Schalter nebenan, an dem ein netter Mann saß. Der gab ihr die Adresse des Personalbüros in Köln.

TXL-CGN war der erste Flug ihres Lebens. Von der BRD bezahlt. Mit einer amerikanischen DC3. Unvergesslich, wie die Mauer von oben aussah. Eine Schnittwunde mitten durch die Stadt. Aber die Vopos waren klein wie Spielzeugsoldaten.

Vom Flughafen trampte Anita nach Köln und spazierte in

die Firmenzentrale hinein. Wenn es ihr an etwas nicht fehlte, dann waren es Mut und eine freche Schnauze. In den entscheidenden Momenten ihres Lebens hatte sie mehr Glück als Verstand. Und wenn das Glück einmal nicht mehr reichte, hatte sie ihre Attraktivität. Es waren nicht nur die langen Beine, sondern ihre strahlende, scheinbar unbeschwerte Art, mit denen sie die Männer für sich einnahm.

Zum Beispiel der nette Dieter in der Auswahlkommission, der befand, eine Berufsausbildung als Kindergärtnerin gleiche das fehlende Abitur aus, außerdem spräche sie ja Russisch und Englisch und habe hervorragende Tischmanieren. Oder Günther, der ihr ein günstiges Zimmer auf St. Pauli vermietete, und Frank, mit dem sie die Ausbildung in Hamburg durchstand. Die meisten waren ein paar Jahre älter und meinten, sie müssten sich um sie kümmern, während Anita in Wahrheit viel selbständiger war, als sie glaubten. Einige verliebten sich unsterblich. Spätestens dann suchte Anita das Weite.

Heute heißt es, früher sei das Fliegen glamouröser gewesen. Als wäre nicht regelmäßig ein Motor ausgefallen, als hätten die illustren Passagiere bei Turbulenzen nicht in die Tüten gekotzt. Ja, es gab einen Koch an Bord der Super Star, die Stewardessen konnten dreißig Cocktails auswendig mixen und der Kaffee wurde frisch aufgebrüht. Aber die Kaffeemaschine explodierte gerne mal, und dann war die schöne Uniform im Eimer. All das war jedoch vergessen, wenn die Crew im Waldorf Astoria abstieg und drei Tage Layover hatte. Anita hatte stets ihr kleines Schwarzes im Koffer, das konnte sie zu Botschaftsempfängen anziehen, zum Shopping auf der Fifth Avenue und zum Miles Davis-Konzert im Village Gate Club. Sie war nie allein. Und fast alle Klischees stellten sich als wahr heraus. Es gab keinen Piloten, der nichts mit einer Stewardess anfing, verheiratet oder unverheiratet. Es gab auch keine Stewardess, die nicht davon träumte, einen Piloten zu heiraten – außer Anita. Sie war die Begehrteste von allen, doch kaum machte ein Mann ihr einen Antrag, war sie weg. Sie ließ nichts anbrennen, nicht dass wir uns falsch verstehen. Anita tanzte auf den Tischen und ging selten allein ins Hotelzimmer. Die Pille besorgte sie sich von verheirateten Kolleginnen, die sie verschrieben bekamen. Kurz: Sie tat das Gegenteil dessen, was ihre Mutter ihr eingeschärft hatte. Aber auf gewisse Weise tat sie doch genau das: Sie vertraute keinem Mann.

Was sie liebte: Morgens nach einer Party in Manhattan einen frischen Bagel essen. Nachts über dem Atlantik eine Zigarette in der Galley rauchen. Beim Landeanflug auf die Lichter von Rio herabschauen und sich vorstellen, wie es wäre, in einem der Autos zu sitzen, die an der Copacabana entlangfuhren, nach Hause zur Familie ... und sich dann zu freuen, dass sie nicht mit den Ameisen dort unten tauschen musste.

Was sie hasste: Nichts. Es waren ihre besten Jahre.

Sie lernte, dass Selbstbewusstsein keine Frage von Status war. Doktortitelträger, Vorstandsvorsitzende und Filmstars, zu denen Anita anfangs aufgeschaut hatte, stellten sich – wenn man sie richtig zu nehmen wusste – als kleine Jungs mit Geld heraus. Nein, Selbstbewusstsein war einfach nur eine Frage von ... Selbstbewusstsein.

Manchmal schrieb sie ihrer Mutter eine Postkarte, aber wenn sie ehrlich war, dachte sie nicht oft an sie. Tatsächlich dachte sie im Flugzeug öfter an ihren Vater. Wenn ein Passagier an Bord kam, der so aussah, wie sie ihn sich vorstellte. Einmal sprach ein älterer Mann, dessen Frau und Kinder in der Economy schliefen, sie vor der Toilette an. *Kennen wir uns nicht?* So etwas passierte immer wieder, aber dieses Mal stotterte Anita verlegen, weil sie aus irgendeinem Grund die fixe Idee im Kopf hatte, er könnte es sein. Er reichte ihr seine Karte, was die meisten dieser Männer taten, aber sein Name war ein anderer. Sie rief ihn nie an.

Anita mochte den Nahen Osten. Die Partys in Beirut waren legendär. In Kairo lernte sie reiten. Nach Tel Aviv flog die Lufthansa in diesen Jahren noch nicht. Aber einmal lernte Anita in Rom einen israelischen Kollegen von der El Al kennen. Er hieß Gil. Sah gut aus und hatte Humor. Sie tanzten zusammen, gingen nachts durch die Stadt, rauchten einen Joint an der Spanischen Treppe und küssten sich. Aber auf sein Hotelzimmer nahm er sie nicht mit. Es könnte sie ja jemand sehen, sagte Gil. *Ich mit einer Deutschen, unmöglich.* Anita war das nicht gewohnt. Dass ein Mann sie nicht wollte. Und er verstand nicht, dass sie das nicht verstand.

»Was hat dein Vater im Krieg gemacht?«, fragte er.

»Weiß ich nicht«, sagte sie.

Er glaubte ihr nicht.

»Ihr habt das doch alle gewusst.«

Gil verschwand im Hotel. Anita blieb allein zurück. Auf einmal hatte er sie eingeholt. Ihr Vater. Der Nazi. Sie wünschte sich, sie könnte ihn selbst fragen: *Was hast du im Krieg gemacht?*

Und zugleich hatte sie Angst davor.

Also flog sie weiter, so weit wie sie konnte. Die Pausenzeiten wurden kürzer, die Uniformröcke auch. Hüftfreie Jacke, dazu eine kragenlose Bluse und ein flaches Pillbox-Hütchen. In der First ein türkisfarbenes Empire-Kleid und ein silbernes Dinnerjackett für die männlichen Kollegen. Die 707 verkörperte das Jet-Zeitalter: Schneller, höher, eleganter. Alle glaubten an die Zukunft. Die Beatles gaben ihr letztes Konzert, weil die Fans durchdrehten. Eine Kollegin nach der anderen wurde schwanger und blieb am Boden. Anita fasste nirgends Fuß.

Es war im Sommer 1967, als sie diesem merkwürdigen Mann begegnete. Sie befand sich auf dem Rückflug von Rom nach Frankfurt, dem letzten Leg eines langen Tages. Er saß am Fenster in der Economy; der Platz neben ihm war frei. Erst als er sie ansprach, nahm Anita ihn wirklich wahr; so unscheinbar, ja fast unsichtbar wirkte er. Aber freundlich. Er sagte irgendetwas Beiläufiges, als sie ihm eine Cola einschenkte. Sie lächelte und ging weiter, dachte sich nichts dabei, aber dann spürte sie, dass sein Blick ihr folgte. Das war nichts Ungewöhnliches. Der Mittelgang ist ein Laufsteg. Jetzt aber ertappte sie sich dabei, wie sie kurz darauf zurück nach hinten ging, nur um ihn zu sehen ... und von ihm gesehen zu werden. Dabei war er gar nicht ihr Typ. Zu alt. Zu diskret. Aber *etwas* war da. Und wieder sprach er sie an. Er bewundere ihren Beruf, sagte er. Er sei sicher sehr anstrengend, aber nie würden die Flugbegleiter sich das anmerken lassen. Er sagte es wie ein Mann, der ins Gespräch kommen wollte, aber ohne jede Anzüglichkeit. Als wäre er wirklich interessiert, sie kennenzulernen. Sie sprachen über Rom. Floskeln. Allgemeinplätze. Er erwähnte, dass er dort nur umgestiegen sei und aus Tel Aviv komme.

Vielleicht ist er Jude, dachte sie, und ihr fiel Gil ein. Lieber nichts Persönliches erzählen, sonst würde er diese Frage stellen: *Was hat Ihr Vater im Krieg gemacht?*

»Waren Sie beruflich in Tel Aviv?«, fragte sie.

»Ich habe Verwandte besucht.«

Eine unergründliche Traurigkeit lag in seinem Blick. Der Wunsch, sich mitzuteilen, und zugleich eine Art Resignation, die ebendies verhinderte. *Ein Emigrant*, dachte sie. So sahen die Menschen aus, die nicht zum Spaß oder geschäftlich reisten, sondern *one way* flogen, mit ihrem ganzen Besitz im Gepäck.

Es wurde ihr zu unheimlich. Sie wollte nicht hören, was er vielleicht über sein Leben erzählen würde. Sie entschuldigte sich und ging weiter. Während des restlichen Fluges vermied sie den Kontakt. Erst als er in Frankfurt ausstieg, begegneten sie sich wieder an der Kabinentür. Er blieb kurz stehen, hob seinen Hut und wünschte ihr eine gute Nacht. Dann schoben die anderen Fluggäste ihn weiter, und er stieg die Gangway hinunter. Anita sah ihm nach. Ein Sommergewitter war gerade durchgezogen; die Lichter des Terminals spiegelten sich auf dem nassen Asphalt. Und plötzlich erinnerte sie sich, wo sie diesen Mann schon einmal gesehen hatte: Im Treppenhaus vor der Wohnungstür, kurz vor ihrem 18. Geburtstag. Als ihre Mutter auf einmal so merkwürdig wurde und anfing, ihre Briefe zu öffnen.

Sie lief ins Cockpit und griff nach der Passagierliste.

37

PALERMO

»*Signore*, Ihre Besuchszeit ist um.«

Der dicke Polizist steht schnaufend von seinem Stuhl auf.

»Warten Sie, eine Minute!«, bittet Elias.

»Hat sie dir erzählt, welcher Name auf seinem Ticket stand?«, fragt Joëlle mich.

»Irgendwas Französisches.«

»Maurice Sarfati?«

»Hab ich vergessen. Sie hat mir die Geschichte erst kurz vor ihrem Tod erzählt. Sie meinte, vielleicht hätte sie sich das nur eingebildet. Ihre fixe Idee.«

»Wenn das Papà war, warum hat er nicht gesagt, wer er ist? Er muss sie doch am Namensschild erkannt haben!«

»Ich weiß nicht. Die Frage hätte ich ihm gern gestellt. Wann hast du ihn zuletzt gesehen?«

»Im Sommer 67! Da hat er uns in Israel besucht. Das *muss* er gewesen sein!«

Elias lehnt sich in seinem Stuhl zurück und hört uns zu. Als wüsste er etwas, das wir nicht wissen.

»Die Erklärung ist einfach«, sagt er.

»Was?«

»Sie hatten ihn zu dem Zeitpunkt schon rekrutiert.«

»Wer?«

Er zieht diskret seine Augenbrauen hoch und sieht Joëlle an.

»Eure Leute.«

Sie schüttelt skeptisch den Kopf.

»Papà? Unmöglich. Und selbst wenn: Warum sollte er deswegen den Kontakt zu seinen Kindern abbrechen?«

Elias lehnt sich nach vorne und sagt leise, aber dringlich:

»Sie haben ihm ein neues Leben gegeben. Und er hat sich, konsequent wie er war, an seine Legende gehalten. Alle Brücken zur Vergangenheit abgebrochen.«

»Su, andiamo!«

Der Polizist sperrt die Tür auf.

»Seit wann hattet ihr keinen Kontakt mehr?«, frage ich Joëlle.

»Das war unsere letzte Begegnung. Im Sommer '67.«

Elias steht auf und geht zur Tür. Joëlle hält ihn am Arm fest.

»Warte! Wann hat er deine Mutter kennengelernt?«

»Kurz danach.«

»Welchen Namen trug er da?«

»Moritz Reincke. Er war immer Moritz Reincke.«

Immerhin, Elias reicht Joëlle die Hand zum Abschied, fast beiläufig, so dass Joëlle ebenso beiläufig darauf eingehen kann. Wir lassen ihn zurück. Ich fühle mich wund.

Draußen, der Lärm der *motorini*, Musik aus einem Autoradio. Palermos Verkehr fließt vor dem *carcere* vorbei, als wäre es ein Wohngebäude unter vielen. Wir gehen nachdenklich zur Bushaltestelle. Versuchen zu entschlüsseln, was passiert ist, als Moritz nach Deutschland zurückkam.

Wen meinte er mit »eure Leute«?

Hier klafft eine Leerstelle, die keine von uns beiden füllen kann. Wie eine Ausgrabung, bei der ein Sektor fehlt – durch Grabraub oder Erdrutsch. Wie diese Stadt, in der eine Epoche die andere überwuchert. Steine eines griechischen Tempels, mit denen die Römer ein Haus bauten. Eine Kathedrale, die zur Moschee und wieder zur Kathedrale wurde. Dabei geht vieles unwiederbringlich verloren. Aus den Reststücken rekonstruieren wir das Gesamtbild. Schaffen Querverbindungen. Berechnen

Wahrscheinlichkeiten. Verwerfen Hypothesen. Maurice ohne Frauen, eine Archäologie imaginierter Erinnerungen:

Ein Mann mit braunem Koffer, der in Haifa aufs Schiff steigt und zurück nach Europa fährt. Er kommt in einem Deutschland an, das er nicht mehr wiedererkennt. Er möchte in seinen Namen zurückschlüpfen wie in alte Kleider. Aber das geht nicht so leicht, wie er dachte. Er sucht sich selbst auf dem Berliner Einwohnermeldeamt.

Mein Name ist Maurice Sarfati, sagt er. *Aber ich bin nicht Maurice Sarfati. Ich bin deutscher Staatsbürger. Ohne Staatsbürgerschaft. Irgendwo unterwegs habe ich sie verloren. Meinen Wehrpass? Habe ich verbrannt. Der italienische Pass? Ist gefälscht. Der israelische Pass ist echt. Nur der Name ist falsch. Warum machen Sie es mir so schwer, wieder deutsch zu werden? Moritz Reincke. Ja, so bin ich geboren. Nein, ich bin nicht mehr derselbe. Aber ich will meinen Namen zurück. Wie eine verlorene Fundsache. Warum haben Sie ihn nicht aufbewahrt? Ich bin nicht tot.*

Ihr Name ist noch hier, sagt die Beamtin. Aber Sie müssen beweisen, dass er Ihnen gehört. Könnte ja jeder kommen.

Also sucht er nach dem einzigen Menschen, der damals, als er an die Front gezogen ist, seine Sachen aufbewahrt hat. Fanny lebt in Treptow, im selben Haus, wo sich die Wäscherei ihrer Eltern befunden hatte. Die Adresse steht im Ostberliner Telefonbuch. Sie trägt noch ihren Mädchennamen. Zimmermann.

Was er wirklich sucht, ist mehr als nur seine Geburtsurkunde. Er will Fanny wiedersehen. Anknüpfen, wo er den Faden verloren hatte. Er hat ein furchtbar schlechtes Gewissen. Und vielleicht das Gefühl, einen Fehler begangen zu haben. Vielleicht bildet er sich ein, er könnte sich bei ihr entschuldigen, und wenn sie keinen anderen hat, noch einmal von vorne anfangen.

Ich stelle mir also vor: Moritz, der vor Fannys Haus steht. Moritz mit Nelken in der Hand. Moritz, der Anitas Musik aus dem Fenster hört. Moritz, der das Klingelschild findet und Angst hat, auf den Knopf zu drücken. Moritz, der seinen Hut abnimmt und sich durchs Haar fährt. Dann fasst er sich ein Herz und klingelt. Als Fanny öffnet, erkennen sie sich nicht. Fast neunzehn Jahre trennen sie. Er sagt so etwas Banales wie:

»Ich bin's. Moritz.«

Es trifft sie wie ein Blitz aus heiterem Himmel.

Sie hatte ihn abgeschrieben. Für tot erklärt.

Sie will ihn nicht sehen. Sie will die Gefühle nicht wiederhaben, die er in ihr weckt. Ihre Wut. Ihre Enttäuschung. Den Rest ihrer Liebe. Sie will ihn abwimmeln, aber da kommt Anita aus dem Kinderzimmer.

»Wer ist da?«, fragt sie.

Und bevor Fanny sich zwischen die beiden schieben kann, hat er sie schon gesehen.

»Guten Tag«, sagt Moritz.

»Guten Tag«, sagt Anita.

Fanny drückt die Tür zu.

Ich sehe ihn die Treppe hinuntergehen, mit dem gesenkten Blumenstrauß in der Hand, wie betäubt. Er begreift das Ausmaß seiner Schuld nicht gleich. Vielleicht erst, als er wieder im Westen ist. Er zählt die Jahre, sieht Anitas Gesicht vor seinem inneren Auge und begreift, wie schwer sein Verrat an Fanny wiegt. Welchen Preis sie für seine Abwesenheit zahlen musste. Wie dumm es von ihm war, zu glauben, er könnte an damals anknüpfen. Wie viel Zeit verloren gegangen ist. Wenn das Mädchen seine Tochter ist, hat er die wichtigsten Jahre ihres Lebens verpasst. Sie wird ihn nie als Vater sehen können. Es wird nie sein, wie es mit Joëlle gewesen war.

Plötzlich muss er an Victor denken und versteht, wie verzweifelt er gewesen sein muss. Die eigene Tochter in einem anderen Haus.

Wie konnte Moritz mit diesem Wissen weiterleben? Wollte er überhaupt weiterleben? Ist er abgestürzt? Vielleicht war das der Moment, als jemand ihn in seiner Verlorenheit fand. Jemand, der ihm als einziger Freund erschien. Als Rettungsanker. Jemand, der dem Haltlosen ein neues Leben anbieten konnte, dem Namenlosen eine Identität, dem Mittellosen Geld.

»Du meinst, der Mossad hat ihn in Deutschland rekrutiert? Ich kann das nicht glauben. Elias hat keine Beweise.«

Joëlle steigt in den Bus ein, ohne mir zu antworten. Auf der Fahrt nach Mondello schweigt sie und sagt am Ende der Fahrt:

»Es ist nicht unmöglich.«

»Warum würden die jemanden wie ihn rekrutieren?«

»Er sieht nicht jüdisch aus. Ist aber konvertiert. Also loyal. Er hat eine Tochter in Israel. Sie müssen niemanden nach Deutschland einschleusen; er ist schon da. Sie müssen keine Legende erfinden, sein Name existiert bereits. Er ist unauffällig. Als Fotograf kommt er überallhin. Er braucht Geld für den Neuanfang. Der perfekte Kandidat.«

Ich bin verblüfft. Die Welt der Geheimdienste liegt außerhalb meiner Vorstellung. Aber die Tatsache, dass ich etwas nicht kenne, bedeutet ja nicht, dass es nicht existiert.

Es würde erklären, warum er den Kontakt zu Joëlle abgebrochen hat: Eine neue Identität. Nur der alte Name war noch übrig, als leere Hülle, zur Tarnung.

»Wozu brauchte der Mossad Leute in Deutschland? Um alte Nazis aufzuspüren?«

»Ende der sechziger Jahre ... da ging's mehr um die Araber. Nahostpolitik, Waffenhandel, Terrorismus ...«

»Warum hätte Moritz das getan?«

»Um sich nicht zu verlieren. Um dazuzugehören. So konnte er sich wieder nützlich machen.«

»Aber zu Elias hast du vorhin noch gesagt, das sei unmöglich.«

»Es ist mehr als möglich«, sagt sie ernst.

Kein Polizist vor der Villa. Nur das gelbe Absperrband um die Garage flattert im Wind. Dennoch fühle ich mich wie eine Hausbesetzerin, als Joëlle die Tür aufsperrt und wir hineinschlüpfen. Das gespannte Schweigen im Haus und das Gefühl, dass im Hintergrund irgendetwas geschieht, wovon wir nichts wissen.

Joëlle hievt ihren Rollkoffer aufs Bett. Öffnet den Reißverschluss und durchwühlt die Fotos, bis sie findet, was sie sucht. Ein Farbfoto unter den vielen schwarzweißen. Es zeigt eine dicht gedrängte Menge auf einem jüdischen Friedhof in Israel. Offiziere, Soldaten und Zivilisten. Fast ein Staatsbegräbnis. Scharfes Sonnenlicht.

»Das bin ich.«

Joëlle deutet auf eine Soldatin, die am Rand steht, als würde sie gleich aus dem Bild fallen. Kurze Haare unter der Mütze. Schwarze Sonnenbrille.

»Wann war das?«

»Sommer 67. Hier!«

Sie deutet auf einen Mann im Hintergrund. Grauer Anzug, helle Haut, er trägt Sonnenbrille; viel mehr erkennt man nicht.

»Der hier. Ich erinnere mich genau ... warte, vielleicht gibt's noch ein besseres Bild ...«

Sie sucht und fischt ein Foto heraus, auf dem derselbe Mann zu sehen ist, jetzt im Vordergrund, seitlich angeschnitten. Sein Hals ist bis zur Wange vernarbt. Auf den ersten Blick wirkt es wie Warzen, aber vielleicht sind es auch schlecht verheilte Narben. Granatsplitterwunden. Krokodilhaut.

»Er hat mir die Hand geschüttelt, als würde er mich gut kennen. Aber niemand kannte ihn. Ich hab mich vor ihm geekelt.«

»Wessen Beerdigung war das?«

38

HAIFA

Um einen alternativen Blickwinkel in Betracht zu ziehen, müsstest du eine alternative Version von dir in Betracht ziehen.

Jonas Kaplan

Als Maurice am Flughafen Lod ankam, erkannte Joëlle ihn erst nicht unter den Passagieren. In sieben Jahren, sagt man, sei keine Zelle im menschlichen Körper mehr dieselbe. Fast acht Jahre waren seit ihrem Abschied vergangen. Maurice war schmaler geworden, fast verschwunden. Nur seine Augen waren dieselben geblieben. Der präzise und gerade Blick. Er erkannte Joëlle sofort, obwohl sie sich noch stärker verändert hatte als er. Sie war eine Frau geworden. Und eine Soldatin. Vor wenigen Tagen noch hatte sie in einem Panzer gekauert, der durch die Wüste Sinai raste. Sie war völlig durch den Wind. Die Todesangst, der Siegestaumel ... und dann die verheerende Nachricht. In der Ankunftshalle umarmten die Menschen sich überschwänglich. Ein Gefühl der Unbesiegbarkeit hatte das Land erfasst. Nur Maurice und Joëlle standen voreinander wie verlorene Kinder. Joëlle nahm seinen Koffer und führte ihn zum Auto.

Sandspiralen wirbelten über die Piste. Am Straßenrand, aus den Autofenstern und auf den Tankstellen wehten Fahnen. Joëlle fuhr schnell. Die Göttin ächzte in der Hitze. Sie sprachen über Levi Eshkol, Moshe Dayan und Nasser. Über alles, außer Victor. Auf eine verrückte Weise war es wie früher.

Bis Maurice fragte:

»Wie ist es passiert?«

Joëlle war nicht dabei gewesen. Oron hatte es ihr berichtet. Ein Kamerad von Victor aus dem Unabhängigkeitskrieg. Sie hatten noch eine alte Rechnung zu begleichen: 1948 hatten sie alle arabischen Dörfer an der Straße nach Jerusalem erobert – bis auf drei. Sie lagen rund um die Kreuzfahrerburg Latrun, in der Nähe von Bab El Wad, wo die Jordanier erbittert Widerstand geleistet hatten.

»Weißt du noch, das Lied?«

Bab El Wad, erinnere für immer an unsere Namen!

Ariel Sharon war dort verletzt worden, Moshe Dayan und Jizchak Rabin hatten dort gekämpft. Das größte der drei wehrhaften Dörfer hieß Imwas. Man sagt, es sei das biblische Emmaus. Dieses Mal fiel es ohne Widerstand. Der Sechstagekrieg war eigentlich schon am ersten Tag entschieden, als israelische Jets die ägyptische, jordanische und syrische Luftwaffe am Boden zerstörten.

Victor saß mit Oron in dem Jeep, auf den sie einen Lautsprecher montiert hatten. Im Morgengrauen fuhren sie durch die Hauptstraße von Imwas.

»Wir tun euch nichts«, rief er auf Arabisch ins Mikrophon. »Versammelt euch auf dem Feld neben der Straße nach Ramallah.«

Diesmal musste Victor nicht einmal die Toten von Deir Yassin erwähnen; das Trauma von 1948 steckte den Menschen noch in den Knochen. Einer nach dem anderen öffnete die Tür. Viele noch barfuß, manche im Nachthemd, Frauen mit Kindern auf dem Arm. Stunden später standen Tausende Menschen unter freiem Himmel, verstört und ohne Wasser. Es waren die Einwohner von Imwas, Yalo und Beit Nuba. Soldaten und Panzer trennten sie von ihren Häusern. Manche baten die Israelis, ihre Frauen zu verschonen. Andere bettelten, ihre Häuser nicht zu zerstören. Ein Soldat gab einem Kind ein paar Erdnüsse von seiner Ration.

Victor und seine Männer durchsuchten die Häuser, um zu kontrollieren, ob sie wirklich leer waren. Danach würden sie den Menschen befehlen, nach Ramallah zu gehen. Es war gespenstisch still. Der Geruch der Holzöfen lag noch in der Luft. Schöne alte Steinhäuser waren es, mit Geranien vor den Fenstern und Weinreben an den Mauern, umgeben von Gärten mit Oliven- und Aprikosenbäumen.

Oron sah, wie Victor durch die offene Tür der Dorfschule ging. Einen Moment später hörte er seine Stimme.

»Komm, Mutter«, sagte Victor auf Arabisch.

Ein Schuss durchschlug die Stille, gefolgt von einem schrillen Schrei. Oron rannte in die Schule. In einem Klassenzimmer stand eine ältere Frau in einem langen Kleid, die sich entsetzt die Hände vors Gesicht hielt und *»Ya Allah!«* rief. Victor lag am Boden vor der Tafel. Er zuckte. Seine Augen deuteten nach links, als wollte er Oron warnen. Sekundenbruchteile später sah Oron den Jungen. Er kauerte hinter einer Schulbank und richtete ein altes Gewehr, das viel zu groß für ihn war, auf Oron. Seine Augen waren vor Angst aufgerissen. Oron feuerte eine Salve auf ihn, die seine Brust zerriss. Die Frau schrie wie verrückt. Oron beugte sich zu Victor. Er lebte noch. Starrte auf den Jungen, der mit verdrehtem Kopf in seinem Blut lag. Victor war immer noch überrascht, woher das Kind plötzlich aufgetaucht war. Warum den niemand mitgenommen hatte. Warum die Frau herumschrie. Warum er Oron, der sich über ihn beugte, nicht mehr hören konnte. Wo er eigentlich war, und warum sein Leben jetzt endete. Sie hatten doch gesiegt.

Maurice starrte aus dem Autofenster ins Leere. Die Göttin stand an einer Tankstelle an der Straße nach Haifa. Aus einem anderen Auto dröhnte Radiomusik. Soldaten, die es hinter sich hatten. Sie sangen, klatschten im Takt und tranken Bier.

»Du hättest die Beerdigung sehen sollen«, sagte Joëlle. »Fast ein Staatsbegräbnis hat er bekommen. Ich wusste gar nicht, wie viele hohe Tiere er kannte.«

Maurice brauchte Zeit, um es zu begreifen. Der Tod reißt immer eine Wunde, aber zwischen Victor und Maurice stand so viel mehr. Das Leben, das der Junge ausgelöscht hatte, ohne Victor zu kennen, hatte einmal in Maurices Händen gelegen. Er hielt nichts von Rache, doch wenn er an diesen Jungen dachte, der wie aus dem Nichts aufgetaucht war, empfand er kein Entsetzen darüber, dass Oron ihn erschossen hatte. Hätte Maurice die Wahl gehabt, wäre er lieber an Victors Stelle gestorben. Welchen Sinn ergab es sonst, ein Leben zu retten?

»Mektoub«, sagte Yasmina. Das war alles, was sie sagen konnte, als sie Maurice gegenüberstand. Sie trug ein schwarzes Kleid, barfuß. In den letzten Tagen war sie stärker gealtert als in den letzten sieben Jahren. Maurice fühlte sich schrecklich unwohl vor den Nachbarn, die im Wohnzimmer saßen. Alte Freunde und Unbekannte. Er wusste nicht, auf wessen Seite sie standen. Kerzen brannten. Ein Tuch hing über dem Spiegel. Auf dem Klavier stand ein Foto von Victor. Keines, das Maurice geschossen hatte, sondern ein offizielles Militärfoto, auf dem Victor ernster aussah als in Wirklichkeit. Maurice setzte sich zu den Gästen, und Yasmina schenkte ihm Kaffee ein. Einige gingen, andere kamen und brachten etwas zu essen mit. Harte Eier, Brot und Bohnen. Durch die Fenster drang fröhliche Musik von der Straße herauf. Wann immer jemand gehen wollte, forderte Yasmina ihn auf zu bleiben. Sie wollte nicht mit Maurice allein sein.

So blieb es auch die nächsten Tage. Sie wechselten nur die notwendigsten Worte. Belauerten sich, wichen einander aus. Joëlle war weder in der Lage noch willens, das zu ändern. Noch komplizierter war es mit Albert und Mimi, die kurz nach Maurice angereist kamen. Sie schliefen in einer Pension, aber tagsüber waren sie in der Wohnung. Mimi übernahm den Haushalt, was zu Streit mit Yasmina führte. Und Albert vergrub sich ins Schweigen.

»Siete sfortunati«, sagte Mimi.

Ihr seid Unglückliche. In der Tradition von Piccola Sicilia hatte *sfortuna* noch eine tiefere Bedeutung. *Fortuna o sfortuna*, Glück oder Unglück passierten nicht zufällig. Sie hingen auch nicht davon ab, ob jemand sich bemühte, etwas aus seinem Leben zu machen. Sie waren einem in die Wiege gelegt wie ein Segen oder Fluch.

Mektoub.

Joëlle war froh um die Ablenkung, als Albert sie bat, ihm den Ort zu zeigen, wo Victor gestorben war. Wenn er es mit eigenen Augen sähe, würde er es begreifen können, hoffte er. Mimi und Maurice kamen mit. Yasmina weigerte sich. Verflucht sei dieses Dorf, verflucht sei die Seele dieses Jungen.

Neben der Landstraße standen ausgebrannte Lastwagen und Panzer. Aber nicht aus diesem Krieg. Sie stammten noch von 1948. Maurice bemerkte nicht, dass sie die Grüne Linie überquert hatten. Niemand kontrollierte ihre Passierscheine. Sie waren nicht die Einzigen auf der Straße nach Jerusalem; halb Israel machte sich auf, um die eroberten Gebiete zu sehen. Für ein Foto vor der Klagemauer. Ein Gebet am Grab der Patriarchen. Ein Souvenir auf dem Markt von Jericho.

Die Straßenschilder standen noch da, auf Arabisch und Englisch. Auch die Straße zum Dorf. Aber das Dorf war nicht mehr da. Alles, was sie davon übrig gelassen hatten, waren Steinhaufen, aus denen zerbrochene Fensterläden herausragten, Möbelsplitter und entwurzelte Bäume. Bulldozerspuren im Staub. Der Geruch von Dynamit lag in der Luft. Sie fanden einen Kinderschuh, Patronenhülsen und einen Hundekadaver. Die Steine schwiegen. Mimi hielt sich die ganze Zeit ein Tuch vors Gesicht. Albert ging als Erster zum Auto zurück. Maurice irrte zwischen den Ruinen herum, und Joëlle sah ihm dabei zu.

»Wollt ihr Jerusalem sehen?«, fragte Joëlle, als sie wieder ins Auto einstiegen.

»Nein«, sagte Albert.

»Es ist nicht weit.«

»Ich will nach Hause.«

Die Jaffa Road schwieg. Maurice stand allein auf dem Balkon, rauchte und atmete in die Stille aus. Den ganzen Abend lang hatten die Leute draußen gesessen und gefeiert. Joëlle betrat das Wohnzimmer und sah seine Silhouette im Mondlicht.

»Maurice.«

Es kam ihr fremd vor, ihn so zu nennen. Aber das Wort »Papà« kam ihr nicht mehr über die Lippen. Er hörte sie und ging nach drinnen.

»Kannst du nicht schlafen?«, fragte er.

»Du auch nicht?«

Er schüttelte den Kopf.

Joëlle setzte sich ans Klavier, auf dem Victors Foto stand. Sie spielte ein paar Noten. Den Anfang von *»Dormi bambina mia«*.

»Weißt du noch, damals, wie ihr das Klavier in die Wohnung geschoben habt?«

Er lächelte. Sie nahm ihm die Zigarette aus dem Mund, zog daran und gab sie ihm zurück. Dann drehte sie sich zum Klavier und spielte weiter. Eine getragene, feierliche Melodie. Sie begann zu singen.

Jerusalem aus Gold,
aus Bronze und aus Licht,
ich bin die Geige für all deine Lieder.

Das Lied hatten sie in der Wüste gesungen, während hinter den Panzern die Sonne untergegangen war, am siebten Tag. Sie hatten sich die Kehlen aus dem Leib gebrüllt. Zu Hunderten. Jetzt sang Joëlle es ganz leise. Wie ein Requiem.

Die Brunnen sind vertrocknet, der Marktplatz ist leer,
und niemand besucht den Tempelberg in der Altstadt.
In den Höhlen, in den Felsen heulen die Winde.
Und niemand steigt hinab zum Toten Meer,
auf der Straße nach Jericho.

Yasmina kam im Nachthemd aus dem Schlafzimmer. Ein kühler Wind wehte durch die Balkontür herein. Joëlle sang weiter.

Jerusalem aus Gold,
aus Bronze und aus Licht,
ich bin die Geige für all deine Lieder.

Joëlle musste abbrechen, weil ihr die Stimme versagte. Yasmina legte ihr die Hand auf die Schulter und sang mit.

Wir sind zurückgekehrt zum Markt, zum Brunnen, zu den Plätzen,
Der Shofar ruft zum Tempelberg in der Altstadt.
Von den Höhlen in den Felsen scheinen tausend Sonnen.
Wir werden hinabsteigen zum Toten Meer,
über die Straße nach Jericho.

Joëlle schloss leise den Klavierdeckel. Maurice setzte sich auf den Fußboden. Von draußen hörten sie die ersten Vögel zwitschern. Den Blechrolladen des Bäckers. Yasmina setzte sich neben Maurice.

»Willst du nicht hierbleiben?«, fragte sie.

Er dachte nicht lange nach.

»Nein.«

39

PALERMO

»Wollte deine Mutter ihn noch?«, frage ich.

»Sie hat die Tür nie ganz verschlossen«, sagt Joëlle.

»Und er?«

»Hat sie immer noch geliebt.«

»Warum ging er dann zurück nach Deutschland?«

»Wahrscheinlich hatte er einen Auftrag, von dem wir nichts wissen.«

Sie sortiert die Fotos auf ihrem Bett. Schiebt Stapel zusammen, nach Jahren und Personen geordnet. Als würde das irgendetwas beantworten. Wir haben nur Annahmen, Andeutungen, aber keine Beweise, die mir den Rest meiner Zweifel nehmen. Es liegt in der Natur der Sache, dass keine schriftlichen Dokumente existieren, und wenn, dann nicht öffentlich zugänglich. Ich wünschte, er wäre jetzt bei uns, und wir könnten ihn alles fragen. Nie habe ich ihn stärker vermisst. Nie war ich so wütend auf ihn. *Du hast uns nichts hinterlassen als einen Koffer voller Fotos und ein Haus voller Fragen.*

»Hat er einen glücklichen Eindruck auf dich gemacht?

»Nein. Er war verloren. Heimatlos. Ich hab ihn zum Flughafen gebracht und gefragt, was er jetzt tun wird. In Deutschland. Er sagte nur, wir sollen uns keine Sorgen machen. Und dann haben wir uns auf den letzten Metern noch gestritten.«

»Worüber?«

»Wir tranken einen Kaffee in der Abflughalle, und ... er sagte Sachen, die mich aufregten. Wir waren beide mit den Nerven runter. Weißt du ... ich war aus der Spur gesprungen. Ganz Israel feierte den Sieg, die Familie versank in Trauer, und ich? Wie betäubt. Seit Victors Beerdigung hatte ich kein einziges Mal geweint. Wir hatten kein einfaches Verhältnis, sicher, aber warum konnte ich nicht weinen, wenn er stirbt? Der Krieg hatte mich verändert. Ich brauchte jemanden zum Reden, jemanden von außen, jemanden wie Papà. Ich hoffte, er würde mich verstehen. Immerhin war er auch mal Soldat gewesen. Bis er das nicht mehr ertragen hatte. Aber jetzt sagte er auf einmal all diese offiziellen Sachen. Was Victor sagte. Was die Armee sagte. Alles, was ich gerade begann zu hinterfragen.«

»Was meinst du?«

»Wie stolz er auf mich sei, wie heroisch wir gekämpft hätten, der Blitzkrieg ... Ich wollte das alles nicht hören. Nicht von ihm. Ich war nicht stolz auf mich.«

»Warum?«

Joëlle zündet sich eine Zigarette an. Es fällt ihr nicht leicht, darüber zu sprechen.

»Du darfst nicht vergessen, das war 1967. Der Summer of Love, Vietnam, die Grateful Dead ... Kurz vorher hatte ich gerade meinen ersten Trip eingeworfen. Am Strand von Yafo, mit Freunden. Das war ... hast du mal LSD genommen?«

»Nein.«

»Solltest du machen. Wir tanzten barfuß, der Himmel öffnete sich, wir wollten die ganze Welt umarmen ... Ich sah auf einmal, wie alles mit allem verbunden ist ... und kurz darauf saß ich mit denselben Leuten in einem Panzer, es war eng und heiß und laut, ringsherum Wüste ... und wir schossen wie verrückt. An dem Morgen, als wir einstiegen, hab ich vor Angst gekotzt. Am Mittag sah ich den ersten ägyptischen Soldaten. Verbrannt und schwarz von Kopf bis Fuß, auf einem zerstörten Panzer. Am Abend standen wir lachend neben den Leichen der Ägypter, durchsuchten ihre Taschen nach Zigaretten und rauchten sie.

Morgen früh erobern wir Kairo.

Und was machen wir am Nachmittag?

Solche Witze rissen wir. Ich war schockiert, wie leicht das geht. Wie schnell du zum Tier wirst. Du verlierst dein Mitgefühl, deine Menschlichkeit, du bist nur noch Instinkt. Entweder tötest du, oder du wirst getötet. Wie ein Rausch. Und durch den schnellen Sieg fiel das ganze Land in einen Rausch. Sicher, ich war froh, dass wir gewonnen hatten. Aber ich war verwirrt. Ich bekam Angst. Vor mir selbst. Pardon, wenn ich hier drinnen rauche.«

Sie steht auf und öffnet die Balkontüre. Draußen zwitschern Vögel, Kinder spielen in den Nachbargärten.

»Ich sagte, Papà, ich wollte nur, dass meine Freunde sicher nach Hause kommen. Ich würde jeden Zentimeter Land zurückgeben, um die Toten wieder lebendig zu machen. Und er? Erklärte mir, dass Victor nicht umsonst gestorben sei. Versteh mich nicht falsch, er hatte nicht unrecht, aber es klang so hohl aus seinem Mund, so formelhaft. Ich spürte ihn nicht mehr. Ich wollte, dass einer meine Zweifel versteht. Ob ich das Richtige getan hatte. Und Papà ... rechtfertigte mich. Ich sagte ihm: Ich bin in diesen Panzer gestiegen, um mein Volk zu verteidigen, aber nicht um ein anderes Volk zu unterdrücken. Wir beherrschen jetzt das ganze Land bis zum Jordan, aber was soll mit den Menschen geschehen, die dort leben? Eine Million *aravim!* Und er sagte: *Psst, nicht so laut; pass auf, was du sagst.*«

»Wann ist dir das alles bewusst geworden?«, frage ich.

Sie schließt leise die Balkontüre. Als könnte jemand zuhören.

»Auf dem Rückweg vom Sinai machten wir Zwischenstopp in Gaza. Es herrschte Ausgangssperre. Und dann lief da auf einmal ein kleines Mädchen an uns vorbei. Einfach so, an den bewaffneten Soldaten vor den Panzern. Ignorierte uns, als gehörten wir nicht hierher. Ich rief nach ihr, und sie drehte sich um. So ein kleines freches Ding mit schwarzen Haaren, fast wie meine. Ich winkte ihr zu. Lächelte. Ich hoffte, sie würde zurücklächeln. Aber sie tat mir den Gefallen nicht. Als würde sie mich durchschauen. Dann kam eine Frau aus einem Haus und zog sie schnell weg. Sie hatte Angst vor uns. Aber das Mädchen drehte sich in der Haustür noch einmal zu mir um. Und ich weiß heute noch, wie sie mich anschaute. Da war kein Hass in ihren Augen. Aber eine verletzte Würde. Und ein trotziger Stolz. Als würde sie sagen: *Du kriegst mich nicht klein!* Das traf mich ins Herz. Ich wusste nicht, was sie durchgemacht hatte. Ich wusste nur, dass das in unserem Namen geschehen war. Aber ich bin mit einer anderen Idee davon aufgewachsen, wer wir sind. Und Papà, der mir das beigebracht hatte? Der schwieg einfach. *Wie stehst du zu der Besatzung*, fragte ich. Er sagte einfach nur: *Ich steh auf eurer Seite.*«

»Er wollte dich beschützen«, sage ich.

»Ich war doch längst erwachsen.«

Warum, verdammt nochmal, hat sie Elias nicht davon erzählt? Je näher ich den beiden komme, desto durchlässiger erscheinen die Grenzen ihrer Identitäten. Was nicht an ihnen liegt, sondern an meinem Bild von ihnen. Eine so heterogene Gruppe wie »die« Juden oder Israelis über einen Kamm zu scheren ist ungefähr so intelligent wie der Versuch, Schneeflocken mit einem Schmetterlingsnetz einzufangen. Ähnlich verhält es sich mit der Verengung eines Menschen, der immer ein Kosmos ist, auf eine kollektive Identität namens »die« Araber, Christen oder Muslime. Das Problem liegt im Auge des Betrachters.

»Ich hab Hunger«, sagt Joëlle, und wir gehen nach unten. Die Stille des Wohnzimmers. Mit jedem Tag schwindet Moritz ein wenig mehr. Wir verlassen das Haus durch den Hintereingang und das Gartentor, vorbei an der abgesperrten Garage. Wie Diebe, nur dass wir nichts mitnehmen. Ich bin froh um die Menschen auf der Piazza, ihre Diskussionen und Umarmungen, die beruhigende Banalität des Alltags. Wir kaufen *arancini* und essen sie am alten Hafen aus der Hand. Unter den Fischerbooten leuchtet türkisfarbenes Wasser. Touristen sitzen vor der Trattoria. Moritz hat in einer Postkarte gelebt. Ich stelle mir vor, wie er auf einer Bank an der Promenade sitzt und dem jungen Paar auf der Vespa zuschaut, dem Kind mit der Eiswaffel in der Hand, den bunten Tretbooten in der Bucht von Mondello. Wie sich die Welt vor seinen Augen abspielt, ohne seinen Puls zu beschleunigen.

»Hat er dir keine Adresse hinterlassen?«, frage ich.

»Doch. In Westberlin. Kein Name, nur ein Postfach. Und ich hab den Zettel verloren.«

»Verloren?«

»*Chérie*, ich war jung. Ich wusste doch nicht, dass es das letzte Mal war. Und ich war durcheinander. Hab mein Studium geschmissen und bin nach Indien gefahren.«

»Wieso Indien?«

»Alle fuhren nach Indien. Die Beatles fuhren nach Indien! Ich wollte in einen Ashram gehen, den Krieg vergessen, mich selbst finden. Am Ende saß ich tagelang high auf dem Klo. Aber das war gut. Ich traf Leute, die komplett anders waren. Wir waren ja eingesperrt in dem kleinen Israel, konnten kein Nachbarland besuchen. Indien hat mir den Kopf frei gemacht. Früher war ich zu hundert Prozent Israelin, nein zu zweihundert Prozent! Weil meine Familie so eine uneindeutige *insalata mista* war. Im Ausland begriff ich, dass die ganze Welt eine *insalata mista* ist. Und ich hab mich verliebt. Jean-Luc, ein Musiker. Wir fuhren nach Paris. Das ist das dümmste, was du machen kannst, als junges Huhn mit einem Pariser nach Paris fahren. 1968. Natürlich ging's schief. Aber ich hing mit seinen Leuten herum, verdiente ein bisschen Geld, wir sangen am Montmartre, eins kam zum anderen, und dann hatte ich einfach Massel. Die haben mich auf der Musikhochschule genommen.«

Ich stelle mir vor: Meine Mutter auf Layover in Paris. Sie spaziert durch Montmartre, Revolution liegt in der Luft, Autos brennen, Pflastersteine fliegen, aber die Caféterrassen sind gut besucht. Sie hat keine Angst. Sie ist nur einsam. Die Stadt der Liebe, denkt sie, wo zum Teufel ist hier die Liebe? Dann sieht sie eine Gruppe singender Hippies. Vielleicht tanzt sie mit ihnen. Vielleicht verliebt sich jemand. Vielleicht gehen sie zusammen was trinken. Vielleicht fragt sie die Frau mit den dunklen Locken, woher sie kommt. Sie sieht irgendwie nordafrikanisch aus.

De Paris, sagt Joëlle, *et toi?*

From New York. I come from New York.

40

Niemand ist zu Hause. Wenn es ein Gefühl gibt, das diese Familiensplitter verbindet, dann das. Meine Hände stützen sich auf das kühle Balkongeländer, ich lausche in seinen Garten hinaus und weiß nicht mehr, wohin ich gehöre. In der Dunkelheit rauschen die Palmblätter. Hinter mir schläft Joëlle. Ich muss an Elias in seiner beschissenen Zelle denken. Im selben Moment klingelt mein Handy.

»*Buona sera, sono Laura.* Die Frau von Elias.«

»*Buona sera.*«

»Können wir uns treffen?«

»Warum?«

»Ich muss mit Ihnen sprechen.«

»Worüber?«

»Kann ich nicht am Telefon sagen.«

Laura wartet in ihrem Fiat, unter einer Laterne am Lungomare. Sie öffnet die Beifahrertür. Räumt Kinderturnschuhe vom Beifahrersitz, einen Fußball, eine Plastikflasche. Sieht sich um, ob jemand mir gefolgt ist. Ich steige ein und spüre ihre Anspannung. Sie wirkt gehetzt, aufgewühlt. Ich wäre ihr gern unter anderen Umständen begegnet.

»Warum habt ihr ihm das angetan?«, fragt sie. »Ihr seid doch Verwandte.«

Ich bin ohne Feindseligkeit gekommen. Aber ihre Haltung provoziert mich. Als sie andeutet, dass wir es auf das Haus abgesehen haben, gebe ich Kontra.

»Wir wollen niemandem schaden. Aber wir haben ein Recht auf die Wahrheit.«

»Sie haben kein Recht, den Kindern ihren Vater zu nehmen.«

Ich fühle mich schuldig, ohne Schuld zu tragen. Das ärgert mich, aber dann bemerke ich, dass Laura nicht gekommen ist, um mir Vorwürfe zu machen, sondern aus Hilflosigkeit.

»Ich kenne Sie nicht«, sagt Laura. »Aber wir müssen jetzt zusammenhalten. Sonst wird alles nur noch schlimmer. Helfen Sie mir, ihn aus dem Gefängnis zu holen.«

»Wie denn?«

Wenn es nicht so traurig wäre, müsste ich mich in Sarkasmus flüchten, so fehl am Platz fühle ich mich. Wie soll ich ein Problem lösen, dessen Ursache ich nicht verstehe? Ich suche nach Worten. Laura dreht sich zu mir und sagt:

»In dieser Nacht, als Moritz starb ... war Elias bei ihm.«

Ich halte den Atem an.

»Es gab ein Problem zwischen ihnen.«

Ihr fällt es schwer, darüber zu reden. Als sei es ein Tabu, etwas Skandalöses, Abgründiges.

»Sie müssen wissen, sein Vater war der wichtigste Mensch in seinem Leben. Sie waren immer füreinander da. Als er mir Moritz vorstellte ... war mein erstes Gefühl: Das ist ein Mann, der sich versteckt. Aber: Ich habe es Elias verschwiegen. Er ließ keine Kritik an ihm zu. Und Moritz war ... ein *gentiluomo.* Immer gut zu mir und den Kindern. Doch man fragte besser nicht nach seiner Vergangenheit. Er war *il tedesco, e basta.* Die Leute mochten ihn. Jedenfalls, seit letztem Herbst baute er ab. Kein Wunder, in dem Alter. Er wurde melancholisch, sogar ein bisschen depressiv. Wussten Sie, dass er Herzprobleme hatte?«

»Nein.«

»Dann, vor kurzem, brach jemand in seine Garage ein. Wollte das Auto stehlen. Seinen Citroën. Moritz hörte den Motor und wachte auf. Er lief aus dem Haus, mit seinem Gehstock in der Hand. Als der Einbrecher aus der Garage fuhr, machte Moritz das Tor zu. Ich hätte ihn fahren lassen! Mein Gott, es ist nur ein Auto! Der Dieb bremste schlecht, fuhr ihn an, und Moritz stürzte. Zum Glück war das kein richtiger Verbrecher, nur so ein *ragazzo sfortunato*. Als er den alten Mann auf dem Boden liegen sah, bekam er Panik und rannte weg.

Moritz rief Elias an. Er kam sofort und brachte ihn zum *pronto soccorso*. Er hatte sich nichts gebrochen ... aber sie mussten ihn am Herzen operieren. Er durfte sich ja nicht aufregen. Sie legten ihm einen Stent. Die Sache ging gut, aber nur um ein Haar. Als wir ihn im Krankenhaus besuchten, sagte er zu Elias: Ich muss mein Haus in Ordnung bringen.«

»Was meinte er damit? Sein Erbe?«

»Ja. Elias sollte Catalano anrufen. Wegen des Testaments. Und er bat Elias darum, eine Waffe zu besorgen.«

»Warum?«

»Zum Schutz. Vor Einbrechern. So sagte er es. Er sei zu alt, um sich wehren zu können. Elias versuchte es ihm auszureden ... aber er konnte ihm nie einen Wunsch abschlagen.«

»Wie ist er an eine Waffe gekommen?«

»Jeder kennt Leute, die Leute kennen. In Palermo finden Sie leichter eine Waffe als einen Parkplatz.«

»Das erklärt die Fingerabdrücke!«

»Natürlich. Die werden sie überall in der Villa finden! Er war ja oft dort! Jedenfalls, Catalano kam ins Krankenhaus, um das Testament zu besprechen. Darum bat Moritz Elias, seine Dokumente zu holen. Ausweis, Grundbuch, Bankunterlagen ...«

»Er vertraute ihm also.«

»Zu hundert Prozent. Elias hatte den Hausschlüssel und ging in die Villa. Als er zurückkam, sah ich ihn ... und er war völlig durcheinander. Ich fragte ihn, was los war. Elias wollte nicht darüber sprechen. Ich hab insistiert. Dann sagte er's mir: Er war an den Schreibtisch gegangen, um die Dokumente zu suchen ... und da sah er ein Bild am Boden stehen. Normalerweise hing es an der Wand. Und was war dahinter? Ein Tresor.

Moritz musste vergessen haben, es wieder aufzuhängen. Elias wusste nichts davon. Er drehte am Knopf ... probierte ein paar Zahlen aus ... das Geburtsdatum seiner Mutter ... und die Tür sprang auf. Das hätte er nicht machen sollen.«

»Warum? Was lag drin?«

»Ein Pass. Ein israelischer. Mit dem Foto von Moritz!«

»Und der Name war ... Maurice Sarfati?«

»Ja.«

Sie sieht mir eindringlich in die Augen. Sie ist kurz davor, in Tränen auszubrechen.

»Wissen Sie, wie Elias' Mutter gestorben ist?«, fragt sie.

»Nein.«

Laura zieht kurz die Augenbrauen hoch, als würde sie damit ausdrücken wollen, wie naiv ich bin.

»In dem Pass steckte ein Foto. Mit dem alten Citroën, der in seiner Garage steht. Und einer anderen Familie.«

»Aus Jaffa?«

»Ja. Das stand hinten auf dem Foto.«

»Das war Joëlle als Kind.«

Laura nickt. Sie hatte es schon geahnt.

»Und dann war da noch ein Buch.«

»Was für ein Buch?«

»Ein Tagebuch. Von Moritz. Aber auf Deutsch geschrieben. Elias spricht kein Deutsch. Er hat alles zurückgelegt und den Tresor wieder verschlossen. Wie einen Giftschrank. Ich konnte es nicht glauben. Ich sagte, Elias, das muss ein Missverständnis sein. Da bekam er einen Wutanfall. Wissen Sie, wir hatten ein schwieriges Jahr. Viele Verletzungen und offene Wunden.«

»Habt ihr mit Moritz darüber gesprochen?«

»Nein. Am Tag, als Moritz aus der Klinik entlassen wurde, kam Elias nicht. Ich brachte Moritz nach Hause. Aber ich sagte nichts davon, was ich wusste. Tage vergingen. Elias konnte weder reden noch schlafen. Er war völlig paralysiert. Und Moritz rief bei mir an: *Was ist los, warum geht Elias nicht ans Telefon, warum besucht er mich nicht? Er wollte mir doch die Waffe besorgen.* Also bin ich zu Elias gegangen, es war ein Sonntag, und ich sagte: Fahr zu ihm! Du musst mit ihm reden! Heute bereue ich das.«

»Warum?«

»Am nächsten Morgen war Moritz tot.«

»Das heißt, er hat ihm die Waffe an diesem Abend gebracht?«

»Was weiß ich! Moritz hat ihn doch darum gebeten!«

Laura zieht ein Taschentuch heraus und entschuldigt sich dafür, dass ihr die Stimme bricht.

»Nach Mitternacht hab ich ihn angerufen. Weil er sich nicht gemeldet hat. Er war völlig ... er weinte, dann schrie er, ich konnte ihn kaum verstehen. Nur dass er sagte:

Er hat sie auf dem Gewissen!

Wen, hab ich gefragt.

Meine Mutter!«

Mir schnürt es den Hals zu.

»Wo bist du, hab ich gefragt. Dann bin ich sofort zu ihm gefahren.«

»In die Villa?«

»Nein, er war schon wieder zurück in der Praxis. Ich hab ihn in den Arm genommen und gefragt, was passiert war. Er konnte nicht reden. Wir lagen dann auf seiner Matratze, er zitterte wie ein Kind, ich hielt ihn fest, und irgendwann schliefen wir ein. Am Morgen rief die Haushälterin an. Sie hat Moritz tot gefunden. Wir waren schockiert. Er fuhr sofort hin.«

»Sie auch?«

»Ich musste zu den Kindern. Die wachten ja gerade in der Wohnung auf und wussten nicht, wo ich war. Ich brachte sie in die Schule, dann fuhr ich nach Mondello. Die Polizei war schon da.«

»Warum hat Elias nicht ausgesagt, dass er an dem Abend bei Moritz war?«

»Na, was hätten die wohl gedacht? Wen hätten sie als Ersten verdächtigt?«

»Hat Elias Ihnen erzählt, was in der Nacht passiert ist?«

»Dass sie geredet haben.«

»Mehr hat er nicht gesagt?«

»Nina, ich bin nicht mehr seine Frau, verstehen Sie? Er macht alle Türen zu, gerade wenn er mich am meisten bräuchte!«

Ich hatte seine Verschlossenheit falsch interpretiert. Auf mich und Joëlle bezogen.

»Hören Sie. Ich kenne Elias. Wenn man sich von jemandem scheiden lässt, lernt man ihn wirklich kennen. Er ist ein komplizierter Mann. Aber eins weiß ich sicher: Er ist kein Mörder.«

Ihre Überzeugung beeindruckt mich. Ich hätte gerne so einen loyalen Ex.

»Wo ist das Tagebuch?«

Sie zuckt erschöpft mit den Schultern.

»Sollen wir ihn morgen gemeinsam besuchen?«, frage ich.

»Auf keinen Fall. Gehen Sie allein.«

»Warum?«

»Er war wütend, dass ich heute die Kinder mitgebracht habe. Dass sie ihren Vater im Gefängnis sehen. Ich wollte doch nur ... Ich dachte, es hilft ihm. Wir reden nur noch aneinander vorbei.«

In diesem Moment verstehe ich Laura besser, als sie vermutlich denkt.

»Ich glaube«, sagt sie, »er vertraut Ihnen mehr als mir.«

»Mir? Warum?«

»Ihr habt keine Vergangenheit.«

41

Tropfen schlagen an die Fenster. Erst wie kurze Paukenschläge, dann dick und schwer. Die ganze Nacht lang prasseln sie auf die Palmen im Garten. Ein wilder Tanz unter dem Regen, darüber zucken Blitze. Das Haus wird zur dichten Hülle, Schweigen umgeben von Rauschen – bis sie bricht.

»Signor Bishara ist nicht mehr da.«

Commissario Greco zieht ein Formular aus einem Regal, das von Papieren überquillt. Sein Büro könnte ein Museumsarchiv sein. Er sitzt an seinem Schreibtisch wie ein sizilianischer Sisyphos, unbeeindruckt von seinem Schicksal.

»Wie ... nicht mehr da?«

»Nicht mehr da wie in ›Jesus am Ostersonntag‹. Der Stein vor dem Grab ist futsch, die Jünger starren ratlos ins Leere.«

Greco reicht uns das Formular.

»Sie können natürlich trotzdem Besuchserlaubnis beantragen, um das Wunder mit eigenen Augen zu bestaunen.«

»Was ist passiert?«, fragt Joëlle.

»Eine sehr gute Frage. Die sollten Sie dem Anwalt von Signor Bishara stellen. Oder dem Ermittlungsrichter, der seinen Antrag auf Haftprüfung bearbeitet hat. Aus irgendeinem Grunde hatte er die spontane Erkenntnis, oder soll ich sagen: geniale Eingebung, dass die Beweislage sich über Nacht zugunsten des Beschuldigten verändert hat. Der Haftbefehl wurde aufgehoben.«

Er legt seinen Kopf schief und sieht mir in die Augen.

»Und was *ich* gerne wissen würde, ist, was *Sie* damit zu tun haben.«

»Ich?«

»Oder die berühmte Künstlerin aus Paris.«

»Wir wussten nichts davon.«

Er lächelt und glaubt mir kein Wort.

»Mit wem haben Sie gesprochen?«

»Mit niemandem.«

»Und Sie, Signora?«

»Mit niemandem!«

»Natürlich.«

Er schickt Joëlle nach draußen und stellt mir »nur ein paar Fragen«, wie er es nennt. Ich sage ihm, was ich weiß - außer dem, was Laura mir erzählt hatte. Dann schickt er mich nach draußen, um Joëlle zu vernehmen.

Ich trete vor das Kommissariat und starre in den Regen, der in Wellen über die leere Promenade und den Strand fegt.

Elias geht nicht ans Telefon.

Catalano geht nicht ans Telefon.

Dann rufe ich Laura an. Sie stößt einen Glücksschrei aus, als sie hört, dass Elias freigelassen wurde. Aber sie weiß auch nicht, wo er steckt.

Ich nehme ein Taxi in die Stadt. Stehe mit nassen Haaren vor der Tür seiner Praxis. Niemand ist da.

Unten am Hafen, die großen Fähren. Lastwagenschlangen, die in ihren Rümpfen verschwinden. Mein Blick fällt auf das Schild »TUNISI«.

Die Fähre sei zu riskant, sagt Laura am Telefon. Er würde eher ein Schlepperboot nehmen. Auf der Rückfahrt seien sie immer leer.

Wieder einer, der sich entzieht, denke ich. Wie der Vater, so der Sohn.

Als ich zurück in die Villa komme, steht Catalano im Wohnzimmer. Er trägt einen nassen Mantel und durchsucht Moritz' Schreibtisch. Öffnet Schubladen, zieht Ordner aus den Regalen. Er grüßt mich nicht einmal.

»Wo ist Elias?«, frage ich.

»Was wollen Sie von ihm?«, fragt er zurück und nimmt ein Blatt aus einem Ordner.

»Sind Sie befugt, das mitzunehmen?«

»Sind Sie befugt, das zu fragen?«

Dann erklärt er mir, dass sein Mandant augenscheinlich kein Bedürfnis verspüre, die Damen zu treffen, die ihn in Kalamitäten gebracht hätten, sondern vielmehr ein Interesse daran habe, sich mit seinem Anwalt zu beraten. Als Freund der Familie habe er, Catalano, die ersten Auslagen aus eigener Tasche vorgestreckt, um das Verfahren zu beschleunigen. Hinzu kämen die nicht unbeträchtlichen Anwaltsgebühren ... in Italien könne sich so ein Verfahren jahrelang hinziehen. Man werde nun den Beleihungswert der Immobilie schätzen, die als Sicherheit für das Darlehen diene, welches Elias aufnehmen müsse. Morgen käme der Gutachter des Banco di Sicilia, um den Bauzustand zu prüfen. Wenn die Damen nun bitte so freundlich wären, das Anwesen zu verlassen.

Rabenaas, denke ich. Leichenfledderer.

Und übrigens, lässt er fallen, die Idee mit dem *cimetero accatolico* habe sich erledigt. *Tutto pieno*, kein Platz mehr, in der Aussegnungshalle stapelten sich die Särge. Eine Feuerbestattung sei auch keine Option mehr, da das einzige Krematorium der Stadt kaputt sei. Es sei zu erwägen, ob ich ihn nach *Germania* mitnehmen könne. Ansonsten käme er eben auf den *cimetero cattolico*, wie alle normalen Leute.

Oben im Gästezimmer steht Joëlle vor ihrem Koffer und bekommt ihn nicht zu.

»Hilf mir mal, Nina.«

Er ist vollgepackt mit Fotos.

»Wir können doch nicht einfach abhauen.«

»Ich hab hier nichts mehr zu suchen. Hatte ich noch nie.«

Ich sehe mich in dem leeren Zimmer um. Regenstriche laufen übers Fenster. Als wir mit den gepackten Koffern die Treppe hinuntersteigen, sperrt jemand von außen die Haustüre auf. Elias stapft herein. Durchnässt bis auf die Haut.

»Bleibt hier«, sagt er zu uns. »Wir müssen reden.«

Und in Richtung des überraschten Catalano fügt er hinzu:

»In famiglia.«

Er geht ins Wohnzimmer und legt seinen Rucksack auf den Tisch. Zieht seine nasse Jacke aus, sein nasses Hemd und die nassen Schuhe.

»Du solltest jetzt das Finanzielle regeln«, sagt Catalano ernst. »Morgen kommt Signor Lanza vom Banco di Sicilia.«

»Danke. Ich kümmere mich darum.«

»Elias, wir haben eine Schlacht gewonnen, aber nicht den Krieg. Das kann sehr hässlich werden.«

»Ich weiß. Aber ich habe Gäste.«

»Die Bank würde das ein besetztes Haus nennen.«

Elias geht nicht darauf ein, legt den Arm um ihn und begleitet ihn zur Tür.

»So zeigst du also deine Dankbarkeit«, raunzt Catalano.

»Bruno, ich brauche keine Almosen. Die Bank kann das Haus haben. Von mir aus können sie morgen mit der Abrissbirne anrücken. Oder der Armee. Aber jetzt muss ich meine Gäste bewirten. *Buongiorno.*«

Elias kommt zurück zu uns, die wir mit den Rollkoffern im Wohnzimmer stehen, als warteten wir auf ein Taxi zum Flughafen.

»Bis morgen früh sind wir unter uns«, sagt er.

Dann öffnet er seinen Rucksack, zieht einen kleinen Pass

heraus und legt ihn auf den Tisch. Er ist hellgrün und alt, aber nicht abgegriffen. Auf dem Umschlag steht: »LAISSEZ-PASSER AU LIEU DE PASSEPORT NATIONAL«, und »ETAT D'ISRAEL MINISTERE DE L'IMMIGRATION«. Ich klappe ihn auf und sehe das Passfoto. Moritz, unfassbar jung. Der Optimismus in seinen Augen. Das Dokument wurde 1949 auf Maurice Sarfati ausgestellt. Auf der Innenseite steht: »PAYS POUR LESQUELS CE DOCUMENT EST VALABLE: tous les pays sauf l'Allemagne«.

Gültig für alle Länder außer Deutschland.

Joëlle setzt sich und starrt auf ihren jungen Vater.

Elias zieht noch etwas aus dem Rucksack. Ein Buch. Es hat einen schwarzen Leineneinband, sieht fast so aus wie ein kleines Schulheft, nur dass es gebunden ist. Er legt es auf den Tisch.

Meine Hand streicht über den rauen Umschlag.

»Hast du es vor der Polizei versteckt?«

»Moritz wollte, dass ich es habe.«

»Hast du es gelesen?«

»Ich weiß, was drinsteht. Übersetz es für Joëlle.«

Er geht in die Küche und macht Kaffee.

Das Tagebuch eines anderen Menschen zu öffnen ist wie ein Einbruch in seine Seele. Man tut es nicht. Weder er noch du wirst danach derselbe sein. Einmal, ein einziges Mal nur habe ich im Handy meines Ex geschnüffelt. Danach flog alles in die Luft. Ein Tagebuch ist aber noch intimer als ein Chatverlauf. Es ist keine Erzählung für andere. Sondern ein Spiegel. Der einzige Ort, an dem man sich zeigt, wie man wirklich ist.

Elias bringt Kaffee. Ich öffne das Buch.

Die ersten Seiten sind herausgerissen. Der erste Eintrag trägt kein Datum. Die Handschrift ist hastig, aus der Form geraten. Als hätte er alles atemlos in einem Stück geschrieben. Es ist mehr als ein Tagebuch. Es ist das Protokoll einer Beschattung. Ortsangaben mit Straßen, exakte Zeitangaben, auch Wetter, Kleidung und Stimmung werden festgehalten. Eine Chronologie der Äußerlichkeiten, durch die jemand versucht, ins Innere eines anderen Menschen einzudringen. Moritz schreibt nicht über sich selbst. Er schreibt über eine Frau.

»Wer ist sie?«, fragt Joëlle.

»Amal«, sagt Elias. »Meine Mutter.«

Septemberregen, grau in grau. Es war der hellste Sommer seit Jahren, gefolgt von diesem schrecklichen Herbst. Alles ist verloren. Zwei Freundschaften – die mit Ronny und die mit Amal. Und elf jüdische Leben.
Hätte ich die Katastrophe verhindern können? Was habe ich übersehen?
Morgen werden sie mich ausfragen. Ich muss mich erinnern. Alles aufschreiben, was passiert ist. Jedes noch so unscheinbare Detail, jeden Widerspruch, jedes gesagte Wort.
Die Verantwortlichen laufen noch frei herum. Sie werden wieder töten.
Außer wir finden sie.

Auf der nächsten Seite folgt eine Namensliste. Die meisten klingen arabisch: Marwan Maksoudi, Khalil Al-Khalifa, Shauki Abu Taha ... und Amal Bishara. Aber es ist auch ein Hans Werner Jost und eine Margarethe Schwertfeger unter ihnen. Daneben stehen zum Teil Telefonnummern – meist mit Vorwahl 0811. Und Adressen. *Willi-Graf-Str. 17. Max-Kade-Haus. Biedersteinerstr. 28.* Hinter manchen Namen stehen Buchstaben. S, U oder T. Was bedeuten sie?

Ich blättere um. Auf der folgenden Seite ist ein Foto eingeheftet. Sauber zentriert, mit Fotoecken. Warum er gerade dieses Bild ausgesucht hat, weiß ich nicht. Amal ist kaum erkennbar, so grob ist das Korn. Er muss es mit einem Teleobjektiv aufgenommen und herausvergrößert haben. Ihr Gesicht in der

Menge. Junge Leute, eine Demonstration vielleicht. Sie lacht, frei und unbefangen. Sie scheint nicht zu bemerken, dass sie fotografiert wird. Das Foto sagt weniger über sie aus als über den Beobachter: Je näher er ihr kommen will, desto unschärfer wird ihr Bild.

Der nächste Eintrag trägt das erste Datum:

12. Dezember 1971.

42

MÜNCHEN

Am Du werden wir erst zum Ich.

Martin Buber

Draußen schneite es, als Moritz und Amal sich zum ersten Mal begegneten. Es war ein Bilderbuchadventssonntag. Die weißen Tischdecken waren mit Tannenzweigen geschmückt. Darauf standen Zimtsternpäckchen, Marmeladengläser und Glühweinflaschen. Im Pfarrsaal der Gemeinde St. Margarethe trafen sich die Kirchenbesucher nach der Messe zum Adventsbasar. Moritz, der so tat, als wäre er zufällig hier, wurde dort um 11:50 Zeuge eines Gespräches.

Anwesende Personen: Amal Bishara, Pfarrer Richard Schmidbauer und zwei ältere Damen, deren Name hier nichts zur Sache tut.

Amal war die einzige Frau mit südländischem Aussehen im Raum. Lange schwarze Haare, Jeans und Rollkragenpullover. Sie war schön, ohne exotisch zu wirken, freundlich und ungewöhnlich erwachsen für eine Studentin. Ihr Deutsch war überdurchschnittlich gut, wenngleich nicht akzentfrei. Sie saß an einem der Tische; vor ihr standen handgeschnitzte Krippenfiguren aus Olivenholz. Jesus, Maria und Josef. Ochs und Esel. Die Könige aus dem Morgenland. Daneben: Weihwasser in kleinen Plastikflaschen. *Aus dem Heiligen Land*, stand auf einem handgeschriebenen Schild. Amal schenkte Glühwein aus.

»San die Figuren aus Israel?«, fragte eine der beiden Damen.

»Ja«, antwortete der Pfarrer. »Echte Handarbeit. Mit Liebe gemacht, von Frauen aus unserer Partnergemeinde.«

Amal schwieg, auch wenn ihr anzusehen war, dass sie sich nur schwer zurückhalten konnte.

»Das Weihwasser auch?«

»Das ist aus dem Jordanfluss«, sagte Amal.

»Aha. Kommen Sie auch aus Israel?«

»Nein.«

»San Sie Italienerin?«

»Ich komme aus Betlehem.«

Die Dame blickte irritiert zwischen Amal und dem Pfarrer hin und her. Amal lächelte freundlich.

»Die Krippenfiguren sind aus echtem Olivenholz«, merkte der Pfarrer an.

»Betlehem ist doch in Israel«, fragte die Dame leise den Pfarrer, als hätte sie die Bibel nicht verstanden.

»Nein. Palästina«, sagte Amal. »Ich bin Palästinenserin.«

»Das ist unsere Amal«, warf der Pfarrer schnell ein. »Sie ist ein Flüchtlingskind. Die Gemeinde beherbergt sie, damit sie hier studieren kann.«

»Was, a Palästinenserin?«, fragte die zweite Dame, die bisher nur still dabeigestanden hatte.

»Ja«, sagte Amal und lächelte freundlich.

»So schaut's gar ned aus«, sagte die zweite zur ersten Dame.

»Warum, wie soll ich denn ausschauen?«

»Na, mit so am Kopftuch, wie der Terrorist da, der wie hoaßt der noch amal?«

»Arafat«, sagte die erste Dame.

Einen Moment lang hielt Amal die Luft an. Dann sagte sie:

»Wir sind keine Terroristen. Wir sind ein Volk unter Besatzung. Wir kämpfen für unsere Freiheit.«

»Ah so.«

Den Damen wurde es zu ungemütlich. Sie waren nicht hergekommen, um sich ihren Sonntag verderben zu lassen. Sie gingen, und eine peinliche Stille entstand. Amal wandte sich an Moritz, der unbeteiligt in Hut und Mantel danebenstand, so als würde er sich für die Krippenfiguren interessieren.

»Kann ich Ihnen helfen?«

»Was kosten die Figuren?«, fragte er.

»'tschuldigung, Moment bitte«, sagte der Pfarrer zu ihm und nahm Amal beiseite, um unter vier Augen mit ihr zu sprechen. Moritz' Augen folgten ihr.

»Amal. Sie sollten aufpassen, was Sie sagen. Sie müssen sich hier wirklich anpassen.«

»Was soll das heißen? Soll ich mich verstecken?«

»Das heißt, keine Politik. Hier in der Gemeinde sind wir neutral, was den Konflikt angeht.«

»Herr Schmidbauer, in meinem Leben ist alles Politik. Ein Leben ohne Politik wäre schön. Aber Neutralität ist ein Privileg, das ich nicht besitze.«

»Amal. Wir haben uns sehr für Sie eingesetzt. Wir sind stolz, wie gut Sie Deutsch gelernt haben. Aber seit Sie an der Uni sind ... Diese radikalen Studentengruppen haben keinen guten Einfluss auf Sie. Unsere Kirche steht für Frieden und Versöhnung.«

»Ich habe nur gesagt, dass wir unter Besatzung leben. Jesus lebte unter Besatzung!«

Die Leute drehten sich nach ihr um.

»Sie sind wütend, Amal. Wut führt zu Hass, und ...«

»Ich sag nur die Wahrheit!«

»Ich gebe Ihnen jetzt einen guten Rat«, unterbrach sie der Pfarrer leise, aber scharf. »Wenn Sie in unserem Land leben wollen, dann müssen Sie unsere Geschichte kennen. Und unsere Verantwortung. Wir Deutschen haben nämlich gelernt, wohin das führt.«

»Was?«

»Der Judenhass. So hat es hier auch angefangen. Und aus Worten wurden Taten!«

Amal war schockiert. Sie sammelte ihre Gedanken, dann sagte sie mit bebender Stimme: »Haben Sie jüdische Freunde? Ich habe nie gesehen, dass Sie mal einen Juden eingeladen haben. Sie sprechen in der Predigt von Betlehem und Jerusalem. Aber Sie waren noch nie dort.«

»Was hat denn das mit dem ...«

»Wir kämpfen gegen den Zionismus. Nicht gegen die Juden. Als ihr Deutschen die Juden ermordet habt, war ich noch ein Kind in Jaffa. Wir hatten jüdische Freunde. Sie kamen an Weihnachten zu uns, und wir haben sie an Hanukka besucht.«

»Ihr Deutschen«, wiederholte der Pfarrer kopfschüttelnd. Sein Gesicht war rot angelaufen. Amal sah ihn herausfordernd an. Es war ein Moment von schrecklicher Stille; der Gesprächsfaden zerriss, offenbar hatte sie einen wunden Punkt bei ihm getroffen.

»Sie sollten froh sein, dass wir Sie aufgenommen haben! Und bevor Sie als Ausländerin uns Lektionen erteilen, kehren Sie erstmal den Schmutz vor der eigenen Tür weg!«

Amal bemerkte die bestürzten Augen, die sich auf sie richteten. Sie rang um Fassung, riss sich zusammen und ging zurück zum Tisch, vor dem Moritz stand.

»Welche Figuren möchten Sie?«, fragte sie.

»Die heilige Familie«, sagte Moritz.

»Achtzehn Mark bitte.«

Amal verpackte die Figuren sorgfältig in Butterbrotpapier und reichte sie ihm. Moritz registrierte, wie sie ihre Haltung bewahrte, während hinter ihr der Pfarrer leise, aber aufgebracht mit Gemeindemitgliedern sprach. Über die Unverschämtheit der Studenten heutzutage. Warum er die Moslems hier wohnen lasse. Amal nahm ihre Jacke vom Stuhl und wandte sich an den Pfarrer.

»Ich möchte Ihren Frieden nicht stören. Ich suche mir ein eigenes Zimmer. Danke für die Gastfreundschaft.«

Dann ging sie.

Moritz folgte ihr mit Abstand. Vor dem Ausgang des Gemeindehauses blieb er stehen und beobachtete, wie sie im Schneegestöber die Straße überquerte. Sie ging zu einer Telefonzelle. Die Scheiben waren beschlagen, jemand telefonierte. Amal wartete. Trat frierend auf der Stelle. Versuchte sich eine Zigarette anzuzünden, aber das Feuerzeug war nass. Der Mann in der Telefonzelle drehte sich weg, um ungestört weiter zu telefonieren. Moritz entschied sich, zu ihr zu gehen.

»Ich möchte mich nicht einmischen«, sagte er höflich. »Aber Sie hatten recht. Es gibt kein Leben ohne Politik.«

Er reichte ihr Feuer, was sie erst ignorierte, dann aber doch annahm. Sie vermied den Augenkontakt, um ihm nicht zu zeigen, dass sie geweint hatte.

»Und solange die Welt nicht in Ordnung ist, kann man nicht neutral bleiben«, sagte Moritz. Sie schien zu spüren, dass er etwas von ihrer Wirklichkeit verstand, was die anderen nicht verstanden hatten. Aber sie sagte nichts.

»Jedenfalls, danke für Maria und Josef. Und willkommen in Deutschland. *Ahlan wa sahlan.*«

Er wandte sich ab, um zu gehen. Ihr Gesicht hellte sich auf.

»Sie sprechen Arabisch?«

»Ein paar Brocken.«

»Von wo?«

»Ach, als ich in Ihrem Alter war, wurde ich in eine Uniform gesteckt und nach Nordafrika geschickt. Aber niemand hat uns die Sprache beigebracht. Nur das Schießen.«

Amal sah ihn an, als zweifelte sie, ob sie ihm trauen konnte.

»Seitdem versuche ich, wieder ein normales Leben zu führen«, sagte er.

»Und, geht das?«, fragte sie.

Er wich ihrem Blick aus, dann sagte er:

»Ich kann jedenfalls verstehen, wie sie sich als Fremde fühlen.«

Sie schwiegen einen Moment lang und sahen den Schneeflocken zu, die sich auf ihre Schuhe legten und schmolzen.

»Sie kommen aus einer komplizierten Region«, sagte Moritz.

»Es ist das schönste Land der Welt. Darum wollen es alle haben. Waren Sie schon mal dort?«

»Nein.«

Der Mann in der Telefonzelle legte auf und kam heraus. Moritz wünschte Amal alles Gute.

»Frohe Weihnachten«, sagte sie.

Als er schon gegangen war, hörte er ihre Stimme im Rücken.

»Hallo!«

Er drehte sich um.

»Haben Sie zufällig zehn Pfennig?«

Er kehrte um und gab ihr eine Münze. Sie schenkte ihm ein Lächeln und schloss die Tür. Er ging.

Als er um die Ecke gebogen war, blieb er unschlüssig stehen. Er hätte weiter gehen sollen. Um den Anschein der Zufälligkeit zu wahren. Beiläufig auftauchen und spurlos verschwinden. Warum drehte er um? Es war ein Fehler. Aber es gab etwas an ihr, das er nicht gehen lassen wollte.

Amal wunderte sich, als er wieder vor der Telefonzelle stand und sie verlegen anlächelte. Sie beendete ihr Gespräch, das auf arabisch stattgefunden hatte, und öffnete die Tür.

»Hören Sie ... Ich bin Fotograf«, sagte er und reichte ihr seine Visitenkarte. »Ich arbeite für verschiedene Zeitschriften. Vielleicht kann ich mal ein Porträt über Sie machen.«

»Ich bin kein Model.«

»Nein, ich meine ein kulturelles Porträt. Wer Sie sind, wie Sie herkamen, was Sie hier machen. Ich meine, Sie stammen aus Betlehem, das ist eine gute Story.«

»Nein.«

»Warum nicht?«

»Wissen Sie, warum ich hier ausziehe? Die Leute wollen mir am liebsten über den Kopf streicheln. Armes Kind aus Betlehem. Besuchen Sie uns mal, zu Kaffee und Kuchen. Aber wenn ich dann von mir erzähl, also *wirklich* erzähl, dann werden sie auf einmal ganz still. Und laden mich nie wieder ein.«

Amal wandte sich ab, als hätte sie zu viel gesagt.

»Tut mir leid. Ich muss los ...«

»Sie müssen es nicht jetzt entscheiden. Überlegen Sie's sich.«

Sie ging, ohne sich zu verabschieden.

Er konnte nicht mit Sicherheit sagen, ob sie Verdacht geschöpft hatte. Sie schien ihn zu mögen. Aber er war zu schnell gewesen, hatte aus dem Gefühl gegenseitiger Sympathie ein oder zwei Stufen übersprungen. Nicht umsonst gab es Regeln der Annäherung. Doch vielleicht brechen Begegnungen, die dem Leben eine neue Richtung geben, immer eine Regel.

Moritz traf Ronny auf dem Christkindlmarkt am Marienplatz. Sie tranken Glühwein und aßen Lebkuchen. Moritz trug einen Wintermantel, Ronny die dünne Lederjacke, die er zu jeder Jahreszeit anhatte. Seine bullige Kraft schien ihn von innen warm zu halten. Er steckte Moritz diskret ein Kuvert zu. Darin waren eine Namensliste, Fotos und Bargeld. Er fragte ihn, ob er sonst noch etwas brauche. Nein, sagte Moritz. Dann gingen sie zu seinem geparkten Auto. Während Moritz den Schnee von den Scheiben fegte, fragte Ronny ihn lachend, warum er immer noch mit diesem *»Hitlermobil«* herumfuhr. Es würde Zeit, dass er ein Auto besäße, das seinem neuen Status als erfolgreicher Fotograf entspreche. Moritz erwiderte, dass es in der BRD kein unauffälligeres Auto als den Volkswagen gäbe. Ronny klopfte ihm auf die Schulter und sagte, dass er zu bescheiden sei.

»*I'll tell you a secret*, Moritz. Die meisten denken, das bestgetarnte Tier der Welt sei das Chamäleon. Aber das ist nicht wahr. Es kann sich nie hundertprozentig an die Umgebung anpassen. Sobald es eine Bewegung macht, wird es entdeckt. Kannst du leben, ohne dich zu bewegen? *You can't, Moritz!* Ich sag dir, welches Tier sich am besten tarnt. Bei voller Mobilität. Die Schwebfliege. Wie nennen sie *flower fly*. Kennst du sie?«

»Nein.«

»*You see?* Keiner kennt sie. Sieht aus wie eine Wespe. Gelb und schwarz gestreift. Gefährlich. Ihre Feinde haben Angst, sich mit einer Wespe anzulegen. Dabei hat die *flower fly* gar keinen Stachel. Sie ist völlig harmlos!«

Ronny lachte.

»*You gotta be what they wanna see.*«

»Fliegst du jetzt nach Hause?«, fragte Moritz, um abzulenken.

»Ja. Meine Älteste ist schwanger«, sagte Ronny und strahlte.

»Du wirst Großvater? *Mazal tov!*«

»Du solltest auch wieder eine Familie haben.«

»Zu spät.«

»Abraham hat mit hundert noch einen Sohn bekommen. Nur ... wie willst du je eine Frau finden mit dieser Schrottkarre?« Er grinste. »Ich besorg dir was Besseres. Und soll ich dir was mitbringen aus der Heimat?«

»Nein, danke.«

»Hey, Moritz. Wenn du dich einsam fühlst und wieder auf dumme Gedanken kommst, ruf mich an, verstehst du?«

»Ja.«

»*I mean it.* Das Leben ist wertvoll. Wirf es nicht weg. Nimmst du deine Tabletten?«

»Ja.«

Ronny umarmte ihn.

»*Take care!*«

»*Hag Sameach*, Ronny.«

Dann fuhr er nach Hause. Genau betrachtet war das die falsche Bezeichnung für seine kleine Wohnung unterm Dach. Am ehesten erinnerte sie ihn an Victors Junggesellenbude in Ramat Aviv. Eine Soldatenhöhle. Nach all den Jahren in Deutschland fühlte Moritz sich immer noch fehl am Platz. Ohne seine Mission hätte er nicht gewusst, was er hier verloren hatte. Er existierte noch. Aber er lebte nicht mehr. Als hätte er seinen Part zu Ende gespielt, ohne von der Bühne abtreten zu dürfen. Er zündete die dritte Kerze der Menora an, die Ronny ihm geschenkt hatte, und fragte sich, wann diese Taubheit enden würde, die auf ihm lag, seit Ronny ihn buchstäblich von der Straße aufgesammelt hatte. In der Ecke stand ein Christbaum, den er für den Fall gekauft hatte, dass jemand zu Besuch kommen würde. Aber es kam niemand.

Mit den deutschen Frauen hatte er es versucht, mehrmals. Kontaktanzeigen, Tanzcafés. Aber keine von ihnen hatte ein Gefühl in ihm geweckt, das nur annähernd so stark gewesen wäre wie das, was er für Yasmina empfunden hatte. Und er wollte nichts weniger. Das, oder nichts. Mit den Nachbarn kam er gut aus. Sie hatten sich an den kauzigen Einsiedler im Haus gewöhnt. Sein Beruf als Fotograf gab ihm einen Freibrief für das, was die Leute unter einem Künstlerleben verstanden. *You gotta be what they wanna see.* Nur ihm selbst erschien seine Existenz als Moritz Reincke so fremd, als würde er sich selbst dabei zusehen. Solange er etwas tun konnte, füllte er seine Rolle aus, aber wenn er wieder mit sich allein war, fühlte er sich verloren. Man konnte süchtig danach werden, jemand zu sein, der man nicht war. Andere hätten es Flucht genannt. Er nannte es Pflicht.

Amal rief nicht an. Nicht in den Weihnachtsferien und nicht danach. Stillhalten, riet Ronny. Die Zielperson müsse das Gefühl haben, sie hätte selbst die Initiative ergriffen. Moritz verfolgte sie heimlich. Saß mit der Kamera in seinem VW Käfer, als sie im Schneetreiben eine Reisetasche aus dem Pfarrgemeindehaus trug, zusammen mit zwei jüngeren Männern arabischen Aussehens, die je einen Koffer trugen. Der eine in Schlaghosen, Karoschal und Lederjacke. Der andere, etwas untersetzte, in einem dicken Fellmantel. Sie luden das Gepäck in einen alten 2CV und fuhren über Schwabing nach Freimann in die Studentenstadt. Dort trugen sie alles in eines der nüchternen Hochhäuser. Max-Kade-Haus, Grasmeierstr. 25. Moritz blieb im Auto sitzen, um nicht erkannt zu werden. Hier würde er schon durch sein Alter als Außenstehender auffallen.

Er identifizierte die beiden Männer als Khalil Al-Khalifa, Palästinenser mit jordanischer Staatsangehörigkeit, Bauingenieurswesen, viertes Semester und Shauki Abu Taha, Libanese, Medizin, zweites Semester. Beide standen auf Ronnys Liste. Beide waren, wie Amal, eingetragene Mitglieder der arabischen Studentenunion sowie der palästinensischen Studentenunion. Khalil war zudem Mitglied im Palästina-Komitee. Keiner der drei war den Behörden bisher aufgefallen. Alle waren in guter körperlicher Verfassung. Und jeder hatte einen Verwandten in einem israelischen Gefängnis. Das waren die Voraussetzungen, um von der PLO angeworben zu werden. Bei einer Flugzeugentführung würden diese Leute alles geben, um ihren Bruder oder Vater freizupressen.

Weitere Fotos schoss er vor dem Mensa-Gebäude, wo Amal sich mit Karl Ried unterhielt, Mitglied der marxistisch-leninistischen Studentenunion, der hier täglich Flugblätter verteilte. Sie trug einen kurzen Karorock, Stiefel und Bluse. Moritz folgte ihr zur Essensausgabe im ersten Stock und beobachtete, wie sie ihr Tablett zu einem Tisch trug, an dem Khalil und Shauki saßen, zusammen mit arabischen Kommilitonen. Khalil trug ein Cordsakko überm Rollkragenpulli, Shauki auch drinnen seinen Fellmantel. Keiner der Kommilitonen stand auf der Liste.

Am selben Abend, dem 2. Februar 1971, ergab sich die Gelegenheit, auf die Moritz gewartet hatte. Er beobachtete, wie die drei Freunde ins Kino gingen und versuchte spontan sein Glück. Im Kino, dachte er, könnte es wie eine zufällige Begegnung wirken. Das Schwabinger Filmkunsttheater »Türkendolch« zeigte eine Retrospektive von zensierten Filmen. Hätte Moritz geahnt, welche Erinnerungen der Film bei ihm auslösen würde, wäre er den Arabern vermutlich nicht gefolgt. Er war nicht darauf vorbereitet, dass der Film etwas mit *seinem* Leben zu tun haben könnte. Im Programmheft las er, dass die französische Regierung den Film verboten hatte. Dass es Bombendrohungen gegen Kinos gegeben hatte. Der verrauchte Kinosaal war voller Studenten. Moritz setzte sich in die hinterste Reihe, um Amal und ihre Freunde im Blick zu haben und nach der Vorstellung »zufällig« am Ausgang treffen zu können. Neben ihm stritt ein junges Paar über die Frage, ob sie einen untergetauchten RAF-Guerillero in ihrer WG verstecken würden, wenn er nachts vor ihrer Tür stünde. Rein hypothetisch.

Kurz nachdem die Lichter ausgegangen waren und der Film begann, wurde Moritz von seiner Erinnerung eingeholt. Es war, als sähe er sich selbst als jungen Mann hinter der Kamera. Die gleichen weißen Mauern, die gleichen weiß verschleierten Frauen, die gleichen weißen Soldaten in einem arabischen Land. Die Bögen der Kasbah als Bildrahmen. In der Bildmitte ein Lastwagen, von dem Soldaten springen. Die dunklen, gesenkten Augen der Kolonisierten, ihre Apathie und ihr Aufbegehren. Die Kamera-Einstellungen immer etwas distanziert, wie in den

Nachrichten, ohne Gegenschuss, und dann, plötzlich, die Nahaufnahme eines Gesichtes, in dem sich alle Emotion verdichtet. Nur dass es hier keinen Triumph ausdrückte, sondern nackten Überlebenswillen. *»Die Schlacht um Algier«* versetzte Moritz schlagartig um dreißig Jahre zurück, als er mit einer Kamera als Waffe die deutsche Besatzung von Tunis als Befreiung verkaufen musste. Aber was dieser italienische Regisseur zeigte, war all das, was Moritz damals weglassen musste: Die Morde, die Folter, die Razzien in den Häusern der Einheimischen. Der grimmige Stolz eines Volkes, das sich gegen seine Kolonialherren erhebt. Der Film war so beklemmend realistisch, dass die arabischen Studenten, die anfangs noch lautstark mitgefiebert hatten, indem sie einen Widerstandskämpfer mit Zwischenrufen warnten und die französischen Soldaten laut verfluchten, immer schweigsamer wurden. Nach kurzer Zeit war es so still, als hielte der ganze Saal den Atem an. Moritz sah die Silhouette von Amals Kopf vor der Leinwand und fragte sich, was in ihr vorging. Und dann vergaß er sie fast, so sehr verstörten ihn die Bilder. Als wäre er dabei gewesen, mittendrin – aber auf welcher Seite?

Eine schöne Algerierin geht in ein Café, mit einer Bombe in der Handtasche. Sie trinkt eine Cola und sieht sich um. Sie ist der einzige Mensch unter den Gästen, der weiß, dass die anderen gerade die letzten Minuten ihres Lebens erleben: Eine blonde Französin an der Bar. Ein Junge, der an seinem Eis schleckt. Ein Mann im Anzug, der mit ihr flirtet. Dann schiebt ihr Fuß die Handtasche unter die Bar, sie steht auf und geht.

Hinter ihr explodiert das Café.

Moritz konnte sehen, wie Amal ihr Gesicht in den Händen vergrub. Khalil legte den Arm um ihre Schulter.

Am Höhepunkt des Films, als die französische Armee Ali La Pointes Versteck in die Luft jagt, wusste Moritz, warum Frankreich den Film verboten hatte. Er war ein gefährlicher Funke, der aufs Publikum übersprang. Er endete im Trommelwirbel auf dem Gesicht einer jungen Demonstrantin. Sie tanzte und schwenkte die algerische Fahne.

Als das Licht im Saal anging, begannen Amals Freunde zu klatschen und zu singen.

»Biladi, biladi, bilaahadi!«

Zwei andere arabische Studenten im Publikum sangen spontan mit. Nur Amal schwieg nachdenklich. Die deutschen Zuschauer reagierten verstört auf den Gesang. Mit den Algeriern auf der Leinwand hatten sie sich solidarisiert. Was aber hier im Raum geschah, konnten sie nicht einschätzen. Als ginge gleich eine Bombe hoch. Jemand rief: »Ruhe!«, ein anderer lachte darüber, und es kam zu einem kurzen Gerangel. Der Film hatte alle unter Strom gesetzt. Amal schlichtete den Streit, und die Jungs hörten auf zu singen. Sie schien die Älteste und Vernünftigste der Gruppe zu sein; sie besaß eine Autorität, die selbst auf die Männer ausstrahlte. Eine geborene Anführerin, dachte Moritz.

Er musste kurz warten, um sie an der Tür abzupassen. Es gelang. Sie erkannte ihn, bevor er zu ihr blickte. Er tat so, als bräuchte er drei Sekunden, um sich zu erinnern.

»Oh, ja. Guten Abend. Wie geht's Ihnen?«

»Gut, danke.«

»Was war das für ein Lied?«, fragte er.

»Unsere Nationalhymne«, sagte Khalil. »Wir haben keinen Staat, aber eine Hymne!« Die Araber lachten. Moritz sah, dass einer nach Zigaretten kramte und gab ihm Feuer. Ringsherum begannen hitzige Diskussionen.

»Wie fanden Sie den Film?«, fragte Khalil. Er schien Amal zu bewachen. Offenes Hemd mit großem Kragen, selbstsicher, scharfsinnig, provokante Körpersprache. Amal beobachtete die beiden, während sie ihre Zigarette anzündete, und die anderen schienen sich zu fragen, wer dieser Deutsche war.

»Ehrlich gesagt, erschütternd.«

Amal wandte sich an ihre Freunde und sagte etwas auf Arabisch, was ihm sofort die Aufmerksamkeit der anderen verschaffte. Und ihr Misstrauen.

»Sie waren Soldat in Tunesien?«, fragte einer.

Moritz erklärte, dass er keinesfalls ein französischer, sondern ein deutscher Soldat gewesen war. Eigenartigerweise geriet ihm das, was ihm junge Deutsche oft vorwarfen – nämlich in der Wehrmacht gedient zu haben – bei den Arabern zum Vorteil. Er hatte gegen die verhassten Kolonialmächte gekämpft. Er hatte kein arabisches Blut an den Händen. Doch das tiefe Schuldgefühl, das Moritz seit dem Krieg begleitete, war durch den Film schlagartig geweckt worden. Sicher, sie hatten damals keinen Aufstand unterdrückt. Aber sie hatten die tunesischen Juden in Arbeitslager deportiert. Ihre Häuser konfisziert, ihren Schmuck gestohlen. Und nein, sie waren keine Freunde der arabischen Bevölkerung gewesen, wie ihre Propaganda behauptete. Sie hatten die Araber als Spitzel und Schuhputzer benutzt.

Die Studenten waren neugierig, was er zu erzählen hatte. Einer von ihnen stammte aus Tunesien, wie sich herausstellte. Soufian Ben Ammar, Elektrotechnik im vierten Semester. Er lud den Deutschen ein, sie in eine Jazzkneipe zu begleiten. Moritz' Betroffenheit schien vorerst als Beweis zu genügen, dass er nicht auf der falschen Seite stand. Niemand stellte ihm eine allzu persönliche Frage, entweder aus Höflichkeit oder weil sie den ruhigen Mann in ihrer hitzigen Runde als ungefährlich betrachteten. Alle rauchten. Alle tranken Bier. Auf einer kleinen Bühne spielte ein Jazztrio.

»Es ist das erste Mal«, sagte Amal, »dass ein westlicher Film Araber als sie selbst zeigt. Sonst gibt es immer nur weiße Hauptfiguren, die durch irgendeine Wüste laufen, und wir sind Banditen oder Bauchtänzerinnen.«

Sie bewunderte die bedingungslose Hingabe der algerischen

Revolutionäre. Und sie kritisierte die Doppelmoral von Colonel Mathieu, dem Anführer der französischen Truppen. »Früher in der Résistance gewesen, und dann ein brutaler Besatzer!«

Die Diskussion konzentrierte sich auf die Frage, inwieweit der algerische Befreiungskrieg als Blaupause für die Palästinenser taugte. Sie sahen im Kampf um Algier das, was sie von zu Hause kannten. Im FLN erkannten sie die PLO. Den Hauptunterschied sahen sie darin, dass die Palästinenser den Kampf aus der Diaspora führen müssten. Weitgehende Übereinstimmung bestand bezüglich der Frage nach revolutionärer Gewalt. Niemand stellte die Legitimität des bewaffneten Widerstands in Frage. Alle sahen in Ali La Pointe, dem Helden des FLN, einen Befreiungskämpfer, keinen Terroristen.

Außer Amal.

Sie gestand, dass ihr bei der Szene, als die Bombe im Café explodierte, übel geworden war.

»Die Franzosen haben bekommen, was sie verdienen!«, rief der Tunesier. »Sie sollen nach Hause gehen!«

Amal schwieg. Während die Männer weiter diskutierten, fragte Moritz sie leise, woran sie dachte. Sie antwortete nur widerwillig.

»Im Film sieht es sauber aus, weil du nichts riechst. Aber in Wirklichkeit … nach so einer Explosion kannst du nicht mehr atmen. Du versuchst, Luft zu bekommen, aber der Staub schnürt deinen Hals zu. Er schmeckt nach verbranntem Fleisch.«

Sie zog an ihrer Zigarette, als wollte sie ihre Zunge betäuben.

»Wann haben Sie das erlebt?«

»Als Kind. In Jaffa. Aber wir waren nicht wie die Franzosen. Wir konnten nicht nach Hause gehen. Wir *waren* zu Hause.«

»Was ist da passiert?«

Amal stand auf, um sich ein Bier zu holen. Als sie zurückkam, setzte sie sich auf einen anderen Stuhl, um nicht mehr mit Moritz reden zu müssen. Er wusste, dass er sich jetzt besser zurückhielt. Er beobachtete. Merkte sich Namen. Amal schien mit keinem der Studenten ein Liebesverhältnis zu pflegen. Auch schienen die Araber mehr an einem Flirt mit den deutschen Studentinnen interessiert zu sein. Als sie aufstanden, um nach Hause zu gehen, lag es an Moritz, den nächsten Schritt zu machen. Er hatte gehofft, es würde andersherum geschehen.

»Haben Sie noch mal über mein Angebot nachgedacht?«, fragte er sie beim Abschied vor der Kneipe. Sie rief den anderen, die gehen wollten, etwas auf Arabisch zu.

»Wir könnten auch eine Porträtserie machen. Sie und Ihre Kommilitonen. Die Studentenunion.«

»Nein.«

»Warum?«

»Ich will in Ruhe studieren.«

»Wir könnten Pseudonyme verwenden.«

»Wo stehen Sie politisch?«, fragte sie unvermittelt.

»Möglichst weit am Rand.«

»Links oder rechts?«

»Weder noch. Ich versuche mich nicht einzumischen.«

»Als wir uns begegnet sind, sagten Sie: Solange die Welt nicht in Ordnung ist, kann man nicht neutral bleiben.«

Es traf Moritz, dass sie sich daran erinnerte. Den Satz hatte er ehrlich gemeint. Ehrlicher als er wollte.

»Sie widersprechen sich«, sagte sie und lächelte provokant.

Er war auf einmal verlegen.

»Also, wo stehen Sie?«

»Vielleicht suche ich meinen Platz noch.«

Amal musterte ihn. Ihm fielen die scharfen Brauen über ihren wachen, dunklen Augen auf.

»Sind Sie verheiratet?«, fragte sie.

»Ich bin geschieden.«

»Oh. Tut mir leid.«

Sie schien das Gefühl zu haben, ihm zu nahe getreten zu sein.

»Das ist schon lange her.«

Ihre Freunde riefen nach ihr, und sie verabschiedete sich. Moritz blieb stehen und ärgerte sich über sich selbst. Sie hatte ihn an einem wunden Punkt erwischt, und er war unsicher geworden.

Moritz gab auf. Man darf der Zielperson nie das Gefühl geben, dass man an ihr interessiert ist. Er hatte sich schon zu weit aus dem Fenster gelehnt. Doch dann, Anfang März, klingelte plötzlich das Telefon. Amal war dran. Sie klang aufgeregt.

»Ihre Fotos ... Wenn Sie noch wollen, können wir sie machen.«

»Oh. Warum jetzt doch?«

»Unter einer Bedingung. Keine Politik.«

Moritz stutzte.

»Hatten Sie nicht gesagt, alles in ihrem Leben sei politisch?«

»Das kann ich nicht am Telefon besprechen.«

Sie trafen sich am selben Abend in der Gaststätte Atzinger, Schellingstraße 9. Amal erklärte Moritz ihre Beweggründe, die sie mit der Palästinensischen Studentenunion abgestimmt habe: Eigentlich sei die Mehrheit gegen die Idee einer Fotoreportage gewesen. Sie misstrauten der deutschen Presse. Aber die aktuellen Ereignisse hätten sie dazu bewogen, umzudenken.

»Meinen Sie die Flugzeugentführung in Aden?«

»Seit Tagen berichten die Medien über die Palästinenser. Aber nicht über Palästina.«

»Wie meinen Sie das?«

»Alle Zeitungen zeigen die Köpfe der Entführer. Aber niemand erklärt, warum sie das tun.«

»Hören Sie, ich kann Ihnen ein Porträt anbieten, aber keine Propagandaplattform.«

»Das wollen wir nicht. Deshalb: Keine Politik. Sie können uns in der Mensa fotografieren, beim Knödelessen, oder im

Wohnheim beim Schachspielen. Ich kann Falafel machen, und wenn Sie wollen, tanzen wir auch.«

»Als Folklore? Was versprechen Sie sich davon?«

Amal sah sich im Raum um, als wollte sie sicher gehen, dass niemand da war, der sie kannte.

»Keine Folklore. Normalität. Am Anfang hatten die Leute Mitleid. Ich brauche kein Mitleid. Ich bin kein Kind mehr. Aber jetzt ... hassen sie uns. Wenn ich irgendwo sage, ich komme aus Palästina – auf einer Party, in einem Seminar oder beim Einkaufen – sagen die Leute: *Terroristin!* Sie machen Witze, ob ich eine Bombe unterm Rock trage. Finden Sie das witzig?«

»Die Menschen haben Angst in diesen Zeiten. Die RAF und die PLO kooperieren. Es ist das erste Mal, dass eine Lufthansa-Maschine entführt wurde.«

»Sehe ich aus, als wollte ich Sie umbringen?«

Amals Augen blitzten ihn provokant an. Er lächelte zurück.

»Na ja, das Konzept eines Terroristen ist, dass er nicht wie ein Terrorist aussieht.«

»Sie sehen auch so harmlos aus. Sind Sie BND oder CIA?«

»Mossad.«

Sie lachten beide.

»Und deshalb wollen Sie sich als friedfertiges Volk präsentieren?«, fragte er.

»Wir hatten Frieden. Die Zionisten sind zu uns gekommen, nicht wir zu ihnen.«

»Das ist auch eine politische Botschaft.«

»Ich sagte ihnen doch: Alles in meinem Leben ist politisch.«

Sie lächelte charmant.

»Unter uns, was denken Sie über die Flugzeugentführung?«, fragte Moritz. »War es richtig, dass die Bundesregierung das Lösegeld gezahlt hat?«

»Ich denke, Sie sollten mal mein Falafel probieren.«

Ronny war einverstanden. Doch es stellte sich als schwierig heraus, einen Vertrag mit einer deutschen Zeitschrift zu bekommen, wegen Amals Bedingung. Der politische Aspekt war genau das, was alle interessierte. Sie wollten zornige Augen und hochgereckte Fäuste. Schließlich gelang es Moritz, ein Fotomagazin zu gewinnen. Für Bilder aus dem »internationalen Studentenleben«. Amal und ihren Freunden war es recht.

Von jetzt an wurde alles leicht. Unerwartet, unwirklich, fast unheimlich leicht. Für einige Wochen kam ihnen die Welt nicht in die Quere. Moritz wartete vor der Mensa auf Amal und ihre Freunde, sie tranken Kaffee, und er machte ein paar Fotos. Auf dem Campus, im Englischen Garten, in der Studentenstadt. Nur Amals Zimmer war tabu. Sie habe es von jemandem untergemietet, unter der Hand, sagte sie, die Heimleitung drücke ein Auge zu, solange es niemand erführe. Alle gewöhnten sich an die Kamera, und Amal stellte sich, entgegen ihren Beteuerungen, als sehr fotogen heraus. Weil sie nicht über sich selbst nachdachte, sondern ganz in ihrer Sache aufging. Schnappschüsse von einer Diskussion beim Straßenschach an der Münchner Freiheit: ihre intelligenten Augen, manchmal warmherzig, immer aufmerksam. Ihre scharfen Wangenknochen. Ihre langen schwarzen Haare. Sie war klar und entschlossen, mitfühlend aber unbestechlich, erwachsen. Für den Augenblick, in dem sein Auge ihr durch den Sucher folgte, vergaß Moritz, für wen er die Fotos machte. Der Bildrahmen schloss die Welt aus. Es gab keine schlechten Nachrichten, und wenn, dann hörten sie sie nicht. Solange sie zusammen waren.

Sie fassten Vertrauen.

Moritz versuchte herauszufinden, in welchem Verhältnis die drei zueinanderstanden. Khalil war leutselig, riss gerne Witze, neigte zur Selbstüberschätzung, aber begegnete Amal mit großem Respekt, fast wie einer älteren Schwester. Er war gut gebaut, attraktiv und trug lange schwarze Locken. Er war leicht zu provozieren, aufbrausend, ging keinem Streit aus dem Weg. Shauki, der Stillere, hielt sich im Hintergrund, belauerte seine Umgebung aber wachsam. Er schien Khalils Autorität anzuerkennen, wobei nicht auszumachen war, ob die tatsächliche Führung bei Khalil oder Amal lag. Die beiden Männer umarmten sich brüderlich, küssten sich auf die Wangen, zu Amal jedoch hielten sie, bei aller Freundschaft, körperliche Distanz. Wenn Moritz die drei nach ihrem Liebesleben fragte, antwortete jeder: »Ich bin frei!«

Der Höhepunkt der Fotoserie sollte eine Tanzperformance sein, vor deutschem Publikum, auf der Bühne einer Gaststätte. Gemeinsam mit anderen Studenten aus der »Dritten Welt«, die ihre Volkstänze zeigen würden. Auch wenn dabei niemand eine Rede halten würde, meinte Amal, sei der Tanz Ausdruck einer indigenen Identität und somit eine anti-imperialistische Botschaft. Zum Proben gingen sie in den Englischen Garten, gleich hinter der Studentenstadt. Shauki brachte einen tragbaren Plattenspieler mit, im Hintergrund spielten Kinder Fußball, kein Polizist unterbrach sie. Moritz saß auf der Frühlingswiese und folgte Amal mit seiner Kamera. Er bewunderte, wie sie in ihrem Körper ruhte.

»Kommen Sie, Moritz! Tanzen Sie mit!«

Amal nahm ihm die Kamera aus der Hand und zog ihn in die Reihe der Tanzenden. Er verlor seine Sicherheit. Seine Bewegungen kamen aus den Füßen und den Armen, nicht aus der Mitte wie bei Amal. Der komplexe Rhythmus überforderte ihn. Dabke war kein Tanz, der schwerelos machte. Im Gegenteil, die stampfenden Schritte verliehen den Körpern Schwerkraft. Sie feierten ihre Verbundenheit mit der Erde.

»Ich kann das nicht!«, sagte Moritz und musste über sich selbst lachen. Die Männer ließen ihn nicht los und trieben ihn an, bis alle verschwitzt ins Gras fielen.

Auf dem Rückweg kamen sie an einem Obststand vorbei. Moritz fragte die drei, ob sie Hunger hätten und kaufte vier Bananen. Während er zahlte, sah er aus dem Augenwinkel, wie Amal heimlich eine Orange in ihre Handtasche steckte. Der Obsthändler, ein Italiener, bemerkte nichts. Moritz wusste nicht, was er tun sollte – sie vor dem Händler darauf anzusprechen, könnte sie in Schwierigkeiten bringen. Er hatte kein Interesse daran, Staub aufzuwirbeln. Andererseits verstörte es seinen Gerechtigkeitssinn. Er zog sie zur Seite, aber als er ihr etwas ins Ohr flüstern wollte, ging sie schon weiter, zusammen mit Khalil und Shauki, die nichts Ungewöhnliches dabei zu finden schienen. Er lief ihnen nach.

»Das war Ladendiebstahl. Warum …«

Amal sah ihn an, als wäre nichts geschehen.

»Ich hab's doch gesehen. Da, in Ihrer Handtasche …«

Sie zog die Orange heraus und lächelte herausfordernd.

»Ich hätte sie doch bezahlt«, sagte Moritz.

»Sie müssen nichts bezahlen. Schenk ich Ihnen.«

»Nein!«

»Warum? Sie ist gut.«

Sie begann, genüsslich die Orange zu schälen. Auf der Schale klebte ein grünes Etikett:

Jaffa.

»Das sind unsere Orangen.«

Ihre Selbstsicherheit verblüffte ihn.

»Die Diebe sind die Leute, die unsere Felder gestohlen haben. Sie haben nicht dafür bezahlt, warum soll ich dafür zahlen?«

»Aber der Händler hat die Ware bezahlt!«

Amal blieb stehen und sah Moritz fest in die Augen.

»Als wir ins Lager kamen, 1948, standen Bäume neben dem Feld. Feigen, Äpfel, Aprikosen, Mandeln ... Ich hatte Hunger, aber mein Vater sagte: *Nein. Die gehören nicht uns!* Ich war schockiert. Als Kind war ich es gewohnt, von unseren Bäumen zu essen. Einfach so, wann ich Lust hatte. Und jetzt zeigten sie auf uns und sagten: *Das sind die Flüchtlinge.* Aber jedes Mal, wenn ich eine Jaffa-Orange esse – und nur wenn ich nicht dafür bezahle – fühle ich mich ein bisschen näher an zu Hause. Sie müssen das nicht verstehen.«

Moritz wollte ihr entgegnen, dass auch er seine Heimat verloren hatte. Mehr als einmal. Doch er wusste, dass es besser war, darüber zu schweigen. Amal hielt die geschälte Orange in ihrer Hand. Feine weiße Adern, durch die das Fruchtfleisch schimmerte. Dann zerbrach sie die Kugel mit ihren Daumen und reichte Moritz ein Stück. Er schüttelte den Kopf. Sie aß es selbst, dann verteilte sie den Rest an Khalil und Shauki und schob Moritz, ohne zu fragen, das letzte Stück in den Mund. Er nahm es mit den Lippen und wischte sich mit dem Handrücken den Saft vom Kinn.

Amal lachte.

Zuhause entwickelte Moritz die Fotos, schwarz und weiß im roten Licht. Ungeduldig sah er zu, wie Amals ebenmäßiges Gesicht im Wasserbad Kontur annahm, fremd und vertraut zugleich. Er hängte die Abzüge mit Klammern an eine Wäscheleine und setzte sich auf den Rand der Badewanne. Eine unerwartete Traurigkeit überkam ihn. Er spürte sein Alter. Er dachte daran, was er verpasst hatte. Dieses Studentenleben. Sie hatten ihn aus der Schule geholt und an die Front geschickt. Trotzdem hatte er etwas gelernt: Zu überleben. Zu lieben. Und zu verlieren.

Für wen war ein Leben ohne Politik überhaupt möglich? Victor hatte dafür mit dem Leben bezahlen müssen. Sein Vater hatte ihm vorgeworfen, sich nur für die Frauen und nicht für seine Gemeinschaft zu interessieren. Bis die Nazis kamen und ihn dazu zwangen, in den Widerstand zu gehen. Ohne die Verwüstung, die Moritz' Kameraden in Nordafrika angerichtet hatten, wäre Victor heute ein gefeierter Musiker. Und Yasmina? Ihr war es am besten gelungen, die Erschütterungen der Zeit abzuwettern und sich von ihrer Innenwelt leiten zu lassen. Die kleinen Dinge waren für sie groß, und die großen Dinge erschienen ihr klein, als würde sie die Welt durch ein umgedrehtes Fernglas sehen.

Dann dachte er an Joëlle. Alles, was er wusste, war, dass sie noch studierte. An der Pariser Musikakademie. Seine letzten Briefe waren ungeöffnet zurückgekommen. Adressat unbekannt verzogen. Sie ging ihren Weg, und er hatte seinen verloren.

Ohne Politik wäre jeder von ihnen noch zu Hause.

Und sie hätten sich nie kennengelernt.

Moritz ging ins Wohnzimmer, wo er die Fotos der Palästinenser an die Wand heftete. Er setzte sich davor und studierte sie, während es draußen langsam dämmerte.

Der 12. Mai 1972 hätte ein unbeschwerter Abend werden sollen. Volkstänze aus aller Welt, von Uruguay über den Sudan und Afghanistan bis nach Palästina. Doch im letzten Moment, als schon alle Karten vorverkauft waren, sagte der Pächter des Wirtshauses, zu dem der Saal gehörte, die Veranstaltung ab. Er hatte von einem Gast den Hinweis bekommen, dass die Veranstaltung zu politischen Zwecken missbraucht werden könnte. Er habe nichts gegen Studenten und auch nichts gegen Ausländer, erklärte er, aber wolle keine Scherereien. Einem Kollegen hätten sie mal die Einrichtung zertrümmert. Die Studenten beteuerten, es sei eine rein kulturelle Veranstaltung. Und auf einmal wurde tatsächlich alles politisch. Sie witterten Zensur, Diskriminierung und Auftrittsverbot.

Moritz parkte seinen alten Käfer vor dem Wohnheim. Er fühlte sich einsam, als er die Treppe zur Kellerbar hinunterstieg, obwohl er mitten unter Menschen war. Eine aufgeheizte Stimmung lag in der Luft. Amal hatte sich geweigert, klein beizugeben und nach einem Ausweichort für die Veranstaltung gesucht. Charlie war ihr zur Hilfe gekommen. Der Soziologiestudent regierte als Barkeeper und Pizzabäcker das »Underground«, die Kellerbar des Max-Kade-Hauses, wo die wilden Partys gefeiert wurden. Ein fensterloser Raum mit alten Möbeln und einer Stereoanlage, auf der Pink Floyd, Santana und Amon Düül liefen. Die Tanzgruppen hatten eine Bühne aus Obstkisten aufgebaut; der verrauchte Kellerraum war brechend voll. Die ausländischen Studenten solidarisierten sich mit den Palästinensern. RAF-Sympathisanten riefen zum bewaffneten Widerstand auf, und Karl Ried von der KPD / ML verteilte Flugblätter zur Unterstützung der uruguayanischen Tupamaros. Khalil griff zum Mikrophon und hielt ein flammendes Plädoyer gegen den Kolonialismus in den Köpfen, das vor lauter Zwischenrufen niemand verstand. Erst als Amal die Bühne betrat, wurde es leiser. Sie trug ein traditionelles, fein besticktes Kleid, das ihr eine Würde verlieh, die weit über den kleinen Raum hinausstrahlte. Shauki, der eine Kafiya trug, folgte ihr. Jemand schaltete das Mikrophon ab und eine peitschende Musik an. Applaus brandete auf. Die Männer nahmen Amal in die Mitte, umfassten ihre Arme und begannen zu tanzen. Der Boden vibrierte. Die Zuschauer klatschten im Rhythmus mit. Die drei rissen sich ihre Tücher herunter und wirbelten sie über den Köpfen. Moritz schoss Fotos. Wegen der Dunkelheit in der Kellerbar musste er den Blitz aufsetzen – was ihn jedes Mal, wenn er auf den Auslöser drückte, sichtbar machte. Grell sichtbar. Im selben Moment, als er Amals Gesicht im Sucher aufleuchten sah, spürte er einen harten Schlag auf die Kamera. Sie fiel ihm aus der Hand. Moritz dachte zuerst an einen unglücklichen Zusammenstoß und wollte die Kamera hochheben, doch ein Fuß stieß sie weg. Bevor er begriffen hatte, was hier geschah, packte eine Hand ihn am Kragen. Er sah, ganz nah, das wütende Gesicht eines Mannes, der ihn auf Arabisch beschimpfte.

»*Muhabarat!*«, brüllte er.

Ein Unbekannter kam Moritz zur Hilfe. Die Männer schrien sich auf Arabisch an. Ein Faustschlag traf Moritz ins Gesicht. Er taumelte gegen Körper und Hände, die ihn auffingen. Amal drängte sich durch die Menge. Der Mann griff nach der Kamera, öffnete sie und riss den Film heraus.

»*Muhabarat!*«

Amal stellte sich schützend vor Moritz. Der Mann warf sie zur Seite und versetzte Moritz einen zweiten Schlag. Warmes Blut lief über sein Auge. Stühle flogen gegen Köpfe, Menschen gingen zu Boden. Moritz konnte nicht mehr erkennen, wer Freund oder Feind war. Er hatte Angst. Er wollte raus. Ein Schlag streckte ihn nieder.

Als Moritz wieder zu sich kam, war alles still. Jemand hustete. Er lag auf dem kalten Boden und spürte eine Hand an seinem Hals, überraschend zart. Finger fühlten seinen Puls. Amal beugte sich über ihn.

»Können Sie mich sehen?«, fragte sie.

Er nickte.

Sie hob seinen Kopf an. Khalil half ihr, ihn aufzurichten.

»Wo ist meine Kamera?«, fragte Moritz.

Khalil deutete auf ein Stück Schrott am Boden. Moritz griff danach. Die Linse war zerbrochen, das Gehäuse zertrampelt.

»Wer war das?«, fragte Moritz.

»Ein Idiot.«

»Warum ...«

»Er ist verrückt«, sagte Khalil. »Er schlägt, bevor er denkt. Überall sieht er Feinde. Im Irak haben sie ihn gefoltert.«

»Wegen der Kamera«, sagte Amal. »*Muhabarat* ist das arabische Wort für Geheimdienst.«

Moritz tat, als wüsste er das nicht. Er wollte nach Hause. Er hatte Angst. Aber dies war die Gelegenheit, ihr nahe zu kommen.

»Wo ist der Typ?«, fragte Moritz.

Amal zuckte hilflos mit den Schultern.

»Habt ihr die Polizei gerufen?«

»Nein.«

Ausländer rufen nie die Polizei, dachte er. Ausländer haben Angst vor der Polizei. Ausländer regeln das unter sich.

Sie brachten ihn hoch in Amals Zimmer und setzten ihn aufs Bett. Khalil half ihm, sein blutiges Hemd auszuziehen. Amal öffnete einen Erste-Hilfe-Koffer und säuberte seine Wunden mit Alkohol. Moritz fühlte sich in guten Händen. Dann kümmerte sie sich um Khalil. Ihn hatte es auch übel erwischt. Aber er ließ sich nichts anmerken. Als wäre es nicht seine erste Schlägerei gewesen.

»Vor ein paar Monaten hatten wir einen Spitzel im Haus«, erklärte er Moritz. »Seitdem liegen die Nerven blank.«

»Was für einen Spitzel?«

»Einer von den Palästinensern. Sie haben ihn umgedreht.«

»Wer?«

Khalil hob vielsagend die Augenbrauen.

»Ich hab ihn erwischt, als er mein Zimmer verwanzen wollte. Wir haben uns geprügelt, und dann ... Er hat uns auf Knien um Verzeihung angefleht. Sie haben ihm viel Geld gezahlt. Seine Mutter ist krank, muss ins Krankenhaus nach Jerusalem.«

Moritz versuchte sich nicht anmerken zu lassen, dass sein Herz schneller schlug.

»Er hat uns geschworen, dass er denen nur noch falsche Sachen erzählt.«

»Der Iraker«, ergänzte Amal, »hat ihm gesagt: Beweise es.«

»Wie?«

»Er sollte seinen Führungsoffizier umbringen.«

Moritz stockte der Atem.

»Was hat er dann getan?«

»Er ist vom Dach gesprungen.«

Draußen vor der Tür polterte etwas. Arabische Männerstimmen. Amal sperrte leise zu und schaltete das Licht aus. Jemand klopfte an die Tür. Die Klinke ging herunter. Amal legte die Finger auf die Lippen. Sie hielten den Atem an. Dann hörten sie, wie die Schritte sich entfernten. Ihre Augen gewöhnten sich an das Mondlicht, das zum Fenster hereinfiel. Amal legte ihr Ohr an die Tür, dann machte sie Kaffee auf einer elektrischen Herdplatte. Khalil legte sich erschöpft aufs Bett. Als Amal den Kaffee in kleine Mokkatassen gegossen hatte, war er schon eingeschlafen. Ein unruhiges Gefühl breitete sich in Moritz' Körper aus, und er glaubte, es auch bei Amal zu spüren. Die stille Aufregung, miteinander allein, aber nicht wirklich allein zu sein. Sie tranken ihren Kaffee.

»Es tut mir leid«, sagte sie leise. »Nicht Ihre Schuld.«

»Da ist Blut an Ihrem Kleid.«

»Nicht mein Blut.«

Sie ging zum Waschbecken, drehte den Wasserhahn auf und hielt ihren Ärmel unter das fließende Wasser.

Seine Augen wanderten im Zimmer herum. An den Wänden hingen Poster von Che Guevara und der PFLP: Eine Palästinaflagge und ein Arm, der ein Gewehr in die Luft reckte. Ein Foto der Jerusalemer Altstadt. Und eine Landkarte. Im Mondlicht erkannte er die sanft geschwungene Küstenlinie. Den kleinen Haken der Bucht von Haifa. Das Land trug keinen Namen, denn der Rand der Karte war abgeschnitten. In der Mitte hatte jemand hinter das Wort »Tel Aviv« ein Stück Kreppband geklebt und mit Kugelschreiber ein arabisches Wort darauf geschrieben.

»Was steht dort?«, fragte Moritz.

»*Yafa.*«

»Haben Sie das geschrieben?«

»Ja. Da stand ein falscher Name.«

»Welcher?«

»*Yafo.*«

»Das ist doch das gleiche Wort, nur mit anderer Endung.«

»Für Sie ist es ein Buchstabe. Für mich ist es alles.«

Amal drehte den Wasserhahn zu, griff nach der Kaffeekanne und schenkte nach.

»Sie werden mehr als einen Kugelschreiber brauchen, um die Geschichte umzuschreiben«, sagte Moritz.

»Trinken Sie Ihren Kaffee.«

Er starrte auf die Karte. Dass Auslöschen eines hebräischen Namens löste einen Widerstand in ihm aus.

»Eines Tages«, sagte er, »werden Sie sich mit den Juden arrangieren müssen.«

»Wir haben nichts gegen Juden«, antwortete Amal. »Jeder Jude, der nicht nach Palästina zieht, ist mein Freund.«

»Aber ... Sie nennen das Land immer noch Palästina. Warum können Sie Israel nicht anerkennen?«, fragte er. »Die Vereinten Nationen haben es getan. Die meisten Staaten der Erde.«

»Warum erkennt Israel *uns* nicht an? Existieren wir nicht? Haben wir nicht, wie jeder andere, das Recht auf Selbstbestimmung? Auf ein Leben in Würde? Die Vereinten Nationen haben Dutzende Resolutionen dazu verabschiedet. Aber niemand tut was? Der Westen predigt Menschenrechte und verkauft Waffen, die uns töten. Sind wir keine Menschen?«

Moritz wollte etwas entgegnen, entschied sich aber dann dafür, sie reden zu lassen. Je emotionaler, desto besser. Er musste nur *seine* Emotionen beherrschen.

»Entschuldigung«, sagte sie. »Wir wollten nicht über Politik sprechen.«

Sie räumte die Mokkatassen ab.

»Doch. Warum nicht? Wie sähe denn *Ihre* Landkarte aus?«

Amal drehte sich zu ihm, breitete die Arme aus und blickte auf ihren Körper hinunter.

»So!«

Sie lächelte. Ein bitterer Triumph in ihren Augen.

»Ihr Kleid?«

»Das ist kein Kleid«, sagt Amal. »Es ist meine Geschichte. Wollen Sie sie hören?«

43

JERICHO

Palästina ist nicht nur ein Land oder ein Name,
es ist eine Idee, eine Hoffnung und ein Symbol
für jeden, der Verlust erfahren hat
und sich nach Wiedergutmachung sehnt.

Ghada Karmi

In Palästina ist ein Kleid nicht nur ein Kleid. Ein Tanz nicht nur ein Tanz. Eine Hochzeit nicht nur eine Hochzeit. Wir vererben die Heimat an unsere Kinder, während sie unter unseren Füßen verschwindet. Als ich unser Land in dieses Kleid stickte, saß *Sitti*, meine Großmutter, neben mir und erzählte. Sie wurde in einem Dorf geboren, das nicht mehr existiert, und lebte in einem Haus in Jaffa, in dem heute Juden wohnen. Und wenn ich eines Tages eine Tochter habe, werde ich mit ihr ein Kleid sticken: Gelbe Zweige für die Orangenhaine. Grüne Dreiecke für Zypressen, die unsere Bäume vor dem Wind schützen. Und blaue Wellen für das Mittelmeer.

In Palästina gibt es eine Zeit der Gebete, eine Zeit der Ernte und eine Zeit der Feste. Im Sommer, wenn der Weizen gedroschen ist und die Oliven noch an den Bäumen reifen, hallt das Trällern der Frauen durch die Dörfer, die Straßen duften nach Zimtgebäck, Kaffee und Rauch, die Menschen tanzen bis spät in die Nacht. Das ist die Zeit der Hochzeiten.

Davor gibt es im Leben jeder Palästinenserin eine Zeit ohne

Namen: der aufregende, kurze Moment zwischen Tochtersein und Mutterschaft, zwischen dem Haus der Eltern und dem Haus des Ehemannes. Es ist die Zeit der Handleserinnen, der aufgeregten Treffen mit Freundinnen, des Pläneschmiedens in den Innenhöfen, wo die Frauen den Weizen sieben. Die Mütter sind in dieser Zeit die engsten, wenn auch nicht unparteiischen Verbündeten; sie holen Informationen über diesen und jenen Verehrer ein, fühlen bei anderen Familien vor, spinnen Netze durch die Nachbarschaft, in denen der Richtige sich verfängt, ohne zu wissen, dass jeder seiner Schritte beobachtet und gelenkt wird.

Meine Mutter war tot. Meine *Sitti* war alt. Baba war gelähmt. Und mir blieb keine Zeit mehr.

Du wirst studieren, hatte meine Mutter einst gesagt. Und mein Vater hatte mir von London erzählt. Das war in einer anderen Zeit. Als wir noch das Meer vor Augen hatten. Als Palästina noch ganz war.

Ich wollte einmal Ärztin werden. Aber ich war Lichtjahre davon entfernt. Ich verkaufte Süßigkeiten. Mein Vater brauchte mich. Auch wenn er es nicht zugeben konnte. Und ich liebte ihn. Mein Bruder Jibril dagegen hörte nicht auf, mit ihm zu streiten. Wegen Kleinigkeiten. Wegen Politik. Wegen der Vergangenheit, die nie vergessen werden konnte, solange wir keine Zukunft hatten. Ich musste Jibril zum Lernen prügeln wie einen störrischen Esel, doch irgendwann hatte er begriffen, dass der höhere Schulabschluss sein einziger Weg war, um von Baba wegzukommen. So konnte er studieren. Er wollte Ingenieur werden. Flugzeuge bauen. Er baute Modellflugzeuge aus Abfallholz und Plastiktüten, die über die Felder flogen. Am Ende wurde der kleine, kränkliche Jibril, den alle schon abgeschrieben hatten, so gut in der Schule, dass der Pfarrer ihm ein kirchliches Stipendium in Aussicht stellte. Von einer Gemeinde in Toronto. Er musste nur noch das Abitur schaffen.

Damit war mein Weg vorgezeichnet. Wer ins Ausland ging, musste Geld nach Hause schicken. Wer blieb, musste dem Vater helfen. Ich war dreiundzwanzig, meine Freundinnen waren alle schon verheiratet und Baba freute sich auf die Enkel, die ich ihm schenken würde.

An Kandidaten mangelte es nicht. Im Gegenteil. Manche Kunden kamen nicht wegen unserer Baklawa in den Laden, sondern um mich zu beobachten. Ich erkannte sie schnell; Gruppen von zwei, drei ausgelassenen Männern um einen, der schüchterner war als seine Freunde. Das war derjenige, der später durch seine Familie vorfühlen ließ, ob es sich lohnen würde, um meine Hand anzuhalten. Ich galt als arrogant, weil ich schon oft nein gesagt hatte. *Was erlaubt sie sich, das Flüchtlingskind? Soll doch froh sein, wenn sie einen anständigen Mann bekommt!* Neunzehn Jahre lebten wir schon in Betlehem, als Palästinenser unter Palästinensern, aber immer noch waren wir »die aus Jaffa«. Und wir waren stolz darauf. Meine *Sitti* machte sich Sorgen und las heimlich aus meinem Kaffeesatz. Danach machte sie sich noch mehr Sorgen.

Als auf einmal der Richtige in mein Leben trat, war Baba dagegen. Dabei hatte er selbst ihn mir vorgestellt. Aus Zufall. Wir kauften die Datteln für unser Gebäck immer im Jordantal, bei Abu Sami, einem alten Bekannten meines Vaters. Er war Obsthändler in Ramleh gewesen. Seine Familie war 1948 vertrieben worden und in Jericho gestrandet. Im Flüchtlingslager neben der Stadt hatte er sich mit einem kleinen Lebensmittelladen eine neue Existenz aufgebaut. Sami, sein Sohn, war ein gutmütiger Riese. Beeindruckend auf den ersten Blick, und dann sympathisch schüchtern. Als ich ihn zum ersten Mal sah, schulterte er einen schweren Sack Mehl, den er vom Busdach herunterlud, als wäre er mit Federn gefüllt. Sami trug ihn in den Laden und setzte ihn ruhig ab. Dann lächelte er mich aus ruhigen Augen an, ohne mir die Hand zu reichen, aus Höflichkeit. Ich mochte ihn auf den ersten Blick. Er hatte große Füße, die leicht nach innen zeigten, und Hände wie ein Bär. Beim Gehen wiegte sein Körper von einer Seite zur anderen. Er redete nicht viel. Aber er konnte kochen und backen, eine Steckdose reparieren, Tierstimmen imitieren und Spinnen fangen. Er machte trockene Witze, auch wenn er traurig war, nur um die anderen zum Lachen zu bringen. Eigentlich wollte er Elektriker werden, aber mangels Ausbildung arbeitete er für seinen Vater. Vielleicht war es das, was uns verband. Wir lebten beide in einer Warteschleife. Er war der treueste Mensch, den ich kenne.

»Wenn ich einen heirate, dann Sami«, sagte ich zu meinem Vater.

»Er hat ein gutes Herz. Aber er kommt von den *fellahin*. Du bist eine Bishara!«

»Mama kam auch von den *fellahin*, und du hast sie geheiratet!«

»Das ist etwas anderes; sie war die Frau!«

Ich wagte nicht zu widersprechen, indem ich ihn daran erinnerte, was aus uns geworden war. Doch ich ahnte, dass der wahre Grund, warum er Sami ablehnte, ein anderer war: Wenn ich, wie die Tradition es verlangte, zu seiner Familie nach Jericho ziehen würde, bliebe Baba allein in Betlehem zurück. Denn Jibril würde das Weite suchen, so schnell er konnte.

Also besprach ich einen heimlichen Plan mit Sami: Ich würde darauf verzichten, dass seine Familie mir, wie es Brauch war, Goldschmuck als Morgengabe schenkte. Und mit dem gesparten Geld würden wir eine Wohnung in Betlehem mieten. Sami würde sich hier eine Arbeit suchen, und wenn Baba in den Ruhestand ginge, würden wir beide die Konditorei führen. Im Gegensatz zu mir hatte Sami vier Geschwister, die seinem Vater in Jericho helfen konnten. Samis Vater war zuerst dagegen, aber

Sami überzeugte ihn. An Ostern 1967 kam Abu Sami mit seinen Söhnen zu Besuch und bat meinen Vater offiziell um meine Hand. Baba zögerte. Ich lauschte an der Tür und starb fast vor Aufregung. Dann ging Sami vor ihm auf die Knie. Endlich sagte Baba, worauf alle warteten:

»Möge das Paar gesegnet sein!«

Ich stieß die Tür auf, noch bevor ich gerufen wurde, und brachte Kaffee für alle.

Anfang Juni hievten wir Baba aus seinem Rollstuhl in ein Sammeltaxi. Er fuhr nach Jericho, um mit Abu Sami die Hochzeitsfeier zu planen. Jibril begleitete ihn; ich hielt die Stellung im Laden. Es waren eigenartige Tage. Eine unsichere Stimmung hatte das Land erfasst. Wie elektrisch geladene Luft vor einem Gewitter. Gamal Abdel Nasser schickte Soldaten auf den Sinai. Sawt Al Arab, der panarabische Sender aus Kairo, rührte die Kriegstrommeln. Doch Baba sagte: *Hunde, die bellen, beißen nicht. Die Helden der arabischen Nation haben die Palästinenser schon einmal verraten.*

Ich verehrte Gamal Abdel Nasser. Er hatte Palästina nicht vergessen. Er gab uns neue Hoffnung. Er war nicht nur an der eigenen Macht interessiert, sondern hatte eine gesellschaftliche Vision: Die Befreiung der arabischen Massen von der Bevormundung des Westens. Und die Befreiung der arabischen Frau durch die Bevormundung der Religion. Er hatte das Wahlrecht für Frauen eingeführt und machte sich über den Führer der Muslimbrüder lustig: Wenn nicht mal deine eigene Tochter Kopftuch trägt, sagte er, wie soll ich zehn Millionen Frauen dazu zwingen? Meine Generation liebte ihn dafür.

Als der Krieg ausbrach, stand ich im Laden und zerkleinerte Nüsse. Ich hörte, wie die Nachbarn aus ihren Häusern liefen. Auf den Straßen brach ein unbeschreiblicher Jubel aus. Fremde tanzten Dabke miteinander. Alle hörten Radio. Ich verteilte Gebäck.

»Du wirst das Meer wiedersehen, *habibti*«, sagte *Sitti.* Ich glaubte es. Alle glaubten es, einen ganzen Tag lang. Aber ich war in Sorge um meinen Vater. Heute hätte er zurückkommen sollen. Waren die Straßen noch offen? Wo fand er statt, dieser Krieg?

Jericho am Jordan. Jericho unter der Sonne. Hier war es immer heiß, hier wehte selten ein Wind. Und wenn, dann so heftig, dass der Staub dir den Atem verschlug. Jericho, die älteste und tiefst gelegene Stadt der Welt. Die Flüchtlingslager am Stadtrand waren zu Armenvierteln geworden. Häuser, die diese Bezeichnung nicht verdienten, enge Gassen voller Kinder. Eine neue Generation, die des Wartens überdrüssig war.

Georges und Jibril saßen im Wohnzimmer von Abu Sami, als sie die ersten Flugzeuge hörten. Jibril lief aufs Dach. Hunderte Menschen standen auf den dicht aneinandergebauten Häusern und winkten mit beiden Armen den Jets zu, die über die Ebene heranrasten. Unsere Befreier! Aber sie kamen aus der falschen Richtung, dachte Jibril. Aus Westen. Sie flogen so tief, dass ihr ohrenbetäubendes Kreischen den Jubel übertönte. Erst als sie über seinen Kopf donnerten, sah Jibril den Davidstern unter den Flügeln. Zwei Fedajin ballerten mit ihren Gewehren hinterher. Sekunden später hatten die Jets den Jordan überquert.

Aber noch glaubten sie, was Sawt Al Arab erzählte.

Bis die Panzer kamen. Bis die Bomben fielen. Bis die Nachrichten eintrafen, von den neuen Flüchtlingen auf den Landstraßen. Die Israelis warfen Flugblätter ab. *Wenn ihr eine weiße Fahne auf eurem Haus hisst, tun wir euch nichts!* Niemand glaubte ihnen. Alle erinnerten sich an die Nakba. Abu Sami sagte, er würde lieber aufrecht sterben als die Flagge der Kapitulation zu hissen. Georges und Jibril wollten zurück nach Betlehem, aber alle beschworen sie, zu warten. Auf den Straßen sei es zu gefährlich. In der ersten Nacht harrten sie im Haus aus. In der zweiten Nacht hörten sie Gerüchte, dass alles verloren war. In der dritten Nacht bebte der Boden. Die Einschläge kamen erschreckend nah. Panik brach aus. Unzählige Menschen drängten sich auf den engen Gassen in der stromlosen Dunkelheit. *Auf dem Ostufer ist es sicher*, sagten sie. *Sie haben die Brücken nicht bombardiert.* Es fühlte sich an wie 1948. Außer dass alles viel schneller ging.

Die ersten Familien packten ihre Matratzen auf Esel und Autos. Abu Sami öffnete seinen Laden, um die Flüchtenden mit Lebensmitteln zu versorgen. Seine Frau und Sami halfen ihm. Und im Chaos verlor Abu Sami die Nerven. Als wäre die Angst eine Welle, die ihn mitriss. Wahrscheinlich war es wegen seiner jüngsten Tochter. Sie hatte ein Nierenleiden. Alle zwei Wochen musste sie zur Dialyse. Nach Amman, in Jordanien.

Wir können ja zurückkommen, wenn der Krieg vorbei ist.

Baba packte Abu Sami an seinem Anzug, so heftig stritt er mit ihm. »Dieses Mal dürfen wir nicht fliehen!«, rief er. »Dieses Mal müssen wir bleiben! Die einzige Richtung, in die ich gehe, ist nach Westen. Zurück nach Jaffa!«

Baba verlor den Kampf um seinen Freund. Abu Sami stieg mit seiner Frau und den Kindern auf einen überladenen Lastwagen. Sie folgten ihren Verwandten und Nachbarn. Es waren ja nur ein paar Kilometer. Die israelische Infanterie hatte am Jordan Halt gemacht; auf dem Ostufer standen die Jordanier.

Möge Allah euch behüten!

Abu Sami reichte Baba seinen Hausschlüssel vom Lastwagen.

Mein Haus ist auch dein Haus.

Und Sami? Er konnte seine Familie nicht im Stich lassen.

»Sag Amal, ich komme nach Betlehem«, rief er, als der Laster losfuhr.

»Wann?«

»Macht euch keine Sorgen. Ich komm zu euch, *inshallah!*«

Als Jibril und Baba am Morgen vor die Tür traten, war das Lager still wie eine Geisterstadt. Ziegen und Hühner standen herrenlos unter der Sonne. Schon jetzt war es erstickend heiß.

Sie beschlossen, nach Betlehem aufzubrechen, um Amal und die Großmutter wiederzufinden. Sie mussten dort ankommen, bevor der Krieg zu Ende war. Georges größte Angst war, dass die Israelis ihn wieder zu einem »Abwesenden« erklären würden.

Jibril schob Babas Rollstuhl über die Straße zur Allenby-Brücke. An der Kreuzung zur Landstraße nach Jerusalem gab es immer Sammeltaxis oder irgendjemanden, der einen mitnahm. Doch jetzt herrschte dort ein unbeschreibliches Chaos. Der Asphalt war von Bomben aufgerissen. Jordanische Panzerwracks lagen herum wie das weggeworfene Spielzeug eines Riesen. Israelische Panzer und Jeeps blockierten die Landstraße nach Jerusalem. Nur der staubige Weg zur Allenby-Brücke war offen. Busse luden zahllose Palästinenser aus. Sie riefen nach ihren Kindern, standen in der Hitze, wurden herumgestoßen. Israelische Soldaten, die ein paar Brocken Arabisch sprachen, hielten ihnen Papier und Stift zur Unterschrift hin.

»Was steht dort?«

»Unterschreib.«

»Ich kann nicht lesen.«

»Unterschreib!«

»Dein Stück Papier ist nichts wert!

»Für wen hältst du dich? König Hussein? Unterschreib!«

Sie unterschrieben voller Verachtung. Sie unterschrieben, um über den Jordan gehen zu dürfen. Sie unterschrieben, dass sie nie wieder zurückkehren würden.

Ein Straßenschild zeigte nach Amman, ein anderes nach Jerusalem. Baba lenkte Jibril weg vom Strom der Verzweifelten, der ostwärts zur Brücke zog. Doch die Soldaten hielten sie auf.

»Go to Amman«, rief einer und deutete mit seinem Gewehr zur Jordanbrücke. *»Yalla!«*

Baba schob sich stur vorbei. Der Soldat blockierte seinen Weg. Ein Rollstuhlfahrer gegen einen Bewaffneten. Jibril stellte sich schützend vor seinen Vater.

»Wo wollt ihr hin?«, rief der Soldat. Er war kaum älter als Jibril. Er trug eine Sonnenbrille.

»Bus to Betlehem?«, fragte Jibril den Soldaten und zeigte auf die Busse. Der schüttelte den Kopf.

»One way trip.«

»We are from Betlehem.«

»Road is closed. It's war.«

»We must go home.«

»It's not my problem.«

Baba zog Jibril am Arm und schob seinen Rollstuhl weiter.

»Komm.«

Jibril folgte ihm, aber der Soldat packte ihn und stieß ihn zu der Menge, die zur Brücke ging.

»Fass meinen Sohn nicht an!«, fauchte Baba. »Wer bist du?«

Der Soldat hob sein Gewehr, um ihn mit dem Kolben ins Gesicht zu schlagen.

»Nein!«, schrie Jibril.

Da versetzte Baba sich selbst eine Ohrfeige. Und noch eine.

»Wer gibt dir das Recht, mich zu schlagen? Der Einzige, der das darf, bin ich!«

Und noch eine. Der Soldat wich erschrocken zurück.

»Hör auf, ya Baba!«, schrie Jibril. Er konnte es nicht mit ansehen.

Und noch eine. Der Soldat hielt ihn für verrückt. Er ließ die beiden ziehen.

Sie mussten die Straße verlassen, um den Soldaten auszuweichen. Flüchtlinge kamen ihnen entgegen.

»Woher kommt ihr?«

»Aus Jerusalem.«

»Ihr müsst bleiben.«

»Geht nicht dorthin. Sie schießen.«

»Geh weiter, Jibril!«

Jibril schob den Rollstuhl über die trockenen Felder. Kein Baum warf Schatten. Sie hörten Flugzeuge und die Einschläge von Bomben. Irgendwann brach ein Rad vom Rollstuhl ab. Jibril versuchte es zu reparieren, aber es war zwecklos. Baba verfluchte Levi Eshkol und König Hussein. Jibril nahm seinen Vater auf den Rücken und marschierte weiter. Baba hielt seine Arme um Jibrils Brust, und Jibrils Arme trugen seine Beine. So gingen sie nach Westen, ohne Wasser, bis die Sonne sie niederwarf. Erschöpft blieben sie auf der trockenen Erde sitzen. Baba erzählte Jibril vom Sommer 1948. Wie sie tagelang durch die Hitze geirrt waren. Wie sie einen Jungen am Seil in einen Brunnen hinabgelassen und wieder hochgezogen hatten. Wie sie mit ihren Lippen den letzten Tropfen Feuchtigkeit aus seinen Kleidern gesaugt hatten. Und er erzählte ihm von Mariam.

Jibril trug seinen Vater durch die Nacht. Sie hörten Schüsse. Sie sahen Panzer durch die Dunkelheit fahren. Als die Sonne aufging, hallte der Ruf des Muezzin über die Olivenfelder. Sie erkannten die Kirchtürme und Minarette von Betlehem.

Die Straßen der Altstadt waren niederschmetternd leer. Betlehem schien zur Geisterstadt geworden zu sein. Baba und Jibril befürchteten, dass auch hier die Menschen geflohen waren. Dann sahen sie die ersten Gesichter hinter den Fenstern.

»Geht schnell nach Hause!«, flüsterte eine Alte.

Es herrschte Ausgangssperre. Aber alle waren noch da.

Sitti und ich liefen aus dem Haus, als wir die Rufe der Nachbarn hörten.

»Abu Bashar ist zurück! *Alhamdulillah!*«

Vor der Tür fielen wir uns so heftig in die Arme, dass Jibril in die Knie ging. Wir kauerten am Boden, hielten uns fest und weinten. Dann mussten wir die beiden schnell ins Haus bringen, bevor die Soldaten kamen. Wir gaben ihnen zu trinken und zu essen. Mein Vater war zu aufgewühlt, um einen Bissen herunter zu bringen. Die ganze Zeit strich er Jibril über den Kopf, küsste ihn und weinte. Dann erzählten sie, was passiert war.

Auf dem Stuhl lag mein halbfertiges Hochzeitskleid.

Militärjeeps rasten durch die leeren Gassen. Wir hörten die hebräischen Stimmen aus den Funkgeräten und hielten uns vom Fenster fern. Wir reichten Essen von Balkon zu Balkon. Wir erklärten den Kindern, warum sie nicht mehr auf die Straße durften. Wir kletterten heimlich von Dach zu Dach und tauschten Nachrichten aus. Jeder kannte die Geschichten der Flüchtlinge von 1948. Aber dieses Mal, das schworen wir, würden wir uns nicht vertreiben lassen.

To exist is to resist, schrieb jemand auf eine Mauer.

Doch wir trauerten um Jerusalem. Sie hatten die Altstadt besetzt, das Herz Palästinas mit der Grabeskirche, dem Haram Al Sharif und dem Felsendom. Über Nacht machten Bulldozer das marokkanische Viertel dem Erdboden gleich. Als am siebten Tag des Sechstagekriegs die Sonne aufging, legte sich der Staub. Vor der Klagemauer, wo dicht gebaute Häuser gestanden hatten, lag ein leerer Platz.

Eine bleierne Stille legte sich über Betlehem. Die Ausgangssperre wäre nicht nötig gewesen; alle verkrochen sich aus Scham in die Häuser. Vor einer Woche noch waren wir stolze, vereinte Araber gewesen; jetzt wurden wir zurückgeworfen auf das, was es seit Jahrhunderten bedeutete, Palästinenser zu sein: In der eigenen Heimat von Fremden beherrscht zu werden. Ich machte mir Vorwürfe, dass ich nicht mit den Fedajin gekämpft hatte. Und auch Jibril davon abgehalten hatte. Wenn sich jeder nur um das eigene Dach über dem Kopf kümmerte, würden wir nie einen Staat haben, der unser Volk beschützen könnte.

Doch zugleich geschah etwas Verblüffendes: Mein Vater und mein Bruder redeten wieder miteinander. Wie Erwachsene. In den langen Nächten der Ausgangssperre erzählte Baba von Jaffa, von den Festen unserer Mutter und von unserem Onkel, Ammo Bashar. Wie er gegen die Engländer gekämpft hatte. Wie unser Vater am Grab seines Bruders gestanden und geschworen hatte, seinen Erstgeborenen nach ihm zu benennen. Jibril hörte zu. Es war das erste Mal, dass er Baba wirklich zuhörte, ohne ihm zu widersprechen. Dann brach Baba in Tränen aus.

»Ich hätte ihm einen anderen Namen geben sollen. Der Name war sein Fluch.«

Jibril nahm Baba in den Arm.

»Es ist nicht deine Schuld, ya Baba. Bashar wurde als Kämpfer geboren und ist als Kämpfer gestorben.«

Ich hätte Bashar lieber lebendig an unserer Seite gehabt. Aber ich war unfassbar erleichtert über die Versöhnung, die ich nicht mehr für möglich gehalten hatte. Baba hörte nicht auf, uns zu erzählen, wie tapfer Jibril ihn durch die Nacht getragen hatte. Und Jibril hatte endlich begriffen, dass sein Vater kein Feigling war. Der Fluch, der seit Bashars Tod zwischen ihnen gestanden hatte, war gebrochen.

Ich weiß nicht mehr, wie viele Tage wir im Haus eingesperrt waren. Ich erinnere mich nur noch, dass ich in der Küche den letzten Reis in Weinblätter rollte, als mein Vater nach mir rief.

»Ya Amal! Hör zu! Im Radio singt Fairuz!«

Ich sah ihn im Wohnzimmer neben dem Radioempfänger sitzen. Sawt Al Arab spielte das Lied, das gerade die Gefühle von Millionen Menschen ausdrückte, von Bagdad bis Casablanca. *Al Quds Al Atika.* Das Alte Jerusalem. Mein Vater drehte es lauter. Ein Schauer lief mir über den Rücken.

Ich wanderte durch die Straßen, die Straßen des alten Jerusalem
Vorbei an den Läden, die geblieben waren von Palästina
Sie erzählten mir, was geschehen war,
und schenkten mir eine Vase,
Als Erinnerung an die Verbannten, die auf Rückkehr warten
Ich wanderte durch die Straßen, die Straßen des alten Jerusalem
Machte Rast vor einer Tür, die mein Freund wurde
Und ihre traurigen Augen nahmen mich mit,
hinaus aus der Stadt,
ins Unglück meines Exils.

Fairuz war für uns, was Oum Kalthoum für unsere Eltern war. In einer dunklen Zeit war sie wie aus dem Nichts erschienen und hatte die Herzen aller Araber verzaubert. Sie war Libanesin, aber sie sprach den Palästinensern aus der Seele. Sie war Christin, aber auch die Muslime verehrten sie. Ihre Stimme strahlte wie der Morgenstern. Kristallklar, unzerstörbar und zärtlich. Wenn sie auf der Bühne stand, verzichtete sie auf jede Geste, ihre schwarzen Augen in die Ferne gerichtet.

Jibril kam ins Zimmer und hörte zu.

»Mach das Fenster auf!«, sagte Baba.

Ich öffnete das Fenster. Gleißendes Sonnenlicht fiel auf die alten Mauern. Gegenüber wagten sich die ersten Nachbarn an die Fenster. Ernst und niedergeschlagen wie wir. Ich hörte dasselbe Lied aus ihrer Wohnung. Wir halfen Baba aufzustehen und führten ihn ans Fenster.

Es war einmal ein Land
Und Hände, die es bebauten
Unter der Sonne, unterm Wind
Da waren Häuser und blühende Fenster
Da waren Kinder mit Büchern in den Händen.

Plötzlich, in einer dunklen Nacht,
flutete Hass die Häuserschatten
Schwarze Hände brachen die Türen auf
Und die Häuser verloren ihre Besitzer.
Zwischen den Besitzern und ihren Häusern
Wuchsen Dornen und Feuer.

Alle Fenster standen jetzt offen. Alte und Kinder, Männer und Frauen, die tagelang in ihren Häusern ausgeharrt hatten, waren auf einmal wieder da. Die Stimme von Fairuz flutete die Straße wie ein Frühlingsregen. Ich begann zu weinen.

»Nicht weinen«, sagte mein Vater. »Sonst steckst du die anderen an.«

Ich riss mich zusammen und wischte mir die Tränen aus dem Gesicht. Unten auf der Straße bremste ein Jeep. Die Soldaten brüllten herauf: *Iskut! Shut up!* Aber niemand rührte sich. Meine Beine begannen zu zittern. Aber niemand sah es. Wir fassten uns an den Händen und sangen leise mit. Ich sah, dass auch die Nachbarsfrau von gegenüber ihre Lippen bewegte. Ein Mann hielt seine Hände vors Gesicht und begann zu schluchzen. Er verschwand vom Fenster, und ein anderer trat an seine Stelle. Niemand sang laut; der Krieg war verloren. Wir zeigten einander nur, dass wir noch lebten. Dass niemand alleine gelassen wurde. Die Soldaten liefen irritiert auf der Straße herum. Ich fragte mich, ob sie Arabisch verstanden. Ob sie schießen würden. Ob man sie darauf vorbereitet hatte, ein Lied zu töten. Oder ob die Stimme von Fairuz sie verzaubert hatte und sie sich fragten, ob sie unerwartet willkommen waren. Aber niemand öffnete seine Tür, niemand sah sie an. Ich schloss die Augen und hielt die Hand meines Vaters fest. Fairuz trug uns hinaus über die Dächer, über die Hügel, bis nach Jerusalem.

Mein Ruf hallt in den Straßen, den Straßen des alten Jerusalem
Lass mein Lied zu Sturm und Donner werden
Flieg, meine Stimme,
sag den Menschen, was hier geschieht,
werde zum Sturm in ihren Herzen
damit ihr Gewissen erwache!

44

Sie wollten die Geschichte meines Kleides hören. Ich habe sie erst zur Hälfte erzählt. Unsere Geschichten verlaufen nie geradlinig. Wir gehen einen Schritt voran und zwei zurück. Die Welt legt uns Steine in den Weg, und wir heben sie auf, um damit ein Haus zu bauen. Dann kommt jemand und reißt es ein, und wir beginnen von vorn.

Sami versuchte mich zu erreichen. Er rief bei Aziz an, der im Café ein Telefon hatte. Aber wegen der Ausgangssperre konnte ich nicht hingehen. Als wir endlich tagsüber vor die Tür gehen durften, rief ich zurück, aber erreichte ihn nicht mehr. Er war mit seiner Familie in einem Flüchtlingslager auf der anderen Seite des Jordans gelandet. Es hieß Karameh, was ironischerweise »Würde« bedeutet. Sami hatte mir eine Nachricht hinterlassen: Er würde zu mir kommen, sobald die Brücken wieder offen waren. Ich schaute aus dem Fenster zu den Wolken, die von Osten herankamen; innerhalb von Minuten überquerten sie den Jordan, ohne jede Anstrengung. So wie wir, früher.

Ich wartete. Ich stickte Orangenzweige auf mein Hochzeitskleid. Wenn es eines gibt, was man als Palästinenserin lernt, ist es das: wie man wartet, ohne die Hoffnung zu verlieren. Hoffnung ist mein Name. Amal.

Statt meines Verlobten auf einem weißen Araberhengst kamen die Touristen aus Tel Aviv. Gestern noch in Uniform, heute in kurzen Hosen, mit Kamera um den Hals. Sie kamen immer in Gruppen. Manche kauften Gebäck. Sie zahlten in israelischer Lira und akzeptierten keinen jordanischen Dinar als Wechselgeld. Manche traten mit der Selbstgerechtigkeit des Siegers auf, der die Besiegten herumkommandieren konnte. Andere waren freundlich, fast gönnerhaft, als wollten sie den Eingeborenen etwas Gutes tun, wenn sei bei ihnen kauften. Die meisten aber waren schlicht gleichgültig. Kumpels auf einem Ausflug mit Abenteuerflair, wie Pfadfinder in der Wildnis.

Die Wilden waren wir.

Nachts, wenn die Touristen zurück über die Grüne Linie gefahren waren, gehörte die Stadt den Soldaten. Sie klopften an unsere Türen, und wenn nicht gleich jemand öffnete, traten sie die Türen ein. Sie durchsuchten unsere Schränke und Betten, rissen Schubladen heraus, verhafteten Väter vor den Augen ihrer Kinder und rissen Söhne aus den Armen ihrer Mütter. Sie suchten nach den Fedajin. Sie wollten uns zeigen, wer jetzt Herr im Haus war. Und wir zeigten ihnen, dass wir uns nicht unterwerfen ließen.

»Hab keine Angst«, sagte mein Vater jede Nacht. »Sie können unsere Knochen brechen, aber nicht unseren Geist.«

In Wahrheit hatten wir alle Angst, dass sie Jibril holen würden. Zwar war er kein Fedaji, aber viele seiner Freunde waren in ein Trainingscamp der Fatah gegangen, während ich mit ihm über seinen Schulbüchern saß. Sie nahmen es ihm übel, sie im Stich gelassen zu haben. Und wer weiß, wie tapfer sie wirklich waren. Unter Folter nannten viele irgendeinen Namen, nur damit der Schmerz aufhörte.

Jibril schlief immer in seinen Kleidern. Die Schuhe standen vor seinem Bett. Der Fluchtweg war vorbereitet. Aus dem Fenster, über die Dächer, in die Felder.

Sami versuchte, über die Brücke zu kommen. Jibril und ich fuhren hin, um ihn abzuholen. Stundenlang standen wir in der brütenden Hitze des Jordantals und starrten auf Stacheldraht. Sie ließen ihn nicht durch. Wir mussten die Hochzeit verschieben. Stattdessen führten die Israelis im Sommer eine Volkszählung durch. Es war wie 1948: Wer nicht an seinem Heimatort registriert wurde, verlor das Aufenthaltsrecht. Wenn ich jetzt ausreiste, wusste ich nicht, ob sie mich wieder hereinlassen würden.

Wir beantragten ein Besuchervisum für Sami. Damit wir uns wenigstens sehen und beraten könnten. Die Militärbehörde gab uns keine Antwort. Sie ließen alte Männer über den Jordan. Oder verheiratete Frauen. Was sie nicht mochten, waren junge unverheiratete Männer. Außer, sie gingen nach Osten. Raus ließen sie jeden.

Wir schrieben eine Petition. Wir gingen bis zum Militärgouverneur von Betlehem. Und erhielten überall dieselbe Antwort: Ehepartner konnten Familienzusammenführung beantragen. Unverheiratete konnten einen Antrag stellen, wenn die Eltern noch da waren. Beides traf nicht auf Sami zu. Er sei einfach nur ein »Abwesender«. In ihrer Sprache war ich also eine Abwesende, die einen Abwesenden liebte. Nur dass sein Grad der Abwesenheit noch höher war als meiner. Je östlicher es einen verschlug, in die Wüste Jordaniens, desto abwesender war man. Auf die Frage, warum Sami die Anwesenheit verweigert wurde, bekamen wir dieselbe Antwort wie auf die Frage, warum wir nicht zurück nach Jaffa ziehen durften – jetzt, wo die Grüne Linie wieder offen war:

»Security reasons.«

Sicherheit für wen, dachte ich. *Wir haben uns nicht mehr sicher gefühlt, seit ihr hier seid.* Ich fragte den israelischen Offizier, wer ihm das Recht gäbe, über unser Leben zu bestimmten, hier im Westjordanland, wo keine Israelis wohnten.

»Wir waren schon vor dreitausend Jahren in Judäa«, herrschte er uns an. »Das Land gehört uns!«

Er hatte weiße Haut, und ich wollte ihn fragen, woher seine Familie stammte, aus Brooklyn oder Wladiwostok. Aber ich hielt meinen Mund. Für ein falsches Wort konnten sie dich einsperren.

Jibril und ich machten einen Sitzstreik vor dem Büro des Gouverneurs.

»Go home«, sagte er.

»That's all we want«, sagten wir.

Allen Widrigkeiten zum Trotz schrieb Jibril ein überraschend gutes Examen. Er konnte selbst kaum glauben, dass er es geschafft hatte. Der Pfarrer hielt sein Versprechen und vermittelte ihm das Stipendium. Damit bekam er einen Studienplatz in Toronto. Es war unfassbar. Von Betlehem aus schien Kanada weiter entfernt als der Mond. Baba war mächtig stolz auf seinen Sohn. Aber Jibril zeigte seine Freude nicht. Weil er wusste, wie es mir ging.

Um Sami zu heiraten, müsste ich nach Jordanien ziehen. Nach sechs Monaten würde ich mein Aufenthaltsrecht im Westjordanland verlieren. Aber selbst wenn ich das Opfer brächte – wie könnte ich Baba allein lassen? Ohne mich müsste er den Laden schließen.

Ich fragte mich insgeheim, ob ich Baba und *Sitti* nach Karameh mitnehmen sollte. In Jordanien wären wir sicher vor dem israelischen Militär. Noch bevor ich es aussprechen konnte, las Baba meine Gedanken.

»Lieber sterbe ich«, sagte er, »als Palästina zu verlassen. Die bringen mich nur tot über den Jordan.«

Widerstand zu leisten war Ehrensache. Aber es forderte einen Preis. Wenn ein Nein das Einzige ist, was dir bleibt, um deine Würde zu bewahren, verlierst du die Zukunft aus dem Auge. Du hast kein Ja mehr. Der einzige Lichtblick war Jibril. Wir kratzten alles Bargeld für sein Flugticket zusammen und kauften einen schönen amerikanischen Koffer. Er verabschiedete sich von seinen Freunden.

Dann erfuhren wir, dass sie Ammo Aziz verhaftet hatten. Wahrscheinlich hatten sie mitbekommen, dass sein Café ein Treffpunkt des Widerstands war. Vielleicht war einer der jungen Männer, die bei ihm das Versammlungsverbot unterliefen, ein Spitzel. Oder er war einfach nur zu betrunken gewesen. Man erzählte, dass Aziz kurz vor Mitternacht trotz Ausgangssperre mit einigen Jugendlichen zusammengesessen hatte. Sie hatten über seine Bücher diskutiert. Als sie nach Hause gegangen waren, war Aziz im Café geblieben, hatte eine Flasche Arak geöffnet und eine Platte aufgelegt. Die ägyptische Nationalhymne. Die Soldaten waren gekommen, hatten die Schallplatte auf den Boden geworfen, das goldgerahmte Nasser-Porträt von der Wand gerissen und Aziz aufgefordert, darauf zu spucken.

»*Go home*«, hatte Aziz gesagt.

Dann hatten sie sich geprügelt.

Niemand wusste, wohin sie ihn gebracht hatten.

Ich fühlte mich verloren. Ammo Aziz hatte mir Bücher gegeben, die mir ein Fenster zur Welt geöffnet hatten. Bücher, die ich nicht für die Schule, sondern fürs Leben gebrauchen konnte. Er hatte nicht immer recht, aber er hatte sich nie den Mund verbieten lassen, und für dieses Vorbild bin ich ihm dankbar. Ohne ihn, der dem Widerstand eine Stimme gegeben hatte, war eine schmerzliche Leere in unserer Mitte aufgerissen.

Am Morgen danach standen wir vor Aziz's Café und starrten auf die Verwüstung. Stühle und Tische waren umgeworfen; auf dem Boden lagen Bücher und Zeitschriften zwischen Glasscherben. Die Gedichte von Mahmoud Darwish, die Aufsätze von Ghassan Kanafani. Die Soldaten würden wiederkommen und alles konfiszieren, um es gegen ihn zu verwenden. Wir mussten retten, was zu retten war. Jeder packte ein paar Bücher ein und lief damit nach Hause. Jibril und ich, wir sammelten die Schallplatten ein. Baba würde sie für Aziz aufbewahren. Ich suchte nach einem Karton. Da fand ich, unter dem Spülbecken versteckt, eine Pistole. Ich zog sie heraus und rief leise nach Jibril.

Er pfiff leise durch die Zähne, nahm sie mir aus der Hand und entsicherte sie. Er kannte sich aus damit.

»Was machen wir damit?«

Er steckte sie in den Hosenbund unter sein T-Shirt.

»Komm.«

Wir griffen uns ein paar Platten und rannten los.

Am Ende der Straße sahen wir einen Checkpoint. Zwei Soldaten kontrollierten die Taschen der Fußgänger.

»Geh weiter«, sagte Jibril, »ganz ruhig.«

»Nein.«

Ich drehte auf der Stelle um und zog ihn mit. Wir gingen zurück. Da hörte ich die Soldaten rufen.

Wir rannten.

Sie folgten uns.

Wir rannten noch schneller. Vor uns bog ein Jeep in die Straße ein. Zwei Soldaten sprangen heraus. Sie liefen uns entgegen.

Wir flohen in eine Seitengasse. Ließen die Platten fallen. Rannten weiter.

»Wirf die Pistole weg, Jibril!«

»Nein! Lauf!«

Ich rüttelte an den Türen. Fand eine, die offen stand. Wir schlüpften hinein. Eine Schreinerei. Marienfiguren lagen herum. Wir sahen eine Treppe nach oben und liefen aufs Dach. Von unten hörten wir die Stimmen der Soldaten. Wir sprangen aufs Nachbardach. Bettlaken hingen im Wind. Zwischen zwei Wäscheleinen gingen wir vorsichtig weiter. Die Stimmen verstummten. Wir hörten nur das träge Flattern der Betttücher.

Es war still. Zu still. Es ist nie still in Betlehem. Jibril zückte die Pistole.

Plötzlich schlugen Schüsse ein. Wir duckten uns. Wussten nicht, woher sie kamen. Noch eine Salve. Jibril sah etwas und schoss zurück.

»Lauf weg!«, schrie er.

»Nein!«

Er schoss noch einmal und stieß mich weg.

Mein Kopf sagte: *Bleib bei ihm!*

Meine Beine rannten. Schneller, als ich denken konnte. Über die Dächer, über die Mauern.

Hinter mir: Schüsse.

Ich muss ihn doch beschützen.

Aber meine Beine rannten weiter. Ich sprang in einen Hof. Versteckte mich unter einem Bretterhaufen.

Ich kam unbehelligt nach Hause. Aber Jibril war verschwunden. Ein Händler hatte gesehen, wie Soldaten ihn auf einen Jeep gezerrt hatten. Verwundet, gefesselt, mit verbundenen Augen. Wir wurden fast verrückt vor Angst. Baba befahl mir, im Haus zu bleiben. Ein Nachbar ging mit ihm zum Militärkommandeur.

»Wohin habt ihr ihn gebracht?«

Schulterzucken. Gefängnis. Terrorist. Sei still, sonst kommst du auch dorthin.

Ich lag schlaflos im Bett. Sah immer wieder dieses verfluchte Dach. Die Bettlaken. Die Schüsse.

Jibril, der ruft: *Lauf!*

Mein Kopf, der sagt: *Bleib bei ihm!*

Und meine Beine, die laufen. Schneller, als ich denken kann.

Keine Nachricht von Jibril. Baba telefonierte mit einem Freund, der eine Anwältin kannte. Aber sie sei Jüdin. Wer auch immer ihm helfen kann, sagte Baba. Als Strafe schlossen sie unseren Laden auf unbestimmte Zeit. Wir demonstrierten dagegen, zusammen mit einigen Nachbarn. Sie verhafteten uns wegen einer verbotenen Versammlung und führten uns vor einen Militärrichter. Er verurteilte uns zu einer Geldstrafe, die wir nicht zahlen konnten, weil wir keine Einnahmen mehr hatten. Sie drohten Baba mit Gefängnis – außer er würde als Spitzel für die Besatzer arbeiten. Er sagte: *Nein. Wo habt ihr meinen Sohn hingebracht?* Dann nahmen sie mich beiseite und sagten, wenn ich als Spitzel arbeitete, würden sie Samis Visum bewilligen. Ich sagte: *Nein. Wo ist mein Bruder?* Sie sagten, meine Familie stünde auf einer Liste. Ich sagte: *Danke für die Auszeichnung.*

Die Anwältin versprach unserem Freund, Jibril zu finden. Er sagte, sie würde es umsonst tun. Sie arbeite für eine Menschenrechtsorganisation. Währenddessen begann in Toronto das Semester.

Ich saß im leeren Café von Aziz und telefonierte mit Sami. Ich erzählte ihm, dass das Hochzeitskleid fertig war. Wir überlegten Namen für unsere Kinder. Er flehte mich an, ich solle kommen, bevor sie mich einsperrten. Er las mir ein Gedicht von Khalil Gibran vor.

Wenn die Liebe dir winkt, folge ihr,
sind ihre Wege auch schwer und steil.
Und wenn sie zu dir spricht, glaube an sie
Auch wenn ihre Stimme deine Träume zerschmettern kann
Wie der Nordwind den Garten verwüstet.

Dann saßen wir bei unserem Freund und telefonierten mit der Anwältin. Sie hatte tatsächlich herausgefunden, wo Jibril war. Im ersten Gefängnis – Ramleh – hatten sie ihn verarztet, im zweiten – Jerusalem – verhört und schließlich nach Nablus verlegt.

Die Anwältin hatte einen Besuchstermin vereinbart. Endlich. Baba dankte ihr. Auf Hebräisch.

Wir fuhren im Sammeltaxi nach Nablus, Baba und ich. Er trug seinen guten Anzug, trotz der brütenden Hitze. In der Stadt roch es nach Tränengas und verbranntem Gummi. Die Stimmung war angespannt. Stacheldraht auf dem Asphalt, Betonwürfel, metallene Wachtürme wie riesige Insekten. Der Taxifahrer murmelte eine Koransure, als er auf die Straßensperre zufuhr. Die Soldaten befahlen uns heraus, nahmen unsere Papiere mit und durchsuchten uns. Einen Fahrgast führten sie in einen Jeep mit vergitterten Fenstern; wir durften weiterfahren.

Das Gefängnis war ein bedrohlicher Bau aus osmanischen Zeiten, später von der britischen, dann der jordanischen, und jetzt der israelischen Armee benutzt. Davor: Stacheldraht und Wachtürme. Bald würden sie das ganze Land damit überziehen, dachte ich. *Warum habt ihr solche Angst vor uns? Ihr habt die Panzer und Flugzeuge. Wir müssten Angst vor euch haben.*

Fremde Hände auf unseren Körpern. Schleusen aus Metallgittern, als wären wir Käfigtiere. Die Maschinenpistolen der Wachleute, die Verachtung in ihren Gesichtern. Sie nahmen mir das Buch weg. Ich hatte Jibril den Gedichtband von Mahmoud Darwish mitbringen wollen. Das Brot und den Kaffee unserer Mutter. Die anderen Besucher halfen mir, Baba die Treppen hochzutragen. Dann kamen wir in einen langen, schmalen Raum mit vergitterten Fenstern auf einer Seite. Dahinter saßen die Gefangenen. Ganz hinten fanden wir Jibril. Er sah bleich und erschöpft aus. Schürfwunden auf der Stirn und den Handgelenken. Babas Herz ging über. Er dankte Gott dafür, dass Jibril lebte, und streckte seine Finger durch das Gitter, wo sie Jibrils Hände berührten. Mir kamen die Tränen.

»Hände weg!«, blaffte der Wachmann hinter uns.

Ich setzte mich auf einen rostigen Stuhl.

»Wie geht's dir, *ya habibi?*«

»Macht euch keine Sorgen.«

»Wir holen dich raus«, sagte Baba. »Wir haben eine Anwältin!«

Jibrils Gesicht blieb leer und unbeeindruckt. Ich wollte mir nicht vorstellen, was sie ihm angetan hatten.

»Wie geht es *Sitti?*«

»Gut, *alhamdulillah.*«

»Gott segne ihre Hände.«

Ich konnte mich nicht an den Anblick gewöhnen. Jibril hinter Gittern, eingesperrt wie ein Krimineller. Baba fragte, wie die Anklage laute und wann die Gerichtsverhandlung sei. Jibril lachte nur kurz auf.

»Du wirst nächstes Jahr studieren.«

»Ich komm hier nicht raus, Baba.«

»Was werfen sie dir vor? Die Soldaten gehören vor Gericht, nicht du! *Sie* kamen zu *uns* mit ihren Waffen! Du hast gehandelt wie ein Mann!«

»Ich hab auf einen Soldaten geschossen.«

»Na und? Wäre der junge Mann in Frieden gekommen, hätten wir ihm Baklawa verkauft.«

»Ya Baba. Hier gibt es keine Gerechtigkeit.«

»Ich gehe bis zu Levi Eshkol«, sagte Baba, »Du wirst nach Kanada gehen und dein Diplom machen!«

Jibril hatte keine Ohren mehr dafür. Er lehnte sich vor.

»Baba! Hör zu. Wir haben wenig Zeit. Du musst den Plan ändern. Lass Amal studieren.«

Es verschlug uns die Sprache.

»Auf keinen Fall, Jibril«, sagte ich. »Du darfst jetzt nicht aufgeben! Sonst war alles umsonst.«

»Amal wird heiraten«, sagte Baba, »und Kinder bekommen.«

»Ich im Gefängnis und Amal in der Küche? Hast du nicht selbst gesagt: Was unser Volk braucht, sind Leute mit Köpfchen? Schau dir den Widerstand an: alles Ärzte, Ingenieure, Lehrer.«

»Das habe ich zu *dir* gesagt, *ya ibni!* Damit du es einmal besser hast als ich.«

»Wenn ich hier rauskomme, *inshallah*, arbeite ich mit dir im Laden. Amal wäre eine gute Ärztin, meinst du nicht?«

Ich war berührt, aber konnte unmöglich ja sagen. Jibril wandte sich direkt an mich und flüsterte:

»Verstehst du? Wir zeigen ihnen, dass sie uns nicht brechen können. Wenn sie mich einsperren, studierst eben du. Für jeden, den sie töten, kommt ein neuer. Wir sind viele. Das ist unsere Stärke.«

»Nein!«, sagte Baba. Jibril sah mir fest in die Augen.

»Tu es für Bashar.«

Ein Schauer lief mir über den Rücken. Als wäre er plötzlich unter uns. Unser großer Bruder, in dessen Schatten alles gestanden hatte, seit Lydda. Sogar Baba schwieg.

Dann war die Zeit um.

»Allah sei mit euch«, sagte Jibril.

Ich stand auf. Legte meine Hand auf das Gitter. Jibril presste seine dagegen.

»Ich hol dich raus«, flüsterte ich. »Versprochen.«

Auf der Rückfahrt im Sammeltaxi sprach Baba kein Wort. An dem schmutzigen Gitter zwischen uns und Jibril war ein Traum zerbrochen. Sein Sohn, der mit einem Diplom nach Hause zurückkehrt. Ich nahm seine Hand.

»Ich bleibe bei dir, Baba.«

Er hielt meine Hand fest und starrte aus dem Fenster. Olivenbäume zogen vorbei. Wie konnte er Jibrils Wunsch ablehnen? Sagte er nein, würde er ihm die Hoffnung nehmen, die er jetzt zum Überleben brauchte. Und ich? Ich war die Verkörperung dieser Hoffnung. Wie mein Name. *Maktoub*, sagen wir auf Arabisch, das Schicksal steht geschrieben.

Wäre ich froh, wenn er mich ins Ausland schickte? Die Last der Verantwortung wog schwer. Wenn ich studierte, müsste ich es für alle schaffen. Für unsere zerbrochene Familie. Für unser gedemütigtes Volk. Ich dürfte nicht scheitern. Und wenn ich zurückkäme, müsste ich das Brot verdienen.

Dann dachte ich an Sami. Ich liebte ihn.

Sitti nahm mich in den Arm und sagte, wir müssten alle Opfer bringen. Sie hätte sich gefreut, wenn ich studiert hätte –, aber inzwischen sei es zu spät. Nach dem Studium wäre ich schon zu alt dafür, Wurzeln zu schlagen – womit sie meinte: Eine Familie zu gründen. Und überhaupt: Ein Studium koste Geld. Wer solle das bezahlen? Baba schwieg. Seiner Mutter widersprach man nicht. Er saß finster schweigend auf dem Sofa, im Dämmerlicht sah er schrecklich alt aus. Wie könnte ich ihn allein lassen?

Ich sah uns wieder auf dem Dach, zwischen den Bettlaken und den einschlagenden Kugeln.

Jibril, der ruft: *Lauf!*

Mein Kopf, der sagt: *Bleib bei ihm!*

Und meine Beine, die laufen. Schneller, als ich denken kann.

Der Ruf des Muezzin zum Abendgebet hallte durch die Straßen. Langsam verschwand das Licht über Betlehem. Es wurde kühl. Ich ging zum Markt, um fürs Abendessen einzukaufen. Die Idee, wegzugehen, fühlte sich an wie ein Verrat. Auf dem Platz vor der Geburtskirche standen Soldaten mit Maschinenpistolen. Mit einem Fluch auf den Lippen ging ich an ihnen vorbei. Ich spürte ihre Blicke auf meinem Körper.

Die kleine Kirchentür war offen. Man musste sich bücken,

um durchzugehen. Drinnen war es unwirklich friedlich. Es roch nach Weihrauch. Alte Frauen saßen auf Holzstühlen und murmelten Gebete. Mit dem Rosenkranz werdet ihr Palästina nicht befreien, dachte ich. Bis auf das Dämmerlicht, das durch die hohen Fenster fiel, war der Raum von einer schweigenden Leere erfüllt. Manchmal kam ich hierher, wenn ich Trost suchte. Ich sprach nicht mit Gott, wie die anderen Frauen, sondern mit meiner Mutter. Manchmal, an guten Tagen, antwortete sie mir. Ich trat zwischen die alten Säulen, unter die goldenen Lampen, die wie Tautropfen vom Himmel hingen. Botschaften in einer geheimen Sprache. Ich fühlte mich beschützt. Die alten Mauern hatten allen Eroberern standgehalten.

Ich blickte auf das Mosaik von Mariam mit ihrem kleinen Issa. Er lag in ihren Armen wie in einer Wiege. Würde ich meinen Kindern diese Liebe schenken können? Ich hätte alles dafür gegeben, jetzt meine Mutter fragen zu können, wie es für sie war, als ihr Erstgeborener auf die Welt kam. Ob sie Freude oder Angst empfunden hatte.

Wenn ich eine Tochter habe, werde ich sie Mariam nennen. Wie findest du das, Mama?

Ich hörte keine Antwort.

Freust du dich nicht, dass ich Mutter werde, Mama?

Nichts als Stille.

Ich stieg in die Geburtsgrotte hinab. Dort war es noch kühler. Noch dunkler. Noch stiller. Vor dem silbernen Stern im Marmorboden ging ich auf die Knie. Wenn es einen Nabel der Welt gab, war er hier. Warum spürte ich es nicht? Ich versuchte mir die Grotte vorzustellen, vor zweitausend Jahren, bevor eine Kirche darüber gebaut wurde. Wie hatten sich Mariam und Yousef gefühlt, nachts in der Kälte mit ihrem Neugeborenen? Vergesst den Stern und die Engel. Vergesst die drei Könige mit ihrem

Gold, ihrem Weihrauch, ihrer Myrrhe. Wahrscheinlich hatten Mariam und Yousef nicht die leiseste Ahnung, was aus ihrem kleinen Issa mal werden sollte. Ob er den Winter überleben würde. Sie fragten sich nur, wo sie am nächsten Morgen ein Stück Brot herbekommen würden.

Darf ich mit Sami glücklich werden, Mama?

Diese verfluchte Stille.

Plötzlich spürte ich, dass es nicht Mama war, die schwieg, sondern mein eigenes Herz. Und es ging nicht um Sami. Ich verstand, warum Baba Jibrils Entscheidung als Verrat empfand.

Es ging, wie immer, um Bashar. Um die Leere, die wir auszufüllen versuchten, als würden wir Wasser in ein zerbrochenes Becken schütten, aus dem es immer wieder herauslief. Wenn Jibril den Platz des Erstgeborenen nicht einnahm, würde er Bashars Erbe verraten. Sein Tod im Widerstand würde sinnlos sein, wenn der übriggebliebene Sohn nichts Besseres fertigbrächte, als Baklawa zu verkaufen. Dann würde auch ich, wenn ich nach Jordanien ginge, um Mutter zu werden, Bashar verraten. Es würde bedeuten, dass alle in der Familie unser Land aufgaben. Für ein bescheidenes privates Glück. Mitten in einem Angriff auf unsere Existenz. Wir besaßen nicht das Recht, das zu tun. Das Land war unsere Mutter. Es hatte uns jahrhundertelang ernährt. Man lässt seine Mutter nicht im Stich.

Was soll ich jetzt tun, Mama?

Geh deinen eigenen Weg!

Ich erschrak, als ich ihre Stimme hörte. Klar und liebevoll.

Aber was bedeutete das?

Wir müssen doch zusammenhalten, *ya Mama!*

Um zusammenzuhalten, könnt ihr nicht zusammenbleiben.

Ich spürte, wie mein Innerstes in Bewegung geriet. Ich verlor den Halt. Ich hatte mich nie für eine gebrochene Persönlichkeit gehalten. Aber jetzt fand ich mich an der Kreuzung zwischen zwei Identitäten. Und ich musste mich schnell entscheiden. Die eine Amal folgte dem bekannten Pfad, den die Frauen seit Jahrhunderten beschritten. Die andere Amal war politisch aufgewacht. Als ich die Bücher gelesen hatte, die Aziz mir gab, hatte ich das alles für eine Nebensache gehalten. Dabei war es längst, wohin ich auch blickte, zur Hauptsache geworden. Ob ich wollte oder nicht. Das alles war keine Frage des Wissens mehr, sondern eine Frage des Tuns. Ein normales Leben würden wir erst wieder führen können, wenn wir frei wären. Wie konnte ich jetzt Kinder bekommen?

Aber Palästina braucht Kinder. Findest du nicht, Mama?

__Du__ bist ein Kind Palästinas.

Wie sollen wir Palästina befreien, wenn wir ins Exil gehen?

Palästina ist in dir. Befreie dich selbst. Alles andere folgt.

Ich blickte mich um. Die Stille war auf einmal von Leben erfüllt. Ich stand auf, ging die Treppe hinauf nach oben ins Kirchenschiff und spürte ein verloren geglaubtes Gefühl: frei zu atmen. Zum ersten Mal, seit wir Jaffa verlassen mussten, verengte sich mein Horizont nicht mehr, sondern öffnete sich. Ich stand erst am Anfang meiner Reise.

Der Rest war leicht für mich, auch wenn er schwer für die anderen war. Ich wusste, was zu tun war. Ich ging zum Pfarrer. Unser Gespräch dauerte drei Minuten, in denen sich mein Leben änderte.

Zu Hause saßen Baba und Sitti schon am Tisch und aßen Reste von gestern. Ich hatte völlig vergessen, einzukaufen.

»Setz dich«, sagte er. Als würde er mir etwas sagen wollen.

Ich wollte es nicht hören. Ich erklärte, dass ich entschieden hatte, Sami nicht zu heiraten. Allein das war schon ein Affront gegen Baba. Dass *ich* entschied. Ich wartete auf seinen Widerspruch. Sitti war schockiert.

»*Majnouna inti?* Bist du verrückt geworden?«

Baba beobachtete mich ruhig. Lauernd. Es verunsicherte mich. Dann sagte ich, dass Jibril recht habe. Einer von uns beiden müsse ins Ausland gehen, um zu studieren.

»Eine Frau, die eine Verlobung platzen lässt«, rief Großmutter, »ist eine Schande für die Familie!«

Ich fuhr fort, dass der Pfarrer mir helfen würde, einen Studienplatz zu bekommen. Allerdings nicht in Kanada. Jibrils Stipendium hatte bereits ein anderer übernommen. Für mich gab es noch eine kleine Gemeinde in Deutschland, die eine Partnerschaft mit meiner alten Schule hatte.

Baba und *Sitti* schwiegen.

Dann sagte er: »Du wirst Sami das Herz brechen.«

Als hätte ich das nicht selbst schon gedacht. Als würde es mir nicht selbst das Herz brechen. Ich liebte ihn, das stand außer Frage. Aber es gab eine tiefere Liebe in mir. Eine, die kein privates Glück suchte, sondern die Freiheit aller.

Baba dachte lange nach und fragte dann:

»Bist du dir sicher?«

»Ja.«

Er nickte. Das war alles. Ich konnte es kaum glauben. Es war, als hätte Mama auch mit ihm gesprochen. Am nächsten Tag schickte er eine Nachricht an Abu Sami. Mein Ruf war ruiniert.

Ich telefonierte mit Sami. Ich versuchte ihm zu erklären, dass es nichts mit ihm zu tun hatte. Sondern mit der Katastrophe, die uns befallen hatte. Und der Verpflichtung, die daraus erwuchs. Ich las ihm unter Tränen den Teil von Khalil Gibrans Gedicht vor, den er mir nicht vorgelesen hatte.

Und glaube nicht, du kannst den Lauf der Liebe lenken.
Die Liebe, wenn sie dich würdig findet, lenkt deinen Lauf.
Ich hatte Angst, dass Sami mich verfluchte.
Stattdessen sagte er:
»Deutschland ist gut. Ich komme auch nach Deutschland.«
»Was willst du dort machen?«
»Arbeiten. Warte auf mich.«
Ich war sprachlos. Mein Herz schlug bis zum Hals.
»Würdest du das wirklich tun?«
»Ja.«
»Und deine Familie?«
»Wie du gesagt hast. Wir tun es auch für sie.«

Baba und Sitti waren verblüfft und gerührt, als ich ihnen davon erzählte. Wie es gelingen sollte, wussten wir noch nicht. Ob er bei der Botschaft ein Visum bekäme. Ob er Arbeit finden würde. Oder eine Lehrstelle. Aber wir wussten, wir würden alles versuchen.

»Gott hat euch gesegnet«, sagte Sitti.
Ich packte mein Hochzeitskleid in den Koffer.

In der letzten Nacht träumte ich von Jibril.
Jibril, der ruft: *Lauf!*
Mein Kopf, der sagt: *Bleib bei ihm!*
Und meine Beine, die laufen. Schneller, als ich denken kann.

Der Abschied an der Brücke war kurz und hart. Baba weinte und konnte mich nicht loslassen. Ich staunte über mich selbst, wie ruhig ich war. Als hätte ich all meine Tränen schon geweint. Eine Last fiel von mir ab. Und eine andere kam dazu. Ich verließ meine Heimat, um ihr mein Leben zu widmen.

Erst als ich die demütigende Prozedur an der Grenze hinter mir gelassen und den Jordan überquert hatte, überkam mich ein schneidender Schmerz. Aber ich war nicht allein. Schwester Hildegard von der evangelischen Mädchenschule begleitete mich nach Amman. Für eine kurze, heimliche Nacht kam auch Sami dorthin. Früh am Morgen stieg ich ins Sammeltaxi nach Damaskus und übernachtete in einem Kloster. Dann fuhr ich weiter nach Istanbul, Belgrad und Wien. Bis nach München. Die Reise dauerte sieben Tage. Ich schlief in Bussen und Zügen. Wenn ich mich verloren fühlte, war immer jemand da. Fremde, die mir halfen. Als stünde ein guter Stern über mir.

Ein freundlicher Pfarrer holte mich am Hauptbahnhof München ab. Er begrüßte mich auf Englisch und staunte darüber, wie gut ich Deutsch konnte. Auf den Straßen lag Schnee. Alles war geordnet und friedlich. Er gab mir ein Zimmer in seinem Pfarrhaus. Mein erstes deutsches Essen war Schweinebraten mit Kartoffelknödel und Blaukraut. Es war leichter zu essen als auszusprechen. In meiner ersten Nacht träumte ich, Bashar wäre bei mir. Wir liefen durch einen Garten und warfen Schneebälle. Ich gewann, weil er ein Kind geblieben, ich aber weiter gewachsen war.

Jeden Tag fuhr ich mit der Trambahn zum Studienkolleg. Wir waren Studenten aus aller Welt. Ich sagte:

»Mein Name ist Amal. Ich komme aus Palästina.«

Ich schrieb Briefe nach Betlehem. Ich telefonierte mit Sami. Bis ich ihn nicht mehr erreichte. Am anderen Ende der Leitung klingelte das Telefon, aber niemand ging ran.

Aus dem Fernsehen erfuhr ich, was passiert war. Die israelische Armee hatte den Jordan überquert und Karameh angegriffen. Dort lebten dreißigtausend Flüchtlinge und dreihundert Fedajin. Arafats Guerillakämpfer hatten immer wieder die Grenze überquert und Attentate in Israel verübt. Bomben an Bushaltestellen, Angriffe auf Kasernen, Grenzscharmützel.

Das Flüchtlingslager wurde innerhalb eines Tages zerstört. Die meisten Opfer waren Zivilisten.

Arafat konnte während der Schlacht entkommen und verklärte die Niederlage zum Sieg. Weil die Fedajin heldenhaft ausgehalten hätten, bis die Israelis den Rückzug antraten.

Was für ein Triumph sollte das sein?

Hunderte von Toten.

Von Samis Familie überlebte kein Einziger. Sami, so hörte ich später, wurde von einer verirrten jordanischen Kugel getötet.

Jetzt wissen Sie, warum ich dieses Kleid trage.

45

MÜNCHEN

Moritz starrte auf seinen verkohlten VW. Abgefackelt, bis aufs Skelett. Die Feuerwehrleute rollten die Schläuche ein. Blaulichtblitze auf ihren Helmen. Hinter den Bäumen dämmerte der Morgen. Aus den Fenstern des Max-Kade-Hauses starrten Studenten.

»Möchten Sie Anzeige erstatten?«, fragte der Hauptmann.

»Nein.«

»Und Sie? Wohnen Sie hier?«

Amal zögerte.

»Die Dame gehört zu mir«, sagte Moritz.

Dann nahm er die U-Bahn zu Ronny. Die Leute starrten sein verletztes Gesicht an. Er hasste es, sichtbar zu sein. Ronny saß im Büro seines Autohauses, wo er frühstückte und Zeitung las.

»Was ist passiert?«

Moritz erzählte ihm alles, auch Amals Geschichte. Ronny brachte ihm einen Kaffee und hörte aufmerksam zu, während er mit den Zähnen Kürbiskerne knackte. Am Ende fragte Moritz nach dem Informanten, der sich umgebracht hatte.

»Wusstest du von ihm?«

Ronny zog nur vielsagend die Augenbrauen hoch.

»Warum hast du mir das nicht gesagt? Ich war in Gefahr!«

»Er war keiner von uns.«

»Von wem dann? Den Irakern? Den Syrern?«

Ronny schnippte seine Kürbiskernschalen in den Papierkorb.

»Schlaf dich erstmal aus.«

»Kannst du nicht jemand anderen für die Mission finden?«

»Was ist los mit dir?«

»Ich ... nach dem, was heute Nacht passiert ist, bin ich mir nicht mehr sicher.«

»Über die Araber?«

»Über mich. Ob ich dem gewachsen bin.«

»Du bist besser als du denkst.«

»Ich weiß nicht, Ronny. Die alten Nazis beschatten, das war einfach. Der syrische Waffenhändler, die Ägypter, das ging alles noch gut. Aber jetzt ... Diese Arbeit geht mir zu nah.«

»Was meinst du damit?«

»Ich sehe Gefahren, wo keine sind.«

»Willst du damit sagen, dass die Zielpersonen unschuldig sind?«

»Ich weiß es nicht. Aber ...«

»Also täusche ich mich?«

»Ich weiß es nicht, Ronny!«

Ronny stand auf und sah aus dem Fenster zum Verkaufsraum, wo die Neuwagen standen.

»Du und ich, wir haben eine Menge erreicht. Aber es wird immer einen Unterschied zwischen uns geben. Ich meine nicht, *was* wir tun. Sondern *warum*. Du wirst nie wissen, was es für mich bedeutet, hier zu leben. Im Land der Täter. Hier kommen jeden Tag Kunden in einem gewissen Alter herein, so wie du oder etwas älter, gut situiert, sie können sich was leisten ... und ich frage mich: Wo warst du im Krieg? Wen hast du umgebracht? Was erzählst du deinen Kindern? Wir machen ein bisschen Smalltalk, *no politics*, und dann verkaufe ich ihnen einen schönen Jaguar, einen Ferrari, einen Alfa Romeo ... *I make them happy.* Und Moritz, ich mache mir keine Illusionen. *Democracy? Civilization?* Es kann jederzeit wieder losgehen. Gestern waren es die Braunen, heute sind es die Roten, morgen was weiß ich wer. Lieber misstraue ich einmal zu viel als einmal zu wenig.«

»Tut mir leid, Ronny. Ich weiß nicht, was mit mir los ist ...«

»Hör zu. Es gibt Gerüchte. Khalils Bruder hat einem Gefängniskumpel erzählt, dass der Schwarze September Hunderte Gefangene rauspressen will. Er sagt, sein Name steht auf der Liste.«

»Wer? Wann?«

»Wissen wir nicht. Was wir wissen, ist: Sie operieren anders. Autonome Zellen mit drei oder vier Mitgliedern, keine zentrale Führung. Die Fatah kann jede Beteiligung abstreiten.«

»Ist die PFLP beteiligt?«

»Auf die gleiche Weise. Hinter den Kulissen.«

Moritz dachte an das, was Amal ihm erzählt hatte.

»Du hast jetzt ihr Vertrauen. Du musst dranbleiben. Bis wir einen neuen Mann aufbauen, ist es zu spät.«

Moritz dachte nach. Ronny fasste ihn am Arm.

»Hey. Manchmal ist unser Job verdammt beschissen. Aber du machst ihn gut. Komm mit. Das wird dich aufmuntern.«

Er führte ihn in den Verkaufsraum, wo die exotischen Sportwagen und Limousinen standen, wie das Versprechen eines glücklicheren Lebens. Ohne Sorgen, ohne Politik, ohne Zweifel. Dazwischen stand eine granatrote Citroën DS.

»Hast du nicht erzählt, Victor hatte so eine?«

»Ronny. Ich muss nach Hause.«

»Get in!«

Ronny setzte sich ans Lenkrad. Moritz blieb nichts anderes übrig, als einzusteigen. Die weichen Sessel gaben nach. Er fühlte sich schlagartig zurückversetzt. Der Geruch der Göttin. Er hörte das gespenstische Rauschen von Radio Kairo. Er sah Yasmina. Und Victor. Verfluchtes Auto, dachte er.

»She's yours.«

»Nein, Ronny. Das ist eine Nummer zu groß für mich.«

»Du brauchst sie nicht gleich zu bezahlen. Wir machen das in Raten. Du glaubst nicht, wie günstig ich dir das rechne.«

Er wollte aussteigen. Ronny hielt ihn am Arm fest.

»Hey. Du bist in deinen besten Jahren. Deine Fotos erscheinen in großen Magazinen. Du musst deinen Erfolg genießen. Und zeigen.«

Er sah Moritz warmherzig an. Mit seinen hellen Augen und seine kräftigen, behaarten Armen verströmte er die Sicherheit eines Mannes, der wusste, wer er war. Und warum er tat, was er tun musste. Etwas, das Moritz unterwegs abhandengekommen war. Auf einmal war es wieder da, dieses nagende Gefühl, das ihn nie wirklich verlassen hatte: ein Scharlatan zu sein.

»Denkst du nicht auch manchmal«, fragte Moritz, »du willst einfach nur ... ein Häuschen im Grünen, weg von alledem?«

»Wir tun es nicht für uns. Sondern für unser Land.«

»Ist das immer noch mein Land?«

»Was auch immer passiert, Moritz, du hast deinen Pass. Ein sicheres Zuhause. Und wir beide sorgen dafür, dass es so bleibt.«

»Manchmal frage ich mich«, sagte Moritz, »ob ich nicht lieber eine Familie haben sollte.«

»*Do it while you can.* Wäre auch besser für deine Legende.«

»Ich will da niemanden reinziehen. Erst recht keine Kinder.«

»Moritz, was ist mit dir passiert heute Nacht?«

»Nichts. Vielleicht muss ich mich erstmal ausschlafen.«

»Das ist die Midlife-Crisis, *my friend.* Ich bin da durch.«

»Wie hast du's geschafft?«

»Ein Maserati wirkt Wunder.«

Moritz lächelte. Ronny sah ihn plötzlich ernst an.

»*Seriously.* Wir können uns keine Midlife-Crisis leisten. Wir leben nicht für uns. Ohne unsere Arbeit sterben Menschen ...«

Moritz starrte auf das Lenkrad. Er sah Victor dort sitzen. Lachen. Singen. Und plötzlich wütend nach dem Kurzwellenempfänger schlagen.

Damals hatte er nicht verstanden, was mit ihm los war. Jetzt verstand er es.

Er musste aussteigen. Ronny folgte ihm.

»Ich melde mich.«

»Was ist mit dem Auto?«

»Ich denk drüber nach.«

Amal rief an, um sich zu erkundigen, wie es ihm ging.

»Geht schon wieder«, sagte Moritz und blickte dabei auf ihr Foto an seiner Wand.

»Es tut mir leid«, sagte sie.

»Sie können nichts dafür.«

Dann lud sie ihn auf einen Spaziergang ein. Einfach so. Ohne Politik. Um dem Frühsommer beim Blühen zuzusehen.

Sie trafen sich an der Endstation der neuen U-Bahn, die von der Uni direkt zum Olympiagelände führte. Überall standen noch Bauzäune und Planierraupen; in wenigen Monaten würde hier die Olympiade stattfinden. Zum ersten Mal seit dem Krieg wieder in Deutschland. Ultramodern sah es aus. Himmelblau und grasgrün. Auf dem See fuhren bunte Plastiktretboote. Gelbe Tupfer von Löwenzahn auf der Wiese. Über dem Stadion schwebte ein Silberdach wie ein Spinnennetz im Morgentau. Eltern schoben Kinderwagen durch den Park. Ein Eiswagen klingelte. Alles wartete auf die Welt.

Einen ganzen Nachmittag lang passierte – nichts. Wie ein unverhofftes Geschenk des Himmels. Moritz ohne Kamera. Er machte keine Bilder. Er rückte nichts gerade und legte sich nicht krumm. Nichts musste repariert werden. Sie fütterten Schwäne und ließen sich im Tretboot treiben. Keine Vorurteile, keine Hintergedanken. Irgendwann wurde ihm bewusst, dass er das Glück dieses Tages nicht beobachtete, sondern Teil davon war. Mittendrin. Und das lag an ihr. Amal verankerte ihn. Er bemerkte es erst in dem Moment, als er dieses Gefühl wiedergefunden hatte, ohne es zu suchen. Erst dann spürte er, wie weit er sich von dem entfernt hatte, was man die normale Welt nannte. Er erschrak darüber wie ein Schwimmer, den eine Strömung aufs Meer getrieben hatte, und der, als er sich umdrehte, das Ufer nicht mehr sah. Aber er war nicht mehr allein. Draußen auf dem Meer hatte er eine andere Seele getroffen. Auch sie trieb auf offener See, aber besaß eine Zuversicht, um die er sie beneidete. Amal hielt ein unsichtbares Seil in der Hand, das sie mit dem Festland verband. Ihre Heimat war zerbrochen, aber ihre Identität intakt.

»Warum erzählen Sie nie von Ihrem Leben?«, fragte sie. »Sie fragen viel, aber ich weiß kaum etwas über Sie.«

»Fragen Sie mich.«

»Haben Sie Kinder?«

»Nein.«

Anderen Zielpersonen hatte er erzählt, seine Tochter studiere im Ausland. Aus irgendeinem Grund wollte er Joëlle hier heraushalten. Als könnte er damit den wertvollsten Bereich seines Lebens schützen. Amal musste an seiner zögernden Art gespürt haben, dass es ein sensibles Thema war.

»Schade.«

»Man kann nicht alles haben.«

»Und Ihre Frau? Wollte die keine Kinder?«

»Das ist eine lange Geschichte.«

»Geben Sie sich eine zweite Chance.«

»Mit ihr? Nein. Das ist vorbei.«

»Mit einer anderen Frau.«

Es war ihm unangenehm. Aber er spürte, dass sie es gut mit ihm meinte.

»Beeilen Sie sich« sagte Amal. »Vielleicht ist es noch nicht zu spät.«

Ihr offenes Lächeln machte ihn verlegen.

»Und Sie?«, fragte er zurück.

»Was?«

»Zweite Chance?«

»Nein.«

Mehr sagte sie nicht. Ihr Gesicht verhärtete sich, als schöbe sich eine Wolke vor die Sonne. Es war das erste Mal an diesem Tag, dass Moritz sich einsam fühlte.

Auf dem Gehweg vor dem Max-Kade-Haus reparierte Khalil sein Mofa.

»Bleiben Sie zum Essen!«, sagte er zu Moritz, der Amal nach Hause begleitete. »Ich koche Baba Ghanoush. Kennen Sie Baba Ghanoush?«

»Nein danke«, erwiderte Moritz, obwohl er wusste, dass er eine Gelegenheit verpasste. Aber er musste jetzt allein sein.

Er nahm die U-Bahn nach Hause, stieg schwer atmend die Treppe bis ins Dachgeschoss hoch und warf die Tür hinter sich zu, als würde jemand ihn verfolgen. Er lehnte sich an die Wand, dankbar für die Dunkelheit. Es war ein viel zu heller Tag gewesen. Seine Augen gewöhnten sich an die Dämmerung, seine Ohren an die Stille. Er bemerkte, dass seine Hände zitterten. Er verschränkte die Arme vor der Brust und glitt nach unten, bis er auf dem Boden kauerte. Sein Körper begann zu beben. Er weinte, ohne zu verstehen warum. Dann richtete er sich auf, ging ins Schlafzimmer und riss die Schublade auf, in der die alten Fotos lagen. Er brauchte nicht lange, um das eine zu finden: Yasmina und Victor in Yafo. Joëlle in ihrer Mitte. Die Göttin und das Meer. Im Hintergrund: Die sandfarbenen Mauern der alten Häuser. Er starrte darauf, bis die Konturen vor seinen Augen verschwammen.

46

Es war passiert, während er geschlafen hatte. Um vier Uhr morgens klingelte das Telefon. Ronny war dran.

»Komm rüber. Sofort.«

Während draußen der Morgen dämmerte, beschrieb Ronny, seinen bullenhaften Körper schwer über den Schreibtisch gebeugt, die Bilder, die Deutschlands Wohnzimmer noch nicht erreicht hatten. Moritz hatte vorgehabt, ihm heute zu sagen: *Ich will das nicht mehr. Ich kann das nicht mehr.*

Und jetzt das. Am Flughafen Lod hatten drei japanische Studenten in der Gepäckhalle ihre Geigenkoffer geöffnet, Gewehre herausgezogen und wahllos um sich geschossen. Sechsundzwanzig Tote. Darunter acht Israelis und siebzehn christliche Pilger aus Puerto Rico. Einer der Terroristen hatte überlebt. Er gehörte der Japanischen Roten Armee an, die den Anschlag mit der PFLP koordiniert hatte. Die Volksfront zur Befreiung Palästinas.

»Jemand hat verdammt nochmal geschlafen«, sagte Ronny.

Moritz spürte, wie seine Knie nachgaben. Es war unerreichbar weit weg und unerträglich nah. Er sah sich in der selben Flughafenhalle stehen, das letzte Mal mit Joëlle, als sie sich umarmt und geweint hatten. Und er sah das Poster in Amals Zimmer. Die hochgereckte Hand mit dem Gewehr. PFLP.

»Hast du die Namen der Opfer?«

Ronny blickte auf das Fernschreiben in seiner Hand und las sie vor. Einen nach dem anderen. Yasmina war nicht darunter. Und keiner der Nachbarn aus der Jaffa Road. Aber es erleichterte ihn nicht. *Wann sind sie endlich sicher*, dachte er.

Ronny zog ein kleines Kästchen aus seiner Schublade und legte es auf den Tisch. Er öffnete es und nahm zwei Funkmikrophone heraus. Wie schwarze Käfer.

»Du wirst das in ihren Zimmern installieren.«

»Ronny, ich glaube, die sind einfach nur Sympathisanten.«

»Wir können uns jetzt keinen Fehler mehr erlauben.«

»Ich hab genug Zeit mit ihnen verbracht; ich bin mir zu 99 Prozent sicher.«

»Wenn du recht hast, wird niemand zu Schaden kommen. Aber wenn die ein Prozent Wahrscheinlichkeit eintreffen, werden Menschen sterben. *On your watch.*«

Moritz rang mit sich. Er untersuchte die Mikrophone ... und legte sie zurück auf den Tisch.

»Was ist los mit dir?«, fragte Ronny.

»Ich weiß nicht, ob ...«

Ronny sah ihn unbewegt an. Moritz suchte nach Worten für das, was ihn innerlich zerriss.

»Ich kann gut schweigen, Ronny. Aber ich bin kein guter Lügner.«

»Du magst sie«, erriet Ronny seine Gedanken.

Moritz fühlte sich ertappt.

»Das ist gut«, sagte Ronny. »Das macht dich glaubwürdig. Du kennst die Regel: *Schließe Freundschaft, als würdest du sie nicht beschatten. Beschatte sie, als hättest du nie Freundschaft geschlossen.*«

»Du verstehst mich nicht. Ich ... weiß nicht, wie ich das erklären soll ... Ronny, ich hab Angst, mich zu verlieren.«

Ronny lehnte sich nach vorn und sah Moritz fest in die Augen.

»Ich weiß, was in dir vorgeht. Du hast etwas, das in unserem Job selten ist. Moral. Und das macht dich wertvoll.«

»Manchmal schaue ich in den Spiegel«, sagte Moritz in der Hoffnung, Ronny könnte es nachvollziehen, »und frage mich, wer ich wirklich bin.«

»Ich sag dir, wer du bist: Derjenige, der sie betrügt.«

Ronny lehnte seinen schweren Körper in den Stuhl zurück und fügte hinzu:

»Das ist deine Rolle. Einer muss sie spielen.«

Moritz studierte die Falten in Ronnys Gesicht, die Narben und Schatten.

»Wie konntest du das so lange tun und dabei intakt bleiben?«

»Ich hasse sie nicht. Wäre ich als Araber geboren, hätte ich auch zur Waffe gegriffen. Um mein Volk zu verteidigen.«

Moritz war verblüfft. Ronny meinte, was er sagte.

»Das ist ein Spiel auf Leben und Tod, Moritz. Wir haben nur diesen einen Staat. Er ist die Garantie unserer Existenz. Entweder sie oder wir.«

Ronny legte die Mikrophone in das Kästchen und schob es über den Tisch. Moritz dachte an Yasmina. An die Leute in der Jaffa Road. Und an Victor. Es wäre Verrat, sie im Stich zu lassen. Er steckte das Kästchen ein und stand auf.

Sie umarmten sich zum Abschied, was sie sonst selten taten, dann ging Moritz auf die Straße, wo gerade der Berufsverkehr begann. Angestellte im Anzug auf dem Weg ins Büro. Sie wussten noch nicht, welche Bilder gerade auf dem Weg in ihre Köpfe waren: Verstreute Reisetaschen neben dem Gepäckband. Blutspuren auf dem Boden. Einschusslöcher in den Wänden. Sie hatten Glück. Heute Abend würden sie unversehrt nach Hause kommen. Das Privileg, den Horror nur im Fernsehen mitzubekommen. Ein Knopfdruck, und er verschwand.

Am Abend, nach der Tagesschau, rief Moritz im Max-Kade-Haus an. Es dauerte eine Weile, bis der Student, der ans Telefon gegangen war, Amal gefunden hatte.

»Haben Sie gehört, was in Lod passiert ist?«, fragte er.

»Ja«, sagte sie.

Es war still in der Leitung.

»Verrückt«, sagte er. »Japaner und Palästinenser.«

»Warum nicht?«

»Wer ist die PFLP?«, fragte er, als wüsste er es nicht.

»Das ist Doktor Habbash.«

»Wer ist Doktor Habbash?«

»Er kommt aus Lydd.«

»Wo ist Lydd?«, fragte er, weil er es wirklich nicht wusste.

»Lydd ist Lod«, sagte sie. »Mein Großvater hat dort gelebt.«

Es gibt Ereignisse, die niemanden kalt lassen. Noch Jahre später erinnert man sich daran, wo man gerade war, als man davon erfuhr. Aber Lod war bald aus dem Bewusstsein der Deutschen verschwunden. Ein paar Irre mal wieder, da unten. Man hatte Wichtigeres im Kopf. Die nervigen Baustellen wegen der Olympiade. Die Polizeikontrollen wegen der Baader-Meinhof-Bande. Über Palermo stürzte ein Flugzeug ab, hundertfünfzehn Tote. Und der Nachbarsdackel hatte Zahnfleischentzündung.

Vor dem Max-Kade-Haus standen Biertische, als Moritz ankam. Grill, Tischfußball und Boxen, aus denen Deep Purple dröhnte. Jemand feierte Geburtstag. Es war sommerlich warm, aber Moritz trug eine Jacke. In der Innentasche: das Kästchen mit den schwarzen Käfern.

»Ich habe eine schlechte Nachricht«, sagte er zu Amal. »Die Redaktion hat unsere Fotos abgelehnt.« Das war nicht gelogen. Die Nachrichten aus Lod hatten einmal mehr das schlechte Image der Palästinenser bestätigt. In dem Moment, als er Khalil, Shauki und Amal gegenüberstand, wurde Moritz bewusst, wie schwer es ihm fiel, unbeteiligt zu wirken.

»Macht nichts«, sagte Amal trotzig. Es schien ihr tatsächlich nichts auszumachen. Im Gegenteil. Es bestätigte ihr Weltbild. Die Revolution gegen das Establishment. Palästina als Metapher für den Befreiungskampf der Unterdrückten. Moritz erschrak über die Selbstverständlichkeit, mit der die Palästinenser das Attentat von Lod rechtfertigten. Der bewaffnete Kampf, sagte Khalil, müsse den politischen Kampf flankieren, bis das Ziel erreicht sei. Erst dann könne man dem Feind die Hand reichen. Es täte ihm leid um die unschuldigen Menschen, aber man befände sich eben im Krieg.

»*Sie* nennen es Terrorismus«, sagte Khalil, der mit offenem Hemd am Grill stand, zu Moritz. »Wir nennen es eine Befreiungsbewegung. Wir wollen nur zurückhaben, was uns mit Gewalt genommen wurde. Unsere Menschenrechte. Unsere Freiheit. Unsere Würde.«

»Es liegt keine Würde darin«, sagte Moritz vorsichtig, »unschuldige Menschen zu töten. Die Anführer der PFLP, sind das nicht Christen? Georges Habbash, Wadie Haddad ...«

»Es geht nicht um Religion, es geht um Land! Amal ist Christin, ich bin Moslem, na und? Die PFLP ist revolutionär: Wir wollen einen demokratischen Staat für alle, Christen, Muslime, Juden, Kommunisten. Aber keine zionistische Kolonie!«

Khalils Replik kam wie aus der Pistole geschossen und ließ Moritz schnell bereuen, dass er seinen Mund weiter aufgemacht hatte als gewollt. Er hörte es sich eine Zeitlang an. Die anti-imperialistische Rhetorik. Die Rationalisierung von Mord. Bis er es nicht mehr ertragen konnte und ihm der Kragen platzte.

»Das ist kein heroischer Krieg. Da sterben keine Soldaten, sondern unbewaffnete Zivilisten! Die haben euch nichts getan!«

»Lod war die Vergeltung für Deir Yassin«, sagte Khalil. »Kennen Sie Deir Yassin?«

»Nein.«

Amal legte ihre Hand auf Khalils Arm und sagte ihm etwas auf Arabisch, das so viel bedeuten musste wie: *Lass ihn in Ruhe*. Sie reichte ihm einen Plastikbecher. Shauki schenkte Bier ein.

»Aber Sie kennen Golda Meir, ja?«, fragte Khalil und verteilte Fleischspieße auf die Teller. Sie setzten sich an den Biertisch.

»Natürlich.«

»Wissen Sie, was sie gesagt hat? *Es gibt keine Palästinenser.* Wir existieren nicht. Wissen Sie, wo Golda Meir wohnt? In einem arabischen Haus in Jerusalem. Die Kalligraphie über der Tür haben sie weggeschlagen. *Es gibt keine Palästinenser.*«

Shauki stieß einen Fluch aus. Amal warf Moritz einen prüfenden Blick zu. Sie schien zu spüren, dass er sich unwohl fühlte. Aber sie mutete es ihm zu.

»Die Welt will unsere Geschichte nicht hören«, sagte Khalil. »Also müssen wir uns Gehör verschaffen. Eure Zeitungen erzählen nur von uns, wenn es Tote gibt. Aber nicht tote Araber. Sondern tote Weiße. Erst dann schaut ihr hin.«

Moritz ärgerte sich über Khalils Haltung. Er war der junge Che, der ihm, dem Älteren, dem *Bourgeois*, die Welt erklärte. Mit einem Schaschlikspieß in der Hand.

»Eine Geschichte erzählen ist etwas anderes als wild um sich schießen«, erwiderte Moritz. »Haben Sie die Bilder aus Lod gesehen? Die erzählen etwas anderes.«

»Waren Sie einmal dort?«, fiel Amal ihm ins Wort.

»Nein«, log er.

»Ich war dort!«, rief sie. »In Lydd!«

Moritz erschrak über ihre plötzliche Heftigkeit.

»Ich war ein Kind. Aber ich habe alles gesehen, mit eigenen Augen. Wie viele unschuldige Zivilisten sind gestorben? Meine Mutter, mein Bruder, haben sie irgendwen interessiert? Es gab keine Kameras und Pressekonferenzen, als sie starb. Nur ein Loch, das wir neben der Straße gruben, mit unseren Händen.«

»Das ... tut mir leid«, sagte Moritz.

Amals Lippen bebten. Sie stand auf und ging weg. Khalil folgte ihr. Moritz blieb versteinert sitzen und sah, wie Khalil tröstend den Arm um ihre Schultern legte. Er dachte an die

Mikrophone in seiner Jackentasche. Jetzt wäre ein günstiger Moment, ins Haus zu gehen. Aber etwas hielt ihn zurück. Er gab sich einen Ruck und ging zu den beiden. Amal wandte sich ab, um nicht zu zeigen, dass ihre Gefühle sie überwältigten.

»Ich verstehe, dass euren Familien Unrecht geschehen ist«, sagte Moritz. »Alles, was ich sagen wollte, ist: Gibt euch das ein Recht, Unschuldigen Unrecht zu tun?«

»Sie sind sehr deutsch«, sagte Khalil.

»Warum?«

»Ihr erteilt gerne moralische Lektionen. Den anderen.«

Moritz ahnte, was gleich kommen würde. Er hatte es satt, immer wieder mit den Nazis assoziiert zu werden.

»Was Recht und Unrecht ist«, sagte er, »hat Deutschland nicht erfunden, das steht schon in der Bibel. Du sollst nicht stehlen. Du sollst nicht töten. Darauf können wir uns alle einigen, oder?«

»Erzählen Sie das auch den Juden?«, rief Khalil. »Das steht auch in deren Bibel!«

Es schien ihm zu gefallen, sich zu duellieren. Moritz wollte zurückschießen, aber er riss sich zusammen, um sich keine Blöße zu geben. Da fragte Amal:

»Warum verteidigen Sie Israel immer?«

Für einen Sekundenbruchteil wusste er nicht, aus welcher seiner Identitäten er antworten würde. Instinktiv entschied er sich für die Wahrheit.

»Ich war jung, als die Nazis an die Macht kamen. Und ich hab weggeschaut. Obwohl ich ein Teil dieser Maschine war. Während ich Propagandafilme gedreht habe, wurden sechs Millionen Juden umgebracht! Das darf nie wieder geschehen. Wenn heute wieder Juden bedroht sind, kann ich nicht schweigend zuschauen.«

Amal sah ihm fest in die Augen. Dann sagte sie leise, aber bestimmt: »Das war in *Ihrem* Land. Wir Palästinenser waren nicht schuld. Gibt das Unrecht, das ihr Deutschen den Juden angetan habt, ihnen das Recht, *uns* Unrecht anzutun?«

Moritz fuhr aus der Haut.

»Was in Ihrem Land geschehen ist, war eine schreckliche Tragödie. Aber was hier geschehen ist, war das grausamste Verbrechen der Geschichte!«

Amal verstummte. Khalil klopfte Moritz auf die Schulter.

»Wenn du die Juden so liebst, warum gibst du ihnen nicht *dein* Land?«

Moritz fand keine Worte mehr. *Wo ist mein Land*, dachte er. Er hätte erwidern können, dass der Zionismus schon Jahrzehnte vor dem Nationalsozialismus entstanden war. Aber das würde nichts an ihrem Argument ändern. Und kein Leid der Welt wurde je dadurch gelindert, indem man es gegen das Leid eines anderen aufrechnete. Er bereute, dass er sich zu dieser Diskussion hatte hinreißen lassen. Es war unprofessionell gewesen, das Visier zu öffnen. Und gefährlich. Aber es wäre unerträglich gewesen, es nicht zu tun. Wenigstens fühlte er sich wieder lebendig. Wusste, warum er hier war. Und zugleich war er gescheitert: Im Versuch, seine Legende zu bewahren, und im Versuch, eine echte Freundschaft aufzubauen.

»Khallas, ya shabab!« Khalil wechselte den Tonfall. »Lasst uns tanzen!«

Khalil nahm Amal an der Hand und zog sie mit sich. Moritz begriff, dass die Höflichkeit ihm verbot, den Gast wegzuschicken. Also ließ er ihn einfach stehen. Amal aber drehte sich im Gehen noch einmal um und fragte:

»Kommen Sie mit?«

Es war eine ehrlich gemeinte Einladung. Aber Moritz schüttelte den Kopf. Er glaubte, eine Enttäuschung in ihren Augen wahrzunehmen. Als hätte sie gehofft, dass sie ihre Differenzen beiseitelegen und einfach nur zusammen sein konnten. Essen, tanzen, über Belangloses reden. Mit einer einzigen Kopfbewegung hatte er diese Möglichkeit vom Tisch gewischt. Er blieb allein zurück und sah zu, wie Amal und Khalil zu Marvin Gaye tanzten. *What's going on.* In ihren Augen war er der Spießer. Der Bourgeois. Und alt. Es war fast gleichgültig geworden, ob Amal unschuldig war oder nicht; er hatte sie verloren. Das Einzige, was ihm jetzt noch blieb, war der Verrat.

Es war ein Leichtes, ins Haus zu gelangen. Die Türen standen offen, die Gänge waren leer; niemand sah, wie er den Dietrich in Amals Zimmertürschloss schob. Er stieg auf einen Stuhl, schraubte die Deckenlampe ab, klemmte das Mikrophon hinein und schraubte die Lampe wieder an. Das Ganze dauerte nicht einmal eine Minute. Dann wiederholte er den Vorgang in Khalils Zimmer, das gleich gegenüber lag. Niemand bemerkte ihn. Er verließ das Haus und ging zur U-Bahn, ohne sich zu verabschieden.

Es folgten Wochen des Wartens und der Nutzlosigkeit. Moritz hatte seinen Teil getan; jetzt lag alles in den Händen von Leuten, die er nicht kannte. Unsichtbare Geister, die stundenlang Tonbänder vor- und zurückspulten, transkribierten und übersetzten. Als hätte sich die Jury zur Beratung zurückgezogen, um das Urteil zu fällen. Moritz wurde von Tag zu Tag unruhiger. Es dauerte viel zu lange. Zu wenige Mitarbeiter, zu wenige Übersetzer, zu viele Zielpersonen in ganz Europa.

»Soll ich sie mal anrufen, Ronny?«

»No. Keep a low profile.«

Geistesabwesend saß Moritz in Ronnys Büro. Das Gefühl, aus der Welt gefallen zu sein, hatte ihn wieder eingeholt. Die Abende, an denen er die Decke anstarrte, bis er jeden Riss kannte. Ronny blieb gelassen. Woher nimmt er diese unerschütterliche Zuversicht, fragte sich Moritz, mit seiner Familiengeschichte? Die halbe Verwandtschaft von den Nazis ermordet. Und trotzdem, oder vielleicht gerade deshalb, verlor er nie seinen Kompass.

»*By the way*, dein neues Auto ... Du hast recht, die DS ist nichts für dich. Eine Nostalgieschaukel. *For morose men. Like you!* Gibt es das Wort in deutsch? *Morose?* Ihr seid alle *morose*, aber das Wort habt ihr nicht.«

»Griesgrämig«, sagte Moritz.

»Griesgramig«, wiederholte Ronny mit seinem amerikanischen Akzent und schob ihm einen Prospekt über den Tisch. »*Take a look*. Der neueste Citroën. Er heißt SM. *Sa Majesté.* Die beste Medizin gegen deine Midlife-Crisis.«

Moritz blätterte durch die Prospektfotos. Grobes Korn, leichte Unschärfe. Die Ästhetik war avantgardistisch, fast intellektuell, wie ein französischer Film mit Romy Schneider. Ein dunkelhaariger Mann im Anzug saß schweigend am Steuer, neben ihm eine junge Frau, die melancholisch aus dem Fenster blickte. Die Lichtreflexe der untergehenden Abendsonne auf ihrer Haut. Man wusste nicht, ob die beiden am Anfang oder am Ende ihrer Liebe standen. Man konnte Yves Montand aus dem Autoradio hören. *Les feuilles mortes.* Die Frau erinnerte ihn an Yasmina. Oder Amal.

Mais la vie sépare ceux qui s'aiment
Tout doucement sans faire du bruit
Et la mer efface sur le sable
Les pas des amants desunis.

Ronnys Stimme riss ihn aus seinen Gedanken. »Sie nennen ihn die *Concorde der Straße.*«

Moritz mochte den Wagen. Er sah aus, als würde er eine Fremdsprache sprechen, die er noch lernen wollte.

»Worum es wirklich geht bei einem Auto«, sagte Ronny, »ist das Gefühl, das es dir gibt. Der SM ist ein bisschen *weird*, aber das ist gut für dich, Moritz. Die ganze Welt schaut nach vorn, du musst dich auch bewegen!«

Ronny nahm einen Schluck Cola aus der Dose, beugte sich vor und sagte leise, aber bestimmt:

»Vergiss deine Yasmina. Das war zum Scheitern verurteilt. Hol dir was Neues. 'ne Jüngere, die dich herausfordert. Mach ein paar Kinder. *Get a life!*«

Moritz fühlte eine alte Scham in sich aufsteigen. Ronny hat recht, dachte er. Ich hänge irgendwo fest und komme nicht raus. Und dafür, dass ich es alleine nicht schaffe, schäme ich mich noch mehr.

»Leder oder Velours?«, fragte Ronny.

»Weiß nicht.«

»Lackfarbe?«

»Grau. Oder schwarz.«

»*Morose Moritz*. Bring Farbe in dein Leben! Grünmetallic. Granatrot. Orientblau. Oder golden!«

»Na gut. Braun. Dunkelbraun.«

Und dann, völlig unerwartet, rief Amal an. Sie klang ernst.

»Können wir uns treffen?«

47

Sie sah älter aus, was ihn erschreckte. Vielleicht war es nur das Neonlicht des Hauptbahnhofs, dachte er. Aber auch Amals Art zu sprechen hatte sich verändert. Gehetzt, als hätte sie Angst, verfolgt zu werden. Und einsam, als hätte sie zu viele Selbstgespräche geführt. Sie erwähnte ihre letzte unglückliche Begegnung mit keinem Wort. Moritz lud sie auf einen Kaffee ein. Aber sie kam gleich zur Sache:

»Ich möchte Sie nicht belasten. Aber ich brauche Hilfe.«

»Wobei?«

Sie biss sich auf die Lippen.

»Ich bin schwanger.«

Er hätte mit allem gerechnet, aber nicht damit. Erst wollte er ihr gratulieren, aber die Härte in ihrer Stimme ließ keinen Zweifel daran, dass sie unglücklich darüber war.

»Ich kann das Kind nicht bekommen.«

»Wer ist der Vater?«

Statt einer Antwort fragte sie:

»Kennen Sie einen Arzt?«

»Sie meinen einen, der ...«

»Ja.«

Er dachte nach, verstört und unschlüssig.

»Und da fragen Sie ausgerechnet mich? Ich hab keine Erfahrung mit solchen Sachen.«

»Wen soll ich fragen? Den Pfarrer? Und die anderen Studenten ... die würden es weitererzählen.«

»Ist Khalil der Vater?«

Amal schwieg.

»Meist sind es die Männer, die keine Kinder wollen.«

»Er hätte am liebsten zehn.«

»Und warum wollen Sie nicht Mutter werden?«

Amal sah ihn prüfend an, so dass er nur rätseln konnte, was in ihr vorging. Er begriff, dass sie sich auf der Stelle abwenden und nie wiederkommen würde, wenn er jetzt nichts sagte.

»Geben Sie mir ein paar Tage. Ich hör mich um.«

»Erzählen Sie es niemandem.«

»Versprochen.«

Er überlegte eine Nacht lang, ob er es Ronny verschweigen sollte. Dann entschied er sich, dass er die Pflicht hatte, ihn zu informieren. Ronny war erstaunt, aber froh über die Nachricht.

»*Good news*. Hilf ihr. Das schafft Vertrauen.«

»Ich kenne keinen Arzt, der so was macht.«

»*Don't worry*. Ich kümmer mich darum.«

Einen Tag später hatte Ronny einen Frauenarzt gefunden, der solche Operationen ambulant und diskret durchführte. Er gab Moritz die Adresse.

»Er will Vorkasse, bar. Hat sie das Geld?«

Amal weigerte sich, Geld von Moritz anzunehmen. Sie habe nebenher gearbeitet, sagte sie, sie könne das selbst zahlen. Als Moritz ihr jedoch die Summe nannte, die der Arzt verlangte, schwieg sie, und ihm wurde klar, dass sie es nicht aus eigener Tasche aufbringen konnte. Er bot ihr an, die Hälfte zu bezahlen. Sie nahm sein Angebot widerwillig an, aber bestand darauf, ihm alles zurückzuzahlen. Moritz vereinbarte einen Termin zum Vorgespräch. Amal ging alleine hin. Danach rief sie ihn an und nannte ihm das Datum. Er müsste mitkommen und unterschreiben, dass er sie nach Hause fahren würde, denn sie dürfe die Praxis nach der Operation nicht allein verlassen. Moritz war einverstanden. Ronny fragte ihn, ob er Geld brauche. Nein, sagte er. Amal würde alles selbst zahlen. Warum log er Ronny an?

Es wäre ein Leichtes gewesen, das Geld bewilligt zu bekommen. Doch aus irgendeinem Grund wollte er, dass es eine private Angelegenheit blieb. Zwischen ihm und ihr. Ob sie das Geld jemals zurückzahlen konnte, war ihm gleichgültig. Aber nachts lag er wach und fragte sich, warum Amal sich um die Chance bringen wollte, Mutter zu werden.

Am Tag vor dem Termin holte Moritz seinen neuen Citroën ab. Ronny reichte ihm stolz die Schlüssel. Viel zu groß, dachte Moritz, viel zu auffällig, viel zu elegant für mich. Erst stieg er nicht ein, sondern ging ehrfürchtig um das Auto herum. Dann glitt er hinters Steuer, roch das frische Leder und erinnerte sich an den Tag, als Victor mit seiner Göttin angekommen war. Wie schnell die Zeit verging. Gegen den futuristischen SM wirkte die Göttin, die damals aus der Zukunft zu kommen schien, alt und behäbig. Er blickte in den Rückspiegel und fand, dass er sich nicht allzu viel verändert hatte seit damals. Aber auch das war eine Täuschung. Er brauchte sich nur vorzustellen, wie es wäre, Joëlle wieder zu begegnen. In ihren Augen wäre er alt geworden.

Am Morgen des 8. Juli, als Moritz an der vereinbarten U-Bahnhaltestelle Amal abholte, um sie zum Arzt zu fahren, regnete es in Strömen. Sie erkannte ihn erst nicht, aber als er sein Fenster herunterließ, sprang sie aus dem Schutz eines Hauseingangs heraus und kletterte ins Auto. Sie trug ein braunes Kleid, das sie konservativer aussehen ließ, als sie es war. Sie machte ein kurzes Kompliment über den Wagen und fragte, wie er geschlafen habe. Als wäre *er* derjenige, um den es heute ging. Er fädelte sich in den Verkehr ein, und sie drehte das Radio lauter. Die Jackson Five sangen *»I'll be there«*. Die Scheibenwischer kämpften gegen den Wasserschwall, und Moritz wusste nicht, was er ihr sagen sollte. Sein angespanntes Schweigen machte sie befangen, was ihm leid tat, aber er konnte es nicht ändern.

»Sind Sie sich sicher, dass Sie das Kind nicht wollen?«, fragte er, als sie an einer roten Ampel zu stehen kamen.

»Ja«, sagte sie entschlossen, und er nickte. Er hatte nicht vorgehabt, sie zu beeinflussen. Alles was er wollte war, ihr zu helfen. Und dennoch nagte etwas an ihm, das sich mit ihrer Antwort nicht zufriedengab.

»Warum?«, fragte er, obwohl er spürte, dass sie nicht gefragt werden wollte.

»Ist es, weil Sie Karriere machen wollen?«

»Nein.«

»Weil Sie Ihrem Vater versprochen haben, einen Abschluss zu machen?«

Amal schwieg.

»In den ersten Jahren könnten Sie sich mit Khalil abwechseln. Und dann gibt es Kinderkrippen. Kommunen. Überall suchen die Leute nach neuen Lebensformen.«

Er wartete auf eine Antwort, und da sie es weder verneinte noch bejahte, fügte er hinzu:

»Ich glaube, Sie wären eine gute Mutter.«

Als er sich zu ihr drehte, bemerkte er, dass sie weinte.

»Es ist nicht so, dass ich nicht jeden Gedanken fünfmal umgedreht hätte. Ich hab die letzten Nächte wach gelegen.«

»Tut mir leid«, sagte er. »Ich wollte Ihnen nicht zu nahetreten.«

Sie lehnte ihren Kopf an die Scheibe, auf die der Regen prasselte. Sie sieht aus wie die Französin auf dem Foto, dachte Moritz. Nur ohne das Sonnenlicht.

»Was ist, wenn ich sterbe?«, sagte sie.

Moritz stutzte.

»Ich will nicht, dass mein Kind ohne Mutter aufwächst.«

»Warum sollten Sie sterben? Sie sind jung.«

»Na und? Meine Mutter war 36, als sie starb.«

»Aber ... 1948, das waren außergewöhnliche Umstände.«

»1948 hat nie aufgehört.«

Erst jetzt spürte Moritz etwas in Amal, das ihn erschütterte, weil es ihn, trotz aller Unterschiede, an Yasmina erinnerte: Ein Gefühl existenzieller Unsicherheit.

Er fuhr schweigend weiter durch den Regen, bis sie ankamen.

Es war keine schmuddelige Kellerpraxis, sondern eine weiße Villa in Bogenhausen. Moritz öffnete das Handschuhfach und zog das Kuvert mit dem Bargeld heraus. Amal steckte es in ihre Handtasche und wollte aussteigen.

»Warten Sie«, sagte er und hielt sie fest.

»Warum ist es Ihnen so wichtig, was ich mit dem Kind mache?«, fragte sie scharf. »Es ist *mein* Leben.«

»Weil ich eine Tochter habe, die auch abgetrieben werden sollte.«

Im selben Moment, als die Worte aus ihm herausschossen, bereute er es. Er durfte auf keinen Fall wieder das Visier herunterlassen. Amal stutzte.

»Sie hatten doch gesagt, Sie haben keine Kinder?«

»... Sie ist eine Adoptivtochter.«

Er war froh, einen Ausweg aus der Lüge gefunden zu haben.

»Aber ich liebe sie wie mein eigenes Kind. Und wenn ich mir vorstelle, dass sie fast nicht auf die Welt gekommen wäre ...«

Amal ließ den Türöffner los.

»Was ist da passiert?«

»Ich habe ihre Mutter kennengelernt, während sie schwanger war. Sie war sehr jung. Der leibliche Vater hatte sie verlassen. Und ... ihre Eltern fuhren sie zu einem Arzt ...«

Er deutete auf die weiße Villa im Regen.

»So einem. Als sie aus dem Auto stiegen, rannte sie weg. Sie entschied sich, das Kind zu bekommen, gegen alle Widerstände.«

»Und Sie?«

»Ich war ein Freund der Familie. Ich war bei der Geburt dabei. Ich sah sie aufwachsen. Und irgendwann war klar, dass wir zusammengehören.«

Amal hörte ihm berührt zu.

»Es war keine leichte Entscheidung damals. Aber sie ist zum wichtigsten Menschen in meinem Leben geworden.«

Der Regen prasselte auf die Scheiben. Er legte eine Wand aus Wasser zwischen sie und die Welt.

»Als ich jung war, dachte ich, das Leben hätte unzählige Möglichkeiten. Geht eine Tür zu, öffnet sich eine andere. Aber in Wahrheit besteht ein Leben nur aus wenigen Momenten, in denen sich alles entscheidet. Mehr nicht. Man sieht das erst im Nachhinein. Und so ein Moment ist jetzt.«

Amal dachte unruhig nach.

»Als Ihre Mutter mit Ihnen schwanger war, damals in Jaffa ... wenn sie gewusst hätte, dass sie so früh sterben wird, hätte sie sich gegen das Kind entschieden?«

»Nein, niemals.«

»Und Sie haben es trotzdem geschafft, aus eigener Kraft. Ich hätte meine Tochter auch gern vor allem beschützt, was kam. Aber das geht nicht.«

Amal rang mit sich. Dann zog sie am Türöffner und stieg aus. Er sagte sich, dass er kein Recht hatte, sie daran zu hindern. Durch den Schleier der Scheibe sah Moritz sie unbeweglich neben dem Auto stehen, während der Regen sie durchnässte. Er griff nach seinem Schirm, stieg aus und hielt den Schirm über ihren Kopf. Sie trat ganz nah an ihn heran, so nah, dass er die Wärme ihres Körpers spüren konnte. Instinktiv legte er den Arm um sie, und sie legte ihren Kopf auf seine Schulter. So blieben sie stehen, während ringsherum die schweren Tropfen auf den Asphalt schlugen, minutenlang. Bis der Regen auf einmal nachließ. Es wurde heller am Himmel; das Geprassel wurde leiser, bis es nur noch satt von den Bäumen tropfte. Amal löste sich von Moritz' Körper, und alles war anders als vorher. Sie spürten es beide, ohne ein Wort darüber zu verlieren. Amal fuhr sich mit der Hand durch die nassen Haare, und Moritz nahm den Schirm herunter. Dann stieg sie ins Auto, und er setzte sich ans Steuer.

»Ich bin hungrig«, sagte sie. Ihr Lächeln, verletzlich und voller Leben. Er wünschte sich, noch einmal so jung zu sein.

Amal aß, als hätte sie drei Tage lang gefastet. In der ersten Bäckerei, die sie fanden, bestellte sie eine Butterbreze, ein Schokoladenhörnchen und eine Leberkäsesemmel mit Gurke. Sie bestand darauf, Moritz einzuladen und bezahlte mit einem der Hundertmarkscheine, die sie für den Arzt mitgebracht hatte. Schließlich gingen sie weiter zu einer Eisdiele, wo sie eine Waffel mit Erdbeere, Zitrone und Mandel bestellte. Auf der Straße spiegelte sich das Sonnenlicht, das durch die Wolken brach. Sie wollten noch nicht nach Hause, also stiegen sie in den Citroën und fuhren aus der Stadt heraus. Sie sprachen nicht mehr über das Kind in ihrem Bauch, sie nahmen es einfach mit. Und wer sie sah, als sie an den Kornfeldern vor der Stadt entlanggingen, hätte sie für Vater und Tochter halten können, oder vielleicht sogar für ein frisch verliebtes Paar, wer weiß.

Am frühen Abend brachte er sie zurück in die Studentenstadt. Er setzte sie an der U-Bahn ab, damit niemand sie zusammen erkannte. Es war nichts geschehen, und niemand würde je davon erfahren. Die schönsten Momente, dachte er, sind in den Zwischenräumen der Zeit versteckt.

»Sie sollten Taufpate werden«, sagte Amal. »Möchten Sie das?«

Moritz errötete.

»Ja. Gerne. Sie müssen nur noch Khalil fragen.«

Amal nickte.

»Wann werden Sie es ihm erzählen?«

»Sag nicht Sie zu mir. Das ist komisch.«

Sie lächelte. Er reichte ihr die Hand.

»Moritz.«

»Amal.«

Sie gab ihm einen schnellen, zärtlichen Kuss auf die Wange und stieg aus. Mit der Tür in der Hand beugte sie sich noch einmal zu ihm herunter und sagte:

»Du solltest noch mal heiraten. Du wärst ein guter Vater.«

Moritz empfand eine Art Glücksgefühl, als er nach Hause fuhr. Es war keine Verliebtheit, sondern etwas Tieferes; etwas, das ihn wieder mit dem Lebensstrom verband. Er durfte für jemanden da sein. Und die Tatsache, dass er da war, änderte etwas im Lauf der Dinge.

Am Abend vergaß er, den Fernseher anzuschalten. Zum ersten Mal seit sehr langer Zeit schlief er durch. Die Wirklichkeit holte ihn ein, als er am nächsten Morgen die Zeitung las. Es war nur eine kleine Nachricht im Auslandsteil, aber er begriff sofort, dass sie Amals Welt erschütterte. Ghassan Kanafani, der palästinensische Schriftsteller, Journalist und Sprecher der PFLP, war in Beirut von einer Autobombe getötet worden. Zusammen mit seiner siebzehnjährigen Nichte, vor den Augen seiner Frau und Kinder, ungefähr zu der Uhrzeit, als Moritz mit Amal im Auto gesessen hatte. Kanafani, der Amals Gedanken in Aziz' Café eine Stimme gegeben hatte, wurde nur 36 Jahre alt. Wie Amals Mutter.

Wie üblich veröffentlichte der Mossad weder ein Dementi noch ein Bekenntnis. Aber es war jedem klar gewesen, dass Lod nicht ungerächt bleiben konnte. Nach den Spielregeln des Nahen Ostens war es ebenso klar, dass die PFLP Kanafani rächen müsste. Moritz rief in seiner Buchhandlung an, um zu fragen, ob sie ein Buch von Kanafani hätten. Leider gäbe es noch keine deutschen Übersetzungen, sagte der Buchhändler, aber er könne ihm die englische Ausgabe eines bekannten Titels bestellen.

»Wie heißt das Buch?«

»*Returning to Haifa.* Soll ich Ihnen die Inhaltsangabe vorlesen?«

»Nein danke. Schon gut. Wiederhören.«

Moritz fuhr zu Ronny, der ihn sofort in sein Büro zog. Die Abhöreinheit hatte ihm gerade mitgeteilt, dass Amal und Khalil, nachdem sie von dem Attentat erfahren hatten, alarmiert ihre Zimmer nach Wanzen durchsucht hatten. Die Aufzeichnungen seien plötzlich abgebrochen.

Moritz rief im Max-Kade-Haus an. Der Student, der ans Telefon ging, sagte, Amal sei nicht da. Khalil sei ebenfalls nicht in seinem Zimmer. Moritz entschied sich, hinzufahren. Er fand eine Studentin, die ihm erzählte, dass Amal, Khalil und Shauki am Morgen ihre Sachen in ein Auto gepackt hatten. Sie waren verschwunden. Die Tür zu Amals Zimmer stand offen; ihre Kleider und Bücher hatte sie mitgenommen; nur die Poster hingen noch an der Wand. Und die Landkarte.

»Wer sind Sie?«, fragte die Studentin.

»Ein guter Freund«, sagte Moritz. »Wussten Sie, dass Amal schwanger ist?«

»Ja. Sie haben gefeiert, gestern Abend, Khalil und Amal. Ich hab mich so gefreut für die beiden. Ich versteh das nicht …«

»Wiedersehen.«

Moritz ging zur Mensa, zum Schachfeld an der Münchner Freiheit, in die Cafés der Türkenstraße. Nirgends sah er sie. Weil die Semesterferien begonnen hatten, konnte er sie auch nicht in den Vorlesungen und Seminaren finden. Er fragte unter den Studenten herum, aber niemand wusste, wo sie waren. Oder, falls jemand es wusste, verschwieg er es.

»Du kannst jetzt nichts mehr tun«, sagte Ronny.

»Vielleicht hatten sie einfach nur Angst, in etwas hinein zu geraten. Also, wenn ich eine Wanze in meinem Zimmer fände ...«

»Du magst sie immer noch, was?«

»Ich sage nur: Ihr Verschwinden ist kein Beweis dafür, dass sie Terroristen sind.«

Ronny fragte ihn, ob er sich an irgendein Detail erinnere, das er womöglich übersehen habe. Moritz ließ jede Begegnung noch einmal Revue passieren. Er fand nichts.

Dann begannen die Olympischen Spiele.

Im Tagebuch folgen sechs leere Seiten. Moritz hat keine einzige Zeile über das Attentat geschrieben. Aber er hat den Platz freigelassen, als wollte er es zu einem späteren Zeitpunkt, wenn er es in Worte fassen konnte, nachholen. Dann, am Ende der Aufzeichnungen, noch zwei beschriebene Seiten. Die Schrift ist hastig und von Sprüngen durchzogen, als hätte er den Eintrag in einem Zug oder Flugzeug verfasst.

18. September 1972

Überraschender Anruf um sieben Uhr morgens. Es ist Amal. Sie benutzt einen öffentlichen Fernsprecher am Flughafen Riem. Sagt, sie wolle sich verabschieden.
Ich frage sie, wo sie die ganze Zeit über gewesen war.
Bei Freunden, antwortet sie.
Heute Nacht habe die deutsche Polizei sie, Khalil und Shauki dort festgenommen. Sie würden nach Beirut abgeschoben.
»Warum?«
»Auf dem Bescheid steht ... warte ... Ihr Aufenthalt stellt eine Gefahr für die innere und äußere Sicherheit der Bundesrepublik Deutschland dar ...«
»Aber du hast doch nichts mit dem Attentat zu tun ... Oder?«

»Warum fragst du das?«
Sie klingt empört. Ich antworte nicht.
»Du hast doch auch nichts damit zu tun?«, fragt sie. »Oder?«
Das Gift des Misstrauens.
»Man kann Abschiebungen verhindern. Ich besorg dir einen Anwalt. Ich komm sofort zum Flughafen.«
»Zu spät. Die rufen mich schon.«
»Warte! Wie geht's deinem Kind?«
»Ich kann es spüren ... Die kleinen Füße.«
»Ist Khalil bei dir?«
»Ja. Yalla bye. Und danke.«
Das Gespräch bricht ab.

Ronny versucht kurzfristig zu intervenieren, aber das Flugzeug ist schon in der Luft. Keine Information seitens der deutschen Behörden bzgl. der Indizienlage. Anzahl der ausgewiesenen Araber geht in die Hunderte. Offenbar will Deutschland sich der Sache schnellstmöglich und diskret entledigen.

21. September 1972

Landung in Tel Aviv-Lod um 20:30. Keine Zwischenfälle. Aufzeichnungen bei der Zollkontrolle unbemerkt geblieben. Werde sie nach der Befragung vernichten. Dienen einzig zum Zwecke meiner Erinnerung bzgl. der mich quälenden Frage, ob ich evtl. etwas übersehen habe. Alle operativen Details sind m. E. nach bestem Wissen und Gewissen aufgeführt. Ich schäme mich. Und ich wünschte, Ronny könnte mir verzeihen.
Das Urteil über mich mögen andere fällen.

48

PALERMO

Elias starrt ins Leere. Ich klappe das Buch zu. Das verwirrende Gefühl, meinem Großvater endlich in die Karten schauen zu können ... und ihm noch mehr Fragen stellen zu wollen. Draußen hat der Regen aufgehört. Elias steht auf.

»Entschuldigt mich.«

Er geht in den Garten. Joëlle greift verstört zu ihren Zigaretten. Ich öffne meinen Koffer und ziehe die Testamentskopie heraus, die Catalano uns gegeben hatte. Da steht es schwarz auf weiß.

Elias Bishara, geboren am 28. 2. 1973 in Beirut.

Er wurde in Deutschland gezeugt. Noch im Bauch seiner Mutter abgeschoben. Und Moritz ist nicht sein leiblicher Vater.

»Er muss ihn adoptiert haben. So wie dich.«

Joëlle sieht ihm schweigend zu, durchs Fenster, wie er dort im Garten steht. Die Katze kommt aus dem Gebüsch auf ihn zugelaufen, er hebt sie hoch und streicht durch ihr nasses Fell. Zum ersten Mal spüre ich bei Joëlle ein echtes Mitgefühl für ihn. Sie wischt sich eine Träne aus dem Auge.

Dann gehen wir zu ihm. Die Katze springt von seinem Arm und verschwindet hinter den Bäumen. Eine Weile stehen wir nebeneinander, ohne uns anzusehen. Die feuchte Erde unter den Füßen, der aufreißende Himmel.

Joëlle wirft ihm ein warmes Lächeln zu. Er erwidert es. Ohne einen Anflug von Sarkasmus.

»Glaubst du, deine Mutter war dabei?«, fragt Joëlle ihn.

»Du meinst, in München, 72?«

»Ja.«

»Ich hab mich das oft gefragt. Aber als ich alt genug war, um die Zusammenhänge zu verstehen ... war niemand mehr da, den ich fragen konnte.«

Elias schaut auf die nassen, tropfenden Sträucher.

»*Meine* Mutter war dabei«, sage ich.

49

MÜNCHEN

Der Versuch, dem Schmerz zu entfliehen,
ist das, was noch mehr Schmerz erzeugt.

Gabor Maté

Anita in einer Schlange von hübschen Frauen. Anita im gelben Minikleid mit blauem Handtäschchen. Anita mit ihrer Freundin Heike, die nervös von einem Bein aufs andere steigt. Die anderen Stewardessen tuscheln, prüfen ihr Make-up im Schminkspiegel, pudern nach. Sie würden nur die Besten nehmen. Anita steht entspannt in ihren Pumps. Sie weiß, dass sie ausgewählt werden wird. Dann geht sie in den Raum, wo zwei Männer und eine Frau vom Olympischen Komitee warten, setzt sich auf den leeren Stuhl, kreuzt ihre Beine und spricht vor, in vier verschiedenen Sprachen.

So hat sie es mir erzählt. Meine Mutter. So stelle ich sie mir vor. So sah sie aus, auf den Fotos dieser Zeit. Jedenfalls, vor dem Attentat.

Es war eine gute Zeit, sagte sie. Nein, wirklich. Eine gute Zeit. Sicher, es gab Baader-Meinhof. Den Kalten Krieg. Jimi Hendrix, Janis Joplin und Jim Morrison, die an einer Überdosis starben. Aber die Zeitungen, fand Anita, schrieben immer nur die schlechten Nachrichten, weshalb man sie besser nicht lesen sollte. Das machte nur schlechte Laune.

Am Abend nach dem Casting bekamen Anita und Heike einen Anruf im Holiday Inn. Heike wurde nicht genommen, Anita schon. Begründung? Keine.

»Du bist einfach ein Glückskind, Anita.«

Die Ironie der Geschichte war, dass es eigentlich Heikes Traum gewesen war, als Olympia-Hostess zu arbeiten. Und weil sie sich alleine nicht traute, hatte sie Anita überredet, mitzumachen. Aber was soll's? Anita und Heike gingen ins Schwabylon, um zu tanzen und zu trinken, und Heike tröstete sich mit einem Schnurrbartträger, der genügend Koks für zwei dabeihatte. Anita ging allein zurück ins Hotelzimmer, genoss die Stille und schaute aus dem Fenster. Vor dem Nachthimmel blinkten die Lichter des neuen Olympiaturms. Wie ein Versprechen. Der Hostessenjob war nicht nur besser bezahlt, sondern würde auch eine willkommene Abwechslung sein. Fünf Wochen lang in *einer* Stadt wohnen und arbeiten, ohne Jetlag. Etwas in ihr würde zur Ruhe kommen, hoffte sie.

Neben dem Bett, auf Heikes Seite, stand die Plastikdose mit den Tabletten. Heike hatte es nur Anita anvertraut; die Lufthansa durfte nichts davon erfahren. Eine Stewardess mit Flugangst, das klang wie ein schlechter Scherz.

»Wenn du wüsstest, wie viele Piloten das Zeug nehmen«, sagte Heike.

»Schau doch einfach keine Nachrichten«, sagte Anita.

Damit hatte es angefangen. Früher war Heike wie Anita gewesen. Turbulenzen, Jetlag, Klimawechsel, das hatte sie alles locker weggesteckt. Auch im Kabinenalltag hatte sich nichts verändert. Nur im Kopf.

Anita erinnerte sich sehr genau an den Moment, an dem es anfing. Der 12. September 1970. Sie waren gemeinsam auf Layover in L. A. Die ganze Crew saß in der Bar und starrte auf den kleinen Fernseher.

Drei Flugzeuge in der jordanischen Wüste. Flirrende Hitze. Kamele, die vorbeizogen. Und die ganze Welt richtete ihre Kameras darauf. Surreale Bilder. Urlauberinnen im Sommerkleid, die über eine Leiter nach draußen kletterten. Ein Guerillero mit Palästinensertuch, der ihnen die Hand reichte. Ein Pilot, der Damenhandtaschen verteilte. Die Koffer, unter dem Rumpf aufgereiht. Hunderte Passagiere, erstaunlich lässig. Ein blondes Mädchen lächelte in die Kamera. Busse, die alle wegbrachten, über eine Sandpiste, ins gelbe Nichts. Auf einem Flugzeug stand PFLP geschrieben, und irgendwas mit Israel. Anita hatte noch nie was von »Palästinensern« gehört.

Dann sprengten sie die leeren Flugzeuge. Erst die BOAC. Dann die TWA. Dann die SWISSAIR. Schwarzer Rauch über der Wüste.

In dieser Nacht schlüpfte Heike in Anitas Zimmer. Weil sie nicht schlafen konnte. Und sie sprach zum ersten Mal von diesen Tabletten. Sie kenne einen Pan Am-Captain, der das Zeug regelmäßig schluckte. Der wäre immer gut drauf. Im Fall einer Entführung würde der sicher relaxed bleiben.

»Das wird uns nie passieren«, sagte Anita.

»Das kann allen passieren«, sagte Heike.

»Wie hoch ist das Risiko? Eins zu hunderttausend? Eher fängst du dir die Grippe ein, oder einen Herpes.«

»Du hältst dich für unverwundbar, was?«

»Du brauchst keine Tabletten, Heike. Die machen nur abhängig.«

Das war es. Die Abhängigkeit. Anita kalkulierte ebenfalls ihr Risiko. Und die Gefahr, abhängig zu werden, bewertete sie höher als die Wahrscheinlichkeit einer Flugzeugentführung. Nicht weil das häufiger passierte. Sondern weil ihr nichts mehr Angst machte als die Vorstellung, ihre Freiheit zu verlieren.

»Warum hast du nie Angst?«, fragte Heike.

Anita zuckte mit den Schultern und holte zwei Wodka aus der Minibar.

Kurz darauf kippte Heike um. Über dem Meer, während des Service. Ihre Hände zitterten, ihre Knie gaben nach, und sie stürzte in den Mittelgang. Anita und eine Kollegin trugen sie ins Cockpit. Sie handelten routiniert; es war nicht die erste Panikattacke im Flugzeug. Aber die erste eines Crewmitglieds. Heike schämte sich. Und dann begann sie, die Tabletten zu nehmen.

Anita blieb entspannt, auch auf den Nahost-Routen. Vielleicht, dachte sie, kam ihr unerschütterlicher Optimismus auch daher, dass sie nie vergaß, wo sie herkam. Welches Glück sie hatte, frei zu sein. Dieses Gefühl ließ sie sich von ein paar Verrückten nicht vermiesen.

Im Februar 1972 traf es zum ersten Mal die Lufthansa. LH 629, Tokio-Frankfurt. Landung in Aden, Südjemen. Wieder die PFLP. Fünf Millionen Dollar Lösegeld für 172 Passagiere und 15 Crewmitglieder. Die Bundesregierung zahlte, ohne zu verhandeln. Unter den Geiseln war auch ein junger Amerikaner namens Joseph Kennedy. Sein Vater Robert Kennedy war drei Jahre zuvor nach einem Wahlkampfauftritt erschossen worden. Von Sirhan Bishara Sirhan, einem palästinensischen Flüchtling aus Jerusalem. Es hieß, der griechisch-orthodoxe Christ sei ein geistesgestörter, religiöser Fanatiker. Er stand auf der Liste der Gefangenen, welche die PFLP freipressen wollte. Kurz darauf, am 30. Mai 1972, das Massaker am Flughafen Lod. Die Japanische Rote Armee und, wieder, die PFLP. 26 Tote, 79 Verletzte. Man munkelte, das Attentat sei mit dem deutschen Lösegeld von Aden finanziert worden.

Was da passierte, bestätigte Heike und Anita in ihrer jeweiligen Weltsicht:

Die Einschläge kommen näher, sagte Heike.

Aber mich erwischt es nicht, sagte Anita.

Das Einzige, was sie aufregte, war die sozialromantische Brille, durch die manche Leute die Flugzeugentführer sahen. Als eine Art Robin Hood der Entrechteten. Leila Khaled, das Poster Girl der PFLP auf T-Shirts und Titelseiten. Die hübsche Palästinenserin mit Kafiya und Kalashnikov, die den Piloten einer TWA-Boeing befahl, über Haifa zu fliegen. Um ihre Heimatstadt von oben zu sehen. Das Wort »Heimat« klang in Anitas Ohren fremd ... und irgendwie reaktionär. Wozu blickt ihr zurück, dachte sie, wir sind doch alle weit weg von zu Hause.

Als auch die Tabletten nicht mehr halfen, kam Heike auf die Idee mit München. Es war ein Weg, dem Fliegen zu entkommen und trotzdem nicht als Kellnerin arbeiten zu müssen. Olympia war glamourös. 1650 Hostessen. Nur die Besten wurden genommen. Es war kein Job, es war eine Auszeichnung.

Am Morgen nach dem Casting bekam Anita ihre Unterkunft für die dreimonatige Ausbildung zugewiesen. Ein unglamouröses Zimmer in einem Wohnblock der Studentenstadt in München-Freimann. Waschbecken, Gemeinschaftstoilette, Gemeinschaftsküche. Schon am selben Tag vermisste sie das Fliegen. Zu diesem Zeitpunkt hätte sie noch aussteigen können. Aber sie war nicht der Typ, der aus Zweifel umkehrte. Wenn sie etwas anfing, zog sie es durch.

Etwas leicht aussehen zu lassen ist meist das Ergebnis schwerer Arbeit. Die Chefhostess machte ihren Mädels von Anfang an klar, dass sie nicht zum Vergnügen hier waren, sondern um die moderne BRD zu repräsentieren. Mit einem Lächeln auf den Lippen, heiter und weltoffen. Nichts sollte an die letzte deutsche Olympiade erinnern, 1936 in Berlin. Liberalität statt Pathos, Demokratie statt Militarismus. Selbst der Sicherheitsdienst war unbewaffnet.

Dann bekam Anita ihre Uniform. Ein hellblau-weißes Dirndl, das farblich auf die Flaggen vor dem Stadion, die Wegleitsysteme und den bayerischen Himmel abgestimmt war. Heiterkeit in Zahlen: Lichtblau RAL 5012, gelborange RAL 2000, hellgrün RAL 6018. Kein Schwarz. Kein Rot. Kein Gold. Es war ein bisschen wie bei der Lufthansa, dachte Anita, diese Perfektion der einheitlichen Gestaltung, in dem jedes Detail demselben ästhetischen Klima unterworfen war. Dort sachlich, hier heiter, immer in Abgrenzung zu einem Bild, das andere von Deutschland hatten. Tatsächlich stammte das Konzept vom selben Designer, der auch das Erscheinungsbild der Lufthansa uniformiert hatte, Otl Aicher.

Anita ging nach Schwabing und ließ sich eine neue Frisur schneiden, die im Kontrast zur Konventionalität des Dirndls stand: kurz und schwarz gefärbt. Den hellblauen Rock, der bis über die Knie ging, kürzte sie heimlich. Sie war nicht die Einzige, die das tat. Und die strenge Moral des Frauenwohnblocks wurde auch bald unterlaufen. Die Verehrer der begehrten Hostessen kletterten mit Blumenstrauß zwischen den Zähnen über die Balkone nach oben. Die Zimmerpartys waren vielleicht nicht so glamourös wie die Empfänge in der Pan Am Lounge, aber dafür umso wilder.

Das Olympische Dorf füllte sich mit Sportlern, Journalisten und Ehrengästen. Die ganze Welt kam zusammen. Ost und West, Schwarz und Weiß. Nie war München so bunt gewesen; man konnte meinen, der Weltfrieden sei ausgebrochen.

Zur Eröffnungsfeier spielte selbst das Wetter mit. 21 Grad Celsius, Niederschlagswahrscheinlichkeit 0 %, heiter und sonnig, der Himmel dirndlhellblau. Die Hostessen zogen wie Cheerleader ins Stadion ein. Anita mittendrin. Den engen Mittelgang hatte sie gegen ein jubelndes Stadion eingetauscht, die hundert Augenpaare gegen neunhundert Millionen Fernsehzuschauer. Zum ersten Mal seit Jahren spürte sie keinen Drang, anderswo zu sein als da, wo sie gerade war. Die Welt kam jetzt zu ihr. Sportler aus Ländern, die sie nie betreten hatte. Bermuda. Madagaskar. Jamaika. Und dann war da noch das Team der DDR. Anita musste an ihre Mutter denken, die in diesem Moment vielleicht vor dem Fernseher saß, im Dämmerlicht ihrer kleinen Treptower Bude.

Da kiekste, wa?

Anita war für die Betreuung der Sportler im Vergnügungszentrum zuständig. Dort lagen die Sportler an einem Pool mitten im Olympischen Dorf, spielten Ping Pong, hörten Musik, sahen Filme und lasen Bücher. Die Hostessen brachten Getränke, führten sie durch die Stadt und feierten die Siege mit ihnen. Leuchtende Tage waren es. Lichtblau, gelborange und hellgrün.

Bis aus heiterem Himmel die Palästinenser kamen.

Niemand hatte den Hostessen Anweisungen gegeben, wie sie sich in diesem Fall verhalten sollten. Es war nicht vorgesehen. Anita erfuhr es bei der Einsatzbesprechung um sieben Uhr. Eine unbekannte Zahl von Terroristen war am frühen Morgen über den Zaun geklettert und hatte im Männerdorf eine unbekannte Zahl israelischer Sportler als Geiseln genommen. Connollystr. 31. Jemand hatte Schüsse gehört. Niemand wusste, wie viele Geiseln in dem Apartment waren. Ein Toter lag vor dem Haus. Splitternackt. Niemand wusste seinen Namen.

Die ratlosen Gesichter der Kolleginnen.

Strahlender Sonnenschein vor dem Fenster.

Alle warteten auf Anweisungen, die nie kamen, und wenn doch, dann waren sie widersprüchlich. Also taten die Hostessen, was sie gelernt hatte: Lächeln. Die Terroristen wollten die Olympiade kapern, sagte die Chefhostess, aber das werde man nicht zulassen. Lassen Sie sich Ihr Lächeln nicht nehmen, meine Damen. *The games must go on!* Die Hostessen schwirrten aus, jede an ihren Platz. Gelbes Dirndl: Gäste. Hellblaues Dirndl: Sportler. Grünes Dirndl: Presse, Rundfunk und Fernsehen.

Das Vergnügungszentrum lag keine zweihundert Meter vom Geschehen entfernt. Auf dem Weg zum Dienst kam Anita direkt vor dem Apartmenthaus vorbei, in dem die Geiseln festgehalten wurden. Da sah sie ihn, mit eigenen Augen. Den Terroristen auf dem Balkon. Strumpfmaske auf dem Kopf, gelber Rollkragenpulli. Fast gelborange.

Wer waren diese Leute? Extreme Linke, hieß es. Revolutionäre. Guerillas. Araber.

Eine Kollegin in Hellblau-Weiß, die als Ordnerin im Olympischen Dorf arbeitete, verhandelte mit den Terroristen. Sie war Polizeibeamtin von Beruf. Der junge Anführer der Terroristen lehnte lässig vor der Tür des Hauses und redete mit ihr. Weißer Tropenhut, Sonnenbrille und Handgranate in der Hand. Er nannte sich Issa. Ringsherum versammelten sich Schaulustige und Journalisten. Anita kannte einen von ihnen, Cyril aus Paris. Sie hatten sich auf einer Party kennengelernt. Er erzählte ihr von dem Kommuniqué der Terroristen. Die Gruppe nannte sich »Black September«. Sie verlangte die Freilassung von 234 revolutionären Gefangenen aus israelischen Gefängnissen. Namen, die niemand kannte.

Außer zweien: Andreas Baader und Ulrike Meinhoff.

Um neun Uhr sprach sich herum, wer die Geiseln waren. Elf Athleten. Ringer, Fechter, Gewichtheber. Zwei von ihnen waren bereits tot.

Die Sportler, die Anita im Vergnügungszentrum betreute, blieben gelassen. Jeder war auf seinen eigenen Wettkampf fokussiert; den Rest blendeten sie aus. Die deutsche Polizei würde das schon richten.

Dann hörten sie den Hubschrauber. Bundesinnenminister Genscher flog ein, um mit Issa zu verhandeln. Er erklärte ihm, dass Golda Meir, die israelische Ministerpräsidentin, die Forderung der Terroristen kategorisch zurückwies. Genscher bot sich im Austausch als Geisel an. Issa lehnte ab. Dann bot die Bundesregierung einen Blankoscheck an. Issa lehnt ab. Es ginge ihnen weder um Geld noch um die Geiseln, sondern um die 234 Gefangenen. Wenn sie nicht freikämen, würden die Geiseln erschossen.

Nebenan, im Vergnügungszentrum sonnten sich die Sportler am Pool. Spielten Minigolf. Der Himmel war heiter, das Thermometer zeigte 25 Grad. Anita mixte Cocktails.

Ringsherum, auf allen Dächern, standen Kamerateams. Anita hatte noch nie so viele Kameras gesehen. Im vollbesetzten Stadion liefen die Spiele weiter. Es gab Medaillen. Rekorde. Applaus.

Bald standen Zehntausende Schaulustige auf den Hügeln vor dem Olympischen Dorf. Und zwischen dem Himmelblau, dem Gelborange und dem Hellgrün tauchten die Farben eines anderen Deutschlands auf: die dunkelgrünen Schützenpanzer, das schwarze Metall der Stahlhelme.

Um 15 Uhr 38 wurden die Spiele unterbrochen. Im Vergnügungszentrum lagen die Sportler auf Liegestühlen vor den Fernsehern und verfolgten die Ereignisse von nebenan wie einen Krimi. Polizisten mit Maschinenpistolen kletterten aufs Dach. Sie würden die Wohnung stürmen, hieß es. Gegenüber, auf dem Haus der DDR-Sportler, stand ein Kamerateam, das alles live in die deutschen Wohnzimmer übertrug. Als die Polizei begriff, dass auch die Terroristen die Sendung sehen konnten, brachen sie den Zugriff in letzter Sekunde ab.

Was Anita an diesem Tag machte:

Kaltgetränke servieren *(»Coke oder Afri?«)*.

Journalisten den Weg zeigen *(»Where's the dead body?«)*.

Einen Tischtennisschläger reparieren *(»What's your phone number, sweetie?«)*.

Als die Nacht sich über München senkte, ging Anita ins Pressezentrum, um aus erster Hand zu erfahren, was geschah. Ihre Kollegin, die mit Issa verhandelt hatte, erzählte von ihm. Er spreche fließend Deutsch mit französischem Akzent, sei in einem Flüchtlingslager aufgewachsen und habe auf den Partys im Olympischen Dorf mitgefeiert. Anita ging in ihrem Gedächtnis alle Männer durch, mit denen sie dort getanzt hatte. Ja, da waren auch arabische Studenten, die im Olydorf jobbten. Als Kellner, als Putzkräfte. Aber kein Issa.

Dann hörten sie Hubschrauberrotoren. Auf den Bildschirmen sahen sie live, wie die Terroristen und Geiseln in einen Bus stiegen und dann zum Flugplatz Fürstenfeldbruck geflogen wurden. Dort, sagte Cyril, würde eine Lufthansa-Maschine nach Kairo warten.

Um Mitternacht verkündete der Regierungssprecher, alle Terroristen seien auf dem Flugplatz getötet worden, und alle Geiseln befreit. Die Hostessen klatschten erleichtert Applaus. Cyril schrieb seine Schlagzeile für die Morgenausgabe.

Anita nahm die letzte U-Bahn zur Studentenstadt, schloss ihre Zimmertür hinter sich zu, zog das Dirndl aus und legte sich ins Bett. Sie fühlte sich ruhelos und allein. Sie dachte an Cyril. Sie sehnte sich nach seinen Berührungen, nach seinen Worten. Zündete sich eine Zigarette an und starrte auf die Glut in der Dunkelheit. Dann fiel sie in einen unruhigen Schlaf.

Als sie am nächsten Morgen zur Einsatzbesprechung erschien, herrschte Totenstille im Raum. Die guten Nachrichten hatten sich als falsch herausgestellt. In Wahrheit war es zu einer Katastrophe gekommen. Alle elf Geiseln waren tot. Planlose Polizisten, schlecht ausgerüstete Scharfschützen, Panzerfahrzeuge, die im Stau feststeckten. Je mehr Details ans Licht kamen, desto stümperhafter wirkte der Befreiungsversuch.

Was blieb, waren die Bilder. Geschmolzenes Metall, das einmal ein Hubschrauber gewesen war. Kleine Nummerntafeln der Spurensicherung dort, wo einmal Menschen gesessen hatten. Acht, Neun, Zehn, Elf.

Auf der Trauerfeier hörte Anita zum ersten Mal ihre Namen. Sie stand wie in Trance auf dem Stadionrasen. Brandt war da. Genscher, Vogel, Heinemann. Und Zehntausende Menschen auf den Rängen. Anita fühlte sich schutzlos unter dem offenen Himmel. Ein Gefühl der Gemeinschaft sollte sich einstellen, hatte die Chefhostess gesagt, Solidarität unter den Nationen. Aber in Wahrheit war jeder mit seiner Erschütterung allein.

»Dieser Anschlag hat uns alle getroffen«, verkündete der Bundespräsident. »Helft mit, den Hass zu überwinden. Helft mit, der Versöhnung den Weg zu bereiten.«

Wer soll sich mit wem versöhnen, fragte sich Anita. Die Opfer mit ihren Mördern? Die Araber mit den Israelis? Die Hinterbliebenen mit dem Gastland, das ihre Liebsten nicht schützen konnte? Ihre Welt war zerbrochen; niemand konnte das wiedergutmachen.

Die Hostessen begleiteten die überlebenden Israelis zu einem Bus. Es war ein Abschied der fehlenden Umarmungen und ausweichenden Blicke; niemand fand die angemessenen Worte. Das israelische Team flog zurück nach Tel Aviv. Im Frachtraum lagen elf Särge.

David Berger. Seew Friedman. Josef Gutfreund. Elieser Halfin. Josef Romano. Amizur Shapira. Kehat Shorr. Mark Slavin. André Spitzer. Jaakow Springer. Mosche Weinberger.

Und die Wettkämpfe gingen weiter. Am Ende der heiteren Sommerspiele blieben nur Verlierer zurück. Die Augen der Welt sahen alle Beteiligten so, wie sie nicht gesehen werden wollten: Deutschland als der Staat, in dem wieder Juden starben. Die Israelis als wehrlose Opfer. Und die Palästinenser als blutrünstige Mörder.

50

Das Dirndl durfte Anita behalten. Sie packte ihren Koffer, ließ den Zimmerschlüssel auf dem Bett liegen und ging zurück nach Frankfurt. Drei Tage später flog sie wieder.

Sie funktionierte noch. Doch die Unbeschwertheit war weg. Als wäre eine schützende Membran zwischen ihr und der Wirklichkeit gerissen. Als hätte sie sieben Leben gehabt und eines zu viel aufgebraucht. Anita tat so, als wäre nichts passiert, aber nichts war wie vorher. Gläser fielen ihr aus der Hand. Worte fielen ihr nicht mehr ein. Fliegen bedeutete auf einmal, den Halt zu verlieren. Sie ging durch den Mittelgang wie auf Glas. Angestarrt von Fremden.

Ist Ihnen nicht gut?

Doch, doch. Was möchten Sie trinken?

Was auch immer ihr früher das Gefühl eines Sicherheitsnetzes unter den Füßen gegeben hatte – auf einmal war es verschwunden. Ein falscher Schritt, und sie würde fallen.

Es ist doch vorbei, sagte sie sich.

Aber es war nicht vorbei.

Niemand sprach offen darüber, aber jedes Mal, wenn die Besatzung an Bord ging, wussten sie: Dieses Flugzeug konnte zur Falle werden. Denn drei Terroristen hatten die Schießerei in Fürstenfeldbruck überlebt. Sie saßen jetzt in deutschen Gefängnissen. Sollten ihre Genossen eine Maschine entführen, um sie freizupressen, würde es eine deutsche sein. Die schleichende Erkenntnis, dass es kein Gegengift gab. Flugzeuge waren verletzbar. Menschliche Körper waren verletzbar. Das Böse ließ sich nicht verhindern; es war unter uns.

Beim Landeanflug über Beirut zog Anita ihren Gurt fest über die Brust. Sie blickte auf das Exit-Schild über der Tür. Sie blickte aus dem Kabinenfenster. Die Lichter, das Meer, Straßen wie Perlenketten in der Nacht. Die Leere unter ihren Füßen. Auf einmal fielen ihr hundert Gründe ein, warum das Flugzeug abstürzen konnte. Vogelschlag. Motorschaden. Bombe im Frachtraum. Durch alle Ritzen drang der Tod in ihre Welt ein.

Was, wenn mein Leben auf einmal zu Ende ist?

Wozu war es gut gewesen?

Dabei hat es noch gar nicht begonnen.

Das Fahrwerk setzte auf. Die Erschütterung ging durch ihren ganzen Körper; ein Schmerz, als wäre jeder Muskel entzündet. Sie sehnte sich danach, endlich allein im Hotel zu sein.

Aber dann, als sie in ein leeres Bett fiel, fühlte sie sich schrecklich einsam. Selbst nach vierundzwanzig Stunden auf den Beinen fand sie keine Ruhe. Durch die geschlossenen Fenster drang der Feierlärm von der Corniche. Die Dunkelheit machte ihr Angst. Sie schaltete ein Licht an, versuchte zu schlafen und erinnerte sich an eine Nacht ihrer Kindheit, als sie im Dunkeln lag und ihre Lungen herausschrie, bis sie erschöpft in den Schlaf fiel, überzeugt davon, dass niemand da war, um sie zu beschützen. Ihre Mutter sagte ihr später, dass sie nebenan gesessen und eine Patience gelegt habe. Es sei gut für Kinder, wenn man sie schreien ließe. Das härte sie ab, für später.

Anita wusste nicht, was sie tun sollte. Ihre Angst zu sterben lähmte ihre Kraft zu leben. Sie erzählte niemandem davon. Sie tat, was sie immer getan hatte: Sie floh vor sich selbst. Aber je weiter sie sich entfernte, desto größer wurde die Angst. Sie hatte die Erdung im eigenen Körper verloren. Anita hasste sich für ihre Schwäche. Allem war sie entkommen, und jetzt das.

Sie überwand ihren Stolz und ging zum Betriebsarzt. *Ihre Werte sind bombig*, sagte er. Ich schlafe schlecht, sagte sie. Sie sind nicht mehr die Jüngste, sagte er und verschrieb Schlaftabletten. Von den Angstattacken erzählte sie nicht. Und erst recht nicht, dass sie seit einiger Zeit das Gefühl hatte, verfolgt zu werden. Einmal, nachts, sah sie einen Mann mit Hut auf der Straße vor ihrer Wohnung stehen. Ein anderes Mal meinte sie ihn vor der Abflughalle wiederzuerkennen.

Vielleicht drehe ich gerade durch, sagte Anita zu Heike.

Und die sagte: *Erzähl das bloß nicht dem Betriebsarzt.*

Dann, Ende Oktober 1972, klingelte nachts das Telefon. Anita war gerade zu Hause angekommen und hatte ihre Schlaftabletten genommen.

»Hallo?«

»Frau Zimmermann?«

Eine Männerstimme. Rauschen in der Leitung, wie Regen im Hintergrund. Der Anruf kam aus einer Telefonzelle.

»Ja, wer ist da?«

»Das kann ich Ihnen nicht sagen.«

Sie bekam Angst.

»Fliegen Sie nicht in den Nahen Osten.«

»Warum? Wer spricht dort?«

»Haben Sie verstanden? Nicht in den Nahen Osten!«

Er klang besorgt, beschwörend und fast hilflos.

»Bitte!«

Sie konnte seinen Atem hören.

»Wer sind Sie?«

»Ein Freund.«

Dann legte er auf.

Am nächsten Morgen rief sie die Disponentin an und bat sie, ihren Monatsplan zu ändern.

LH 614 Frankfurt–Damaskus, über Ankara und Beirut.

LH 634 Frankfurt–Tel Aviv nonstop.

Bitte leg mich auf andere Maschinen. Egal wohin.

Die Disponentin sagte, dafür sei es leider zu spät. Zu viele Krankmeldungen. Erst ab Dezember könne sie was machen.

Dann tat Anita etwas, was sie noch nie getan hatte. Sie ließ sich krankschreiben. Menstruationsbeschwerden. Das ging immer.

LH 614 flog ohne sie nach Damaskus.

Und kam abends ohne Zwischenfälle an.

Jetzt bin ich wirklich verrückt geworden, dachte Anita.

Drei Tage später trat sie ihren Dienst wieder an. Beim morgendlichen Briefing brach die Nachricht herein: LH 615, der Rückflug von Damaskus nach Frankfurt, wurde von Luftpiraten entführt.

Araber. Palästinenser. Schwarzer September. Sie verlangten die Freilassung der drei überlebenden Terroristen von München.

Niemand wollte an diesem Tag ins Flugzeug steigen. Weder Crew noch Passagiere. Die Stewardessen mussten zeigen, dass alles wie gewöhnlich lief. Sie waren das Gesicht der Airline, auf dem gerade heute jeder Passagier abzulesen versuchte, was hinter den Kulissen vor sich ging. Also: Lächeln. Vertrauen ausstrahlen. Auch wenn sie selbst genauso wenig wussten wie die Passagiere. Erst am Abend, im Hotel, erfuhr die Crew es aus den Nachrichten: Nach einem dramatischen Flug landete LH 615 mit den freigepressten Häftlingen in Tripolis, wo endlich auch die Passagiere freigelassen wurden. Die Palästinenser wurden wie Volkshelden empfangen.

Anita und Heike warteten in Frankfurt, als die entführte Maschine am nächsten Tag zurückkam. Die sieben Besatzungsmitglieder wurden an der Gangway mit Blumen begrüßt. Ihre Uniformen saßen perfekt. Die Stewardessen lächelten in die Kameras und ließen sich ihre Strapazen nicht anmerken. Anita versuchte sich vorzustellen, was sie mitgemacht hatten. Welche von ihnen als Ersatz für die erkrankte Kollegin mitgeflogen war. Und was der anonyme Anrufer gewusst hatte. Auf der Pressekonferenz in Frankfurt fragte ein amerikanischer Journalist den Kapitän, ob er eine Idee habe, was getan werden könne, um solche Entführungen in Zukunft zu vermeiden.

»No. Absolutely not.«

Dann taten sich Ungereimtheiten auf. Mutmaßungen, Kontroversen, Abgründe. Warum hatte Bonn den Entführern so schnell nachgegeben? Warum waren nur elf Passagiere an Bord gewesen, keine Frauen und Kinder? Wusste die deutsche Regierung von der Entführung, war sie gar inszeniert worden? Hatten die Deutschen ein geheimes Abkommen mit den Palästinensern getroffen: Drei Gefangene im Austausch gegen die Zusage, dass keine deutschen Staatsbürger mehr gefährdet würden? Der Flugkapitän sagte, er habe die Freilassung der Gefangenen gefordert, weil er sicher gewesen sei, dass die Luftpiraten sonst ihre Handgranaten gezündet hätten. Israel war empört. Deutschland habe vor dem Terrorismus kapituliert. Willy Brandt bat Golda Meir um Verständnis. Sein Handeln sei von der Überzeugung bestimmt gewesen, dass die Rettung von Menschenleben Vorrang vor allem anderen habe.

Anita wünschte sich, es wäre tatsächlich ein abgekartetes Spiel gewesen. Damit die Angst endlich aufhörte.

Aber nichts hörte auf. Das Fliegen hatte seinen Glanz verloren; es war zum Inbegriff der Unsicherheit geworden. Anita ging wieder zum Betriebsarzt. Sie erzählte nichts von dem mysteriösen Anruf. Aber sie erzählte jetzt von ihrer Angst.

Können Sie mir was dagegen verschreiben?

Er sei kein Freund von Psychopharmaka, sagte der Arzt und warnte vor den Nebenwirkungen, die ihre Leistungsfähigkeit beeinträchtigen könnten. Müdigkeit, Schlafstörungen, Unruhe, Verwirrtheit, Erbrechen. Sie solle lieber ein Tagebuch führen, sagte er, um ihre Ängste aufzuschreiben, ihre Bedürfnisse, ihre Träume. Die tieferen Gründe.

Ich brauche das nicht. Ich weiß schon, warum ich Angst habe. Vor München war alles noch in Ordnung.

Bei Erkrankungen der Seele, sagte der Arzt, sei es manchmal sinnvoll, nicht nur nach dem Warum zu fragen, sondern auch nach dem Wozu. Ob es irgendwas gäbe, was sie an ihrem Leben ändern sollte?

Ja, dachte Anita, ohne es auszusprechen. *Vielleicht sollte ich den Arzt wechseln.*

An diesem Abend rief Anita Heike an und bat sie, ihr die Tabletten aus Amerika zu besorgen.

So lernte sie Ralph kennen.

Ralph flog für Pan Am. Ralph kam aus Poughkeepsie, Upstate New York. Ralph hatte die Sache im Griff.

Kopfweh: Aspirin. Müdigkeit: Koffein. Depression: Imipramin.

Ralph Bowman. Mein Dad.

Auf den wenigen Fotos, die ich von ihm habe, sah er damals aus wie ein Mann, in den ich mich auch verliebt hätte. Wenn es solche Männer heute noch gäbe. *Big Daddy.* Wolkenloses Lächeln, kompetent, lässig und zuverlässig. *Feet on the ground.* Vielleicht ein bisschen zu spießig für einen jungen Mann. Freizeitkrawatte und Colaflasche in der Hand; wie auf einem Werbefoto aus einer Zeit, als der Amerikanische Traum noch intakt war. Aber was soll man anderes erwarten von einem ausgebildeten Militärpiloten. Ich vermute, was meine Mutter an ihm angezogen hat, war die Tatsache, dass er ganz anders war als sie. Und sie gefiel ihm wahrscheinlich aus dem gleichen Grund.

Ironischerweise traf sie ihren zukünftigen Mann am selben Ort, vor dem sie einmal weggelaufen war. Oder genauer gesagt: *Fast* am selben Ort. Zwischen der Pan Am Lounge und der Wohnung in Treptow stand eine Mauer aus Beton und Kälte. Anita kam mit der letzten Maschine aus Frankfurt nach Tempelhof, Dead-Head auf dem Jumpseat. Ralph war auf Layover in Deutschland und besuchte einen Freund in Berlin. Heike, die mit ihr flog, hatte das Treffen arrangiert. Sie zogen sich am Flughafen um und schminkten sich im Taxi. Stiefel und grünes Tweed-Kleid aus New York. Keine Ringe, wenig Lippenstift, dafür mehr Rouge. Du kamst nicht mit *irgendeiner* Klamotte in die Pan Am Lounge. Du kamst als Normalsterbliche eigentlich gar nicht in die Pan Am Lounge. Wenn es irgendeinen Ort in dieser ummauerten Stadt gab, der wirklich so weltläufig war, wie Westberlin es gern gewesen wäre, dann war es dieses Penthouse an der Budapester Straße. Ralph wartete vor dem Eingang im Novemberregen, mit zwei VIP-Badges und einem Schirm in der Hand. Er trug einen Freizeitanzug mit Krawatte. Ein *Pan Am Man* vom Scheitel bis zur Sohle, fand Anita. Dieses breite Lächeln, dieser ungebrochene Optimismus.

»Hi, I'm Ralph.«

»Anita.«

»Nice to meet you. How are you? Come on in.«

Heike warf Anita einen vielsagenden Blick zu, als sie an der Rezeptionistin vorbeigingen. Pan Am Captains waren der Jackpot. Weltgewandt und großzügig. Aber Anita wollte eigentlich nur eins von ihm. Die Tabletten.

»Mai Tai?«

Ralph war einer dieser Männer, die schon vorher wussten, was Frauen trinken wollten.

»*Thanks*«, sagte Heike.

»Scotch«, sagte Anita.

An der Bar rauchten Geschäftsmänner. Vielflieger, VIPs. An den Tischen saß die Konkurrenz mit Martini und Mentholzigarette. Hinter den großen Fenstern: Die Lichter von Berlin. Ralphs Co-Pilot gesellte sich dazu und baggerte Heike an. Sie zeigte ihm die kalte Schulter, war sie doch wegen Ralph gekommen, aber der wendete seine ganze Aufmerksamkeit Anita zu, warum auch immer. Anita fühlte sich in seiner Gegenwart schnell wohl. Er trug einen Ehering. Er machte keine anzüglichen Bemerkungen. Vor seinem Copiloten schien er die Tabletten nicht erwähnen zu wollen, also zeigte er ihnen die Bilder seiner Söhne, Kenneth und Matthew, zwei und vier Jahre alt. Anita hatte sich eine glamouröse Party vorgestellt – stattdessen hörte sie Ralph zu, der von seiner spießigen Familie erzählte. Dass er sie vermisste, heute an Thanksgiving. Dass seine Frau *great* und *wonderful* sei. Leslie hätte nichts mit der Fliegerei am Hut, sei eine Kindheitsfreundin, und sie hätten früh geheiratet. *No time to waste*, sagte Ralph und strahlte. Dann stellte er Anita die Frage, die bei solchen Bargesprächen immer kam: Ob sie verheiratet war. Wenn Anita ihr Gegenüber mochte, antwortete sie üblicherweise mit nein, wenn nicht, mit ja. Heute sagte sie nein. Er fragte, ob sie Kinder wolle. Eine Frage, auf die sie immer mit nein antwortete. Weil es die Wahrheit war. An diesem Abend hörte sie sich zum ersten Mal sagen, ohne zu wissen, warum:

Maybe.

Sie solle sich beeilen, sagte Ralph. *It's a wonderful experience.*

Anita bestellte einen Mai Tai.

Nach Mitternacht wurde die Party tatsächlich noch legendär. Nur Anita und Ralph saßen am Rand. Er erzählte von Poughkeepsie, sie erzählte von Treptow.

Um vier Uhr morgens dann, als Heike mit dem Copiloten knutschte, standen Anita und Ralph im Nieselregen vor der Mauer.

»*Show me Berlin*«, hatte er gesagt. »*You're a Berliner.*«

Sie starrten auf den Stacheldraht, die Grenzsoldaten im Neonlicht und das viersprachige Schild:

YOU ARE LEAVING THE AMERICAN SECTOR.

Drüben hieß die Mauer »Antifaschistischer Schutzwall«. Von hier aus wirkte es, als lauerte dahinter etwas Unheimliches.

»Warum hast du deine Mutter nie wieder besucht? Hast du Angst, dass sie dich nicht mehr rauslassen?«

»Ja«, sagte sie. Aber das stimmte nicht. Sie hatte keine Angst vor der DDR. Insgeheim war sie froh über die Mauer. Alles was sie an ihrem Leben nicht ausstehen konnte, hatte sie dahinter zurückgelassen.

Dann stiegen sie wieder in die Corvette, die sein Freund ihm geliehen hatte, und er fuhr sie nach Tempelhof. Beim Abschied steckte er ihr die Plastikdose mit dem Imipramin zu.

»*Take care*, Anita.«

»*Thanks*, Ralph.«

Sie gab ihm einen flüchtigen Kuss. Dann holte sie ihre Uniform aus dem Schließfach und ging zum Briefing.

Die Tabletten wirkten. Nicht sofort, aber nach einigen Wochen. Als hätte jemand eine kaputte Birne ausgewechselt. Die Welt wurde heller. Heiler. Anita nahm wieder Dinge wahr, die ihr abhandengekommen waren. Das Strahlen eines Jungen, den sie ins Cockpit führte. Der südliche Sternenhimmel. Und die Anrufe von Ralph.

Als er auf Layover in Frankfurt war, sahen sie sich wieder. Er gab ihr eine neue Dose Imipramin, dann gingen sie im Schnee spazieren und schauten einen synchronisierten Woody-Allen-Film an. Er verstand kein Wort, aber lachte trotzdem. Er zeigte ihr seinen Flugplan, und sie legte ihre Flüge so, dass sie sich wiedersehen konnten, ein- oder zweimal im Monat.

Jedes Mal erzählte er ein bisschen mehr von zu Hause. Manche Details gab er nur ungern preis, aber irgendwann brach der Damm. Das Bilderbuch seiner Ehe wurde mit jeder Seite, die er umblätterte, düsterer. Aber nie schwarz, nur grau, lähmend grau. Es ging um Dinge, die Anita fremd vorkamen, wie: Das Apartment in Queens behalten oder zu Leslies Eltern nach Poughkeepsie ziehen. Mumps, Migräne, Missverständnisse. Schweigen am Tisch, Entfremdung im Bett. Es war nicht Ralphs Schuld, fand Anita, und auch nicht Leslies Fehler. Er hatte sich einfach zu früh zu viel Verantwortung aufgehalst. Er war durch seinen Beruf gewachsen, hatte seinen Horizont erweitert, während Leslie das *girl next door* aus Poughkeepsie geblieben war. Sie hatte kein Problem mit der klassischen Ehe; sie wollte keine Karriere machen und hatte auch kein Problem mit Ralphs Dienstzeiten. Aber Leslies überschaubare Welt war Ralph zu engstirnig geworden. Man brauchte ein paar Trennungen, fand Anita, bevor man wirklich wusste, wer man war. Eine Trennung käme nicht in Frage, sagte Ralph, wegen der Kinder.

»Liebst du sie noch?«, fragte Anita.

»Ich weiß nicht«, sagte er. »Wir sind Freunde, verstehst du?«

»Ja.«

Nein, Anita verstand es nicht. Woher auch. Ihre Erfahrungswelt war eine andere. Und das war es, was Ralph anzog. Anita hatte die Weltgewandtheit, die er bei Leslie vermisste, und zugleich umgab sie eine Aura der ewigen Jugend; das verführerische Versprechen, noch einmal von vorn anfangen zu können.

Irgendwann ertappten sie sich dabei, miteinander geschlafen zu haben.

Für Anita war es ein kleinerer Schritt als für Ralph. Dachte sie jedenfalls. Er war nicht ihr erster Mann mit Ehering. Sie wollte nicht einmal, dass er ihn abnahm, wenn sie sich sahen. Verheiratete Männer waren sicher. Verheiratete Männer blieben verheiratet. Sie hörten nie auf zu erobern, waren großzügig und hatten immer ein schlechtes Gewissen dafür, verheiratet zu sein. Die Kunst war es, sich nicht anmerken zu lassen, dass man nichts dagegen hatte. Ein verheirateter Mann zeigte dir immer nur die Schokoladenseite. Den Rest bekam die Ehefrau ab.

Ralph flog immer häufiger nach Deutschland. Sie besuchten Jazzclubs auf der Reeperbahn. Gingen Ski fahren am Berliner Teufelsberghügel, unter der US-Abhörstation. Standen an einer Currywurstbude, tranken Cola, schauten Spaziergängern zu und rätselten, wer von ihnen ein Spion war. In Ralphs Gegenwart war alles überschaubar. *Mit ihm*, dachte sie, *habe ich keine Angst zu fallen*. Etwas in ihr, das immer angespannt gewesen war, ließ los. Zu ihrer eigenen Überraschung genoss sie es, nicht weglaufen zu wollen. Vielleicht, weil sie ja beide auf der Flucht waren. Vielleicht aber auch, weil Ralph so anders war. Er hatte, im Gegensatz zu vielen deutschen Männern, etwas Ungebrochenes. Eine intakte Männlichkeit. Kein Grübeln, kein Zweifeln, nur ungetrübtes Selbstvertrauen. Wenn er vom Krieg erzählte – sein Dad in der Normandie –, dann waren es Geschichten von Helden. Befreiern. *Good guys*.

»Und *dein* Dad? War er Nazi?«

»Ich weiß nicht. Aber er hat gegen eure Leute gekämpft, in Nordafrika.«

»*Well*, er war Soldat. Hat seine Pflicht für sein Land getan. *Cheers. To peace.*«

Kein betroffenes Schweigen. Kein Schuldvorwurf. Es konnte so einfach sein.

Zum dreißigsten Geburtstag schenkte er ihr ein Round The World Ticket. Pan Am First Class, 747. Sie nahmen den Eastbound Clipper. In dieser Richtung erlebte man einen Tag mehr als alle, die zu Hause geblieben waren. *Frankfurt, Istanbul, Beirut, Teheran, Bombay, Bangkok, Saigon, Hongkong, Sydney, Auckland, Papeete, San Francisco, New York, Frankfurt.* Zum ersten Mal ließ Anita sich bedienen. Der Pan Am-Kaviar schmeckte natürlich besser als der Lufthansa-Kaviar. Was wahrscheinlich daran lag, dass Anita im Upper Deck-Restaurant saß, statt in der Galley heimlich Reste aus den Gläsern zu kratzen. Sie tranken Cocktails in der Bar, rauchten Zigarren und smalltalkten mit dem Captain. Sie fuhren mit dem Wassertaxi durch Bangkok, tauchten mit Riffhaien vor Tahiti und sahen The Who live in San Francisco. Immer öfter dachte Anita: Hier könnten wir bleiben. Aber dann stiegen sie doch wieder ein, zum nächsten, noch aufregenderen Ziel, als wüssten sie, dass der Rausch jederzeit vorbei sein konnte. Sie waren keine zwanzig mehr. Jede Beziehung strebte auf einen Punkt zu, an dem man ihr einen Namen geben musste, und jeder Name setzte Grenzen, weil er das eine ein- und das andere ausschloss.

In New York sagte Ralph: »Ich hab mich von Leslie getrennt.«

Und in Frankfurt dann zum Abschied: »Ich dachte, du würdest dich darüber freuen.«

Warum hatte er es erst am Ende der Reise gesagt? Seltsam feierlich, auf dem Empire State Building, als hätte er geplant, ihr einen Antrag zu machen. Hatte er vorher austesten wollen, ob Anita mehr als nur eine Affäre war? Er sprach von einem »*up*-

grade« auf eine *»solid relationship«*. Keine Versteckspiele mehr, keine Geheimnisse.

Warum fühlte Anita sich dabei so unwohl?

Erst schwiegen sie eine Weile, dann telefonierten sie wieder. Sie sehnten sich nacheinander. Und Anita ahnte, dass das, was sie fürchtete, nicht die *solid relationship* war. Sondern die Möglichkeit, sie wieder zu verlieren.

Die Nacht, in der sie das begriff, war die Nacht, als sie von dem Anschlag in Rom erfuhr. Eine Splittergruppe der PFLP hatte auf dem Flugfeld um sich geschossen, Brandbomben in einen Pan Am Clipper geworfen und dann eine Lufthansa-Maschine nach Kuweit entführt. Anitas erster Gedanke war Ralph. Zum Glück war er auf einer anderen Maschine. Als sie sich wiedersahen, fielen sie wie ausgehungert übereinander her und verließen zwei Tage lang das Hotelzimmer nicht. Seitdem waren sie offiziell zusammen.

Dann geschahen drei ungewöhnliche Dinge.

Erstens: Ralph machte ihr keinen Antrag. Seine Scheidung war ein langwieriger Prozess. Sie stritten sich ums Geld und Sorgerecht. Leslie zog mit den Kindern nach Poughkeepsie, er behielt das Apartment in Queens. Einmal sagte er, ein Mann könne es sich heutzutage nicht mehr leisten, zweimal zu heiraten. Somit hatte Anita keinen Grund, wegzulaufen.

Zweitens: Anita wurde schwanger. Zum ersten Mal. Trotz Pille. Gegen alle statistische Wahrscheinlichkeit.

Und drittens: Als sie Ralph davon erzählte – am Telefon; sie in Paris, er in Teheran –, machte er ihr den Antrag.

Und sie lief nicht weg.

Nicht weil sie Ralph mehr liebte als die Männer vor ihm, sondern weil das, was mit ihm geschah, ihr einen Ausweg bot. Aus einem Leben, das sie alleine nicht mehr bewältigen konnte.

Auf Anweisung ihres Frauenarztes musste sie die Tabletten absetzen. Es dauerte nicht lange, bis die Angst zurückkam. Ralph ging die Sache pragmatisch an. Er würde für beide sorgen, sagte er, und in ein paar Jahren könnte sie wieder arbeiten. Anita war alles andere als begeistert von der Idee, mit dem Fliegen aufzuhören. Aber welche Wahl hätte sie gehabt? Eine Zeitlang flog er zwischen New York und Frankfurt, dann verkaufte er sein Apartment in Queens und ließ sich nach Deutschland versetzen. Die Pan Am flog Kurzstrecke nach Berlin, zweimal täglich hin- und zurück. Einmal im Monat würde er seine Söhne besuchen.

Sie mieteten eine Wohnung am Sachsenhäuser Berg. Drei Zimmer, Neubau, Einflugschneise. Sie kauften einen Farbfernseher. Kurz bevor ich auf die Welt kam, hängte Anita die Vorhänge auf.

Den Tag meiner Geburt stelle ich mir als Tiefpunkt im Leben meiner Mutter vor. Sie hat es mir nie gesagt, aber es war offensichtlich, wer schuld daran war, dass sie ihre Freiheit verlor. Die Amerikaner haben ein passendes Wort dafür: *Being grounded.* Sie war keine schlechte Mutter, nein, sie machte mir auch kein schlechtes Gewissen. Aber als Kind spürst du einfach, ob du zur falschen Zeit am falschen Ort bist. Das war mein Grundgefühl, seit ich denken kann. Andere fielen in ein gemachtes Nest, ich fiel meinen Eltern zur Last. Meine Mutter sagte mir später mal, ich sei »total unproblematisch« gewesen. Als wäre es eine Tugend für ein Kind, nicht zu sagen, was es eigentlich bräuchte. Aber diese Dinge verstand ich erst viel später, als das Kind sozusagen längst in den Brunnen gefallen war. Sagen wir also: Ich war ein stilles Kind. Eines, das früh lernte, sich unsichtbar zu machen. Um Moms und Dads kompliziertes Leben nicht noch komplizierter zu machen.

Mit meiner Geburt kam noch ein zweiter Mensch in Anitas Leben, oder genauer gesagt: zurück in ihr Leben. Meine Großmutter. Zuerst schickte sie ein Paket mit gehäkelten Socken, Schal und Pullover. Dann erhielt sie eine Besuchserlaubnis und kam für ein paar Tage rüber. Und als sie sah, wie sehr Anita darunter litt, nicht mehr zu fliegen, bot sie ihr an, nach Frankfurt zu ziehen. Um auf mich aufzupassen. Anita lehnte ab, aber nur halbherzig, so dass Großmutter einen Ausreiseantrag stellte, ohne ihr davon zu erzählen.

Es gibt wenige Fotos aus meinen ersten Jahren; und wenn ich an die Geschichten denke, die mir später darüber erzählt wurden, blieb mir vor allem eine in Erinnerung. Also: Die Erzählung, nicht das Ereignis.

Es war irgendwann im Herbst. Dad und ich auf dem Spielplatz. Ich rannte herum und warf mich in einen Laubhaufen. Dad saß auf der Bank und las ein Buch. Auf einmal tauchte dieser fremde Mann auf. Niemand hatte gesehen, woher. Er trug einen grauen Mantel, Hut und Brille. Zu alt für einen Spielplatz-Dad, zu jung für einen Spielplatz-Opa. Ich rannte und fiel hin. Der Mann half mir hoch. Er lächelte und fragte mich, wie ich hieße. Nina, sagte ich, und du? Er klopfte mir die feuchten Blätter von meinem Dufflecoat und streichelte über meinen Kopf.

Auf einmal stand Dad vor ihm.

Was er da mache.

Nichts.

Er solle die Hände von seiner Tochter lassen.

Was er sich erlaube, ihm zu unterstellen.

Hau ab.

Wie reden Sie mit mir?

An dem Tag musste Dad eine kurze Zündschnur gehabt haben. Vielleicht hatten sie sich wieder mal gestritten, Mom und er. Jedenfalls schubste er den Mann.

Und der Mann fiel hin.

»Hör auf, Dad!«

Der Mann richtete sich auf und stellte sich als jemand heraus, der sich zu verteidigen wusste. Auf einmal lagen Dad und der Fremde auf dem Boden und prügelten sich.

Ich schrie wie verrückt.

Wer zuerst aufgehört hat, weiß ich nicht. Dad erzählte die Geschichte nur bis zu dem Punkt, als die Mütter der anderen Kinder angelaufen kamen, er sich aufrichtete und der Fremde das Weite suchte.

»Bist du okay?«, fragte er mich.

Als ob ich okay hätte sein können.

Er nahm mich auf den Arm und drückte mich fest.

Zu Hause erzählte er Mom, was passiert war.

Und Mom flippte aus.

Viele Jahre später erzählte Mom mir die gleiche Geschichte, aber so, wie *sie* darüber dachte. Sie lag in ihrem Krankenhausbett, ich saß daneben und hielt ihre Hand, die von Tag zu Tag immer weniger wurde.

»Ich bin sicher, dass er es war«, sagte sie. Und lächelte. Sie starb ohne Bitterkeit; sie hatte ein reiches Leben gehabt und bereute nichts. Nur ein Wunsch blieb ihr unerfüllt. Heute bin ich mir sicher, dass auch Moritz sie gerne noch einmal gesehen hätte. Man denkt immer, man könne alles auf später verschieben. Auch dann, wenn es schon zu spät ist.

Meine Mutter hat Dad nie davon erzählt, dass sie glaubte, ihr Vater sei noch am Leben. Dad war nicht der Typ, der etwas mit Unwahrscheinlichkeiten anfangen konnte. Das Wahrscheinliche war ihm unberechenbar genug. Im Zweifel entschied er sich immer für *the real thing*. Was man sehen und anfassen konnte.

Eigentlich hätte es gutgehen können mit Mom and Dad. Er wäre lieber geblieben, denke ich. Er konnte sich auf jede Situation einstellen, solange sie berechenbar war. Es war Mom, die das Unberechenbare suchte. Sie hatte noch nicht genug vom Leben. Ich weiß nicht, ob es ihr jemals genug gewesen wäre. Erst ganz am Schluss habe ich sie ruhig erlebt. Als sie schon nicht mehr laufen konnte. Solange ihr Körper es hergab, war sie unterwegs gewesen. Sie hatte einen Hunger, den niemand stillen konnte. Vielleicht war es dieser Hunger, der sie am Ende von innen aufgefressen hat.

Wäre es nach mir gegangen, hätte Dad bleiben können. Ich mochte ihn. Und Mom mochte ihn eigentlich auch. Was sie immer weniger mochte, war das, was sie sein *»mindset«* nannte. Eigentlich gab es keinen Grund, auf ein englisches Wort auszuweichen. Aber das war so eine Marotte von meiner Mutter: Für alles, was ihr an Dad nicht passte, benutzte sie *seine* Sprache.

Old-fashioned. Outdated. Over-protective.

Und später dann, als es schlimmer wurde:

Obsessive. Oppressive. Obsolete.

Ich kam gerade in die Schule, als alles auseinanderbrach. Mom wollte wieder fliegen. Dad wollte Big Daddy sein. Erst stritten sie laut, dann schwiegen sie sich an.

Mom sagte, dass Dad als Erster fremdgegangen sei.

Ich habe sie nie gefragt, ob es die Wahrheit war.

Ich kann mich nur an den Moment erinnern, als Mom eines Tages nach Hause kam, die Einkaufstasche auf den Küchentisch stellte und sagte:

»Dad und ich, wir werden uns trennen.«

Sie sagte es verstörend nüchtern, als ginge es darum, was wir heute essen würden. Ich verstand es nicht. Wie so etwas überhaupt möglich war. In meiner Welt existierte das nicht. Es war, als würde für mich die Zeit stehen bleiben, während sie für meine Mutter weiterlief. Sie räumte den Kühlschrank ein. Im Radio spielten sie *Comfortably Numb.*

»Es ist besser so«, sagte sie. »Für alle.«

51

PALERMO

»Für Mom war es tatsächlich das Beste. Sie war wieder frei.«

Eigentlich war ich auf diese Reise gegangen, um zuzuhören, nicht um zu erzählen. Ich fühle mich entblößt. Gesehen.

Es tut gut.

Zwischen uns liegt kein Schweigen mehr, nur Raum. Die Maserungen des alten Tisches wie gefrorene Flüsse. Draußen ist es dunkel geworden. Was würde Moritz sagen, wenn er jetzt bei uns säße? Ich frage mich, ob er froh wäre, uns hier zu sehen, oder ob wir damit seine Ordnung durcheinanderbrachten, in der er uns trennen musste, um sich selbst aushalten zu können.

»Und was hat dein Dad gemacht?«, fragt Joëlle.

»Er ging zurück nach New York. Aber an jedem Geburtstag rief er an, er schickte Weihnachtsgeschenke. Er war ein korrekter Fern-Dad. Ein abwesender Anwesender sozusagen.«

»Hat er noch andere Kinder bekommen?«, will Elias wissen.

»Nein. Er ist zurück zu Leslie. Sie hat ihm verziehen.«

Joëlle zieht anerkennend die Augenbrauen hoch.

»Und deine Brüder ... Halb-Brüder?«

Ich zucke mit den Schultern. Ich kenne sie kaum.

»Einmal hab ich sie besucht. Sie mochten mich nie besonders. Eigentlich hab ich mir immer Geschwister gewünscht, aber die beiden ... das ist, als hätten wir nicht denselben Dad.«

Vielleicht, denke ich, haben wir tatsächlich nicht den »selben« Dad. Vielleicht war Ralph in der Zeit mit Mom ein anderer Mann. Oder wäre es gern gewesen, aber es hat nicht ganz gereicht.

»Schon verrückt«, sagt Joëlle, »du bist die Einzige von uns, die mit Maurice leiblich verwandt ist. *C'est bizarre, n'est-ce pas?*«

Was bedeutet das schon, Blutsverwandtschaft? Das klingt, als wäre Maurice meiner Mutter näher gewesen als seinen Adoptivkindern. Unsinn. Ein Vater war er für die, mit denen er seine Zeit verbracht hat. Für mich bleibt er, auch jetzt, ein Schatten. Ich kenne seine Stimme nicht, den Geruch seiner Haut oder das Kratzen seines Pullis bei der Umarmung. Nur wenn ich die Augen schließe, kann ich ihn sehen. Ein älterer Herr, der am Meer entlangspaziert, immer mit Hut, auf seinen Stock gestützt, in Gedanken oder frei davon, vielleicht glücklich.

Es klingelt an der Tür. Laura steht dort, und als sie Elias sieht, streckt sie ihre Hand aus, um sein Gesicht zu liebkosen. Dabei sieht sie ihn an, als wollte sie prüfen, ob er noch derselbe ist. Er umarmt sie. Ich fühle mich fast beschämt und wende meinen Blick ab. Er lädt sie ein, ins Haus zu kommen, aber Laura sagt, dass sie nur sehen wollte, ob es ihm gutgeht.

»Ihr habt euch viel zu erzählen«, sagt sie und schenkt mir ein ehrliches Lächeln. Dann reicht sie Elias eine Plastiktüte vom Supermarkt.

»Ihr habt sicher Hunger. *Ciao amore.*«

Sie dreht sich schnell um, ohne ihn zu küssen, und Elias trägt die Lebensmittel in die Küche. Ich habe selten ein getrenntes Paar gesehen, das so gut miteinander umgeht. Er muss meine Gedanken erraten haben, denn er sieht mich an wie jemand, der dabei ertappt wurde, ein unverdientes Geschenk zu bekommen.

Er packt die Lebensmittel aus. Laura hat an frische Sachen gedacht. Brot, Schafskäse, Gurken, Tomaten, Zitronen, Petersilie, Auberginen, Olivenöl. Und Kichererbsen. Offenbar hat sie sich Gedanken über unseren Abend gemacht.

In der Vorratskammer finde ich zwei Flaschen Nero d'Avola. Ich decke den Wohnzimmertisch mit Kerzen, als hätten wir etwas zu feiern. Elias und Joëlle kochen.

»Zitronen sind das Geheimnis«, sagt Elias. »Du kannst nie genug frische Zitrone ins Hummus tun!«

»Den Knoblauch erst mit dem Zitronensaft vermischen«, sagt Joëlle, »bevor du das Tahin dazu gibst! Und eigentlich musst du die Kichererbsen mit Backpulver einweichen, so wird das Chummus cremiger!«

»Hhummus«, korrigiert Elias.

»Chummus«, erwidert Joëlle.

»Hhummus«, protestiert Elias.

»Chummus«, frotzelt Joëlle.

»Ihr habt nicht nur unser Land gestohlen«, bemerkt Elias trocken, »sondern auch unsere Esskultur.«

»Wir haben eine Menge schöne Sachen mitgebracht«, kontert Joëlle, »von denen ihr keine Ahnung hattet! Kennst du Shakshuka?«

»Das ist tunesisch«, bemerkt Elias.

»Ja, aber jüdisch«, ergänzt Joëlle. »Nächstes Mal koch ich dir eine!«

Wenigstens streiten sie, denke ich. Wenigstens reden sie mitstatt übereinander. In einer Welt, wo der andere als Gegner und der Gegner als Feind gesehen wird, ist das schon mehr, als man erwarten kann. Sie werden sich nie auf eine Aussprache für zwei identische Nationalgerichte einigen, so wie sie sich nie auf einen Namen für dasselbe Stück Land einigen können. Obwohl sie dazu verdammt sind, es miteinander teilen zu müssen. Und darin sind sie einander weitaus ähnlicher als mir: Sie hängen an ihren Identitäten, als hinge ihre Existenz davon ab. Für mich ist meine Herkunft weder etwas, worauf ich stolz bin, noch etwas, wofür ich mich schämen müsste. Ich habe nichts dafür getan. Meine Eltern haben mir keine Wurzeln gegeben, nur Flügel. Aber ich kann es Elias und Joëlle nicht verdenken. Ihre Identitäten sind, im Gegensatz zu meiner, chronisch bedroht. Kein Wunder, dass sie sie mit Zähnen und Klauen verteidigen. Und kein Wunder, dass ihre Geschichten, so unterschiedlich sie auch sein mögen, im Kern ähnlicher sind als sie jemals zugeben würden: Die Erzählung von der gefährdeten Gemeinschaft und der Wiedererrichtung des verlorenen Paradieses.

»Natürlich ist es unser Land«, sagt Joëlle, während sie die Petersilie hackt. »Wir haben schon lange vor euch dort gelebt!«

»Wer ist wir? Du bist gar nicht dort geboren!«, erwidert Elias und wirft die Kichererbsen in den Mixer.

»Du auch nicht! Aber meine Vorfahren! Die waren vor den Arabern da!«

»Aber nicht als einzige! *Meine* Vorfahren sind alle Menschen, die dort gelebt haben – die Kanaaniter, die Aramäer, die Phönizier, die Philister, von denen der Name *»Falastin«* stammt ... und die Araber, von denen wir Sprache und Religion übernommen haben. Und vielleicht fließt sogar ein Tropfen jüdisches Blut durch unsere Adern. Natürlich ist es unser Land!«

»*Chérie*, wir haben Jerusalem in zweitausend Jahren Exil nicht vergessen. Mein Großvater Albert sagte immer: Die Römer konnten unseren Tempel aus Stein zerstören, aber nicht den Tempel, den wir im Herzen tragen.«

»Und dann glaubt ihr, *wir* würden Jerusalem jemals vergessen? Palästina ist unsere Mutter!«

»In einer idealen Welt«, sagt Joëlle, »müssten wir uns nicht um ein kleines Stück Land streiten. Aber solange es Antisemitismus gibt, brauchen wir Juden einen sicheren Hafen.«

»Und du denkst, wir Palästinenser werden in dieser Welt nicht diskriminiert? Wer gibt euch ein größeres Recht auf unsere Heimat als uns? Gott? Die Amerikaner?«

Vielleicht gehört das Land weder ihr noch ihm, denke ich, sondern beide gehören dem Land, so besessen sind sie davon, so leidenschaftlich lieben sie es. Der Orangenbaum macht keinen Unterschied zwischen den Bauern, die ihn bewässern und seine Früchte ernten. Allein das Wort »Wir« hat die Macht, Menschen einzuschließen und auszugrenzen. Wenn wir drei die Kinder Abrahams sind, wer hat uns getrennt? Wenn unser Erbgut tatsächlich zu 99,9 % identisch ist, was ist Identität eigentlich?

Sie ist das Haus, in dem wir die Welt zum ersten Mal entdecken, mit seinen Gerüchen und Geheimnissen. Sie ist die Sprache der Mutter und die Geschichte des Vaters. Ein Lieblingsgericht, die Familienfeste und die wiederkehrenden Erzählungen von früher. Die Opfer unserer Großeltern, die Sünden unserer Eltern und das Schweigen darüber am Tisch, um den alle versammelt waren, die Anwesenden und die Abwesenden. Wir hängen daran, so wie wir unsere Kindheitsfotos hüten: eifersüchtig, als Schatz aus unschuldigeren Zeiten. Und irgendwann ist es Zeit, erwachsen zu werden. Herkunft kann man sich nicht aussuchen. Zugehörigkeit schon.

Wir haben die Auberginen gebacken, mit Feta, Chili und Knoblauch garniert, Tomaten und Gurken aufgeschnitten und das beste Hummus südlich von Neukölln gezaubert. Dazu einen Salat aus Orangen und schwarzen Oliven, mit Pfeffer, Zitrone und Olivenöl. Ich schenke Rotwein ein. Fast, aber nicht ganz wie Geschwister sitzen wir an seinem Tisch, während es draußen still wird. Froh, über das Essen reden zu können und das *eine* Thema aufzuschieben, das die Runde sprengen würde – nicht die Politik, sondern Moritz' Tod. Weil man nicht immer über alles reden kann. Weil man dem anderen seine Geheimnisse lassen muss, um die eigenen zu behalten. Weil es einen Ort gibt, an dem man nicht übereinstimmen muss, um miteinander auszukommen: Familie bedeutet die Erlaubnis, einvernehmlich über das Eigentliche schweigen zu können, und dennoch, oder gerade deshalb, dazuzugehören.

Dann stehen wir im Garten, Elias und ich. Joëlle ist auf der Couch eingeschlafen, als wir das Geschirr gespült haben, ohne Worte, auf eigenartige Weise vertraut.

Er will mir erzählen, was passiert ist, in Moritz' letzter Nacht.

»Warte«, sage ich. »Nicht ohne Joëlle.«

Die Nacht ist so schön. Ich will den Moment herauszögern. Nicht wissen, was in diesem Haus an Hässlichem geschehen ist. Noch nicht. Später, wenn ich es weiß, werde ich Elias nie wieder so unbefangen begegnen können wie jetzt. Alles, nur nicht reden. Geschichten erzeugen Identitäten. Identitäten verengen die Wahrnehmung. Wir schauen zu den Sternen hoch. Millionen Möglichkeiten.

Ich schmiege mich an seine Brust, und er legt seine Arme um mich. Sein Körper ist warm und fest. Ich kann mich kaum erinnern, wie lange ich mich nicht mehr so gehalten gefühlt habe. Aufgenommen. Angekommen. Nicht nur bei einem Mann, sondern bei mir selbst. In mir richtet sich etwas gerade. Etwas, das gebrochen war. Wir stehen eine halbe Ewigkeit unter dem offenen Himmel, dann wird es kühl, und wir gehen nach drinnen.

Elias legt Joëlle zärtlich eine Decke über den Körper, ich lösche das Licht, und wir finden einen Platz auf der Couch gegenüber, still aneinandergeschmiegt, bis sein Brustkorb sich im gleichen langsamen Rhythmus hebt und senkt wie meiner. Das Haus macht keine Geräusche mehr. Friedlich ist es, unheimlich friedlich. Als hielte es den Atem an.

Im Dämmerlicht des Morgens hören wir, wie Joëlle in der Küche Kaffee macht. Dann stehen wir zu dritt auf der Terrasse und sehen dem Garten beim Aufwachen zu.

Gleich wird Catalano klingeln, mit seinem Banker.

Es wird Zeit.

Elias lässt den Motor an. Der Citroën erwacht wie ein am Boden kauerndes Tier, das sich atmend erhebt. Ich zerreiße das Absperrband, und das Auto rollt nach draußen. Joëlle wirft einen letzten Blick auf die verwundete Göttin, die allein zurückbleibt, dann schließt sie das Tor.

Mondello ohne Menschen. Wir schweben durchs blaue Licht des Morgens. Vom Rücksitz aus sehe ich die Silhouetten ihrer Köpfe, seinen kräftigen Hals und ihre feinen Locken. Ich sehe Moritz und Amal im Münchner Regen, an dem Morgen, als Elias' Leben sich entschied.

Er steuert aus dem Ort heraus, auf die Landstraße nach Trapani und dann am Meer entlang. Die Sonne geht auf. Der Wind treibt hohe Wolken über die Insel. Klares Licht umgibt und durchdringt uns.

Rostige Dosen im Sand. Graues Holz und Muscheln. Irgendwo führt jemand seinen Hund aus, ansonsten verirrt sich keine Seele hierher. Wir kommen an wie Strandgut, von irgendwoher, ungefragt. Stehen neben dem offenen Auto und sehen hinaus aufs silbrige Meer. Kondensstreifen kreuzen sich am Himmel, und weit draußen kämpft sich eine Fähre durch die Wellen, südwärts, nach Tunis.

»Ich hab ihm die Waffe gebracht«, erzählt Elias. »Er hatte mich ja darum gebeten. Als er aus dem Krankenhaus kam, rief er dauernd an. Ich ging nicht ran. Er wusste nicht, was los war. Ich hatte ja nichts mitgenommen aus dem Tresor. Laura sagte: *Du musst mit ihm reden!* Also bin ich zu ihm gefahren. Ich stand vor dem Haus, ohne zu klingeln. Es dämmerte. Ich stieg über das Tor und ging durch den Garten. Ich wollte ihm zusehen, so wie er war, wenn er sich unbeobachtet fühlte. Eine Weile wartete ich hinter der Palme im Garten und schaute durchs Fenster. Er saß einfach nur dort; ein sehr alter Mann, der Musik hörte. Schubert. Ich hatte etwas anderes erwartet. Irgendwas Skandalöses, Monströses ... Ich war nicht mehr normal im Kopf. Dann hob er irgendwann seinen Blick. Er stand langsam auf und öffnete die Terrassentür.

»Elias? Was machst du da? Komm rein!«

Ich ging ins Haus, er redete eine Weile, dann legte ich den Revolver auf den Tisch.

»Danke«, sagte er. »Was schulde ich dir dafür?«

»Eine Erklärung.«

Er sah mich verwundert an.

»Wer bist du?«, fragte ich.

Kurz erschrak Moritz, aber dann fasste er sich wieder. Als hätte er darauf gewartet und diesen Moment schon oft im Kopf durchgespielt. Für einen kurzen Augenblick dachte ich: So muss das sein, wenn der Tod anklopft. Du fürchtest dich davor, aber tief in dir weißt du, dass er unausweichlich ist. Und wenn er dann schließlich vor dir steht, ist es gar nicht mehr so schwer, wie du gedacht hattest.

»Ich hab deinen Pass gefunden«, sagte ich. »Und das Foto.«

»Hast du das Buch gelesen?«, fragte Moritz.

»Nein.«

Er stellte behutsam seine Teetasse ab, dann ging er zum Schreibtisch, nahm das Bild von der Wand und öffnete den Tresor. Er zog das Buch heraus, kam mit langsamen Schritten zurück und legte es auf den Tisch. Neben die Waffe.

»Wann wolltest du mir das sagen?«, fragte ich.

»Nie, Elias.«

Immerhin, eine ehrliche Antwort.

»Setz dich«, sagte er. »Bitte.«

Ich blieb stehen.

Er setzte sich, öffnete das Buch und nahm den Pass heraus. Dann öffnete er den Pass und nahm ein Foto heraus. Es zeigte ihn, eine schöne Frau und ein Mädchen vor dem alten Citroën. Im Hintergrund eine Stadt am Meer.

Er zeigte auf das Mädchen mit den wilden Locken.

»Das ist deine Schwester«, sagte er.

»Wo ist das?«, fragte ich.

»Yafo. Jaffa.«

Mir wurde heiß. Meine Hände begannen zu zittern.

»Also war alles nur eine Lüge?«

»Nein. Ich habe deine Mutter wirklich geliebt.«

»Ich glaub dir kein Wort.«

»Alles, was ich zu dir gesagt und für dich empfunden habe ...«

»Hör auf zu lügen.«

Er schwieg. Ich wollte nur eines wissen, aber brachte die Frage nicht über die Lippen. Ob er meine Mutter auf dem Gewissen hatte.

»Setz dich«, sagte er.

Es war mehr ein Flehen als eine Bitte. Ich brachte es nicht fertig. Ich lehnte mich ans Fensterbrett, in einigen Metern Abstand. Dann öffnete er das Tagebuch und begann, mir alles zu erzählen. Mit Datum, Ort und Uhrzeit. Wie sie sich in München kennengelernt haben. Wie er sie ausspioniert hat. Was sie ihm erzählt hat, aus Betlehem. Wie sie schwanger wurde. Und das abrupte Ende, der Anschlag und ihre Abschiebung nach Beirut. Seine Leute beorderten ihn nach Tel Aviv, um ihn zu verhören. Sie waren überzeugt, dass er etwas übersehen hatte. Sie fanden nichts, aber er machte sich schwere Vorwürfe. Er kündigte. Drehte sich um und wollte ein normales Leben führen.

Aber dann, zwölf Jahre später, kamen sie wieder.

Sie hatten meine Mutter gefunden.

»Das stand nicht in seinem Tagebuch«, sage ich.

»Er hat das nie aufgeschrieben«, sagt Elias. »Und niemandem erzählt. Er wusste, wie man ein Geheimnis behält. Aber er konnte sich an jedes Detail der Geschichte erinnern. Als hätte er darauf gewartet, irgendwann Rechenschaft ablegen zu müssen.«

52

TUNIS

Es kommt eine Zeit, wenn Schweigen Betrug ist.

Martin Luther King Jr.

Sie hatten ihm verboten, Aufzeichnungen zu führen. Zu gefährlich. Moritz sollte sich alles einprägen und aus der Erinnerung berichten. Aber er misstraute der Erinnerung. Nicht weil er älter wurde. Sondern weil sie immer schon unzuverlässig war. Er misstraute ihr, weil er seinen Gefühlen misstraute. Sie färbten das Gedächtnis, ähnlich wie sie den Blick auf die Zukunft färbten. Also nahm er sich vor, alles, was passieren würde, wie Fotos aufzunehmen, die er mit den Augen machte. Sich jedes Detail einzuprägen. Um die Wirklichkeit vor sich selbst zu schützen. Um Rechenschaft abzulegen. Dieses eine, letzte Mal.

Im Februar 1985 hatten sie Ronny aus dem Ruhestand geholt. Ihn persönlich nach Deutschland geschickt, damit er Moritz überredete. Ihre letzte Begegnung vor zwölf Jahren in Tel Aviv war keine angenehme gewesen. Ronny hatte es Moritz nicht übelgenommen, dass er Fehler gemacht hatte. Aber dass er kündigen wollte. Er konnte viel verzeihen. Nur nicht Illoyalität. Als Moritz seinen verlorenen Freund wiedersah, war er erschüttert, wie sehr er gealtert war. Er trug eine dicke Brille. Er hatte keine Haare mehr. Er war ernst, fast bedrückt, aber als er erklärte, worum es ging, sprühten seine Augen wieder.

»Nein«, antwortete Moritz, als Ronny fertig war. »Ich bin raus.«

»Denkst du noch an sie?«

»Nein.«

Das war gelogen, und Moritz wusste, dass Ronny es ihm nicht abnahm.

»Du bist unser Mann für die Mission. Aber wenn ich ehrlich zu dir sein darf: Du solltest das für *dich* tun. Um Frieden mit dir selbst zu schließen. Das sage ich dir als Freund.«

»Wie habt ihr sie aufgespürt?«, fragte Moritz.

»Wir finden jeden. Sogar dich.«

Jetzt grinste er, fast wie früher. Aber Moritz war nicht zum Spaßen aufgelegt.

»Habt ihr nicht schon alle getötet?«

»Einige der Mörder von München laufen noch frei herum. Wir arbeiten weiter, bis alle Mitglieder des Schwarzen September eliminiert sind. Die Helfer, die Köpfe, jeder Einzelne.«

»Woher wisst ihr, dass Amal dabei war?«

»Es gibt keine Gewissheit. Keine Mitgliedslisten. Aber wir haben Indizien. Den Beweis musst du finden.«

Ronny legte ein Foto auf den Tisch. Ein Schnappschuss mit zwei Touristen im Vordergrund, auf einem arabischen Bazar. Plüschkamele, Sonnenhüte. Und dahinter, im Vorbeigehen, nur im Profil, aber unverkennbar: Amal, mit einer Einkaufstasche um die Schulter. Sie war erwachsen geworden. Immer noch sehr schön. Aufrecht. Ein bitterer Zug um den Mund vielleicht. Moritz beugte sich über das Foto. Je näher er heranging, desto undeutlicher wurde es. Was er aber eindeutig wiedererkannte, waren die Farben. Hellblaue Fensterläden, weiße Torbögen: Die Medina von Tunis. Ausgerechnet. Die israelische Armee war 1982 im Libanon einmarschiert. Die PLO wurde in ein neues Exil gezwungen. Tunesien hatte sie aufgenommen.

»Sie lebt in Tunis«, sagte Ronny. »Bezieht ihr Gehalt von der

PLO. Zusammen mit Zielpersonen des Schwarzen September, die uns mehrmals entwischt sind.«

Er legte zwei weitere Fotos auf den Tisch.

»Abu Iyad, der PLO-Spionagechef. Der Mastermind von München. Und Jamal Al Gashey. Der letzte überlebende Geiselnehmer.«

»Ronny. Ganz offen. Ich glaube immer noch, dass Amal und Khalil einfach nur Studenten waren.«

»Sie haben geheiratet. In Beirut.«

»Schön.«

Ronny legte ihm ein letztes Foto vor. Es zeigte PLO-Kämpfer mit Kafiya und Kalashnikov auf einem Pick-up-Truck. Im Hintergrund zerschossene Wohnhäuser. Einer von ihnen war unzweifelhaft Khalil. Die revolutionäre Haltung, der stolze Blick.

»Einfach nur Studenten, hm? Er war Elitekämpfer. Force 17, Arafats Leibgarde.«

»Ist er auf der Abschussliste?«

»Er ist tot.«

Die Nachricht traf Moritz unerwartet.

»Und ihr Kind?«

Ronny zuckte mit den Schultern.

»Uns fehlen Informationen aus Tunis. Da kommst du ins Spiel. Du könntest deine Legende behalten. Deinen Pass, deine Vergangenheit in Tunis. Dort lieben sie die Deutschen.«

»Ronny ... Ich bin damals eingetreten, um Menschen zu schützen. Nicht zu ermorden.«

»Mach dir keine Sorgen. Den Rest besorgen andere.«

Moritz schob die Bilder weg. Wollte sie nicht sehen.

»Auge um Auge, was?«

»Es geht nicht um Rache, Moritz. Es geht um Prävention. Sie müssen verstehen, dass wir nie mehr zulassen, dass Juden getötet werden. Wir zeigen ihnen, was der Preis ist.«

»Warum kein Gerichtsverfahren? Wie viele Unschuldige sind bei den Aktionen gestorben? Wann ist es endlich genug?«

»Du hast recht. Es wurden Fehler gemacht. Falsche Zielpersonen identifiziert. Kollateralschäden. Das lässt uns nicht gut aussehen. Deshalb brauchen wir gewissenhafte, präzise Informationen. Deshalb solltest *du* das machen, nicht irgendwer. Finde heraus, für wen sie arbeitet, wen sie kennt, wen sie besucht, mit wem sie schläft. Und sobald du die Verantwortlichen identifiziert hast, gehst du wieder nach Hause.«

»Ronny, ich bin fertig mit diesem Leben.«

»Reizt es dich nicht mehr? Der Kitzel? Das Abenteuer?«

»Ich hatte nie Lust auf Abenteuer.«

»Hast du eine Frau?«

»Nein.«

»Warum nicht?«

»Es geht mir gut, Ronny. Wirklich. Die letzten zwölf Jahre waren vielleicht die besten überhaupt.«

»Warum?«

»Weil nichts passiert ist.«

»Vielleicht bist du fertig mit diesem Leben, Moritz. Aber das Leben ist noch nicht fertig mit dir.«

Moritz bat um Bedenkzeit. Und ließ die Frist verstreichen.

Er wollte diese alte Kiste nicht mehr öffnen. Und zugleich konnte er an nichts anderes mehr denken. Er zog den Umschlag, in dem er die Abzüge von 1972 versteckt hatte, aus der Schublade. Die Filme hatte er in Tel Aviv abgeliefert, aber vorher hatte er von den besten Negativen je einen Abzug gemacht. Er legte sie auf den kleinen Esstisch, während er Abendbrot machte. Ungeöffnet. Im Radio lief einer der wenigen Songs der Gegenwart, die er mochte, weil er dabei an die Vergangenheit denken konnte. *Telegraph Road* von den Dire Straits. Er aß sein Brot und starrte auf den Umschlag. Dann öffnete er ihn.

Amal im Olympiapark. Im Hintergrund das Stadion.

Amal auf der Kellerbühne des Studentenwohnheims.

Amal, ganz nah, als sie sich umdreht und in die Kamera blickt. Überrascht und herausfordernd.

Moritz versuchte sich vorzustellen, wie sie jetzt lebte. Mit wem. Ob ihr Kind ein Junge oder Mädchen war. Er dachte an den verregneten Morgen vor der Arztpraxis. Wie erleichtert sie war, als sie die Entscheidung getroffen hatte. Nein, er konnte diese Mission nicht durchführen. Sicher, er wollte wissen, ob sie ihn getäuscht hatte. Aber er zweifelte am Sinn der Sache. Nur: Wenn *er* es nicht machte, würden sie irgendeinen anderen schicken. In Lillehammer hatten die Mossad-Agenten einen marokkanischen Kellner erschossen, vor den Augen seiner schwangeren Frau. Aus Versehen. Weil er so ähnlich aussah wie ein Palästinenser auf ihrer Liste. Moritz legte die Fotos auf den Tisch und dachte: Du kannst dich aus allem raushalten. Körper und Seele abschotten, um keinen Schmerz zu spüren und zu verursachen. Aber dann erlebst du auch nichts Wesentliches mehr, kein unverhofftes Glück, keine Entgrenzung.

Er rief Ronny an und sagte zu.

Gleich am nächsten Tag flog Ronny nach Deutschland. Sein Team hatte bereits alle Dokumente vorbereitet. Flugticket. Arbeitsvisum. Zollpapiere fürs Auto. Einen Walkman mit Radio und verstecktem Mikrophon. Sie hatten gewusst, dass er ja sagen würde. Sie kannten ihn, vielleicht besser als er sich selbst kannte. Moritz sagte alle Aufträge ab, mit der Begründung, er würde eine große Fotoreportage in Afrika machen. Er erklärte Ronny, dass es seine letzte Mission sein würde.

Dann packte er seine Koffer.

53

Das vertraute Mittelmeerblau unter dem Flügel. Die Küste Siziliens. Noch dreißig Minuten Flugzeit. Als Moritz dieses Meer zum ersten Mal überquert hatte, war er ein junger Mann, der nichts vom Krieg verstand, und noch weniger vom Leben. Ein böiger, regnerischer November, eingepfercht im Frachtraum einer Ju52. Feuchte Uniformen, Tatendrang und die Frage, was zum Teufel sie in Afrika zu suchen hatten. Jetzt saß er als älterer Herr im Anzug zwischen Touristenfamilien in kurzen Hosen, Kinder liefen durchs Flugzeug. Das Wetter in Tunis: Leicht bewölkt, 26 Grad Celsius.

An der Passkontrolle spürte Moritz, dass er zu alt geworden war. Er hatte seinen Herzschlag nicht mehr unter Kontrolle. Er schwitzte und fürchtete, der Grenzbeamte würde es bemerken. Wenn er hier aufflöge, könnten sie ihn töten, im besten Fall in ein Wüstengefängnis werfen. Wenn aber alles nach Plan lief, würde er das Land lautlos betreten und wieder verlassen, wie der Schatten einer Wolke. Den Lärm würde dann das Killerkommando machen. Oder, wenn Amal unschuldig war, würde der Kelch an ihr vorübergehen. Moritz hoffte es inständig, war jedoch zu unbedingter Objektivität entschlossen.

»Bienvenu«, sagte der Grenzbeamte. Mit einem Lächeln ließ er den Deutschen passieren. Nicht einmal eine Frage nach den geschäftlichen Tätigkeiten, die er auf dem Visum angegeben hatte; unerhört nachlässig, fand Moritz.

In der Ankunftshalle drängten sich Familien, die auf ihre Angehörigen warteten und ihnen um den Hals fielen. Moritz glitt an ihnen vorbei, ohne beachtet zu werden. Die Unsichtbarkeit, seine zweite Haut. Natürlich hatte er gelogen, als er Ronny gesagt hatte, seine letzten Jahre wären die besten gewesen. In Wahrheit war es eine sehr einsame Zeit gewesen. Er fühlte sich immer fremder in dem Land, das doch seine Heimat sein sollte. Die Nachbarn freuten sich über die Geburt von Enkelkindern und feierten Hochzeiten. Moritz feierte nicht einmal den eigenen Geburtstag. Wozu auch? Er war zunehmend in einem Nebel der Taubheit verschwunden, vor der Welt und vor sich selbst.

Jetzt aber, Tunis, das Wiedereintauchen ins Licht. Die feuchte Wärme auf der Haut, die afrikanische Sonne, die lauten Rufe der Taxifahrer. Unverhoffte Lebendigkeit drang in seinen Körper ein wie ein Schuss Koffein. Er nahm die Witterung auf.

Ein alter Peugeot, roter Plüsch auf dem Armaturenbrett, arabischer Pop aus dem Autoradio. Immer wieder blickte Moritz in den Rückspiegel. Keine Verfolger. Er kurbelte das Fenster herunter, um den Fahrtwind im Gesicht zu spüren. Die weiße Stadt in der Abendsonne. Wie eine Bühne für den Showdown, dachte er. Ich betrete sie heimlich, durch den Hintereingang, und die Menschen in den anderen Autos wissen nicht, dass sie Statisten in diesem Stück sind, das fremde Akteure auf ihrem Boden aufführen. So wie damals im Krieg der Großmächte von der anderen Seite des Meeres.

Im ersten Moment glaubte Moritz, der Taxifahrer hätte sich in der Adresse geirrt. Dann erkannte er die Fassade des Grand Hotel Majestic. Grau und müde war sie geworden. Der Belle Epoque-Palast, einst die erste Adresse der Stadt, sah erschreckend bedeutungslos aus, wie eine gebeugte alte Diva, deren Stern erloschen war. Passanten eilten achtlos vorbei. Die Avenue de Paris sprach nicht mehr Französisch.

Die geschwungene Eingangstreppe, das geschmiedete Jugendstil-Geländer, der Kronleuchter – Moritz erkannte jedes Detail wieder. Aber es roch modrig, die roten Teppiche waren abgewetzt, der Stuck blätterte von der Decke. Nichts erinnerte daran, dass hier einst die deutsche Wehrmacht ihr Hauptquartier aufgeschlagen hatte.

Als Erstes, noch bevor er in sein Zimmer ging, suchte Moritz die Bar in der Bel Etage. Er fand sie sofort. Am selben Ort wie vor mehr als vierzig Jahren. Aber der Flügel fehlte. Victor fehlte. Gruppen von Geschäftsleuten saßen rauchend in den Sesseln. Ein Lied dudelte aus dem Radio. Moritz stand unschlüssig herum, bis er bemerkte, dass er auffiel. Er setzte sich auf einen Barhocker und bestellte ein Bier. Aus einem Spiegel sah ihn ein Gesicht an, das er erst im zweiten Augenblick als sein eigenes erkannte. Als gehörte es einem viel älteren Mann. Nach allem, was geschehen war, fühlte er sich immer noch wie der Zwanzigjährige in Uniform, der in diese fremde Welt geworfen worden war, ohne zu verstehen, warum. Er fragte sich, wie Victor heute aussehen würde. Wie Yasmina heute aussah. Er dachte an das Foto von Amal im Bazar, das er aus Sicherheitsgründen nicht mitgenommen hatte. Für ihn sah sie auf diesem Bild immer noch aus wie früher. Die Stimme des Barkeepers riss ihn aus seinen Gedanken.

»Er hat hier gesungen, wissen Sie das, Monsieur?«

»Wer?«

»Na, er.«

Im Radio lief ein Chanson. Die unverkennbare Stimme von Charles Aznavour.

»Ach so, ja.«

Moritz fragte sich, was aus Victor geworden wäre, wenn die Deutschen hier nicht einmarschiert wären. Vielleicht wäre das jetzt *seine* Stimme im Radio.

Hier encore, j'avais vingt ans
mais j'ai perdu mon temps
À faire des folies
Qui ne me laissent au fond rien de vraiment précis

Que quelques rides au front et la peur de l'ennui
Car mes amours sont mortes avant que d'exister
Mes amis sont partis et ne reviendront pas
Par ma faute j'ai fait le vide autour de moi.

Auf der Avenue de Paris staute sich nachts der Verkehr, als wäre es helllichter Tag. Niemand hatte Moritz darauf vorbereitet, dass gerade der Ramadan begann. Im Hotel servierten sie auch tagsüber Getränke und Essen, aber außerhalb öffneten die Restaurants erst bei Sonnenuntergang. Moritz packte sich beim Frühstück ein Stück Baguette und Käse ein, zwei Orangen und eine Wasserflasche.

Eigentlich wollte er ein Auto mieten, um in die südliche Vorstadt zu fahren, wo das PLO-Hauptquartier lag. Aber als er aus dem Hotel ging, entschied er sich spontan, ein Taxi zu nehmen.

Nach Norden. Nach Piccola Sicilia.

Der Taxifahrer konnte mit dem Ortsnamen nichts anfangen.

Moritz erklärte ihm, wo das Viertel lag.

»*Ah oui*, La Goulette!«, rief der Fahrer. Auf der Fahrt erzählte er, wie schön es dort sei, gerade jetzt, wo es warm wurde und alle an den Strand strömten. Er solle sich dort eine *Madame* suchen; die hübschesten Frauen kämen aus La Goulette.

Ich weiß, dachte Moritz.

»Sogar Claudia Cardinale ist dort geboren!«, rief der Fahrer.

»Und, kommt sie manchmal zurück?«

Der Fahrer machte eine wegwerfende Handbewegung.

»Die Italiener sind alle fortgegangen. *Tutti partiti.*«

»Und die Juden?«

»Tous parti.«

Die Rue de la Poste hieß jetzt Rue de Palestine. Moritz stand vor dem kleinen weißen Haus und sah auf die Eingangstür. Im Vorgarten blühten Bougainvilleen und Jasmin. Aber am Türstock hing keine Mesusa mehr. Eine Frau schaute aus dem Fenster. Vielleicht vierzig Jahre alt und ein wenig misstrauisch.

»Bonjour Madame. Ich suche die Familie Sarfati.«

Sie sagte ein Wort auf Arabisch.

»Pardon?«, fragte Moritz.

»Parti!«

Die gleiche Handbewegung wie der Taxifahrer.

»Wohin?«

Sie zuckte mit den Schultern.

Er ging zum jüdischen Friedhof und fragte die alte Wächterin nach den Sarfatis.

»Albert? Mimi?«

Sie dachte nach. Und zuckte mit den Schultern.

Moritz lief über den Friedhof und suchte nach den jüngsten Grabstätten. Ihr Zustand war bedauernswert. Der weiße Marmor war zerbrochen, Gras und Farn wucherten über die Wege. Die letzten Todesdaten stammten aus den frühen sechziger Jahren. Die Toten schwiegen, die Lebenden waren fort.

Wohin er auch blickte, nichts als Gräber unter dem Himmel. Plötzlich fühlte er sich wie ein verlassenes Kind. Albert und Mimi hatten ihm Schutz gegeben, damals, als er alleine war. Sie hatten sogar zu ihm gehalten, nachdem Yasmina sich getrennt hatte. Sie hatten ihm regelmäßig Briefe geschrieben. Sie hatten telefoniert. Albert war für seinen Schwiegersohn immer ein Vater geblieben. Irgendwann – und dafür gab Moritz sich die Schuld, nicht ihm – verebbte der Kontakt. In seinem Rückzug von der Welt hatte er auch Albert vernachlässigt. Es tat ihm furchtbar leid. Es musste Albert verletzt haben, dass er sich nicht mehr gemeldet hatte. Und Moritz hatte es nicht bemerkt.

Seine Beine gaben nach, ihm wurde schwindlig. Er kämpfte gegen ein Gefühl der Ohnmacht an. Ich muss unbedingt Yasmina anrufen, dachte er. Aber auch zu ihr war der Kontakt abgebrochen. Aus anderen Gründen. Es war *sie*, die seine Briefe nicht mehr beantwortet hatte. Und selbst wenn er es wollte – es gab keine Telefonverbindung zwischen Tunesien und Israel.

Alle Menschen, die mir je etwas bedeuteten, dachte Moritz, habe ich verloren. Als hätte ich eine Krankheit in mir, die denen, die ich liebe, Unglück bringt. Irgendwann musste der Moment kommen, wo er sich sein Scheitern eingestand. Es half nichts, vor dieser Erkenntnis wegzulaufen. Alles, wozu er noch taugte, war diese Mission. Die einzige Frau zu finden, die ihn jemals so berührt hatte wie Yasmina.

Um ihr den Tod zu schicken.

Man musste einfach nur am Meer entlangfahren, nach Süden, vorbei am Hafen und den hingewürfelten Häusern der Vorstadt, bis Tunis fast nahtlos überging in diesen gesichtslosen Badeort namens Hammam-Chatt, kurz vor dem deutschen Soldatenfriedhof. Eine staubige Corniche mit Palmen, leeren Cafés und Metzgereien. Ein Casino, das schon bessere Zeiten gesehen hatte. Niedrige weiße Wohnblöcke mit blauen Fensterläden. Hier waren Arafat und seine Revolutionäre gestrandet, nachdem sie erst Jordanien und dann den Libanon verlassen mussten. Mehr als zweitausend Kilometer von Jerusalem entfernt.

Drei unscheinbare Häuser am Strand. Sandgraue, verwaschene Fassaden, kaputte Fensterläden. Keine Flagge, kein Polizeischutz. Nur die meterhohen Funkantennen ließen erkennen, dass hier keine normalen Leute wohnten. Mal kamen Männer heraus, mal kamen Autos an. Keine offen getragenen Waffen. Niemand, den Moritz identifizieren konnte. Er blieb auf Distanz. Kleiner Mietwagen, ein Vertreter auf Handlungsreisen. Mit dem 300 mm Zoom konnte er aus dem Auto heraus fotografieren. Die Männer vor der Tür, die Autokennzeichen. Arbeit hält die Seele zusammen. Das gute Gefühl, sich auf seine Fähigkeiten verlassen zu können. Am Ende war es ein Handwerk wie jedes andere.

Am nächsten Tag nach Sonnenuntergang, als die Straßencafés und Restaurants sich füllten, mischte Moritz sich unter die Menge. Beiläufige Gespräche mit den Einheimischen. Seine Legende schloss sich nahtlos an die alte an: Ein erfolgreicher Fotograf, der sich an einem deutschen Unternehmen für Schnellentwickler beteiligte. Sie expandierten; das Urlaubsland Tunesien war voller Fotoläden, die auf die neue Technik umstellten. Kein Einschicken der Filmpatronen ins Labor, automatische Entwicklung vor Ort, Expressabzüge in weniger als zwölf Stunden.

Plötzlich rauschte eine Wagenkolonne vorbei. Drei oder vier dunkle Mercedes in hoher Geschwindigkeit. Sie wirbelten Staub auf und verschwanden in der Nacht. Die Menschen drehten sich kurz um, dann aßen sie weiter.

»Abu Ammar«, sagte der Mann am Nachbartisch und lachte.

»Wer ist das?«

»Arafat.«

Am dritten Tag sah er sie. Es war 18:12 Uhr. Ihre Silhouette fiel Moritz sofort ins Auge, auch aus hundert Metern Distanz. Ihr aufrechter, entschlossener Gang, ihre Präsenz inmitten zweier Männer, die sie begleiteten. Auch ihr schlichter Kleidungsstil hatte sich kaum verändert. Jeans, Turnschuhe, T-Shirt. Schulterlange Haare und große Sonnenbrille. Sie stiegen in einen hellblauen Peugeot 504 und fuhren in Richtung Tunis.

Moritz folgte ihnen mit Abstand. Alles ging sehr schnell und routiniert. Erst auf der Fahrt bemerkte er, dass seine Hände zitterten.

Auf der Avenue Bourguiba im Zentrum stieg einer der beiden Männer aus. Der andere fuhr mit Amal weiter. Ein paar Seitenstraßen weiter, kurz vor der Medina, stieg Amal aus. Rue Ali Bach Hamba. Moritz ließ den Peugeot ziehen und folgte ihr in Schrittgeschwindigkeit. Sie verschwand in einem kleinen Laden, kaufte Brot, Käse und Wasser, dann ging sie weiter, in eines der weißen, vierstöckigen Mietshäuser. Nummer 16. Er parkte seinen Wagen. Es hätte eine Straße in Paris oder Marseille sein können, außer dass man hier den Muezzin hörte. Schwalbenschwärme über den Häusern im letzten Sonnenlicht. Die Straße leerte sich. Die letzten Menschen liefen nach Hause und in die Moscheen, zu ihren Familien, zum Fastenbrechen.

Auf dem Klingeltableau standen keine Namen. Stromleitungen hingen aus der Wand. Der Putz bröckelte, das Licht war kaputt. Moritz stieg das Treppenhaus hinauf. Jugendstilstuck und Wasserschäden. Keine der Türen trug ein Namensschild. Plötzlich hörte er Schritte von oben. Frauenschritte. Er hatte keine andere Wahl, als weiter zu gehen und auf die Dunkelheit zu vertrauen. Da erkannte er Amal, mit einem Karton in der Hand, der nach frischem Gebäck duftete. Er senkte den Kopf, sie grüßte kurz auf arabisch und huschte vorbei. Das Blut pochte so laut in seinen Ohren, dass er glaubte, sie würde es hören. Er musste warten, bis er ihr folgen konnte. Als er auf die Straße trat, war sie schon verschwunden.

Moritz wartete im Auto. Die Nacht fiel schnell herab.

Übernachtete sie bei einem Mann?

Wo war ihr Kind?

Undurchsichtige Gestalten schlichen durch die Straße; Männer, denen eine Frau besser nicht begegnen sollte. Leise

Stimmen drangen aus den Fenstern, Tellerklappern. Die Stadt hielt den Atem an. Dann, als wechselte ein Dirigent hinter den Kulissen ins Allegro, strömten die Menschen aus den Häusern. Von ihren Gesichtern war alle Müdigkeit verschwunden. Familien mit Kindern, Freunde in Feierlaune. Die hell erleuchteten Cafés füllten sich, Moritz roch frisches Gebäck, Kardamom und Kaffee.

Plötzlich sah er sich auf der Jaffa Road. Nachts, als Yasmina vor der Bäckerei ihren Psychiater traf. Seine Frau unter den schlaflosen Gestalten. Ihre Ausflüchte und seine Besessenheit. Er hielt die Erinnerung in Schach, damit sie ihn nicht überwältigte. Sie lauerte auf ihn, irgendwo hinter der nächsten Straßenecke.

Amal kam nicht zurück.

Am nächsten Tag, das gleiche Spiel. Doch an diesem Abend blieb Amal in ihrer Wohnung. Moritz wartete, bis alle Lichter erloschen. Als sie die Fensterläden schloss, konnte er kurz ihr Gesicht erkennen. Sie wohnte im vierten Stock, ganz oben. Sie löst keines dieser alten Gefühle in mir aus, dachte er, sich selbst überprüfend. Weder das Mitgefühl noch die Enttäuschung. Er spürte nicht mehr den Wunsch, sie zu beschützen. Dieses Mal, glaubte Moritz, könnte er seine Mission erfolgreich zu Ende bringen.

Um fünf Uhr morgens stand er auf, um sie abzupassen. Wenn ihr Kind heute zwölf Jahre alt war, würde sie es womöglich zur Schule bringen. Um sechs stand er in ihrer Straße. Um Viertel vor acht kam sie aus der Tür. Zusammen mit einem zwölfjährigen Jungen. Eine schwarze Locke fiel in sein schönes Gesicht. Amal trug seine lederne Schultasche und trieb ihn zur Eile an. Moritz folgte ihnen. Ein paar Straßen weiter verabschiedete sie ihn vor dem Eingang eines Gymnasiums. Weiße Mauern, hohe Fenster. Wie die Mischung zwischen einem Botschaftsgebäude und einem Fort der Fremdenlegion. Das Lycée Bourguiba.

Amal ging eilig weiter; vermutlich zum Bus oder einem Treffpunkt, wo der Mann im Peugeot sie abholen würde. Ohne zu überlegen, warum, entschied Moritz sich, bei ihrem Sohn zu bleiben.

Er wartete die Pause ab und ging durch das Tor in den weiten Hof, wo die Jugendlichen herumstanden. Moritz entdeckte ihn auf Anhieb wieder. Er hatte etwas, das ihn von den anderen Kindern unterschied. Etwas Erhabenes und etwas Einsames. Ein kleiner Prinz im Exil. Er mochte ihn sofort. Vielleicht sah er etwas in ihm, das ihn an seine eigene Kindheit erinnerte, seine Außenseiterrolle auf dem Berliner Internat. Aber was er Moritz vorausshatte, war die stille Überlegenheit, die er ausstrahlte.

Moritz dachte an Khalil, seinen Vater. Und an Ronnys Worte. *Sie haben geheiratet. In Beirut. Er ist tot.*

Moritz warf einen Jeton in den Schlitz und wählte eine Nummer in Westdeutschland. Die Zeitansage. Dann begann er zu sprechen. Auf Deutsch. Zahlen, Lieferdaten, Erfolgsmeldungen. In den Kabinen nebenan riefen die Leute laut in ihre Hörer. Das Taxiphone war eine eigenartige Einrichtung. An jeder Straßenecke gab es einen dieser kleinen, schummrigen Läden, so wie es bei uns Telefonzellen gab; man war dort nie allein, aber weil alle so lautstark telefonierten, fühlte man sich nicht belauscht. Acht Fernsprecher gab es hier, zwei waren noch frei. Moritz wusste, dass Amal zu Hause kein Telefon hatte, denn auf dem Nachhauseweg vom Marché Central kam sie gern beim Taxiphone in der Rue d'Allemagne vorbei, um jemanden anzurufen.

Während die Geschäfte ihre Rollläden zu schließen begannen, war Moritz vom Markt, wo er Amal beobachtet hatte, zum Taxiphone gerannt, ohne zu wissen, ob sie heute hier Halt machen würde. Dieses Mal sollte die Kontaktaufnahme nach Lehrbuch laufen; *sie* musste das Gefühl haben, *ihn* zu entdecken. Ihm gingen schon fast die Jetons aus, als sie hereinkam. Er drehte sich weg und sprach weiter, jetzt lauter, gegen die monotone Zeitansage am anderen Ende der Leitung. Dann drehte er sich um und sah sie direkt vor sich stehen, mit zwei Einkaufstüten in der Hand. Amal stutzte. Er konnte zusehen, wie er in ihrem Kopf innerhalb von Sekunden um zwölf Jahre alterte. Und er sah im Neonlicht all das, was ihr Gesicht von damals unterschied. Die feinen Linien um die Augen. Die schwärzer geschminkten Wimpern. Der Lidschatten, den sie früher nicht getragen hatte. Schwer, sich vorzustellen, was sie in Beirut erlebt hatte. Das Paris des Nahen Ostens war im Bürgerkrieg versunken. Amal hatte überlebt. Sie lächelte.

»Moritz?«

Er tat erst so, als erkenne er sie nicht. Sprach einfach weiter. Sie legte Münzen auf den Kassentresen, um Jetons zu kaufen. Moritz beendete sein Gespräch und ging zu ihr.

»Pardon Madame?«

»Kennst du mich nicht mehr?«

»... Amal!«

»Was machst du hier?«

»Geschäfte. Und du?«

»Ich lebe hier.«

»In Tunis?«

»C'est la vie.«

Sie zuckte mit den Schultern und lächelte.

Er erklärte ihr die Sache mit den Expressfotos. Dass er vorhatte, ein Jahr hier zu bleiben. Er hoffte, dass sie ihn einladen würde, aber sie tat es nicht. Er sagte, dass er weitermüsse. Sie wechselten Floskeln, um den Abschied herauszuzögern. Amal gewann das Spiel; er zuckte zuerst.

»Warte ... was ist mit deinem Kind?«

»Ich hab ihn in Beirut zur Welt gebracht.«

»Ein Junge?«

»Er heißt Elias.«

Sie lächelte. Er vermied es, nach Khalil zu fragen.

»Darf ich ihn mal kennenlernen?«

Sie zögerte.

»Immerhin sollte ich mal Patenonkel werden.«

»Wo wohnst du?«, fragte sie.

»Im Hotel Majestic.«

»Ich ruf dich an«, sagte sie. Kein Wort über ihre Adresse. Dann ging sie telefonieren, und Moritz trat auf die neonhelle Straße. Es war Nacht geworden.

54

Kaum Schlaf. Feuchte Hitze. Nicht endender Lärm vor dem Fenster. Die Tunesier machten die Nacht zum Tag und den Tag zur Nacht. In der Mittagshitze schlichen sie wie Schatten durch die Straßen, und wenn es dunkel wurde, lebten sie auf. Moritz passte sich ihrem Rhythmus an. Trieb im Menschenstrom durch die Medina, strandete in den Garküchen und Shisha-Cafés, spürte die Lust, sich zu verlieren.

Täglich, wie ein gieriger Schatten, bezog er Stellung vor Amals Haus. Ihr Bewegungsprofil: erratisch. Meist mit anderen, selten allein, kein Partner. Ihre Freunde: männlich und weiblich. Spätnächtliche Treffen, ungeregelter Tagesablauf, viele Telefonate. Nur *ihn* rief sie nicht an.

Moritz nutzte die Zeit, um sein Geschäft voranzutreiben. Seine Leute hatten exzellente Vorarbeit geleistet: Prospekte geschickt, Telefonate geführt, seine Ankunft angekündigt. Der erste Kunde war ein Fotogeschäft in der Avenue de la Liberté. Der Besitzer, Lamine Attia, war ein sympathischer älterer Herr, umgeben von seinen Hochzeitsfotos und goldgerahmten Porträts. So wie die Deutschen Palmenstrände als Hintergrundmotiv wählten, liebte man hier Wasserfälle vor Alpenpanorama. Monsieur Attia, das hätte der alte Herr Sarfati sein können, in der Jaffa Road, in einer anderen Version seines Lebens. Er stellte ihm seinen Sohn M'hamed vor, der den Laden nun übernehmen sollte. Die Verständigung klappte mühelos, in einer Mischung aus gebrochenem Französisch und ein paar Brocken Deutsch. *Rudi Foller, Bayern Munschen, Mercedes* – das war die Brücke.

Das Gute an Geschäften in der arabischen Welt war, dass es nie nur ums Geschäft ging. Monsieur Attia lud Moritz nach Hause ein, stellte ihn Freunden und Familie vor, gab seiner Anwesenheit eine Legitimation, die sich herumsprach. Ein Kontakt führte zum nächsten. Niemand stellte indiskrete Fragen. Er war ganz einfach *Maurice, l'allemand.*

Wöchentlich schickte er seinen Bericht an Ronny. Er codierte ihn, fotografierte ihn ab und gab die Filmrolle einem Flugbegleiter der Air France mit, der sie an einen Kontaktmann in Paris übergab. Erst wenn er Amals Vertrauen besaß, sollte Moritz auch die höheren Kader lokalisieren. Jeder, der dem Schwarzen September angehörte, stand auf der Todesliste.

Während Moritz noch überlegte, wie er ein zufälliges Wiedersehen inszenieren könnte, klingelte das Telefon in seinem Zimmer.

»Monsieur Reincke? Hier ist eine Madame, die Sie sprechen möchte.«

»Wie heißt sie?«

»Eine Madame.«

»Sagen Sie ihr, sie kann raufkommen.«

»Nein, Monsieur. Sie möchte Sie in der Bar treffen.«

Amal saß auf einem der Sofas, kerzengerade in einem dezenten Sommerkleid, und neben ihr saß Elias.

»Sag *bonjour* zu Monsieur Maurice.«

»*Bonjour* Monsieur.«

Der Junge stand auf und sah ihm offen in die Augen, selbstbewusst, aber nicht ganz ungezwungen, so als hätte seine Mutter ihn auf eine Begegnung vorbereitet, von der er nicht genau wusste, warum sie stattfand. Er trug eine Cordhose, Hemd und Halbschuhe, machte einen wohlerzogenen Eindruck, nur manchmal blitzte etwas Lausbübisches in seinem Gesicht auf.

Amal platzierte ihn in der Mitte, nicht am Rand, als Moritz sich auf den Sessel neben der Couch setzte. Als wollte sie ihm damit zeigen, dass es um ihr Kind ging, nicht um sie.

Der Kellner brachte Wasser. Die Hotelbar des Majestic war einer der wenigen Orte, wo man im Ramadan tagsüber bedient wurde. Kein Wort über München, kein Wort über Khalil. Moritz fragte ihn nach der Schule, dann lenkte er das Gespräch auf Amal. Sie arbeite als Sekretärin, sagte sie, für die PLO. Sie machte kein Geheimnis daraus, im Gegenteil, es erfüllte sie mit Stolz. In Beirut hatte sie versucht, ihr Medizinstudium wiederaufzunehmen. Aber die staatliche Universität nahm keine Palästinenser auf, da es ihnen im Libanon verboten war, höhere Berufe wie Arzt, Anwalt oder Ingenieur auszuüben. Also jobbte sie als Sekretärin, mal hier mal dort, und sparte fürs Studium auf der American University in Beirut. Dann kam der Bürgerkrieg.

»Du versuchst dein Kind in Liebe großzuziehen und kannst ihm nicht erklären, warum draußen auf der Straße die Männer herumschießen. Christen gegen Muslime. Khalil war ja Muslim, aber für uns hat Religion keine Rolle gespielt. Die Studenten verbrannten aus Protest ihre Ausweise, auf denen die Religion eingetragen war. *Was bin ich, Mama*, fragte Elias. *Wenn dich jemand fragt, sag: Ich bin Palästinenser!*«

Amal strahlte eine innere Ordnung aus, die im Widerspruch zu den Brüchen in ihrer Biographie stand. Eine unbeugsame Gefasstheit, die Moritz unwiderstehlich anzog. Vielleicht weil ihm dieser feste Kern fehlte, dachte er. Gerade jetzt, wo das verzweigte Geflecht, das sein Innerstes zusammenhielt, sich aufzulösen drohte. Vielleicht auch, weil es ein Wesenszug war, der Yasmina bei aller äußeren Ähnlichkeit immer gefehlt hatte. Sie war in Unordnung gewesen, von Anfang an, und er hatte versucht, sie in Ordnung zu bringen. Und als sie sich in der Jaffa Road so etwas wie ein geregeltes Leben aufgebaut hatten, war es Yasminas innere Unruhe gewesen, die alles wieder zum Einsturz gebracht hatte. Was ihr an Erdung fehlte, hatte sie durch Willen ausgeglichen. Aber kein Wille war stark genug, um es mit den Stürmen in ihrer Seele aufnehmen zu können. Amal dagegen trug die Mauern des Hauses, in dem sie geboren war, immer noch in sich. Trotz allem, was sie verloren hatte, war ihr inneres Gerüst intakt.

»Wie geht es deiner Familie?«, fragte er.

»Mein Bruder ist wieder frei«, sagte sie. »Er hat das Geschäft von Baba übernommen. Er hat geheiratet. Drei Kinder.«

»Das freut mich. Hast du ein Foto?«

Sie schlug ihr Portemonnaie auf und zeigte ihm Jibril mit seiner Frau und seinen drei Töchtern. Aufgenommen in einem dieser Fotostudios vor einer bunten Tapete. Kein Wasserfall, keine Palmen. Sondern der Felsendom.

Sie sahen sympathisch aus. Sie wirkten glücklich.

Sie hätten durch die Tür seines Studios spazieren können, damals, in der Jaffa Road.

»Und dein Vater? Ist er jemals wieder nach Jaffa gefahren?«

»Nein.«

»Nicht mal zu Besuch?«

»Zu Besuch?«, wiederholte sie sarkastisch.

Moritz fragte nicht weiter, auch nicht nach Khalil, wofür sie dankbar zu sein schien. Dann leitete sie, ganz in Kontrolle über das Gespräch, den Abschied ein. Es schien, als hätte sie es als ihre Pflicht empfunden, ihm ihren Sohn vorzustellen. Nur dieses eine Mal.

Amal stand auf. Elias folgte ihr. Moritz hatte Glück. Seine *déformation professionelle*, für alle Fälle immer die Pocketkamera im Jackett zu tragen, wenn er das Zimmer verließ, zahlte sich aus. Er zog sie aus der Tasche und reichte sie Elias.

»Die ist für dich.«

»Nein, das kann ich nicht annehmen«, sagte Amal, die zum ersten Mal die Oberhand verlor.

»Ich habe mehrere davon. Das sind Werbegeschenke. Wirklich. Ich freue mich, wenn er Spaß daran hat.«

Es war eine silberfarbene Agfamatic, die den Film transportierte, wenn man das Gehäuse zusammendrückte. Ritsch Ratsch Klick. Sie passte in die Hosentasche. Elias nahm die Kamera, ohne seine Mutter zu fragen. Nachdem er die ganze Zeit über nur gesprochen hatte, wenn Amal es erlaubt hatte, war das der einzige Moment, den *er* entschied. Moritz zeigte ihm, wo Sucher und Auslöser waren. Elias war hin- und hergerissen zwischen der Loyalität gegenüber seiner Mutter und der Begeisterung für die Kamera.

Sie konnte es ihm nicht abschlagen.

»Na gut. Aber sag *merci*!«

»*Merci,* Monsieur.«

»Mach ein Bild von uns«, sagte Moritz zu Elias.

»Nein«, sagte Amal. Und dann ließ sie sich doch hinreißen.

Sein erstes Foto.

»Wenn der Film voll ist, kannst du ihn mir bringen«, sagte Moritz. »Wir lassen ihn dann entwickeln.«

Er hatte Angst, sie würde es ihm verbieten. Aber sie entgegnete nichts, jedenfalls nicht in seiner Gegenwart.

Er war sich nicht ganz sicher, als sie das Hotel verließen, aber er glaubte, dass sie sich auch gefreut hatte, ihn wiederzusehen.

Einige Tage später kam Elias zurück. Er sagte nicht, ob seine Mutter es ihm erlaubt hatte. Aber da stand er, allein zwischen den Reisenden und Koffern vor der Conciergerie, und reichte Moritz den vollen Film. Er hätte auch seine Mutter bitten können, ihn zur Entwicklung zu bringen, aber aus irgendeinem Grund wollte er ihn Moritz anvertrauen.

Er lud Elias ein, ihn zu Monsieur Attia zu begleiten, um die Abzüge zu bestellen.

»Danke, nein«, sagte er, »ich muss nach Hause.«

Moritz drängte sich nicht auf. In drei Tagen, wenn die Abzüge fertig wären, solle er wiederkommen. Er bedankte sich höflich und ging.

Seine Art, sich zu bewegen, beeindruckte Moritz. Er steuerte mit instinktiver Sicherheit durch die Lobby, katzenhaft, hellwach und vorausschauend, nicht wie andere Kinder in seinem Alter. Moritz stellte sich seine Kindheit in Beirut vor. Aufgewachsen zwischen Scharfschützen.

Amal begleitete ihn, als er wiederkam. Als wollte sie einen Fehler korrigieren. Sie gingen zu Monsieur Attia in der Rue de la Liberté, wo Amal darauf bestand, die Fotos zu bezahlen. Attia akzeptierte kein Geld von ihr. Freunde von Monsieur Maurice seien auch seine Freunde, sagte er und überreichte Elias feierlich einen Umschlag mit den Abzügen. Elias bedankte sich höflich, fast ein wenig ehrfürchtig, denn er schien zu spüren, dass es seiner Mutter unangenehm war, in Moritz' Schuld zu stehen.

»Mach auf!«, sagte Moritz zu Elias.

Elias zog die Abzüge heraus, und Moritz war ehrlich beeindruckt. Die Schnappschüsse zeigten ein Gefühl für etwas, das ihm abhandengekommen war. Moritz hatte sein Bild schon gemacht, bevor er auf den Auslöser drückte. Elias entdeckte noch Dinge, die Moritz bereits übersehen hätte.

Monsieur Attia fragte Elias, ob er sein Studio anschauen wollte. Elias fragte Amal, sie erlaubte es, und Monsieur Attia nahm ihn an der Hand.

»Er ähnelt seinem Vater«, sagte Moritz.

Amal nickte.

»Wo ist er jetzt?«

»Sie haben ihn ermordet.«

Moritz bemerkte, wie sich eine Ader an ihrem Hals anspannte. Dann erzählte sie von ihrem Leben in einer Stadt zwischen allen Fronten, wo die Hoffnung mit der Verzweiflung rang, die

Lebenslust mit der Barbarei und die Schönheit mit dem Zerfall. Beirut, Stadt aus Fieber und Zärtlichkeit. Khalils Eltern lebten in einem der palästinensischen Camps, die zu Stadtvierteln geworden waren. Shatila. Dort kam Elias auf die Welt. Amal und Khalil hatten noch keine Papiere, kein Geld, keinen Trauschein. Aber sie waren glücklich über ihren Sohn.

»Nach der Geburt«, sagte Amal, »kam eine alte Frau zu uns. Umm Majnouna, die Handleserin. Sie nahm unsere Hände und sagte zu mir: Du hast Glück, mein Kind. Dein Verlobter hat drei Leben. Du hast nur eins. Also wird er dich beschützen. Wir hielten das für Aberglaube. Einen Monat später verlor Khalil sein erstes Leben. Weißt du noch, als die Israelis das PFLP-Hauptquartier in Beirut zerstört haben?«

Moritz erinnerte sich, natürlich. Operation Zorn Gottes, 1973.

»Khalil hatte Glück. Als die Israelis angriffen, war er kurz in die Apotheke gegangen, um Medizin für das Baby zu kaufen. Seine Freunde waren alle tot.«

»Hat er für die PFLP gearbeitet?«

»Er hat manchmal was geschrieben und übersetzt. Er durfte ja nicht mehr studieren. Das Geld hat er auf dem Bau verdient, schwarz. Aber wir fanden eine schöne kleine Wohnung, durch meine Tante. Wir kamen gut zurecht. Elias ging in Shatila zur Schule. Dann brach der Bürgerkrieg aus. Das Leben wurde verrückt. Du konntest nicht mal mehr Milch holen, ohne von Scharfschützen beschossen zu werden. Khalil verlor seinen Job und ging zu den Kämpfern. Wir mussten uns verteidigen. Er wurde in die Force 17 aufgenommen. Als Leibwächter.«

»Von wem?«

»Sagt dir der Name Ali Hassan Salameh was?«

Moritz schüttelte den Kopf. Aber natürlich kannte er ihn. Arafats Ziehsohn. Der Playboy des Schwarzen Septembers. Miss Universe im Arm und eine Kalashnikov in der Hand.

»Unsere Wohnung lag in der Rue Verdun, nicht weit von Ali Hassans Wohnung. An dem Morgen hatte Khalil eigentlich Dienst, aber ging nicht hin. Am Abend vorher hatten sie sich gestritten. Ali Hassan verhandelte heimlich mit der CIA, Khalil war dagegen. Jedenfalls, Khalil reparierte endlich unsere kaputte Waschmaschine. Da ging die Autobombe hoch. Alle Scheiben zersprangen, die Splitter flogen durch die Wohnung. Wir liefen runter. Die Straße war ein Schlachtfeld. Ali Hassan war tot. Und seine vier Leibwächter. Auch der Kollege, der für Khalil eingesprungen war. Ein guter Freund von uns. Und dann lagen da die Menschen, die zufällig vorbeigegangen waren. Einige konnten wir retten, aber nicht alle. An dem Tag sagte ich zu Khalil: *Hör auf, ich flehe dich an!* Er sagte: Wir sind mitten im Krieg. Wer soll uns sonst verteidigen?«

All das erzählte Amal gefasst und illusionslos, während sie Elias, dem der alte Attia seine Kamera erklärte, nicht aus den Augen ließ. Auf einem Fernseher lief Werbung mit Musik.

»Und dann?«, frage Moritz.

»1982 marschierten die Israelis ein. Sie zwangen die Libanesen, die PLO rauszuwerfen. Khalil und ich sollten auf eines der Schiffe nach Tunis gehen. Aber Khalil wollte seine Eltern nicht im Stich lassen. Sie wohnten ja noch im Lager. Ich wollte weg, nicht für mich, sondern damit Elias ein normales Leben haben konnte. Er sagte: Wenn unsere Kämpfer abziehen, wer soll die Flüchtlinge beschützen? Wir stritten uns, nächtelang, und die Schiffe fuhren ohne uns los. Arafat winkte vom Deck aus in die Kameras und verkaufte die Niederlage als Sieg – darin ist er Meister. Sie gaben ihm eine Garantie, dass die Zivilisten unversehrt bleiben würden. Dann flogen die Kamerateams nach Hause, und nur Wochen später geschah das Massaker in den Flüchtlingslagern. Du hast sicher davon gehört.«

Sabra und Shatila. Moritz erinnerte sich, wie er das Auslandsjournal abschalten musste, weil er die Bilder nicht mehr ertrug. Man stumpfte ab vor dem Fernseher, überall gab es Krisen. Aber manche Ereignisse durchbrachen die Gleichgültigkeit und brannten sich ins Gedächtnis ein. Sabra und Shatila war so ein Ereignis. Und je mehr er über die Hintergründe erfuhr, desto wütender hatte es ihn gemacht.

»Khalil war dort, um seine Eltern zu besuchen. Keiner hat überlebt. Das war das letzte seiner drei Leben.«

Amal winkte Elias zu, der Monsieur Attia fotografierte. Er winkte zurück und schoss ein Foto von Moritz und ihr. Moritz gefror das Lächeln auf den Lippen.

»Dann kam ein Telegramm von meinem Vater. Vier Worte: *BRING ELIAS RAUS. BABA.* Ein Freund besorgte uns zwei Schiffstickets nach Tunis. Ich hab alles zurückgelassen.«

Moritz verstummte. Er hatte zu der Frage durchdringen wollen, ob Khalil Mitglied des Schwarzen September war. Aber was tat das noch zur Sache?

Amal sah ihn prüfend an. Als erriete sie seine Gedanken.

»Es tut mir sehr leid«, sagte er, und bemerkte im selben Moment, wie hohl diese Floskel klang. Höhnisch, hilflos. Hätten Amal und Khalil ihr Studium in Deutschland beenden dürfen, dachte er, wären sie jetzt eine kleine Familie mit Reihenhaus am Stadtrand. Ärztin, Ingenieur, zwei Kinder. Wilde Studentenzeit gehabt, jetzt zahm geworden. Elternabend, Grillen mit den Nachbarn, ein neuer Golf.

Ihr Aufenthalt gefährdet die innere und äußere Sicherheit der BRD.

Es war der falsche Moment, ihr die entscheidende Frage zu stellen – ob sie etwas mit dem Olympia-Attentat tun hatte. Er wusste aber auch nicht, was er sonst sagen sollte. Amal hatte Dinge durchlebt, die seine eigene Biographie wie einen einzigen Glücksfall erscheinen ließen. Ihm fehlten die Worte. Sie sah sich nach Elias um. Er zeigte ihr einen Kodak-Film, den der alte Attia ihm geschenkt hatte. Amal protestierte und zückte ihre Geldbörse. Attia lehnte das Geld lächelnd ab.

»*Ahlan wa sahlan*«, sagte er. Herzlich willkommen.

Beim Abschied vor dem Geschäft schärfte Amal Elias ein, dass er sich bei Moritz bedanken müsse.

»Merci, Monsieur.«

Dann wandte sie ihren Kopf zu Moritz und fragte:

»Was machst du an Id el-Fitr?«

»Ich weiß noch nicht.«

»Da kannst du nicht allein bleiben. Komm zu uns. Ich koche für ein paar Freunde.«

55

Moritz befürchtete, dass die Einladung nicht nur eine Einladung war. Sondern eine Identitätsprüfung. Durch die Jury ihrer Freunde, in aller Gastfreundschaft. Die Stimmung am Ende des Fastenmonats war festlich; ganz Tunis war auf den Beinen. Nach Wochen des Verzichts brach eine unbändige Lebenslust aus, die Moritz fast ein wenig Angst bereitete. Auf den Straßen drängten sich die Menschen, Kinder warfen Böller, aus den Cafés schallte Musik. Die Frühsommerluft war erfüllt vom Duft frittierten Gebäcks. Als hätten die Leute nicht schon seit Wochen die Nacht zum Tag gemacht, feierten sie jetzt, als gäbe es kein Morgen.

Amals Treppenhaus roch nach Kreuzkümmel und Zimt. Elias stand in der Tür und schoss ein Foto von Moritz, als er die kleine Wohnung betrat. Hohe Decken, abblätternde Farbe und feuchte Wände. Im Wohnzimmer saßen Männer, Frauen und Kinder. Amal kam aus der Küche. Sie hielt eine Salatschüssel in der Hand und lachte.

»Das ist Maurice, *el almani!*« Alle standen auf, schüttelten Moritz die Hand, herzlicher als erwartet, und gaben ihm Küsse auf die Wangen.

»Welcome to Tunisia!«

»Welcome to Palestine!«

Es waren Männer und Frauen; sie tranken Bier und Coca-Cola, sie rauchten Rothmans und Marlboro. Moritz fühlte sich in die Studentenstadt zurückversetzt. Nur dass die Revoluzzer jetzt Familienväter waren. Politische Funktionäre ohne Staat. Er erkannte keinen, der auf seiner Liste stand. Die höheren Kader feierten vermutlich in ihren Villen. Aber hier saßen auch nicht die Fußsoldaten. Die meisten schienen gebildet und kultiviert zu sein; die Atmosphäre war familiär. Jemand legte eine Platte auf. Eine arabische Sängerin, die Moritz nicht kannte.

Er war darauf vorbereitet, ausgefragt zu werden. Hatte mögliche Szenarien durchgespielt und sich unverfängliche Antworten zurechtgelegt. Aber statt ihn zu durchleuchten, ließen sie ihn einfach mitlaufen. Ein paar freundliche Fragen nach Deutschland, wo seine Familie sei, das war's. Für Revolutionäre im Fadenkreuz des Mossad fühlten sie sich erstaunlich sicher, dachte er. Oder wirkte er so harmlos?

Einer der Gäste – er trug einen schwarzen Schnurrbart und Pilotenbrille – bemerkte, dass Moritz auf ein Foto über dem Sofa starrte. Es zeigte Amal und Khalil, so wie er sie in Erinnerung hatte, und zwischen ihnen Elias, vielleicht fünf Jahre alt. Sie standen vor einem zerstörten Haus voller Einschusslöcher. Beirut im Bürgerkrieg. Sie lachten.

»Ah, ya Khalil! Allah yirhamou«, seufzte der Mann. Und dann, in Richtung Elias:

»Er hat jetzt viele Väter. Und wenn du groß bist, wirst du ein Held wie Khalil!«

Elias nickte.

»Komm, fotografier uns!«, rief der Mann.

Elias zückte seine Kamera und machte ein Foto von den beiden.

»Elias, verteil das!«, rief Amal und reichte ihm das Fladenbrot.

Sie achtete darauf, dass er nicht abhandenkam. Sie hätte jeden dieser Männer haben können, so schien es, die ledigen und die verheirateten. Aber sie hielt alle auf Distanz. Weil sie ein anderes Leben für ihren Sohn wollte, vermutete Moritz. Die Männer respektierten es. Sie stellte die Vorspeisen auf den niedrigen Tisch vor den Sofas.

Hummus. Baba Ghanoush. Tabouleh. Labaneh. Muhammara.

Sie strahlte eine Wärme und Fürsorge aus, mit der sie die kleine, heruntergekommene Wohnung zu einem großzügigen Haus machte, umgeben mit einem Garten voller Obstbäume. Man wollte in ihrer Nähe sein.

»Gott hat deine Hände gesegnet«, sagte einer der Gäste. Und seine tunesische Ehefrau räumte ein, dass die palästinensische Küche die beste zwischen Rabat und Bagdad sei.

Als Amal die Hauptspeisen auftischte, Reis mit Mandeln, Hühnerfleisch und Auberginen, kam das Gespräch auf München. Wie sie Moritz kennengelernt hatte.

»Was denken die Deutschen über Palästina?«

»Wir wünschen beiden Seiten, dass ihr Frieden schließt.«

»Frieden?«, raunzte der Mann mit dem Schnurrbart sarkastisch. »*Ihr* wollt Frieden. Um euer Gewissen zu beruhigen. *Wir* wollen Freiheit!«

Moritz nutzte die Gelegenheit, um auf Olympia '72 zu sprechen zu kommen. Es war leicht; allen war das Attentat noch lebhaft in Erinnerung. Die eigentliche Frage vermied er, um kein Misstrauen zu erregen. Er wählte einen Umweg.

»Glaubst du, das Attentat war ein Fehler?«, fragte er Amal.

Der Mann mit dem Schnurrbart fiel ihr ins Wort.

»Wir haben keine Luftwaffe, keine U-Boote, keine Atombombe. Militärisch können wir sie nicht besiegen. Aber solange wir leiden, sollen sie auch leiden!«

»Wir haben viele Fehler gemacht«, sagte Amal in die Runde. »Schaut doch, wo wir jetzt gelandet sind. Erst Amman, dann Beirut, jetzt hier. Das nächste Mal, wenn sie uns vertreiben, schlagen wir unsere Zelte auf den Malediven auf!«

Einige lachten. Andere widersprachen auf Arabisch.

»Wenn München ein Fehler war, warum haben Sie es getan?«

»Wir wollen keine Menschen eliminieren«, sagte Amal. »Sondern ein politisches System, das uns diskriminiert. Wir wollen ein demokratisches Palästina für alle, mit Rückkehrrecht für die Flüchtlinge. Wenn die Juden als Minderheit in unserer Heimat leben wollen – herzlich willkommen!«

Auf einmal wurde die Stimmung hitzig. Moritz musste an das Bonmot *»Zwei Juden, drei Meinungen«* denken. Die Palästinenser standen ihnen darin in nichts nach.

»Wir hatten eine Bewerbung geschickt«, sagte einer der Jüngeren. »An das Olympische Komitee. Sie haben nicht mal geantwortet! Israel wurde zugelassen. Ist das gerecht? Also haben wir auf unsere Weise teilgenommen.«

»Nein«, sagte Amal trocken. »Das ist eine Legende.«

»Warum?«

»Im Juli '72, als der Mossad Kanafani ermordet hat, war die arabische Straße wütend. Die PLO musste antworten, stattdessen stritt sie untereinander. Die Fatah hatte Angst, die Jungen würden zu den Radikalen gehen. Es musste schnell gehen. Und groß sein. Es gab keine lange Planung. Die Idee entstand bei einer Tasse Kaffee in Rom. Zwei Männer, die zufällig einen Zeitungsartikel über Olympia lasen.«

Sie war so entwaffnend ehrlich, dass Moritz es wagte, zu fragen:

»Wer waren die beiden?«

Alle schwiegen. Darin waren sie sich auf einmal einig.

»Sie sind alle tot, oder?«, fragte er.

»Nicht die Chefs«, sagte Amal.

»Sind sie hier?«

»Manchmal.«

Mehr ließ sie nicht heraus. Jetzt musste Moritz die Frage stellen. Er fand eine indirekte Formulierung.

»Habt ihr keine Angst«, fragte er, »dass euch was passiert?«

»Wir sind stark«, sagte einer. »Wir haben die Kreuzritter besiegt. Wir werden auch das überleben.«

»Was sollen wir denn machen?«, spottete Amal und lachte. »In den Keller gehen? Wenn sie mich töten wollen, werden sie's tun. Jamal, mach die Musik lauter!«

Einer drehte die Lautstärke des Verstärkers hoch.

»Ah, ya Fairuz!«, rief einer, und Amal sang mit. Es war ein Lied, das alle auswendig kannten.

»In Deutschland war das Medizin für mein Herz«, sagte Amal. Hast du die Platte nicht in meinem Zimmer gesehen?«

Er erinnerte sich nicht. Sie reichte ihm das Cover. Eine schöne Frau mit klaren Gesichtszügen und dunklen Augen.

»Sie sieht dir ein bisschen ähnlich«, fand er.

»Fairuz? Ich? Du bist verrückt!«

»Was singt sie?«

»Sie singt über Jerusalem. *Zahrat Al Madayeen.* Das heißt: Die Blume unter den Städten.«

Moritz las die Übersetzung der Texte auf dem Cover. Als das sehnsuchtsvolle Intro aufhörte, sang Amal mit. Ihre klare, starke Stimme verblüffte ihn. Sie sang mit einer Zärtlichkeit und Kraft, wie nur Mütter sie hatten. Alle wurden still und hörten ihr zu.

Jetzt ahnte er den Grund der laxen Security. Man konnte nicht jedem misstrauen und normal im Kopf bleiben. Sie hatten sich entschieden, sie selbst zu bleiben. Gäste zu empfangen, Kinder großzuziehen und Feste zu feiern, als wären sie noch zu Hause. Es war eine Frage der Identität, die Moritz an seine Zeit im *Displaced Persons Camp* erinnerte. Diesen unbändigen Lebenswillen. Gäben sie der Angst nach und verstummten, würden sie nicht nur ihre Heimat, sondern auch ihre Kultur verlieren.

Oh Jerusalem, Oh Jerusalem, Stadt der Gebete.
Jeden Tag richten sich unsere Augen auf dich!
Sie wandern durch die Tore der Tempel,

umarmen die alten Kirchen
trösten die trauernden Moscheen.

Das Lied trieb den harten Männern Tränen in die Augen, als erzählte es ihr ganzes Leben. Einer fasste die Hand seines Freundes, einer stieß einen Seufzer aus, ein anderer einen Fluch. Dann sangen sie alle mit einer Hingabe, die auf Moritz fremd und beneidenswert wirkte: Eine kollektive Identität zu besitzen wie ein Schneckenhaus, das man überall hin mitnimmt. Er hatte seinem Kollektiv immer misstraut. Und darüber das Gefühl dafür verloren, wer er war.

Das Kind in der Wiege und Mariam, seine Mutter
Zwei Gesichter, die weinen
um alle, die flohen, um die Kinder ohne Zuhause,
um alle, die Widerstand leisteten und getötet wurden.
Als Jerusalem fiel, erlosch die Liebe,
und im Herzen der Welt brannte der Krieg.

»Was ist, ya Maurice? Schmeckt's dir nicht?«

Elias' Stimme riss ihn aus seinen Gedanken. Er erinnerte sich, wozu er hier war.

Schließe Freundschaft, als würdest du sie nicht beschatten.

Beschatte sie, als hättest du nie Freundschaft geschlossen.

Als Amal in die Küche ging, um die Nachspeise zu holen, stand Moritz auf und folgte ihr. Auch unter den linken Revolutionären war es nicht üblich, dass ein Mann in die Küche kam. Aber bei einem Ausländer schienen sie ein Auge zuzudrücken.

»Kann ich was helfen?«, fragte er.

»Nimm das Maamoul aus dem Backofen!«

Er stellte das Blech mit dem duftenden Dattelgebäck auf den Tisch.

»Ich hab sie zu lange drin gelassen«, seufzte sie und schnitt die verbrannten Ränder weg. Er fragte sie leise:

»Damals in München ... kanntest du die Geiselnehmer?«

»Nein.«

Ihre Stimme: klar und ruhig.

Eigentlich glaubwürdig.

Sie bestrich das Gebäck mit zerlassener Butter.

»Wir haben's morgens aus dem Radio erfahren. Wir sind hingelaufen und haben uns als Vermittler angeboten. Aber dann kam Genscher.«

Moritz erinnerte sich an die Fernsehbilder: Genscher und der schlanke Mann mit dem Tropenhut.

»Die müssen doch Helfer vor Ort gehabt haben ...«

»Nein. Nur der Kommandeur kam vorher. Hat im Olydorf gejobbt und alles ausgekundschaftet. Er hatte in Berlin studiert.«

»Issa?«

Sie nickte.

»Und wann hast du das erfahren?«

»In den Flüchtlingslagern von Beirut ist er ein Held. Er ist dort aufgewachsen.«

»Er hat damals erzählt, er käme aus Nazareth. Und seine Mutter sei Jüdin.«

»Na klar. Und der Vater war Zimmermann! Weißt du, was Issa auf Arabisch bedeutet?«

»Nein.«

»Jesus.«

Sie warf ihm einen spöttischen Blick zu.

»Alles Unsinn. In Wahrheit hieß er Mussalha. Also, das war sein *nom de guerre.*«

»Und sein echter Name?«

»Lattif Afif. Er kam aus Haifa. Als er klein war, ist seine Familie in den Libanon geflohen.«

»... Aus Haifa?«

»Ja. Warum überrascht dich das?«

»Nichts ...«, stammelte er, »Nur weil ... der erste Sportler, den sie getötet haben, Moshe Weinberg ... kam auch aus Haifa.«

Amal schien nicht sonderlich beeindruckt von diesem Zufall. Streute gemahlene Pistazien auf ihr Dattelgebäck.

»Ich komme auch aus Haifa!«, sagte eine Stimme hinter Moritz' Rücken.

Ein Mann im offenen Karohemd steckte seinen Kopf zur Tür herein. Er war dünn, hatte ernste Augen und ein abgeklärtes Lächeln. Moritz hatte ihn vorher kaum beachtet.

»Oh, Maamoul ...«

Der Mann griff nach dem Gebäck.

»Finger weg!«, rief Amal.

Moritz versuchte sein Alter zu erraten. Er hatte tiefe Falten, aber zugleich etwas Jungenhaftes, Unvollkommenes. Einer der Männer, die ohne Frau und Kinder hier waren.

»Kanntest du diesen Issa ... oder Lattif?«

Er zuckte mit den Schultern.

»Ich war klein. Da waren so viele Jungs auf der Straße ... Wir haben sogar mit den Juden Fußball gespielt, vor '48, weißt du?«

»Wo war das in Haifa?«

»Wie, wo?«

»Na, wo habt ihr gewohnt?«

»Der will's aber genau wissen, der Deutsche, was?«, witzelte er in Richtung Amal. Kratzte ein Stück des verbrannten Teigs vom Blech und sagte:

»Jaffa Road.«

Moritz' Atem stockte.

»Das ist Downtown. Unten der Hafen, oben der Berg, weißt du. Die Zionisten haben brennende Ölfässer runtergerollt.«

Er zog sein Hemd aus der Hose. Die Haut um den Nabel war großflächig vernarbt und wild zusammengewachsen. Wie gefrorene Flammen.

»Souvenir from the Holy Land!«

Er lachte.

»Dann schossen sie Mörsergranaten. Tagelang. Nur den Hafen haben sie verschont. Um uns runter ins Meer zu treiben.«

Auf einmal war alles wieder da. Der beißende Geruch nach kaltem Rauch und verbranntem Benzin, als sie vom Hafen hinauf in die Jaffa Road gingen, erschöpft und glücklich, im Frühling 1948. Moritz begann zu schwitzen. Er fühlte sich eingesperrt. In der engen, viel zu warmen Küche, in seinem Körper. Amal half ihm nicht. Sie schnitt das Gebäck in kleine Stücke und ließ den Mann erzählen.

»Wir haben versucht, auszuhalten, aber unser Widerstand brach zusammen. Eines Nachts rannten wir zum Hafen. Überall Chaos. So viele Menschen. Wir kletterten auf die Boote ... es war hässlich, verstehen Sie, was hässlich ist? Eine Mutter, die über ihr Kind trampelt.«

»Wo in der Jaffa Road? Welche Hausnummer?«

Er sah ihn verdutzt an. Amal ebenfalls. Es war unvorsichtig, aber Moritz musste es fragen. Ob vor ihm der Junge stand, dessen Schulhefte er gefunden hatte, dessen Schulranzen er Joëlle geschenkt und in dessen Bett sie geschlafen hatte.

»Was weiß ich, welche Nummer. Mitten in der Stadt. Es war ein Haus mit Wohnungen, wie hier. Kennen Sie Haifa?«

»Nein.«

»Yalla ya shabab!«, rief Amal und nahm das Blech mit den Maamoul, »die Nachspeise ist fertig!«

Der Mann legte seinen Arm um Moritz' Schulter und führte ihn zurück ins Wohnzimmer. Moritz spürte einen Widerwillen dagegen, die Wärme seines Körpers zu spüren, seinen Schweiß zu riechen. Aber er folgte ihm wie betäubt.

»Na, wie schmeckt dir das Maamoul?«

Er hatte Mühe, sein Lächeln zu erwidern. Ihn überkam ein drückendes Gefühl der Schuld.

Wir haben doch Miete gezahlt.

Wir haben doch niemanden bestohlen.

Aber wir wussten es. Spätestens als wir das Klavier hereingetragen haben, wussten wir es.

Der dünne Mann legte ihm noch ein Gebäck auf den Teller. Moritz erinnerte sich nicht einmal an seinen Namen, obwohl er sich vorgestellt hatte. Und dann dachte er: Es ist nicht wichtig, ob neben ihm der Mann saß, in dessen Kinderbett seine Tochter geschlafen hatte. Denn ob er ihn kannte oder nicht, änderte nichts daran, dass dieser Junge existierte. In irgendeinem Lager. Aufgewachsen zwischen Schmutz und Hoffnungslosigkeit. Bis er irgendwann ein Gewehr in die Hand nahm und einen Sinn in seinem sinnlosen Leben fand.

So wie Issa.

Im Flur vor der Eingangstür, auf einer kleinen Kommode, stand Amals Handtasche. Niemand sah zu. Moritz griff hinein und spürte das Metall eines Schlüsselbunds. Er umfasste ihn fest, damit er nicht klimperte, als er ihn herauszog. Dann verschwand er in der Toilette.

Dort öffnete er die Filmdosen in seiner Sakkotasche, holte das blaue Plastilin heraus und machte Abdrücke von den Schlüsseln. Geübte Handgriffe, die seine Nervosität beruhigten. Verschloss die Dosen wieder, wischte die Schlüssel ab, steckte sie in seine Hosentasche, drückte die Klospülung und ging nach draußen. Dort zog er sie aus der Hosentasche und ließ sie in die Handtasche gleiten. In diesem Moment, oder eine Sekunde später, hörte er den Auslöser einer Pocketkamera. Er fuhr herum. Elias lächelte ihn an, die Kamera vorm Auge. Drückte noch einmal ab. Moritz konnte nicht erkennen, ob Elias im Blick durch den Sucher seine Hand gesehen hatte oder nur seinen Oberkörper.

»Wie viele Bilder hast du noch?«, fragte er.

Elias schaute auf den Zähler.

»Zehn.«

»Fotografier uns alle, ja? Und dann gibst du mir den Film, zum Entwickeln!«

Die Männer auf den Sofas, alle mit Victory-Zeichen, Moritz irgendwo dazwischen, ein Fremder, ein Scharlatan. Noch eins, Elias. Noch eins. Mach die Kamera leer.

Dann spulte Elias den Film zurück. Moritz nahm ihn heraus.

»Los, fahren wir ans Meer!«, rief einer.

»Komm mit uns!«, sagte Amal.

»Jetzt, ans Meer?«

»Warum nicht? Du kannst doch schwimmen, oder?«

Sie bestanden darauf, ihn wenigstens zum Hotel zu fahren. Sie umarmten ihn zum Abschied, fest und brüderlich, als gehörte er dazu. Auch Amal umarmte ihn. Auch der dünne Mann, nach dessen Namen er nicht mehr fragte. Dann stolperte Moritz aus dem Peugeot auf die hell erleuchtete Avenue de Paris. Gedränge auf dem Trottoir, dichter Verkehr und lautes Hupen. Sie fuhren los, Moritz sah ihnen nach und fühlte sich schrecklich einsam. Und schäbig, weil er kein Recht auf Selbstmitleid hatte. Wenn er wollte, dachte er, konnte er jederzeit aus diesem schmutzigen Spiel aussteigen und nach Hause gehen. In ein sicheres Land. Sie dagegen waren zum Exil verdammt, vielleicht bis zum Tod. Er stellte sich vor, wie sie über den dunklen Strand liefen und sich in die Wellen stürzten. Er stellte sich vor, er wäre auch dort, mit Amal, mit Elias, in einer anderen Welt, in einer anderen Haut. Sein Leben widerte ihn an. Er wünschte, er könnte es eintauschen. Gegen irgendetwas Gutes.

56

»*Good job*«, sagte Ronny. Sie saßen auf einer Bank im Frankfurter Grüneburgpark und sahen den Joggerinnen zu. Alle trugen jetzt diese weißen Schweißbänder um die Stirn und Handgelenke. Moritz war müde, rastlos, überspannt. Auf Kurzbesuch in einer unwirklich friedlichen Welt.

»Amal war in München nicht dabei«, sagte er.

»Weißt du das oder glaubst du das?«

»Ich bin mir sicher.«

»Du warst dir schon mal sicher. Erinnerst du dich?«

»Ronny, ich kenne sie. Ich kann sie einschätzen.«

»Aber du hast keine Beweise. Bist du objektiv?«

»Du bist besessen. Wie lange willst du dieses Spiel weiter spielen?

Ronny beobachtete ihn unbewegt.

»Lass die Sache ruhen«, sagte Moritz.

»Es ist erst vorbei, wenn alle ausgeschaltet sind. Sie müssen verstehen, dass keiner von ihnen sicher ist.«

Moritz beschloss, seine Karten auf den Tisch zu legen.

»Für jeden, den wir zum Märtyrer machen, kommen zwei neue. Zieh mich ab, Ronny. Ich hab meine Arbeit getan.«

Ronny schwieg. Als hätte er es erwartet. Oder gar nicht gehört. Statt einer Antwort zog er einen Umschlag aus seiner Jacke.

Moritz öffnete ihn.

Zwei Fotos. Er erkannte das erste; Elias hatte es gemacht, in Amals Wohnzimmer: Moritz auf dem Sofa zwischen ihren Freunden. Sein schüchterner Blick zu jemandem außerhalb des Bildes, wahrscheinlich Amal.

Das zweite war eine Vergrößerung aus demselben Negativ: Die Wand hinter Moritz' Kopf. Dort hingen zwei gerahmte Bilder: Elias mit seinen Eltern in Beirut. Und dann das Foto, auf das Ronny zeigte. Moritz setzte seine Brille auf. Versuchte durch das grobe Korn die Personen darauf zu identifizieren: Amal neben einem Mann in einem Büro. Kräftiger Körper, hohe Stirn, buschige Augenbrauen, Schnurrbart.

»Ist das Abu Iyad?«

Ronny nickte. Der Geheimdienstchef der PLO. Die Nummer Zwei nach Arafat. Gründer des Schwarzen September.

»Er ist ihr Boss.«

»Wer sagt das?«, fragte Moritz.

»Die Frage ist eher: Warum sagst *du* mir das nicht?«

»Was willst du damit andeuten?«

Ronny schwieg.

»Sie ist nur eine kleine Sekretärin, Ronny!«

»Die Sekretärin des Masterminds von München.«

Ein kleines Mädchen, vielleicht vier Jahre alt, kam an der Hand ihrer Mutter vorbeigelaufen. Es schaute die Männer neugierig an. Ronny winkte ihm freundlich zu. Das Mädchen lächelte. Die Mutter auch. Dann gingen sie weiter.

»Ich wollte sie nicht mit Fragen überrumpeln«, sagte Moritz leise. »Vertrauen braucht Zeit. Und woher willst du das überhaupt wissen?«

Ronny sah Moritz an wie einen dummen Jungen.

»Glaubst du wirklich, du bist unser einziger Mann vor Ort?«

Natürlich, dachte Moritz. In den Büros gab es Putzleute und Gärtner. Vielleicht hatten sie es sogar geschafft, einen der Palästinenser umzudrehen. Er war nur einer von vielen kleinen Fischen.

»Gut. Dann braucht ihr mich ja nicht mehr.«

»Du bist der Einzige, der so nah an ihr dran ist. Beruhig dich.«

Moritz hielt es nicht mehr auf der Bank aus und stand auf.

»Ich will mein normales Leben zurück.«

Ronny verzog seinen Mund. Als hätte er das schon hundertmal gehört.

»Du bist nicht normal. Du bist einer von uns. Wir machen die Drecksarbeit, damit die Normalen ruhig schlafen können. Wir führen den stillen Krieg, damit sie glauben können, es herrscht Frieden. Wir halten die Mörder von ihnen fern, ohne dass sie uns danke sagen. *Das sind wir.*«

Ja, dachte Moritz, und dabei verlieren wir genau das, was normale Menschen ausmacht. Die unverstellte Freundlichkeit, das geschenkte Vertrauen, die Fähigkeit zu verzeihen.

»Moritz. Du hast dich nicht mehr im Griff. Setz dich.«

»Ihr habt meinen Bericht. Ihr habt meine Fotos. Die Schlüsselabdrücke. Damit könnt ihr die technische Einheit ins Hauptquartier schicken. Dokumente kopieren, Wanzen installieren, rausfinden, wer in welchem Zimmer sitzt. Was wollt ihr noch?«

Ronny stand auf.

»Wir wollen, dass du sie rekrutierst.«

Moritz glaubte, sich verhört zu haben.

»Amal?«

»Sie bucht seine Tickets. Verwaltet seine Termine. Kennt seine Gewohnheiten. Wir waren schon ganz nah an ihm dran ... Abu Iyad ist immer entkommen. Diese Gelegenheit lassen wir uns nicht entgehen. Dein Verhalten war richtig: Sie vertraut dir.«

»Sie wird das nicht tun, Ronny. Ihre eigenen Leute verraten. Sie ist absolut loyal.«

»Jeder hat eine Achillesferse. Was ist mit ihrem Kind?«

»Lass Elias aus dem Spiel.«

»Du scheinst ihn zu mögen?«

»Vergiss es. Ich kann das nicht tun.«

Ronny blieb völlig unbeeindruckt.

»Wenn sie für uns arbeitet«, sagte er ruhig, »wird ihr niemand ein Haar krümmen. Als Informantin ist sie geschützt.«

Moritz begriff, dass sie in der Falle saß. Und er mit ihr.

»Du hast das von vornherein so geplant, was?«

»Nein. Meine Vorgesetzten sehen eine Gelegenheit. Und ich bin nur der Überbringer der Botschaft.«

»Wie stellst du dir das vor? Wie soll ich ihr sagen, dass ich sie die ganze Zeit belogen habe? Wie kann sie mir dann noch vertrauen?«

»Du sagst ihr nur die Wahrheit.«

Moritz fühlte, wie der Boden unter seinen Füßen nachgab.

»Du belügst sie eh schon. Der einzige Unterschied wird sein, dass du endlich ehrlich bist. Glaub mir, erst wird sie dich hassen, aber dann bringt es euch zusammen.«

»Und wenn sie mich auffliegen lässt?«

Ronny zog die Augenbrauen hoch und schwieg. Er wusste, wie die PLO mit Spitzeln umging. Dann hakte er sich bei Moritz ein, um mit ihm durch den Park zu schlendern.

»Die Frage ist«, fuhr er fort, »was können wir ihr anbieten? Neue Identität in Deutschland? Will sie zurück?«

Tatsächlich, dachte Moritz, das könnte sie interessieren. Für Elias.

»Nein«, antwortete er. »Ich glaube nicht.«

»Alleinerziehend in einem arabischen Land, das hält sie nicht lang durch«, sagte Ronny. »Also, was braucht sie?«

»Zieh mich ab«, sagte Moritz. »Bitte.«

»Wenn du willst. Ich kann dich nicht zwingen.«

Ronny sah ihn unbeeindruckt an und fügte hinzu:

»Du weißt, was dann passiert. Wenn du nicht fähig bist, den Job zu machen, schicken sie den nächsten Mann. *No hard feelings.* Nur ... und das sag ich dir unter Freunden ... du gehörst noch einer anderen Generation an. Du respektierst die Regeln.

Arbeitest präzise. Die Jungen haben den Finger am Abzug. Entscheiden eigenmächtig, spielen den Helden. Solange *du* an Amal dran bist, weiß ich, dass alles korrekt abläuft.«

»Scheiße, Ronny. Scheiße!«

Moritz trat wütend ins Leere. Ronny wartete, bis er sich wieder gefangen hatte. Dann legte er die Hand auf seine Schulter.

»Wir mieten dir ein schönes Haus«, sagte er. »Mit Blick aufs Meer. Immer nur im Hotel, das ist nicht gut für deine Seele.«

Welche verdammte Seele, dachte Moritz. Er war ein Narr gewesen, zu glauben, er könnte sauber aus diesem schmutzigen Spiel herauskommen. Der einzige Weg, Amal herauszuhalten, war, sie hereinzuholen. Um sie zu schützen, musste er sie brechen. Aber er wusste, sie würde nicht ja sagen. Er hatte keine Idee, was er tun sollte. Er musste Zeit gewinnen.

Um Mitternacht landete er wieder in Tunis.

57

Sie standen am Hafen von La Goulette, Amal, Elias und Moritz. Die Luft war heiß. Unentschlossene Böen irrten über das Meer und zeichneten Staubwirbel auf den Quai. Der Citroën schwebte über ihren Köpfen. Langsam schwenkte der Kran weiter und ließ das Auto vor dem rostigen Schiffsrumpf herunter.

Nichts war klar zwischen ihnen, kaum etwas ausgesprochen, die Waffen versteckt. Und dennoch, oder vielleicht gerade deshalb, fühlte er sich in Amals Gegenwart irritierend lebendig. Er wollte weg, aber zugleich hatte er neben ihr das Gefühl, dass er genau an den Ort gehörte, wo er gerade war.

Nach seiner Rückkehr aus Frankfurt hatte Moritz sie gemieden. Als wäre er von einer ansteckenden Krankheit befallen, vor der er sie schützen musste. Wenn er sie warnte, würde er sich verraten. Wenn nicht, machte er sich schuldig. Trotz Schlafmitteln fand er keine Ruhe mehr. Nicht nur räumlich, auch in der Zeit hatte er seinen Kompass verloren. In der Schwüle der Julinächte verließ er das Hotel und streunte wie ein Straßenköter durchs menschenleere Centre Ville. Die heruntergelassenen Blechrollläden, das fahle Licht, der modrige Geruch vom Hafen. Er hörte auf, gegen die Schlaflosigkeit anzukämpfen und gab sich der Nacht hin.

Amal hinterließ ihm Nachrichten, die er unbeantwortet ließ. Es war Elias, der sie wieder zusammenbrachte. Er kam ins Majestic und fragte nach den Abzügen seiner Fotos. Moritz gab sie ihm – alle außer dem einen, das ihn in flagranti ertappte. Sie gingen zu Monsieur Attia, um einen neuen Film zu kaufen ... und trafen zufällig Amal, die gerade vom Markt kam. Sie freute sich und fragte, warum Moritz sich nicht gemeldet hatte. Es hatte sie gekränkt, dass er abweisend gewesen war. Er musste ihr versichern, dass er sie gerne wiedersehen würde.

Elias verfolgte das schwebende Auto mit seiner Kamera. Amal nahm Moritz' Hand, um ihn beiseite zu ziehen. Ihre Berührung war zart, aber entschlossen. Er mochte das. Es holte ihn zurück in die Gegenwart. Sie waren einfach da, zur gleichen Zeit und am gleichen Ort, als wären sie auf ein Karussell aufgesprungen, absichtslos und selbstvergessen. Als stünde ihre Begegnung dieses Mal unter einem guten Stern, obwohl er doch wusste, dass das Gegenteil der Fall war.

Er musste an Ronny denken, als der Citroën sich lautlos auf dem Hafenkai niederließ. Als er nach dem München-Debakel gekündigt hatte, hätte Ronny den Wagen wieder einkassieren können. Es nicht zu tun, war ein diskreter Ausdruck seiner Freundschaft gewesen, die trotz allem bestehen geblieben war. Nie hätte Moritz gedacht, dass ihm dieser Citroën so sehr ans Herz wachsen würde. Im Laufe der Jahre waren sie ein skurriles Paar geworden, das sich liebte und hasste, aber am Ende alle Marotten verzieh. Sie würden zusammenbleiben, bis einer von ihnen den Geist aufgab. Die Freundschaft mit Ronny dagegen stand auf der Probe. Das Vertrauen war aufgebraucht, auf beiden Seiten. Moritz konnte ihn nicht länger hinhalten.

Die Hafenarbeiter lösten die Gurte. Moritz unterschrieb die Zollpapiere, dann stiegen sie ein und fuhren los.

Durch Piccola Sicilia, über die alten Kanäle, immer am Meer entlang, bis hinaus nach Carthage. Hier wurde das Leben leicht. Weiße Villen und schattenspendende Pinien zwischen den Ruinen einer untergegangenen Zivilisation. Die Reichen wohnten hier, sagte Amal, aber Reichtum war etwas Relatives. Hier bekamst du ein Haus am Meer für den Preis einer Frankfurter Dreizimmerwohnung.

Die Firma zahlt das, sagte er.

Für deine Firma würde ich auch gern arbeiten, sagte sie.

Amal kannte die Maklerin. Sie hatte den PLO-Politikern und ihren Familien schon einige Villen vermittelt. Diskret, solidarisch, Devisen in bar. Sie öffnete das weiße Tor, und der Citroën fuhr hinein. Rue Hanibal.

Bonjour Monsieur, bonjour Madame.

Bougainvilleen rankten über die Mauern, Jasmin und Anemonen. Durch die Fensterfront sah man das Meer. Fast türkis glänzte es heute. Es gab einen ummauerten Garten mit Pool, zwei Schlafzimmer und Bäder mit italienischem Marmor.

Vor allem aber gab es keine Fragen. Wo seine Familie war. Wo das Geld herkam. Amals Wort genügte. Er müsste nur noch den Mietvertrag unterschreiben. Er bat um Bedenkzeit.

Bien sûr Monsieur, vous êtes libre.

Dann saßen sie auf den Ruinen des Amphitheaters von Karthago und aßen Sandwiches. Elias sprang die Stufen hinunter. Späte Sonne auf den Steinen.

»Warum suchst du dir keine hübsche Tunesierin?«, fragte Amal.

Die hatte ich schon, dachte Moritz und sagte:

»Inshallah.«

Sie lächelten sich ironisch an.

»Und du?«, fragte er. »Warum lebst du allein? Ist doch sicher nicht leicht in einer konservativen Gesellschaft.«

»Die Gesellschaft ändern wir gerade.«

Er mochte die Überzeugung, die sie ausstrahlte. Sie kam von innen.

»Ich hab deine Freunde beobachtet«, sagte er. »Du könntest jeden haben.«

Ihr Lächeln verschwand.

»Ich will nicht, dass Elias noch einmal einen Vater verliert.«

Sie sahen zu ihm hinunter, wie er allein auf der überwucherten Bühne stand. Ein Schauspieler ohne Stück.

»Er soll ein normales Leben haben.«

»Würdest du gern ... aussteigen? Zurück nach Deutschland gehen, mit ihm?«

»Die lassen mich doch nicht mehr rein.«

»Ich habe Beziehungen nach Bonn, ich könnte ...«

»Ich brauch kein neues Exil. Und es geht nicht um mich. Ich komm schon zurecht. Aber die anderen. Millionen Palästinenser leben immer noch in den Lagern. Ohne Schutz, ohne Rechte, ohne Würde. Wir sind ihre einzige Hoffnung.«

»Und woher nimmst *du* die Hoffnung?«

»Manchmal kämpfst du für eine Sache, obwohl du weißt, dass du kaum Chancen hast. Aber die nächste Generation gewinnt. Weil ein Recht nicht erlischt, solange jemand dafür einsteht. Es geht nicht ums Ergebnis. Es geht ums Tun.«

Moritz verstand, was sie von ihm unterschied: Sie lebte nicht allein. Der Letzte, bei dem er dieses generationenübergreifende Pflichtgefühl erlebt hatte, war Victor gewesen. Nicht dass Moritz dazu nicht fähig gewesen wäre. Er hatte nur niemanden mehr, für den er sein Leben geben würde.

»Mein Chef hat mich aus Beirut rausgeholt«, sagte sie. »Er hat uns Visa besorgt, Aufenthalt, Arbeit. Wir gehen zusammen zurück nach Jaffa, oder wir sterben im Exil.«

»Was macht er in der PLO?«

»Er ist Geheimdienstchef.«

»Dann bist du ...«

»Ich bin ein Reisebüro. Und manchmal pass ich auf seine Kinder auf.«

Sie lächelte, offen und entwaffnend.

»Wie heißt er?«

»Abu Iyad.«

Sie musste bemerkt haben, dass er den Atem anhielt.

»Kennst du ihn?«

»War er nicht der Mann, der München geplant hat?«

Er erwartete, dass sie auswich, stattdessen nickte sie einfach.

Er war verblüfft.

»Wir sind uns in Beirut begegnet. Und haben festgestellt, dass unsere Eltern sich kannten. Sein Vater war Händler, auf dem Carmel Markt in Tel Aviv. Er sprach Hebräisch, viele seiner Kunden waren Juden. Seine Familie ist zur selben Zeit wie wir aus Jaffa geflohen. Im Mai 1948. Wir waren beide Kinder. Vielleicht haben wir uns in dem Durcheinander am Hafen sogar gesehen. Es war Zufall, wer auf welches Boot kam. Er landete in Gaza. Dann traf er Arafat, und der Rest ist Geschichte.«

Amal stand auf und rief nach Elias, der selbstvergessen auf dem Boden kniete und etwas fotografierte, Eidechsen oder Steine.

»Ich würde ihn gerne mal kennenlernen«, sagte Moritz.

Amal reagierte nicht.

»Warum nicht?«

»Sie wissen nicht, dass ich dich alleine treffe. Sonst würden sie dir folgen. Mein Privatleben durchleuchten. Wir sind alle ein bisschen paranoid, weißt du. Gerade liegen die Nerven blank.«

»Wieso?«

»Im Hauptquartier gibt's einen Maulwurf. Vermuten wir jedenfalls.«

Moritz dachte sofort an die Schlüsselabdrücke. War schon jemand ins Haus gelangt? Oder hatte er einen Fehler gemacht?

»Und wenn er enttarnt wird?«

»Eliminieren wir ihn.«

Sie sagte »wir«, nicht »sie«. Ohne mit der Wimper zu zucken.

Nein, Amal würde ihre Leute nie verraten.

Sie gingen zurück zu seinem Auto, das neben den Ausgrabungen stand, als hätte es sich aus einer anderen Welt hierher verirrt. Ihre staubigen Schuhe im Gras, Plastiktüten in den Dornbüschen, darunter Reste eines Mosaiks. Die Römer, sagte man, waren mit dem Pflug über die Phönizierstadt gefahren. Dann errichteten sie eine neue, römische Stadt auf den Ruinen.

»Willst du das Haus mieten?«, fragte Amal zum Abschied.

»Ich weiß nicht.«

Sie probierten Häuser an wie Kleider. Eine Villa in La Goulette. Ein verfallener, von Tauben bewohnter Palast in der Medina. Die Nachbarn hielten sie für ein Paar mit Kind. Bei jedem Abschied die Angst vor dem Alleinsein und eine Verabredung fürs nächste Mal. Ohne sich zu nahzukommen. *Er* war es, der das zu verhindern versuchte, nicht sie. Er vermied es, sich festzulegen, schob die unmöglichen Entscheidungen vor sich her. Amal interpretierte seine Zurückhaltung als Anstand. Sie mochte es.

»Mit dir fühle ich mich frei«, sagte sie einmal. Und:

»Du bist anders als andere Männer. Mit dir ist alles so normal.«

Er staunte darüber. Es kostete ihn keine Mühe. Er musste nichts dafür tun, dass sie gern in seiner Gegenwart war. Er konnte einfach er selbst sein.

In einer falschen Haut.

Amal lud ihn ein, zum Abendessen zu bleiben. Es war eine schwüle Augustnacht, ohne Aussicht auf Abkühlung. In den Straßen von Centre Ville staute sich die Hitze. Die Fenster standen weit offen, während er Amals Händen zusah. Sie schnitt die Orangenzeste von der Schale, dann brach sie behutsam das Fruchtfleisch auf, zerschnitt es und übergoss die Stücke mit Olivenöl, Zimt, Salz und Pfeffer. Sie schnitt Minze und Datteln, sie röstete Fladenbrot auf dem Herd. Elias deckte den Tisch im Wohnzimmer. Amal öffnete den Wein und legte eine Platte auf. Francis Cabrel. *Je l'aime à mourir.* Sein Blick verfing sich in ihren Haaren, er musste an Yasmina denken und fragte sich, was sie gerade machte. Ob sie im Nachthemd am Balkongeländer stand und auf die Jaffa Road herunterblickte wie auf einen Fluss, der ihre Träume angeschwemmt und wieder fortgerissen hatte.

Moritz trank zu viel. Elias legte seinen Kopf auf seine Beine und las aus einem Spiderman-Comic vor, bis er einschlief. Moritz strich ihm den Schweiß von der Stirn, und Amal nahm das Heft aus seiner Hand. Alles und nichts war gesagt. Er hob Elias hoch, trug ihn in sein Zimmer und legte ihn ins Bett. An der Wand hingen Fußballerporträts, aus Zeitschriften gerissen. Sócrates, Maradona, Rummenigge. Und die Karte einer Heimat, die Elias noch nie gesehen hatte. Alle Orte trugen ihre Namen in arabischer Schrift. Moritz erkannte Haifa. Jaffa. Und Hunderte Dörfer, deren Namen er nie gehört hatte. Weil sie nicht mehr existierten, überwuchert von Wäldern des Schweigens. Hier aber, in diesem Zimmer, existierten sie.

Moritz' Blick wanderte zum Schreibtisch am Fenster. Ein lederner Schulranzen auf dem Stuhl. Von draußen drangen Stimmen herauf, die in der Dunkelheit hallten wie das Echo der Nächte, als er an Joëlles Bett gesessen und sie in den Schlaf gesungen hatte. Hebräische Worte, Sprachmelodien aus der Jaffa Road. Erst als Amal ins Zimmer kam, veränderte sich ihr Klang ins Arabische.

Ich habe zu viel getrunken, dachte er.

Sie stellte sich neben ihn und legte ihre Hand auf seinen Rücken. Das unerwartete Gefühl, beschützt zu sein, strömte von ihrer Handfläche in seinen Körper und breitete sich aus wie ein warmer Schauer.

Er schloss die Augen.

Er kann nicht sagen, dass er etwas getan hätte. Außer es geschehen zu lassen. Es war unvermeidlich, wie eine Welle, die langsam auf seinen Körper zurollte, ihn umfasste und emporhob.

Amal zog ihn an sich, als wäre es selbstverständlich. Ihre Hitze traf ihn unvorbereitet. Das Heben und Senken ihrer Brust, ihre angespannten Muskeln. Langsam und bestimmt schob sie ihn ins Wohnzimmer, wo das Fenster zur Nacht offen stand. Sie löschte das Licht. Sie knöpfte sein Hemd auf und beschämte ihn mit Zärtlichkeiten, die sie so großzügig verteilte, als hätte er sie verdient. Ihre Hände brachen ihn auf und nahmen ihn ein. Jede ihrer Bewegungen war eindeutig und entschlossen und forderte dasselbe von ihm. Sie zwang ihn, da zu sein. Als würde sie den Vorhang wegreißen, hinter dem er sich versteckt hatte. Er musste ihr antworten, mit seinen Händen, seinem Mund, mit allem was ihm geblieben war. Und das war zu seiner Überraschung mehr, als er gedacht hatte.

Wo bist du nur so lang gewesen?

Er hatte gedacht, dass der Altersunterschied sie trennte. Das tat er aber nicht. Als würden die Jahre nicht linear fortschreiten, sondern in Wellen, vor und zurück. Auf einmal war er wieder jung. In der Stadt, wo alles begonnen hatte. Er verlor sein Gefühl für die Zeit, aber nicht für den Raum. Amal brannte wie eine ruhige Flamme. Ihre Hände dufteten nach Orangen. Sie gab ihm seine Haut zurück. Er fühlte wieder, wo er endete und sie begann. Eine Grenze, die nicht trennte, sondern ihn spüren ließ, dass er lebte, so intensiv, dass er im selben Moment hätte sterben können, ohne irgendetwas zu bereuen. Er war wieder da, als wäre er nie weg gewesen. Sie öffnete ihre Tür, er stellte seine Koffer ab und wollte sie für den Rest seines Lebens nicht mehr packen müssen.

Ein leichter Windstoß kam durchs Fenster, kühlte den Schweiß auf ihrer Haut. Sie lagen in der Dunkelheit, als wäre es taghell. Sie lachten. Auf seinen Lippen lag ein feiner Geschmack nach Orangen.

Dann zog sie sich an.

»Du musst gehen.«

»Wegen Elias?«

Sie nickte. Strich ihm liebevoll über die Wange.

Moritz stand auf und sah Elias in der Tür stehen. Er war nicht schockiert. Nur ein wenig verwirrt, als wäre er aus einem bösen Traum aufgewacht.

»Komm«, sagte Amal und umarmte ihn zärtlich.

58

Die Voraussetzung zum Glücklichsein ist die menschliche Fähigkeit, das gleichzeitig existierende Unglück eine Zeitlang nicht wahrzunehmen. Moritz wusste um die Kostbarkeit des Glücks, das ihm zugefallen war. Und seine Zeit war befristet. Im letzten Drittel seines Lebens sollte man sich eigentlich auf dem Erreichten ausruhen. Tatsächlich aber hatte nichts, was er je erreicht hatte, wirklich ihm gehört, weshalb es wie Sand durch seine Hände geronnen war. Jetzt schenkte ihm das Leben die vielleicht letzte Chance. Die mögliche Liebe in einer unmöglichen Situation. Ausweglose Glück.

An der dunklen Ecke in der Medina, wo Moritz wöchentlich die belichteten Filme abgab, wartete er diesmal vergeblich auf den Boten aus Paris. Als er den Treffpunkt nach einer halben Stunde wieder verließ und in eine belebte Gasse einbog, ging auf einmal ein Mann neben ihm her. Touristenkäppi, Umhängetasche, T-Shirt und Sandalen.

»Ronny?«

»Geh weiter. Schau geradeaus.«

Ronny schob ihn durch das Gedränge, vorbei an den Läden, die Teppiche verkauften, Ledersandalen und Stoffkamele.

»Wir brauchen Resultate. Wie weit bist du?«

»Lass mich machen. Es braucht Zeit.«

Ronny sah Moritz prüfend an. Moritz mochte diesen Blick nicht.

»Was?«

»Hast du mit ihr geschlafen?«

»Ronny!«

»Nicht so laut. Ja oder nein?«

»Nein!«

»Dann tu es.«

Alles in Moritz bäumte sich auf. Was mit Amal geschehen war, in dieser Nacht, war keinem Kalkül entsprungen. Es war das einzig Echte, was er seit langer Zeit zustande gebracht hatte. Ein Ausdruck von Liebe, kein Mittel zum Zweck. Wenn Amal herausfand, warum er hergekommen war, würde dieser unschuldige Moment für immer zerstört sein. Amal würde ihm nie mehr vertrauen können. Statt ihre Leute zu verraten, würde sie ihn für den Verrat hassen. Zu Recht.

»Aber verlieb dich nicht. Du bist zu alt dafür.«

Moritz spürte eine Verachtung gegenüber Ronny, die er kaum verbergen konnte. Er verlangsamte seine Schritte und blieb stehen. Die Leute liefen vorbei. Ronny drehte sich nach ihm um.

»Es gibt eine Grenze«, sagte Moritz entschieden. »Einen Rest von Anstand.«

Ronny fasste seinen Arm und schob ihn zur Gassenmauer. Sein Griff war nicht brutal, nur fest. Fast brüderlich.

»Hör zu, mein Freund. Du und ich, wir sind *old school.* Wir tun das nicht für uns selbst. Sondern aus Liebe zu unserem Land.«

»Ich konnte noch nie ein Land lieben«, sagte Moritz. »Nur Menschen.«

Ronny nahm die Mütze vom Kopf und wischte sich damit den Schweiß ab, der über sein Gesicht lief. Irgendetwas saß ihm im Nacken. Eine Personalrochade, politischer Druck, nichts Gutes.

»Kann ich dir vertrauen?«, fragte er.

Es klang wie eine Drohung. Als Moritz nicht gleich antwortete, fügte er hinzu:

»Ich bin einer von den *good guys.* Und niemand ist unersetzbar. Deine Zeit läuft ab.«

»Ich hab verstanden«, sagte Moritz. »Vertrau mir.«

Ronny forschte ihn mit den Augen aus. Um die Frage, die er ihm gestellt hatte, selbst zu beantworten. Moritz widerstand seinem Blick. Noch hielt er die Karten in der Hand. Solange sie an ihn glaubten, würden sie ihn nicht ersetzen. Solange er bei Amal war, würden sie ihr nichts antun. Ronny ließ von ihm ab, nickte kurz und verschwand grußlos in der Menge. Klein war er geworden, dachte Moritz, gebeugt. Nicht mehr wie ein Jäger, sondern wie ein Gejagter.

Was würdest *du* tun, Ronny?

Moritz wünschte sich, er könnte wie früher mit ihm reden. Wie unter besten Freunden.

Versetze dich einen Moment lang an meine Stelle, das kannst du, Ronny, ich weiß es. Stell dir vor, ein Leben wie ein Schiff ohne Hafen. Und stell dir vor, diese Frau. Sieh sie nicht als Feindin. Sondern so, wie sie ist. Und dann stell dir vor, du könntest ankommen, endlich. Zum letzten Mal vielleicht stehen deine Sterne günstig. Aber du wirst einen Preis zahlen müssen.

Also nimmst du sie bei der Hand und läufst los. Wie in einem Traum, in dem du wieder jung bist. Stell ihn dir als Film ohne Dialoge vor, ohne Geräusche, nichts als Licht. Dafür spürst du die Hitze auf der Haut. Und riechst das Meer. Die Hand der Frau, die du liebst, auf deinem Nacken, während du mit ihr aus der Stadt fährst, als könntet ihr alles hinter euch lassen, als würde der Sommer ewig dauern.

Würdest du all das verraten?

Amal machte es ihm leicht. Sie war einfach zu finden. Unzweideutig. An Yasmina war alles Geheimnis gewesen: Ihr Ursprung, ihre Obsessionen, ihre traumwandlerische Art, durch die Welt zu schwimmen, ohne wirklich Teil von ihr zu sein. Die Grenzen um ihren Körper, die sich öffnen und schlossen, ohne dass man wusste warum. Ihre maßlose Liebe, ihre Schutzlosigkeit.

Amal aber entzog sich nicht. Sie sagte, was sie tat, und tat, was sie sagte. Während sie sich bewegte, verlor sie sich nie, blieb fest in ihrer Mitte. Moritz musste sie nicht beschützen, sondern war aufgehoben. Er würde sein Leben in ihre Hände geben.

Sie lagen allein an einem wilden Strand außerhalb der Stadt. Wo niemand sie kannte. Elias spielte Fußball auf dem Sand. Die nachlassende Hitze, der weite Septemberhimmel.

»Warum suchst du noch weiter?«, fragte sie. »Hast du nicht genug schöne Häuser gesehen?«

»Du hast recht«, sagte Moritz. »Ich verschwende zu viel Zeit. Wahrscheinlich hab ich das Beste schon gefunden.«

In Wahrheit ging es darum, woher das Geld stammte. Wenn er ein Haus hätte, das auch für Amal und Elias ein Zuhause sein könnte, wollte er es selbst bezahlen. Und vielleicht müsste es in einem anderen Land stehen, weit weg von allem.

Amal senkte ihren Kopf auf seine Brust. Er spürte ihr Haar auf seinem Hals und schaute zu den Möwen hoch, die ihre Flügel im Wind balancierten. Er empfand eine tiefe Dankbarkeit. Glück, also das echte Glück, war ein stilles Einverständnis, kein Freudentaumel. Kein Versprechen für die Zukunft und kein Schwelgen in der Vergangenheit. Es existierte nur im Moment. So fein, dass man sich nicht bewegen mochte, um das perfekte Gleichgewicht nicht zu stören.

»Warum liebst du mich?«, fragte er.

»Du bist ehrlich«, sagte sie.

Auf dem Rückweg fuhren sie im Abendlicht durch La Goulette. Sie hielten bei einem Straßenverkäufer mit seinem Holzkarren, ein barfüßiger Junge neben einer Pyramide aus Orangen. Amal stieg aus und ging zu ihm.

Moritz sah sich um. Die niedrigen Häuser im sizilianischen Stil. Die blauen Fensterläden. Die Jasminsträucher auf den

Mauern. Er sah Albert die staubige Straße entlanggehen, in einer anderen, besseren Zeit, mit seinem suchenden, schlurfenden Schritt, und wie er seinen Hut hob, um die Nachbarn zu grüßen, jeden in seiner Sprache. *Bonjour, buongiorno, shalom, assalamou aleikum.* Er sah Yasmina und Victor mit den anderen Kindern zum Strand laufen, wo die Straßenkäufer *gelato* ausriefen, *makrout* und *bescoutou.*

Amal bezahlte für die Orangen, dieses Mal. Denn sie kamen nicht aus Jaffa, sondern aus Sizilien. Der Junge steckte ihr noch zwei Früchte mehr in die Tüte.

»*Inshallah*«, sagte er, »gehe ich einmal nach Palästina und kämpfe gegen die Juden!«

Er war kaum zehn Jahre alt, dieser Junge. Es gab Millionen dieser Jungen, dachte Moritz, von Bagdad bis Rabat. Egal, wie viele Armeen Israel besiegte, die Herzen von Millionen Arabern würde es nicht gewinnen, solange die Palästinenser keine Heimat hatten. Er war ein Narr, zu glauben, dass er irgendetwas daran ändern konnte. Das Töten führte nur zu mehr Hass, mehr Rache, mehr Toten. Dieser Junge war zu spät geboren, aber Moritz kannte es noch, Yasminas Viertel am Hafen, wo sie die Feste gemeinsam gefeiert hatten. Nicht viel anders als in Amals Jaffa oder in Haifa, bevor sein Schiff ankam.

Mit jedem besiegten Feind, dachte er, töteten wir die Reste von Piccola Sicilia und allem, was gut daran war. Ein arabisches Leben war genauso viel wert wie ein jüdisches, nicht einen Hauch weniger oder mehr. Weil es in Wirklichkeit so etwas wie arabisches oder jüdisches Leben nicht gab. Es gab nur Leben.

59

Plötzlich und unerwartet, ein Hoffnungsschimmer. In einer gewittrigen Septembernacht kam Amal aufgewühlt von einem Treffen mit ihren Leuten zurück. Sie hatten sich gestritten, heftig, handgreiflich, bis zum Bruch alter Freundschaften. Amal erzählte Moritz davon, ohne dass er danach gefragt hatte.

Die PLO brauchte einen Ausweg aus ihrer desolaten Situation. Abu Ammar, Abu Iyad und Abu Mazen suchten einen heimlichen Gesprächskanal zur israelischen Regierung. Um zu verhandeln. Ihr Plan flog auf, und sie wurden als Verräter beschimpft. Was die Palästinenser bisher stolz gemacht hatte, war, dass die PLO im Gegensatz zu den arabischen Regimes demokratisch organisiert war. Und jetzt handelten ihre Führer auf eigene Faust, hinter dem Rücken des Nationalkongresses? Ihr seid nicht besser als Saddam, Assad und Mubarak, sagten ihre Gegner.

»Worüber wollen sie verhandeln?«, fragte Moritz.

»Die Anerkennung Israels. Unsere letzte Karte. Wenn wir die spielen und dafür keinen Staat bekommen, ist alles verloren.«

Sie erklärte mir, dass die »drei Abus« bereit waren, ein Tabu zu brechen, das de facto längst brüchig geworden war. Statt ein ungeteiltes Palästina für Muslime, Christen und Juden zu fordern, würden sie sich mit einem palästinensischen »Mini-Staat« zufriedengeben – im besetzten Westjordanland und Gaza. Dafür wären sie bereit, den bewaffneten Kampf zu beenden. Die PFLP um Georges Habbash war dagegen. Kein Führer habe das Recht, die Hoffnungen seines Volkes aufzugeben.

»Was hältst du davon?«

»Was soll ich davon halten? Ich komme aus Jaffa. Am Meer.«

»Abu Iyad kommt auch aus Jaffa.«

»Zu viele Menschen sind gestorben, Moritz. Das muss endlich aufhören.«

»Was wollt ihr jetzt tun?«

»Ich soll mit der französischen Botschaft Kontakt aufnehmen. Abu Iyad will Paris bitten, zwischen uns und Israel zu vermitteln«, sagte Amal und bereute es im selben Moment.

»Du darfst das niemandem sagen. Versprichst du mir das?«

»Natürlich.«

Endlich ein Ausweg. Mit dieser Information konnten sie Moritz nicht von der Quelle abziehen. Und er konnte Amal aus der Schusslinie nehmen. *Gebt der Sache eine Chance*, schrieb er an Ronny. *Frieden schließt man mit Feinden, nicht mit Freunden.*

Er wartete auf eine Antwort.

Als Moritz den Boten traf, steckte der ihm ein Flugticket zu. Ronny wollte ihn sehen. Persönlich. Unverzüglich.

Moritz packte für zwei Tage. Vertreterkonferenz in Frankfurt.

Amal brachte ihn zum Flughafen. Zum Abschied zog sie ihn fest und innig an ihren Körper. Elias lud das Gepäck aus dem Kofferraum.

»Und wenn wir einfach abhauen?«, flüsterte sie.

»Wohin?«

»Wo niemand uns kennt. Wo wir frei sind.«

»Und deine Leute?«

Amal rang mit sich.

»Ich bin müde, immer zu kämpfen. Ich möchte mal ankommen.«

»Ich auch«, sagte er.

Sie hielten ihre Hände und wollten sie nicht loslassen.

»Alles in Ordnung, Mama?«

»Ja, mein Schatz.«

Sie strich Elias über den Kopf. In diesem Moment liebte Moritz sie mehr, als er ausdrücken konnte. Er brachte kein Wort mehr heraus.

»Wir reden, wenn du zurückkommst«, sagte sie.

Das Wetter in Frankfurt: kühl und herbstlich. Ronny erschien nicht. Weder kam er zum Treffpunkt, noch hinterließ er eine Nachricht im Hotel. Moritz verbrachte eine unruhige Nacht. Las einen Zeitungsbericht über den Mord an drei Israelis auf einer Yacht im Hafen von Larnaca, Zypern. Undurchsichtige Lage. Die israelische Regierung sagte, die Opfer seien Segler aus Haifa. Ein anonymer Anrufer bei einer Nachrichtenagentur behauptete, sie seien Mossad-Informanten gewesen. Die PLO bestritt ihre Beteiligung, aber der anonyme Anrufer behauptete, die Mörder seien Guerilleros der PLO. Amal hatte nichts davon gesagt. Am nächsten Morgen beschloss Moritz, den Rückflug anzutreten.

Das Telefon klingelte.

Ronny war dran.

»Ich bin in der Telefonzelle vor dem Hotel. Komm raus.«

Moritz schob den Vorhang beiseite und sah aus dem Fenster.

Moritz ging hinunter auf die Straße. Es regnete. Ronny trug keinen Schirm, sein Hut und Mantel waren durchnässt. Er sah nicht gut aus. Übernächtigt, fahrig, zornig.

»Was ist passiert?«, fragte Moritz.

»Komm, wir gehen spazieren.«

»Hast du meine Nachrichten nicht bekommen?«

»Wir ziehen dich ab.«

Es war ein Schlag ins Gesicht.

»Aber … ich bin wirklich nah dran, das kann niemand ersetzen.«

»Wir ziehen *alle* ab.«

Moritz blieb verwirrt stehen.

»Wie viele …?«

»Das tut jetzt nichts mehr zur Sache.«

»Aber … warum gerade jetzt …«

»Es geht nicht um dich. Die Entscheidungen treffen Politiker. Auch mein Chef ist machtlos.«

»Das heißt … ihr habt … Amal … von der Liste gestrichen?«

Er sah Moritz mit diesem Weder-ja-noch-nein-Blick an, den er von früher kannte. Aber dieses Mal war es nicht nur Diskretion. Es lag auch Enttäuschung in seinen Augen; die zynische Resignation eines Mannes, der unwichtig geworden war.

»Du bleibst hier. Dein Rückflugticket ist annulliert. Sie holen deine Sachen später rauf.«

Moritz war sprachlos.

»Frag nicht«, sagte Ronny.

Moritz packte seinen Arm.

»Was haben sie vor?«

»Geh zurück ins Hotel. Warte auf Anweisungen.«

»Was passiert mit Amal?!«

»Das ist ein Befehl!«

Moritz blieb unschlüssig stehen.

»Ich begleite dich«, sagte Ronny scharf, und Moritz begriff, dass er jetzt am besten kooperieren sollte. Er sah sich um, ob jemand ihnen folgte. Ronny führte ihn zurück zum Hotel. Er wachte darüber, wie Moritz langsam begriff, was hier geschah. Dann, ungefähr fünfzig Meter vor dem Hotel, sah Moritz den Sicherheitsmann vor dem Eingang. Zivil, keine Hoteluniform. Er konnte diese Typen inzwischen riechen. Einmal im Hotel, würde er nicht mehr rauskommen.

Moritz rannte los. Über die Straße, durch den Verkehr, in

die nächste Seitenstraße. Ronny blieb stehen; ein alter Mann, der es gar nicht erst versuchte. Sein Abschiedsgeschenk, vielleicht.

Hinter sich sah Moritz den Sicherheitsmann losrennen. Moritz lief auf die Straße, hielt ein Taxi auf und sprang hinein. Als der verblüffte Fahrer losfuhr, schlug die Hand seines Verfolgers auf das Blech, vergeblich.

Sie würden ihn am Flughafen erwarten. Also musste er es über den Bahnhof versuchen. Sprang aus dem Taxi, mischte sich unter die Reisenden, setzte die Tarnkappe auf. Er zählte sein Bargeld. Hundertvierzig Mark. Das reichte für den Intercity nach Paris. Fünf Stunden, um klare Gedanken zu fassen.

Zum Glück hatte er den deutschen Pass dabei.

Nachmittags war Moritz am Charles de Gaulle. Soweit er sehen konnte, hatte er keine Verfolger. Aber die Air France akzeptierte seine Kreditkarte nicht.

»*Désolée*, Monsieur, es gibt ein Problem mit der Karte.«

Sie hatten sie gesperrt.

Jetzt kam er weder vor noch zurück. Hatte nicht mal ein Hemd zum Wechseln dabei.

Er rief die Auslandsauskunft an. Amal hatte zu Hause kein Telefon, aber im Büro. Ihre Nummer stand auf einem Zettel in seinem Koffer. Im Frankfurter Hotel.

»*Désolée*, Monsieur, ich finde keine Nummer für die PLO in Tunis.«

Aufgeben war keine Option. Moritz' Blick fiel auf die Geldbörse in der Gesäßtasche des Mannes, der neben ihm telefonierte. Er folgte ihm durch die Menge zum Ausgang. Als er seine Scham überwunden hatte und zugriff, war es erschreckend einfach. Dann rannte er zum Schalter.

Um 00:15 Uhr landete Moritz in Tunis-Carthage. Amal hatte ihn nachmittags aus Frankfurt erwartet; sie musste sich schon Sorgen machen. Es war der 1. Oktober 1985.

»Kein Gepäck, Monsieur?«

»Nein.«

Der Grenzpolizist blätterte in seinem Pass.

»Sie sind Deutscher?«

»Ja.«

»Grund des Aufenthalts?

»Arbeit. Da ist mein Visum.«

Es lag etwas in der Luft. Man konnte es spüren. Als wären die Grenzer, die sonst träge herumsaßen, in Alarmbereitschaft versetzt worden. Ohne zu wissen warum. Misstrauen und Ratlosigkeit in ihren Gesichtern.

Die Touristen gingen durch. Die Geschäftsleute.

»Würden Sie mir bitte folgen, Monsieur?«

»Warum? Etwas nicht in Ordnung?«

»Nur eine Formalität.«

Noch blieb Moritz gefasst.

Zwei Grenzpolizisten führten ihn in einen fensterlosen Raum. Neonlicht und verbrauchte Luft. Sie stellten ihm unbedeutende Fragen, bis ein kräftiger Mann in Zivil erschien. Geheimdienst. Man erkannte sie sofort. Intelligenter als die Polizisten, und eine Haltung, als gehörte ihnen der Staat. In diesem Augenblick bereute Moritz, nicht auf Ronny gehört zu haben.

Der Offizier hatte keine Zeit zu verlieren. Erst versuchte er Moritz in Widersprüche zu verwickeln. Als das nicht wirkte, sagte er:

»Wir wissen alles über Sie.«

Moritz kannte die Taktik. Purer Bluff.

Dachte er.

Bis der Offizier ihm die Fotos vorlegte.

Moritz und Amal in Monsieur Attias Fotoladen. Im Amphitheater von Carthage mit Elias. Neben dem Citroën in La Goulette, als Amal die Orangen kaufte.

Sie waren ihnen die ganze Zeit gefolgt.

Und sie wussten alles über Amal.

Dann aber begriff Moritz, dass sie nicht wussten, wer *er* war. Sie hatten ihn im Visier, weil sie die PLO beschatteten. Wenn er dichthielt, würden sie ihm nichts nachweisen können. Er verlangte, den deutschen Botschafter zu sprechen.

Der Offizier tat so, als hätte er nichts gehört. Moritz stand auf, um zur Tür zu gehen. Der Mann packte ihn und drückte ihn unbarmherzig zurück auf den Stuhl.

Moritz erkannte, dass sein Gegner unter Druck stand. Vielleicht hatten sie einen Tipp bekommen. Sie erwarteten etwas, einen Terroranschlag vielleicht, irgendetwas Großes. Aber sie tappten im Dunkeln.

»Für wen arbeiten Sie?«

Moritz hielt an seiner Legende fest.

»Sie wissen, dass niemand Sie hier finden wird?«

Zwei Stunden später, vielleicht auch drei, Moritz hatte sein Zeitgefühl verloren, ging der Offizier aus dem Raum. Als er wiederkam, warf er die Tür zu, packte Moritz am Kragen und schüttelte ihn.

»Für wen arbeitest du, *salaud*?«

Moritz hielt es aus und schwieg. Der Offizier stieß ihn zurück auf den Stuhl und zündete sich eine Zigarette an, um sich zu beruhigen. Moritz vermutete, dass er die rote Linie überschritten hatte, die man ihm gesetzt hatte. Immerhin ging es um einen deutschen Staatsbürger.

Später kam ein älterer Offizier in Uniform herein. Die beiden gingen vor die Tür und brüllten sich an. Ihre Nerven lagen blank; das war Moritz' Vorteil.

Sie ließen ihn schmoren, bis irgendwann der jüngere Offizier zur Tür hereinkam und Moritz den Pass zurückgab.

»Sie sind frei.«

»Das war's?«

Der Mann rieb sich über seinen Stoppelbart und machte ihm ein Zeichen, aufzustehen.

»Passen Sie auf, was Sie erzählen. Ihr Visum läuft bald ab.«

Er führte Moritz durch einen fensterlosen Gang und schloss eine Hintertür zur Ankunftshalle auf. Draußen war es taghell.

»Bienvenu en Tunisie.«

Die Uhr zeigte kurz vor neun. Moritz stieg sofort in ein Taxi. Mit etwas Glück würde er Amal noch zu Hause erwischen.

Er hatte Angst. Die Befragung hatte sein Innerstes nicht erschüttert. Er war trainiert für solche Situationen. Aber niemand hatte ihn darauf vorbereitet, Amal gegenüberzustehen, ihr in die Augen zu sehen und zu sagen:

»Geh heute nicht ins Büro.«

»Warum?«

»Weil du nicht mehr sicher bist.«

»Warum?«

»Ich weiß es nicht. Aber du musst jetzt deine Sachen packen und mit mir abhauen.«

»Warum, Moritz?«

»Tu es einfach!«

Er stellte sich vor, wie ihr Gesicht sich langsam verändern würde. Von Liebe zu Verstörung, und dann: Entsetzen. Wie sie vor ihm zurückweichen und alles begreifen würde.

»Wer bist du?«

Wie seine Scham ihm die Kehle zuschnüren würde. Wenn er die Wahrheit zugäbe, würde sie ihn für immer verachten.

Und dennoch musste er es sagen.

Moritz rannte die Treppenstufen hoch und klopfte an ihre Tür.

Sie war nicht mehr da.

Er lief hinunter und fand ein anderes Taxi.

»Nach Hammam-Chatt! Schnell!«

Der Wagen bog gerade in die Avenue Bourguiba ein, als Moritz den Donner hörte. Leise, aus der Ferne. Die Vögel auf den Bäumen flogen auf, Hunderte auf einmal, ein riesiger aufgeschreckter Schwarm. Die Menschen gingen weiter, als wäre nichts passiert.

Aber die Vögel.

Dann noch ein Donner. Dieses Mal stärker.

Jetzt blieben die Menschen stehen.

Auf der Schnellstraße überholten ihn Krankenwagen mit Blaulicht. Polizei. Feuerwehr. Sein Herz blieb stehen, als Moritz die Rauchwolke sah, die an der Küste in den klaren Himmel stieg. Sie war bräunlich, hässlich und ungeheuer groß.

Der Taxifahrer begann zu beten.

Die letzten hundert Meter rannte er zu Fuß. Sie hatten die Straße abgesperrt; es herrschte völliges Chaos. Die Feuerwehr fuhr mit heulender Sirene in die Staubwolke hinein, Menschen mit Asche auf dem Gesicht taumelten ihm entgegen. Panische Augen. Niemand hielt ihn auf.

Dort, wo die drei Häuser der PLO gestanden hatten, lag nur noch Schutt. Bizarr verbogenes Metall ragte in die Luft. Die Explosionen hatten die umliegenden Wohnhäuser zerstört, Betonbrocken waren durch die Luft geflogen, Fassaden eingestürzt. Eine groteske Wüste der Zerstörung.

Dahinter das Meer.

Moritz grub mit bloßen Händen. Alle gruben mit bloßen Händen. Husteten, schrien und zogen leblose Körper aus den

Trümmern. Ein Feuerwehrmann trug ein totes Kind in den Armen, langsam, wie betäubt, an Moritz vorbei. Er grub weiter.

Es waren Flugzeuge, riefen die Leute. F-15-Jagdbomber mit israelischen Hoheitszeichen unter den Flügeln. Sie waren so schnell und tief übers Meer herangeschossen, dass niemand fliehen konnte. Hatten ihre tödliche Fracht abgeworfen und waren ebenso schnell wieder verschwunden.

Moritz fand Amals Körper neben den anderen, die sie irgendwo im Schutt aufgereiht hatten. Das, was von ihnen übrig geblieben war. Amals Gesicht blickte nach oben, fast verwundert, unbewegt und von einer verstörenden Schönheit unter dem Staub. Er lief zu ihr, fiel auf die Knie und strich ihr die Haare aus der Stirn. Ihr Körper schien fast unversehrt. Bis er Blut an seiner Hand spürte. Es kam aus der Wunde an ihrem Hals. Der Teil ihres Körpers, den er am meisten liebte, weil er so aufrecht war. Die Haut aufgeschnitten wie von einem messerscharfen Stein, der durch die Luft geschossen war. Moritz spürte, wie sein Körper zu beben begann. Er brach in Tränen aus und fiel in einen so tiefen Abgrund, dass er wünschte, an ihrer Stelle gestorben zu sein. Dann spürte er den tröstenden Arm eines Mannes auf seinem Rücken. Ein Feuerwehrmann, der weinte.

Elias stand mit seiner Schultasche in der Hand vor dem Lycée Bourguiba. Als er Moritz sah, der aus dem Taxi stieg, rannte er auf ihn zu, seine Augen voller Freude, ihn wiederzusehen. Dann, als er bemerkte, dass etwas nicht in Ordnung war, starb sein Lächeln.

»*Ça va?*«

Es schnürte Moritz den Hals zu.

»Was ist los?«

Hinter ihm sein Lehrer, der Moritz anstarrte. Die Bestürzung auf seinem Gesicht. Er hatte es vermutlich aus dem Radio erfahren. Und den Kindern nichts gesagt.

»Wo ist Mama?«

Moritz kniete sich vor ihn und fasste seine Hände. Er wünschte, Elias könnte ihm verzeihen, und wusste, dass es unmöglich war. In dieser Sekunde beschloss er zwei Dinge: Dass er immer für ihn da sein musste. Und dass Elias nie wissen durfte, wer er war.

60

HAIFA

Maurice erzählte ihr, dass er ein Haus auf Sizilien gekauft hatte, aber nicht, dass er auf seine späten Jahre noch einmal Vater geworden war. Yasminas Wohnung in der Jaffa Road quoll über von Fotos. Sie standen auf den Möbeln, säumten die Wände und klebten an der Kühlschranktür. Meistens Victor, oft Joëlle, manchmal auch Maurice. Von den drei Fotos, die sie in Yafo gemacht hatten, vor Victors Göttin, hatte sie dasjenige ausgewählt, das Maurice fotografiert hatte: Yasmina und Victor, die Joëlle umrahmten, als wären sie ihre Eltern. Im Radio spielte ein Schlager. Yasmina war von einer Frau, die für eine bessere Zukunft gelebt hatte, zu einer Frau geworden, die sich eine bessere Vergangenheit erträumte. Der kleine Abreißkalender neben der Küchentür zeigte den 23. November 1995.

Sie saßen auf dem Balkon; ein letzter sonniger Herbsttag. Yasmina brachte Rührei und Kaffee. Immer noch dasselbe Geschirr wie damals. Nur sie waren älter geworden. Viel älter. Fremd auch, aber zwischendurch, wenn sie lachte und ihn dabei ansah, war es, als wären nicht Jahrzehnte, sondern Minuten vergangen. Ob sie etwas anders machen würde, im Rückblick, fragte Maurice. Ihre Antwort ließ lange auf sich warten. Was soll diese Frage, sagte sie dann, wir können doch eh nichts mehr ändern. Immer noch hier zu wohnen, empfand sie als größtes Glück ihres Lebens. In schlechteren Versionen dieses Lebens, die sie sich in schlaflosen Nächten vorgestellt hatte, lebte sie in einem Altersheim oder einer psychiatrischen Anstalt, ihrer Unabhängigkeit beraubt, in einem Schlafsaal mit

Fremden, so wie sie ihre ersten Lebensjahre verbracht hatte. Sie hatte manchmal Mühe beim Treppensteigen, aber meist kam sie gut rauf. Sie sei glücklich, sagte sie. Ginge sogar einmal die Woche zum Tanzkurs. Lerne manchmal jemanden kennen, aber die Männer seien nicht mehr so, wie sie einmal gewesen waren. Sie hätte gelernt, sagte sie, keine Angst vor dem Alleinsein zu haben.

Dann erzählte sie von Albert, der unbedingt in Frankreich beerdigt werden wollte, dem Land, das er so liebte. Und von Joëlle, die sich um Mimi gekümmert hatte, bis zuletzt, in Paris.

»Wie geht es ihr?«, fragte Moritz. Yasmina stand auf und holte einen Zeitungsartikel. Ein Porträt über Joëlle im Lokalteil, anlässlich eines Konzerts, auf dem sie gesungen hatte.

Haifas Kind in Paris, hieß die Überschrift.

»Sie ist berühmt geworden«, sagte Moritz, und auf Yasminas Gesicht breitete sich ein stiller Stolz aus, der auch Erleichterung war. Sie steht im Licht, dachte er, während ich immer unsichtbarer werde.

Die Göttin rostete in einer staubigen Garage vor sich hin.

»Sie gehört auf den Schrottplatz«, sagte Yasmina. »Aber ich bring's nicht übers Herz. Kannst du sie nicht reparieren? Du konntest doch alles reparieren.«

»Da war ich jung«, sagte Moritz und strich den Staub vom Blech. Victor hätte das Auto einfach verschrottet. Er hatte sich nie damit aufgehalten, zurückzuschauen. Moritz fragte sich, wie er heute aussehen würde; einer der Rentner, die auf ihren Plastikstühlen am Straßenrand saßen und Shesh Besh spielten. Es gelang ihm nicht. Victor war für immer jung geblieben.

Das ganze Land hatte sich verändert. Israel war immer noch nicht ganz im Nahen Osten angekommen, aber der Nahe Osten war in Israel angekommen. Inzwischen gab es mehr Mizrachim als Ashkenasim. Ein Fünftel der Einwohner im Kernland waren Araber. Und auf den Straßen hörte man immer mehr Russisch. Nur eines war gleich geblieben: Die Alltäglichkeit der Widersprüche. Hoffnung und Enttäuschung, Freude und Schmerz, Lebenslust und Streit lagen immer nah beieinander. Was seit Amals Tod geschehen war, hatte niemand vorhergesehen. Nicht Israel und nicht die PLO. Im Westjordanland und Gaza war eine Revolte ausgebrochen. Spontan, ohne Befehl von oben; es waren einfach Jugendliche, die genug hatten vom Joch der Besatzung. Die gesehen hatten, wie ihre Gleichaltrigen auf der anderen Seite der grünen Linie lebten, und die gleichen Rechte wollten. Sie nannten ihren Aufstand *Intifada*, arabisch für »Abschütteln«. Sie organisierten Streiks, boykottierten israelische Produkte und bauten aus Schrott Steinschleudern.

Der israelische Verteidigungsminister sagte: *»Wenn sie Steine werfen, brecht ihnen die Knochen.«* Seine Soldaten brachen Hunderte Arme und Beine, aber die Steine flogen weiter.

Einige Jahre später schüttelte derselbe Politiker, jetzt Premierminister, vor dem Weißen Haus die Hand von Yassir Arafat. Vielleicht dachte er in diesem Moment an das jüdische Blut an dieser Hand. Oder er erinnerte sich daran, wie er als junger Offizier den Vertreibungsbefehl für Lydda und Ramleh unterschrieben hatte. Jetzt erhielt er zusammen mit Arafat, der unzählige Terroranschläge befohlen hatte, den Friedensnobelpreis. Sein Name war Yitzhak Rabin. Vor 150 000 Israelis, die in Tel Aviv demonstrierten, hielt er ein nüchternes, aber bewegendes Plädoyer für den Frieden: »Wir haben unter den Palästinensern einen Friedenspartner gefunden«, rief er. »Die PLO, die ein Feind war, aber dem Terrorismus abgeschworen hat. Wir müssen die Chance nutzen, um derer willen, die hier stehen, und für die, die nicht hier sind - und das sind viele.« Als er von der Bühne trat, zerfetzten zwei Dumdum-Geschosse seine Lungen. Aus nächster Nähe abgefeuert von einem fanatischen Israeli, der ihn beschuldigte, Land aufzugeben, das Gott den Juden geschenkt habe.

Und Abu Iyad? Er hatte die Bombardierung des Hauptquartiers überlebt. Er setzte sich dafür ein, dass die PLO Israels Existenzrecht anerkannte, um an seiner Seite, in den besetzten Gebieten, einen Staat für die Palästinenser zu errichten. Die sogenannte Zweistaatenlösung. Kurz darauf wurde er in Tunis erschossen. Von einem radikalen Palästinenser.

Kakteen wucherten am Straßenrand. Einschusslöcher in dem dreisprachigen Schild zum Flughafen Lod, der jetzt Ben Gurion Airport hieß. Yasmina wechselte den Radiosender. Moritz wollte ihr eine letzte Frage stellen. Wo war Victor im Unabhängigkeitskrieg gewesen? Hatte er Amal gesehen, die an der Hand ihrer Mutter Lydda verließ? Er stellte sich vor, wie Victor auf einem Hausdach stand, in seiner Khaki-Uniform, als Sieger des Tages, und hinunterblickte auf den endlosen Menschenzug, der in der Gluthitze ins Exil marschierte. Was hatte Victor in diesem Moment gedacht? Hatte er geglaubt, sie würden einfach verschwinden, wie entwurzelte Bäume, als wären sie nie da gewesen? Oder ahnte er, dass sie nicht nur ihre Bündel auf dem Kopf und ihre Kinder auf dem Arm, sondern auch ihre Geschichte hinaus in die Welt trugen?

Moritz war kurz davor, Yasmina danach zu fragen. Aber dann ließ er es bleiben. Über manche Dinge sprach man besser nicht. Es würde auch nichts daran ändern, dass Victor und Amal nicht mehr hier waren. Dass nichts von ihnen geblieben war außer Fotos an den Wänden.

Epilog

Reines, leuchtendes Glück. Immer wenn sie sich an Papà erinnert, sagt Joëlle, sieht sie ihn als jungen Mann im frühen Licht, der mit seiner Tochter im Arm an der Reling steht. Das endlose Meer ringsherum und die begrenzende Geborgenheit in seinen Armen.

Jetzt ist kein Halt mehr um ihren Körper, keine Küste ist zu sehen, unter ihren Füßen taumelt das Schiff auf den Wellen. Zerbrechlich steht sie da im silbrigen Licht, eine schöne, alt gewordene Frau ohne Eltern, ohne Kinder. Sie weiß sich nicht zu helfen, kann nicht einmal die Träne wegwischen, die im Wind über ihr Gesicht zittert.

»Ich bring's nicht fertig«, sagt sie und reicht Elias die Urne.

Er schüttelt den Kopf. Ich nehme sie. Öffne den Deckel und hebe sie langsam über die Reling. Helle Asche in hellem Licht. Als sie auf die Wellen trifft, in denen sie sich auflösen wird, ist sie schon nicht mehr sichtbar.

Die Ballistiker, die Forensiker, die Auswerter der Mobilfunkdaten waren alle zum selben Ergebnis gekommen: Elias hatte die Wahrheit gesagt.

In jener Nacht, als Moritz das Schweigen brach, das sein Haus überwuchert hatte, hatten sie miteinander am Tisch gesessen, bis nichts mehr unausgesprochen geblieben war.

»Es tut mir so leid, Elias.«

Das waren die letzten Worte.

Dann hatte Moritz den Revolver über den Tisch geschoben, langsam, nur wenige Zentimeter weit, und Elias war sich nicht sicher gewesen, was diese Geste bedeutete. Eine Weile hatten sie sich wortlos angesehen, dann war Elias aufgestanden. Wenn Moritz' Erinnerung an sein Leben eine Qual war, wollte er ihm nicht den Gefallen tun, ihn davon zu erlösen.

Elias fuhr nach Hause. Am nächsten Morgen rief ihn die Haushälterin an. Sie hatte Moritz gefunden, in der Garage, mit dem Revolver in der Hand. Elias kam sofort nach Mondello. Lange stand er vor dem alten Citroën, in dem Moritz saß, zusammengesunken über dem Lenkrad. Er suchte nach einem Abschiedsbrief, fand aber keinen. Nur das Tagebuch, der Pass und das Bild aus Jaffa lagen noch auf dem Tisch. Elias steckte sie ein, zusammen mit den Fotos seiner Mutter.

Dann rief er die Polizei.

Auch alles, was Joëlle erzählt hatte, ist wahr. Der einzige, der uns hinters Licht geführt hatte, war Moritz. Und nicht einmal er hatte gelogen. Er hatte in jedem seiner drei Leben nur ein paar Dinge ausgelassen. Vielleicht konnte er es nicht anders bewältigen. Vielleicht war sein Gepäck einfach zu schwer für ihn. Irgendwann kommt die Zeit, wo jeder seinen Koffer auspacken und entscheiden muss, was wirklich zu ihm gehört.

Am Morgen, als wir die Villa verließen, wusste ich, dass sie nicht für mich bestimmt war. Sie steckt voller Erinnerungen, die nicht meine sind – auch wenn sie nun zu mir gehören. Es ist dein Haus, sagte Joëlle zu Elias. *Mektoub.* Die Tür steht euch immer offen, antwortete er. Dann stiegen wir aufs Schiff, um Moritz' Asche mit dem Meer zu vereinigen, am einzig möglichen Ort für ihn: zwischen den Küsten.

Von irgendwoher, stelle ich mir vor, macht jemand gerade ein Foto von uns an der Reling, das erste von uns dreien, und irgendwo, in einer anderen Welt, entwickelt er es, archiviert es sorgfältig und betrachtet es von Zeit zu Zeit.

Wir fahren nicht zurück nach Palermo, sagt Joëlle, als sie

ihren Blick von den Wellen abwendet. Silberne Reflexe leuchten auf ihrem Gesicht, das auf einmal alle Schwere verliert, als wäre sie wieder das Mädchen auf den Kinderfotos. Lasst uns weiterfahren, nach Süden! Ich lade euch ein, nur für ein paar Tage, an einen Ort, den es nicht mehr gibt. *Casa mia.* Wo ich herkomme. Ein winziger Ort, nicht mal eine Stadt, nur ein Viertel am Hafen. Aber dieses Viertel war eine ganze Welt. Es war Haifa, Jaffa und Palermo zugleich. Viele glauben nicht, dass diese Welt einmal existierte. Ich aber bin dort geboren. Ich weiß, warum wir fortgegangen sind. Und ich weiß, warum wir nie aufgehört haben, uns zurück zu sehnen. Aber seht es selbst, mein Piccola Sicilia, auch wenn die Menschen, die es erschaffen haben, verschwunden sind. Schließt eure Augen, dann hört ihr die vielen Stimmen der Kinder, die barfuß durch die Gassen und über die Dächer liefen, bis zum Meer. Das waren *wir*, und worin wir uns unterschieden, brachten sie uns erst später bei.

Wenn er einmal existiert hat, dieser kleine Kosmos, wer sagt, dass wir ihn nicht wieder aufbauen können? Die Schatten wachsen, uns bleibt wenig Zeit. Niemand kann es alleine tun. Und nicht alles, was zerbrochen ist, kann repariert werden. Aber manche Scherben haben Jahrtausende überdauert; man kann sie aufheben, reinigen und neu zusammenfügen. Es wird nie wieder so sein wie vorher, aber vielleicht sogar schöner. So wie ein Gesicht, das sich dem Leben zuwendet, damit es seine Geschichten darauf schreibt, schöner ist als eines, das von der Welt nichts weiß und nichts wissen will. Denn tatsächlich ist es gar kein Ort, dieses kleine Viertel am Meer, sondern eine Haltung des Herzens.

Und das Herz ist grenzenlos.

Dramatis Familiae

MORITZ REINCKE alias MAURICE SARFATI

Berlin:
FANNY ZIMMERMANN, Moritz' Verlobte
ANITA ZIMMERMANN, Moritz' Tochter
NINA ZIMMERMANN, Moritz' Enkeltochter

Haifa:
YASMINA SARFATI, Maurices Ehefrau
JOËLLE SARFATI, Maurices Tochter
VICTOR SARFATI, Yasminas Adoptivbruder
ALBERT SARFATI, Yasminas Adoptivvater
MIMI SARFATI, Yasminas Adoptivmutter

Jaffa:
GEORGES BISHARA, Amals Vater
MARIAM BISHARA, Amals Mutter
AMAL BISHARA, Georges' und Mariams Tochter
BASHAR BISHARA, Amals älterer Bruder
JIBRIL BISHARA, Amals jüngerer Bruder
HANNAH BISHARA, Amals Großmutter
ELIAS BISHARA, Amals Sohn

Danksagung

Es braucht ein Dorf, sagt man, um ein Kind großzuziehen. Und es brauchte viele Perspektiven, um diesen Roman zu schreiben. Auf meinen Reisen zu den Schauplätzen bin ich vielen Menschen begegnet, die mir ihre Türen, Herzen und Fotoalben geöffnet haben. Ihre Lebensgeschichten haben meine Romanfiguren geprägt. In unseren Gesprächen über Geschichte und Gegenwart konnte ich vieles lernen, auch wenn sich unsere Ansichten manchmal unterschieden. Herzlichen Dank an Abed, Afif, Avi, Brigitte, Clara, David, Dorle, Gaby, Geli, Gideon, Hamed, Hassan, Ismail, Jacob, Johnny, Jörn, Leila, Magdy, Menachem, Michele, Miriam, M'hamed, Nidal, Nirit, Peter, Pierre, Rafram, Richard, Riad, Sami, Suzanne, Sylvia, Tom, Umar und Yahav.

Ein großer Dank gilt meinem Verlag S. Fischer für das Vertrauen, die Geduld und die Unterstützung vor, im und nach dem Schreibprozess: Siv Bublitz, Julia Schade, Thomas Reisch, Verena Wälscher, Nadine Umlauf, Cornelia Wagner und ganz besonders meiner Lektorin Cordelia Borchardt für die kluge, verlässliche und warmherzige Begleitung des kreativen Prozesses.

Vielen Dank auch an Julia Grünewald für die feinsinnige dramaturgische Beratung.

Last, but not least ein herzliches Dankeschön an meine Agentin Lianne Kolf und ihre Mitarbeiterinnen, die stets an meiner Seite stehen.

Liebe Leserin, lieber Leser,
wenn Sie darüber informiert werden möchten, wann mein nächster Roman erscheint, und wenn Sie weitere Neuigkeiten rund um meine Bücher erfahren wollen, besuchen Sie meine Facebook-Seite »Autor Daniel Speck«, oder senden Sie eine E-Mail mit Ihrem Namen an:

news.danielspeck@fischerverlage.de

Sobald es News gibt, werden Sie umgehend benachrichtigt.
Ich freue mich auf Ihre Zuschrift!

Herzlich,

Ihr Daniel Speck

Daniel Speck
Piccola Sicilia
Roman

»Piccola Sicilia«, das italienische Viertel der farbenfrohen Mittelmeerstadt Tunis, 1942. Drei Religionen leben in guter Nachbarschaft zusammen – bis der Krieg das Land erreicht. Im Grand Hotel Majestic begegnet der deutsche Fotograf Moritz dem jüdischen Zimmermädchen Yasmina. Doch sie hat nur Augen für Victor, den Pianisten.
Sizilien, heute: Taucher ziehen ein altes Flugzeugwrack aus dem Meer. Die Berliner Archäologin Nina sucht ihren verschollenen Großvater Moritz und trifft Joëlle, eine unbekannte Verwandte aus Haifa, die ihr Leben auf den Kopf stellt. Gemeinsam enthüllen sie ein faszinierendes Familiengeheimnis.

640 Seiten, broschiert

Weitere Informationen finden Sie auf
www.fischerverlage.de

AZ 596-70261/1